ॐ नमो भगवते वासुदेवाय

国家十二五重点出版项目

中国社会科学院创新工程学术出版资助项目

博伽梵往世书

BHĀGAVATA PURĀṆA

第十一卷 第八篇

维亚萨戴瓦 著
英文译著 A.C.巴克提韦丹塔·斯瓦米·帕布帕德
中文翻译 嘉娜娃

中国社会科学出版社

目　录

第一章
众玛努——宇宙的行政官

首先，让我谦卑、恭敬地顶拜我的灵性导师圣恩巴克提希丹塔·萨茹阿斯瓦提·哥斯瓦米·帕布帕德的莲花足。1935年的一天，当圣恩在茹阿妲湖(Rādhā-kuṇḍa)停留时，我从孟买去看他。那时，就有关兴建神庙和出版书，他给了我许多重要的指示。他亲口告诉我说，出版书比兴建神庙更重要。当然，那些教导一直铭记在我心中许多年。1944年，我开始出版我的《回归首神》杂志。1958年，我退出家庭后开始在德里出版《圣典博伽瓦谭》(Śrī-mad-Bhāgavatam)。当有三部《圣典博伽瓦谭》在印度出版后，我便于1965年8月13日起程前往美国。

我一直按照我灵性导师的忠告努力出版发行书籍。现在，在1976年这一年中，我虽然完成了《圣典博伽瓦谭》第7篇的翻译和评注，出版、发行了第10篇的概述，也就是《奎师那——快乐的泉源》，但还有第8篇、第9篇、第10篇、第11篇和第12篇等待出版发行。因此，在这重大的时刻，我祈求我的灵性导师给我力量，使我能完成这项工作。我既不是大学者，也不是伟大的奉献者；我只是我灵性导师的一个谦卑的仆人。我就自己能力所及，与我在美国的门徒合作，努力通过出版这些书籍取悦我的灵性导师。幸运的是：全世界的学者都欣赏这些出版物。让我们合作出版越来越多篇章的《圣典博伽瓦谭》，以取悦圣恩巴克提希丹塔·萨茹阿斯瓦提·塔库尔。

这第8篇的第1章主要谈的是斯瓦阳布瓦(Svāyambhuva)、斯瓦若祺沙(Svārociṣa)、乌塔玛(Uttama)和塔玛萨(Tāmasa)这四位玛努。听了直到第7篇结束对斯瓦阳布瓦·玛努(Svāyambhuva Manu)王朝的描述，帕瑞克西特王(Parīkṣit Mahārāja)想要知道有关其他玛努的情况。他想要了解至尊人格首神在过去、现在和将来是如何降临，如何作为玛努从事各种娱乐活动的。既然帕瑞克西特王渴望了解这一切，舒卡戴瓦·哥斯瓦米便以过去出现的六位玛努(Manu)为开始，逐一描述了所有的玛努。

第一位玛努是斯瓦阳布瓦·玛努。他的两个女儿阿库缇(Ākūti)和黛瓦瑚缇(Devahūti)分别生了雅格亚(Yajña)和卡皮拉(Kapila)两个儿子。舒卡戴瓦·哥斯瓦米因为在第3篇中已经讲述了卡皮拉的活动，所以现在要讲述雅格亚的活动。第一位玛努与他的妻子莎塔茹帕(Śatarūpā)进入森林，在苏南妲(Sunandā)河岸边苦修。他们苦修了一百年，玛努在神性的出神状态中向至尊人格首神祈祷。那时，食人魔(Rākṣasa)和恶魔(asura)想要吞食他，但被雅格亚与他众多的儿子亚玛(Yāmas)和半神人们合力杀死。接着，雅格亚亲自担任天帝因铎(Indra)的职位。

第二位玛努名叫斯瓦若祺沙，是火神阿格尼(Agni)的儿子。在这位玛努的儿子中，为首的是丢玛特(Dyumat)、苏申纳(Suṣeṇa)和柔祺施玛特(Rociṣmat)。在这位玛努统治期间，柔查纳(Rocana)担任天帝因铎的职位，图希塔(Tuṣita)是众多半神人的首领。当时还有乌尔嘉(Ūrja)和斯坦巴(Stambha)等许多圣洁之人；在他们之中，韦达希尔(Vedaśirā)的妻子图西塔(Tuṣitā)生育了维布。维布教导八万八千位圣洁之人(dṛḍha-vrata)学习自我控制和苦修。

普瑞亚瓦塔(Priyavrata)的儿子乌塔玛(Uttama)是第三位玛努。乌塔玛的儿子中有帕瓦纳(Pavana)、逊佳亚(Sṛñjaya)和雅格亚厚陀(Yajñahotra)。在这位玛努统治期间，以帕玛达(Pramada)为首的瓦希施塔(Vasiṣṭha)的儿子们成为七圣人。萨提亚们(Satyas)、戴瓦施茹塔们(Devaśrutas)和巴铎们(Bhadras)当了半神人，萨提亚吉特(Satyajit)当了天帝因铎。从达尔玛(Dharma)的妻子孙日塔(Sunṛtā)的子宫中，至尊主以萨提亚森纳(Satyasena)的身份显现，杀死了所有与萨提亚吉特作战的夜叉(Yakṣa)和食人魔。

第三位玛努的兄弟塔玛斯(Tāmasa)是第四位玛努，他有十个儿子，其中包括普瑞图(Pṛthu)、克雅提(Khyāti)、纳茹阿(Nara)和凯图(Ketu)。在这位玛努统治期间，半神人中有萨提亚卡们(Satyakas)、哈瑞们(Haris)和维茹阿们(Vīras)。七位伟大的圣人以玖提尔达玛(Jyotirdhāma)为首，特瑞希卡(Triśikha)当了天帝因铎。哈瑞梅达(Harimedhā)透过他妻子哈瑞妮(Hariṇī)的子宫生了名叫哈尔依(Hari)的儿子。这位哈尔依是神的化身，拯救了奉献者嘎臻铎(Gajendra)。这一事件在历史上被称为嘎臻铎的解脱(gajendra-mokṣaṇa)。在这一章结束时，帕瑞克西特王特别询问了这一事件。

第 1 节

श्रीराजोवाच
स्वायम्भुवस्येह गुरो वंशोऽयं विस्तराच्छ्रुतः ।
यत्र विश्वसृजां सर्गो मनूनन्यान् वदस्व नः ॥१॥

śrī-rājovāca
svāyambhuvasyeha guro
vaṁśo 'yaṁ vistarāc chrutaḥ
yatra viśva-sṛjāṁ sargo
manūn anyān vadasva naḥ

śrī-rājā uvāca—国王(帕瑞克西特王)说 / svāyambhuvasya—斯瓦阳布瓦·玛努这一伟大人物的 / iha—有关这方面 / guro—灵性导师啊！ / vaṁśaḥ—王朝 / ayam—这个 / vistarāt—广泛地 / śrutaḥ—我(从您这里)聆听 / yatra—其中 / viśva-sṛjām—生物体祖先玛瑞祺等伟大的人物 / sargaḥ—创造(玛努的女儿们生了许多儿子、孙子) / manūn—众多玛努 / anyān—其他 / vadasva—请描述 / naḥ—为我们

译文　帕瑞克西特王说：啊，我的主人！灵性导师！我刚听了您对斯瓦阳布瓦·玛努王朝的完整叙述。但世上还有

其他的玛努，我也想了解他们的王朝。请为我们讲述那些王朝。

第2节

मन्वन्तरे हरेर्जन्म कर्माणि च महीयसः ।
गृणन्ति कवयो ब्रह्मंस्तानि नो वद शृण्वताम् ॥ २ ॥

manvantare harer janma
karmāṇi ca mahīyasaḥ
gṛṇanti kavayo brahmaṁs
tāni no vada śṛṇvatām

manvantare—玛努统治期间(一个玛努接一个玛努) / hareḥ—至尊人格首神的 / janma—显现 / karmāṇi—和活动 / ca—也 / mahīyasaḥ—最光荣的 / gṛṇanti—讲述 / kavayaḥ—拥有完美智慧的伟大、博学之人 / brahman—啊，博学的布茹阿玛纳(舒卡戴瓦·哥斯瓦米) / tāni—他们都 / naḥ—对我们 / vada—请讲述 / śṛṇvatām—渴望聆听的

译文 啊，博学的布茹阿玛纳，舒卡戴瓦·哥斯瓦米！伟大而又博学的智慧俱足之人，请描述至尊人格首神在各个玛努统治期的活动和显现。我们很渴望聆听有关这一切的描述，请叙述它们。

要旨 至尊人格首神有各种各样的化身，包括属性化身(guṇa-avatāra)、玛努化身(manvantara-avatāra)、娱乐活动化身(līlā-avatāra)和年代化身(yuga-avatāra)，启示经典中对此都做了描述。没有经典的记载，我们不可能随便接受什么人是至尊人格首神的化身。因此，正如这里所特别谈到的，具有完美智慧的博学学者，接受经典里描述的至尊神的各种化身(gṛṇanti kavayaḥ)。如今，尤其是在印度，有那么多无赖声称自己是化身，误导人们。因此，化身的身份应该有经典描述及所从事的神奇活动作为证明。正如

这节诗中“最光荣的(mahīyasaḥ)”一词所形容，化身的活动不是普通的魔术或戏法，而是神奇的活动。因此，至尊人格首神的任何化身都必须有经典的说明作为支持，必须真正从事神奇的活动。帕瑞克西特王渴望聆听不同年代中的玛努的情况。在布茹阿玛(Brahmā)的一天中有十四位玛努，每一个玛努的寿命都是七十一个年代(yuga)循环。因此，在布茹阿玛的一生中有数千个玛努。

第3节

यद्यस्मिन्नन्तरे ब्रह्मन् भगवान् विश्वभावनः ।
कृतवान् कुरुते कर्ता ह्यतीतेऽनागतेऽद्य वा ॥ ३ ॥

yad yasminn antare brahman
bhagavān viśva-bhāvanaḥ
kṛtavān kurute kartā
hy atīte 'nāgate 'dya vā

yat—无论什么活动 / yasmin—在那期间 / antare—玛努统治期内 / brahman—伟大的布茹阿玛纳啊 / bhagavān—至尊人格首神 / viśva-bhāvanaḥ—创造了这个宇宙展示的 / kṛtavān—做了 / kurute—正在做 / kartā—将要做 / hi—的确 / atīte—过去 / anāgate—将来 / adya—现在 / vā—任何一个

译文　博学的布茹阿玛纳啊！请告诉我们，创造了这个宇宙展示的至尊人格首神，在以前的玛努统治期内从事过的一切活动，现在的玛努统治期间从事的活动，以及今后的玛努统治期内将从事的活动。

要旨　在《博伽梵歌》(Bhagavad-gītā)中，至尊人格首神说：祂与在战场上的其他生物体，过去存在、现在存在，将来还会继续存在下去。至尊人格首神和普通生物全都永恒存在于过去、现在和将来。经典中说：至尊主和生物都是永恒、有感知力的；不同之处在于，至尊主无限，而生物有限(nityo nityānāṁ cetanaś cetanānām)。至尊人格首神是一切的创造者。生物体的灵魂虽并非被创造出来，而是与至尊主一样永恒存在，但他们的物质躯体是被创造出的；相反，至尊主的身体永远不是被创造出的。至尊主与祂的身体没有区别，但受制约的灵魂虽然永恒，但却不同于他的物质躯体。

第4节

श्रीऋषिरुवाच
मनवोऽस्मिन् व्यतीताः षट कल्पे स्वायम्भुवादयः ।
आद्यस्ते कथितो यत्र देवादीनां च सम्भवः ॥४॥

śrī-ṛṣir uvāca
manavo 'smin vyatītāḥ ṣaṭ
kalpe svāyambhuvādayaḥ
ādyas te kathito yatra
devādīnāṁ ca sambhavaḥ

śrī-ṛṣiḥ uvāca—伟大的圣人舒卡戴瓦·哥斯瓦米说 / manavaḥ—众多玛努 / asmin—在这一段时间内(布茹阿玛的一天) / vyatītāḥ—已经过去的 / ṣaṭ—六个 / kalpe—在布茹阿玛的一天中 / svāyambhuva—斯瓦阳布瓦·玛努 / ādayaḥ—等等 / ādyaḥ—头一个(斯瓦阳布瓦) / te—对您 / kathitaḥ—我已经讲述过了 / yatra—在……中 / deva-ādīnām—全体半神人的 / ca—和 / sambhavaḥ—显现

译文 舒卡戴瓦·哥斯瓦米说：在布茹阿玛现在的这一天(卡勒帕)中，已经有过六个玛努。我给你讲述了斯瓦阳布瓦·玛努及许多半神人的显现。在布茹阿玛的这一天中，斯瓦阳布瓦是第一位玛努。

第5节

आकूत्यां देवहूत्यां च दुहित्रोस्तस्य वै मनोः ।
धर्मज्ञानोपदेशार्थं भगवान् पुत्रतां गतः ॥५॥

ākūtyāṁ devahūtyāṁ ca
duhitros tasya vai manoḥ
dharma-jñānopadeśārthaṁ
bhagavān putratāṁ gataḥ

ākūtyām－从阿库缇的子宫中 / devahūtyām ca－从黛娃瑚缇的子宫中 / duhitroḥ－两个女儿的 / tasya－他的 / vai－的确 / manoḥ－斯瓦阳布瓦·玛努的 / dharma－宗教 / jñāna－和知识 / upadeśa-artham－为了教导 / bhagavān－至尊人格首神 / putratām－当阿库缇和黛娃瑚缇的儿子 / gataḥ－接受

译文　斯瓦阳布瓦·玛努有阿库缇和黛娃瑚缇两个女儿。至尊人格首神分别以雅格亚穆尔提和卡皮拉这两个儿子的身份从她们的子宫中显现。这两个儿子都被委以传播宗教和知识的重任。

要旨　黛瓦瑚缇的儿子被称为卡皮拉，阿库缇的儿子名叫雅格亚穆尔提。他们两人都教导宗教和哲学的知识。

第 6 节

कृतं पुरा भगवतः कपिलस्यानुवर्णितम् ।
आख्यास्ये भगवान् यज्ञो यच्चकार कुरूद्वह ॥ ६ ॥

kṛtaṁ purā bhagavataḥ
kapilasyānuvarṇitam
ākhyāsye bhagavān yajño
yac cakāra kurūdvaha

kṛtam－已经做过 / purā－以前 / bhagavataḥ－至尊人格首神的 / kapilasya－黛娃瑚缇的儿子卡皮拉 / anuvarṇitam－详尽的描述 / ākhyāsye－我现在要讲述 / bhagavān－至尊人格首神 / yajñaḥ－名叫雅格亚帕提或雅格亚穆尔提 / yat－无论什么 / cakāra－举行 / kuru-udvaha－库茹族最优秀的人啊！

译文 库茹族最优秀的人啊！我已经讲述过黛娃瑚缇的儿子卡皮拉的活动(第3篇中)。现在我要讲述阿库缇的儿子雅格亚帕提的活动。

第7节

विरक्तः कामभोगेषु शतरूपापतिः प्रभुः ।
विसृज्य राज्यं तपसे सभार्यो वनमाविशत् ॥ ७ ॥

viraktaḥ kāma-bhogeṣu
śatarūpā-patiḥ prabhuḥ
visṛjya rājyaṁ tapase
sabhāryo vanam āviśat

viraktaḥ—不依恋 / kāma-bhogeṣu—感官享乐(居士生活) / śatarū-pā-patiḥ—莎塔茹帕的丈夫斯瓦阳布瓦·玛努 / prabhuḥ—全世界的主人或国王 / visṛjya—彻底放弃后 / rājyam—他的王国 / tapase—为了苦修 / sa-bhāryaḥ—与妻子 / vanam—森林 / āviśat—进入

译文 斯瓦阳布瓦·玛努——莎塔茹帕的丈夫，天生就不依恋感官享乐。因此，他放弃他可以进行感官享乐的王国，与妻子进入森林去苦修。

要旨 正如《博伽梵歌》第4章的第2节诗中说明："这门至高无上的科学就这样通过师徒传承世代相传，神圣的君王都经这渠道了解它(evaṁ paramparā-prāptam imaṁ rājarṣayo viduḥ)。"所有的玛努都是完美的君王。他们都是圣君(rājarṣi)。换句话说，他们虽然担任世界君王的职责，但却与伟大的圣人一样。例如：斯瓦阳布瓦·玛努是世界帝王，但却没有感官享乐的欲望。这才是君主制的含义。一国之君或帝国的帝王，必须受到训练，直到很自然就可以停止感官享乐。并不是一个人成为一国之君后，就该毫无必要地将金钱花在感官享乐方面。君王一旦堕落，为感官享乐而花费金钱，就会迷失自我，失去影响力。君主制如今被废除，人们自创出的民主制也失败了。现在，按照自然法律，独裁政府把国民置于越来越困难的处境的时刻即将到来。当一国之君、独裁者或整个政府不按照《玛努法典》(Manu-saṁhitā)的规定统治国家或王国时，他们的政府就将无法持续下去。

第 8 节

सुनन्दायां वर्षशतं पदैकेन भुवं स्पृशन् ।
तप्यमानस्तपो घोरमिदमन्वाह भारत ॥ ८ ॥

sunandāyāṁ varṣa-śataṁ
padaikena bhuvaṁ spṛśan
tapyamānas tapo ghoram
idam anvāha bhārata

sunandāyām—苏南妲河岸边 / varṣa-śatam——一百年 / pada-ekena——一条腿上 / bhuvam—地 / spṛśan—触碰 / tapyamānaḥ—他苦修 / tapaḥ—苦行 / ghoram—艰苦的 / idam—以下 / anvāha—说 / bhārata—巴茹阿特的子孙啊！

译文　巴茹阿特的子孙啊！斯瓦阳布瓦·玛努这样与他妻子进入森林后，用一条腿站在苏南妲河岸边，在仅用一只脚触地的情况下从事艰巨的苦行一百年。在从事这些苦行期间，他说了如下一番话。

要旨　圣维施瓦纳特·查夸瓦尔提·塔库尔(Viśvanātha Cakravartī Ṭhākura)评论道：梵文“说(anvāha)”一词是指他吟诵或喃喃自语，而不是指他给谁讲课。

第 9 节

श्रीमनुरुवाच
येन चेतयते विश्वं विश्वं चेतयते न यम् ।
यो जागर्ति शयानेऽस्मिन्नायं तं वेद वेद सः ॥ ९ ॥

śrī-manur uvāca
yena cetayate viśvaṁ
viśvaṁ cetayate na yam
yo jāgarti śayāne 'smin
nāyaṁ taṁ veda veda saḥ

śrī-manuḥ uvāca—斯瓦阳布瓦·玛努吟诵 / yena—靠祂(至尊人格首神) / cetayate—赋予生命 / viśvam—整个宇宙 / viśvam—整个宇宙(物质世界) / cetayate—赋予生命 / na—不 / yam—……的祂 / yaḥ—……的祂 / jāgarti—始终清醒(观察着一切活动) / śayāne—睡觉时 / asmin—在这个身体里 / na—不 / ayam—这个生物体 / tam—祂 / veda—知道 / veda—知道 / saḥ—祂

译文 主玛努说：是至尊生物创造了这个充满生机的物质世界，而并非这个物质世界创造了祂。当一切都沉寂时，至尊生物作为见证者始终清醒。生物不知道祂，但祂知道一切。

要旨 这里谈到至尊人格首神和普通生物之间的区别。按照韦达文献的说法，至尊主是至尊永恒的生物(nityo nityānāṁ cetanaś cetanānām)。至尊生物与普通生物之间的区别是：当这个物质世界毁灭时，普通生物都在没有感觉、睡梦或无意识的情况下处于静止状态；相反，至尊生物却保持清醒，见证着一切。这个物质世界是被创造的，它保持展示的状态一段时间，接着被毁灭。然而，在所有这些变化的过程中，至尊生物始终是清醒的。处在受物质制约状态中的众生都有三个阶段的睡梦。当物质世界被激起进入运作状态时，生物体做一种梦——白日梦。当生物体睡着时，他们再次做梦。当他们在毁灭时变得无意识时，当这个物质世界不展示时，他们进入另一个睡梦状态。因此，在物质世界的每一个阶段中，生物体都在做梦。然而，在灵性世界里，一切都在清醒的状态中。

第10节

आत्मावास्यमिदं विश्वं यत्किञ्चिज्जगत्यां जगत् ।
तेन त्यक्तेन भुञ्जीथा मा गृधः कस्य स्विद्धनम् ॥१०॥

ātmāvāsyam idaṁ viśvaṁ
yat kiñcij jagatyāṁ jagat
tena tyaktena bhuñjīthā
mā gṛdhaḥ kasya svid dhanam

ātma—超灵 / āvāsyam—无所不在 / idam—这个宇宙 / viśvam—所有的宇宙、到处 / yat—无论什么 / kiñcit—万事万物 / jagatyām—在这个世界里、到处 / jagat—有生命和无生命的一切 / tena—被祂 / tyaktena—指定 / bhuñjīthāḥ—你可以享受 / mā—不要 / gṛdhaḥ—接受 / kasya svit—任何人的 / dhanam—财产

译文　在这个宇宙中，至尊人格首神以祂的超灵特征无所不在，与遍布各处的动与不动的生物体同在。因此，人应该只接受祂分配给自己的一切，不该想要侵犯他人的财产。

要旨　斯瓦阳布瓦·玛努在讲述了至尊人格首神的超然状态后，为教导自己王朝中的儿孙们，便讲述说，宇宙中万物都属于至尊人格首神。玛努的教导不仅适用于他的儿孙，也适用于全体人类社会。英文的“人(man)”或梵文的“人(manuṣya)”一词都来自玛努这个名字，因为人类社会的全体成员，都是第一位玛努的后裔。《博伽梵歌》第4章的第1节诗记载，至尊主也谈到玛努说：

imaṁ vivasvate yogaṁ
proktavān aham avyayam
vivasvān manave prāha
manur ikṣvākave 'bravīt

“我给太阳神维瓦斯万讲授了这门不朽的瑜伽科学，维瓦斯万把它传授给人类之父玛努，玛努随后又将其传授给依克施瓦

库。”斯瓦阳布瓦·玛努和外瓦斯瓦塔·玛努(Vaivasvata Manu)都承担同样的职责。外瓦斯瓦塔·玛努由太阳神所生，他的儿子是依克施瓦库(Ikṣvāku)——地球的君王。由于玛努是人类最初的父亲，人类社会应该遵循他的教诲。

斯瓦阳布瓦·玛努教导说，存在的一切，不仅是灵性世界中的，就连这个物质世界中的一切，都是作为超意识而无所不在的至尊人格首神的财产。正如《博伽梵歌》第13章的第3节诗证实说：在每一个场所——躯体中，至尊主都以超灵的形式存在着(kṣetra-jñam cāpi māṁ viddhi sarva-kṣetreṣu bhārata)。个体灵魂被给予一个可以住在其中并按照至尊人的指示活动的物质躯体；为此，至尊人也存在于每个躯体中。我们不该以为自己是独立的，相反应该明白：至尊人格首神拨出祂总体资产的一部分给我们。

这种理解将引导人具有完美的共产主义思想。共产主义者们只想着自己的国家，但这里教导的灵性共产主义不仅是全国性的，而且是全宇宙性的。世上没有什么属于任何国家或任何人，一切都属于至尊人格首神。这节诗的意思是：这个宇宙中存在的一切，都是至尊人格首神的财产(ātmāvāsyam idaṁ viśvam)。现代共产主义理论，以及联合国的理想，可以通过了解一切都属于至尊人格首神这一事实得以实现，事实上是得以纠正。至尊主不是我们用智力创作出来的；相反，是祂创作了我们。经典中说：一切都属于至尊控制者(īśāvāsyam idaṁ sarvam)。这宇宙性的共产主义可以解决世上的一切问题。

人们应该从韦达文献了解，人的躯体也不是个体灵魂的财产，而是按照个体灵魂的业报(karma)给予他的。在至尊主的监督下，生物——灵魂，按照他活动的结果进入一个躯体(karmaṇā daiva-netreṇa jantur dehopapattaye)。八百四十万种不同的形体，都是给个体灵魂使用的机器。对此，《博伽梵歌》第18章的第61节诗证实说：

īśvaraḥ sarva-bhūtānāṁ
hṛd-deśe 'rjuna tiṣṭhati
bhrāmayan sarva-bhūtāni
yantrārūḍhāni māyayā

“阿尔诸纳啊！每个生物都坐在一台由物质能量制成的机器上，至尊主处在他们心中，指导他们周游四方。”至尊主以超灵的身份坐在每一个生物体的心中，观察个体灵魂的各种欲望。祂是那么仁慈，甚至给予生物机会，让他们在适合满足各种欲望的躯体中享受。那些躯体不是别的，只是机器而已(yantrārūḍhāni māyayā)。那些躯体是用外在能量——物质材料制造的，以使生物按照自己的欲望享受或受苦。这个机会是由超灵提供的。

一切都属于至尊者，因此人不该侵占他人的财产。我们都有制造许多东西的倾向；尤其是如今，我们兴建摩天大楼，发展其他的物质设施。但我们应该知道：任何人都造不出建造摩天大楼和机器的原材料，只有至尊人格首神可以。整个世界都不过是五种元素的组合(tejo-vāri-mṛdāṁ yathā vinimayaḥ)。摩天大楼是土、水和火变化出的一种形式。土和水混合后再放到火中烧成砖，摩天大楼实质上是由砖头堆砌起来的。尽管砖头是由人制造的，但造出砖头的原材料并非人所制造。当然，人作为一个制造者可以从至尊人格首神那里接受薪水。对此，这节诗中说：人应该只接受祂分配给自己的一切(tena tyaktena bhuñjīthāḥ)。人也许建造一座摩天大楼，但无论是大楼的建造者、商人还是建筑工人，都不能声称自己是拥有者。大楼的所有权属于花钱盖大楼的人。至尊人格首神制造了土、水、火、气和空间；人可以用所有这一切并且拿工资(tena tyaktena bhuñjīthāḥ)，但不能声称具有所有权。这是完美的共产主义。我们应该把想要建造高楼大厦的倾向，只用在兴建可以安置至尊人格首神神像的宏大而有价值的神庙上。那我们要建设的愿望就会实现。

既然所有的资产都属于至尊人格首神，那么一切就都该供奉给至尊主，而我们应该只取用给祂供奉过的一切——帕萨达(tena tyaktena bhuñjīthāḥ)。我们不该为得到多于自己实际所需的东西而彼此争斗。正如纳茹阿达(Nārada)对尤帝士提尔王说：

yāvad bhriyeta jaṭharaṁ
tāvat svatvaṁ hi dehinām
adhikaṁ yo 'bhimanyeta
sa steno daṇḍam arhati

"人可以声称对维持生命所需钱财的拥有权，但想要拥有过多钱财的人必被视为是盗贼，应受到自然法律的制裁。"(《圣典博伽瓦谭》7.14.8)当然，我们需要通过吃、睡、交媾和防卫使自己活下去(āhāra-nidra-bhaya-maithuna)；然而，至尊主——人格首神，既然为飞鸟和蜜蜂提供生活所需，为什么会不为人类提供呢？事实上根本不需要发展经济，一切都已经提供了。因此，人应该明白，一切都属于奎师那(Kṛṣṇa)，人可以秉持这种概念取用给奎师那供奉过的帕萨达。谁侵占分配给他人的资产，谁就是贼。我们不该取用多于我们实际所需的量。所以，如果我们靠运气得到一大笔钱，我们就该始终认为它属于至尊人格首神。在奎师那意识运动中，我们得到足够的金钱，但我们从不该认为那钱属于我们；它属于至尊人格首神，应该把它平均地分配给工作人员(奉献者)去使用。奉献者不该声称自己拥有任何金钱或资产。认为这个庞大宇宙中的任何一部分资产是属于自己的人，被视为是盗贼，将受到自然法律的惩罚。没人能战胜物质自然的警觉，对物质自然隐瞒自己的意图(daivī hy eṣā guṇa-mayī mama māyā duratyayā)。人类社会如果不正当地声称宇宙的资产部分或全部属于人类，就会被诅咒为是盗贼的社会，受到自然法律的制裁。

第 11 节

यं पश्यति न पश्यन्तं चक्षुर्यस्य न रिष्यति ।
तं भूतनिलयं देवं सुपर्णमुपधावत ॥११॥

yaṁ paśyati na paśyantaṁ
cakṣur yasya na riṣyati
taṁ bhūta-nilayaṁ devaṁ
suparṇam upadhāvata

yam—……的祂 / paśyati—生物体看到 / na—不 / paśyantam—尽管一直在看 / cakṣuḥ—眼睛 / yasya—……的 / na—永不 / riṣyati—减少 / tam—祂 / bhūta-nilayam—众生的源头 / devam—至尊人格首神 / suparṇam—作为朋友陪伴着生物体的 / upadhāvata—大家都应该崇拜

译文　尽管至尊人格首神一直注视着这个世界的活动，但没人看到祂。然而，人不该以为，由于没人看到祂，祂就没有在看。祂看的力量从不减少。所以，众生都该崇拜超灵，祂永远作为朋友与个体灵魂在一起。

要旨　潘达瓦兄弟(Pāṇḍavas)的母亲圣琨缇女神(Kuntīdevī)向奎师那献上祈祷说："您虽然存在于万物的内部和外在，但无知的受制约的灵魂却看不见您(alakṣyaṁ sarva-bhūtānām antar bahir avasthitam)。"《博伽梵歌》中说，人可以透过知识之眼(jñāna-cakṣuṣaḥ)看到至尊人格首神。打开这些知识之眼的人被称为灵性导师。为此，我们吟诵下面的诗(śloka)作为对灵性导师的祈祷：

om ajñāna-timirāndhasya
jñānāñjana-śalākayā
cakṣur unmīlitaṁ yena
tasmai śrī-gurave namaḥ

"我出生在最黑暗的愚昧状态中，是我的灵性导师用知识的火炬照亮了我眼前的一切。我虔敬地顶拜他。"(《高塔弥亚经》

Gautamīya Tantra)灵性导师(guru)的任务是开启门徒的知识之眼。门徒从愚昧的状态中醒来，具有了知识时，就能看到至尊人格首神无所不在，因为至尊主确实在所有的地方。至尊主居住在这个宇宙中，驻扎在众生的心中，也甚至住在原子中(aṇḍāntara-stha-paramāṇu-cayāntara-stham)。我们因为缺乏完美的知识而看不到神，但一点点的深思熟虑，就能帮助我们看到神无所不在。这需要训练。就连最堕落的人只要运用一点点的深思熟虑，都能感知到神的存在。如果考虑一下汪洋大海是谁的财产？辽阔的大地是谁的资产？天空是如何存在的？天空中怎么会有无数的天体和星星？是谁制造了这个宇宙？它属于谁？我们无疑就会得出结论，知道世上存在着一个拥有一切的人。当我们声称我们个人、家庭或国家拥有某片土地时，我们也该考虑一下，我们是怎么成为拥有者的。那土地在我们出生之前，进入它之前，它就已经在那里了。它怎么就变成是我们拥有的呢？这样的深思熟虑将帮助我们了解：世上有一位一切的至尊拥有者——至尊人格首神。

至尊首神永远清醒。我们在受制约的阶段之所以遗忘事情，是因为我们的躯体在不断地更换着。但是，由于至尊人格首神的身体不变，祂记着过去、现在和将来的一切。在《博伽梵歌》第4章的第1节诗中，奎师那说：我在至少四千万年前，就对太阳神讲述了这门有关神的科学——《博伽梵歌》(imaṁ vivasvate yogaṁ proktavān aham avyayam)。当阿尔诸纳问奎师那祂怎么能记住很久很久之前发生的事情时，至尊主回答说，阿尔诸纳当时也在场。因为阿尔诸纳是奎师那的朋友，所以奎师那去哪里，阿尔诸纳就去哪里。但区别在于：奎师那记得一切，而像阿尔诸纳那样的生物因为是至尊主的微小的一部分，所以忘记了发生的事情。为此，经典中说，至尊主的警觉从未减少过。对此，《博伽梵歌》第15章的第15节诗也证实说：至尊人格首神以祂超灵的特征始终处在众生的心中，记忆、知识和遗忘都来自祂(sarvasya cāhaṁ hṛdi sannivisṭo mattaḥ smṛtir jñānam apohanaṁ ca)。这节诗中用梵文"朋友(suparṇam)"一词也表明了这一点。《水塔刷塔尔奥义书》(Śvetāśvatara Upaniṣad)第4章的第6节诗中说，有两只鸟儿作为朋友同在一棵树上，其中的一只正吃着树上的果实，而另一只只是在观看(dvā suparṇa-sayujā sakhāyā samānaṁ vṛkṣaṁ pariṣasvajāte)。这只在观看的鸟儿永远是正吃果实的鸟儿的朋友，提醒祂想要做的事情。所以，如果我们在日常生活中随时考虑到至尊人格首神，我们就能看到祂，或者至少可以意识到祂无所不在。

梵文"祂看的力量从不减少(cakṣur yasya na riṣyati)"一句的意思是：虽然我们看不到祂，但那并不意味着祂看不到我们。当宇宙展示毁灭时，祂也不会死亡。有关这一点的例子是：有太阳在时就有阳光，但太阳不在时或我们无法看到太阳时，并不意味着太阳灭亡了。太阳依然还在，只是我们无法看到它。同样道理，当我们处在缺乏知识的愚昧状态中时，尽管我们看不到至尊人格首神，但祂始终在看着我们的活动。作为超灵(Paramātmā)，祂是见证者和忠告者(upadraṣṭāh和anumantā)。因此，遵守灵性导师的指示和学习权威典籍，可以使人明白，尽管我们没有能用来看到祂的眼睛，但神就在我们面前，在看着一切。

第12节

न यस्याद्यन्तौ मध्यं च स्वः परो नान्तरं बहिः ।
विश्वस्यामूनि यद्यस्माद्विश्वं च तदृतं महत् ॥१२॥

na yasyādy-antau madhyaṁ ca
svaḥ paro nāntaraṁ bahiḥ
viśvasyāmūni yad yasmād
viśvaṁ ca tad ṛtaṁ mahat

na—不 / yasya—(至尊人格首神)的 / ādi—开始 / antau—结

束 / madhyam—中间 / ca—也 / svaḥ—自己的 / paraḥ—其他 / na—也不 / antaram—内在 / bahiḥ—外在 / viśvasya—整个宇宙展示的 / amūni—所有这些想法 / yat—形象……的 / yasmāt—来自作为万事万物起因的祂 / viśvam—整个宇宙 / ca—和 / tat—他们全部 / ṛtam—真理 / mahat—很伟大

译文 至尊人格首神的存在没有开始、结束和中间。祂也不属于某个人或国家。祂没有内在或外在之分。“开始与结束”及“我的和他们的”等物质世界里有的相对性，在至尊主身上都不存在。祂发散出的宇宙，是祂的另一种表现。因此，至尊主是绝对的真实存在，祂的伟大是完整的。

要旨 《布茹阿玛·萨密塔》(Brahma-saṁhitā)第5章的第1节诗中描述至尊人格首神说：

īśvaraḥ paramaḥ kṛṣṇaḥ
sac-cid-ānanda-vigrahaḥ
anādir ādir govindaḥ
sarva-kāraṇa-kāraṇam

“被称为哥文达的奎师那，是至尊控制者。祂有个永恒、极乐的灵性身体。祂是一切的源头。祂自己没有源头，因为祂是一切原因的最初起因。”至尊主的存在是没有原因的，因为祂是一切的原因。祂虽然在一切之中(mayā tatam idaṁ sarvam)，扩展出一切，但自己却又不是一切。祂“同时既是一体又有区别(acintya-bhedābheda)”。这节诗中对此做了解释。在受物质制约的情况下，我们认为一切都有开始、中间阶段和结束。但对至尊人格首神来说，根本就没有这种事。宇宙的整体展示是至尊主的宇宙形象(virāṭ-rūpa)，《博伽梵歌》中记载，祂将那形象展示给阿尔诸纳看。正因为至尊主永远无所不在，所以祂是绝对真理，是最伟大的。祂绝对伟大。神是伟大的，这节诗解释了祂为何是伟大的。

第 13 节

स विश्वकायः पुरुहूतईशः
सत्यः स्वयंज्योतिरजः पुराणः ।
धत्तेऽस्य जन्माद्यजयात्मशक्त्या
तां विद्ययोदस्य निरीह आस्ते ॥१३॥

sa viśva-kāyaḥ puru-hūta-īśaḥ
satyaḥ svayaṁ-jyotir ajaḥ purāṇaḥ
dhatte 'sya janmādy-ajayātma-śaktyā
tāṁ vidyayodasya nirīha āste

saḥ－那位至尊人格首神 / viśva-kāyaḥ－整个宇宙的形象(整个宇宙是至尊人格首神的外在躯体) / puru-hūtaḥ－有着众多名字的 / īśaḥ－至高无上的控制者(全能的) / satyaḥ－绝对真理 / svayam－亲自 / jyotiḥ－自放光明 / ajaḥ－不经出生就存在、没有开始 / purāṇaḥ－最古老的 / dhatte－祂举行 / asya－宇宙的 / janma-ādi－创造、维系和毁灭 / ajayā－靠祂的外在能量 / ātma-śaktyā－靠祂个人的能量 / tām－那外在物质能量 / vidyayā－靠祂的灵性能量 / udasya－放弃 / nirīhaḥ－没有欲望或活动 / āste－祂(不受物质能量影响地)存在着

译文 整个宇宙展示是绝对真理至尊人格首神的身体，这位至尊主有着千百万的名字和无限的力量。祂自放光明、不经出生就存在，而且从不改变。祂是一切的起源，但祂没有来源。由于祂用自己的外在能量创造这个宇宙展示，宇宙显得像是被祂创造、维系和毁灭。但事实上，祂在自己的灵性能量中，不直接接触物质能量，也不受其活动的影响。

要旨 圣柴坦亚·玛哈帕布(Caitanya Mahāprabhu)在祂的八训规中说：至尊人格首神有许多名字，那些名字都无异于至尊人(nāmnām akāri bahudhā nija-sarva-śaktiḥ)。这是灵性存在。靠由至尊

主的名字构成的哈瑞 · 奎师那(Hare Kṛṣṇa)这首伟大的曼陀(mahā-mantra)，我们发现，祂的名字具有祂本人的一切力量。至尊主从事许多活动；根据祂的活动，祂有许多名字。祂显现为雅首达(Yaśodā)母亲的儿子，以及黛瓦克伊(Devakī)母亲的儿子，为此被称为黛瓦克伊 · 南达纳(Devakī-nandana)和雅首达 · 南达纳(Yaśodā-nandana)。至尊主有许多能量，因此以多种方式活动(parāsya śaktir vivi-dhaiva śrūyate)。尽管如此，祂还是有具体的名字。经典推荐我们应该吟诵、吟唱哈瑞 · 奎师那 哈瑞 · 奎师那 奎师那 · 奎师那 哈瑞 · 哈瑞(Hare Kṛṣṇa, Hare Kṛṣṇa, Kṛṣṇa Kṛṣṇa, Hare Hare)等祂的名字。并不是我们要去找一些名字或编造一个名字；相反，我们必须按照圣洁之人和经典的指示，吟诵、吟唱祂的圣名。

尽管物质能量和灵性能量都属于奎师那，但只要我们还受物质能量的影响，我们就无法了解祂。我们进入灵性能量时，就很容易了解祂了。正如《圣典博伽瓦谭》第1篇第7章的第23节诗说："您用您的灵性能量去除物质能量的影响。您永远处在永恒极乐的状态中，充满超然的知识(māyāṁ vyudasya cic-chaktyā kaivalye sthita ātmani)。"尽管外在能量是至尊主的，但当人受外在能量影响时(mama māyā duratyayā)，要了解至尊主就很困难。然而，人一旦进入灵性能量的范畴，就能了解至尊主了。正因为如此，《博伽梵歌》第18章的第55节诗中说：只有做奉爱服务——培养奎师那意识，才能如实地了解作为至尊人格首神的我(bhaktyā mām abhijānāti yāvān yaś cāsmi tattvataḥ)。这奉爱服务包含许多种活动(śravaṇaṁ kīrtanaṁ viṣṇoḥ smaraṇaṁ pāda-sevanam/arcanaṁ vandanaṁ dāsyaṁ sakhyam ātma-nivedanam)；而要了解至尊主，人就必须走奉爱服务之途。尽管世人忘记了神，说神死了，但这并非事实。人们只要参加奎师那意识运动，就能了解神，从而变得快乐。

第 14 节

अथाग्रे ऋषयः कर्माणीहन्तेऽकर्महेतवे ।
ईहमानो हि पुरुषः प्रायोऽनीहां प्रपद्यते ॥१४॥

athāgre ṛṣayaḥ karmāṇ-
īhante 'karma-hetave
īhamāno hi puruṣaḥ
prāyo 'nīhāṁ prapadyate

atha－因此 / agre－开始时 / ṛṣayaḥ－所有的圣人 / karmāṇi－功利性活动 / īhante－举行 / akarma－毫无功利性结果 / hetave－为了 / īhamānaḥ－从事这类活动 / hi－的确 / puruṣaḥ－一个人 / prāyaḥ－几乎始终 / anīhām－摆脱报应 / prapadyate－达到

译文　因此，为使人们能够达到活动不受功利性结果污染的阶段，伟大的圣人首先让人们从事功利性活动，因为人除非开始按照启示经典的推荐从事活动，否则无法达到解脱的阶段——活动不产生报应的阶段。

要旨　《博伽梵歌》第3章的第9节诗记载，主奎师那忠告说："应该把活动当祭祀奉献给维施努，否则活动就会把人捆绑在物质世界里(yajñārthāt karmaṇo 'nyatra loko 'yaṁ karma-bandhanaḥ)。"在这个物质世界里，人们通常都受到"为变得快乐而辛苦工作"的引诱。然而，尽管世人在为追求快乐而从事各种活动，但不幸的是：这类功利性活动唯一引起的却是问题。为此，经典建议，勤奋之人要致力于培养奎师那意识的活动——祭祀(yajña)，因为那将使人逐渐上升到奉爱服务的层面。梵文"雅格亚(yajña)"是指主维施努(Viṣṇu)，因为祂是一切祭祀的享受者(bhoktāraṁ yajña-tapasāṁ sarva-loka-maheśvaram)。至尊人格首神是真正的享乐者；因此，我们如果开始为取悦祂而活动，就会逐渐失去对物质活动的喜好。

苏塔·哥斯瓦米(Sūta Gosvāmī)向聚集在奈弥沙冉亚(Naimiṣāraṇya)森林中的众多圣人们宣布说：

ataḥ pumbhir dvija-śreṣṭhā
varṇāśrama-vibhāgaśaḥ
svanuṣṭhitasya dharmasya
saṁsiddhir hari-toṣaṇam

"再生者中最优秀的人啊！结论是，履行按社会阶层和灵性阶段制度规定给自己的职责，所能获得的最高完美成就，就是取悦人格首神。"(《圣典博伽瓦谭》1.2.13)按照韦达原则，每个人都必须根据自己所在的社会阶层和灵性阶段做事。这些社会阶层和灵性阶段分别是：布茹阿玛纳(brāhmaṇa, 婆罗门)、查锤亚(kṣatriya, 刹帝利)、外夏(vaiśya, 吠舍)、庶铎(śūdra, 首陀罗)、贞守生阶段(brahmacārī)、居士阶段(gṛhastha)、退出家庭生活阶段(vānaprastha)和进入弃绝阶层阶段(sannyāsī)。大家都该以能够取悦奎师那的方式活动，逐渐迈向完美(saṁsiddhir hari-toṣaṇam)。无所事事地坐着不可能取悦奎师那；必须按照灵性导师的指导，为取悦奎师那而做事。那将使人逐渐达到做纯粹奉爱服务的阶段。正如《圣典博伽瓦谭》第1篇第5章的第12节诗证实说：

naiṣkarmyam apy acyuta-bhāva-varjitaṁ
na śobhate jñānam alaṁ nirañjanam

"有关觉悟自我的知识，如果不含永不坠落者(神)的概念，即使毫无物质性的内容也不好看。"知识思辨者(jñānī)推荐人们采用只冥想和思考梵(Brahman)而不做任何事的方法(naiṣkarmya)，但除非人觉悟了至尊梵(Parabrahman)奎师那，否则是不可能获得成功的。不怀着奎师那意识从事活动，无论是慈善活动、政治活动还是社会活动，都只会使人被束缚在物质活动中(karma-bandhana)。

人一旦受到物质活动的束缚，就必然糟蹋了人体生命形式所提供的便利条件，使生物不得不接受各种类型的躯体。正因为如此，《博伽梵歌》第6章的第3节诗谈到活动瑜伽(karma-yoga)时推荐说：

āruruksor muner yogaṁ
karma kāraṇam ucyate
yogārūḍhasya tasyaiva
śamaḥ kāraṇam ucyate

“对刚开始练八部瑜伽的人来说，活动是手段；对高水平的瑜伽师来说，停止一切物质活动是手段。”但是：

karmendriyāṇi saṁyamya
ya āste manasā smaran
indriyārthān vimūḍhātmā
mithyācāraḥ sa ucyate

“谁控制负责行动的感官，但心里却总想着感官对象，谁就肯定是在欺骗自己，就被称为冒牌货。”(《博伽梵歌》3.6)人应该为完全提升到奎师那意识的层面而认真地为奎师那做事，不该坐下来去模仿像哈瑞达斯·塔库尔(Haridāsa Ṭhākura)那样伟大的人物。圣巴克提希丹塔·萨茹阿斯瓦提·塔库尔对这类模仿行为评论说：

duṣṭa mana! tumi kisera vaiṣṇava?
pratiṣhāra tare, nirjanera ghare,
tava hari-nāma kevala kaitava

“我亲爱的心，你是什么样的奉献者啊？仅仅为了得到廉价的倾慕，你就坐在僻静之地，假装吟诵哈瑞·奎师那玛哈·曼陀，但这完全是欺骗。”最近，有个非洲奉献者去玛亚普尔(Māyāpur)模仿哈瑞达斯·塔库尔，但十五天后就变得烦躁不安，于是离开了。不要突然地试图模仿哈瑞达斯·塔库尔。让自己致力于培养奎师那意识的活动，你就会逐渐达到解脱的阶段(muktir hitvānyathā rūpaṁ svarūpeṇa vyavasthitiḥ)。

第 15 节

ईहते भगवानीशो न हि तत्र विसज्जते ।
आत्मलाभेन पूर्णार्थो नावसीदन्ति येऽनु तम् ॥१५॥

īhate bhagavān īśo
na hi tatra visajjate
ātma-lābhena pūrṇārtho
nāvasīdanti ye 'nu tam

īhate一从事创造、维系和毁灭 / bhagavān一至尊人格首神奎师那 / īśaḥ一至高无上的控制者 / na一不 / hi一确实 / tatra一这些活动 / visajjate一祂变得被……束缚 / ātma-lābhena一由于自己的所得 / pūrṇa-arthaḥ一自我满足 / na一不 / avasīdanti一灰心丧气的 / ye一……的人 / anu一跟随 / tam一至尊人格首神

译文 至尊人格首神本人尽管完全拥有一切财富，但还是作为这个物质世界的创造者、维系者和毁灭者做事。祂虽然以那种方式做事，却从不受束缚。正因为如此，跟随祂的奉献者也从不受束缚。

要旨 正如《博伽梵歌》第3章的第9节诗说明："应该把活动当祭祀奉献给维施努，否则活动就会把人捆绑在物质世界里(yajñārthāt karmaṇo 'nyatra loko 'yaṁ karma-bandhanaḥ)。"我们倘若不怀着奎师那意识行事，就会像桑蚕作茧自缚那样受到束缚。至尊人格首神奎师那显现，是为了教导我们如何工作才不使自己被束缚在这个物质世界里。我们真正的问题是：我们被捆绑在物质性的活动中；由于受到制约，我们从一个躯体到另一个躯体，在各种生命形式里一直不断地于物质存在的惩罚中挣扎。正如《博伽梵歌》第15章的第7节诗记载，至尊主说：

mamaivāṁśo jīva-loke
jīva-bhūtaḥ sanātanaḥ

manaḥ ṣaṣṭhānīndriyāṇi
prakṛti-sthāni karṣati

“在这个受制约的世界里的众生，都是我永恒的碎片部分。受制约的生活使他们与包括心在内的六种感官苦苦争斗。”生物其实是至尊主微小的所属部分。至尊主绝对拥有一切，至尊主的微小部分原本在质上也与祂一样，但由于他们的微小性，他们受物质的吸引，从而遭捆绑。奎师那虽然从事创造、维系和毁灭的物质活动，但却从不受束缚。因此，我们必须按照至尊人格首神的教导做事，那样才能像祂一样，不再为任何事情而感到悲痛(nāvasīdanti ye 'nu tam)。奎师那在《博伽梵歌》中亲自给予教导，按照这些教导去做的人都将得解脱。

奎师那教导说，人应该成为奉献者。人一旦成为奉献者就是在按奎师那的教导做事。祂在《博伽梵歌》中说：“永远想着我，崇拜我，向我致敬，成为我的奉献者(man-manā bhava mad-bhakto mad-yājī māṁ namaskuru)。”(《博伽梵歌》18.65)总是想着奎师那的意思是，吟诵、吟唱哈瑞·奎师那曼陀，但人除非是一个被启迪了的奉献者，否则做不到这一点。人一旦成为奉献者，就会开始崇拜神像(mad-yājī)。奉献者该做的事情是，一直不断地向至尊主和灵性导师致以敬礼。这一原则是被公认的使人上升到奉爱服务层面的方法。人一旦上升到这一层面，就会逐渐了解至尊人格首神；而只要了解奎师那，就能使人摆脱物质的束缚。

第 16 节

तमीहमानं निरहङ्कृतं बुधं
निराशिषं पूर्णमनन्यचोदितम् ।
नॄञ्शिक्षयन्तं निजवर्त्मसंस्थितं
प्रभुं प्रपद्येऽखिलधर्मभावनम् ॥१६॥

tam īhamānaṁ nirahaṅkṛtaṁ budhaṁ
nirāśiṣaṁ pūrṇam ananya-coditam
nṝñ śikṣayantaṁ nija-vartma-saṁsthitaṁ
prabhuṁ prapadye 'khila-dharma-bhāvanam

tam—向这位至尊人格首神 / īhamānam—为我们的利益做事的 / nirahaṅkṛtam—不受束缚，没有自私欲望的 / budham—全知的 / nirāśiṣam—没有享受自己活动结果的欲望 / pūrṇam—自身圆满、完整，因此没有要被满足的欲望 / ananya—被其他人 / coditam—受到激励、被迫使 / nṝn—整个人类社会 / śikṣayantam—教导(人生真正该走的路) / nija-vartma—祂自己的生活方式 / saṁsthitam—为了确立 / prabhum—向至尊主 / prapadye—我要求每一个人都要皈依 / akhila-dharma-bhāvanam—所有宗教原则(人类职责)的主人的

译文 至尊人格首神奎师那像普通人一样工作，但却不想享受工作的结果。祂充满知识，没有物质欲望，不偏离正途，而且完全独立。作为人类社会的至尊导师，祂教导人们按祂本人的活动方式活动，以此展开真正的宗教之途。我要求每个人都跟随祂。

要旨 这是对我们奎师那意识运动的本质的概述。我们只是在请求人类社会跟随《博伽梵歌》的教导者向前走。遵循《博伽梵歌原意》的教导，你们的人生就会成功。这就是对奎师那意识运动的总结。奎师那意识运动的组织者教导人们如何遵循主茹阿玛禅铎(Rāmacandra)的教导、主奎师那的教导和圣柴坦亚·玛哈帕布的教导。在这个物质世界里，我们需要有领导君主制或良好政府的一位领袖。圣主茹阿玛禅铎以身作则地给我们看，如何生活才对整个人类社会有益。祂与茹阿瓦纳(Rāvaṇa)等恶魔作战，执行祂父亲的命令，一直是悉塔母亲(Sītā)忠诚的丈夫。主茹阿玛禅铎作为理想君王的所作所为无与伦比。事实上，人们至今依然渴望

能有个像主茹阿玛禅铎的领袖领导政府(rāma-rājya)。同样，主奎师那虽然是至尊人格首神，但却教导祂的门徒和奉献者阿尔诸纳，如何过一种最终能回归家园，回到首神身边的生活(tyaktvā deham̐ punar janma naiti mām eti so 'rjuna)。在《博伽梵歌》中可以找到对政治、经济、社会、宗教、文化和哲学等所有方面内容的教导。人们唯一要做的，就是严格遵守那些教导。至尊人格首神还作为主柴坦亚到来，扮演纯粹奉献者的角色。就这样，至尊主为了让我们的生活成功，以各种方式教导我们。为此，斯瓦阳布瓦·玛努要求我们按照至尊主的教导去做。

斯瓦阳布瓦·玛努是人类的领袖，他给了我们一本名叫《玛努法典》(Manu-sam̐hitā)的书，作为对人类社会的指导。在这节诗中，他指导我们要按照至尊人格首神各个化身的教导去做。这些化身在韦达文献中都有描述，佳亚戴瓦·哥斯瓦米(Jayadeva Gosvā-mī)总结性地描述了十个重要化身(keśava dhṛta-mīna-śarīra jaya jagad-īśa hare, keśava dhṛta-nara-hari-rūpa jaya jagad-īśa hare, keśava dhṛta-buddha-śarīra jaya jagad-īśa hare等)。斯瓦阳布瓦·玛努教导我们要遵循神的化身的教导，尤其是奎师那在《博伽梵歌原意》中的教导。

萨尔瓦宝玛·巴塔查尔亚(Sārvabhauma Bhaṭṭācārya)欣赏圣柴坦亚·玛哈帕布教导的奉爱之途(bhakti-mārga)，因此在他写的剧本《升起的明月——圣柴坦亚》(Caitanya-candrodaya-nāṭaka)的第6章第74节诗中描述圣柴坦亚·玛哈帕布的活动说：

vairāgya-vidyā-nija-bhakti-yoga-
śikṣārtham ekaḥ puruṣaḥ purāṇaḥ
śrī-kṛṣṇa-caitanya-śarīra-dhārī
kṛpāmbudhir yas tam aham̐ prapadye

“让我托庇于至尊人格首神圣奎师那，祂以主柴坦亚·玛哈帕布的形象降临，教导我们真正的知识、为祂做的奉爱服务，以及远离不利于培养奎师那意识的一切。祂之所以降临，是因为祂是超然仁慈的海洋。让我投靠祂的莲花足。”在这个喀历(Kali)年代中，人们无法遵循至尊人格首神的教导。为此，至尊主本人扮演圣奎师那·柴坦亚(Kṛṣṇa Caitanya)的角色，亲自教导如何变得具有奎师那意识。祂要求人们追随祂，并成为灵性导师去拯救喀历年代中的堕落灵魂。

yāre dekha, tāre kaha 'kṛṣṇa'-upadeśa
āmāra ājñāya guru hañā tāra' ei deśa

“教导每一个人都遵守圣主奎师那在《博伽梵歌》和《圣典博伽瓦谭》中给予的命令，以此成为灵性导师，努力解救这片大地上的每一个人。”(《永恒的柴坦亚经》中篇7.128)主茹阿玛禅铎、主奎师那和主柴坦亚·玛哈帕布的共同目的是，教导人类社会靠遵循至尊主的指示变得快乐。

第 17 节

श्रीशुक उवाच
इति मन्त्रोपनिषदं व्याहरन्तं समाहितम् ।
दृष्ट्वासुरा यातुधाना जग्धुमभ्यद्रवन् क्षुधा ॥१७॥

śrī-śuka uvāca
iti mantropaniṣadaṁ
vyāharantaṁ samāhitam
dṛṣṭvāsurā yātudhānā
jagdhum abhyadravan kṣudhā

śrī-śukaḥ uvāca—圣舒卡戴瓦·哥斯瓦米说 / iti—如此 / mantra-upaniṣadam—(由斯瓦阳布瓦·玛努吟诵的)韦达赞歌 / vyāharan-tam—教导或吟诵 / samāhitam—集中注意力(不受物质情况的影响) / dṛṣṭvā—看见(他)时 / asurāḥ—恶魔们 / yātudhānāḥ—食人魔 / jagdhum—想要吞食 / abhyadravan—飞速冲向 / kṣudhā—为满足他们的食欲

译文　舒卡戴瓦·哥斯瓦米继续道：斯瓦阳布瓦·玛努就这样处在全神贯注的出神状态中，吟诵以赞歌形式呈现、被称为奥义书的韦达教导。食人魔和恶魔看到他后感到十分饥饿，想要吞食他，于是飞速冲向他。

第 18 节

तांस्तथावसितान् वीक्ष्य यज्ञः सर्वगतो हरिः ।
यामैः परिवृतो देवैर्हत्वाशासत्त्रिविष्टपम् ॥१८॥

tāṁs tathāvasitān vīkṣya
yajñaḥ sarva-gato hariḥ
yāmaiḥ parivṛto devair
hatvāśāsat tri-viṣṭapam

tān—恶魔和食人魔们 / tathā—这样 / avasitān—想要吞食斯瓦阳布瓦·玛努 / vīkṣya—看到时 / yajñaḥ—名为雅格亚的主维施努 / sarva-gataḥ—处在众生心中的 / hariḥ—至尊人格首神 / yāmaiḥ—与名叫亚玛的儿子们 / parivṛtaḥ—围绕着 / devaiḥ—被半神人 / hatvā—杀死（恶魔）后 / aśāsat—统治（担当天帝因铎的职位）/ tri-viṣṭapam—天堂星球

译文　坐在众生心中并显现为雅格亚帕提的至尊主维施努，看到食人魔和恶魔要吞吃斯瓦阳布瓦·玛努，便在祂那些名叫亚玛的儿子及其他半神人的陪伴下，杀死了恶魔和食人魔。接着，祂担当天帝因铎的职位，开始统治天堂王国。

要旨　半神人不同的名字，如：主布茹阿玛、主希瓦、主因铎等，都不是个人的名字，而是地位的名称。就有关这一点，我们了解到：当没人适合担任这些职务时，主维施努有时就当布茹阿玛或因铎。

第 19 节

स्वारोचिषो द्वितीयस्तु मनुरग्नेः सुतोऽभवत् ।
द्युमत्सुषेणरोचिष्मत्प्रमुखास्तस्य चात्मजाः ॥१९॥

svārociṣo dvitīyas tu
manur agneḥ suto 'bhavat
dyumat-suṣeṇa-rociṣmat
pramukhās tasya cātmajāḥ

svārociṣaḥ—斯瓦若祺沙 / dvitīyaḥ—第二个 / tu—确实 / manuḥ—玛努 / agneḥ—阿格尼的 / sutaḥ—儿子 / abhavat—成为 / dyumat—丢玛特 / suṣeṇa—苏申纳 / rociṣmat—柔祺施玛特 / pramukhāḥ—以他们为开始 / tasya—他(斯瓦柔祺沙)的 / ca—也 / ātma-jāḥ—儿子们

译文 火神阿格尼名叫斯瓦若祺沙的儿子当了第二任的玛努。他有几个儿子，其中为首的是丢玛特、苏申纳和柔祺施玛特。

要旨

manvantaraṁ manur devā
manu-putrāḥ sureśvaraḥ
ṛṣayo 'ṁśāvatārāś ca
hareḥ ṣaḍ vidham ucyate

至尊人格首神有很多化身。玛努、玛努的儿子(manu-putrāḥ)、天堂帝王、七位伟大的圣人，全都是至尊主的部分化身。在斯瓦阳布瓦·玛努统治期间，他本人、他的儿子普瑞亚瓦塔(Priyavrata)和乌塔纳帕达(Uttānapāda)，以及以达克沙(Dakṣa)为首的半神人和玛瑞祺(Marīci)等圣人，全都是至尊主的部分化身。在那段时间内，至尊主的化身雅格亚负责统治天堂星球。下一位玛努是斯瓦若祺沙。后面的十一节诗将进一步介绍玛努们、圣人们和半神人们。

第 20 节

तत्रेन्द्रो रोचनस्त्वासीद्देवाश्च तुषितादयः ।
ऊर्जस्तम्भादयः सप्त ऋषयो ब्रह्मवादिनः ॥२०॥

tatrendro rocanas tv āsīd
devāś ca tuṣitādayaḥ
ūrja-stambhādayaḥ sapta
ṛṣayo brahma-vādinaḥ

tatra－在这位玛努统治期内 / indraḥ－因铎 / rocanaḥ－雅格亚的儿子柔查纳 / tu－但是 / āsīt－成为 / devāḥ－半神人 / ca－也 / tuṣita-ādayaḥ－图希塔和其他人 / ūrja－乌尔嘉 / stambha－和斯坦巴 / ādayaḥ－和其他人 / sapta－七位 / ṛṣayaḥ－圣人 / brahma-vādi-naḥ－所有忠诚的奉献者

译文　在斯瓦若祺沙统治期间，天帝因铎的职位由雅格亚的儿子柔查纳担任。图希塔和其他人当了主要的半神人，乌尔嘉和斯坦巴等其他人成了七位圣人。他们都是至尊主忠诚的奉献者。

第 21 节

ऋषेस्तु वेदशिरसस्तुषिता नाम पत्न्यभूत् ।
तस्यां जज्ञे ततो देवो विभुरित्यभिविश्रुतः ॥२१॥

ṛṣes tu vedaśirasas
tuṣitā nāma patny abhūt
tasyāṁ jajñe tato devo
vibhur ity abhiviśrutaḥ

ṛṣeḥ－圣人的 / tu－确实 / vedaśirasaḥ－韦达希尔 / tuṣitā－图西塔 / nāma－名叫 / patnī－妻子 / abhūt－生了 / tasyām－在她(子宫)之中 / jajñe－出生 / tataḥ－之后 / devaḥ－至尊主 / vibhuḥ－维布 / iti－如此 / abhiviśrutaḥ－著名的

译文 韦达希尔是很著名的圣人。他使妻子图西塔怀孕生下至尊主的化身维布。

第 22 节

अष्टाशीतिसहस्राणि मुनयो ये धृतव्रताः ।
अन्वशिक्षन् व्रतं तस्य कौमारब्रह्मचारिणः ॥२२॥

aṣṭāśīti-sahasrāṇi
munayo ye dhṛta-vratāḥ
anvaśikṣan vrataṁ tasya
kaumāra-brahmacāriṇaḥ

aṣṭāśīti－八十八 / sahasrāṇi－千 / munayaḥ－伟大的圣人 / ye－……的 / dhṛta-vratāḥ－坚定不移地遵守誓言 / anvaśikṣan－学习 / vratam－誓言 / tasya－从他(维布) / kaumāra－没有结婚的 / brahmacāriṇaḥ－坚定不移地过独生禁欲的生活

译文 维布始终是贞守生，毕生从未娶妻。八万八千位圣洁之人从他那里学习自我控制和苦修一类的行为举止。

第 23 节

तृतीय उत्तमो नाम प्रियव्रतसुतो मनुः ।
पवनः सृञ्जयो यज्ञहोत्राद्यास्तत्सुता नृप ॥२३॥

tṛtīya uttamo nāma
priyavrata-suto manuḥ
pavanaḥ sṛñjayo yajña-
hotrādyās tat-sutā nṛpa

tṛtīyaḥ－第三位 / uttamaḥ－乌塔玛 / nāma－名叫 / priyavrata－普瑞亚瓦塔的 / sutaḥ－儿子 / manuḥ－他成为玛努 / pavanaḥ－帕瓦纳 / sṛñjayaḥ－逊佳亚 / yajñahotra-ādyāḥ－雅格亚厚陀和其他人 / tat-sutāḥ－乌塔玛的儿子们 / nṛpa－君王啊！

译文 君王啊！第三位玛努是普瑞亚瓦塔的儿子乌塔玛。帕瓦纳、逊佳亚和雅格亚厚陀是这位玛努的儿子。

第 24 节

वसिष्ठतनयाः सप्त ऋषयः प्रमदादयः ।
सत्या वेदश्रुता भद्रा देवा इन्द्रस्तु सत्यजित् ॥२४॥

vasiṣṭha-tanayāḥ sapta
ṛṣayaḥ pramadādayaḥ
satyā vedaśrutā bhadrā
devā indras tu satyajit

vasiṣṭha-tanayāḥ—瓦希施塔的儿子们 / sapta—七个 / ṛṣayaḥ—圣人 / pramada-ādayaḥ—以帕玛达为首 / satyāḥ—萨提亚们 / vedaśru-tāḥ—韦达施茹塔们 / bhadrāḥ—巴铎们 / devāḥ—半神人 / indraḥ—天帝因铎 / tu—但是 / satyajit—萨提亚吉特

译文 在第三位玛努统治期间，帕玛达及瓦希施塔的其他儿子成为七圣人。萨提亚们、韦达施茹塔们及巴铎们当了半神人。萨提亚吉特被挑选当了天帝因铎。

第 25 节

धर्मस्य सूनृतायां तु भगवान् पुरुषोत्तमः ।
सत्यसेन इति ख्यातो जातः सत्यव्रतैः सह ॥२५॥

dharmasya sūnṛtāyāṁ tu
bhagavān puruṣottamaḥ
satyasena iti khyāto
jātaḥ satyavrataiḥ saha

dharmasya—掌管宗教的半神人的 / sūnṛtāyām—在他妻子孙日塔的子宫中 / tu—确实 / bhagavān—至尊人格首神 / puruṣa-uttamaḥ—至尊人格首神 / satyasenaḥ—萨提亚森纳 / iti—如此 / khyātaḥ—著名 / jātaḥ—诞生 / satyavrataiḥ—萨提亚瓦塔们 / saha—和

译文 在这个玛努统治期间，从掌管宗教的半神人达尔玛的妻子孙日塔的腹中，至尊人格首神显现了。这位至尊主以萨提亚森纳闻名于世，祂与其他被称为萨提亚瓦塔的半神人一起显现。

第 26 节

सोऽनृतव्रतदुः शीलानसतो यक्षराक्षसान् ।
भूतद्रुहो भूतगणांश्चावधीत्सत्यजित्सखः ॥२६॥

so 'nṛta-vrata-duḥśīlān
asato yakṣa-rākṣasān
bhūta-druho bhūta-gaṇāṁś
cāvadhīt satyajit-sakhaḥ

saḥ－祂(萨提亚森纳) / anṛta-vrata－喜欢撒谎的 / duḥśīlān－行为不端 / asataḥ－无赖 / yakṣa-rākṣasān－夜叉和食人魔 / bhūta-druhaḥ－总是阻挠其他生物体的进步 / bhūta-gaṇān－鬼魂类的生物体 / ca－也 / avadhīt－杀死 / satyajit-sakhaḥ－和他的朋友萨提亚吉特

译文 萨提亚森纳与祂朋友——担当天帝因铎的萨提亚吉特一起，杀死了所有不诚实、不虔诚和行为不端的夜叉、食人魔和鬼魂类的生物体。那些生物体给其他生物体制造痛苦。

第 27 节

चतुर्थ उत्तमभ्राता मनुर्नाम्ना च तामसः ।
पृथुः ख्यातिर्नरः केतुरित्याद्या दश तत्सुताः ॥२७॥

caturtha uttama-bhrātā
manur nāmnā ca tāmasaḥ
pṛthuḥ khyātir naraḥ ketur
ity ādyā daśa tat-sutāḥ

caturtha—第四位玛努 / uttama-bhrātā—乌塔玛的兄弟 / manuḥ—成为玛努 / nāmnā—名叫 / ca—也 / tāmasaḥ—塔玛斯 / pṛthuḥ—普瑞图 / khyātiḥ—克雅提 / naraḥ—纳茹阿 / ketuḥ—凯图 / iti—如此 / ādyāḥ—以……为首 / daśa—十个 / tat-sutāḥ—塔玛斯·玛努的儿子

译文 第三位玛努乌塔玛的兄弟是著名的塔玛斯，他当了第四任玛努。塔玛斯有十个儿子，其中为首的是普瑞图、克雅提、纳茹阿和凯图。

第 28 节

सत्यका हरयो वीरा देवास्त्रिशिख ईश्वरः ।
ज्योतिर्धामादयः सप्त ऋषयस्तामसेऽन्तरे ॥२८॥

satyakā harayo vīrā
devās triśikha īśvaraḥ
jyotirdhāmādayaḥ sapta
ṛṣayas tāmase 'ntare

satyakāḥ—萨提亚卡们 / harayaḥ—哈瑞们 / vīrāḥ—维茹阿们 / devāḥ—半神人 / triśikhaḥ—特瑞希卡 / īśvaraḥ—天帝 / jyotirdhāma-ādayaḥ—以著名的玖提尔达玛为首 / sapta—七位 / ṛṣayaḥ—圣人 / tāmase—塔玛斯·玛努统治期间 / antare—以内

译文 在塔玛斯·玛努统治期间，半神人中有萨提亚卡们、哈瑞们和维茹阿们。担当天帝因铎的是特瑞希卡。在七圣人星球(saptarṣi-dhāma)上居住的圣人以玖提尔达玛为首。

第 29 节

देवा वैधृतयो नाम विधृतेस्तनया नृप ।
नष्टाः कालेन यैर्वेदा विधृताः स्वेन तेजसा ॥२९॥

devā vaidhṛtayo nāma
vidhṛtes tanayā nṛpa

naṣṭāḥ kālena yair vedā
vidhṛtāḥ svena tejasā

devāḥ－半神人 / vaidhṛtayaḥ－外德瑞提们 / nāma－名叫 / vidhṛteḥ－维德瑞提的 / tanayāḥ－是……的儿子的 / nṛpa－君王啊！ / naṣṭāḥ－失去 / kālena－在时间的影响下 / yaiḥ－由…… / vedāḥ－韦达经 / vidhṛtāḥ－受到保护 / svena－凭自己的 / tejasā－力量

译文 君王啊！在塔玛斯·玛努统治期间，维德瑞提的儿子们外德瑞提，也都当了半神人。由于随着时间的流逝，韦达权威的影响力在一段时间内消失了，这些半神人们靠他们自己的力量保护韦达的权威性。

要旨 在塔玛斯·玛努统治期间(Tāmasa manvantara)有两类半神人，一类被称为外德瑞提(Vaidhṛti)。这些半神人的责任是保护韦达经(Vedas)的权威性。梵文devatā是指维护韦达经的权威性的人。相反，食人魔(Rākṣasa)是那些蔑视韦达权威的人。韦达经的权威性一旦失去，整个宇宙就变得混乱一片，没有秩序。因此，半神人、君王及政府官员的责任是，全面保护韦达经的权威性；否则，人类社会将处在混乱无序的状态中，不可能有和平与繁荣。

第30节

तत्रापि जज्ञे भगवान् हरिण्यां हरिमेधसः ।
हरिरित्याहृतो येन गजेन्द्रो मोचितो ग्रहात् ॥३०॥

tatrāpi jajñe bhagavān
hariṇyāṁ harimedhasaḥ
harir ity āhṛto yena
gajendro mocito grahāt

tatrāpi－在那段时间内 / jajñe－显现 / bhagavān－至尊人格首神 / hariṇyām－在哈瑞妮的子宫中 / harimedhasaḥ－由哈瑞梅达生的 / hariḥ－哈尔依 / iti－如此 / āhṛtaḥ－呼唤 / yena－被谁 / gaja-indraḥ－象王 / mocitaḥ－摆脱了 / grahāt－鳄鱼的嘴巴

译文　而且，在这个玛努统治期内，至尊主维施努从哈瑞梅达之妻哈瑞妮的子宫中显现，被称为哈尔依。哈瑞依从鳄鱼的嘴中拯救了祂的奉献者——象王嘎臻铎。

第 31 节

श्रीराजोवाच
बादरायण एतत्ते श्रोतुमिच्छामहे वयम् ।
हरिर्यथा गजपतिं ग्राहग्रस्तममूमुचत् ॥३१॥

śrī-rājovāca
bādarāyaṇa etat te
śrotum icchāmahe vayam
harir yathā gaja-patiṁ
grāha-grastam amūmucat

śrī-rājā uvāca－帕瑞克西特王说 / bādarāyaṇe－巴达茹阿亚纳的儿子(维亚萨戴瓦)啊 / etat－这个 / te－从你 / śrotum icchāmahe－想要聆听 / vayam－我们 / hariḥ－主哈尔依 / yathā－如何 / gaja-patim－象王 / grāha-grastam－受到鳄鱼的攻击时 / amūmucat－拯救

译文　帕瑞克西特王说：我的主人，巴达茹阿亚尼(维亚萨戴瓦的儿子)，我们想要听您详细描述象王在受到鳄鱼的攻击时，是如何被哈尔依拯救的。

第 32 节

तत्कथासु महत्पुण्यं धन्यं स्वस्त्ययनं शुभम् ।
यत्र यत्रोत्तमश्लोको भगवान् गीयते हरिः ॥३२॥

tat-kathāsu mahat puṇyaṁ
dhanyaṁ svastyayanaṁ śubham
yatra yatrottamaśloko
bhagavān gīyate hariḥ

tat-kathāsu－在这些叙述中 / mahat－伟大的 / puṇyam－虔诚的 / dhanyam－光荣的 / svastyayanam－吉祥的 / śubham－绝对好的 / yatra－无论何时 / yatra－哪里 / uttamaślokaḥ－名叫乌塔玛施珞卡的至尊主(受到超然诗歌赞扬的祂) / bhagavān－至尊人格首神 / gīyate－被歌颂 / hariḥ－至尊人格首神

译文 任何描述和赞扬至尊人格首神乌塔玛施珞卡的文学或故事，无疑都是非凡、纯洁、光荣、吉祥和绝对好的。

要旨 奎师那意识运动仅仅靠讲述奎师那而传遍全世界。我们出版、发行了许多书籍，包括《博伽梵歌》、《奉爱的甘露》，以及每一卷都有四百多页共十七卷的《永恒的柴坦亚经》和六十卷的《圣典博伽瓦谭》。演讲者无论在哪里讲述这些书籍的内容，只要听众聆听，就会创造一个良好、吉祥的环境。所以，奎师那意识运动的成员，尤其是进入弃绝阶层的人，在传播奎师那意识时必须十分谨慎。这将创造一个吉祥的环境。

第33节

श्रीसूत उवाच
परीक्षितैवं स तु बादरायणिः
प्रायोपविष्टेन कथासु चोदितः ।
उवाच विप्राः प्रतिनन्द्य पार्थिवं
मुदा मुनीनां सदसि स्म शृण्वताम् ॥३३॥

śrī-sūta uvāca
parīkṣitaivaṁ sa tu bādarāyaṇiḥ
prāyopaviṣṭena kathāsu coditaḥ

uvāca viprāḥ pratinandya pārthivaṁ
mudā munīnāṁ sadasi sma śṛṇvatām

śrī-sūtaḥ uvāca一圣苏塔·哥斯斯瓦米说 / parīkṣitā一被帕瑞克西特王 / evam一如此 / saḥ一他 / tu一的确 / bādarāyaṇiḥ一舒卡戴瓦·哥斯瓦米 / prāya-upaviṣṭena一正等待逐渐逼近的死亡的帕瑞克西特王 / kathāsu一被……的话 / coditaḥ一受到鼓励 / uvāca一说 / viprāḥ一众布茹阿玛纳啊！ / pratinandya一祝贺之后 / pārthivam一帕瑞克西特王 / mudā一非常高兴地 / munīnām一伟大的圣人的 / sadasi一集会中 / sma一确实 / śṛṇvatām一想要聆听

译文　圣苏塔·哥斯瓦米说：众布茹阿玛纳啊！当正等待逐渐逼近的死亡的帕瑞克西特王这样要求舒卡戴瓦·哥斯瓦米讲述时，舒卡戴瓦·哥斯瓦米受到君王话语的鼓励，向君王致敬，随后向聚在一起想要听他讲述的圣人们开口说话。

到此为止，结束了巴克提韦丹塔对《圣典博伽瓦谭》第8篇第1章——“众玛努——宇宙的行政官”所作的阐释。

第二章

大象嘎臻铎身陷险境

这第八篇的第2、3、4章描述的都是在第四位玛努(Manu)统治期内，至尊主是如何保护群象之王的。正如这第2章所描述的，当象王与它的雌象们一起在水中作乐时，一只鳄鱼突然攻击了它，象王投靠人格首神求取庇护。

在牛奶之洋的正中央，有一座海拔八万英里十分美丽的高山。这座山名叫特瑞库塔(Trikūṭa)。在特瑞库塔的山谷中有一个名叫瑞图玛特的迷人花园，这花园由水神瓦茹纳(Varuṇa)建造，其中有一大片很漂亮的湖泊。一次，大象的首领与雌象们到那湖中享受沐浴的乐趣，结果打扰了水中的居民。为此，住在那湖水中的、十分强大的鳄鱼首领立刻对大象的腿发动攻击。紧接着，大象和鳄鱼之间展开了激烈的争战。这场战斗持续了一千年。大象和鳄鱼都没有死，但由于它们是在水中作战，大象逐渐变得体力不支，而鳄鱼的力量却越来越强。这使那鳄鱼越战越勇。于是，大象在绝望、看不到有其他方法可以保护自己的情况下，寻求至尊人格首神莲花足的庇护。

第 1 节

श्रीशुक उवाच
आसीद्गिरिवरो राजंस्त्रिकूट इति विश्रुतः ।
क्षीरोदेनावृतः श्रीमान् योजनायुतमुच्छ्रितः ॥१॥

śrī-śuka uvāca
āsīd girivaro rājaṁs
trikūṭa iti viśrutaḥ

kṣīrodenāvṛtaḥ śrīmān
yojanāyutam ucchritaḥ

śrī-śukaḥ uvāca—圣舒卡戴瓦·哥斯瓦米说 / āsīt—曾经 / girivaraḥ——座巨山 / rājan—君王啊！ / tri-kūṭaḥ—特瑞库塔 / iti—如此 / viśrutaḥ—著名 / kṣīra-udena—由牛奶之洋 / āvṛtaḥ—环绕着 / śrīmān—非常美丽 / yojana—八英里的长度 / ayutam——万 / ucchritaḥ—非常高的

译文 舒卡戴瓦·哥斯瓦米说：我亲爱的君王，有一座巨山名叫特瑞库塔。它高达八万英里，四周由牛奶之洋环绕着，看上去美丽非凡。

第2—3节

तावता विस्तृतः पर्यक्त्रिभिः शृङ्गैः पयोनिधिम् ।
दिशः खं रोचयन्नास्ते रौप्यायसहिरण्मयैः ॥ २ ॥

अन्यैश्च ककुभः सर्वा रत्नधातुविचित्रितैः ।
नानाद्रुमलतागुल्मैर्निर्घोषैर्निर्झराम्भसाम् ॥ ३ ॥

tāvatā vistṛtaḥ paryak
tribhiḥ śṛṅgaiḥ payo-nidhim
diśaḥ khaṁ rocayann āste
raupyāyasa-hiraṇmayaiḥ

anyaiś ca kakubhaḥ sarvā
ratna-dhātu-vicitritaiḥ
nānā-druma-latā-gulmair
nirghoṣair nirjharāmbhasām

tāvatā—就这样 / vistṛtaḥ—长度和宽度(八万英里) / paryak—四面八方 / tribhiḥ—三个 / śṛṅgaiḥ—山峰 / payaḥ-nidhim—位于牛奶之洋中的一个岛上 / diśaḥ—所有的方向 / kham—天空 / rocayan—令人愉快的 / āste—耸立 / raupya—银子的 / ayasa—铁的 / hiraṇmayaiḥ－金子的 / anyaiḥ－和其他山峰 / ca－还有 / kakubhaḥ－方向 / sarvāḥ－所有 / ratna－宝石 / dhātu－和矿物 / vicitritaiḥ－装饰得很美 / nānā－各种各样的 / druma-latā－树木和匍匐植物 / gulmaiḥ－及灌木 / nirghoṣaiḥ－……的声音 / nirjhara－瀑布 / ambhasām－水的

译文　这座山的长度和宽度一样(都是八万英里)。它的三个主峰分别是铁、银子和金子的，美化了所有的方向及天空。山上还有其他满是宝石、矿物，且由漂亮的树木、匍匐植物及灌木装饰着的山峰。山上的瀑布发出的声音悦耳动听。这座山就这样矗立着，为所有的方向增添美色。

第 4 节

स चावनिज्यमानाङ्घ्रिः समन्तात्पयऊर्मिभिः ।
करोति श्यामलां भूमिं हरिन्मरकताश्मभिः ॥ ४ ॥

sa cāvanijyamānāṅghriḥ
samantāt paya-ūrmibhiḥ
karoti śyāmalāṁ bhūmiṁ
harin-marakatāśmabhiḥ

saḥ－那座山 / ca－此外 / avanijyamāna-aṅghriḥ－山脚总是被冲刷 / samantāt－周围 / payaḥ-ūrmibhiḥ－被牛奶波浪 / karoti－使得 / śyāmalām－深绿色的 / bhūmim－大地 / harit－绿色的 / marakata－绿宝石 / aśmabhiḥ－宝石

译文　山脚下的大地总是被牛奶的浪涛冲刷着，在周围的八个方向(北、南、东、西及它们之间的方向)产出绿宝石。

要旨　从《圣典博伽瓦谭》(Śrīmad-Bhāgavatam)我们了解到，世上有各种汪洋，有充满牛奶的汪洋，也分别有充满酒、纯净酥油、油和甜水的汪洋。就这样，这个宇宙中有各种不同的汪洋。经验十分有限的现代科学家们无法反驳这些说明；他们给不了我们任何星球，甚至我们所住的这个星球的完整资讯。然而，从这节诗我们可以了解，某些山的山谷如果受到牛奶的冲刷，就会产出绿宝石。世上没人能模仿至尊人格首神管理下的物质自然的活动。

第 5 节

सिद्धचारणगन्धर्वैर्विद्याधरमहोरगैः ।
किन्नरैरप्सरोभिश्च क्रीडद्भिर्जुष्टकन्दरः ॥५॥

siddha-cāraṇa-gandharvair
vidyādhara-mahoragaiḥ
kinnarair apsarobhiś ca
krīḍadbhir juṣṭa-kandaraḥ

siddha－神秘仙星球的居民 / cāraṇa－查冉纳星球的居民 / gandharvaiḥ－歌仙星球的居民 / vidyādhara－维迪亚达尔星球的居民 / mahā-uragaiḥ－蛇星球的居民 / kinnaraiḥ－克伊纳尔星球的居民 / apsarobhiḥ－天堂舞女 / ca－和 / krīḍadbhiḥ－嬉戏 / juṣṭa－享乐 / kandaraḥ－山洞

译文 神秘仙、查冉纳、歌仙、维迪亚达尔、蛇仙、克伊纳尔和天堂舞女这些高等星球上的居民，都去那座山上游玩。因此，山上所有的洞穴中都满是天堂星球的这些居民。

要旨 就像普通人会到咸水海洋中嬉戏一样，高等星系的居民到牛奶之洋去，漂浮在牛奶之洋中。他们还去特瑞库塔山的山洞中享受各种游玩的乐趣。

第 6 节

यत्र सङ्गीतसन्नादैर्नदद्गुहममर्षया ।
अभिगर्जन्ति हरयः श्लाघिनः परशङ्कया ॥६॥

yatra saṅgīta-sannādair
　nadad-guham amarṣayā
abhigarjanti harayaḥ
　ślāghinaḥ para-śaṅkayā

yatra—在那座山上(特瑞库塔) / saṅgīta—歌唱 / sannādaiḥ—……的声音 / nadat—回响着 / guham—山洞 / amarṣayā—由于无法忍受的愤怒和忌妒 / abhigarjanti—吼叫 / harayaḥ—狮子 / ślāghinaḥ—为自己的力量感到自豪 / para-śaṅkayā—因以为是其他狮子

译文　天堂居民在山洞中歌唱发出响亮的声音，使住在那里并为自己的力量而感到自豪的狮子们，以为是其他狮子在吼叫，于是忍不住忌妒而又愤怒地吼叫起来。

要旨　高等星系中不仅有各种人类，也有像狮子和大象那样的动物。那里有树木和绿宝石大地。这些都是至尊人格首神的创造。对此，圣巴克提维诺德·塔库尔(Bhaktivinoda Ṭhākura)歌唱道："我的主凯沙瓦(Keśava)，您的创造丰富多彩、变化万千(keśava! tuyā jagata vicitra)。"地质学家、植物学家和其他所谓的科学家们推测其他星系的情况，但因为无法估量各种其他的星球，便错误地想象"除了地球一个星球，其他所有的星球都是空的、无人居住并满是尘埃"。他们虽然无法估量宇宙各处的各种存在，但却对自己有的知识十分自豪，被水平与他们差不多的人们接受为是有学问的人。正如《圣典博伽瓦谭》第2篇第3章的第19节诗描述：物质主义领袖受到像猪、狗、骆驼和驴一样活着的人的赞美(śva-vid-varāhoṣṭra-kharaiḥ saṁstutaḥ puruṣaḥ paśuḥ)，而这些领袖自己也如动物般活着。人不该满足于得到由这种人给予的知识，而必须向舒卡戴瓦·哥斯瓦米(Śukadeva Gosvāmī)那样完美的人学习知识。我们的责任是遵循伟大的权威人士(mahājana)的教导(mahājano yena gataḥ sa panthāḥ)。世上共有十二位伟大的权威人士，舒卡戴瓦·哥斯瓦米就是其中的一位。

svayambhūr nāradaḥ śambhuḥ
kumāraḥ kapilo manuḥ
prahlādo janako bhīṣmo
balir vaiyāsakir vayam

（《圣典博伽瓦谭》6.3.20）

诗文中的“外亚萨克伊(Vaiyāsaki)”就是舒卡戴瓦·哥斯瓦米。我们将他说的话视为是事实。那就是完美的知识。

第7节

नानारण्यपशुव्रातसङ्कुलद्रोण्यलङ्कृतः ।
चित्रद्रुमसुरोद्यानकलकण्ठविहङ्गमः ॥ ७ ॥

nānāraṇya-paśu-vrāta-
saṅkula-droṇy-alaṅkṛtaḥ
citra-druma-surodyāna-
kalakaṇṭha-vihaṅgamaḥ

nānā—各种各样的 / araṇya-paśu—丛林动物 / vrāta—许多 / saṅkula—充满 / droṇi—山谷 / alaṅkṛtaḥ—装饰得很美 / citra—各种各样的 / druma—树木 / sura-udyāna—半神人维持的花园 / kalakaṇṭha—发出悦耳动听的啁啾声 / vihaṅgamaḥ—飞禽

译文 特瑞库塔山下的溪谷由许多种丛林动物点缀得美轮美奂；在半神人们维持的花园内的树丛中，各种鸟儿用甜美的声音歌唱着。

第8节

सरित्सरोभिरच्छोदैः पुलिनैर्मणिवालुकैः ।
देवस्त्रीमज्जनामोदसौरभाम्ब्वनिलैर्युतः ॥ ८ ॥

sarit-sarobhir acchodaiḥ
pulinair maṇi-vālukaiḥ
deva-strī-majjanāmoda-
saurabhāmbv-anilair yutaḥ

国际奎师那意识协会创办人、一代宗师

圣恩 A.C.巴克提韦丹塔·斯瓦米·帕布帕德

象王嘎臻铎用象鼻摘下一朵莲花，强忍着钻心的疼痛费力地说出：“啊，我的至尊主纳茹阿亚纳、宇宙的主人!我向您献上我谦恭的敬礼。”（见第 118 页）

当至尊主发射飞轮使鳄鱼身首分家时，那鳄鱼现出一个美丽的歌仙形象。大象嘎臻铎则得到祝福，从生死轮回中获得解脱，获得一个与至尊主一样的灵性身体。（见第 119—126 页）

至尊主用祂仁慈的扫视，使恶魔和半神人们恢复了生命。祂接着用一只手托举起曼达尔山。（见第 233 页）

主希瓦看到众生深受毒液的侵扰时，不禁感到十分同情，于是用手捧起全部的毒液，喝了下去。（见第269—273页）

在恶魔和半神人搅拌牛奶之洋的过程中，一位神奇的男性人物手捧一罐甘露从牛奶之洋中浮现出来。他是主维施努的一个完整扩展的丹万塔瑞。(见第 305—306 页)

至尊主的摩黑妮化身用如剃刀般锐利的飞轮削下茹阿胡的头颅。但因为茹阿胡开始喝了甘露，所以他的头不死。（见第 333 页）

骑在一头狮子上的恶魔卡拉内弥，看到骑在嘎茹达背上的至尊人格首神出现在战场上时，立刻抓起三叉戟，准备将它掷向嘎茹达的头部。(见第 372 页)

主希瓦由妻子乌玛陪伴，到主玛杜苏丹的住所去，请求至尊主展现祂的女人形象给他看。（见第408页）

在名叫“征服天下”的祭祀上，巴利王的祖父帕拉德王送给巴利王一串永不枯萎的鲜花花环，舒卡查尔亚送给他一个海螺。（见第 496 页）

巴利王召集起他无数的士兵及恶魔首领们时，他们看起来像是要吞下天空，用他们的目光燃烧四面八方。他们集结在天帝因铎的首都城墙外，使因铎看了十分震惊。（见第 498—506 页）

阿迪缇执行帕尤·瓦塔仪式后，至尊主出现在阿迪缇面前，使她沉浸在超然的极乐中。（见第 571—572 页）

至尊主恰似一个戏剧演员般，在祂父母面前转化为瓦玛纳——侏儒布茹阿玛纳兼贞守生的形象。（见第602页）

扮成瓦玛纳形象的、无限的至尊人格首神，在巴利王及全体与会成员面前，透过物质能量扩展自己的身体，直到宇宙中的一切，包括地球、众多的星系、天空、四面八方、宇宙中的各种洞穴、海洋、汪洋、飞禽、走兽、人类、半神人和伟大的圣人们，都在祂身体的范围内。至尊主就这样以宇宙形象站在巴利王面前，手中分别持有海螺、宝刀、盾牌、飞轮、弓箭、莲花和大头棒。（见第 680—681 页）

主瓦玛纳的同伴们击败所有的恶魔后，嘎茹达用蛇绳捆绑起巴利王，将他带到至尊主面前。（见第 710 页）

萨提亚瓦塔王按照至尊主先前给他的指示，用瓦苏奎蛇当绳子，将他的船拴在巨鱼的触角上。（见第 813 页）

sarit—河流 / sarobhiḥ—湖泊 / acchodaiḥ—充满清澈的水 / pulinaiḥ—沙洲 / maṇi—小宝石 / vālukaiḥ—沙粒般的 / deva-strī—天堂的少女们 / majjana—通过(在水中)沐浴 / āmoda—身体的香气 / saurabha—很香 / ambu—水 / anilaiḥ—和空气 / yutaḥ—使(特瑞库塔山的空气)充满……

译文　特瑞库塔山中有许多湖泊及河流，岸边覆盖着如沙粒般的小宝石，湖泊及河流中的水清澈见底。当天堂的少女们在水中沐浴时，她们身体的香气进入水和微风，给整个环境增添魅力。

要旨　即使是物质世界里也有许多等级不同的生物体。地球上的人类要靠喷洒香水掩盖自己身体散发出的不好的气味，但我们在这节诗中看到，天堂少女们的体香使河流、湖泊、微风及特瑞库塔山的整个环境都变得香气宜人。既然高等星系中少女的身体都那么美，我们可以想象一下外琨塔(Vaikuṇṭha)星球中的少女，或温达文(Vṛndāvana)的少女——牧牛姑娘们，形象会有多么美好。

第9—13节

तस्य द्रोण्यां भगवतो वरुणस्य महात्मनः ।
उद्यानमृतुमन्नाम आक्रीडं सुरयोषिताम् ॥ ९ ॥

सर्वतोऽलङ्कृतं दिव्यैर्नित्यपुष्पफलद्रुमैः ।
मन्दारैः पारिजातैश्च पाटलाशोकचम्पकैः ॥१०॥

चूतैः पियालैः पनसैराम्रैराम्रातकैरपि ।
क्रमुकैर्नारिकेलैश्च खर्जूरैर्बीजपूरकैः ॥११॥

मधुकैः शालतालैश्च तमालैरसनार्जुनैः ।
अरिष्टोडुम्बरप्लक्षैर्वटैः किंशुकचन्दनैः ॥१२॥

पिचुमर्दैः कोविदारैः सरलैः सुरदारुभिः ।
द्राक्षेक्षुरम्भाजम्बुभिर्बदर्यक्षाभयामलैः ॥१३॥

tasya droṇyāṁ bhagavato
varuṇasya mahātmanaḥ
udyānam ṛtuman nāma
ākrīḍaṁ sura-yoṣitām

sarvato 'laṅkṛtaṁ divyair
nitya-puṣpa-phala-drumaiḥ
mandāraiḥ pārijātaiś ca
pāṭalāśoka-campakaiḥ

cūtaiḥ piyālaiḥ panasair
āmrair āmrātakair api
kramukair nārikelaiś ca
kharjūrair bījapūrakaiḥ

madhukaiḥ śāla-tālaiś ca
tamālair asanārjunaiḥ
ariṣṭoḍumbara-plakṣair
vaṭaiḥ kiṁśuka-candanaiḥ

picumardaiḥ kovidāraiḥ
saralaiḥ sura-dārubhiḥ
drākṣekṣu-rambhā-jambubhir
badary-akṣābhayāmalaiḥ

tasya—那山(特瑞库塔)的 / droṇyām—在一个山谷中 / bhagavataḥ—伟大人物的 / varuṇasya—半神人瓦茹纳 / mahā-ātma-naḥ—至尊主的伟大奉献者 / udyānam—一个花园 / ṛtumat—瑞图玛特 / nāma—名叫 / ākrīḍam—游戏的场所 / sura-yoṣitām—天堂少女们的 / sarvataḥ—到处 / alaṅkṛtam—装饰得很美 / divyaiḥ—半神人的 / nitya—总是 / puṣpa—花卉的 / phala—和水果 / drumaiḥ—被树木 / mandāraiḥ—金合欢树 / pārijātaiḥ—珊瑚茉莉花树(帕瑞佳塔) / ca—和 / pāṭala—小喇叭花树 / aśoka—无忧树 / campakaiḥ—玉兰花树 / cūtaiḥ—楚塔杧果树 / piyālaiḥ—琵雅拉水果树 / panasaiḥ—菠萝蜜果

树 / āmraiḥ—杧果树 / āmrātakaiḥ—酸枣树 / api—还有 / kramukaiḥ—桑葚树或槟榔树 / nārikelaiḥ—椰子树 / ca—和 / kharjūraiḥ—枣树 / bījapūrakaiḥ—石榴树 / madhukaiḥ—甘草树 / śāla-tālaiḥ—棕榈树果实 / ca—和 / tamālaiḥ—塔玛勒树 / asana—南洋榄仁树 / arjunaiḥ—阿尔诸纳树 / ariṣṭa—无患子果实 / uḍumbara—大聚果榕 / plakṣaiḥ—无花果树 / vaṭaiḥ—榕树 / kiṁśuka—鹦鹉树(开没有香味的红色的花) / candanaiḥ—檀香树 / picumardaiḥ—苦楝树花 / kovidāraiḥ—洋紫荆树的果实 / saralaiḥ—西藏长叶松 / sura-dārubhiḥ—松雪松树 / drākṣā—葡萄 / ikṣuḥ—甘蔗 / rambhā—香蕉 / jambubhiḥ—玫瑰苹果树 / badarī—枣子 / akṣa—樱桃李 / abhaya—藏青果 / āmalaiḥ—余甘子(一种酸的水果)

译文　在特瑞库塔山的一个溪谷中，有个名叫瑞图玛特的花园。这花园属于伟大的奉献者瓦茹纳所有，是天堂少女们游戏的场所。那里的鲜花和水果在所有的季节中都开花、结果，花园中有金合欢树、珊瑚茉莉花树、小喇叭花树、无忧树、玉兰花树、楚塔芒果树、琵雅拉树、菠萝蜜果树、杧果树、酸枣树、桑葚树、槟榔树、椰子树、枣树和石榴树，以及甘草树、棕榈树、塔玛勒树、南洋榄仁树、阿尔诸纳树、无患子果实、大聚果榕、无花果树、榕树、鹦鹉树和檀香树，还有苦楝树花、洋紫荆果实、西藏长叶松、松雪松树、葡萄、甘蔗、香蕉、玫瑰苹果树、枣子、樱桃李、藏青果和余甘子。

第 14—19 节

बिल्वैः कपित्थैर्जम्बीरैर्वृतो भल्लातकादिभिः ।
तस्मिन् सरः सुविपुलं लसत्काञ्चनपङ्कजम् ॥१४॥

कुमुदोत्पलकह्लारशतपत्रश्रियोर्जितम् ।
मत्तषट्पदनिर्घुष्टं शकुन्तैश्च कलस्वनैः ॥१५॥

हंसकारण्डवाकीर्णं चक्राह्वैः सारसैरपि ।
जलकुक्कुटकोयष्टिदात्यूहकुलकूजितम् ॥१६॥

मत्स्यकच्छपसञ्चारचलत्पद्मरजःपयः ।
कदम्बवेतसनलनीपवञ्जुलकैर्वृतम् ॥१७॥

कुन्दैः कुरुबकाशोकैः शिरीषैः कूटजेङ्गुदैः ।
कुब्जकैः स्वर्णयूथीभिर्नागपुन्नागजातिभिः ॥१८॥

मल्लिकाशतपत्रैश्च माधवीजालकादिभिः ।
शोभितं तीरजैश्चान्यैर्नित्यर्तुभिरलं द्रुमैः ॥१९॥

bilvaiḥ kapitthair jambīrair
vṛto bhallātakādibhiḥ
tasmin saraḥ suvipulaṁ
lasat-kāñcana-paṅkajam

kumudotpala-kahlāra-
śatapatra-śriyorjitam
matta-ṣaṭ-pada-nirghuṣṭaṁ
śakuntaiś ca kala-svanaiḥ

haṁsa-kāraṇḍavākīrṇaṁ
cakrāhvaiḥ sārasair api
jalakukkuṭa-koyaṣṭi-
dātyūha-kula-kūjitam

matsya-kacchapa-sañcāra-
calat-padma-rajaḥ-payaḥ
kadamba-vetasa-nala-
nīpa-vañjulakair vṛtam

kundaiḥ kurubakāśokaiḥ
śirīṣaiḥ kūṭajeṅgudaiḥ
kubjakaiḥ svarṇa-yūthībhir
nāga-punnāga-jātibhiḥ

mallikā-śatapatraiś ca
mādhavī-jālakādibhiḥ

śobhitaṁ tīra-jaiś cānyair
nityartubhir alaṁ drumaiḥ

bilvaiḥ—木苹果树 / kapitthaiḥ—象木苹果树 / jambīraiḥ—香橼树 / vṛtaḥ—由……围绕着 / bhallātaka-ādibhiḥ—腰果树和其他树木 / tasmin—在那个花园里 / saraḥ—一个湖泊 / su-vipulam—巨大的 / lasat—光亮的 / kāñcana—金色的 / paṅka-jam—长满了莲花 / kumu-da—红莲 / utpala—蓝莲 / kahlāra—白莲 / śatapatra—一种莲花 / śriyā—美丽 / ūrjitam—杰出的 / matta—陶醉 / ṣaṭ-pada—蜜蜂 / nirghuṣṭam—发出嗡嗡声 / śakuntaiḥ—伴着鸟儿的啁啾声 / ca—和 / kala-svanaiḥ—鸣叫声极其优美的 / haṁsa—天鹅 / kāraṇḍava—一种鸭子 / ākīrṇam—满是 / cakrāhvaiḥ—红雁 / sārasaiḥ—鹤 / api—以及 / jalakukkuṭa—水鸡 / koyaṣṭi—爪哇雀 / dātyūha—鹬 / kula—成群的 / kūjitam—鸟叫声 / matsya—鱼的 / kacchapa—乌龟 / sañcāra—由于……的动作 / calat—摇动 / padma—莲花的 / rajaḥ—被花粉 / payaḥ—(装饰着)水 / kadamba—卡南树 / vetasa—藤 / nala—一种芦苇 / nīpa—玉蕊 / vañjulakaiḥ—白花蛇舌草 / vṛtam—被……围绕着 / kundaiḥ—茉莉 / kurubaka—红苋菜 / aśokaiḥ—无忧树 / śi-rīṣaiḥ—一种金合欢 / kūṭaja—白绢梅 / iṅgudaiḥ—榄仁树 / kubja-kaiḥ—麝香玫瑰 / svarṇa-yūthībhiḥ—黄茉莉 / nāga—铁力木莲 / pun-nāga—红厚壳 / jātibhiḥ—素馨花 / mallikā—双瓣茉莉 / śatapatraiḥ—一种莲花 / ca—还有 / mādhavī—风车藤 / jālakādibhiḥ—芭蕉 / śobhi-tam—装饰 / tīrajaiḥ—长在湖畔上 / ca—和 / anyaiḥ—其他 / nitya-ṛtubhiḥ—在所有的季节 / alam—大量的 / drumaiḥ—(开花、结果的各种)树木

译文　那花园里有片十分巨大的湖泊，其中长满了金色闪亮的莲花，以及名叫红莲、白莲、蓝莲等莲花。它们为整座山增添了非凡的美色。花园里还有木苹果、象木苹果树、香橼树和腰果树。陶醉了的黄蜂们喝饮蜂蜜，伴着鸟儿们旋

律极其优美的啁啾声发出嗡嗡的合音。湖中满是天鹅、水鸭、红雁、仙鹤，以及成群的水鸡、鹳、爪哇雀和其他鸣叫着的水鸟。游动着鱼儿和乌龟撼动莲花，使装饰其上的花粉纷纷飘落。湖泊的周围生长着卡南树、藤花、芦苇、玉蕊、白花蛇舌草、茉莉、红苋菜、无忧树、一种金合欢、白绢梅、榄仁树、麝香玫瑰、黄茉莉、铁力木莲、红厚壳、素馨花、双瓣茉莉、白天盛开的一种莲花、芭蕉和风车藤等植物。湖畔上还点缀着大量的、在所有季节都开花、结果的各种树木。被装饰得壮丽辉煌的整座山就这样矗立在那里。

要旨 根据诗文中对特瑞库塔山上的湖泊与河流的详细描述，我们可以知道，地球上的环境是无法与之相比的。然而在其他星球上有许多这类奇妙的地方。例如：据我们了解，世上有两百万种不同的树木，而地球上并没有所有这些树木。《圣典博伽瓦谭》给予了有关宇宙万事万物所有的知识。这部巨著不仅描述这个宇宙，也描述了超越这个宇宙天地万物的灵性世界。没人能向《圣典博伽瓦谭》中描述的物质世界和灵性世界提出挑战。尽管从地球去月亮的尝试失败了，但地球上的人们还是可以了解到其他星球上各种存在的情况。根本不需要想象；人们可以从《圣典博伽瓦谭》中得到真正的知识，从而获得满足。

第20节

तत्रैकदा तद्गिरिकाननाश्रयः
करेणुभिर्वारणयूथपश्चरन् ।
सकण्टकं कीचकवेणुवेत्रवद्
विशालगुल्मं प्ररुजन् वनस्पतीन् ॥२०॥

tatraikadā tad-giri-kānanāśrayaḥ
karenubhir vārana-yūtha-paś caran
sakaṇṭakaṁ kīcaka-veṇu-vetravad
viśāla-gulmaṁ prarujan vanaspatīn

tatra—在那里 / ekadā—曾经 / tat-giri—那座山(特瑞库塔)的 / kānana-āśrayaḥ—在森林中生活的 / kareṇubhiḥ—由母象陪伴 / vāraṇa-yūtha-paḥ—象王 / caran—漫步(到湖泊附近) / sa-kaṇṭakam—长满有刺植物的地方 / kīcaka-veṇu-vetra-vat—各种植物和蔓藤 / viśāla-gul-mam—许多灌木丛 / prarujan—弄断 / vanaḥ-patīn—树木和植物

译文　住在特瑞库塔山森林中的象王，有一次与它的母象们漫步到了那个湖边。它弄断了许多植物、蔓藤、灌木丛和树木，根本不在乎那些植物上的尖刺。

第21节

यद्गन्धमात्राद्धरयो गजेन्द्रा
व्याघ्रादयो व्यालमृगाः सखड्गाः ।
महोरगाश्चापि भयाद्द्रवन्ति
सगौरकृष्णाः सरभाश्चमर्यः ॥२१॥

yad-gandha-mātrād dharayo gajendrā
vyāghrādayo vyāla-mṛgāḥ sakhaḍgāḥ
mahoragāś cāpi bhayād dravanti
sagaura-kṛṣṇāḥ sarabhāś camaryaḥ

yat-gandha-mātrāt—仅仅闻到那头大象的气味 / harayaḥ—狮子 / gaja-indrāḥ—其他大象 / vyāghra-ādayaḥ—老虎般凶猛的野兽 / vyāla-mṛgāḥ—其他凶猛的野兽 / sakhaḍgāḥ—犀牛 / mahā-uragāḥ—巨蛇 / ca—和 / api—的确 / bhayāt—由于害怕 / dravanti—逃跑 / sa—和 / gaura-kṛṣṇāḥ—白色和黑色的 / sarabhāḥ—萨茹阿巴 / camaryaḥ—和牦牛

译文　仅仅是闻到那头大象发出的气味，老虎、狮子、犀牛、巨蛇、萨茹阿巴和其他大象等所有凶猛的野兽，就都害怕得四下奔逃；牦牛也纷纷逃避。

第 22 节

वृका वराहा महिषर्क्षशल्या
　गोपुच्छशालावृकमर्कटाश्च ।
अन्यत्र क्षुद्रा हरिणाः शशादय-
　श्चरन्त्यभीता यदनुग्रहेण ॥२२॥

vṛkā varāhā mahiṣarkṣa-śalyā
　gopuccha-śālāvṛka-markaṭāś ca
anyatra kṣudrā hariṇāḥ śaśādayaś
　caranty abhītā yad-anugraheṇa

vṛkāḥ－狐狸 / varāhāḥ－野猪 / mahiṣa－水牛 / ṛkṣa－熊 / śalyāḥ－豪猪 / gopuccha－狒狒 / śālāvṛka－狼 / markaṭāḥ－猴子 / ca－和 / anyatra－别处 / kṣudrāḥ－小动物 / hariṇāḥ－鹿 / śaśa-ādayaḥ－野兔等 / caranti－(在森林中)闲逛 / abhītāḥ－不怕 / yat-anugraheṇa－那大象的仁慈使……

译文　这头大象的仁慈，使狐狸、狼、水牛、熊、野猪、狒狒、豪猪、猴子、野兔、鹿和其他在森林里到处闲逛的小动物们都不怕它。

要旨　基本上所有的动物都由这头大象统治，但它们却能够毫不惧怕地四处活动。它们出于尊重而不站到它面前。

第 23－24 节

स घर्मतप्तः करिभिः करेणुभि-
　र्वृतो मदच्युत्करभैरनुद्रुतः ।
गिरिं गरिम्णा परितः प्रकम्पयन्
　निषेव्यमाणोऽलिकुलैर्मदाशनैः ॥२३॥

सरोऽनिलं पङ्कजरेणुरूषितं
जिघ्रन् विदूरान्मदविह्वलेक्षणः ।
वृतः स्वयूथेन तृषार्दितेन तत्
सरोवराभ्यासमथागमद् द्रुतम् ॥२४॥

sa gharma-taptaḥ karibhiḥ kareṇubhir
vṛto madacyut-karabhair anudrutaḥ
giriṁ garimṇā paritaḥ prakampayan
niṣevyamāṇo 'likulair madāśanaiḥ

saro 'nilaṁ paṅkaja-reṇu-rūṣitaṁ
jighran vidūrān mada-vihvalekṣaṇaḥ
vṛtaḥ sva-yūthena tṛṣārditena tat
sarovarābhyāsam athāgamad drutam

saḥ—它(象王) / gharma-taptaḥ—流汗 / karibhiḥ—由其他大象 / kareṇubhiḥ—和母象 / vṛtaḥ—围绕着 / mada-cyut—大象发情时从太阳穴流出的液体 / karabhaiḥ—由小象 / anudrutaḥ—跟随 / girim—那座山 / garimṇā—因为身体的重量 / paritaḥ—周围 / prakampayan—使震颤 / niṣevyamāṇaḥ—被侍奉 / alikulaiḥ—被蜂群 / mada-aśanaiḥ—喝饮从发情大象的太阳穴流出的液体 / saraḥ—从湖泊 / anilam—微风 / paṅkaja-reṇu-rūṣitam—携带着莲花粉 / jighran—闻到 / vidūrāt—从远处 / mada-vihvala—陶醉 / īkṣaṇaḥ—视觉 / vṛtaḥ—在……的簇拥下 / sva-yūthena—自己的同伴 / tṛṣārditena—口渴 / tat—那 / sarovara-abhyāsam—到湖岸边 / atha—就这样 / agamat—去 / drutam—很快

译文　由众多母象、其他大象和紧随其后的小象陪伴着，身体沉重的象王嘎臻铎每走一步，都使特瑞库塔山四处震颤。目光流露出迷醉神情的它，汗流浃背，太阳穴也流下液体，黄蜂受那液体的香甜味道的吸引，成群结队地紧随在它身边，看上去像是在侍奉它。从远处，它就能闻到由微风携带着的湖中莲花粉的味道。就这样，在它那些口渴的同伴们的簇拥下，它很快到了湖岸边。

第 25 节

विगाह्य तस्मिन्नमृताम्बु निर्मलं
हेमारविन्दोत्पलरेणुरूषितम् ।
पपौ निकामं निजपुष्करोद्धृत-
मात्मानमद्भिः स्नपयन् गतक्लमः ॥२५॥

vigāhya tasminn amṛtāmbu nirmalaṁ
hemāravindotpala-reṇu-rūṣitam
papau nikāmaṁ nija-puṣkaroddhṛtam
ātmānam adbhiḥ snapayan gata-klamaḥ

vigāhya—进入 / tasmin—湖中 / amṛta-ambu—甘露般的水 / nirmalam—清澈的 / hema—清凉的 / aravinda-utpala—从百合花和莲花 / reṇu—花粉 / rūṣitam—混合 / papau—牠喝 / nikāmam—饱了 / nija—自己的 / puṣkara-uddhṛtam—用象鼻 / ātmānam—自己 / adbhiḥ—水 / snapayan—沐浴 / gata-klamaḥ—消除了疲劳

译文 象王进入湖中，全身沐浴，消除了它的疲劳。接着，它借助于自己的鼻子，喝饮混有莲花和睡莲花粉的、清凉如甘露般的湖水，直到感到心满意足为止。

第 26 节

स पुष्करेणोद्धृतशीकराम्बुभि-
र्निपाययन् संस्नपयन् यथा गृही ।
घृणी करेणुः करभांश्च दुर्मदो
नाचष्ट कृच्छ्रं कृपणोऽजमायया ॥२६॥

sa puṣkareṇoddhṛta-śīkarāmbubhir
nipāyayan saṁsnapayan yathā gṛhī
ghṛṇī kareṇuḥ karabhāṁś ca durmado
nācaṣṭa kṛcchraṁ kṛpaṇo 'ja-māyayā

saḥ—牠(象王) / puṣkareṇa—用鼻子 / uddhṛta—通过吸 / śīkara-ambubhiḥ—和洒水 / nipāyayan—使喝饮 / saṁsnapayan—给它们沐浴 / yathā—正如 / gṛhī—居士 / ghṛṇī—总是照顾(亲戚) / kareṇuḥ—对妻子们(母象) / karabhān—对孩子 / ca—还有 / durmadaḥ—依恋家人的 / na—不 / ācaṣṭa—考虑 / kṛcchram—努力 / kṛpaṇaḥ—没有灵性知识 / aja-māyayā—由于受至尊人格首神外在错觉能量的影响

译文　就像缺乏灵性知识且太依恋自己家庭成员的人一样，那头大象受到奎师那外在能量的迷惑，与它的妻子和孩子浸泡在湖中，喝饮湖水。事实上，它当时用自己的鼻子从湖中吸出水，并将水洒在它们身上。它不在乎这种努力所需要付出的辛勤劳动。

第 27 节

तं तत्र कश्चिन्नृप दैवचोदितो
ग्राहो बलीयांश्चरणे रुषाग्रहीत् ।
यदृच्छयैवं व्यसनं गतो गजो
यथाबलं सोऽतिबलो विचक्रमे ॥२७॥

tam̐ tatra kaścin nṛpa daiva-codito
grāho balīyāṁś caraṇe ruṣāgrahīt
yadṛcchayaivaṁ vyasanaṁ gato gajo
yathā-balaṁ so 'tibalo vicakrame

tam—牠(嘎臻铎) / tatra—那里(水中) / kaścit—某个 / nṛpa—君王啊！ / daiva-coditaḥ—在天意的安排下 / grāhaḥ—鳄鱼 / balīyān—强壮 / caraṇe—牠的腿 / ruṣā—愤怒地 / agrahīt—咬住 / yadṛcchayā—由于天意的安排 / evam—如此 / vyasanam—危险处境 / gataḥ—陷入 / gajaḥ—大象 / yathā-balam—尽量 / saḥ—牠 / ati-balaḥ—拼命 / vicakrame—努力挣脱

译文 君王啊，在天意的安排下，一只强壮的鳄鱼对这头大象感到愤怒，在水中攻击了大象的一条腿。大象无疑很强壮；牠拼命用力，要挣脱这由天意安排的危险处境。

第 28 节

तथातुरं यूथपतिं करेणवो
विकृष्यमाणं तरसा बलीयसा ।
विचुक्रुशुर्दीनधियोऽपरे गजाः
पार्ष्णिग्रहास्तारयितुं न चाशकन् ॥२८॥

tathāturaṁ yūtha-patiṁ kareṇavo
vikṛṣyamāṇaṁ tarasā balīyasā
vicukruśur dīna-dhiyo ’pare gajāḥ
pārṣṇi-grahās tārayituṁ na cāśakan

tathā—之后 / āturam—困境 / yūtha-patim—象王 / kareṇavaḥ—牠的妻子 / vikṛṣyamāṇam—受到攻击 / tarasā—强有力地 / balīyasā—由于鳄鱼的力量 / vicukruśuḥ—开始哭泣 / dīna-dhiyaḥ—沮丧、不知所措 / apare—其他 / gajāḥ—大象 / pārṣṇi-grahāḥ—从后面拖住它 / tārayitum—救 / na—不 / ca—也 / aśakan—能够

译文 嘎臻铎的妻子们看到嘎臻铎的悲惨状况都极其难过，开始哭叫起来。其他大象想要帮助嘎臻铎，但由于鳄鱼力量太大，它们无法从后面拖住它，并以此方法营救它。

第 29 节

नियुध्यतोरेवमिभेन्द्रनक्रयो-
र्विकर्षतोरन्तरतो बहिर्मिथः ।
समाः सहस्रं व्यगमन्महीपते
सप्राणयोश्चित्रममंसतामराः ॥२९॥

niyudhyator evam ibhendra-nakrayor
vikarṣator antarato bahir mithaḥ
samāḥ sahasraṁ vyagaman mahī-pate
saprāṇayoś citram amaṁsatāmarāḥ

niyudhyatoḥ—争斗 / evam—这样 / ibha-indra—大象的 / nakra-yoḥ—和鳄鱼 / vikarṣatoḥ—拉扯 / antarataḥ—在水中 / bahiḥ—在水外 / mithaḥ—彼此 / samāḥ—年 / sahasram—一千 / vyagaman—持续 / mahī-pate—君王啊！ / sa-prāṇayoḥ—两者还活着 / citram—神奇的 / amaṁsata—觉得 / amarāḥ—半神人

译文　君王啊！大象和鳄鱼就这样彼此争斗，一个把对方往水中拉，一个试图往岸边拉，互相拉扯了一千年。看到这场打斗的半神人都感到十分惊讶。

第 30 节

ततो गजेन्द्रस्य मनोबलौजसां
कालेन दीर्घेण महानभूद्व्ययः ।
विकृष्यमाणस्य जलेऽवसीदतो
विपर्ययोऽभूत्सकलं जलौकसः ॥३०॥

tato gajendrasya mano-balaujasāṁ
kālena dīrgheṇa mahān abhūd vyayaḥ
vikṛṣyamāṇasya jale 'vasīdato
viparyayo 'bhūt sakalaṁ jalaukasaḥ

tataḥ—那之后 / gaja-indrasya—象王的 / manaḥ—(战斗)精神 / bala—体力 / ojasām—感官的力量 / kālena—由于打斗那么多年 / dīrgheṇa—持续 / mahān—极度 / abhūt—变得 / vyayaḥ—消耗 / vik-ṛṣyamāṇasya—(被鳄鱼)拉扯 / jale—在水中(大象不熟悉的环境) / avasīdataḥ—(心理、身体和感官的力量)减少 / viparyayaḥ—相反 / abhūt—变得 / sakalam—一切 / jala-okasaḥ—本就生活在水中的鳄鱼

译文 那之后，由于被拖进水中，而且打斗了那么多年，大象变得筋疲力尽。相反，鳄鱼因为是水生动物，反而体力倍增、斗志昂扬。

要旨 在大象和鳄鱼彼此打斗时，大象虽然极其强大有力，但却处在自己不熟悉的地方——水中；而且连续战斗了一千年之久的它，得不到任何食物。在这种情况下，它的体力衰退，注意力减弱，感官的力量也逐渐失去。然而，鳄鱼作为水生物却没有问题。牠可以得到食物，因此精力倍增、斗志昂扬。对大象的力量变得越来越弱，鳄鱼则越来越强大这一点，我们也许应该吸取经验教训，即：在与错觉能量玛亚(māyā)作战时，我们不该让自己处于力量、热情和感官都无法积极作战的状态。我们的奎师那意识运动实际上是在向错觉能量宣战，这错觉能量使生物因为对文明的错误理解而沦落。奎师那意识运动中的战士必须始终拥有体力、热情和感官力量。因此，为了保持适合作战的状态，他们必须让自己过一种正常的生活。构成正常生活状态的内容并非每个人都一样，所以有对社会四阶层和灵性四阶段(varṇāśrama-brāhmaṇa)的划分，即：布茹阿玛纳(brāhmaṇa)、查锤亚(kṣatriya)、外夏(vaiśya)、庶铎(śūdra)、贞守生(brahmacarya)、居士(gṛhastha)、退出家庭生活的人(vānaprastha)和进入弃绝阶层的人(sannyāsa)。尤其是在这个年代——喀历年代(Kali-yuga)，经典忠告人们不要进入弃绝阶层(sannyāsa)。

aśvamedhaṁ gavālambhaṁ
sannyāsaṁ pala-paitṛkam
devareṇa sutotpattiṁ
kalau pañca vivarjayet

（《布茹阿玛·外瓦尔塔往世书》）

“在这个喀历年代中有五种活动是禁止从事的，即：在祭祀中献祭马匹，在祭祀中献祭乳牛，进入弃绝阶层，给祖先供奉肉，以及借自己兄弟的妻子生孩子。”从这节诗文我们可以明白：由于这个年代中的人不够坚强，进入弃绝阶层(sannyāsa-āśrama)是被禁止的事。圣柴坦亚·玛哈帕布在二十四岁时进入弃绝阶层，但就连萨尔瓦宝玛·巴塔查尔亚(Sārvabhauma Bhaṭṭācārya)都劝告圣柴坦亚·玛哈帕布，在那么年轻时就进入弃绝阶层要格外谨慎。为了传播奎师那意识，我们允许一些年青人进入弃绝阶层，但事实证明，他们并不具备资格。然而这没关系，如果有人认为自己不适合进入弃绝阶层，如果他很受性欲的打扰，他应该进入允许有性生活的灵修阶段——居士阶段。被发现在某种情况下很虚弱的人，并不意味着该停止与错觉能量玛亚这只鳄鱼作战。人应该像我们将要看到的嘎臻铎(Gajendra)所做的一样，在托庇于奎师那莲花足的同时去当居士，满足对性生活的需求。但完全没有必要放弃作战。正因为如此，圣柴坦亚·玛哈帕布推荐：人可以留在自己的所在地，可以继续履行自己的规定职责，但同时用自己的耳朵从觉悟的灵魂那里聆听至尊主的信息(sthāne sthitāḥ śruti-gatāṁ tanu-vān-manobhiḥ)。人们可以留在适合自己的灵修阶段和场所，进入弃绝阶层并不是关键。一个人如果受性欲的打扰，就可以进入居士灵修阶段，但必须继续与错觉能量作战。没有处在超然状态中的人，不该贸然进入弃绝阶层。一个人如果不适合进入弃绝阶层，就该当居士，尽力与玛亚作战，但不该停止作战并离开。

第 31 节

इत्थं गजेन्द्रः स यदाप सङ्कटं
प्राणस्य देही विवशो यदृच्छया ।
अपारयन्नात्मविमोक्षणे चिरं
दध्याविमां बुद्धिमथाभ्यपद्यत ॥३१॥

itthaṁ gajendraḥ sa yadāpa saṅkaṭaṁ
prāṇasya dehī vivaśo yadṛcchayā
apārayann ātma-vimokṣaṇe ciraṁ
dadhyāv imāṁ buddhim athābhyapadyata

ittham－这样 / gaja-indraḥ－象王 / saḥ－牠 / yadā－当……时 / āpa－遇到 / saṅkaṭam－如此危险的处境 / prāṇasya－生命的 / dehī－具有物质躯体的 / vivaśaḥ－无可奈何 / yadṛcchayā－在天意的安排下 / apārayan－不能 / ātma-vimokṣaṇe－救自己 / ciram－长时间地 / dadhyau－开始考虑 / imām－这个 / buddhim－决定 / atha－于是 / abhyapadyata－做了

译文 象王看到自己在天意的安排下受鳄鱼的钳制，处境绝望，无法救自己脱离危险时，极害怕自己被杀死。它因此思考了很长时间，最后得出如下结论。

要旨 这个物质世界里的每一个人都在为生存而挣扎。每个人都试图将自己救出险境，但当人无法救自己时，如果虔诚，就会托庇于至尊人格首神的莲花足。对此，《博伽梵歌》第7章的第16节诗证实说：

catur-vidhā bhajante māṁ
janāḥ sukṛtino 'rjuna
ārto jijñāsur arthārthī
jñānī ca bharatarṣabha

诗中说，世上有四种虔诚的人为获得拯救或取得进步而开始托庇于至尊人格首神，他们分别是：处在险境中的人，需要金钱的人、寻求知识的人和好奇爱问的人。群象之王在身陷险境的情况下，决定寻求至尊主莲花足的庇护。在经过一番深思熟虑后，它明智地得到这一正确的结论。罪恶之人得不到这种结论。正因为如此，《博伽梵歌》中说，虔诚的人能够作出判断：在危险或棘手的处境中，应该寻求奎师那的莲花足的庇护。

第 32 节

न मामिमे ज्ञातय आतुरं गजाः
　　कुतः करिण्यः प्रभवन्ति मोचितुम् ।
ग्राहेण पाशेन विधातुरावृतो
　　ऽप्यहं च तं यामि परं परायणम् ॥३२॥

na mām ime jñātaya āturaṁ gajāḥ
　kutaḥ kariṇyaḥ prabhavanti mocitum
grāheṇa pāśena vidhātur āvṛto
　'py ahaṁ ca taṁ yāmi paraṁ parāyaṇam

na－不 / mām－我 / ime－所有这些 / jñātayaḥ－朋友和亲人(其他的大象) / āturam－我的不幸 / gajāḥ－对象 / kutaḥ－如何 / kariṇyaḥ－我妻子 / prabhavanti－能够 / mocitum－拯救(脱离险境) / grāheṇa－被鳄鱼 / pāśena vidhātuḥ－被天网 / āvṛtaḥ－俘获 / api－尽管(我的处境) / aham－我 / ca－还是 / tam－那(至尊人格首神) / yāmi－托庇于 / param－超然的 / parāyaṇam－甚至保护布茹阿玛和希瓦等伟大的半神人

译文　就连作为我的朋友和亲人的其他大象，都无法救我脱离这险境，更不要说我的妻子们了。由于上天的意愿，我遭到这条鳄鱼的攻击，因此我该寻求至尊人格首神的庇护；祂永远保护包括伟大人物在内的芸芸众生。

要旨　这个物质世界被描述为是“每一步都有危险的地方(padaṁ padaṁ yad vipadām)”。愚蠢之人错误地以为自己在这个物质世界里是快乐的，但事实并非如此，因为这样想的人只不过是被迷惑了。在这个世界里，每一步、每一个时刻都有危险。在现代文明中的人以为，自己如果有高级住宅和好车，生活就是完美的。在西方世界，尤其是美国，有辆好车是很不错的，但人只要一上路，就会有危险，因为任何时刻都有发生车祸的危险，结果是车毁人亡。统计显示，事实上有那么多人都死于这类车祸。因此，如果我们真以为这个物质世界是很快乐的地方，我们就是愚昧、无知的。真正的知识是，这个物质世界充满了危险。在我们的智力允许的情况下，我们也许还能够为生存而挣扎，也许尝试照顾自己，但最终除非有至尊人格首神奎师那拯救我们脱离危险，否则我们的尝试都将是无效的。为此，帕拉德王说：

bālasya neha śaraṇaṁ pitarau nṛsiṁha
nārtasya cāgadam udanvati majjato nauḥ
taptasya tat-pratividhir ya ihāñjaseṣṭas
tāvad vibho tanu-bhṛtāṁ tvad-upekṣitānām

“我的主尼尔星哈戴瓦，至尊者啊！有躯体的灵魂因为持有躯体化的生命概念而得不到您的重视。这样的灵魂无法做出任何可以使自己得到改善的事。他们所采用的任何补救措施，即使有短暂的利益，也无疑不是长久之计。这就像父母并不能保护他们的孩子，医生和医药并不能减轻病人的痛苦，汪洋中的一条小船并不能保护一个溺水之人一样。”(《圣典博伽瓦谭》7.9.19)为了在这个物质世界里快乐生活或对抗危险，我们可能发明出许许多多方法，但除非我们的努力得到至尊人格首神的批准，否则这些方法永远都不会使我们快乐。试图在不托庇于至尊人格首神的情况下获得快乐的人是无赖(mūḍha)。经典中说，粗俗的愚氓、最低贱的人不皈依奎师那(na māṁ duṣkṛtino mūḍhāḥ prapadyante narādhamāḥ)。最低贱的人认为他们可以在没有奎师那的情况下保护自己，所以拒绝培养奎师那意识。这是他们的错误。象王嘎臻铎的决定是正确的。在这种危险的情况下，它寻求至尊人格首神的庇护。

第33节

यः कश्चनेशो बलिनोऽन्तकोरगात्
प्रचण्डवेगादभिधावतो भृशम् ।

भीतं प्रपन्नं परिपाति यद्भयान्
मृत्युः प्रधावत्यरणं तमीमहि ॥३३॥

yaḥ kaścaneśo balino 'ntakoragāt
pracaṇḍa-vegād abhidhāvato bhṛśam
bhītaṁ prapannaṁ paripāti yad-bhayān
mṛtyuḥ pradhāvaty araṇaṁ tam īmahi

yaḥ—……的祂(至尊人格首神) / kaścana—某人 / īśaḥ—至高无上的控制者 / balinaḥ—强有力的 / antaka-uragāt—摆脱带来死亡的时间巨蛇 / pracaṇḍa-vegāt—力量可怕的…… / abhidhāvataḥ—追逐 / bhṛśam—不断地(时时刻刻) / bhītam—害怕死亡的人 / prapannam—托庇于(至尊人格首神)的 / paripāti—祂保护 / yat-bhayāt—由于害怕至尊主 / mṛtyuḥ—死亡本身 / pradhāvati—逃跑 / araṇam—众生真正的保护者 / tam—向祂 / īmahi—我皈依、托庇于

译文　毫无疑问，并非大家都知道至尊人格首神，但祂十分强大、有影响力。所以，尽管使众人害怕的永恒、强大的时间巨蛇一直不断地在追逐每一个生物体，准备吞下他们，但如果害怕这巨蛇的人寻求至尊主的庇护，至尊主就会给予保护；就连死亡都因为害怕至尊主而逃开。为此，我投靠至尊主——给予众生真正保护且非凡强大的至尊权威人物。

要旨　智者明白，一切之上有伟大而至高无上的权威。那位伟大的权威以各种化身显现，将无辜之人救出困境。正如《博伽梵歌》中证实：至尊主以各种化身显现有两个目的，消灭罪孽深重的人(duṣkṛtī)，保护祂的奉献者(paritrāṇāya sādhūnāṁ vināśāya ca duṣkṛtām)。象王决定投靠至尊主。这很明智。人必须知道伟大的至尊人格首神并投靠、服从祂。至尊主亲自来教导我们如何变得快乐，只有白痴和无赖才不凭智慧看到这至高无上的权威——至尊人。韦达文献(śruti-mantra)中说：

bhīṣāsmād vātaḥ pavate
bhīṣodeti sūryaḥ
bhīṣāsmād agniś candraś ca
mṛtyur dhāvati pañcamaḥ

(《泰提瑞亚奥义书》2.8)

大意是：出于对至尊人格首神的畏惧，风在吹拂，太阳在发散光和热，死亡在追逐每个人。因此，正如《博伽梵歌》第9章的第10节诗所证实：物质自然是至尊主奎师那的一种能量，在祂的指挥下活动(mayādhyakṣeṇa prakṛtiḥ sūyate sacarācaram)。物质展示之所以运作得如此有序，是因为有至尊控制者在控制。所以，任何明智之人都能明白，世上有一位至高无上的控制者。不仅如此，至尊控制者本人以主奎师那、主柴坦亚·玛哈帕布和主茹阿玛禅铎的形象显现，给我们指示，并以身作则树立榜样，教我们如何投靠、服从至尊人格首神。然而，那些最低贱的罪恶之人(duṣkṛtī)，就是不皈依祂(na māṁ duṣkṛtino mūḍhāḥ prapadyante narādhamāḥ)。

《博伽梵歌》中记载，至尊主明确地说："我是吞食一切的死亡(mṛtyuḥ sarva-haraś cāham)。"因此，死亡(mṛtyu)是从接受了物质躯体的生物那里拿走一切的至尊主的代表。没人能说："我不怕死。"这是谎话。每个人都怕死。然而，寻求至尊人格首神庇护的人，可以得到拯救，脱离死亡。有人也许会争辩说："奉献者难道不死吗？"回答是：毫无疑问，奉献者必然会放弃他们的躯体，因为那躯体是物质的；但区别在于，全心投靠奎师那的人得到奎师那的保护，其现有的躯体是最后的躯体，将不会再得到受死亡控制的物质躯体。对此，《博伽梵歌》中保证说：奉献者在放弃现有的躯体后不再接受物质躯体，而是回归家园、回到首神身边(tyaktvā dehaṁ punar janma naiti mām eti so'rjuna)。我们一直身处险境，因为死亡在任何时刻都会降临。并不只是象王嘎臻铎惧怕死亡，而是每个人都惧怕死亡，因为大家都受永恒时间的鳄鱼的钳制，有可能在任何时刻死亡。所以，最好的做法是寻求至尊人格首神奎师那的庇护，使自己得到拯救，摆脱在这个重复生死的物质世界里苦苦挣扎的状态。达到这种理解是人生的最高目标。

到此为止，结束了巴克提韦丹塔对《圣典博伽瓦谭》第8篇第2章——“大象嘎臻铎身陷险境”所作的阐释。

第三章

嘎臻铎的皈依祷告

这一章讲述了象王嘎臻铎的祈祷。看来象王嘎臻铎从前是个名叫因铎杜么纳(Indradyumna)的人，学习过对至尊主的祈祷。幸运的是，它回忆起那祈祷的内容，于是开始吟诵。它首先恭敬地向至尊人格首神敬礼，随后表示它因为处在受鳄鱼攻击的棘手情况下而无法很好地吟诵祈祷的内容。然而，它还是努力吟诵曼陀(mantra)，用如下恰当的词语表达自己的情感说：

“至尊人格首神是一切原因的起因，是发散出一切的最初的人。祂是这个宇宙展示的根本原因，整个宇宙都安息在祂之中；但祂超然处之，因为祂是通过祂的外在能量去做与物质世界有关的一切。祂永恒地处在灵性世界——外琨塔或哥珞卡·温达文(Goloka Vṛndāvana)中，在那里从事祂永恒的娱乐活动。物质世界由祂的外在能量(物质自然)在祂的指导下产出。创造、维系和毁灭就这样发生。至尊主永恒存在。这对非奉献者来说极难理解。尽管众生都可以感知到超然的至尊人格首神，但只有纯粹的奉献者意识到祂的存在和活动。至尊人格首神完全免于物质的出生、死亡、老年和疾病。事实上，这个物质世界里的任何人如果托庇于祂，就也处在超然的状态中。为了让祂的奉献者高兴(paritrāṇāya sādhūnām)，至尊主显现并展示祂的活动。祂的显现、隐迹和其他娱乐活动，都绝对不是物质的。了解这机密的人能进入神的王国。在至尊主中，一切相对的因素都得到调节。至尊主处在众生的心中。祂是一切的控制者、一切活动的见证者和众生的来源。事实上，众生都是祂的一部分，因为祂是玛哈·维施努(Mahā-Viṣṇu)的来源，而玛哈·维施努是这个物质世界的众生的源头。至尊主能看到我们的感官所从事的活动，而正是凭借祂的仁慈，感官才能够工作并得到物质的结果。祂虽然是一切的根源，但祂创作的产品却触碰不到祂。就这样，祂恰似金矿，既是金首饰的来源，又不同于那些金首饰。人们应该按照《潘查茹阿陀》(Pañcarātra)中讲解的方法崇拜至尊主。祂是我们知识的来源，祂能赐予我们以解脱。因此，我们的责任是按照奉献者的教导，尤其是灵性导师的教导了解祂。尽管对我们来说，纯粹的善良属性被覆盖着，但遵循圣洁之人和灵性导师的教导，就能使我们摆脱物质的钳制。

"至尊人格首神闪亮的物质形象，受到非奉献者的敬重。祂不具人格特征的形象，受到具有高度灵性知识之人的崇敬。祂在局部区域展示的超灵形象，受到瑜伽师的欣赏。只有奉献者才了解祂原本的具有人格特征的形象。至尊人格首神能透过祂在《博伽梵歌》中的教导驱散受制约灵魂的愚昧。祂是超然品质的汪洋，只有去除了躯体化的物质概念的解脱之人才能了解祂。至尊主出于祂没有缘故的仁慈，可以将受制约的灵魂拯救出物质的钳制，让他们能够回归家园、回到首神身边，当祂个人的同伴。然而，纯粹奉献者并不渴望一定要回到首神那里去，能在这个物质世界里为至尊主做服务就使他们满足了。纯粹奉献者不向至尊人格首神提出任何要求，而是只祈祷能去除物质化的生命概念，可以致力于为至尊主做超然的爱心服务。"

象王嘎臻铎就这样直接向至尊人格首神献上祈祷，而没有误将至尊主视为是半神人中的一员。没有哪个半神人来看它，就连布茹阿玛(Brahmā)和希瓦(Śiva)都没来。相反，是至尊人格首神纳茹阿亚纳(Nārāyaṇa)坐在嘎茹达(Garuḍa)的背上，亲自出现在它面前。嘎臻铎靠举起它的象鼻向至尊主致敬，至尊主立刻将它连同紧咬住它的腿不放的鳄鱼一起，从水中拖出。接着，至尊主杀死鳄鱼，营救了嘎臻铎。

第 1 节

श्रीबादरायणिरुवाच
एवं व्यवसितो बुद्ध्या समाधाय मनो हृदि ।
जजाप परमं जाप्यं प्राग्जन्मन्यनुशिक्षितम् ॥ १ ॥

śrī-bādarāyaṇir uvāca
evaṁ vyavasito buddhyā
samādhāya mano hṛdi
jajāpa paramaṁ jāpyaṁ
prāg-janmany anuśikṣitam

śrī-bādarāyaṇiḥ uvāca—圣舒卡戴瓦·哥斯瓦米说 / evam—之后 / vyavasitaḥ—坚定 / buddhyā—靠智慧 / samādhāya—专心地 / manaḥ—心智 / hṛdi—意识中或心中 / jajāpa—吟唱 / paramam—至高无上的 / jāpyam—从伟大的奉献者那里学习的赞歌 / prāk-janmani—前生 / anuśikṣitam—练习过

译文 圣舒卡戴瓦·哥斯瓦米继续说：那之后，象王嘎臻铎用完美的智慧收摄心神，吟诵牠在前生作为因铎杜么纳时学过并凭借奎师那的仁慈记住的赞歌。

要旨 《博伽梵歌》(Bhagavad-gītā)第6章的第43—44节诗中描述这样的记忆说：

tatra taṁ buddhi-saṁyogaṁ
labhate paurva-dehikam
yatate ca tato bhūyaḥ
saṁsiddhau kuru-nandana

pūrvābhyāsena tenaiva
hriyate hy avaśo 'pi saḥ

“库茹的子孙啊！这样出生后，他重新唤起自己前世的神性意识，为彻底取得成功而再做努力。凭借前世的神性意识，他甚至没去寻找瑜伽原则就自然而然受其吸引。”

这些诗文中保证说：做奉爱服务的人哪怕跌倒也不沦落，而是被置于在适当的时候将记起至尊人格首神的境况内。正如后面诗文解释的，嘎臻铎前世是因铎杜么纳王，因为某种原因在下一世成为象王。它现在身处险境，虽然在一个非人类的躯体中，但却回忆起前世吟诵过的赞美诗(stotra)。它为达到完美的境界而再做努力(yatate ca tato bhūyaḥ saṁsiddhau kuru-nandana)。为使生物能够达到完美的境界，奎师那给生物再次想起祂的机会。这节诗文证明了这一点；因为尽管象王嘎臻铎被置于险境，但对它来说，这是让它回忆起前世做过的奉爱服务的机会，使它能立刻得到至尊人格首神的拯救。

因此，正在培养奎师那意识的全体奉献者，都必须练习吟诵、吟唱赞歌(mantra)。当然，人应该吟诵、吟唱哈瑞·奎师那(Hare Kṛṣṇa)这首伟大的曼陀(mahā-mantra)，还应该练习吟诵以cintāmaṇi-prakara-sadmasu为开始的《布茹阿玛·萨密塔》中的赞歌，以及对主尼尔星哈戴瓦的赞美诗(ito nṛsiṁhaḥ parato nṛsiṁho yato yato yāmi tato nṛsiṁhaḥ)。每一个奉献者都应该练习尽善尽美地吟诵、吟唱某些赞歌，以使自己即使这一生还没有达到完美的灵性意识层面，但在来生不会忘了奎师那意识，哪怕是当了动物也还记得。当然，奉献者应该在这一生为具有完美的奎师那意识而努力，因为仅仅靠了解奎师那和祂的教导，人就可以在放弃现有的这个躯体后回归家园，回到首神身边。培养奎师那意识永远不是徒劳的，即使有时跌倒也无损于最终的结果。例如：阿佳弥勒(Ajāmila)孩童时期在父亲的指导下练习吟诵纳茹阿亚纳(Nārāyaṇa)的名字，但后来在年轻时堕落，酗酒、追女人，成了无赖和盗贼。然而，尽管他作恶多端，可有一次为叫他的儿子纳茹阿亚纳，碰巧呼唤了至尊主纳茹阿亚纳的圣名，结果重新站起来，继续在灵性路途上向前迈进。鉴于此，我们在任何情况下都不该忘记吟诵、吟唱哈瑞·奎师那曼陀。正如我们从嘎臻铎的事例中所看到的，这么做将帮助我们摆脱巨大的危险。

第 2 节

श्रीगजेन्द्र उवाच
ॐ नमो भगवते तस्मै यत एतच्चिदात्मकम् ।
पुरुषायादिबीजाय परेशायाभिधीमहि ॥ २॥

śrī-gajendra uvāca
oṁ namo bhagavate tasmai
yata etac cid-ātmakam
puruṣāyādi-bījāya
pareśāyābhidhīmahi

śrī-gajendraḥ uvāca—象王嘎臻铎说 / oṁ—我的主啊！ / namaḥ—我虔敬地向您致敬 / bhagavate—向至尊人格首神 / tasmai—向祂 / yataḥ—从……的人 / etat—这个躯体和物质展示 / cit-ātmakam—因为意识(灵魂)的存在而可以动作 / puruṣāya—向至尊人 / ādi-bījāya—万事万物的起源和根本原因 / para-īśāya—超然、至高无上，且受到布茹阿玛和希瓦等崇高人物的崇拜的祂 / abhidhīmahi—让我冥想祂

译文　象王嘎臻铎说：我虔敬地向至尊人华苏戴瓦致敬(oṁ namo bhagavate vāsudevāya)。是祂使这个物质躯体在灵魂临在的情况下起作用，祂是众生的根源。祂受到布茹阿玛和希瓦等崇高人物的崇拜，祂进入每一个生物体的心中。让我冥想祂。

要旨　这节诗中的“这个躯体和物质展示因为意识(灵魂)的存在而可以动作(etac cid-ātmakam)”一句十分重要。物质躯体无疑是由物质元素组成，但当人的奎师那意识觉醒时，躯体就不再是物质的，而是灵性的。物质躯体是为感官享乐而设，灵性之躯则

是为至尊主做超然的爱心服务而有的。所以，永远都不该认为那些致力于为至尊主做服务并一刻不停地想着祂的奉献者有个物质躯体。为此，经典的训示是：不要认为灵性导师是有个物质躯体的普通人(guruṣu nara-matiḥ)。大家都知道庙里的神像是用石头雕刻成的，但认为神像只不过是石头就是一种冒犯。同样，认为灵性导师的身体由物质元素构成也是一种冒犯。无神论者以为，奉献者愚蠢地将一尊石头雕像当神崇拜，将普通人视为灵性导师(guru)去崇拜。但事实是，凭借奎师那全能的仁慈，用石头雕刻出的神像直接就是至尊人格首神，灵性导师的身体直接就是灵性的。应该明白，不怀杂念地致力于做奉爱服务的纯粹奉献者，处在超然的层面上(sa guṇān samatītyaitān brahma-bhūyāya kalpate)。因此，让我们恭敬地向至尊人格首神顶礼，凭借祂的仁慈，所谓的物质事物在被用于灵性活动中时也成为灵性的。

“欧么(praṇava)”是代表至尊人格首神的声音象征。经典中说，吟诵oṁ tat sat这三个梵文词，就是直接在呼唤至尊人(oṁ tat sad iti nirdeśo brahmaṇas tri-vidhaḥ smṛtaḥ)。所以奎师那说：祂是所有韦达赞歌中的“欧么”这一声音震荡(praṇavaḥ sarva-vedeṣu)。韦达经中的赞歌都以“欧么”为开始发音，直接表明是献给至尊人格首神的。例如：《圣典博伽瓦谭》(Śrīmad-Bhāgavatam)以oṁ namo bhagavate vāsudevāya为开始。至尊人格首神华苏戴瓦(Vāsudeva)与“欧么”这一声音震荡没有区别。我们应该谨慎理解，“欧么”并非代表没有形象的东西(nirākāra)。事实上，这节诗文直接在说oṁ namo bhagavate vāsudevāya，而其中的巴嘎万(Bhagavān)是一个“人”。所以，欧么代表的是至尊人，而并非假象宗哲学(Māyāvādī)人士所以为，代表的是不具人格特征的事物。这节诗文中用“至尊人(puruṣāya)”一词清楚地说明这一点。“欧么”称呼的至尊真理是至尊人(puruṣāya)。这位至尊人并非不具人格特征。

祂除非是人，否则怎么能控制这个宇宙中那些伟大、强壮的控制者们？主维施努、主布茹阿玛和主希瓦都是这个宇宙的最高控制者，但主希瓦和布茹阿玛甚至要向主维施努致敬。因此，这节诗文用梵文paresāya一词表明，至尊人格首神受到尊贵的半神人们的崇拜。Paresāya的意思是至尊控制者(paramesvara)。主布茹阿玛和主希瓦都是伟大的控制者(īsvara)，但主维施努是至尊控制者。

第 3 节

यस्मिन्निदं यतश्चेदं येनेदं य इदं स्वयम् ।
योऽस्मात्परस्माच्च परस्तं प्रपद्ये स्वयम्भुवम् ॥ ३ ॥

yasminn idaṁ yataś cedaṁ
yenedaṁ ya idaṁ svayam
yo 'smāt parasmāc ca paras
taṁ prapadye svayambhuvam

yasmin—……的根基 / idam—宇宙基于 / yataḥ—……的原料 / ca—和 / idam—产出宇宙展示 / yena—……的祂 / idam—创造和维系这个宇宙展示的 / yaḥ—……的祂 / idam—这个物质世界 / svayam—本身 / yaḥ—……的祂 / asmāt—从结果(这个物质世界) / parasmāt—从原因 / ca—和 / paraḥ—超然的或不同的 / tam—向祂 / prapadye—我皈依 / svayambhuvam—向至高无上的自给自足者

译文　至尊首神是一切栖息其上的根基、产出一切的原料、创造之人，是这个宇宙展示的唯一原因。尽管如此，祂不同于原因和结果。我皈依祂——至尊人格首神，祂是超越一切的自给自足者。

要旨　《博伽梵歌》第9章的第4节诗记载，至尊主说：恰似瓦罐有赖于土而存在，我是至尊人格首神，一切都有赖于我的能量而存在(mayā tatam idaṁ sarvaṁ jagad avyakta-mūrtinā)。瓦罐放置的地方是土，制作瓦罐的人的躯体是土的产物，瓦罐制作者用的制造瓦罐的转盘是土的延伸物，用于制造瓦罐的原材料也是土。正如韦达经中的赞歌所证实，万事万物都由梵(布茹阿曼)创造，创造之后的一切都由梵维系，毁灭之后一切都保存在梵之中(yato vā imāni bhūtāni jāyante. yena jātāni jīvanti yat prayanty abhisaṁviśanti)。至尊人格首神是一切的根源，毁灭后，一切都进入祂(prakṛtiṁ yānti māmikām)。因此，至尊人格首神主茹阿玛禅铎(Rāmacandra)或主奎师那(Kṛṣṇa)，是一切的起因。

īśvaraḥ paramaḥ kṛṣṇaḥ
sac-cid-ānanda-vigrahaḥ
anādir ādir govindaḥ
sarva-kāraṇa-kāraṇam

“被称为哥文达的奎师那，是至尊控制者。祂有个永恒、极乐的灵性身体。祂是一切的源头。祂自己没有源头，因为祂是一切原因的最初起因。”(《布茹阿玛·萨密塔》)至尊主是一切的原因，但在祂之前没有原因。一切都是梵(sarvaṁ khalv idaṁ brahma)。众生都在我之中，我却不在他们中(mat-sthāni sarva-bhūtāni na cāhaṁ teṣv avasthitaḥ)。祂虽然是一切，但祂本人不同于宇宙展示。

第 4 节

यः स्वात्मनीदं निजमाययार्पितं
क्वचिद्विभातं क्व च तत्तिरोहितम् ।
अविद्धदृक्साक्ष्युभयं तदीक्षते
स आत्ममूलोऽवतु मां परात्परः ॥ ४ ॥

yaḥ svātmanīdaṁ nija-māyayārpitaṁ
kvacid vibhātaṁ kva ca tat tirohitam
aviddha-dṛk sākṣy ubhayaṁ tad īkṣate
sa ātma-mūlo 'vatu māṁ parāt-paraḥ

yaḥ—……的至尊人格首神 / sva-ātmani—在自己 / idam—这个物质展示 / nija-māyayā—靠自己的能量 / arpitam—注入 / kvacit—有时(在布茹阿玛一天的开始) / vibhātam—展示 / kva ca—有时(毁灭时) / tat—那(展示) / tirohitam—不可见的 / aviddha-dṛk—(在所有这些情况中)祂观察着一切 / sākṣī—见证者 / ubhayam—两者(展示和毁灭) / tat īkṣate—(永不失去视觉地)看到一切 / saḥ—那位至尊人格首神 / ātma-mūlaḥ—自给自足、没有其他来源 / avatu—请给予保护 / mām—我 / parāt-paraḥ—祂比超然还要超然

译文　至尊人格首神通过扩展自己的能量，使这个宇宙展示显现出来，一段时间后再使其消失不见。祂是至高无上的原因和结果，是一切情况中的观察者和见证者。所以，祂超越一切。愿那位至尊人格首神保护我。

要旨　至尊人格首神有多种多样的能力(parāsya śaktir vividhaiva śrūyate)。所以，只要祂愿意，祂就用祂的一种能量及其扩展创造这个宇宙展示。宇宙展示毁灭时，一切就回到祂体内。但祂是永不犯错的至尊观察者。至尊主在任何情况下都不变。祂只当见证者，远离一切创造与毁灭。

第 5 节

कालेन पञ्चत्वमितेषु कृत्स्नशो
　लोकेषु पालेषु च सर्वहेतुषु ।
तमस्तदासीद्गहनं गभीरं
　यस्तस्य पारेऽभिविराजते विभुः ॥५॥

kālena pañcatvam iteṣu kṛtsnaśo
　lokeṣu pāleṣu ca sarva-hetuṣu
tamas tadāsīd gahanaṁ gabhīraṁ
　yas tasya pāre 'bhivirājate vibhuḥ

kālena—在适当的时候(亿万年之后) / pañcatvam—当一切虚幻的事物被毁灭时 / iteṣu——一切变化 / kṛtsnaśaḥ—和宇宙展示的万事万物 / lokeṣu—所有的星球、存在的一切 / pāleṣu—布茹阿玛等维系者 / ca—也 / sarva-hetuṣu—所有的原因 / tamaḥ—黑暗 / tadā—那时 / āsīt—曾经 / gahanam—密集的 / gabhīram—深不可测的 / yaḥ—……的至尊人格首神 / tasya—这种黑暗的状况 / pāre—在……之外 / abhivirājate—存在着或发光 / vibhuḥ—至尊者

译文 在适当的时候，当宇宙所有原因性和结果性的展示，包括星球和它们的主管、维系者都被毁灭时，整个环境就会笼罩在浓密的黑暗中。然而，在这黑暗之上的是至尊人格首神。我托庇于祂的莲花足。

要旨 我们从韦达赞歌中了解至尊人格首神超越一切。祂至高无上，超越包括主布茹阿玛和主希瓦在内的全体半神人。祂是至尊控制者。当祂能量的影响使一切消失时，宇宙笼罩在一片浓密的黑暗中。但至尊主是阳光，正如韦达赞歌所说：“祂像太阳一样光芒万丈；祂是超然的，存在于物质自然之外(āditya-varṇaṁ tamasaḥ parastāt)”。我们根据平日的经验知道，当我们所在的大地处在黑暗中时，太阳必定在天空照亮着其他一些地方。同样道理，至尊人格首神——至高无上的太阳，总是在发出光芒，即使整个宇宙展示在适当的时候被毁灭也不例外。

第6节

न यस्य देवा ऋषयः पदं विदु-
जन्तुः पुनः कोऽर्हति गन्तुमीरितुम् ।
यथा नटस्याकृतिभिर्विचेष्टतो
दुरत्ययानुक्रमणः स मावतु ॥ ६ ॥

na yasya devā ṛṣayaḥ padaṁ vidur
　jantuḥ punaḥ ko 'rhati gantum īritum
yathā naṭasyākṛtibhir viceṣṭato
　duratyayānukramaṇaḥ sa māvatu

na—都不 / yasya—……的祂 / devāḥ—半神人 / ṛṣayaḥ—伟大的圣人 / padam—情况 / viduḥ—能了解 / jantuḥ—如动物般没有智慧的生物体 / punaḥ—再次 / kaḥ—……的 / arhati—能够 / gantum—了解 / īritum—或用言语讲述 / yathā—正如 / naṭasya—艺人 / ākṛti-bhiḥ—身体特征 / viceṣṭataḥ—舞出各种姿态 / duratyaya—很难 / anu-kramaṇaḥ—祂的动作 / saḥ—那位至尊人格首神 / mā—向我 / avatu—愿能给予保护

译文　穿着令人注目的服装在舞台上舞出各种姿态的艺人，不被他的观众所了解；同样，至尊艺术家的活动和特质，就连半神人和伟大的圣人们都无法了解，当然更不要说那些如动物般没智慧的人了。无论是半神人、圣人还是愚蠢之人，都既无法了解至尊主的特质，也无法用言语描述祂真正的地位。愿那位至尊人格首神保护我。

要旨　琨缇女神(Kuntīdevī)也表达过类似的理解。至尊主无所不在，存在于内部和外在。祂甚至存在于生物体的心中(sarvasya cāhaṁ hṛdi sanniviṣṭo)。《博伽梵歌》中说：阿尔诸纳啊！至尊主处在每个生物体的心中(īśvaraḥ sarva-bhūtānāṁ hṛd-deśe 'rjuna tiṣṭhati)。这说明，我们可以在自己的心中找到至尊主。有许多瑜伽师(yogī)都在努力地寻找祂(dhyānāvasthita-tad-gatena manasā paśyanti yaṁ yoginaḥ)。但是，就连伟大的瑜伽师、半神人和圣哲贤人都无法了解至尊主这位伟大的艺术家的身体特征，无法理解祂活动的意义。更何况那些靠主观推测这个物质世界的所谓的哲学家等普通的心智思辨者呢？对他们来说，祂是无法了解的。因此，我们必须接受至尊者在仁慈地化身前来教导我们时所给予的说明。我们必须只接受主茹阿玛禅铎、主奎师那和主柴坦亚·玛哈帕布的话，跟随祂们。这样做才能使我们了解祂们化身前来的目的。

janma karma ca me divyam
evaṁ yo vetti tattvataḥ
tyaktvā dehaṁ punar janma
naiti mām eti so 'rjuna

“阿尔诸纳啊！谁能了解我显现和活动的超然本质，谁就在离开躯体后到达我永恒的住所，不再投生于这个物质世界。”(《博伽梵歌》4.9)凭借至尊主的仁慈能了解祂的人，将立刻得到拯救，甚至在现有的物质躯体中就获得解脱。物质躯体将不再继续起作用，用躯体所从事的一切活动都将是具有奎师那意识的活动。这样的人将以此方式放弃现有的躯体，回归家园，回到首神身边。

第7节

दिदृक्षवो यस्य पदं सुमङ्गलं
विमुक्तसङ्गा मुनयः सुसाधवः ।
चरन्त्यलोकव्रतमव्रणं वने
भूतात्मभूताः सुहृदः स मे गतिः ॥७॥

didṛkṣavo yasya padaṁ sumaṅgalaṁ
vimukta-saṅgā munayaḥ susādhavaḥ
caranty aloka-vratam avraṇaṁ vane
bhūtātma-bhūtāḥ suhṛdaḥ sa me gatiḥ

didṛkṣavaḥ—想要看(至尊人格首神)的人 / yasya—祂的 / padam—莲花足 / su-maṅgalam—绝对吉祥 / vimukta-saṅgāḥ—彻底清除了物质污染的人 / munayaḥ—伟大的圣人 / su-sādhavaḥ—有高度灵性意识的人 / caranti—练习 / aloka-vratam—贞守生阶段、退出家庭生活阶段和进入弃绝阶层阶段的誓言 / avraṇam—完美地 / vane—森林中 / bhūta-ātma-bhūtāḥ—平等看待众生的人 / suhṛdaḥ—善待众生的人 / saḥ—那位至尊人格首神 / me—我的 / gatiḥ—目标

译文　平等看待众生、善待每一个生物体，并在森林中完美地遵守贞守生阶段、退出家庭生活阶段和进入弃绝阶层阶段之誓言的弃绝者和大圣人们，都期望看到至尊人格首神绝对吉祥的莲花足。愿那位至尊人格首神成为我追求的目标。

要旨　这节诗文描述了奉献者或具有高度灵性意识的人所具有的品质。奉献者总是平等看待众生，不区分高等或低等阶层。有知识的人用平等的眼光看待一切(paṇḍitāḥ sama-darśinaḥ)。他们看每一个生物都是至尊主不可缺少的一部分——灵性的灵魂。这使他们有资格寻找至尊人格首神。他们了解至尊人格首神是众生的朋友(suhṛdaṁ sarva-bhūtānām)，所以代表至尊主以众生的朋友的身份做事。他们不区分国家或团体，到处传播奎师那意识、《博伽梵歌》的教导。因此，他们有资格看到至尊主的莲花足。这种具有奎师那意识的传播知识的人，被称为至尊天鹅(paramahaṁsa)。正如梵文“彻底清除了物质污染的人(vimukta-saṅga)”一句所表示的，他们与物质状态毫无关系。为了看到至尊人格首神，人必须托庇于这样的奉献者。

第8—9节

न विद्यते यस्य च जन्म कर्म वा
　न नामरूपे गुणदोष एव वा ।
तथापि लोकाप्ययसम्भवाय यः
　स्वमायया तान्यनुकालमृच्छति ॥८॥

तस्मै नमः परेशाय ब्रह्मणेऽनन्तशक्तये ।
अरूपायोरुरूपाय नम आश्चर्यकर्मणे ॥ ९ ॥

na vidyate yasya ca janma karma vā
na nāma-rūpe guṇa-doṣa eva vā
tathāpi lokāpyaya-sambhavāya yaḥ
sva-māyayā tāny anukālam ṛcchati

tasmai namaḥ pareśāya
brahmaṇe 'nanta-śaktaye
arūpāyoru-rūpāya
nama āścarya-karmaṇe

na vidyate—没有 / yasya—(至尊人格首神)的 / ca—也 / janma—诞生 / karma—活动 / vā—或者 / na—也不 / nāma-rūpe—物质名称或物质形象 / guṇa—品质 / doṣaḥ—缺点 / eva—肯定 / vā—或者 / tathāpi—仍然 / loka—这个宇宙展示的 / apyaya—是……的毁灭者 / sambhavāya—和创造者 / yaḥ—……的祂 / sva-māyayā—靠自己的能量 / tāni—活动 / anukālam—永恒 / ṛcchati—接受 / tasmai—向祂 / namaḥ—我顶礼 / para—超然的 / īśāya—至高无上的控制者 / brahmaṇe—至尊梵 / ananta-śaktaye—无限的力量 / arūpāya—没有物质形象 / uru-rūpāya—有着各种形象的化身 / namaḥ—我致敬 / āścarya-karmaṇe—从事神奇的活动

译文　至尊人格首神没有物质的出生、活动、名字、形象、品质或缺陷。为实现创造和毁灭这个物质世界的目的，祂凭祂本人的内在能量，以主茹阿玛或主奎师那等人类形象到来。祂有无限的力量；祂以毫无物质污染的多种形象从事神奇的活动。正因为如此，祂是至尊梵。我向祂致以敬意。

要旨　《维施努往世书》(Viṣṇu Purāṇa)中说，至尊主没有缺陷，相反具有一切吉祥的品质(guṇāṁś ca doṣāṁś ca mune vyatīta samasta-kalyāṇa-guṇātmako hi)。至尊人格首神没有物质的形象、品质或缺陷。祂是灵性的，是一切灵性品质唯一的宝库。正如《博伽梵歌》第4章的第8节诗中记载，至尊人格首神说：祂来是为了拯救虔诚的人，彻底消灭邪恶之徒(paritrāṇāya sādhūnāṁ vināśāya ca duṣkṛtām)。至尊主拯救奉献者和消灭恶魔的活动是超然的。被至尊人格首神消灭的人都得到受祂保护的奉献者所得到的结果；两者都得到超然的提升。唯一的区别是：奉献者直接去灵性星球，成为至尊主的同伴；而恶魔被提升到至尊主放射出的不具人格特征的光芒中(brahmaloka)。但是，两者都得到超然的提升。至尊主杀死或消灭恶魔，与这个物质世界里的杀戮并不完全一样。祂虽然看似在物质自然属性的范围中做事，但实际上超越物质属性(nirguṇa)。祂的名字不是物质的，否则人怎么能通过吟诵、吟唱“哈瑞·奎师那、哈瑞·茹阿玛”得到解脱？茹阿玛和奎师那等至尊主的名字与茹阿玛和奎师那本人没有任何区别。因此，透过吟诵、吟唱哈瑞·奎师那曼陀，人一直不断地与至尊人格首神茹阿玛和奎师那接触，从而得到解脱。阿佳弥勒就是一个实际的例子。他仅仅靠喊出纳茹阿亚纳的名字，就使他获得了拯救，被提升到超然的层面。如果阿佳弥勒靠吟诵至尊主的名字都能达到超然的层面，那么更何况至尊主本人呢？至尊主来这个物质世界时，并没有成为物质的产物。《博伽梵歌》中不同的地方记载，至尊主说：我的诞生和活动都是超然的(janma-karma ca me divyam)；当我以人的形象降临时，愚蠢的人轻视我(avajānanti māṁ mūḍhāḥ mānuṣīṁ tanum āśritam)。因此，当至尊人格首神为我们的利益而以茹阿玛或奎师那的形象降临从事超然活动时，我们不该认为祂是普通人。至尊主来临时，是凭祂的灵性能量而来(sambhavāmy ātma-māyayā)。由于祂并非受物质能量所迫而来，祂永远是超然的。我们不该认为至尊人格首神是普通人。物质的名字和形象都受到污染，但灵性的名字和形象都是超然的。

第 10 节

नम आत्मप्रदीपाय साक्षिणे परमात्मने ।
नमो गिरां विदूराय मनसश्चेतसामपि ॥१०॥

nama ātma-pradīpāya
sākṣiṇe paramātmane
namo girāṁ vidūrāya
manasaś cetasām api

namaḥ—我恭敬地致敬 / ātma-pradīpāya—向自放光芒的祂或启发众生的祂 / sākṣiṇe—作为见证者处在众生的心中 / parama-ātmane—向至尊灵魂——超灵 / namaḥ—我恭敬地致敬 / girām—用言语 / vidūrāya—无法达到的 / manasaḥ—靠心智 / cetasām—或意识 / api—甚至

译文 我恭敬地向至尊人格首神——自放光芒的超灵敬礼，祂是处在众生心中的见证者，祂给个体灵魂以启发，靠心、言语或意念无法触及祂。

要旨 个体灵魂无法透过心理、身体或智力的练习了解至尊人格首神奎师那。只有靠至尊人格首神的恩典，个体灵魂才被赋予知识。因此，至尊主在此被描述为是“自明的或给生物以启明的祂(ātma-pradīpa)”。至尊主恰似照亮万物的太阳，而不是被任何人照亮。所以，正如《博伽梵歌》等经典中所说，人如果很认真地想要了解至尊者，就必须得到祂的启明。人无法靠自己的心智或身体力量了解至尊人格首神。

第 11 节

सत्त्वेन प्रतिलभ्याय नैष्कर्म्येण विपश्चिता ।
नमः कैवल्यनाथाय निर्वाणसुखसंविदे ॥११॥

sattvena pratilabhyāya
naiṣkarmyeṇa vipaścitā
namaḥ kaivalya-nāthāya
nirvāṇa-sukha-saṁvide

sattvena—靠纯粹的奉爱服务 / prati-labhyāya—向通过做这种奉爱活动获得的至尊人格首神 / naiṣkarmyeṇa—靠超然活动 / vipaścitā—被博学的人 / namaḥ—我恭敬地致敬 / kaivalya-nāthāya—向超然世界的主人 / nirvāṇa—对彻底摆脱了物质活动的人 / sukha—快乐的 / saṁvide—赐予者

译文　只有在奉爱瑜伽的超然存在中行事的纯粹奉献者，才能了解至尊人格首神。祂是纯洁快乐的赐予者、超然世界的主人。因此，我向祂致敬。

要旨　正如《博伽梵歌》中说明：只有靠做奉爱服务，才能如实地了解至尊人格首神(bhaktyā mām abhijānāti yāvān yaś cāsmi tattvataḥ)。想要如实地了解至尊人格首神的人，必须从事奉爱服务的活动。这些活动被称为善良型(sattva)或纯粹善良型的活动(śuddha-sattva)。在物质世界里，作为纯粹布茹阿玛纳(brāhmaṇa, 婆罗门)标志的善良型活动受到赏识。但奉爱服务的活动属于纯粹善良型；换句话说，它们处在超然的层面上。只有靠做奉爱服务才能了解至尊者。

奉爱服务被称为“非物质性活动(naiṣkarmya)”。仅仅是否定物质活动是不持久的做法。人除非上升到为至尊主做奉爱服务的层面，否则他的解脱之途一点都不安全(naiṣkarmyam apy acyuta-bhāva-varjitam)。除非从事与奎师那意识有关的活动；仅仅是停止物质活动不会对人有帮助。许多进入弃绝阶层的崇高之人，怀着要达到免于物质活动的状态的希望，停止从事活动，但最终还是坠落，返回物质层面，像物质主义者一样行事。然而，人一旦致力于奉爱瑜伽(bhakti-yoga)的灵性活动，就不再坠落。正因为如此，我们的奎师那意识运动努力安排每一个人总是从事灵性的活动，使人借此超越物质活动的层面。奉爱之途上的聆听和吟诵、吟唱等九项灵性活动的内容(bhakti-mārga-śravaṇaṁ kīrtanaṁ viṣṇoḥ smaraṇaṁ pāda-sevanam)，引导人了解至尊人格首神。因此，正如这节诗文所说："只有在奉爱瑜伽的超然存在中行事的纯粹奉献者，才能了解至尊人格首神(sattvena pratilabhyāya naiṣkarmyeṇa vipaścitā)。"

《哥帕拉·塔帕尼奥义书》(Gopāla-tāpanī Upaniṣad)第15节诗文对非物质性活动定义说：无论是在这个地球还是上等星球，无论是今生还是来世(iha-amutra)，在没有物质享乐欲望的情况下全心全意地从事为奎师那做奉爱服务的活动，就是在从事非物质性的活动(bhaktir asya bhajanaṁ tad ihāmutropādhi-nairāsyenaivāmuṣmin mana-saḥ kalpanam etad eva ca naiṣkarmyam)。必须清除一切物质污染(anyā-bhilāṣitā-śūnyam)。当人清除一切污染，在灵性导师的指导下做奉爱服务时，人就处在从事非物质性活动(naiṣkarma)的层面。靠从事这样的超然奉爱服务侍奉至尊主。我向祂致以虔敬的顶礼。

第 12 节

नमः शान्ताय घोराय मूढाय गुणधर्मिणे ।
निर्विशेषाय साम्याय नमो ज्ञानघनाय च ॥१२॥

namaḥ śāntāya ghorāya
mūḍhāya guṇa-dharmiṇe
nirviśeṣāya sāmyāya
namo jñāna-ghanāya ca

namaḥ——切敬意 / śāntāya—向超越一切物质属性并完全平静的祂，或者向华苏戴瓦——众生心中的超灵 / ghorāya—向至尊主的佳玛达格尼亚和尼尔星哈戴瓦的凶猛形象 / mūḍhāya—至尊主的如

野猪般的动物形象 / guṇa-dharmiṇe一在物质世界里接受不同属性的 / nirviśeṣāya一因为绝对灵性，所以毫无物质品质 / sāmyāya一(其中没有物质品质的)涅槃形象——佛祖 / namaḥ一我恭敬地敬礼 / jñāna-ghanāya一是知识或不具人格特征的梵的祂 / ca一也

译文 我向无所不在的主华苏戴瓦、至尊主尼尔星哈戴瓦的凶猛形象、至尊主的动物形象(雄猪形象)，以及对非人格神主义者传播知识的主达塔垂亚及主佛陀谦恭地敬礼。我向至尊主谦恭地致敬；祂没有物质品质，但却在这个物质世界里接受善良、激情和愚昧这三种属性。我也恭敬地向不具人格特征的梵光致以敬意。

要旨 前面的诗文描述说，至尊人格首神虽然没有物质形象，但却为帮助祂的奉献者并消灭恶魔而呈现无数的形象。正如《圣典博伽瓦谭》中说明，至尊人格首神有那么多化身，就像河中的浪涛那么多。河中的浪涛不停地此起彼伏，没人能算出究竟有多少。同样道理，没人能计算出至尊主根据时间、地点和人物的需要究竟以多少不同的化身显现。至尊主不断地在显现。正如《博伽梵歌》第4章的第7节诗记载，奎师那说：

yadā yadā hi dharmasya
glānir bhavati bhārata
abhyutthānam adharmasya
tadātmānaṁ sṛjāmy aham

“巴茹阿特的后裔啊！无论何时何地，每当宗教衰落，反宗教盛行，我就会亲自降临。”物质世界里始终有偏离奎师那意识的可能性；为此，奎师那和祂的奉献者们总是以各种形象出来，控制这种不信神的邪恶倾向。

强调至尊人格首神的知识特征的非人格神主义者，都想要融

入至尊主的光芒中。因此，这节诗中的梵文“是知识或不具人格特征的梵的祂(jñāna-ghanāya)”一句是指，为了利益不相信至尊主的形象和存在的无神论者，至尊主以各种形象的化身显现到来。既然至尊主以那么多形象到来给予教导，没人能说神不存在。这节诗中特别用“是知识或不具人格特征的梵的祂(jñāna-ghanāya)”一句是指，那些借由对哲学性理解进行思辨寻求至尊主，因而稳固了自己的知识的人。对知识进行推敲、思辨无助于了解至尊人格首神；但当人具有极其精深的知识时，人就了解了华苏戴瓦(vāsudevaḥ sarvam iti sa mahātmā sudurlabhaḥ)。对知识进行思辨的人(jñānī)要经历许许多多生世后才能达到这一阶段。正因为如此，这节诗文中用了“是知识或不具人格特征的梵的祂(jñāna-ghanāya)”一句。梵文śantāya一词是指主华苏戴瓦处在每一个生物体的心中，但却不与生物体一起做事。持非人格神观点的知识思辨者，在完全具备了成熟的知识后才认识到主华苏戴瓦(vāsudevaḥ samam iti sa mahātmā sudurlabhaḥ)。

第 13 节

क्षेत्रज्ञाय नमस्तुभ्यं सर्वाध्यक्षाय साक्षिणे ।
पुरुषायात्ममूलाय मूलप्रकृतये नमः ॥१३॥

kṣetra-jñāya namas tubhyaṁ
sarvādhyakṣāya sākṣiṇe
puruṣāyātma-mūlāya
mūla-prakṛtaye namaḥ

kṣetra-jñāya－向完全了解外在躯体的人／namaḥ－我恭敬地敬礼／tubhyam－向您／sarva－万事万物／adhyakṣāya－管理监督着／sākṣiṇe－见证者——超灵／puruṣāya－至尊人／ātma-mūlāya－是万事万物的源头的／mūla-prakṛtaye－向物质能量(prakṛti)及未展示的总体物质能量(pradhāna)之来源的主宰化身／namaḥ－我恭敬地致敬

译文　我向您致以我恭顺的敬礼，您是超灵、万事万物的监管者、所发生一切的见证者。您是至尊人、物质自然和整体物质能量的起源。您还是物质躯体的拥有者。所以，您是至尊的整体。我恭敬地向您致以敬礼。

要旨　《博伽梵歌》第13章的第3节诗记载，至尊主说："巴茹阿特的后裔啊！你应该明白，我也是躯体的知悉者。"我们每个人都想"我是这个躯体"或"这是我的身体"，但事实上，真相并非如此。我们的躯体是至尊拥有者给我们的。作为躯体知悉者(kṣetra jña)的生物，并不是那躯体的唯一拥有者。那躯体的真正拥有者是至尊人格首神，祂是躯体的至尊知悉者。比如说：我们也许租用或占用一座房子，但房子真正的拥有者是房东。同样，我们得到一个分配给我们的某种躯体，以便我们享受这个物质世界的便利设施，但那躯体的真正拥有者是至尊人格首神。由于物质世界里的一切都在祂的监督下运作，祂被称为是万事万物的监督管理者(sarvādhyakṣa)。就有关这一点，《博伽梵歌》第9章的第10节诗记载，至尊主说："琨缇的儿子啊！物质自然是我的一种能量，在我的指挥下活动，产生动与不动的一切(mayādhyakṣeṇa prakṛtiḥ sūyate sacarācaram)。"物质自然(prakṛti)产出那么多种类的生物体，包括：水生物、植物、树木、昆虫、飞禽、走兽、人类和半神人。物质自然是母亲，而至尊人格首神是父亲(ahaṁ bīja-pradaḥ pitā)。

物质自然可以给我们物质躯体，但作为灵性的灵魂，我们是至尊人格首神不可缺少的一部分。对此，《博伽梵歌》第15章的第7节诗证实说："在这个受制约的世界里的众生，都是我永恒的碎片部分(mamaivāṁśo jīva-loke jīva-bhūtaḥ sanātanaḥ)。"生物作为神不可缺少的一部分，并不是这个物质世界的产物。因此，这节诗文描述至尊主是一切的起源(ātma-mūla)。祂是一切存在的种子(bījaṁ māṁ sarva-bhūtānām)。《博伽梵歌》第14章的第4节诗记载，至尊主说：

sarva-yoniṣu kaunteya
mūrtayaḥ sambhavanti yāḥ
tāsāṁ brahma mahad yonir
ahaṁ bīja-pradaḥ pitā

“琨缇的儿子啊！应该理解：各种生物体之所以能在这个物质自然中出生，是因为有我这个播种的父亲。”植物、树木、昆虫、水生物、半神人、走兽、飞鸟和所有其他的生物体，都是至尊主的子孙——所属的一部分。但由于他们怀着不同的心态在物质存在中挣扎，于是被给予不同种类的躯体(manaḥ ṣaṣṭhānīndriyāṇi prakṛti-sthāni karṣati)。他们被至尊人格首神注入物质自然，成为物质自然的子孙。这个物质世界里的每一个生物都在为生存而挣扎，唯一能在进化的过程中从生死循环内获救的方法，就是全心投靠至尊主。诗文中用“我恭敬地向您致以敬礼(namaḥ)”表明这一点。

第 14 节

सर्वेन्द्रियगुणद्रष्ट्रे सर्वप्रत्ययहेतवे ।
असता च्छाययोक्ताय सदाभासाय ते नमः ॥१४॥

sarvendriya-guṇa-draṣṭre
sarva-pratyaya-hetave
asatā cchāyayoktāya
sad-ābhāsāya te namaḥ

sarva-indriya-guṇa-draṣṭre－向一切感官对象的观察者 / sarva-pratyaya-hetave－一切疑问的解决者(在没有祂帮助的情况下没办法解决疑问) / asatā－不真实的事物的展示 / chāyayā－由于相似 / uktāya－叫做 / sat－真实的 / ābhāsāya－向对……的反射 / te－向您 / namaḥ－我恭敬地敬礼

译文　我的至尊主，您是一切感官对象的观察者。没有您的仁慈，根本没有可能解决疑问。物质世界就好像与您相似的影子。事实上，人之所以将这物质世界当做是真的，是因为它使人对您的存在窥见一斑。

要旨　这节诗的释义是："您实际上在观察感官活动的对象。没有您的指导，生物甚至寸步难行。正如至尊主在《博伽梵歌》第15章的第15节诗中确认说，我在众生的心中。记忆、知识和遗忘都来自我(sarvasya cāhaṁ hṛdi sanniviṣṭo mattaḥ smṛtir jñānam apohanaṁ ca)。物质世界里发生的一切，都由杜尔嘎女神控制(chāyeva yasya bhuvanāni bibharti durgā)。受错觉能量玛亚钳制的生物要享受这个物质世界，但除非您给予指导和提醒，生物自己无法在追求如海市蜃楼般的生活目标的过程中取得进步。受制约的灵魂一生复一生错误地向错误的目标迈进，是您提醒灵魂那海市蜃楼的目标是什么。在一生中，受制约的灵魂想要朝特定的目标迈进，但在更换躯体后就遗忘了一切。然而，我的至尊主，由于那灵魂想要享受这世界里的某种东西，您就在他的下一生提醒他。记忆、知识和遗忘都来自您(mattaḥ smṛtir jñānam apohanaṁ ca)。由于受制约的灵魂想要忘记您，您就仁慈地给他机会，使他生生世世几乎是永恒地忘记您。就这样，您永恒是受制约灵魂的指导者。正因为您是一切的根本原因，一切才显得真实。最终的实际存在是您圣上——至尊人格首神。我恭恭敬敬地向您致以敬礼。"

圣维施瓦纳特·查夸瓦尔提·塔库尔(Viśvanātha Cakravartī Ṭhākura)解释梵文"一切疑问的解决者(sarva-pratyaya-hetave)"一句说：结果使人对引起它的原因窥见一斑。例如：既然瓦罐是陶工做工的结果，那么看到瓦罐就会使人猜想到陶工的存在。同样道理，这个物质世界与灵性世界类似，有智慧的人都能猜想到灵性世界是如何运作的。正如《博伽梵歌》解释，物质自然在至尊主的指挥下活动，产生动与不动的一切(mayādhyakṣeṇa prakṛtiḥ sūyate sa-carācaram)。物质世界的活动使人想到，它们的背后有至尊主在指挥。

第 15 节

नमो नमस्तेऽखिलकारणाय
निष्कारणायाद्भुतकारणाय ।
सर्वागमाम्नायमहार्णवाय
नमोऽपवर्गाय परायणाय ॥१५॥

namo namas te 'khila-kāraṇāya
niṣkāraṇāyādbhuta-kāraṇāya
sarvāgamāmnāya-mahārṇavāya
namo 'pavargāya parāyaṇāya

namaḥ—我恭敬地致敬 / namaḥ—我再次恭敬地致敬 / te—向您 / akhila-kāraṇāya—万事万物的至尊起因 / niṣkāraṇāya—向没有起因的您 / adbhuta-kāraṇāya—万事万物的神奇起因 / sarva—所有 / āgama-āmnāya—向传递韦达知识的师徒传承的源头 / mahā-arṇavāya—浩瀚的知识之洋或一切知识之河流进入其中的浩瀚汪洋 / namaḥ—我致敬 / apavargāya—向赐予解脱的您 / para-ayaṇāya—全体超然主义者的庇护者

译文 我的至尊主，您是一切原因的起因，但您本人却没有起因。所以，您是一切的神奇起因。我恭敬地向您致以敬礼，您是《潘查茹阿陀》和《韦丹塔经》等经典中包含的韦达知识的保护者。这些经典是您的代表，是师徒传承的源头。您是全体超然主义者唯一的庇护者，因为只有您才能赐予解脱。请允许我恭敬地向您敬礼。

要旨　至尊人格首神在此被描述为是神奇的起因。之所以说祂神奇，是因为至尊人格首神虽然发散出数不胜数的一切(janmādy asya yataḥ)，但永远保持完整的状态(pūrṇasya pūrṇam ādāya pūrṇam evāvaśiṣyate)。以我们在物质世界里的经验，如果我们的银行账户里有一百万美元，随着我们不断从银行取钱，账户里的钱就会逐渐减少，最后变成零。然而，至尊主——人格首神，是如此的完整，即使扩展出无数的人格首神，祂还是那同一位至尊人格首神。祂永远保持完整的状态(pūrṇasya pūrṇam ādāya pūrṇam evāvaśiṣyate)。因此，祂是神奇的起因。我崇拜人格首神哥文达(govindam ādi-puruṣaṁ tam ahaṁ bhajāmi)。

īśvaraḥ paramaḥ kṛṣṇaḥ
　sac-cid-ānanda-vigrahaḥ
anādir ādir govindaḥ
　sarva-kāraṇa-kāraṇam

“被称为哥文达的奎师那，是至尊控制者。祂有个永恒、极乐的灵性身体。祂是一切的源头。祂自己没有源头，因为祂是一切原因的最初起因。”

即使在这个物质世界里，我们也能明白太阳已经存在了千百万年，从被创造出开始就一直在给予光和热，但太阳的力量依旧，从未改变。既然这样，还用说至尊原因(paraṁ brahma)奎师那吗？祂永恒地发散出一切，但仍保持祂原本的形象(sac-cid-ānanda-vigrahaḥ)。《博伽梵歌》第10章的第8节诗记载，奎师那本人说：“一切都来自我(mattaḥ sarvaṁ pravartate)。”一切都永恒地由奎师那发出，但祂还是同样的奎师那，丝毫没有改变。正因为如此，祂是渴望摆脱物质束缚的全体超然主义者的保护者。

人人都必须托庇于奎师那，因此经典中忠告说：

akāmaḥ sarva-kāmo vā
　mokṣa-kāma-udāra-dhīḥ

tīvreṇa bhakti-yogena
yajeta puruṣaṁ param

“有高度智慧的人，无论内心是充满各种物质欲望、是根本没有物质欲望，还是想要得到解脱，都必须用尽所有的方法崇拜至尊的整体——人格首神。”奎师那是至尊主(Paraṁ brahma)和至高无上的住所(paraṁ dhāma)。因此，无论是功利性活动者(karmī)、知识思辨者(jñānī)还是瑜伽师(yogī)，任何人有任何愿望，都该十分认真地努力了解至尊人格首神，这样就可以实现自己所有的愿望。至尊主说：“我根据每个人对我皈依的情况回报他们(ye yathā māṁ prapadyante tāṁs tathaiva bhajāmy aham)。”就连为自己的享乐而提出要求的功利性活动者，都能从奎师那那里得到想要得到的一切。对奎师那来说，提供生物想要的一切毫无困难。但事实上，人应该为获得解脱而崇拜奎师那——至尊人格首神。

至尊主说：研究韦达经的目的是要知道我(vedaiś ca sarvair aham eva vedyaḥ)。通过学习韦达文献，人应该了解奎师那。正如这节诗文所确认的：祂是汪洋，所有的韦达知识都流向祂(sarvāgamāmnāya-mahārṇavāya)。因此，有智慧的超然主义者托庇于至尊人格首神(sarva-dharmān parityajya mām ekaṁ śaraṇaṁ vraja)。这是最终的目标。

第 16 节

गुणारणिच्छन्नचिदुष्मपाय
तत्क्षोभविस्फूर्जितमानसाय ।
नैष्कर्म्यभावेन विवर्जितागम-
स्वयंप्रकाशाय नमस्करोमि ॥१६॥

guṇāraṇi-cchanna-cid-uṣmapāya
tat-kṣobha-visphūrjita-mānasāya
naiṣkarmya-bhāvena vivarjitāgama-
svayaṁ-prakāśāya namas karomi

guṇa－被物质自然三种属性(善良、激情和愚昧) / araṇi－用菩提树木柴 / channa－被遮盖住 / cit－知识的 / uṣmapāya－向……之火的祂 / tat-kṣobha－物质自然属性的刺激 / visphūrjita－外面 / mānasāya－注意力 / naiṣkarmya-bhāvena－由于灵性理解 / vivarjita－放弃……的人 / āgama－韦达原则 / svayam－本人 / prakāśāya－向展示了自己的祂 / namaḥ karomi－我恭敬地致敬

译文　我的至尊主，正如在菩提树木柴中的火元素被遮盖住，物质属性遮住您和您无穷的知识。然而，物质自然属性的活动并没引起您的注意。具有高度灵性知识的人，不受制于韦达文献中给予的规范守则。由于这种进步的灵魂是超然的，您亲自出现在他们纯净的心中。为此，我恭敬地向您敬礼。

要旨　《博伽梵歌》第10章的第11节诗说：

teṣām evānukampārtham
aham ajñāna-jaṁ tamaḥ
nāśayāmy ātma-bhāva stho
jñāna-dīpena bhāsvatā

“居住在他们心中的我，为向他们表示特殊的仁慈，便以知识的明灯驱散来自愚昧的黑暗。”对托庇于至尊主的奉献者，至尊主在其心中给予灵性的知识启明(jñāna-dīpa)。这被称为从内在给予的特殊仁慈。这从内在给予的特殊仁慈被比喻为是隐藏在菩提树(araṇi)木柴中的火。从前，在举行火祭的时候，伟大的圣人们不直接点火，而是从菩提树木柴中引火。同样道理，所有的生物都被物质自然属性所覆盖，只有至尊人格首神才能点燃知识之火，但那种情况要等人将至尊人格首神放在自己心上时才会发生(sa vai manaḥ kṛṣṇa-padāravindayoḥ)。如果有谁认真对待坐在自己心中的主奎师那的莲花足，至尊主就会驱散那人的一切愚昧无知。

凭借知识的火炬，人立刻靠至尊主的特殊仁慈正确地了解一切，认清自我。换句话说，哪怕一个奉献者根本没受过良好的教育，至尊人格首神都会因为他做的奉爱服务，从内在给予他知识的启明。如果至尊主从内在给予知识的启明，人怎么可能处在愚昧的状态中呢？因此，假象宗人士的“奉爱之途是为无知或未受过教育的人而设”的说法并不正确。

yasyāsti bhaktir bhagavaty akiñcanā
sarvair guṇais tatra samāsate surāḥ

“培养出对至尊人格首神华苏戴瓦纯粹奉爱之心的人，身上将展示出全体半神人所具有的宗教、知识和弃绝等崇高品质。”成为至尊主的纯粹奉献者的人，自然而然展现出所有美好的品质。这样的奉献者超越韦达经(Vedas)的教导，是至尊天鹅。凭借至尊主的仁慈，奉献者即使没有通读韦达文献，也会变得纯洁和有知识。奉献者说：“因此，我的至尊主，我恭敬地向您致以顶礼。”

第 17 节

मादृक्प्रपन्नपशुपाशविमोक्षणाय
मुक्ताय भूरिकरुणाय नमोऽलयाय ।
स्वांशेन सर्वतनुभृन्मनसि प्रतीत-
प्रत्यग्दृशे भगवते बृहते नमस्ते ॥१७॥

mādṛk prapanna-paśu-pāśa-vimokṣaṇāya
muktāya bhūri-karuṇāya namo 'layāya
svāṁśena sarva-tanu-bhṛn-manasi pratīta-
pratyag-dṛśe bhagavate bṛhate namas te

mādṛk—像我这样 / prapanna—皈依 / paśu—动物 / pāśa—摆脱束缚 / vimokṣaṇāya—向给予拯救的祂 / muktāya—向不受物质自然污染

的至尊者 / bhūri-karuṇāya—无限仁慈的您 / namaḥ—我恭敬地致敬 / alayāya—永不忽视(有关拯救我这件事) / sva-aṁśena—靠您在局部区域展示的超灵 / sarva—所有的 / tanu-bhṛt—有物质躯体的生物 / manasi—在心中 / pratīta—公认 / pratyak-dṛśe—(一切活动的)直接观察者 / bhagavate—向至尊人格首神 / bṛhate—无限的 / namaḥ—我恭敬的致敬 / te—向您

译文 既然像我这样的动物皈依绝对自由的您，您无疑会把我从这险境中解救出去。事实上，出于极度的仁慈，您一直不断地在试图拯救我。您透过在局部区域展示的超灵特征，处在全体有物质躯体的生物心中。您被公认为是一切的直接观察者，您是无限的。我向您——至尊人格首神，致以谦恭的敬礼。

要旨 圣维施瓦纳特·查夸瓦尔提·塔库尔解释梵文“我恭敬地向无限的您致以敬礼(bṛhate namas te)”一句说，至尊人格首神是奎师那(bṛhate śrī-kṛṣṇāya)。至尊主的扩展有许多范畴，例如：维施努范畴(viṣṇu-tattva)、个体灵魂范畴(jīva-tattva)和能量范畴(śakti-tattva)，但在一切之上的是无所不在的维施努范畴。《博伽梵歌》第10章的第42节诗记载，至尊人格首神解释祂的这一无所不在的特征说：

athavā bahunaitena
kiṁ jñātena tavārjuna
viṣṭabhyāham idaṁ kṛtsnam
ekāṁśena sthito jagat

“但是，阿尔诸纳，这一切细节性的知识有什么用呢？我只以我极小的一部分就遍布并维系了这整个宇宙。”奎师那说，祂透过超灵(Paramātmā)这一局部代理维系着整个物质世界。至尊主作为嘎尔博达卡沙依·维施努(Garbhodakaśāyī Viṣṇu)进入每一个宇宙，随后扩展出祺柔达卡沙依·维施努(Kṣīrodakaśāyī Viṣṇu)进入众生的心中，甚至进入每一颗原子中。每一个宇宙中都充满了原子，至尊主不仅在宇宙中，也在原子中(aṇḍāntara-stha-paramāṇu-cayāntara-stham)。在每一个原子中，至尊主都以祂的维施努的超灵形象存在着，但所有的维施努都由奎师那发出。正如《博伽梵歌》第10章的第2节诗证实：奎师那是这个物质世界里的半神人布茹阿玛、维施努和玛黑施瓦尔(Maheśvara)的源头。正因为如此，祂在这节诗中被描述为是“无限的至尊人格首神(bhagavate bṛhate)”。每个人都是巴嘎万(bhagavān)——财富的拥有者，但奎师那是无限财富的拥有者(bṛhān bhagavān)。奎师那是至高无上的控制者(īśvaraḥ paramaḥ kṛṣṇaḥ)。奎师那是众生的源头。一切都来自奎师那(ahaṁ sarvasya prabhavaḥ)。就连布茹阿玛、维施努和玛黑施瓦尔都来自奎师那。奎师那是至高无上的真理，没有谁高于奎师那(mattaḥ parataraṁ nānyat kiñcid asti dhanañjaya)。为此，维施瓦纳特·查夸瓦尔提·塔库尔说：bhagavate bṛhate 的意思是向圣奎师那。

在这个物质世界中，众生因为持有躯体化的生命概念，所以都是动物(paśu)。经典中说：

yasyātma-buddhiḥ kuṇape tri-dhātuke
　sva-dhīḥ kalatrādiṣu bhauma ijya-dhīḥ
yat tīrtha-buddhiḥ salile na karhicij
　janeṣv abhijñeṣu sa eva go-kharaḥ

“谁如果把自我与这个由三种元素组成的躯体认同，认为由这个躯体产生的副产品是自己的亲人，认为自己的出生地值得崇拜，去圣地只为沐浴而不为遇到有超然知识的人，谁就被认为与驴和牛无异。”(《圣典博伽瓦谭》10.84.13)因此，几乎所有的人都是动物，都受到物质存在鳄鱼的攻击。不仅仅是象王，而是我们每一个人都受到鳄鱼的攻击，因而承受痛苦。

只有奎师那才能拯救我们脱离这物质存在。事实上，祂始终在设法拯救我们。至尊主处在众生心中(īśvaraḥ sarva-bhūtānāṁ hṛd-deśe 'rjuna tiṣṭhati)。祂在我们心中，一点都没有怠慢我们。祂唯一的目的是拯救我们脱离物质生活。祂并非只有在我们向祂祈祷时才注意我们；甚至在我们祈祷之前，祂就不停地在设法救我们了。在解救我们这方面，祂从没有怠惰过。因此，这节诗说，“我向出于极度的仁慈、一直在设法拯救我的至尊主致以敬礼(bhūri-karuṇāya namo 'layāya)”。至尊主出于没有缘故的仁慈，始终在设法带我们回归家园，回到祂身边。神是自由的。祂努力使我们获得自由，告诉我们要“放弃一切宗教，只皈依祂(sarva-dhar-mān parityajya mām ekaṁ śaraṇaṁ vraja)”；但尽管祂一直不断地在尝试，我们就是拒绝接受祂的教导。然而，祂并没有就此变得愤怒。正因为如此，这节诗文中说祂在拯救我们脱离这痛苦的物质处境，带领我们回归家园，回到首神身边这方面，是无限仁慈的(bhūri-karuṇāya)。

第 18 节

आत्मात्मजाप्तगृहवित्तजनेषु सक्तै-
दुष्प्रापणाय गुणसङ्गविवर्जिताय ।
मुक्तात्मभिः स्वहृदये परिभाविताय
ज्ञानात्मने भगवते नम ईश्वराय ॥१८॥

ātmātma-jāpta-gṛha-vitta-janeṣu saktair
duṣprāpaṇāya guṇa-saṅga-vivarjitāya
muktātmabhiḥ sva-hṛdaye paribhāvitāya
jñānātmane bhagavate nama īśvarāya

ātma—身心 / ātma-ja—子女 / āpta—朋友和亲属 / gṛha—家、社团、社会和国家 / vitta—财富 / janeṣu—对仆人和助手 / saktaiḥ—过度依恋 / duṣprāpaṇāya—向很难得到的您 / guṇa-saṅga—物质自然三

种属性 / vivarjitāya－不受……的污染 / mukta-ātmabhiḥ－被已经解脱了的人 / sva-hṛdaye－内心深处 / paribhāvitāya－向总是被当做冥想对象的您 / jñāna-ātmane－一切知识的宝库 / bhagavate－向至尊人格首神 / namaḥ－我恭敬地致敬 / īśvarāya－向至高无上的控制者

译文 我的至尊主，那些完全免于物质污染的人，总在心中冥想您。对于像我这样太依恋心中的计划、家庭、亲属、朋友、金钱、仆人和助手的生物体，要得到您就极其困难。您是至尊人格首神，不受物质属性的污染。您是一切知识启明的宝库、至尊控制者。因此，我谦恭地向您致敬。

要旨 至尊人格首神虽然进入这个物质世界，但却不受物质自然属性的污染。对此，《至尊奥义书》(Īśopaniṣad)证实说：祂不受污染(apāpa-viddham)。这节诗文中也讲述同一个事实说：祂不受物质自然三种属性的污染(guṇa-saṅga-vivarjitāya)。至尊人格首神虽然以化身的形式在这个物质世界显现，但却不受物质自然属性的影响。正如《博伽梵歌》第9篇的第11章说明，由于人格首神以人的形象出现，缺乏知识的愚蠢之人就轻视祂(avajānanti māṁ mūḍhā mānuṣīṁ tanum āśritam)。所以，只有解脱的灵魂(muktātmā)才了解至尊人格首神。只有解脱之人才能一直不断地想着奎师那(muktātmabhiḥ sva-hṛdaye paribhāvitāya)。这样的人是最伟大的瑜伽师。经典中说：

yogināṁ api sarveṣāṁ
mad-gatenāntarātmanā
śraddhāvān bhajate yo māṁ
sa me yuktatamo mataḥ

“在所有的瑜伽师中，谁信心坚定地总在内心想着我，为我做超然的爱心服务，谁就通过瑜伽与我最紧密地连在一起，就是最高级的瑜伽师。这就是我的看法。”

第 19 节

यं धर्मकामार्थविमुक्तिकामा
भजन्त इष्टां गतिमाप्नुवन्ति ।
किं चाशिषो रात्यपि देहमव्ययं
करोतु मेऽदभ्रदयो विमोक्षणम् ॥१९॥

yaṁ dharma-kāmārtha-vimukti-kāmā
bhajanta iṣṭāṁ gatim āpnuvanti
kiṁ cāśiṣo rāty api deham avyayaṁ
karotu me 'dabhra-dayo vimokṣaṇam

yam—……的至尊人格首神 / dharma-kāma-artha-vimukti-kāmāḥ—对笃信宗教、发展经济、感官享乐和解脱有兴趣的人 / bhajantaḥ—靠崇拜 / iṣṭām—目标 / gatim—目的地 / āpnuvanti—能达到 / kim—何况 / ca—也 / āśiṣaḥ—其他祝福 / rāti—祂赐予 / api—甚至 / deham—躯体 / avyayam—灵性 / karotu—愿祂赐予恩惠 / me—向我 / adabhra-dayaḥ—无限仁慈的至尊人格首神 / vimokṣaṇam—摆脱目前的危险和物质世界

译文　崇拜至尊人格首神后，那些对笃信宗教、发展经济、感官享乐和解脱有兴趣的人，都能从祂那里得到他们想要的；还用说其他利益吗？事实上，至尊主有时将灵性的身体赐给这类雄心勃勃的崇拜者。愿那位无限仁慈的至尊人格首神祝福我，使我摆脱目前的困境及物质性的生活方式。

要旨　这个物质世界里的有些人没有物质欲望(akāmī)，有些人野心勃勃地想要得到越来越多的物质利益，有些人则想要在实现笃信宗教、发展经济、感官享乐的欲望后最终得到解脱。经典中说：

akāmaḥ sarva-kāmo vā
moksa-kāma udāra-dhīḥ

tīvreṇa bhakti-yogena
yajeta puruṣaṁ param

“有高度智慧的人，无论内心是充满各种物质欲望，是根本没有物质欲望，还是想要得到解脱，都必须用尽所有的方法崇拜至尊的整体——人格首神。”(《圣典博伽瓦谭》2.3.10)这节诗推荐，人无论处在什么状态，都该恭顺地为至尊主做奉爱服务，这样就会实现自己的愿望。奎师那是如此仁慈，祂说：我根据每个人向我皈依的情况回报他们(ye yathā māṁ prapadyante tāṁs tathaiva bhajāmy aham)。至尊主回应众生的愿望。普通生物想要的一切，主奎师那都会给予。奎师那就在众生的心中；祂给予每一个生物想要的一切。

īśvaraḥ sarva-bhūtānāṁ
hṛd-deśe 'rjuna tiṣṭhati
bhrāmayan sarva-bhūtāni
yantrārūḍhāni māyayā

“阿尔诸纳啊！每个生物都坐在一台由物质能量制成的机器上，至尊主处在他们心中，指导他们周游四方。”至尊主给每个人实现其抱负的机会。即使像杜茹瓦王(Dhruva Mahārāja)这样的奉献者想要得到“有个比他父亲的王国还要太的王国”的物质祝福，他都在得到灵性躯体的同时，实现了那个愿望；至尊人格首神从不使寻求祂莲花足庇护的人失望！所以，既然象王嘎臻铎为脱离当时的险境，间接也是物质生活的险境而投靠至尊人格首神，至尊人格首神为何不满足它的愿望呢？

第20—21节

एकान्तिनो यस्य न कञ्चनार्थं
वाञ्छन्ति ये वै भगवत्प्रपन्नाः ।

अत्यद्भुतं तच्चरितं सुमङ्गलं
　　गायन्त आनन्दसमुद्रमग्नाः ॥२०॥

तमक्षरं ब्रह्म परं परेश-
　　मव्यक्तमाध्यात्मिकयोगगम्यम् ।
अतीन्द्रियं सूक्ष्ममिवातिदूर-
　　मनन्तमाद्यं परिपूर्णमीडे ॥२१॥

ekāntino yasya na kañcanārthaṁ
　vāñchanti ye vai bhagavat-prapannāḥ
aty-adbhutaṁ tac-caritaṁ sumaṅgalaṁ
　gāyanta ānanda-samudra-magnāḥ

tam akṣaraṁ brahma paraṁ pareśam
　avyaktam ādhyātmika-yoga-gamyam
atīndriyaṁ sūkṣmam ivātidūram
　anantam ādyaṁ paripūrṇam īḍe

ekāntinaḥ—(一心只想培养奎师那意识的)纯粹奉献者 / yasya—……的至尊主 / na—不 / kañcana—某个 / artham—祝福 / vāñchanti—想要 / ye—……的奉献者 / vai—确实 / bhagavat-prapannāḥ—全心皈依在至尊主的莲花足旁 / ati-adbhutam—神奇的 / tat-caritam—至尊主的活动 / su-maṅgalam—(聆听起来)非常吉祥的…… / gāyantaḥ—靠聆听和吟诵、吟唱 / ānanda—超然极乐 / samudra—在……的汪洋中 / magnāḥ—沉浸 / tam—向祂 / akṣaram—永恒存在 / brahma—至尊者 / param—超然 / para-īśam—伟大人物的主人 / avyaktam—不可见或无法靠心和感官察觉到的 / ādhyātmika—超然的 / yoga—靠奉爱瑜伽(奉爱服务) / gamyam—可达到的(bhaktyā mām abhijānāti) / ati-indriyam—超出我感官的知觉范畴 / sūkṣmam—微小的 / iva—正如 / ati-dūram—很远 / anantam—无限的 / ādyam—万事万物的最初起源 / paripūrṇam—绝对充满 / īḍe—我敬礼

译文 一心只想侍奉至尊主的纯粹奉献者，以完全皈依的心态崇拜祂，并总是聆听和吟诵、吟唱祂那些最神奇和吉祥的活动。这使他们始终沉浸在超然极乐的汪洋中。这样的奉献者从不向至尊主祈求任何祝福。然而，我现在身陷险境。所以，我向永恒存在、不可见、是布茹阿玛等全体伟大人物的上帝，且只有靠练超然的奉爱瑜伽才能得到的至尊人格首神祈祷。由于极其精微，祂超出我感官的知觉范畴，超越一切表象认识。祂无限；祂是最初的起因，绝对拥有一切。我向祂献上我的敬礼。

要旨

anyābhilāṣitā-śūnyaṁ
jñāna-karmādy-anāvṛtam
ānukūlyena kṛṣṇānu-
śīlanaṁ bhaktir uttamā

“应该不带想获得物质利益、靠从事功利性活动获利或进行哲学思辨的欲望，善意地为至尊主奎师那做超然的爱心服务。这就是纯粹的奉爱服务。”(《奉爱服务的纯粹甘露之洋》1.1.11)纯粹的奉献者不向至尊人格首神提任何要求，但象王嘎臻铎根据当时的情况请求至尊主立即给予它恩赐，因为除此之外，它没有任何获救的方法。有时，在迫不得已的情况下，完全依靠至尊主仁慈的纯粹奉献者，就会祈求某种祝福。但即使这样祷告，其中也包含有抱歉的感觉。总是在聆听和吟诵、吟唱至尊主超然的娱乐活动的人，一直处在不想要求任何物质利益的层面上。除非完全是纯粹的奉献者，否则人无法从集体歌唱神的圣名(saṅkīrtana)运动那如痴如醉的吟唱和舞蹈中感受到超然的极乐。普通奉献者无法有这种心醉神迷的感觉。圣主柴坦亚·玛哈帕布(Caitanya Mahāprabhu)给我们展示了人该如何透过如痴如醉的吟唱、聆听和跳舞享受超然的极乐。这就是奉爱瑜伽(bhakti-yoga)。因此，象王嘎臻铎说，“只有靠练超然的奉爱瑜伽才能得到(ādhyātmika-yoga-gamyam)”，以表明人除非处在超然的层面上，否则无法接近至尊主。尽管只有在经历了生生世世后才能接近至尊主，但圣柴坦亚·玛哈帕布却将这祝福赐予每一个人，甚至没有任何灵性资格的堕落灵魂。这一点实际上透过奎师那意识运动就可以看到。所以，奉爱瑜伽之途是接近至尊人格首神的无瑕程序。只有奉爱服务才能使人接近至尊主(bhaktyāham ekayā grāhyaḥ)。《博伽梵歌》第7章的第1节诗记载，至尊主说：

mayy āsakta-manāḥ pārtha
yogaṁ yuñjan mad-āśrayaḥ
asaṁśayaṁ samagraṁ māṁ
yathā jñāsyasi tac chṛṇu

“普瑞塔的儿子啊！现在听我讲，你只要全神贯注于我，完全意识到我，就能通过这样练瑜伽彻底了解我，摆脱疑惑。”毫无疑问，仅仅靠依恋为奎师那做奉爱服务，靠一直不停地想着奎师那的莲花足，人就能完全了解至尊人格首神。

第22—24节

यस्य ब्रह्मादयो देवा वेदा लोकाश्चराचराः ।
नामरूपविभेदेन फल्ग्व्या च कलया कृताः ॥२२॥

यथार्चिषोऽग्नेः सवितुर्गभस्तयो
निर्यान्ति संयान्त्यसकृत्स्वरोचिषः ।
तथा यतोऽयं गुणसम्प्रवाहो
बुद्धिर्मनः खानि शरीरसर्गाः ॥२३॥

स वै न देवासुरमर्त्यतिर्यङ्
न स्त्री न षण्ढो न पुमान्न जन्तुः ।
नायं गुणः कर्म न सन्न चासन्
निषेधशेषो जयतादशेषः ॥२४॥

yasya brahmādayo devā
  vedā lokāś carācarāḥ
nāma-rūpa-vibhedena
  phalgvyā ca kalayā kṛtāḥ

yathārciṣo 'gneḥ savitur gabhastayo
  niryānti saṁyānty asakṛt sva-rociṣaḥ
tathā yato 'yaṁ guṇa-sampravāho
  buddhir manaḥ khāni śarīra-sargāḥ

sa vai na devāsura-martya-tiryaṅ
  na strī na ṣaṇḍho na pumān na jantuḥ
nāyaṁ guṇaḥ karma na san na cāsan
  niṣedha-śeṣo jayatād aśeṣaḥ

yasya—……的至尊人格首神的 / brahma-ādayaḥ—以布茹阿玛为首的伟大半神人 / devāḥ—和其他半神人 / vedāḥ—韦达知识 / lokāḥ—不同的人物 / cara-acarāḥ—动与不动(树木和植物等)的生物体 / nāma-rūpa—名字和形象各不相同 / vibhedena—这样划分 / phalgvyā—次要的 / ca—也 / kalayā—部分 / kṛtāḥ—创造 / yathā—正如 / ar-ciṣaḥ agneḥ—火花 / savituḥ—太阳的 / gabhastayaḥ—光粒子 / niryānti—散发 / saṁyānti—进入 / asakṛt—再三 / sva-rociṣaḥ—作为所属部分 / tathā—同样地 / yataḥ—……的至尊人格首神 / ayam—这个 / guṇa-sampravāhaḥ—各种物质自然属性的不断展示 / buddhiḥ manaḥ—心智 / khāni—感官 / śarīra—(粗糙和精微的)躯体的 / sargāḥ—部分 / saḥ—那位至尊人格首神 / vai—确实 / na—不是 / deva—半神人 / asura—恶魔 / martya—人类 / tiryak—飞禽或走兽 / na—也不 / strī—女人 / na—也不 / ṣaṇḍhaḥ—无性的 / na—也不 / pumān—人 / na—也不 / jantuḥ—生物体或动物 / na ayam—祂也不是 / guṇaḥ—物质属性 / karma—功利性活动 / na—不是 / sat—展示 / na—也不 / ca—也 / asat—不展示 / niṣedha—“不是这、不是那(neti neti)”之区别的 / śeṣaḥ—……的定论 / jayatāt—所有的荣耀归于祂 / aśeṣaḥ—无限的

译文 至尊人格首神创造出祂微小的所属部分——个体灵魂。这些个体灵魂始于主布茹阿玛、半神人、韦达知识的扩展，以及其他动与不动、有着各种名称和特性的生物体。正如大火的众多火星或太阳光芒再三从它们的源头发出并回归其中，感官、粗糙的物质躯体及心智等精微的物质躯体，以及不同的物质自然属性一直在变化，都从至尊主发散出并再次融入祂。祂既不是半神人，也不是恶魔；既不是人类中的一员，也不是飞禽或走兽。祂不是女人、男人或无性人，也不是动物。祂不是物质品质、功利性活动，不是一个展示或不展示。祂是区别“不是这、不是那”后得出的最终结论，祂无穷无尽。所有的荣耀归于至尊人格首神！

要旨 这是对至尊人格首神的无限力量所作的总结性概述。至尊者通过展示祂的各个所属部分，在不同的阶段做不同的事；那些所属部分凭借祂不同的力量同时以不同的方式存在(parāsya śaktir vividhaiva śrūyate)。每一种力量都很自然地运作着(svābhāvikī jñāna-bala-kriyā ca)。正因为如此，至尊主是无限的。没有什么与祂平等或比祂伟大(na tat-samaś cābhyadhikaś ca dṛśyate)。祂虽然以众多的形式展示自己，但自己却没有非做不可的事情(na tasya kāryaṁ karaṇaṁ ca vidyate)，因为一切都由祂无数能量的扩展做好了。

第25节

जिजीविषे नाहमिहामुया कि-
मन्तर्बहिश्चावृतयेभयोन्या ।
इच्छामि कालेन न यस्य विप्लव-
स्तस्यात्मलोकावरणस्य मोक्षम् ॥२५॥

jijīviṣe nāham ihāmuyā kim
antar bahiś cāvṛtayebha-yonyā
icchāmi kālena na yasya viplavas
tasyātma-lokāvaraṇasya mokṣam

jijīviṣe－渴望长寿 / na－不 / aham－我 / iha－在这一生中 / amuyā－或在来世(从困境被救出后，我不愿再多活) / kiṁ－有什么价值 / antaḥ－内在 / bahiḥ－外在 / ca－和 / āvṛtayā－被愚昧包裹住 / ibha-yonyā－在当大象的这一生中 / icchāmi－我渴望 / kālena－由于时间的影响 / na－没有 / yasya－……的 / viplavaḥ－毁灭 / tasya－那 / ātma-loka-āvaraṇasya－摆脱觉悟自我的覆盖物 / mokṣam－解脱

译文 等我从鳄鱼的攻击中被救出后，我不愿再多活片刻。被愚昧从内到外包裹住的大象身体有什么用？我只期望永远摆脱那愚昧的包裹。时间的影响力并不能摧毁那包裹。

要旨 在物质世界中，每一个生物体都被愚昧的黑暗包裹着。为此，韦达经嘱咐人应该透过灵性导师接近至尊主。《高塔弥亚经》(Gautamīya-tantra)中这样描述灵性导师并献上祈祷说：

oṁ ajñāna-timirāndhasya
jñānāñjana-śalākayā
cakṣur unmīlitaṁ yena
tasmai śrī-gurave namaḥ

“我出生在最黑暗的愚昧状态中，是我的灵性导师用知识的火炬照亮了我眼前的一切。我虔敬地顶拜他。”人们虽然在这个物质世界里为生存而挣扎，但却不可能永远活下去。我们必须明白，每一个生物本是至尊主永恒的一部分，我们因为愚昧、无知才会为生存而挣扎。实际上根本没必要作为大象、人、美国人或印度人活着，而应该只想从生死轮回中获得解脱。由于愚昧、无知，我们以为由大自然给予的每一生都是幸福、快乐的，但其实，在这个物质世界里的堕落生活中，从主布茹阿玛下到小蚂蚁，没有谁是真正快乐的。我们为生活快乐而制订那么多计划，但这个物质世界里不可能有任何真正的快乐。然而，我们却试图

在这一生或其他生世中永远地生活下去。

第 26 节

सोऽहं विश्वसृजं विश्वमविश्वं विश्ववेदसम् ।
विश्वात्मानमजं ब्रह्म प्रणतोऽस्मि परं पदम् ॥२६॥

so 'haṁ viśva-sṛjaṁ viśvam
avíśvaṁ viśva-vedasam
viśvātmānam ajaṁ brahma
praṇato 'smi paraṁ padam

saḥ—那 / aham—我(想要彻底挣脱物质生活的人) / viśva-sṛjam—向创造了这个宇宙展示的祂 / viśvam—本身就是整个宇宙展示的祂 / aviśvam—虽然祂超越宇宙展示 / viśva-vedasam—是宇宙展示的原料和知悉者的祂 / viśva-ātmānam—宇宙的灵魂 / ajam—不经出生就永远存在 / brahma—至尊者 / praṇataḥ asmi—我恭敬地致敬 / param—超然的 / padam—庇护者

译文　现在，在想要彻底挣脱物质生活的情况下，我向那位至尊人谦恭地敬礼，祂是宇宙的创造者；祂既是宇宙形体本身，但又超越这宇宙展示。祂是这世界最高的知悉者、宇宙的超灵。祂不经出生就存在，是地位最崇高的至尊主。我向祂谦恭地致以敬礼。

要旨　有时当我们向普通人介绍奉爱瑜伽——奎师那意识时，人们会争论说："奎师那在哪儿？神在哪里？你能给我们看祂吗？"对此，这节诗文给予回答说，我们如果有足够的智慧就必然能知道：世上存在着一个人物，祂不仅创造了整个宇宙展示，提供了构成这宇宙展示的原材料，而且本身还变成这些原材料；祂永恒存在，但却不在宇宙展示中。只要以这一启发作基础，就可以恭敬地向至尊主致以敬礼。这是奉爱生活的开始。

第 27 节

योगरन्धितकर्माणो हृदि योगविभाविते ।
योगिनो यं प्रपश्यन्ति योगेशं तं नतोऽस्म्यहम् ॥२७॥

yoga-randhita-karmāṇo
hṛdi yoga-vibhāvite
yogino yaṁ prapaśyanti
yogeśaṁ taṁ nato 'smy aham

yoga-randhita-karmāṇaḥ—靠练奉爱瑜伽烧毁了功利性活动报应的人 / hṛdi—内心深处 / yoga-vibhāvite—彻底净化和纯洁 / yoginaḥ—有资格的神秘主义者 / yam—向至尊人格首神 / prapaśyanti—亲眼看到 / yoga-īśam—向神秘瑜伽之主至尊人格首神 / tam—向祂 / nataḥ asmi—致敬 / aham—我

译文 我向至尊者、至尊灵魂、一切神秘瑜伽的主人，献上谦恭的敬礼。完美的神秘主义者在得到彻底净化并靠练奉爱瑜伽清除了功利性活动的报应时，就会在心中看到祂。

要旨 象王嘎臻铎完全接受“世上必有一位创造了这个宇宙展示并提供构成它的原材料的人”这一事实。所有的人都该承认这一事实，就连最顽固的无神论者都该如此。那为什么非奉献者和无神论者就是不承认这一点呢？原因是：他们被他们从事的功利性活动的结果所污染。人们必须清除因为一个接一个地从事功利性活动而在心中积累起的污垢，必须靠练奉爱瑜伽洗清这些污垢(yoga-randhita-karmāṇaḥ)。人只要还受物质激情和愚昧属性的覆盖，就不可能了解至尊主。贪婪、渴望和向往等都是物质自然激情和愚昧属性的产物。当人不再受物质愚昧和激情属性的影响时，就不再有色欲(kāma)和贪婪(lobha)等最低等的品质(tadā rajas-tamo-bhāvāḥ kāma-lobhādayaś ca ye)。

现如今有许多瑜伽学校鼓励人们通过练瑜伽增强他们贪图物质享乐的欲望和贪婪，这使人们很喜欢那种所谓的瑜伽练习。然而，这节诗中讲述了真正的瑜伽练习。正如《圣典博伽瓦谭》第12篇第13章的第1节诗所作的权威性说明：始终冥想至尊人格首神的莲花足的人才是瑜伽师(dhyānāvasthita-tad-gatena manasā paśyanti yaṁ yoginaḥ)。对此，《布茹阿玛·萨密塔》第5章的第38节诗也证实说：

premāñjana-cchurita-bhakti-vilocanena
santaḥ sadaiva hṛdayeṣu vilokayanti
yaṁ śyāmasundaram acintya-guṇa-svarūpaṁ
govindam ādi-puruṣaṁ tam ahaṁ bhajāmi

“我崇拜存在中的第一位至尊主——哥文达(Govinda)。奉献者总以涂满了爱膏的眼睛看着祂。祂以祂夏玛逊达尔的永恒形象处在奉献者的心中。”奉爱瑜伽师一直不断地看到夏玛孙达尔(Śyāmasundara)——肤色微黑的、美丽的主奎师那。象王嘎臻铎认为自己是个普通动物，所以不配看到至尊主。它谦卑地认为自己无法练瑜伽。换句话说，那些如动物般持有躯体化的生命概念、意识不纯净的人，怎么能练瑜伽呢？如今，不控制自己的感官、不了解哲学、不遵守宗教原则或规范守则的人，竟然自封为瑜伽师。这在神秘瑜伽练习中是最离经叛道的行为。

第 28 节

नमो नमस्तुभ्यमसह्यवेग-
शक्तित्रयायाखिलधीगुणाय ।
प्रपन्नपालाय दुरन्तशक्तये
कदिन्द्रियाणामनवाप्यवर्त्मने ॥२८॥

namo namas tubhyam asahya-vega-
śakti-trayāyākhila-dhī-guṇāya

prapanna-pālāya duranta-śaktaye
kad-indriyāṇām anavāpya-vartmane

namaḥ—我恭敬地致敬／namaḥ—我再次恭敬地致敬／tubhyam—向您／asahya—巨大的／vega—力量／śakti-trayāya—向拥有三种能量的至尊人／akhila—宇宙的／dhī—智慧／guṇāya—显现为感官对象的／prapanna-pālāya—向保护皈依灵魂的至尊者／duranta-śaktaye—拥有难以克服的能量的祂／kat-indriyāṇām—被无法控制自己感官的人／anavāpya—不可接近／vartmane—在……的路途上

译文 我的至尊主，您是三种能量之强大力量的控制者。您作为一切感官享乐的宝库及皈依灵魂的保护者显现。您拥有无限的能量，但无法控制自己感官的人接近不了您。我一次又一次地向您献上我谦恭的敬礼。

要旨 执著、贪婪和贪图物质享乐的欲望，是妨碍人全神贯注于至尊人格首神莲花足的三种可怕的力量。这三种力量之所以起作用，是因为至尊主不愿意让非奉献者和无神论者认识祂。然而，当人投靠至尊主的莲花足时，这些障碍就被移除，使人可以了解至尊人格首神。因此，至尊主是皈依灵魂的保护者。人除非投靠至尊主的莲花足，否则无法成为奉献者。人一旦投靠至尊主的莲花足，至尊主就会从投靠之人的内在给予智慧，使人能回归家园，回到首神身边。

第 29 节

नायं वेद स्वमात्मानं यच्छक्त्याहंधिया हतम् ।
तं दुरत्ययमाहात्म्यं भगवन्तमितोऽस्म्यहम् ॥२९॥

nāyaṁ veda svam ātmānaṁ
yac-chaktyāhaṁ-dhiyā hatam
taṁ duratyaya-māhātmyaṁ
bhagavantam ito 'smy aham

na一不 / ayam一一般大众 / veda一知道 / svam一自己 / ātmānam一身份 / yat-śaktyā一靠其影响 / aham一我独立 / dhiyā一凭智慧 / hatam一击败或覆盖 / tam一向祂 / duratyaya一难以理解 / māhātmyam一光荣……的 / bhagavantam一至尊人格首神的 / itaḥ一托庇于 / asmi aham一我

译文 我恭恭敬敬地向至尊人格首神敬礼，祂不可缺少的一部分——个体灵魂，在祂错觉能量的迷惑下，因为持有躯体化的生命概念而忘了自己真正的身份。我托庇于至尊人格首神，祂的荣耀难以理解。

要旨 正如《博伽梵歌》说明：每一个生物，无论是当人，当半神人、当走兽、飞鸟、蜜蜂还是什么，都是至尊人格首神不可缺少的一部分。至尊主与生物就像父子一样紧密相连。不幸的是：由于与物质接触，生物忘了这一事实，想要按照自己的计划独自享受物质世界。这种错觉(玛亚)很难克服。错觉能量之所以蒙蔽生物，是因为生物想要忘记至尊人格首神，制定自己享受这个物质世界的计划。受制约的灵魂只要还有这种污染的想法，就无法了解自己真正的身份，就将生生世世永久地受错觉能量的控制。《圣典博伽瓦谭》第5篇第5章的第8节诗中说：人一旦依恋自己的躯体、家庭、地产、孩子、亲戚和钱财，就增强他对生命的错误概念，以“我和我的”为基础思考问题(ato gṛha-kṣetra-sutāpta-vittair janasya moho 'yam ahaṁ mameti)。生物只要没受到知识的启明，了解自己真正的身份，就会依恋物质生活、房子、国家、田地、社会、子孙、家庭、社团或银行账户等。被这一切遮蔽的他，将继续想“我是这个躯体，与这躯体有关的一切都是我的”。这种物质化的生命概念极难超越，但如象王嘎臻铎那样投靠至尊人格首神的人，就会受到启明，上升到梵的层面。

brahma-bhūtaḥ prasannātmā
na śocati na kāṅkṣati
samaḥ sarveṣu bhūteṣu
mad-bhaktiṁ labhate parām

“这样处在超然境界中的人，立即觉悟至尊梵，变得充满喜悦。他永不悲伤，不再想得到什么。他平等对待众生。在这种状态下，他达到为我做奉爱服务的境界。”(《博伽梵歌》18.54)奉献者因为完全处在梵的层面上，所以不忌妒任何其他生物(samaḥ sarveṣu bhūteṣu)。

第 30 节

श्रीशुक उवाच
एवं गजेन्द्रमुपवर्णितनिर्विशेषं
ब्रह्मादयो विविधलिङ्गभिदाभिमानाः ।
नैते यदोपससृपुर्निखिलात्मकत्वात्
तत्राखिलामरमयो हरिराविरासीत् ॥३०॥

śrī-śuka uvāca
evaṁ gajendram upavarṇita-nirviśeṣaṁ
brahmādayo vividha-liṅga-bhidābhimānāḥ
naite yadopasasṛpur nikhilātmakatvāt
tatrākhilāmara-mayo harir āvirāsīt

śrī-śukaḥ uvāca—圣舒卡戴瓦·哥斯瓦米说 / evam—这样 / gajendram—向象王嘎臻铎 / upavarṇita—……的叙述 / nirviśeṣam—没有特别说明向什么人(却是对至尊者，虽然它不知道谁是至尊者) / brahmā-ādayaḥ—以布茹阿玛、希瓦、因铎和昌铎为首的众多半神人 / vividha—各种 / liṅga-bhidā—不同的形象 / abhimānāḥ—认为自己是独立的权威 / na—不 / ete—他们全部 / yadā—当……时 / upasasṛ-puḥ—接近 / nikhila-ātmakatvāt—因为至尊人格首神是众生的超灵 /

tatra—那里 / akhila—宇宙的 / amara-mayaḥ—由半神人(只不过是身体的外在部分)构成的 / hariḥ—能拿走一切的至尊人格首神 / āvirāsīt—显现(在大象面前)

译文　圣舒卡戴瓦·哥斯瓦米继续说：象王在没有提到特定之人的情况下描述至尊权威时，并没有祈求以主布茹阿玛、主希瓦、天帝因铎和月亮神昌铎为首的半神人的庇护。因此，他们都没有接近它。然而，由于主哈尔依是超灵、至尊人、人格首神，所以祂出现在嘎臻铎的面前。

要旨　从嘎臻铎的描述看，他虽然不知道谁是至高无上的权威，但显然是对至尊权威在祈祷。它猜测“有一位超越一切的至尊权威”。在这种情况下，主布茹阿玛、主希瓦、月亮神昌铎和天帝因铎等至尊主的各种扩展，都认为：“嘎臻铎不是在要求我们的帮助，而是在要求超越我们大家的至尊者的帮助。”正如嘎臻铎所说，至尊主有各种所属部分，包括半神人、人和动物，都各自由不同的形象包裹着。尽管半神人掌管宇宙各方面事务的运作，但嘎臻铎认为他们没有能力营救它。没人能拯救他人摆脱生老病死的危险(hariṁ vinā naiva mṛtiṁ taranti)。只有至尊人格首神才能拯救人摆脱物质存在中的各种危险。正因为如此，明智之人为摆脱这种危险的存在去找至尊人格首神，而不是去找半神人。正如《博伽梵歌》第7章的第20节诗证实：被物质欲望偷去智力的人，为获得短暂的利益而投靠半神人(kāmais tais tair hṛta jñānāḥ prapadyante 'nya-devatāḥ)。但事实上，这些半神人无法将生物救出物质存在的险境。半神人像其他生物一样，只不过是至尊人格首神超然身体的外在部分。就像韦达赞歌说明的，祂是灵魂，半神人是祂的肢体(sa ātma-aṅgāny anyā devatāḥ)。在躯体内的是灵魂——阿特玛(ātmā)，而手和腿等身体的各个部分则是外在的。同样，整个宇宙展示的灵魂是纳茹阿亚纳(Nārāyaṇa)——主维施努，所有的半神人、人类和其他生物体都是祂身体的各个部分。

还可以得出结论说：既然一棵树靠根部的力量生存，那么当树根得到水的滋养时，树的其他部分都得到了滋养；同样道理，人应该崇拜一切的最初根源至尊人格首神。尽管要接近至尊人格首神十分困难，但祂离我们非常近，因为祂就生活在我们的心中。至尊主一旦了解有谁全心全意地投靠祂，寻求祂的帮助，自然就会立刻采取行动。所以，尽管半神人没来帮助嘎臻铎，但至尊人格首神立刻因为它强烈的祈求而去找它。这并不意味着半神人们对嘎臻铎生气；因为事实上，当主维施努受到崇拜时，全体半神人就得到了崇拜。如果至尊人格首神满意，其他人就满意了(yasmin tuṣṭe jagat tuṣṭam)。《圣典博伽瓦谭》第4篇第31章的第14节诗文说：

yathā taror mūla-niṣecanena
trpyanti tat-skandha-bhujopaśākhāḥ
prāṇopahārāc ca yathendriyāṇāṁ
tathaiva sarvārhaṇam acyutejyā

“正如往树根浇水，供给树干、树枝和嫩枝等树的各个部分以能量，给胃提供食物使感官和身体四肢充满活力，仅仅靠做奉爱服务崇拜至尊人格首神，作为至尊人物各部分的半神人们自然就满意了。”当至尊人格首神受到崇拜时，全体半神人都感到满意。

第 31 节

तं तद्वदार्तमुपलभ्य जगन्निवासः
स्तोत्रं निशम्य दिविजैः सह संस्तुवद्भिः ।
छन्दोमयेन गरुडेन समुह्यमान-
श्चक्रायुधोऽभ्यगमदाशु यतो गजेन्द्रः ॥३१॥

tam tadvad ārtam upalabhya jagan-nivāsaḥ
  stotraṁ niśamya divijaiḥ saha saṁstuvadbhiḥ
chandomayena garuḍena samuhyamānaś
  cakrāyudho 'bhyagamad āśu yato gajendraḥ

tam－向牠(嘎臻铎) / tadvat－这样 / ārtam－(因为鳄鱼的攻击)很沮丧 / upalabhya－了解 / jagat-nivāsaḥ－无处不在的至尊主 / stotram－祈祷文 / niśamya－聆听 / divijaiḥ－天堂星球的居民 / saha－与 / saṁstuvadbhiḥ－也在敬献他们的祈祷的 / chandomayena－迅速地 / garuḍena－嘎茹达 / samuhyamānaḥ－骑在 / cakra－手持飞轮 / āyudhaḥ－和大头棒等其他武器 / abhyagamat－达到 / āśu－立刻 / yataḥ－……的地方 / gajendraḥ－象王嘎臻铎所在的

译文　在了解献上祈祷的嘎臻铎所面临的糟糕处境后，无处不在的至尊人格首神哈尔依，与都在向祂敬献祈祷的半神人们一同出现。祂按自己的意愿，手持飞轮等武器，骑在祂的坐骑嘎茹达背上出现在现场。祂就这样显现在嘎臻铎面前。

要旨　圣维施瓦纳特·查夸瓦尔提·塔库尔特别提示，由于嘎臻铎在极其危险的境况中祈求至尊人格首神的仁慈，能立刻去营救它的半神人都犹豫着要不要去那里。他们认为嘎臻铎是直接在向至尊主祈祷，所以感到被冒犯了，而这种想法本身就是一种冒犯。因此，当至尊主去现场时，他们也去到那里，向至尊主祈祷，以便自己的冒犯想法能得到至尊主的原谅。

第 32 节

सोऽन्तःसरस्युरुबलेन गृहीत आर्तो
  दृष्ट्वा गरुत्मति हरिं ख उपात्तचक्रम् ।
उत्क्षिप्य साम्बुजकरं गिरमाह कृच्छ्रान्
  नारायणाखिलगुरो भगवन्नमस्ते ॥३२॥

so 'ntaḥ-sarasy urubalena gṛhīta ārto
dṛṣṭvā garutmati hariṁ kha upātta-cakram
utkṣipya sāmbuja-karaṁ giram āha kṛcchrān
nārāyaṇākhila-guro bhagavan namas te

saḥ—牠(嘎臻铎) / antaḥ-sarasi—在水中 / uru-balena—强有力地 / gṛhītaḥ—被鳄鱼咬住的 / ārtaḥ—感到剧烈的疼痛 / dṛṣṭvā—看到……时 / garutmati—嘎茹达背上的 / harim—至尊主 / khe—在空中 / upātta-cakram—挥舞着飞轮的 / utkṣipya—举起 / sa-ambuja-karam—鼻子和莲花 / giram-āha—说出 / kṛcchrāt—费力地 / nārāyaṇa—啊，我的至尊主纳茹阿亚纳 / akhila-guro—啊，宇宙的主人 / bhagavan—至尊人格首神啊 / namaḥ te—我向您恭敬地致敬

译文 嘎臻铎被水中的鳄鱼紧咬住不放，感到剧烈的疼痛。但当牠看到纳茹阿亚纳挥舞着飞轮、骑在嘎茹达的背上出现在上空时，牠立刻用象鼻摘起一朵莲花，强忍着钻心的疼痛费力地说出："啊，我的至尊主纳茹阿亚纳、宇宙的主人！至尊人格首神啊！我向您献上我谦恭的敬礼。"

要旨 象王是如此渴望看到至尊人格首神，所以当它看到至尊主出现在空中时，强忍着剧痛，声音虚弱地向至尊主致敬。奉献者不认为危险的处境是危险的，因为在这样的危险状况下可以怀着巨大的激情，满腔热忱地向至尊主祈祷。因此，奉献者将危险视为是良机(tat te'nukampāṁ susamīkṣamāṇaḥ)。奉献者身处险境时，将那危险视为是至尊主巨大的仁慈，因为那是一个能使人十分真诚、专注地想起至尊主的机会(tat te 'nukampāṁ susamīkṣamāṇo bhuñjāna evātma-kṛtaṁ vipākam,《圣典博伽瓦谭》10.14.8)。奉献者不会指责至尊人格首神为什么让祂的奉献者身处险境，相反会认为是自己过去的罪行造成现在的危险情况，会将它视为是一个向至尊主祈祷的机会，并且感谢被给予这样一个机会。以这种方式生

活的奉献者，必定能获得拯救，回归家园，回到首神身边。从嘎臻铎的例子，我们可以看到这一事实。它焦急地向至尊主祈祷，结果立刻得到回归家园、回到首神身边的机会。

第33节

तं वीक्ष्य पीडितमजः सहसावतीर्य
सग्राहमाशु सरसः कृपयोज्जहार ।
ग्राहाद्विपाटितमुखादरिणा गजेन्द्रं
संपश्यतां हरिरमूमुचदुच्छ्रियाणाम् ॥३३॥

taṁ vīkṣya pīḍitam ajaḥ sahasāvatīrya
sa-grāham āśu sarasaḥ kṛpayojjahāra
grāhād vipāṭita-mukhād ariṇā gajendraṁ
saṁpaśyatāṁ harir amūmucad ucchriyāṇām

tam—牠(嘎臻铎) / vīkṣya—看到 / pīḍitam—感到巨大痛苦的 / ajaḥ—不经出生就存在者——至尊人格首神 / sahasā—突然 / avatīrya—(从嘎茹达的背上)下来 / sa-grāham—和鳄鱼 / āśu—立即 / sarasaḥ—从水中 / kṛpayā—出于仁慈 / ujjahāra—拖了出来 / grāhāt—从鳄鱼 / vipāṭita—使分开 / mukhāt—从嘴巴 / ariṇā—用飞轮 / gajendram—嘎臻铎 / sampaśyatām—正在观看的 / hariḥ—至尊人格首神 / amūmucat—拯救牠(嘎臻铎) / ucchriyāṇām—当着全体半神人的面

译文 看到嘎臻铎处在巨大的痛苦状态中后，不经出生就存在的至尊人格首神哈尔依，立刻出于祂没有缘故的仁慈，从嘎茹达的背上下来，将大象和鳄鱼一起从水中拖了出来。随即，当着正在观看的全体半神人的面，至尊主用祂的飞轮将鳄鱼的嘴巴从身体上砍下。祂就这样拯救了象王嘎臻铎。

到此为止，结束了巴克提韦丹塔对《圣典博伽瓦谭》第8篇第3章——“嘎臻铎的皈依祷告”所作的阐释。

第四章

嘎臻铎返回灵性世界

这第四章讲述的是嘎臻铎(Gajendra)和鳄鱼的前世，告诉我们鳄鱼如何成为歌仙(Gandharva)，嘎臻铎如何成为至尊人格首神的一个同伴。

歌仙星球上曾经有位名叫胡户(Hūhū)的君王。一次，胡户王与女人在水中嬉戏，在玩耍时拉扯到当时也在沐浴的圣人戴瓦拉(Devala)的腿。圣人对此十分生气，立刻诅咒他变成一条鳄鱼。胡户王在这样被诅咒时十分后悔，乞求圣人的原谅。圣人于是同情地给了他一个祝福，说他将在嘎臻铎得到人格首神拯救时也获得自由。就这样，当主纳茹阿亚纳(Nārāyaṇa)杀死鳄鱼时，投生为鳄鱼的胡户王得到了拯救。

当嘎臻铎凭借至尊主的仁慈成为至尊主在外琨塔星球(Vaikuṇṭha)中的一个同伴时，他获得了有四条手臂的形象。这一成就被称为是获得与纳茹阿亚纳完全一样的灵性身体的解脱(sārūpya-mukti)。嘎臻铎前世曾是主维施努的优秀奉献者。他当时名叫因铎杜么纳(Indradyumna)，是塔弥拉(Tāmila)国的一国之君。君王遵守韦达原则退出家庭生活，到玛拉亚查拉(Malayācala)山丘地盖了一个小茅草屋，在那里以沉默的方式崇拜至尊人格首神。一天，圣人阿嘎斯提亚(Agastya)与许多门徒一起走近因铎杜么纳王的灵修所，但君王因为在冥想至尊人格首神，所以无法适当地迎接阿嘎斯提亚圣人。这使圣人非常生气，诅咒君王变成一头迟钝的大象。这诅咒使君王投生为一头大象，忘了自己以前曾从事过的所有与奉爱服务有关的活动。尽管如此，在当大象的这一生中，当他身处被鳄鱼攻击的险境时，他记起在前世做奉爱服务的生活，回忆起在那一生中学习过的一首祈祷赞歌。他吟诵这首祈祷赞歌，重新得到至尊主的仁慈，立刻获得拯救，成为至尊主的四臂同伴之一。

舒卡戴瓦·哥斯瓦米(Śukadeva Gosvāmī)以描述那大象的好运作为这一章的结束。他说：聆听对嘎臻铎获救过程描述的人，也能得到获救的机会。舒卡戴瓦·哥斯瓦米生动地描述这一事实，作为这一章的结束。

第 1 节

श्रीशुक उवाच
तदा देवर्षिगन्धर्वा ब्रह्मेशानपुरोगमाः ।
मुमुचुः कुसुमासारं शंसन्तः कर्म तद्धरेः ॥ १ ॥

śrī-śuka uvāca
tadā devarṣi-gandharvā
brahmeśāna-purogamāḥ
mumucuḥ kusumāsāraṁ
śaṁsantaḥ karma tad dhareḥ

śrī-śukaḥ uvāca—圣舒卡戴瓦·哥斯瓦米说 / tadā—那时(当嘎臻铎被拯救时) / deva-ṛṣi-gandharvāḥ—半神人、圣人和歌仙 / brahma-īśāna-purogamāḥ—以布茹阿玛和希瓦为首 / mumucuḥ—撒下 / kusuma-āsāram—花雨 / śaṁsantaḥ—在赞美时 / karma—超然的活动 / tat—那(嘎臻铎的解脱) / hareḥ—至尊人格首神的

译文 圣舒卡戴瓦·哥斯瓦米说：当至尊主拯救象王嘎臻铎时，以布茹阿玛和希瓦为首的全体半神人、圣人及歌仙们，都赞美至尊人格首神的这一活动，将鲜花撒向至尊主和嘎臻铎。

要旨 从这一章的内容看，像戴瓦拉、纳茹阿达·牟尼(Nārada Muni)和阿嘎斯提亚·牟尼那样的伟大圣人，有时会诅咒

一些人。但他们这些人物所给予的诅咒其实是一种祝福。前世是歌仙的鳄鱼及前世是因铎杜么纳王的嘎臻铎都受到诅咒，但两人都受惠于诅咒。因铎杜么纳在当大象的这一生中获得拯救，成为至尊主在外琨塔星球中的一个私人同伴；鳄鱼重获他歌仙的地位。我们看到有许多实例都证明，伟大的圣人或奉献者的诅咒其实并非诅咒，而是祝福。

第 2 节

नेदुर्दुन्दुभयो दिव्या गन्धर्वा ननृतुर्जगुः ।
ऋषयश्चारणाः सिद्धास्तुष्टुवुः पुरुषोत्तमम् ॥ २ ॥

nedur dundubhayo divyā
gandharvā nanṛtur jaguḥ
ṛṣayaś cāraṇāḥ siddhās
tuṣṭuvuḥ puruṣottamam

neduḥ—回响 / dundubhayaḥ—鼓 / divyāḥ—高等星系的天空中 / gandharvāḥ—歌仙星球的居民 / nanṛtuḥ—跳舞 / jaguḥ—和唱歌 / ṛṣayaḥ—全体圣人 / cāraṇāḥ—查冉纳星球的居民(天堂诗人) / siddhāḥ—神秘仙星球的居民 / tuṣṭuvuḥ—献上祈祷 / puruṣa-uttamam—向至尊人格首神菩茹首塔玛(最优秀的男性)

译文　天堂星球传来敲打鼓的声音，歌仙星球的居民放声歌唱、翩翩起舞。与此同时，查冉纳和神秘仙星球的居民向至尊人格首神菩茹首塔玛献上祈祷。

第 3—4 节

योऽसौ ग्राहः स वै सद्यः परमाश्चर्यरूपधृक् ।
मुक्तो देवलशापेन हूहूर्गन्धर्वसत्तमः ॥ ३ ॥

प्रणम्य शिरसाधीशमुत्तमश्लोकमव्ययम् ।
अगायत यशोधाम कीर्तन्यगुणसत्कथम् ॥ ४ ॥

yo 'sau grāhaḥ sa vai sadyaḥ
 paramāścarya-rūpa-dhṛk
mukto devala-śāpena
 hūhūr gandharva-sattamaḥ

praṇamya śirasādhīśam
 uttama-ślokam avyayam
agāyata yaśo-dhāma
 kīrtanya-guṇa-sat-katham

yaḥ—……的他 / asau—那 / grāhaḥ—变成鳄鱼 / saḥ—他 / vai—确实 / sadyaḥ—立即 / parama—非常好 / āścarya—神奇的 / rūpa-dhṛk—具有(他原本的歌仙)形象 / muktaḥ—被拯救 / devala-śāpena—被圣人戴瓦拉的诅咒 / hūhūḥ—前生名叫胡乎的 / gandharva-sattamaḥ—最优秀的歌仙 / praṇamya—顶礼 / śirasā—用头 / adhīśam—向至高无上的主人 / uttama-ślokam—受到精选赞歌崇拜的 / avyayam—永恒的至尊者 / agāyata—他开始歌唱 / yaśaḥ-dhāma—至尊主的荣耀 / kīrtanya-guṇa-sat-katham—超然娱乐活动和品质是光荣的人

译文 最优秀的歌仙——胡乎王，被戴瓦拉·牟尼诅咒后变成鳄鱼。现在，得到至尊人格首神的拯救，他又恢复作为歌仙那十分俊美的形象。在明白这一切的发生是凭借谁的仁慈后，他立刻双手合十向至尊主谦恭地敬礼，并开始歌唱十分适合赞扬超然的至尊主的赞歌。受到精选赞歌崇拜的至尊主，永恒是至尊者。

要旨 歌仙变成鳄鱼的故事将在后面叙述。事实证明，让歌仙处在这种状态中其实是一种祝福，而不是诅咒。当圣洁之人诅咒某人时，我们不该不高兴，因为圣人的诅咒间接地是一种祝福。那位歌仙内心认为自己是天堂星系的一个居民，所以对他来说，要成为至尊主的一个同伴需要花上几百万年的时间。然而，他因为受到戴瓦拉圣人的诅咒而变成一条鳄鱼，结果仅仅在一生的时间里，就幸运到能够面对面地看至尊人格首神，返回原本所在的星球。同样，嘎臻铎也因为受阿嘎斯提亚·牟尼的诅咒而被至尊主拯救获得自由。

第 5 节

सोऽनुकम्पित ईशेन परिक्रम्य प्रणम्य तम् ।
लोकस्य पश्यतो लोकं स्वमगान्मुक्तकिल्बिषः ॥ ५ ॥

so 'nukampita īśena
　parikramya praṇamya tam
lokasya paśyato lokaṁ
　svam agān mukta-kilbiṣaḥ

saḥ—他(胡乎王) / anukampitaḥ—受到……的恩惠 / īśena—被至尊主 / parikramya—绕拜 / praṇamya—致敬 / tam—向祂 / lokasya—全体半神人和人类 / paśyataḥ—看到时 / lokam—到星球 / svam—自己的 / agāt—回去 / mukta—摆脱了 / kilbiṣaḥ—他的恶报

译文　得到至尊人格首神出于没有缘故的仁慈所给予的优待而恢复自己原本形象的胡乎王，尊敬地绕拜至尊主。随后，当着以布茹阿玛为首的全体半神人的面，他返回歌仙星球。他所有的恶报都被清除一净。

第 6 节

गजेन्द्रो भगवत्स्पर्शाद्विमुक्तोऽज्ञानबन्धनात् ।
प्राप्तो भगवतो रूपं पीतवासाश्चतुर्भुजः ॥ ६ ॥

gajendro bhagavat-sparśād
　vimukto 'jñāna-bandhanāt
prāpto bhagavato rūpaṁ
　pīta-vāsāś catur-bhujaḥ

gajendraḥ—象王嘎臻铎 / bhagavat-sparśāt—由于被至尊人格首神的手所触碰 / vimuktaḥ—立即摆脱 / ajñāna-bandhanāt—一切愚昧，

特别是躯体化的生命概念 / prāptaḥ—获得 / bhagavataḥ—至尊人格首神的 / rūpam—同样的身体特征 / pīta-vāsāḥ—穿着黄色衣服 / catuḥ-bhujaḥ—四只手中分别持有海螺、飞轮、大头棒和莲花的

译文 至尊人格首神亲手触碰象王嘎臻铎，使嘎臻铎摆脱了一切物质愚昧和束缚，得到“与至尊主形象一样”的解脱。在这种解脱状态中，他有着与至尊主一样的身体特征，穿着黄色衣服，拥有四条手臂。

要旨 至尊人格首神如果优待并亲自触碰某人的粗糙躯体，那人的躯体就会转为灵性身体，那人就可以回归家园，回到首神身边。嘎臻铎的身体被至尊主触碰时转化为灵性的。杜茹瓦王(Dhruva Mahārāja)也经同样的方式获得他的灵性身体。对神像的每日崇拜(arcanā-paddhati)为人提供一个触碰至尊人格首神身体的机会，使人有足够的幸运得到灵性身体，回到首神身边。不仅是触碰至尊主，光是靠从事聆听有关至尊主的娱乐活动，吟诵、吟唱祂的荣耀，触碰祂的莲花足和崇拜等活动中的一项或几项活动侍奉至尊主，就能使人净化物质污染。这就是接触至尊主的结果。按照启示经典(śāstra)和至尊人格首神的话语做事的纯粹奉献者(anyābhilāṣitā-śūnyam)，无疑变得纯净。正如嘎臻铎，他得到灵性身体，回归家园、回到首神身边。

第 7 节

स वै पूर्वमभूद्राजा पाण्ड्यो द्रविडसत्तमः ।
इन्द्रद्युम्न इति ख्यातो विष्णुव्रतपरायणः ॥ ७ ॥

sa vai pūrvam abhūd rājā
pāṇḍyo draviḍa-sattamaḥ
indradyumna iti khyāto
viṣṇu-vrata-parāyaṇaḥ

saḥ—这个大象(嘎臻铎) / vai—确实 / pūrvam—曾经 / abhūt—是 / rājā—国王 / pāṇḍyaḥ—潘迪亚国的 / draviḍa-sat-tamaḥ—出生在铎韦达省(南印度)的最优秀的人 / indradyumnaḥ—名叫因铎杜么纳王 / iti—这样 / khyātaḥ—著名 / viṣṇu-vrata-parāyaṇaḥ——流的奉献者，总是侍奉至尊主

译文　这位嘎臻铎前世是一位外士纳瓦，是铎韦达省内(南印度)潘迪亚国的君王，被称为因铎杜么纳王。

第 8 节

स एकदाराधनकाल आत्मवान्
　गृहीतमौनव्रत ईश्वरं हरिम् ।
जटाधरस्तापस आप्लुतोऽच्युतं
　समर्चयामास कुलाचलाश्रमः ॥ ८ ॥

sa ekadārādhana-kāla ātmavān
　gṛhīta-mauna-vrata īśvaraṁ harim
jaṭā-dharas tāpasa āpluto ’cyutaṁ
　samarcayām āsa kulācalāśramaḥ

saḥ—那位因铎杜么纳王 / ekadā—曾经 / ārādhana-kāle—崇拜神像时 / ātmavān—以全神贯注冥想的方式做奉爱服务 / gṛhīta—发(誓) / mauna-vrataḥ—沉默的誓言(不跟任何人讲话) / īśvaram—至高无上的控制者 / harim—人格首神 / jaṭā-dharaḥ—纠结成绺的头发 / tāpasaḥ——直不断地苦修 / āplutaḥ—在对首神的爱之中 / acyutam—永不堕落的至尊主 / samarcayām āsa—曾崇拜 / kulācala-āśramaḥ—他把灵修所设在库拉查拉(玛拉亚)山

译文　因铎杜么纳王后来退出家庭生活，去了玛拉亚山，把那里的一个小屋作为他的灵修场所。他头顶着纠结成

绺的头发，一直不断地在苦修。一次，他在遵守沉默誓言期间全心全意地崇拜至尊主，沉浸在对首神如痴如醉的爱之中。

第9节

यदृच्छया तत्र महायशा मुनिः
समागमच्छिष्यगणैः परिश्रितः ।
तं वीक्ष्य तूष्णीमकृतार्हणादिकं
रहस्युपासीनमृषिश्चुकोप ह ॥ ९ ॥

yadṛcchayā tatra mahā-yaśā muniḥ
samāgamac chiṣya-gaṇaiḥ pariśritaḥ
taṁ vīkṣya tūṣṇīm akṛtārhaṇādikaṁ
rahasy upāsīnam ṛṣiś cukopa ha

yadṛcchayā—自己决定(在没有被邀请的情况下) / tatra—那里 / mahā-yaśāḥ—闻名于世的 / muniḥ—阿嘎斯提亚·牟尼 / samāgamat—到了 / śiṣya-gaṇaiḥ—被他的门徒 / pariśritaḥ—由……簇拥着 / tam—他 / vīkṣya—看到 / tūṣṇīm—沉默的 / akṛta-arhaṇa-ādikam—不按礼节接待 / rahasi—在僻静处 / upāsīnam—打坐冥想 / ṛṣiḥ—大圣人 / cukopa—变得很生气 / ha—就这样发生了

译文 当因铎杜么纳王致力于心醉神迷的冥想，以此崇拜至尊人格首神时，大圣人阿嘎斯提亚·牟尼由门徒们簇拥着到了那里。看到坐在僻静处的因铎杜么纳王保持沉默，没按礼节接待自己，牟尼感到很生气。

第10节

तस्मा इमं शापमदादसाधु-
रयं दुरात्माकृतबुद्धिरद्य ।

विप्रावमन्ता विशतां तमिस्रं
यथा गजः स्तब्धमतिः स एव ॥१०॥

tasmā imaṁ śāpam adād asādhur
ayaṁ durātmākṛta-buddhir adya
viprāvamantā viśatāṁ tamisraṁ
yathā gajaḥ stabdha-matiḥ sa eva

tasmai—向因铎杜么纳王 / imam—这个 / śāpam—诅咒 / adāt—他给予 / asādhuḥ—根本没有教养 / ayam—这个 / durātmā—堕落的灵魂 / akṛta—没有教育 / buddhiḥ—他的智慧 / adya—现在 / vipra—布茹阿玛纳的 / avamantā—侮辱者 / viśatām—让他进入 / tamisram—黑暗 / yathā—正如 / gajaḥ—一头大象 / stabdha-matiḥ—头脑愚笨的 / saḥ—他 / eva—确实

译文　阿嘎斯提亚·牟尼于是这样诅咒君王的：这个因铎杜么纳王根本没有教养。粗俗、无知使他侮辱了一位布茹阿玛纳。他要为此进入黑暗的区域，得到一个头脑愚笨、不能说话的大象身体。

要旨　大象十分强壮，有个庞大的身躯。然而，它虽然可以干繁重的体力活，吃大量的食物，但智力却与它躯体的大小和强壮程度极不相称。因此，大象虽有强壮的身躯，却得当人类卑贱的仆人。阿嘎斯提亚·牟尼认为，诅咒君王成为一头大象是明智的做法，因为强大的君王没有按照适当的礼节接待布茹阿玛纳。但阿嘎斯提亚·牟尼虽然诅咒因铎杜么纳王成为大象，那诅咒却间接地是一种祝福，因为它使因铎杜么纳王通过经历大象的一生结束了他以前积累的一切恶报，在大象生活结束后立刻被提升到外琨塔星球，成为至尊人格首神纳茹阿亚纳的一个私人同伴，与至尊主有一样的形体。他所得到的解脱称为“与至尊主形象一样”的解脱(sārūpya-mukti)。

第 11—12 节

श्रीशुक उवाच
एवं शप्त्वा गतोऽगस्त्यो भगवान्नृप सानुगः ।
इन्द्रद्युम्नोऽपि राजर्षिर्दिष्टं तदुपधारयन् ॥११॥

आपन्नः कौञ्जरीं योनिमात्मस्मृतिविनाशिनीम् ।
हर्यर्चनानुभावेन यद्गजत्वेऽप्यनुस्मृतिः ॥१२॥

śrī-śuka uvāca
evaṁ śaptvā gato 'gastyo
bhagavān nṛpa sānugaḥ
indradyumno 'pi rājarṣir
diṣṭaṁ tad upadhārayan

āpannaḥ kauñjarīṁ yonim
ātma-smṛti-vināśinīm
hary-arcanānubhāvena
yad-gajatve 'py anusmṛtiḥ

śrī-śukaḥ uvāca—圣舒卡戴瓦·哥斯瓦米说 / evam—这样 / śaptvā—诅咒后 / gataḥ—离开那地方 / agastyaḥ—阿嘎斯提亚·牟尼 / bhagavān—如此强有力的 / nṛpa—君王啊 / sa-anugaḥ—与他的追随者们 / indradyumnaḥ—因铎杜么纳王 / api—也 / rājarṣiḥ—虽然是圣洁的君王 / diṣṭam—因为过去的活动 / tat—那诅咒 / upadhārayan—考虑到 / āpannaḥ—得到 / kauñjarīm—大象的 / yonim—物种 / ātma-smṛti—对自己身份的记忆 / vināśinīm—摧毁……的 / hari—至尊人格首神 / arcana-anubhāvena—由于崇拜 / yat—那 / gajatve—在大象的躯体中 / api—虽然 / anusmṛtiḥ—有机会回忆他过去做的奉爱服务

译文 舒卡戴瓦·哥斯瓦米继续道：我亲爱的君王，阿嘎斯提亚这样诅咒因铎杜么纳王后，与他的门徒们离开了那地方。君王因为是奉献者，认为发生的事情是至尊人格首神的意愿使然，所以欣然接受阿嘎斯提亚·牟尼的诅咒。因此，尽管他在来生得到一头大象的躯体，但由于他所做过的奉爱服务，他还是能记起如何崇拜至尊主并向祂献上祈祷。

要旨　这是至尊人格首神的奉献者所具有的独特状态。君王虽然被诅咒，但因为奉献者总是很清楚"没有至尊主的意愿什么都不可能发生"这一事实，所以欣然接受了诅咒。尽管君王并没有犯错，但还是受到阿嘎斯提·牟尼的诅咒，所以当这件事发生时，君王认为那是由他过去的不端行为导致的(tat te 'nukampāṁ susamīkṣamāṇaḥ,《圣典博伽瓦谭》10.14.8)。这是说明奉献者如何想问题的一个具体事例。奉献者将生活中的逆境视为是至尊人格首神的祝福，因此不受逆境的打扰，继续做奉爱服务。奎师那会照顾祂的奉献者，使他们有资格被提升到灵性世界，回到首神身边。如果一个奉献者必须要承受他过去的恶行所导致的恶果，至尊主就会安排只给他这些恶果的一点象征性的惩罚，让他很快摆脱物质污染的一切反应。因此，奉献者应该坚持做奉爱服务，至尊主本人将很快安排奉献者提升到灵性世界去。奉献者不该受不幸处境的打扰，而应该一如既往地做自己该做的服务，一切都依靠至尊主。这节诗中的梵文"考虑到(upadhārayan)"一词十分重要，以表明奉献者知道真相，明白物质受制约生活中所发生的一切。

第 13 节

एवं विमोक्ष्य गजयूथपमब्जनाभ-
स्तेनापि पार्षदगतिं गमितेन युक्तः ।
गन्धर्वसिद्धविबुधैरुपगीयमान-
कर्माद्भुतं स्वभवनं गरुडासनोऽगात् ॥१३॥

evaṁ vimokṣya gaja-yūtha-pam abja-nābhas
tenāpi pārṣada-gatiṁ gamitena yuktaḥ
gandharva-siddha-vibudhair upagīyamāna-
karmādbhutaṁ sva-bhavanaṁ garuḍāsano 'gāt

evam－这样 / vimokṣya－拯救 / gaja-yūtha-pam－象王嘎臻铎 / abja-nābhaḥ－肚脐长出莲花的至尊人格首神 / tena－被牠(嘎臻铎) / api－也 / pārṣada-gatim－至尊主的同伴这一地位 / gamitena－已经得到 / yuktaḥ－由……陪伴 / gandharva－歌仙星球的居民 / siddha－神秘仙星球的居民 / vibudhaiḥ－以及全体博学的伟大圣人 / upagīyamāna－正在受到赞美 / karma－超然活动……的 / adbhutam－神奇的 / sva-bhavanam－到自己的居所 / garuḍa-āsanaḥ－坐在嘎茹达背上 / agāt－返回

译文　至尊主将象王从鳄鱼嘴及以鳄鱼为象征的物质存在的钳制中拯救出来后，赐予他“与至尊主形象一样”的解脱。歌仙、神秘仙和其他半神人都为至尊主所从事的神奇的超然活动而赞美祂。在他们面前，至尊主坐上祂的坐骑嘎茹达的背，带着嘎臻铎返回祂那绝对奇妙的住所。

要旨　这节诗中的梵文“拯救(vimokṣya)”一词意义重大。对奉献者来说，解脱(mokṣa或mukti)意味着得到“当至尊主同伴”的地位。非人格神主义者满足于得到融入梵光的解脱，但对奉献者来说，解脱并非意味着融入梵光，而是直接被提升到外琨塔星球，成为至尊主的一个同伴。就有关这一点，《圣典博伽瓦谭》第10篇第14章的第8节诗证实说：

tat te 'nukampāṁ susamīkṣamāṇo
bhuñjāna evātma-kṛtaṁ vipākam
hṛd-vāg-vapurbhir vidadhan namas te
jīveta yo mukti-pade sa dāya-bhāk

“谁寻求您的慈悲，从而忍受自己过去行为产生的报应所导致的各种逆境，总是用自己的心智、话语和身体为您做奉爱服务，总是向您致敬，谁无疑必是解脱的真正人选。”忍受这个物质世界里的一切并耐心做奉爱服务的奉献者，能成为解脱的真正人选(mukti-pade sa dāya-bhāk)。梵文dāya-bhāk是指有权承接至尊主的仁慈。奉献者只需要致力于做奉爱服务，而不需要在乎物质的处境，这样就会自然成为有权被提升到灵性世界外琨塔的人选。正如儿子有权继承父亲的财产，为至尊主做纯粹奉爱服务的奉献者，有权被提升进外琨塔星球。

奉献者得到解脱时，便免于一切物质污染，致力于当至尊主的仆人。对此，《圣典博伽瓦谭》第2篇第10章的第6节诗解释说：解脱是指生物停止更换粗糙和精微的物质躯体，恢复他永恒形象的状态(muktir hitvānyathā rūpaṁ svarūpena vyavasthitiḥ)。梵文“形象(svarūpa)”一词是指“获得与至尊主同样形象的解脱(sārūpya-mukti)”，即：回归家园，回到首神身边，始终当至尊主永恒的同伴，得到像至尊主一样四只手中分别持有海螺(śaṅkha)、飞轮(cakra)、大头棒(gadā)和莲花(padma)的灵性身体。奉献者的解脱与非人格神主义者的解脱之间的区别在于：奉献者立刻接受任命，当至尊主永恒的仆人，而非人格神主义者虽然融入至尊主放射出的梵光(brahmajyoti)，但处境还是不稳定，最终会再次坠入这个物质世界。《圣典博伽瓦谭》第10篇第2章的第32节诗中说：“虽然为获得最高的地位而从事艰巨苦行的非奉献者也许认为他们已经解脱了，但他们的智力不纯洁。他们因为忽视您的莲花足而从他们想象的优越地位上坠落(āruhya kṛcchreṇa paraṁ padaṁ tataḥ patanty adho 'nādṛta-yuṣmad-aṅghrayaḥ。”非人格神主义者虽然上升到梵光中，但因为不为至尊主做奉爱服务而再次依恋物质主义的慈善活动，于是再下来从事开设医院和教育机构、给穷人送食物等类似他们认为比侍奉至尊人格首神还珍贵的物质性活动。非人格神主义者认为，比起侍奉穷人或开设学校、医院等，侍奉至尊主没那么重要。他们虽然说“梵是真实而物质世界是假的(brahma satyaṁ jagan mithyā)”，但却很积极地侍奉虚假的物质世界，忽视为至尊人格首神的莲花足做服务(anādṛta-yuṣmad-aṅghrayaḥ)。

第 14 节

एतन्महाराज तवेरितो मया
कृष्णानुभावो गजराजमोक्षणम् ।
स्वर्ग्यं यशस्यं कलिकल्मषापहं
दुःस्वप्ननाशं कुरुवर्य शृण्वताम् ॥१४॥

etan mahā-rāja taverito mayā
kṛṣṇānubhāvo gaja-rāja-mokṣaṇam
svargyaṁ yaśasyaṁ kali-kalmaṣāpahaṁ
duḥsvapna-nāśaṁ kuru-varya śṛṇvatām

etat—这个 / mahā-rāja—帕瑞克西特王啊 / tava—向你 / īritaḥ—讲述 / mayā—由我 / kṛṣṇa-anubhāvaḥ—(能够拯救奉献者的)主奎师那的无限力量 / gaja-rāja-mokṣaṇam—拯救象王 / svargyam—提升到高等星系 / yaśasyam—作为奉献者闻名于世 / kali-kalmaṣa-apaham—减少喀历年代的污染 / duḥsvapna-nāśam—消除噩梦的原因 / kuru-varya—库茹族人中的魁首 / śṛṇvatām—聆听这一叙述的人的

译文 亲爱的帕瑞克西特王，我描述了奎师那在拯救象王时所展现的神奇力量。库茹王朝最优秀的人啊！聆听这一叙述的人变得有资格被升上高等星系。他们仅仅因为聆听这叙述，就作为奉献者闻名于世，不再受喀历年代污染的影响，而且从此不再做噩梦。

第 15 节

यथानुकीर्तयन्त्येतच्छ्रेयस्कामा द्विजातयः ।
शुचयः प्रातरुत्थाय दुःस्वप्नाद्युपशान्तये ॥१५॥

yathānukīrtayanty etac
　chreyas-kāmā dvijātayaḥ
śucayaḥ prātar utthāya
　duḥsvapnādy-upaśāntaye

yathā—忠实原文地 / anukīrtayanti—他们吟诵 / etat—嘎臻铎的解脱这篇叙述 / śreyaḥ-kāmāḥ—想要生活吉祥的人 / dvi-jātayaḥ—再生者(布茹阿玛纳、查锤亚和外夏) / śucayaḥ—特别是始终保持清洁的布茹阿玛纳们 / prātaḥ—清晨 / utthāya—起床后 / duḥsvapna-ādi—做噩梦等 / upaśāntaye—以抵消一切烦恼

译文　所以，清晨起床后，那些关心自己的幸福安乐的人，尤其是布茹阿玛纳、查锤亚和外夏，其中特别是布茹阿玛纳-外士纳瓦，都应该忠实原文地吟诵这篇叙述，以抵消噩梦的不良影响。

要旨　韦达文献，尤其是《圣典博伽瓦谭》和《博伽梵歌》中的每一节诗文，都是韦达赞歌(Vedic mantra)。这节诗中的梵文“他们忠实原文地吟诵(yathānukīrtayanti)”这个短句，用于建议人要忠实地呈现这篇韦达文献。然而，肆无忌惮的人总是不忠实真正的叙述，而是用自己玩文字游戏的方式曲解经文。要避免这种偏差。作为权威人士之一的舒卡戴瓦·哥斯瓦米就支持这一韦达训谕说：人应该没有误差、忠实地吟诵赞歌(yathānukīrtayanti)，因为这样做能使人得到所有的好运。舒卡戴瓦·哥斯瓦米尤其建议，布茹阿玛纳(śucayaḥ)要在清晨起床后朗诵所有这些赞歌。

从事罪恶活动使我们在夜晚做噩梦，这很令人讨厌。事实上，尤帝士提尔王(Mahārāja Yudhiṣṭhira)因为曾经稍微偏离为至尊主做奉爱服务的路途而被迫看过地狱。人之所以做噩梦(duḥsvapna)，是因为从事罪恶活动。奉献者有时接受一个罪恶之人当自己的门徒，为抵消他从那门徒接收的恶报，自己就得在睡眠中看

一个噩梦。尽管如此，灵性导师是那么仁慈，虽然因为接受有罪的门徒要做噩梦，但还是为拯救喀历年代(Kali-yuga)的受害者而履行这一困难的职责。因此，在得到启迪后，门徒应该极其小心谨慎，不再从事任何罪恶活动，否则将给自己和灵性导师制造困境。在神像、火、灵性导师和众多的外士纳瓦(Vaiṣṇava)面前，诚实的门徒发誓要戒除一切罪恶活动。因此，他必须不再作恶，从而制造困难的处境。

第 16 节

इदमाह हरिः प्रीतो गजेन्द्रं कुरुसत्तम ।
शृण्वतां सर्वभूतानां सर्वभूतमयो विभुः ॥१६॥

idam āha hariḥ prīto
gajendraṁ kuru-sattama
śṛṇvatāṁ sarva-bhūtānāṁ
sarva-bhūta-mayo vibhuḥ

idam—这个 / āha—说 / hariḥ—至尊人格首神 / prītaḥ—感到满意 / gajendram—向嘎臻铎 / kuru-sat-tama—库茹王朝最杰出的人啊 / śṛṇvatām—聆听 / sarva-bhūtānām—在大家的面前 / sarva-bhūta-mayaḥ—无所不在的至尊人格首神 / vibhuḥ—伟大的

译文 库茹王朝最杰出的人啊！至尊人格首神——众生的超灵，因为感到满意，所以当着众人的面，对嘎臻铎说出如下的祝福。

第 17—24 节

श्रीभगवानुवाच
ये मां त्वां च सरश्चेदं गिरिकन्दरकाननम् ।
वेत्रकीचकवेणूनां गुल्मानि सुरपादपान् ॥१७॥

शृङ्गाणीमानि धिष्ण्यानि ब्रह्मणो मे शिवस्य च ।
क्षीरोदं मे प्रियं धाम श्वेतद्वीपं च भास्वरम् ॥१८॥

श्रीवत्सं कौस्तुभं मालां गदां कौमोदकीं मम ।
सुदर्शनं पाञ्चजन्यं सुपर्णं पतगेश्वरम् ॥१९॥

शेषं च मत्कलां सूक्ष्मां श्रियं देवीं मदाश्रयाम् ।
ब्रह्माणं नारदमृषिं भवं प्रह्लादमेव च ॥२०॥

मत्स्यकूर्मवराहाद्यैरवतारैः कृतानि मे ।
कर्माण्यनन्तपुण्यानि सूर्यं सोमं हुताशनम् ॥२१॥

प्रणवं सत्यमव्यक्तं गोविप्रान्धर्ममव्ययम् ।
दाक्षायणीर्धर्मपत्नीः सोमकश्यपयोरपि ॥२२॥

गङ्गां सरस्वतीं नन्दां कालिन्दीं सितवारणम् ।
ध्रुवं ब्रह्मऋषीन् सप्त पुण्यश्लोकांश्च मानवान् ॥२३॥

उत्थायापररात्रान्ते प्रयताः सुसमाहिताः ।
स्मरन्ति मम रूपाणि मुच्यन्ते तेंऽहसोऽखिलात् ॥२४॥

śrī-bhagavān uvāca
ye māṁ tvāṁ ca saraś cedaṁ
giri-kandara-kānanam
vetra-kīcaka-veṇūnāṁ
gulmāni sura-pādapān

śṛṅgāṇīmāni dhiṣṇyāni
brahmaṇo me śivasya ca
kṣīrodaṁ me priyaṁ dhāma
śveta-dvīpaṁ ca bhāsvaram

śrīvatsaṁ kaustubhaṁ mālāṁ
gadāṁ kaumodakīṁ mama
sudarśanaṁ pāñcajanyaṁ
suparṇaṁ patageśvaram

śeṣaṁ ca mat-kalāṁ sūkṣmāṁ
śriyaṁ devīṁ mad-āśrayām
brahmāṇaṁ nāradam ṛṣiṁ
bhavaṁ prahrādam eva ca

matsya-kūrma-varāhādyair
avatāraiḥ kṛtāni me
karmāṇy ananta-puṇyāni
sūryaṁ somaṁ hutāśanam

praṇavaṁ satyam avyaktaṁ
go-viprān dharmam avyayam
dākṣāyaṇīr dharma-patnīḥ
soma-kaśyapayor api

gaṅgāṁ sarasvatīṁ nandāṁ
kālindīṁ sita-vāraṇam
dhruvaṁ brahma-ṛṣīn sapta
puṇya-ślokāṁś ca mānavān

utthāyāpara-rātrānte
prayatāḥ susamāhitāḥ
smaranti mama rūpāṇi
mucyante te 'ṁhaso 'khilāt

śrī-bhagavān uvāca—至尊人格首神说 / ye—……的人 / mām—我 / tvām—你 / ca—也 / saraḥ—湖泊 / ca—也 / idam—这个 / giri—(特瑞库塔)山 / kandara—山洞 / kānanam—花园 / vetra—蔓藤 / kīcaka—空心竹 / veṇūnām—另一种竹子 / gulmāni—一簇簇 / sura-pādapān—天堂中的树木 / śṛṅgāṇi—山峰 / imāni—这些 / dhiṣṇyāni—居所 / brahmaṇaḥ—主布茹阿玛的 / me—我的 / śivasya—主希瓦的 / ca—也 / kṣīra-udam—牛奶之洋 / me—我的 / priyam—十分珍爱的 / dhāma—居所 / śveta-dvīpam—名叫白岛 / ca—也 / bhāsvaram—总是放射出灿烂的灵性光芒的 / śrīvatsam—施瑞瓦特萨标志 / kaustu-bham—考斯图巴珠宝 / mālām—花环 / gadām—大头棒 / kaumoda-kīm—名叫考摩达克依 / mama—我的 / sudarśanam—苏达尔珊飞

轮 / pāñcajanyam—名叫潘查占亚的海螺 / suparṇam—嘎茹达 / pataga-īśvaram—鸟王 / śeṣam—睡床蛇沙 / ca—和 / mat-kalām—我扩展出的部分 / sūkṣmām—很精微的 / śriyam devīm—幸运女神 / mat-āśrayām—全都依靠我 / brahmāṇam—主布茹阿玛 / nāradam ṛṣim—大圣人纳茹阿达·牟尼 / bhavam—主希瓦 / prahrādam eva ca—以及帕拉德 / matsya—鱼化身 / kūrma—乌龟化身 / varāha—野猪化身 / ādyaiḥ—等等 / avatāraiḥ—通过不同的化身 / kṛtāni—从事了 / me—我的 / karmāṇi—活动 / ananta—无限的 / puṇyāni—吉祥的、虔诚的 / sūryam—太阳神 / somam—月亮神 / hutāśanam—火神 / praṇavam—“欧么”声音震荡 / satyam—绝对真理 / avyaktam—总体物质能量 / go-viprān—乳牛和布茹阿玛纳 / dharmam—奉爱服务 / avyayam—不朽的 / dākṣāyaṇīḥ—达克沙的女儿 / dharma-patnīḥ—名副其实的妻子 / soma—月亮神的 / kaśyapayoḥ—和大圣人喀夏帕的 / api—也 / gaṅgām—恒河 / sarasvatīm—萨茹阿斯瓦缇河 / nandām—南妲河 / kālindīm—雅沐娜河 / sita-vāraṇam—大象爱茹阿瓦特 / dhruvam—杜茹瓦王 / brahma-ṛṣīn—伟大的圣人们 / sapta—七个 / puṇya-ślokān—非常虔诚 / ca—和 / mānavān—人 / utthāya—起床 / apara-rātra-ante—在黑夜结束时 / prayatāḥ—小心翼翼地 / su-samāhitāḥ—全神贯注地 / smaranti—想起 / mama—我的 / rūpāṇi—众多形象 / mucyante—摆脱 / te—这样的人 / aṁhasaḥ—恶报 / akhilāt——切

译文　至尊人格首神说：在黑夜结束、黎明到来时起床，并集中注意力全神贯注地冥想我的形象、你的形象、这个湖、这座山、山洞、花园、蔓藤、竹子、天堂树木、我的住所，以及主布茹阿玛和主希瓦的住所，特瑞库塔山那由金、银和铁制成的三个山峰，我那令人心旷神怡的住地(牛奶之洋)，总是放射着璀璨的灵性光芒的白岛；冥想我的施瑞瓦特萨标志、考斯图巴珠宝、外佳央提花环、考摩达克依大头棒、苏达尔珊飞轮和潘查占亚海螺，以及我的坐骑——

鸟王嘎茹达，我的睡床蛇沙，我的幸运女神能量扩展；冥想主布茹阿玛、纳茹阿达·牟尼、主希瓦、帕拉德，还有我的鱼、乌龟和野猪等化身，我无限的、绝对吉祥且使人听后变得虔诚的活动；冥想太阳、月亮、火、“欧么”声音震荡、绝对真理、总体物质能量、乳牛和布茹阿玛纳，以及奉爱服务、月亮神索玛和喀夏帕的妻子们——达克沙的女儿；冥想恒河、萨茹阿斯瓦缇河、南妲河及雅沐娜河(卡琳迪)，以及大象爱茹阿瓦特、杜茹瓦王、七圣人和虔诚之人。这样做的人将摆脱一切恶报。

第 25 节

ये मां स्तुवन्त्यनेनाङ्ग प्रतिबुध्य निशात्यये ।
तेषां प्राणात्यये चाहं ददामि विपुलां गतिम् ॥२५॥

ye māṁ stuvanty anenāṅga
pratibudhya niśātyaye
teṣāṁ prāṇātyaye cāhaṁ
dadāmi vipulāṁ gatim

ye—……的人 / mām—向我 / stuvanti—献上祈祷 / anena—这样 / aṅga—君王啊 / pratibudhya—起床 / niśa-atyaye—在黑夜结束时 / teṣām—对他们 / prāṇa-atyaye—死亡时 / ca—也 / aham—我 / dadāmi—赐予 / vipulām—永恒、无限的 / gatim—转移到灵性世界

译文 我亲爱的奉献者，对那些在黑夜结束时向我献上你所献上的祈祷之人，我在他们人生结束时，会在灵性世界中赐予他们一个永恒的住所。

第 26 节

श्रीशुक उवाच
इत्यादिश्य हृषीकेशः प्राध्माय जलजोत्तमम् ।
हर्षयन् विबुधानीकमारुरोह खगाधिपम् ॥२६॥

śrī-śuka uvāca
ity ādiśya hṛṣīkeśaḥ
prādhmāya jalajottamam
harṣayan vibudhānīkam
āruroha khagādhipam

śrī-śukaḥ uvāca—圣舒卡戴瓦·哥斯瓦米说 / iti—如此 / ādiśya—教导 / hṛṣīkeśaḥ—以慧希凯施著称的至尊人格首神 / prādhmāya—吹响 / jala-ja-uttamam—海螺——最好的水生物 / harṣayan—取悦 / vibudha-anīkam—以主布茹阿玛和主希瓦为首的众多半神人 / āruroha—骑上 / khaga-adhipam—嘎茹达的背

译文　圣舒卡戴瓦·哥斯瓦米继续道：给予这一指示后，以慧希凯施著称的至尊主，吹响祂的潘查占亚海螺，使得以主布茹阿玛为首的全体半神人高兴后，骑上祂的坐骑嘎茹达的背。

到此为止，结束了巴克提韦丹塔对《圣典博伽瓦谭》第8篇第4章——“嘎臻铎返回灵性世界”所作的阐释。

第五章

半神人祈求至尊主给予保护

这一章讲述了第五位和第六位玛努(Manu)，还讲述了半神人的祈祷，以及杜尔瓦萨·牟尼的诅咒。

前一章描述过的第四位玛努塔玛萨(Tāmasa)的弟弟茹艾瓦塔(Raivata)，是第五位玛努。他的儿子中有阿尔诸纳(Arjuna)、巴利(Bali)和温迪亚(Vindhya)。在这位玛努统治期间，担当天帝因铎(Indra)的是维布(Vibhu)。半神人中有布塔茹阿亚们(Bhūtarayas)，圣人中有黑冉亚柔玛(Hiraṇyaromā)、韦达希茹阿(Vedaśirā)和乌尔德瓦巴胡(Ūrdhvabāhu)。名叫舒布茹阿(Śubhra)的圣人透过他妻子薇琨塔(Vikuṇṭhā)生下至尊人格首神外琨塔(Vaikuṇṭha)。这位至尊人格首神应茹阿玛黛薇(Ramādevī)的请求，展现了一个外琨塔星球。第3篇中谈到了祂的力量和活动。

第六位玛努是查克舒(Cakṣu Manu) 的儿子查克舒沙(Cākṣuṣa)。在第六位玛努的儿子中有菩茹(Pūru)、菩茹沙(Pūruṣa)和苏杜么纳(Sudyumna)。在这位玛努统治期间，曼陀杜茹玛(Mantradruma)担当天帝因铎。在半神人中有阿琵亚们(Āpyas)，在圣人们中有哈维施曼(Haviṣmān)和维茹阿卡(Vīraka)。外茹阿佳(Vairāja)的妻子黛娃桑布缇(Devasambhūti)生下至尊人格首神的一个化身阿吉塔(Ajita)。这位阿吉塔为让半神人们搅拌牛奶之洋生产甘露而呈现乌龟的形象，用自己的背承载起曼达尔山(Mandara)。

帕瑞克西特王(Mahārāja Parīkṣit)十分渴望聆听搅拌牛奶之洋的事件，舒卡戴瓦·哥斯瓦米(Śukadeva Gosvāmī)于是给他讲述半神人如何受到杜尔瓦萨·牟尼(Durvāsā Muni)的诅咒而在战场上被恶魔(asura)打败的事件。半神人的天堂王国被恶魔占领后，就去主布茹阿玛(Brahmā)的聚会听，向主布茹阿玛报告。接着，主布茹阿玛率领全体半神人去到牛奶之洋的岸边，向祺柔达卡沙依·维施努(Kṣīrodakaśāyī Viṣṇu)献上祈祷。

第 1 节

श्रीशुक उवाच
राजन्नुदितमेतत्ते हरेः कर्माघनाशनम् ।
गजेन्द्रमोक्षणं पुण्यं रैवतं त्वन्तरं शृणु ॥ १ ॥

śrī-śuka uvāca
rājann uditam etat te
hareḥ karmāgha-nāśanam
gajendra-mokṣaṇaṁ puṇyaṁ
raivataṁ tv antaraṁ śṛṇu

śrī-śukaḥ uvāca一圣舒卡戴瓦·哥斯瓦米说 / rājan一君王啊 / uditam一已经讲述了 / etat一这个 / te一给你 / hareḥ一至尊主的 / karma一活动 / agha-nāśanam一一旦聆听就会使人摆脱一切不幸的 / gajendra-mokṣaṇam一象王嘎臻铎的解脱 / puṇyam一这种聆听和讲述都是虔诚活动 / raivatam一有关茹艾瓦塔·玛努 / tu一但是 / antaram一在这个年代 / śṛṇu一请听

译文 舒卡戴瓦·哥斯瓦米继续道：君王啊！我给你讲述了象王嘎湛铎获得解脱的娱乐活动，聆听那事件是最虔诚的活动。聆听至尊主的这类活动，可以清除人的一切恶报。现在请听我描述茹艾瓦塔·玛努。

第 2 节

पञ्चमो रैवतो नाम मनुस्तामससोदरः ।
बलिविन्ध्यादयस्तस्य सुता हार्जुनपूर्वकाः ॥ २ ॥

pañcamo raivato nāma
manus tāmasa-sodaraḥ

bali-vindhyādayas tasya
sutā hārjuna-pūrvakāḥ

pañcamaḥ－第五个 / raivataḥ－茹艾瓦塔 / nāma－名叫 / manuḥ－玛努 / tāmasa-sodaraḥ－塔玛萨·玛努的兄弟 / bali－巴利 / vindhya－温迪亚 / ādayaḥ－等等 / tasya－他的 / sutāḥ－儿子 / ha－肯定 / arjuna－阿尔诸纳 / pūrvakāḥ－儿子中的领袖

译文 塔玛萨·玛努的弟弟是第五位玛努，名叫茹艾瓦塔。他首要的儿子是阿尔诸纳、巴利和温迪亚。

第3节

विभुरिन्द्रः सुरगणा राजन् भूतरयादयः ।
हिरण्यरोमा वेदशिरा ऊर्ध्वबाह्वादयो द्विजाः ॥ ३ ॥

vibhur indraḥ sura-gaṇā
rājan bhūtarayādayaḥ
hiraṇyaromā vedaśirā
ūrdhvabāhv-ādayo dvijāḥ

vibhuḥ－维布 / indraḥ－天帝因铎 / sura-gaṇāḥ－众多半神人 / rājan－君王啊 / bhūtaraya-ādayaḥ－以布塔茹阿亚们为首 / hiraṇyaromā－黑冉亚柔玛 / vedaśirā－韦达希茹阿 / ūrdhvabāhu－乌尔德瓦巴胡 / ādayaḥ－和其他人 / dvijāḥ－居住在七个星球上的布茹阿玛纳或圣人们

译文 君王啊！在茹艾瓦塔·玛努统治期内，天堂的君王名叫维布，布塔茹阿亚们当了主要的半神人，而占用七圣人星球的七位布茹阿玛纳是黑冉亚柔玛、韦达希茹阿和乌尔德瓦巴胡等人。

第4节

पत्नी विकुण्ठा शुभ्रस्य वैकुण्ठैः सुरसत्तमैः ।
तयोः स्वकलया जज्ञे वैकुण्ठो भगवान् स्वयम् ॥ ४ ॥

patnī vikuṇṭhā śubhrasya
vaikuṇṭhaiḥ sura-sattamaiḥ
tayoḥ sva-kalayā jajñe
vaikuṇṭho bhagavān svayam

patnī—妻子 / vikuṇṭhā—名叫薇琨塔 / śubhrasya—舒布茹阿的 / vaikuṇṭhaiḥ—与外琨塔们 / sura-sat-tamaiḥ—半神人们 / tayoḥ—被薇琨塔和舒布茹阿 / sva-kalayā—与完整扩展 / jajñe—显现 / vaikuṇṭhaḥ—至尊主 / bhagavān—至尊人格首神 / svayam—亲自

译文 至尊人格首神外琨塔透过舒布茹阿和他妻子薇琨塔的结合显现，随之而来的半神人们都是祂本人的完整扩展。

第5节

वैकुण्ठः कल्पितो येन लोको लोकनमस्कृतः ।
रमया प्रार्थ्यमानेन देव्या तत्प्रियकाम्यया ॥ ५ ॥

vaikuṇṭhaḥ kalpito yena
loko loka-namaskṛtaḥ
ramayā prārthyamānena
devyā tat-priya-kāmyayā

vaikuṇṭhaḥ——个外琨塔星球 / kalpitaḥ—被建造 / yena—……的 / lokaḥ—星球 / loka-namaskṛtaḥ—受到所有人的崇拜 / ramayā—被幸运女神茹阿玛 / prārthyamānena—被要求 / devyā—被女神 / tat—她 / priya-kāmyayā—为了取悦

译文 只是为了让幸运女神高兴，至尊人格首神外琨塔便应她的要求，创造了另一个外琨塔星球，那个星球受到所有人的崇拜。

要旨 圣维施瓦纳特·查夸瓦尔提·塔库尔(Viśvanātha Cakravartī Ṭhākura)评论诗文中谈到的这个外琨塔星球说：正如《圣典博

伽瓦谭》(Śrīmad-Bhāgavatam)的出现被说成是诞生或被创作出来，但实际上，《圣典博伽瓦谭》和外琨塔都永恒存在于被八种物质元素构成的覆盖层包裹住的物质宇宙之上。《圣典博伽瓦谭》第2篇中记载，主布茹阿玛在创作宇宙之前看到了外琨塔。前辈灵性导师维尔茹阿嘎瓦(Vīrarāghava)谈到，这节诗文中提到的这个外琨塔在这个宇宙中，处在名叫珞卡珞卡(Lokāloka)的高山上。众生都崇拜这个星球。

第6节

तस्यानुभावः कथितो गुणाश्च परमोदयाः ।
भौमान् रेणून् स विममे यो विष्णोर्वर्णयेद्गुणान् ॥ ६ ॥

tasyānubhāvaḥ kathito
guṇāś ca paramodayāḥ
bhaumān reṇūn sa vimame
yo viṣṇor varṇayed guṇān

tasya—显现为外琨塔的至尊人格首神的 / anubhāvaḥ—非凡活动 / kathitaḥ—被解释 / guṇāḥ—超然活动 / ca—也 / parama-udayāḥ—非常光荣的 / bhaumān—地球的 / reṇūn—粒子 / saḥ—谁 / vimame—能计算 / yaḥ—谁 / viṣṇoḥ—主维施努的 / varṇayet—能计算 / guṇān—超然品质

译文 尽管对至尊人格首神的多种化身所从事的非凡活动和具有的超然品质都有精彩的描述，但我们有时无法理解。然而，对主维施努来说，一切都是可能的。人如果能计算出宇宙的原子数，就能计算出至尊人格首神的品质。但没人能算出宇宙的原子数目，所以也没人能计算出至尊主的超然品质。

要旨 这里谈到的有关至尊主的荣耀和活动，发生在祂本人的侍卫佳亚(Jaya)和维佳亚(Vijaya)受到伟大的圣人萨纳卡(Sanaka)、萨纳坦(Sanātana)、萨纳特·库玛尔(Sanat-kumāra)和萨南丹(Sanandana)诅咒后当戴提亚(Daitya)恶魔之后。当了黑冉亚克沙(Hiraṇyākṣa)的佳亚必须与主瓦茹阿哈戴瓦(Varāhadeva)决斗，而那同一位瓦茹哈戴瓦在茹艾瓦塔统治期间就有提到。但是，他们之间的战斗发生在第一位玛努斯瓦扬布瓦(Svāyambhuva)的统治期内。因此，按照一些权威人士们的看法，世上有两位瓦茹阿哈，而按照另一些权威人士的看法则是：瓦茹阿哈在斯瓦扬布瓦·玛努统治期内显现，然后在水中一直住到茹艾瓦塔·玛努统治期。有些人也许怀疑这种事件的可能性，但回答是：对至尊主而言，一切都有可能。人如果能计算出宇宙中的原子数，就能计算主维施努(Viṣṇu)的品质。然而，没人能计算出宇宙的原子数，所以也没人能计算出至尊主的超然品质。

第 7 节

षष्ठश्च चक्षुषः पुत्रश्चाक्षुषो नाम वै मनुः ।
पूरुपूरुषसुद्युम्नप्रमुखाश्चाक्षुषात्मजाः ॥ ७ ॥

ṣaṣṭhaś ca cakṣuṣaḥ putraś
　cākṣuṣo nāma vai manuḥ
pūru-pūruṣa-sudyumna-
　pramukhāś cākṣuṣātmajāḥ

ṣaṣṭhaḥ－第六个 / ca－和 / cakṣuṣaḥ－查克舒的 / putraḥ－儿子 / cākṣuṣaḥ－查克舒沙 / nāma－名叫 / vai－确实 / manuḥ－玛努 / pūru－菩茹 / pūruṣa－菩茹沙 / sudyumna－苏杜么纳 / pramukhāḥ－以……为首 / cākṣuṣa-ātma-jāḥ－查克舒沙的儿子们

译文 查克舒的儿子名叫查克舒沙，是第六位玛努。他有许多儿子，其中为首的是菩茹、菩茹沙和苏杜么纳。

第 8 节

इन्द्रो मन्त्रद्रुमस्तत्र देवा आप्यादयो गणाः ।
मुनयस्तत्र वै राजन् हविष्मद्वीरकादयः ॥ ८ ॥

indro mantradrumas tatra
devā āpyādayo gaṇāḥ
munayas tatra vai rājan
haviṣmad-vīrakādayaḥ

indraḥ－天帝 / mantradrumaḥ－名叫曼陀杜茹玛 / tatra－在那位玛努统治期内 / devāḥ－半神人 / āpya-ādayaḥ－阿琵亚们等 / gaṇāḥ－那一组 / munayaḥ－七位圣人 / tatra－那里 / vai－确实 / rājan－交往啊 / haviṣmat－名叫哈维施曼 / vīraka-ādayaḥ－维茹阿卡等

译文　在查克舒沙·玛努统治期内，天堂的君王名叫曼陀杜茹玛。阿琵亚等是主要的半神人，哈维施曼和维茹阿卡等是伟大的圣人。

第 9 节

तत्रापि देवसम्भूत्यां वैराजस्याभवत्सुतः ।
अजितो नाम भगवानंशेन जगतः पतिः ॥ ९ ॥

tatrāpi devasambhūtyāṁ
vairājasyābhavat sutaḥ
ajito nāma bhagavān
aṁśena jagataḥ patiḥ

tatra api－在第六位玛努统治期内再次 / devasambhūtyām－由黛娃桑布缇 / vairājasya－被她丈夫外茹阿佳 / abhavat－曾有 / sutaḥ－一个儿子 / ajitaḥ nāma－名叫阿吉塔 / bhagavān－至尊人格首神 / aṁśena－部分地 / jagataḥ patiḥ－宇宙的主人

译文　在第六位玛努统治期内，宇宙的主人——主维施努，以祂的完整扩展显现。祂由外茹阿佳透过妻子黛娃桑布缇的子宫生下，祂的名字是阿吉塔。

第 10 节

पयोधिं येन निर्मथ्य सुराणां साधिता सुधा ।
भ्रममाणोऽम्भसि धृतः कूर्मरूपेण मन्दरः ॥१०॥

payodhiṁ yena nirmathya
surāṇāṁ sādhitā sudhā
bhramamāṇo 'mbhasi dhṛtaḥ
kūrma-rūpeṇa mandaraḥ

payodhim－牛奶之洋 / yena－通过……的 / nirmathya－靠搅拌 / surāṇām－半神人的 / sādhitā－产出 / sudhā－甘露 / bhramamāṇaḥ－四处行动 / ambhasi－在水中 / dhṛtaḥ－待在 / kūrma-rūpeṇa－以乌龟的形象 / mandaraḥ－曼达尔山

译文 阿吉塔通过搅拌牛奶之洋，为半神人们制造甘露。它以乌龟的形象四处行动，将巨大的曼达尔山驮在背上。

第 11－12 节

श्रीराजोवाच
यथा भगवता ब्रह्मन्मथितः क्षीरसागरः ।
यदर्थं वा यतश्चाद्रिं दधाराम्बुचरात्मना ॥११॥

यथामृतं सुरैः प्राप्तं किं चान्यदभवत्ततः ।
एतद्भगवतः कर्म वदस्व परमाद्भुतम् ॥१२॥

śrī-rājovāca
yathā bhagavatā brahman
mathitaḥ kṣīra-sāgaraḥ
yad-arthaṁ vā yataś cādriṁ
dadhārāmbucarātmanā

yathāmṛtaṁ suraiḥ prāptaṁ
kiṁ cānyad abhavat tataḥ
etad bhagavataḥ karma
vadasva paramādbhutam

śrī-rājā uvāca—帕瑞克西特王询问道 / yathā—这样 / bhagavatā—由至尊人格首神 / brahman—博学的布茹阿玛纳啊 / mathitaḥ—搅拌 / kṣīra-sāgaraḥ—牛奶之洋 / yat-artham—为何 / vā—或者 / yataḥ—自何处、为什么 / ca—和 / adrim—(曼达尔)山 / dadhāra—留在 / ambucara-ātmanā—以乌龟的形象 / yathā—这样 / amṛtam—甘露 / suraiḥ—被半神人 / prāptam—获得 / kim—什么 / ca—和 / anyat—其他 / abhavat—变成 / tataḥ—之后 / etat—所有这些 / bhagavataḥ—至尊人格首神的 / karma—娱乐活动 / vadasva—请描述 / parama-adbhutam—因为它们是如此神奇

译文　帕瑞克西特王询问道：啊，伟大的布茹阿玛纳，舒卡戴瓦·哥斯瓦米！主维施努为何且如何搅拌牛奶之洋？祂为何以乌龟的形象留在水中，驮着曼达尔山？半神人是怎么得到甘露的？因搅拌汪洋而产出的其他东西是什么？请描述至尊主从事的所有这些神奇的活动。

第 13 节

त्वया सङ्कथ्यमानेन महिम्ना सात्वतां पतेः ।
नातितृप्यति मे चित्तं सुचिरं तापतापितम् ॥१३॥

tvayā saṅkathyamānena
mahimnā sātvatāṁ pateḥ
nātitṛpyati me cittaṁ
suciraṁ tāpa-tāpitam

tvayā—被阁下您 / saṅkathyamānena—描述 / mahimnā—被一切荣耀 / sātvatām pateḥ—奉献者之主——至尊人格首神的 / na—不 / atitṛpyati—足够满意 / me—我的 / cittam—心 / suciram—那么久 / tāpa—被痛苦 / tāpitam—受折磨

译文 聆听您描述的至尊人格首神——奉献者之主所从事的光荣活动，还没使我这颗饱受物质生活三种苦打扰的心感到彻底满足呢。

第 14 节

श्रीसूत उवाच
सम्पृष्टो भगवानेवं द्वैपायनसुतो द्विजाः ।
अभिनन्द्य हरेर्वीर्यमभ्याचष्टुं प्रचक्रमे ॥१४॥

śrī-sūta uvāca
sampṛṣṭo bhagavān evaṁ
dvaipāyana-suto dvijāḥ
abhinandya harer vīryam
abhyācaṣṭuṁ pracakrame

śrī-sūtaḥ uvāca—圣苏塔·哥斯瓦米说 / sampṛṣṭaḥ—被询问 / bhagavān—舒卡戴瓦·哥斯瓦米 / evam—如此 / dvaipāyana-sutaḥ—维亚萨戴瓦的儿子 / dvi-jāḥ—集会的布茹阿玛纳啊 / abhinandya—祝贺帕瑞克西特王 / hareḥ vīryam—至尊人格首神的荣耀 / abhyācaṣṭum—描述 / pracakrame—努力

译文 圣苏塔·哥斯瓦米说：聚集在奈弥沙冉亚森林这里的、博学的布茹阿玛纳啊！兑帕亚纳的儿子舒卡戴瓦·哥斯瓦米被君王这样询问后，向君王道贺，接着便尽力描述至尊人格首神更多的荣耀。

第 15—16 节

श्रीशुक उवाच
यदा युद्धेऽसुरैर्देवा बध्यमानाः शितायुधैः ।
गतासवो निपतिता नोत्तिष्ठेरन् स्म भूरिशः ॥१५॥

यदा दुर्वासः शापेन सेन्द्रा लोकास्त्रयो नृप ।
निःश्रीकाश्चाभवंस्तत्र नेशुरिज्यादयः क्रियाः ॥१६॥

śrī-śuka uvāca
yadā yuddhe 'surair devā
badhyamānāḥ śitāyudhaiḥ
gatāsavo nipatitā
nottiṣṭheran sma bhūriśaḥ

yadā durvāsaḥ śāpena
sendrā lokās trayo nṛpa
niḥśrīkāś cābhavaṁs tatra
neśur ijyādayaḥ kriyāḥ

śrī-śukaḥ uvāca—圣舒卡戴瓦·哥斯瓦米说 / yadā—当……时 / yuddhe—在战斗中 / asuraiḥ—被恶魔 / devāḥ—半神人 / badhyamānāḥ—包围 / śita-āyudhaiḥ—被蛇武器 / gata-āsavaḥ—几乎死去 / nipatitāḥ—有些人倒下 / na—不 / uttiṣṭheran—再次站起来 / sma—如此变得 / bhūriśaḥ—大多数 / yadā—当……时 / durvāsaḥ—杜尔瓦萨·牟尼的 / śāpena—诅咒 / sa-indrāḥ—与因铎 / lokāḥ trayaḥ—三个世界 / nṛpa—君王啊 / niḥśrīkāḥ—没有物质财富 / ca—也 / abhavan—变得 / tatra—那时 / neśuḥ—不能举行 / ijya-ādayaḥ—祭祀 / kriyāḥ—仪式

译文　舒卡戴瓦·哥斯瓦米说：当恶魔在一次战斗中用他们的巨蛇武器对半神人发起猛烈进攻时，许多半神人倒下死去。事实上，他们没有能活过来。那时，君王啊！半神人受到杜尔瓦萨·牟尼的诅咒，三个世界为贫穷所扰，因此无法举行祭祀仪式。这后果十分严重。

要旨　据说，有一次当杜尔瓦萨·牟尼(Durvāsā Muni)走在路上时，看到骑在大象背上的天帝因铎，于是高兴地从自己的颈部摘下花环献给因铎。然而，因铎因为骄傲自大，所以在不尊重杜尔瓦萨·牟尼的情况下，将花环放到他大象坐骑的鼻子上。大象因为是动物，无法明白那花环的价值，所以将它扔到自己的脚下，践踏它。杜尔瓦萨·牟尼看到这侮辱性的行为，立刻诅咒因铎变得极度贫困，缺乏一切物质财富。这使得半神人一方面要与恶魔作战，一方面要承受杜尔瓦萨·牟尼的诅咒，结果失去了三个世界里所有的物质财富。

在物质方面很成功、很富有，有时是很危险的情况。物质上很富有的人不在乎任何人，因而会冒犯奉献者和杰出的圣人等伟大人物。这就是物质富裕造成的危险。正如舒卡戴瓦·哥斯瓦米曾经说：太多的财产令人变得盲目(dhana-durmadāndha)。就连因铎在他的天堂王国中都犯这种错误，更何况这个物质世界里的其他人呢？人在物质上富有时，应该学习保持清醒、冷静，要善待外士纳瓦(Vaiṣṇava)和圣洁之人，否则就会堕落。

第 17—18 节

निशाम्यैतत्सुरगणा महेन्द्रवरुणादयः ।
नाध्यगच्छन् स्वयं मन्त्रैर्मन्त्रयन्तो विनिश्चितम् ॥१७॥

ततो ब्रह्मसभां जग्मुर्मेरोर्मूर्धनि सर्वशः ।
सर्वं विज्ञापयां चक्रुः प्रणताः परमेष्ठिने ॥१८॥

niśāmyaitat sura-gaṇā
mahendra-varuṇādayaḥ
nādhyagacchan svayaṁ mantrair
mantrayanto viniścitam

tato brahma-sabhāṁ jagmur
meror mūrdhani sarvaśaḥ
sarvaṁ vijñāpayāṁ cakruḥ
praṇatāḥ parameṣṭhine

niśāmya—看到 / etat—这个事件 / sura-gaṇāḥ—全体半神人 / mahā-indra—天帝因铎 / varuṇa-ādayaḥ—瓦茹纳和其他半神人 / na—不 / adhyagacchan—达到 / svayam—亲自 / mantraiḥ—靠深思熟虑 / mantrayantaḥ—谈论 / viniścitam—真正的结论 / tataḥ—因此 / brahma-sabhām—到主布茹阿玛的集会中 / jagmuḥ—他们去 / meroḥ—苏梅茹山的 / mūrdhani—在山顶上 / sarvaśaḥ—全体 / sarvam——切 / vijñāpayām cakruḥ—他们通知 / praṇatāḥ—致敬 / parameṣṭhine—向主布茹阿玛

译文　主因铎、水神瓦茹纳和其他半神人，看到他们的生命处在这种境况中，便彼此商量，但却无法找到任何解决得办法。接着，全体半神人集合在一起，前往苏梅茹山的山顶。在那里聚集到主布茹阿玛面前，扑倒在地向主布茹阿玛顶礼，随后告诉他所发生的一切。

第 19—20 节

स विलोक्येन्द्रवाय्वादीन्निःसत्त्वान् विगतप्रभान् ।
लोकानमङ्गलप्रायानसुरानयथा विभुः ॥१९॥

समाहितेन मनसा संस्मरन् पुरुषं परम् ।
उवाचोत्फुल्लवदनो देवान् स भगवान् परः ॥२०॥

sa vilokyendra-vāyv-ādīn
niḥsattvān vigata-prabhān
lokān amaṅgala-prāyān
asurān ayathā vibhuḥ

samāhitena manasā
saṁsmaran puruṣaṁ param
uvācotphulla-vadano
devān sa bhagavān paraḥ

saḥ—主布茹阿玛 / vilokya—看到 / indra-vāyu-ādīn—以天帝因铎和风神瓦尤为首的全体半神人 / niḥsattvān—丧失了灵性能量 / vigata-prabhān—丧失了光泽 / lokān—三个世界 / amaṅgala-prāyān—淹没在厄运中 / asurān—全体恶魔 / ayathāḥ—占优势 / vibhuḥ—物质世界的至尊者——主布茹阿玛 / samāhitena—通过集中 / manasā—注意力 / saṁsmaran—不断地想起 / puruṣam—至尊人 / param—超然的 / uvāca—说 / utphulla-vadanaḥ—容光焕发 / devān—对半神人 / saḥ—他 / bhagavān—最强有力的 / paraḥ—半神人的

译文 看到半神人丧失了所有的力量，三个世界因而不再有兴盛、吉祥，看到半神人处境糟糕，而恶魔却耀武扬威，最首要也最有力量的半神人布茹阿玛，将注意力集中于至尊人格首神。这样得到鼓励后，他容光焕发，对半神人说了如下一番话。

要旨 听半神人讲述他们的实际情况后，主布茹阿玛十分担心，因为恶魔们毫无必要地过于强大了。恶魔只关心自己的感官享乐，而不考虑整个世界的福利，所以当恶魔的势力变得强大时，整个世界的情况就会很棘手。与恶魔相反，半神人或奉献者考虑的是众生的利益。例如：圣茹帕·哥斯瓦米(Rūpa Gosvāmī)为了利益整个世界(lokānāṁ hita-kāriṇau)而离弃大臣的地位，去到温达文(Vṛndāvana)。这是圣洁之人或半神人的天性。就连非人格神主义者也关心全人类的幸福、安康。正因为如此，布茹阿玛看到恶魔势力强大时感到十分不安。

第21节

अहं भवो यूयमथोऽसुरादयो
मनुष्यतिर्यग्द्रुमघर्मजातयः ।
यस्यावतारांशकलाविसर्जिता
व्रजाम सर्वे शरणं तमव्ययम् ॥२१॥

ahaṁ bhavo yūyam atho 'surādayo
manuṣya-tiryag-druma-gharma-jātayaḥ
yasyāvatārāṁśa-kalā-visarjitā
vrajāma sarve śaraṇaṁ tam avyayam

aham—我 / bhavaḥ—主希瓦 / yūyam—你们全体半神人 / atho—以及 / asura-ādayaḥ—恶魔等 / manuṣya—人类 / tiryak—动物 / druma—树木和植物 / gharma-jātayaḥ—以及产自汗液的虫子和细菌 / yasya—(至尊人格首神)的 / avatāra—主宰(puruṣa)化身的 / aṁśa—祂的部分属性化身布茹阿玛的 / kalā—布茹阿玛的儿子 / visarjitāḥ—产自 / vrajāma—我们要去 / sarve—我们所有人 / śaraṇam—庇护 / tam—向至尊者 / avyayam—无穷无尽的

译文　主布茹阿玛说：我、主希瓦、你们全体半神人、恶魔、产自汗液的生物体、产自蛋卵的生物体、大地生长出的树木和植物，以及产自胚胎的生物体，都来自至尊主，来自祂的激情属性化身(布茹阿玛)，及作为我的一部分的大圣人们。因此，让我们去找至尊主，托庇于祂的莲花足。

要旨　有些生物体由胚胎的形式诞生，有些产自汗液，有些由种子的形式而来。然而，所有的生物体都由至尊人格首神的激情属性化身发散出。所以，至尊人格首神最终是众生的庇护者。

第22节

न यस्य वध्यो न च रक्षणीयो
नोपेक्षणीयादरणीयपक्षः ।
तथापि सर्गस्थितिसंयमार्थं
धत्ते रजःसत्त्वतमांसि काले ॥२२॥

na yasya vadhyo na ca rakṣaṇīyo
nopekṣaṇīyādaraṇīya-pakṣaḥ

tathāpi sarga-sthiti-saṁyamārthaṁ
dhatte rajaḥ-sattva-tamāṁsi kāle

na－不 / yasya－被……的(至尊主) / vadhyaḥ－该被杀 / na－也不 / ca－又不 / rakṣaṇīyaḥ－该受保护 / na－也不 / upekṣaṇīya－该忽视 / ādaraṇīya－该崇拜 / pakṣaḥ－部分 / tathāpi－仍然 / sarga－创造 / sthiti－维系 / saṁyama－和毁灭 / artham－为了 / dhatte－祂接受 / rajaḥ－激情 / sattva－善良 / tamāṁsi－和愚昧 / kāle－在适当的时候

译文 对至尊人格首神来说，没人该被杀，没人该受保护，没人该被忽视，也没人该受崇拜。然而，为了按时间完成创造、维系和毁灭，祂接受不同的形象作为善良属性、激情属性或愚昧属性中的化身。

要旨 这节诗文解释至尊人格首神平等对待众生。对此，《博伽梵歌》(Bhagavad-gītā)第9章的第29节诗记载，至尊主本人证实说：

samo 'haṁ sarva-bhūteṣu
na me dveṣyo 'sti na priyaḥ
ye bhajanti tu māṁ bhaktyā
mayi te teṣu cāpy aham

"我不忌妒谁，也不偏袒谁。我平等对待众生。但是，为我做奉爱服务的人是我的朋友，在我心中，我也是他的朋友。"至尊主虽然不偏不倚，但还是给祂的奉献者以特殊的照顾。因此，《博伽梵歌》第4章的第8节诗记载，至尊主说：

paritrāṇāya sādhūnāṁ
vināśāya ca duṣkṛtām
dharma-saṁsthāpanārthāya
sambhavāmi yuge yuge

“一个年代复一个年代，我亲自降临，以拯救虔诚的人，彻底消灭邪恶之徒，重建宗教原则。”至尊主与任何生物体的保护或毁灭都无关，但为了这个物质世界的创造、维系和毁灭，祂表面上必须在善良属性、激情属性或愚昧属性的影响下行事。可事实上，祂丝毫不受这些物质属性的影响。祂是众生的至尊主人。正如君王为了维护法律和社会秩序有时要惩罚或奖赏某人，至尊人格首神虽然与这个物质世界的活动毫无关系，但有时显得要根据时间、地点和对象以各种化身显现。

第23节

अयं च तस्य स्थितिपालनक्षणः
सत्त्वं जुषाणस्य भवाय देहिनाम् ।
तस्माद् व्रजामः शरणं जगद्गुरुं
स्वानां स नो धास्यति शं सुरप्रियः ॥२३॥

ayaṁ ca tasya sthiti-pālana-kṣaṇaḥ
sattvaṁ juṣāṇasya bhavāya dehinām
tasmād vrajāmaḥ śaraṇaṁ jagad-guruṁ
svānāṁ sa no dhāsyati śaṁ sura-priyaḥ

ayam－这段时间 / ca－也 / tasya－至尊人格首神的 / sthiti-pālana-kṣaṇaḥ－维系时或建立祂的统治时 / sattvam－善良属性 / juṣāṇasya－(现在、马上)接受 / bhavāya－为了不断地发展或建立 / dehinām－接受了物质躯体的众生的 / tasmāt－因此 / vrajāmaḥ－让我们 / śaraṇam－托庇于 / jagat-gurum－宇宙导师至尊人格首神的莲花足 / svānām－祂自己的人 / saḥ－祂(至尊人格首神) / naḥ－向我们 / dhāsyati－将给予 / śam－我们需要的好运 / sura-priyaḥ－因为祂对奉献者自然很亲切、仁慈

译文　现在是接受物质躯体的善良型生物体行使法权的时候了。善良属性是为了建立至尊主维系创造存在的统治。

因此，这恰好是托庇于至尊人格首神的时刻。祂对半神人自然很仁慈和亲切，所以无疑将赐予我们好运。

要旨 物质世界由善良属性(sattva-guṇa)、激情属性(rajo-guṇa)和愚昧属性(tamo-guṇa)这三种物质自然属性所掌管。激情属性使物质的一切得以创造，善良属性使被创造的一切得到恰当的维系，当宇宙万物的情况不正常时，愚昧属性就使一切遭毁灭。

从这节诗的内容，我们可以了解我们正经历的喀历年代(Kali-yuga)的情况。在喀历年代刚要开始之前，也就是在杜瓦帕尔年代(Dvāpara-yuga)末期，圣主奎师那(Kṛṣṇa)显现并将祂的教导以《博伽梵歌》的形式留给世人，祂在其中要求所有的生物体都皈依祂。然而，自从喀历年代开始，人们实际上就一直无法投靠奎师那的莲花足。为此，奎师那在五千年后，又以柴坦亚·玛哈帕布(Caitanya Mahāprabhu)的形式到来，以教导整个世界该如何皈依祂——圣奎师那，从而得到净化。

皈依奎师那的莲花足意味着得到彻底的净化。《博伽梵歌》第18章的第66节诗记载，奎师那说：

sarva-dharmān parityajya
  mām ekaṁ śaraṇaṁ vraja
ahaṁ tvāṁ sarva-pāpebhyo
  mokṣayiṣyāmi mā śucaḥ

“抛弃一切种类的宗教，只向我皈依。我将把你从所有的恶报中解救出来。不必害怕！”因此，人一旦投靠奎师那的莲花足，就必定免于一切的污染。

喀历年代是个乌烟瘴气的年代。就有关这一点，《圣典博伽瓦谭》第12篇第3章的第51节诗记载：

kaler doṣa-nidhe rājann
  asti hy eko mahān guṇaḥ

kīrtanād eva kṛṣṇasya
mukta-saṅgaḥ paraṁ vrajet

这个喀历年代充满了无数的缺陷。事实上，它恰似一个缺陷的汪洋(doṣa-nidhi)。但人们还是有一线希望，一个良机。那就是：仅仅靠吟诵、吟唱哈瑞·奎师那曼陀，人就可以免除喀历年代的污染，可以以自己原有的灵性身体，回归家园，回到首神身边(kīrtanād eva kṛṣṇasya mukta-saṅgaḥ paraṁ vrajet)。这就是喀历年代的良机。

奎师那以祂的原本形象显现时宣布了祂的指示，当祂本人又以祂奉献者的身份——圣柴坦亚·玛哈帕布显现时，祂给我们展示了跨越喀历年代汪洋的途径。那就是哈瑞·奎师那运动。柴坦亚·玛哈帕布显现时，引领了集体歌唱神的圣名(saṅkīrtana)运动的时代。经典中也说，这个时代将持续一万年。这意味着，仅仅靠接受集体歌唱神的圣名运动并吟诵、吟唱哈瑞·奎师那这一伟大的曼陀，这个喀历年代里的堕落灵魂就会得到拯救。继《博伽梵歌》在库茹柴陀(Kurukṣetra)战役前讲述之后，要持续四十三万二千年的喀历年代只过了五千年，因此还剩下四十二万七千年。在这四十二万七千年中，由圣柴坦亚·玛哈帕布在五百年前开展的一万年集体歌唱神的圣名运动，为喀历年代中的堕落灵魂提供了一个参加奎师那意识运动，吟诵、吟唱哈瑞·奎师那这一伟大的曼陀，以使自己摆脱物质存在的钳制，回归家园、回到首神身边的机会。

吟诵、吟唱哈瑞·奎师那这一伟大的曼陀永远有效力，但在这个喀历年代中尤其影响强大。正因为如此，舒卡戴瓦·哥斯瓦米在教导帕瑞克西特王时强调吟诵、吟唱哈瑞·奎师那曼陀这一方法说：

kaler doṣa-nidhe rājann
asti hy eko mahān guṇaḥ

kīrtanād eva kṛṣṇasya
mukta-saṅgaḥ paraṁ vrajet

“我亲爱的君王，尽管喀历年代充满了缺陷，但这个年代还是有一项好品质，那就是，仅仅靠吟诵、吟唱哈瑞·奎师那这一伟大的曼陀，人就可以摆脱物质束缚，被提升到超然的王国去。”(《圣典博伽瓦谭》12.3.51)。那些满怀奎师那意识接受了传播哈瑞·奎师那这一伟大曼陀的任务之人，应该抓住这个使人们轻易地从物质存在的钳制中获得解放的机会。因此，我们的责任是遵循圣柴坦亚·玛哈帕布的教导，十分认真地将奎师那意识运动传遍全世界。这是能为人类社会的和平与繁荣所从事的最佳福利活动。

圣柴坦亚·玛哈帕布的运动由传播“集体歌唱至尊神奎师那的圣名(kṛṣṇa-saṅkīrtana)”构成。所以经典中说：“一切荣耀归于圣奎师那的集体歌唱神的圣名运动(paraṁ vijayate śrī-kṛṣṇa-saṅkīrtanam)！”为什么这一运动是如此光荣呢？圣柴坦亚·玛哈帕布解释这一点说：“吟诵、吟唱哈瑞·奎师那这一伟大的曼陀，使人心得到净化(ceto-darpaṇa-mārjanam)。”整个的困难处境是：这个喀历年代中没有善良属性和内心的清洁，因此人们错误地与自己的躯体认同。事实上，就连我们知道的大哲学家和科学家都认为他们自己就是他们的躯体。我们有一天在谈论著名的哲学家托玛斯·赫胥黎(Thomas Huxley)，他对自己是英国人深感自豪。这意味着他深受躯体化的生命概念的影响。我们到处都能看到这类误解。受躯体化生命概念控制的人，只不过是猫、狗一样的动物而已(sa eva go-kharaḥ)。我们心中最危险的污垢是，误认为躯体就是自我。在这种误解的影响下，人们以为“我是这个身体。我是英国人。我是印度人。我是美国人。我是印度教徒。我是伊斯兰教徒。”这种误解是最强大的阻碍，必须移开它。这就是《博伽梵歌》和圣柴坦亚·玛哈帕布的教导。事实上，《博伽梵歌》就始于这一教导：

dehino 'smin yathā dehe
kaumāraṁ yauvanaṁ jarā
tathā dehāntara-prāptir
dhīras tatra na muhyati

“就像灵魂在这个物质躯体中经历童年、青年和老年的变化一样，当这个躯体死亡时，其中的灵魂便进入另一个躯体。清醒的人不会为这种变化所迷惑。”(《博伽梵歌》2.13)。灵魂虽然在躯体中，但误解和动物倾向使人将躯体当成是自我。为此，柴坦亚·玛哈帕布说：吟诵、吟唱圣名清除人心中经年堆积的灰尘(ceto-darpaṇa-mārjanam)。只有靠集体歌唱圣主奎师那的圣名运动，才有可能清除填满在心中的各种误解。奎师那意识运动的领导们应该十分认真地把握这一机会，拯救堕落的灵魂摆脱物质主义生活的误解，以此向他们展示仁慈。

灵魂在这个物质世界里无论用什么方法都不可能使自己真正快乐。正如《博伽梵歌》第8章的第16节诗说明：

ābrahma-bhuvanāl lokāḥ
punar āvartino 'rjuna

“在物质世界中，从最高等的星球到最低等的星球，都是有生死轮回的痛苦之地。”因此，不要说到月亮上去了，即使被提升到最高等的星球——布茹阿玛星球(Brahmaloka)，都不可能在这个物质世界里找到快乐。真正想要快乐的人，必须到灵性世界去。物质世界的特点就是为生存而苦苦挣扎。大家都知道“适者生存”的原则，但这个物质世界的可怜灵魂不知道什么是生存，谁是适者。生存并不仅仅是指活一段时间，接着就该死；生存意味着应该永恒地享受充满知识的极乐生活。这是生存的意思。奎师那意识运动就为了让每一个人都适合生存。事实上，它的意思是停止为生存而挣扎。就如何停止为生存而苦苦挣扎，如何过永恒的生活这一点，《圣典博伽瓦谭》和《博伽梵歌》给予了明确的指导。集体歌唱神的圣名运动是一个绝佳的良机。仅仅靠聆听《博伽梵歌》和吟诵、吟唱哈瑞·奎师那这一伟大的曼陀，就能使人彻底净化，从而停止为生存而苦苦挣扎，回归家园，回到首神身边。

第 24 节

श्रीशुक उवाच
इत्याभाष्य सुरान् वेधाः सह देवैररिन्दम ।
अजितस्य पदं साक्षाज्जगाम तमसः परम् ॥२४॥

śrī-śuka uvāca
ity ābhāṣya surān vedhāḥ
saha devair arindama
ajitasya padaṁ sākṣāj
jagāma tamasaḥ param

śrī-śukaḥ uvāca－圣舒卡戴瓦·哥斯瓦米说 / iti－这样 / ābhāṣya－讲话 / surān－对半神人 / vedhāḥ－是宇宙的首领并教导众生韦达知识的主布茹阿玛 / saha－与 / devaiḥ－半神人 / arim-dama－(如感官等)各种敌人的征服者——帕瑞克西特王啊 / ajitasya－至尊人格首神的 / padam－到……那里 / sākṣāt－直接 / jagāma－去 / tamasaḥ－黑暗的世界 / param－超越

译文 啊！帕瑞克西特王，征服一切敌人的人！主布茹阿玛对全体半神人讲完话后，就带着他们前往至尊人格首神那存在于物质能量影响之外的住所。至尊主的住所位于牛奶之洋中的一个名叫白岛的岛上。

要旨 帕瑞克西特王在此被称为“征服一切敌人的人(arindama)”。我们不仅有身外的敌人，还有贪图物质享乐的欲望、愤怒和贪婪等体内的很多敌人。帕瑞克西特王之所以特别被称为是

“征服一切敌人的人”，是因为他在政治生涯中能够征服所有种类的敌人，甚至在还是个年轻的君王时，一旦听到自己将在七天之内死亡，就立刻离开自己的王国。他没有听从贪图物质享乐的欲望、愤怒和贪婪等他体内各种敌人的命令。他对那个诅咒了他的牟尼(muni)的儿子一点都不生气，而是接受诅咒，在与舒卡戴瓦·哥斯瓦米联谊的情况下为自己的死亡做准备。死亡是必然发生的事，没人能超越死亡的力量。帕瑞克西特王在充满活力的时候想要聆听《圣典博伽瓦谭》，所以在此被称为“征服一切敌人的人”。

这节诗文中的另一个梵文词“sura-priya”也很重要。至尊人格首神奎师那虽然平等对待众生，但尤其愿意帮助祂的奉献者(ye bhajanti tu māṁ bhaktyā mayi te teṣu cāpy aham)。奉献者都是半神人。这个世界里有两类人，一类被称为半神人(deva)，另一类被称为恶魔(asura)。《莲花往世书》(Padma Purāṇa)中说明：

dvau bhūta-sargau loke 'smin
daiva āsura eva ca
viṣṇu-bhaktaḥ smṛto daiva
āsuras tad-viparyayaḥ

是主奎师那奉献者的人都被称为半神人(deva)，其他人即使是半神人的信奉者也被称为恶魔(asura)。例如：茹阿瓦纳(Rāvaṇa)是主希瓦(Śiva)的一个杰出的信奉者，但却被说成是恶魔。同样，黑冉亚卡希普(Hiraṇyakaśipu)是主布茹阿玛的杰出信奉者，但也是个恶魔。因此，只有主维施努的奉献者被称为半神人(sura)，而不是恶魔。主奎师那对自己的奉献者感到很满意，哪怕是还没处在奉爱服务的最高阶段的奉献者也不例外。人即使还处在奉爱服务的较低阶段也是超然的，只要继续做奉爱服务，就继续是半神人(deva或sura)。奎师那对这样坚持不懈的人一直都会感到满意，并将给予指导，使他们能轻易地回归家园，回到首神身边。

关于至尊人格首神在这个物质世界内牛奶之洋中的住所(ajitasya padam)，圣维施瓦纳特·查夸瓦尔提·塔库尔(Viśvanātha Cakravartī Ṭhākura)说：在牛奶之洋中名叫白岛(Śvetadvīpa)的岛屿是超然的(padaṁ kṣīrodadhi-stha-śvetadvīpaṁ tamasaḥ prakṛteḥ param)。它与这个物质世界毫无关系。市政府也许会有一个让市长和市政府的重要官员休息的房子。这种房子不是普通住宅。同样，坐落在牛奶之洋中的白岛虽然在这个物质世界里，但却是超然的(paraṁ pa-dam)。

第25节

तत्रादृष्टस्वरूपाय श्रुतपूर्वाय वै प्रभुः ।
स्तुतिमब्रूत दैवीभिर्गीर्भिस्त्ववहितेन्द्रियः ॥२५॥

tatrādṛṣṭa-svarūpāya
śruta-pūrvāya vai prabhuḥ
stutim abrūta daivībhir
gīrbhis tv avahitendriyaḥ

tatra—那里(至尊主的名叫白岛的住所) / adṛṣṭa-svarūpāya—向就连主布茹阿玛都看不到的至尊人格首神 / śruta-pūrvāya—却靠聆听韦达经可以听到有关祂的描述 / vai—确实 / prabhuḥ—主布茹阿玛 / stutim—来自韦达经的颂词 / abrūta—执行 / daivībhiḥ—经由韦达经记载的祈祷文或严格遵守韦达原则的人献上的祈祷文 / gīrbhiḥ—通过这些声音震荡或赞歌 / tu—那时 / avahita-indriyaḥ—全神贯注地

译文 在那里，主布茹阿玛向至尊人格首神献上祈祷，尽管他从未见过至尊主。主布茹阿玛仅仅因为听过韦达文献对至尊人格首神的描述，就全神贯注地按照韦达文献记载和认可的赞歌向至尊主献上祈祷。

要旨　据说，布茹阿玛与其他半神人去见住在白岛上的至尊人格首神时，无法直接看到祂，但他们的祈祷至尊主都听到了，所以采取必要的行动。我们在许多事件中都看到同样的情况。梵文“却靠聆听韦达经可以听到有关祂的描述(śruta-pūrvāya)”十分重要。我们一般都是通过直接的看或听得到经验。我们倘若无法直接看到某人，就可以通过可靠的来源听说有关他的情况。人们有时问我们可否给他们看神。这很荒唐可笑。在人能接受神之前，没有必要看神。我们的感官知觉始终不完整，因此即使我们看到神，我们可能也无法了解祂。当奎师那在地球上时，许许多多人都看到过祂，但却无法了解祂就是至尊人格首神。至尊主奎师那说：当我以人的形象降临时，愚蠢的人轻视我(avajānanti māṁ mūḍhā mānuṣīṁ tanum āśritam)。无赖和傻瓜们虽然亲眼看到奎师那，但却认识不到祂就是至尊人格首神。哪怕是亲眼看到神，不幸之人也无法了解祂。所以，我们必须从权威的韦达文献和正确了解韦达典籍的人那里聆听有关至尊人格首神奎师那的一切。布茹阿玛虽然还没看到过至尊人格首神，但却坚信至尊主就在白岛上。因此，他抓紧机会去那里，向至尊主献上祈祷。

这些祈祷并非编出的普通祈祷。正如这节诗中用梵文“daivībhir gīrbhiḥ”一句指出，祈祷必须是韦达文献认可的。在我们奎师那意识运动中，我们不允许会员唱那些没有被真正的奉献者认可或歌唱过的那些歌。我们不能允许人们在庙里唱流行歌曲。我们一般唱两首歌，其中一首是五圣体祈祷文(śrī-kṛṣṇa-caitanya prabhu nityānanda śrī-advaita gadādhara śrīvāsādi-gaura-bhakta-vṛnda)。这是真正有权威性的祈祷文，《永恒的柴坦亚经》(Caitanya-caritāmṛta)中总是提到它，前辈灵性导师们都接受它。当然，另一个祈祷文就是伟大的曼陀：哈瑞·奎师那　哈瑞·奎师那　奎师那·奎师那　哈瑞·哈瑞/哈瑞·茹阿玛　哈瑞·茹阿玛　茹阿玛·茹阿玛　哈瑞·哈瑞(Ha-re Kṛṣṇa, Hare Kṛṣṇa, Kṛṣṇa Kṛṣṇa, Hare Hare/ Hare Rāma,

Hare Rāma, Rāma Rāma, Hare Hare)。我们也唱纳若塔玛·达斯·塔库尔(Narottama dāsa Ṭhākura)、巴克提维诺德·塔库尔(Bhaktivinoda Ṭhākura)和珞查纳·达斯·塔库尔(Locana dāsa Ṭhākura)的歌，但五圣体祈祷文和哈瑞·奎师那这首伟大的曼陀已经足以取悦至尊人格首神，尽管我们无法看到祂。其实，看至尊主并没有从权威文献或权威人士的可靠说明中欣赏祂重要。

第 26 节

श्रीब्रह्मोवाच
अविक्रियं सत्यमनन्तमाद्यं
गुहाशयं निष्कलमप्रतर्क्यम् ।
मनोऽग्रयानं वचसानिरुक्तं
नमामहे देववरं वरेण्यम् ॥२६॥

śrī-brahmovāca
avikriyaṁ satyam anantam ādyaṁ
guhā-śayaṁ niṣkalam apratarkyam
mano-'grayānaṁ vacasāniruktaṁ
namāmahe deva-varaṁ vareṇyam

śrī-brahmā uvāca—主布茹阿玛说 / avikriyam—向(不像物质存在那样)永恒不变的人格首神 / satyam—永恒的至尊真理 / anantam—无限的 / ādyam——切原因的原因 / guhā-śayam—处在众生的心中 / niṣkalam—能量永不降低的 / apratarkyam—不可思议地、超越物质辩论范围 / manaḥ-agrayānam—比心念还快、靠推理不可理解 / vacasā—靠文字游戏 / aniruktam—难以形容的 / namāmahe—我们全体半神人都恭敬地顶礼 / deva-varam—向任何人都不能超越或与之平等的至尊人格首神 / vareṇyam—通过吟诵嘎雅垂赞歌崇拜的至尊崇拜对象

译文 主布茹阿玛说：啊，至尊主！永恒不变、无限至尊的真理啊！您是一切的起源。由于无所不在，您在众生的心中，也在原子中。您没有物质的品质。事实上，您是不可思议的。心无法靠主观推测赶上您，言语形容不了您。您是众生的至尊主人，所以值得众生的崇拜。我们恭敬地向您致以顶礼。

要旨 至尊人格首神并非物质创造的产物。物质的一切都必然从一种形式转变为另一种形式，例如：从土转变为瓦罐，再从瓦罐转变成土。我们所有的创造都是短暂、不持久的。然而，至尊人格首神却永恒存在，祂不可缺少的一部分——生物，也同样永恒存在(mamaivāṁśo jīva-loke jīva-bhūtaḥ sanātanaḥ)。至尊人格首神是永恒的(sanātana)，个体生物也是永恒的。区别在于：奎师那——神，是至高无上的永恒个体，而个体灵魂是微小、碎片般的永恒个体。正如《博伽梵歌》第13章的第3节诗说，巴茹阿特的后裔啊！你应该明白：我也是躯体的知悉者，是每一个躯体的知悉者(kṣetra-jñaṁ cāpi māṁ viddhi sarva-kṣetreṣu bhārata)。尽管至尊主是生物，个体灵魂也是生物，但与个体灵魂不同的是：至尊主无所不在，遍布一切(vibhu)，是无限的(ananta)。至尊主是一切的起因。世上有数不胜数的生物，但至尊主只有一个。没人比祂伟大或与祂平等。因此，正如韦达赞歌所说明的，至尊主是最值得崇拜的对象(na tat-samaś cābhyadhikaś ca dṛśyate)。至尊主至高无上，没人能靠主观推测或玩文字游戏估量祂。祂旅行的速度能比心念还快。《至尊奥义书》(Īśopaniṣad)的第4节赞美诗(śruti-mantra)说：

anejad ekaṁ manaso javīyo
nainad devā āpnuvan pūrvam arṣat
tad dhāvato 'nyān atyeti tiṣṭhat
tasminn apo mātariśvā dadhāti

“人格首神虽然总在祂的住所中，但移动的速度比心念还快，能胜过所有其他奔跑的人。强大的半神人无法接近祂。祂虽然身在一处，但却控制着那些供应空气和雨水的神明。祂超越所有卓越的人物。”因此，至尊主与从属于祂的生物从不是平等的。

至尊主处在每一个人和所有其他的生物体心中，所以个体生物永远不可能与至尊主是平等的。《博伽梵歌》第15章的第15节诗记载，至尊主说：“我处在众生的心中(sarvasya cāhaṁ hṛdi sanniviṣṭaḥ)。”但这并不意味着每一个生物的地位都与至尊主是平等的。韦达文献中还说：灵魂和超灵都处在生物体的心中(hṛdi hy ayam ātmā pratiṣṭhitaḥ)。《圣典博伽瓦谭》一开篇就说：我冥想祂，因为祂是绝对真理(satyaṁ paraṁ dhīmahi)。韦达赞美诗说：至尊者是无限的真理和知识(satyaṁ jñānam anantam)；至尊主是一个整体，没有物质活动，从不犯错且绝无缺陷(niṣkalaṁ niṣkriyaṁ śāntaṁ niravadyam)。神是至高无上的。尽管祂的自然存在状态是什么都不做，但祂却什么都在做。正如《博伽梵歌》记载，至尊主说：天然

mayā tatam idaṁ sarvaṁ
jagad avyakta-mūrtinā
mat-sthāni sarva-bhūtāni
na cāhaṁ teṣv avasthitaḥ

“我以不展示的形象遍布整个宇宙。众生都在我之中，我却不在他们中。”(《博伽梵歌》9.4)

mayādhyakṣeṇa prakṛtiḥ
sūyate sacarācaram
hetunānena kaunteya
jagad viparivartate

“琨缇的儿子啊！物质自然是我的一种能量，在我的指挥下

活动，产生动与不动的一切。在物质自然的控制下，这个展示被再三地创造和毁灭。”（《博伽梵歌》9.10)所以，至尊主虽然在祂的住所中不说什么，但经由祂的各种能量在做一切(parāsya śaktir vividhaiva śrūyate)。

主布茹阿玛所说的这节诗文包含了所有韦达赞美诗(śruti-mantra)的内涵。这原因是：布茹阿玛和他的追随者(Brahma-sampradāya)都透过师徒传承(paramparā)了解至尊人格首神。我们必须透过我们前辈们的话语获得正确的理解。世上共有十二位权威人士(mahājana)，布茹阿玛是其中的一位。

svayambhūr nāradaḥ śambhuḥ
kumāraḥ kapilo manuḥ
prahlādo janako bhīṣmo
balir vaiyāsakir vayam

（《圣典博伽瓦谭》6.3.20)

这节诗中列举了十二位奉爱传承的权威人士。我们属于布茹阿玛师徒传承，所以被称为布茹阿玛·桑帕达亚(Brahma-sampradāya)。正如半神人跟随主布茹阿玛了解至尊人格首神，我们也跟随师徒传承的权威人士们去了解至尊主。

第 27 节

विपश्चितं प्राणमनोधियात्मना-
मर्थेन्द्रियाभासमनिद्रमव्रणम् ।
छायातपौ यत्र न गृध्रपक्षौ
तमक्षरं खं त्रियुगं व्रजामहे ॥२७॥

vipaścitaṁ prāṇa-mano-dhiyātmanām
arthendriyābhāsam anidram avraṇam
chāyātapau yatra na gṛdhra-pakṣau
tam akṣaraṁ khaṁ tri-yugaṁ vrajāmahe

vipaścitam－向全知者 / prāṇa－生命力是如何运作的 / manaḥ－心念是如何运作的 / dhiya－智力是如何运作的 / ātmanām－众生的 / artha－感官对象 / indriya－感官 / ābhāsam－知识 / anidram－始终清醒、免于愚昧 / avraṇam－没有那些受制于苦乐的物质躯体 / chāyā-ātapau－是所有受愚昧之苦的人的庇护 / yatra－……之内 / na－不 / gṛdhra-pakṣau－偏袒任何生物体 / tam－向祂 / akṣaram－绝对可靠的 / kham－像空间一样无所不在的 / tri-yugam－在(萨提亚、特瑞塔和杜瓦帕尔)三个年代中带着六种财富显现 / vrajāmahe－我托庇于

译文 至尊人格首神直接和间接地知道包括生命力和心智在内的一切，是如何在祂的控制下工作的。祂照亮一切，没有愚昧。祂没有受制于以前活动之反应的物质躯体，没有偏颇和物质主义的教育所导致的无知。因此，我托庇于至尊主的莲花足，祂永恒、无处不在，如天空般广大，在(萨提亚、特瑞塔和杜瓦帕尔)三个年代中带着六种财富显现。

要旨 《圣典博伽瓦谭》一开篇就这样描述至尊人格首神说：祂是展示了的物质宇宙创造、维系和毁灭的根源；祂直接、间接地觉察着所有的展示(janmādy asya yato'nvayād itarataś cārtheṣv abhijñaḥ)。正因为如此，至尊主在此被描述为是“具有全面的知识或了解一切的人(vipaścitam)”。至尊主是至尊灵魂，了解与生物及他们的感官有关的一切。

这节诗中的梵文“始终清醒且没有愚昧(anidram)”一词十分重要。正如《博伽梵歌》第15章的第15节诗所说：是至尊主给每一个生物体以智慧，也是祂使人遗忘(mattaḥ smṛtir jñānam apohanaṁ ca)。世上有千百万、千百万的生物体，是至尊主在给予众生以指导。正因为如此，祂没有时间睡觉，祂对我们的活动了如指掌，从没有不知道的时候。至尊主是一切的见证人；祂时刻都在看我

们在做什么。至尊主不被作为活动(karma)之结果的躯体所包裹。我们的躯体是我们过去所为的一个结果(karmaṇā daiva-netreṇa)，但至尊人格首神没有物质躯体，因此也没有愚昧(avidyā)。祂不睡觉；祂始终保持警觉和清醒。

至尊主被描述为是“在三个年代中显现(tri-yuga)”，因为祂虽然以不同的形象在不同的年代显现，但除了在萨提亚年代(Satya-yuga)、特瑞塔年代(Tretā-yuga)和杜瓦帕尔年代(Dvāpara-yuga)，祂直接以至尊主的身份显现，在喀历年代祂从不声称自己是至尊人格首神。

kṛṣṇa-varṇaṁ tviṣākṛṣṇaṁ
sāṅgopāṅgāstra-pārṣadam

至尊主在喀历年代中以奉献者的身份显现。因此，祂虽然是奎师那本人，但却像个奉献者一样吟诵、吟唱哈瑞·奎师那曼陀。尽管如此，《圣典博伽瓦谭》第11篇第5章的第32节诗推荐说：

yajñaiḥ saṅkīrtana-prāyair
yajanti hi sumedhasaḥ

肤色不像奎师那是黑色而是金黄色的圣柴坦亚·玛哈帕布(tviṣākṛṣṇam)，是至尊人格首神。祂由尼提阿南达(Nityānanda)、阿兑塔(Advaita)、嘎达达尔(Gadādhara)和施瑞瓦斯(Śrīvāsa)等同伴陪同前来。有足够智慧的人靠举行集体歌唱神的圣名祭祀(saṅkīrtana-yajña)，崇拜这位至尊人格首神。至尊主在这次化身前来时声称祂不是至尊主，因此被称为“在三个年代中显现(tri-yuga)”。

第28节

अजस्य चक्रं त्वजयेर्यमाणं
मनोमयं पञ्चदशारमाशु ।

त्रिनाभि विद्युच्चलमष्टनेमि
यदक्षमाहुस्तमृतं प्रपद्ये ॥२८॥

ajasya cakraṁ tv ajayeryamāṇaṁ
manomayaṁ pañcadaśāram āśu
tri-nābhi vidyuc-calam aṣṭa-nemi
yad-akṣam āhus tam ṛtaṁ prapadye

ajasya一生物的 / cakram一轮(物质世界中的生死轮回) / tu一但是 / ajayā一被至尊主的外在能量 / īryamāṇam一强有力地转动 / manaḥ-mayam一只不过是心智杜撰的产物 / pañcadaśa一十五 / aram一具有……轮辐 / āśu一迅速地 / tri-nābhi一有着三个中心(物质自然三种属性) / vidyut一正如电 / calam一动 / aṣṭa-nemi一由八个轮网(至尊主的八种外在能量，即土、水、火、气等)组成的 / yat一……的人 / akṣam一轮轴 / āhuḥ一他们说 / tam一像祂 / ṛtam一事实 / prapadye一让我们恭敬地顶礼

译文　在物质活动的循环中，物质躯体就如同思想马车的车轮；十个感官(五个工作感官和五个收集知识的感官)及体里的五种生命之气形成马车轮的轮辐。物质自然的三种属性(善良、激情和愚昧)是它活动的中心，物质自然的八种原材料(土、水、火、气、空间、心、智力和假我)，被比喻为是轮网。外在物质能量像电能般推动这轮子，使轮子绕着它的轮轴——作为超灵和无限真理的至尊人格首神，飞速转动。我们向祂献上恭敬的顶礼。

要旨　这节诗文对生死轮回圈作了形象的比喻。正如《博伽梵歌》第7章的第5节诗说明：

apareyam itas tv anyāṁ
prakṛtiṁ viddhi me parām
jīva-bhūtāṁ mahā-bāho
yayedaṁ dhāryate jagat

“臂力强大的阿尔诸纳啊！除此之外，我还有一种高等能量，由剥削低等能量(这个物质自然)的生物组成。”至尊主的所属部分——生物，对物质能量的利用，是整个物质世界持续运作的原因。在物质能量的钳制下，个体灵魂在至尊人格首神的指导下于生死之轮中轮回。中心点是超灵。正如《博伽梵歌》第18章的第61节所解释的：

īśvaraḥ sarva-bhūtānāṁ
hṛd-deśe 'rjuna tiṣṭhati
bhrāmayan sarva-bhūtāni
yantrārūḍhāni māyayā

“阿尔诸纳啊！每个生物都坐在一台由物质能量制成的机器上，至尊主处在他们心中，指导他们周游四方。”生物的物质躯体是受制约灵魂活动的结果，而由于供给者是超灵，所以超灵是真实的实际存在。正因为如此，我们每一个人都该向这作为中心的真实存在致以虔敬的顶礼。我们不该被这个物质世界的活动所误导，遗忘了一切的核心——绝对真理。这就是主布茹阿玛在这节诗文中给予的教导。

第29节

य एकवर्णं तमसः परं त-
दलोकमव्यक्तमनन्तपारम् ।
आसां चकारोपसुपर्णमेन-
मुपासते योगरथेन धीराः ॥२९॥

ya eka-varṇaṁ tamasaḥ paraṁ tad
alokam avyaktam ananta-pāram
āsāṁ cakāropasuparṇam enam
upāsate yoga-rathena dhīrāḥ

yaḥ—……的至尊人格首神 / eka-varṇam—绝对的、处在纯粹善良属性中 / tamasaḥ—物质世界的黑暗 / param—超然 / tat—那 / alokam—看不到的 / avyaktam—没有展示 / ananta-pāram—无限的、比物质时间和空间还要大 / āsām cakāra—处于 / upa-suparṇam—在嘎茹达背上 / enam—祂 / upāsate—崇拜 / yoga-rathena—靠神秘瑜伽这一运载工具 / dhīrāḥ—头脑清醒、不受物质干扰的人

译文 至尊人格首神处在纯粹的善良属性中，因此是艾卡-瓦尔纳——欧么卡尔。至尊主处在这个被认为是黑暗地区的宇宙展示之外，所以物质的眼睛看不到祂。然而，时空并没有将祂和我们隔开，祂无处不在。祂坐在祂的坐骑嘎茹达的背上，受到已臻达内心不受干扰之人运用神秘瑜伽力量的崇拜。让我们全体向祂致以恭敬的顶礼。

要旨 “我总是怀着纯粹的奎师那意识顶拜主华苏戴瓦(sattvaṁ viśuddhaṁ vasudeva-śabditam)“(《圣典博伽瓦谭》4.3.23)。在这个物质世界里，善良、激情和愚昧这三种物质自然属性普遍存在。在这三种属性中，善良属性是知识的平台，激情属性导致知识与愚昧的混合，愚昧属性则充满无知。至尊人格首神超越愚昧和激情。祂只处在善良属性或知识不受激情和愚昧属性干扰的层面上。这称为瓦苏戴瓦(vasudeva)层面。奎师那(Kṛṣṇa)——华苏戴瓦(Vāsudeva)，只在这个瓦苏戴瓦层面上显现。正因为如此，奎师那作为瓦苏戴瓦的儿子显现在这个星球上。由于至尊主超越物质自然三种属性，那些受这三种属性控制的人看不见祂。为此，人必须变得不受这三种物质自然属性的打扰(dhīra)。只有不受这些属性打扰的人才能按照瑜伽程序练习。所以，对瑜伽的定义是这样的：真正的瑜伽练习意味着控制感官(yoga indriya-saṁyamaḥ)。正如前面解释过，我们都受到感官(indriya)的打扰。不仅如此，我们还受到由外在能量强加给我们的物质自然三种属性的刺激。在受制

约的生活里，生物在生死轮回的漩涡中急速旋转。然而，人一旦处在纯粹善良属性(viśuddha-sattva)的超然层面上时，就能看到坐在嘎茹达(Garuḍa)背上的至尊人格首神了。主布茹阿玛恭敬地向那位至尊主顶礼。

第 30 节

न यस्य कश्चातितितर्ति मायां
यया जनो मुह्यति वेद नार्थम् ।
तं निर्जितात्मात्मगुणं परेशं
नमाम भूतेषु समं चरन्तम् ॥३०॥

na yasya kaścātititarti māyāṁ
yayā jano muhyati veda nārtham
taṁ nirjitātmātma-guṇaṁ pareśaṁ
namāma bhūteṣu samaṁ carantam

na－不 / yasya－……的(至尊人格首神) / kaśca－任何人 / atititarti－能越过 / māyām－错觉能量 / yayā－被(错觉能量) / janaḥ－一般大众 / muhyati－受迷惑 / veda－了解 / na－不 / artham－生命的目标 / tam－向祂(至尊人格首神) / nirjita－完全控制 / ātmā－众生 / ātma-guṇam－和祂的外在能量 / para-īśam－超然的至尊主 / namāma－我们恭敬的顶礼 / bhūteṣu－向众生 / samam－一视同仁 / carantam－控制或统治

译文 没人能战胜至尊人格首神的错觉能量，那能量是如此强大，以致迷惑了每一个人，使人失去了解生命目标的判断力。然而，那同一种错觉能量，却对统治众生且平等看待众生的至尊人格首神十分顺从。让我们恭敬地向这位至尊首神献上顶礼。

要旨 至尊人格首神维施努的力量无疑控制了所有的生物

体，以致他们都遗忘了生命的目标。生物忘记生命的目标是回归家园，回到首神身边(na te viduḥ svārtha-gatiṁ hi viṣṇum)。至尊人格首神的外在能量让所有受制约的灵魂以为，在这个物质世界里所发生的一切都是获得快乐的机会，但那其实是假象和错觉(māyā)。换句话说，它是一个永远都不会实现的梦。所有的生物就这样都受到至尊主外在能量的迷惑。尽管那错觉能量无疑十分强大，但她完全处在这节诗文中描述的“超然的至尊主(pareśam)”的控制下。至尊主不是这个物质创造的一部分，而是超越这个创造之上。所以，祂不仅透过祂的外在能量控制着受制约的灵魂，祂也控制着外在能量本身。《博伽梵歌》明确地说：强大的物质能量控制每一个生物体，要摆脱她的控制极其困难。这控制能量属于至尊人格首神，在祂的掌控下工作。受制于这物质能量的生物遗忘了至尊人格首神。

第 31 节

इमे वयं यत्प्रिययैव तन्वा
सत्त्वेन सृष्टा बहिरन्तराविः ।
गतिं न सूक्ष्मामृषयश्च विद्महे
कुतोऽसुराद्या इतरप्रधानाः ॥३१॥

ime vayaṁ yat-priyayaiva tanvā
sattvena sṛṣṭā bahir-antar-āviḥ
gatiṁ na sūkṣmām ṛṣayaś ca vidmahe
kuto 'surādyā itara-pradhānāḥ

ime－这些 / vayam－我们(半神人) / yat－……的 / priyayā－显得十分亲密和亲切 / eva－肯定地 / tanvā－物质躯体 / sattvena－被善良属性 / sṛṣṭāḥ－制造 / bahiḥ-antaḥ-āviḥ－虽然彻底了解内在和外在 / gatim－目的地 / na－不 / sūkṣmām－非常精微 / ṛṣayaḥ－伟大的圣人 / ca－也 / vidmahe－了解 / kutaḥ－如何 / asura-ādyāḥ－恶魔、

无神论者等 / itara－身份微不足道 / pradhānāḥ－虽然是自己团体的首领

译文 因为我们半神人的躯体是由善良属性制成的，所以我们内在和外在都受善良属性的影响。全体伟大的圣人也一样。因此，如果就连我们都无法了解至尊人格首神，那还用说因身体结构使然而最微小且受激情和愚昧属性控制的生物体吗？他们怎么可能了解至尊主？让我们向祂致以谦恭的顶礼。

要旨 至尊人格首神虽然处在每一个生物体的心中，但不敬神的人和恶魔们无法了解祂。正如《博伽梵歌》中证实：对他们，至尊主最后以死亡的形象出现(mṛtyuḥ sarva-haraś cāham)。不敬神的人认为他们是独立的，因此根本不在乎至尊主的最高地位，但至尊主以死亡的形式征服他们时就会说明祂的至高无上性。不敬神的人用他们所谓的科学知识和哲学思辨否定至尊主的至高地位，这种尝试在他们死亡时不起作用。例如：黑冉亚卡希普是不敬神之人的典型；他总是挑战神的存在，并因而对自己的儿子充满敌意。当时，大家都害怕黑冉亚卡希普的不敬神原则。尽管如此，当主尼尔星哈戴瓦(Nṛsiṁhadeva)为杀他而显现时，他的不敬神原则并没有拯救他。主尼尔星哈戴瓦杀死黑冉亚卡希普，并拿走了他所有的力量、影响和骄傲。然而，不敬神的人永远都不明白他们创造的一切是怎么被毁灭的。尽管超灵处在他们心中，但他们因为受激情和愚昧属性的控制而无法了解至尊主的至尊地位。其实，就连半神人——超然地处在善良属性层面上的奉献者，都不完全清楚至尊主的品质和地位。恶魔和无神论者、不敬神的人又怎能了解至尊人格首神呢？那是不可能的。因此，以主布茹阿玛为首的半神人们为了获得这种理解，恭敬地向至尊主致以顶礼。

第 32 节

पादौ महीयं स्वकृतैव यस्य
चतुर्विधो यत्र हि भूतसर्गः ।
स वै महापूरुष आत्मतन्त्रः
प्रसीदतां ब्रह्म महाविभूतिः ॥३२॥

pādau mahīyaṁ sva-kṛtaiva yasya
catur-vidho yatra hi bhūta-sargaḥ
sa vai mahā-pūruṣa ātma-tantraḥ
prasīdatāṁ brahma mahā-vibhūtiḥ

pādau—祂的莲花足 / mahī—地球 / iyam—这个 / sva-kṛta—自己创造的 / eva—确实 / yasya—……的 / catuḥ-vidhaḥ—四种生物体的 / yatra—之内 / hi—的确 / bhūta-sargaḥ—物质创造 / saḥ—祂 / vai—确实 / mahā-pūruṣaḥ—至尊人 / ātma-tantraḥ—自给自足 / prasīdatām—愿祂对我们满意 / brahma—最伟大的 / mahā-vibhūtiḥ—拥有无限力量

译文 这片大地上有四种由祂创造的生物体。物质存在就依靠在祂的莲花足上。祂是伟大的至尊人，充满富裕和力量。愿祂对我们满意。

要旨 梵文mahī一词是指土、水、火、气和空间这五种物质元素，这些都依靠在至尊人格首神的莲花足上(Mahat-padaṁ puṇya-yaśo murāreḥ)。物质能量总体(mahat-tattva)依靠着祂的莲花足，宇宙展示只不过是至尊主的另一种财富。这个宇宙展示中有四种生物体，分别是：以胚胎的形式生出的(jarāyu ja)，以蛋卵的形式生出的(aṇḍa ja)，从汗水中出生的(sveda ja)，以及从种子出生的(ud-bhijja)。但正如《韦丹塔经》(Vedānta-sūtra)所证实的，一切都产自至尊主(janmādy asya yataḥ)。除了至尊灵魂是完全独立的，没人是独立的。“我冥想圣主奎师那，祂是绝对真理，是展示了的物质宇宙创造、维系和毁灭的根源。祂直接、间接地觉察着所有的展示；祂是独立的(Janmādy asya yato 'nvayād itarataś cārtheṣv abhijñaḥ sva-rāṭ)”，其中梵文sva-rāṭ的意思是“独立的”。我们都需要依靠，只有至尊主是完全独立的。正因为如此，至尊主是一切生物中最伟大的。就连创造了宇宙展示的主布茹阿玛，都只不过是至尊人格首神的另一个财富而已。物质创造由至尊主激活，所以至尊主并非物质创造的一部分。至尊主以祂原本、灵性的状态存在，至尊主的宇宙形象(vairāja-mūrti)是至尊人格首神的另一个特征。

第 33 节

अम्भस्तु यद्रेत उदारवीर्यं
　सिध्यन्ति जीवन्त्युत वर्धमानाः ।
लोका यतोऽथाखिललोकपालाः
　प्रसीदतां नः स महाविभूतिः ॥३३॥

ambhas tu yad-reta udāra-vīryaṁ
　sidhyanti jīvanty uta vardhamānāḥ
lokā yato 'thākhila-loka-pālāḥ
　prasīdatāṁ naḥ sa mahā-vibhūtiḥ

ambhaḥ－这个星球和其他星球上看到的水体 / tu－只不过是 / yat-retaḥ－祂的精液 / udāra-vīryam－如此强大 / sidhyanti－产自 / jīvanti－生活 / uta－的确 / vardhamānāḥ－发展 / lokāḥ－三个世界 / yataḥ－……的 / atha－也 / akhila-loka-pālāḥ－整个宇宙的全体半神人 / prasīdatām－感到满意 / naḥ－对我们 / saḥ－祂 / mahā-vibhūtiḥ－拥有无限力量的人

译文 整个宇宙展示从水中浮现，因为有水，众生才延续、生长和发展。这水不是别的，而是至尊人格首神的精液。因此，愿有如此强大力量的至尊人格首神对我们满意。

要旨 尽管所谓的科学家们发表他们的理论，但这个星球和其他星球上的浩瀚水体并非是由氢和氧的混合制成。相反，水有时被解释为是至尊人格首神的汗液，有时被解释为是祂的精液。众生从水中出现，水使他们存活和生长。如果没有水的话，一切生命都将停止。水是众生的生命之源。因此，凭借至尊人格首神的恩典，我们在全世界有那么多的水。

第 34 节

सोमं मनो यस्य समामनन्ति
　　दिवौकसां यो बलमन्ध आयुः ।
ईशो नगानां प्रजनः प्रजानां
　　प्रसीदतां नः स महाविभूतिः ॥३४॥

somaṁ mano yasya samāmananti
　　divaukasāṁ yo balam andha āyuḥ
īśo nagānāṁ prajanaḥ prajānāṁ
　　prasīdatāṁ naḥ sa mahā-vibhūtiḥ

somam－月亮 / manaḥ－心 / yasya－(至尊人格首神)的 / samāmananti－他们说 / divaukasām－高等星球的居民的 / yaḥ－……的人 / balam－力量 / andhaḥ－谷物 / āyuḥ－寿命 / īśaḥ－至尊主 / nagānām－树木的 / prajanaḥ－生殖力的来源 / prajānām－众生 / prasīdatām－愿祂满意 / naḥ－对我们 / saḥ－那位至尊人格首神 / mahā-vibhūtiḥ－一切财富的来源

译文 月亮索玛是食用谷物及全体半神人的精力和寿命的源泉。他还是所有蔬菜的主人及众生繁衍的泉源。正如博学的学者们所说，月亮是至尊人格首神的心。愿至尊人格首神——一切财富的来源，对我们满意。

要旨　掌管月亮的神明索玛(Soma)，是食用谷物的源头，所以甚至是半神人等天堂居民的力量源泉。他是所有种类的植物的生命力。不幸的是：并不完全了解月亮的现代所谓的科学家们，说月亮上是一片沙漠。既然月亮是一切植物的泉源，它怎么可能是一片沙漠？月光是所有植物的生命力，因此我们无法接受“月亮是一片沙漠”的说法。

第35节

अग्निर्मुखं यस्य तु जातवेदा
जातः क्रियाकाण्डनिमित्तजन्मा ।
अन्तःसमुद्रेऽनुपचन् स्वधातून्
प्रसीदतां नः स महाविभूतिः ॥३५॥

agnir mukhaṁ yasya tu jāta-vedā
jātaḥ kriyā-kāṇḍa-nimitta-janmā
antaḥ-samudre ’nupacan sva-dhātūn
prasīdatāṁ naḥ sa mahā-vibhūtiḥ

agniḥ－火 / mukham－至尊人格首神的嘴 / yasya－……的 / tu－但是 / jāta-vedāḥ－财富或生活所有必需品的生产者 / jātaḥ－生产 / kriyā-kāṇḍa－仪式 / nimitta－为了 / janmā－为了这个原因形成 / antaḥ-samudre－在汪洋深处 / anupacan－一直消化 / sva-dhātūn－所有元素 / prasīdatām－能满意 / naḥ－对我们 / saḥ－祂 / mahā-vibhūtiḥ－最强大的

译文　为接受祭祀仪式中的供品而诞生的火，是至尊人格首神的嘴。火存在于汪洋深处，以产出资源：火也存在于腹腔内，以消化食物，产出维持身体所需的各种分泌物。愿那位最强大的人格首神对我满意。

第36节

यच्चक्षुरासीत्तरणिर्देवयानं
त्रयीमयो ब्रह्मण एष धिष्ण्यम् ।
द्वारं च मुक्तेरमृतं च मृत्युः
प्रसीदतां नः स महाविभूतिः ॥३६॥

yac-cakṣur āsīt taraṇir deva-yānaṁ
trayīmayo brahmaṇa eṣa dhiṣṇyam
dvāraṁ ca mukter amṛtaṁ ca mṛtyuḥ
prasīdatāṁ naḥ sa mahā-vibhūtiḥ

yat—……的 / cakṣuḥ—眼睛 / āsīt—变成 / taraṇiḥ—太阳神 / deva-yānam—掌管半神人的解脱之途的神明 / trayī-mayaḥ—为提供韦达经中的功利性活动方面的指导性知识 / brahmaṇaḥ—至尊真理的 / eṣaḥ—这个 / dhiṣṇyam—觉悟自我的地方 / dvāram ca—以及……的通道 / mukteḥ—解脱的 / amṛtam—永恒生活之途 / ca—以及 / mṛtyuḥ—死亡的原因 / prasīdatām—愿祂满意 / naḥ—对我们 / saḥ—那位至尊人格首神 / mahā-vibhūtiḥ—全能者

译文 太阳神指出了一条解脱之途[①]。他是帮助人了解韦达经首要信息的来源，是可以使绝对真理受到崇拜的驻地。他是解脱的通道，是永恒生活的根源及死亡的原因。太阳神是至尊主的眼睛。愿那位最富有的至尊主对我们满意。

要旨 太阳神被视为半神人的领袖。他还被视为看守宇宙北部的半神人。他帮助人们理解韦达经(Vedas)。正如《布茹阿玛·萨密塔》(Brahma-saṁhitā)第5章的第52节诗证实说：

[①] 梵文术语称为 arcirādi-vartma。

yac-cakṣur eṣa savitā sakala-grahāṇāṁ
rājā samasta-sura-mūrtir aśeṣa-tejāḥ
yasyājñayā bhramati saṁbhṛta-kāla-cakro
govindam ādi-puruṣaṁ tam ahaṁ bhajāmi

"充满无限光辉的太阳是所有星球的君王、虔诚灵魂的典范。太阳恰似至尊主的眼睛。我崇拜最初的主哥文达(Govinda)，太阳遵循祂的命令完成自己的旅程，驱动时间之轮。"太阳实际上是至尊主的眼睛。韦达赞歌中说：除非至尊人格首神看，否则没人有能力看。除非有阳光，否则在任何星球上的生物体都看不见。因此，太阳被认为是至尊主的眼睛。对此，这节诗文中的"太阳神是至尊主的眼睛(yac-cakṣur āsīt)"一句，以及《布茹阿玛·萨密塔》中的"太阳恰似至尊主的眼睛(yac-cakṣur eṣa savitā)"一句给予了证实。梵文savitā一词的意思是"太阳神"。

第 37 节

प्राणादभूद्यस्य चराचराणां
प्राणः सहो बलमोजश्च वायुः ।
अन्वास्म सम्राजमिवानुगा वयं
प्रसीदतां नः स महाविभूतिः ॥३७॥

prāṇād abhūd yasya carācarāṇāṁ
prāṇaḥ saho balam ojaś ca vāyuḥ
anvāsma samrājam ivānugā vayaṁ
prasīdatāṁ naḥ sa mahā-vibhūtiḥ

prāṇāt—从生命力 / abhūt—产自 / yasya—……的 / cara-acarāṇām—动与不动的众生的 / prāṇaḥ—生命之气 / sahaḥ—生命的基本原则 / balam—力量 / ojaḥ—生命力 / ca—和 / vāyuḥ—空气 / anvāsma—跟着 / samrājam—皇帝 / iva—正如 / anugāḥ—追随者 / vayam—我们所有人 / prasīdatām—愿……满意 / naḥ—对我们 / saḥ—祂 / mahā-vibhūtiḥ—全能者

译文　动与不动的众生得到他们维持生命所必需的力量、他们的体力及来自气的活力。恰似仆人紧随一位帝王一样，我们大家都跟随着我们的生命力所必需的气。这生命力之气，就产自至尊人格首神的生命力。愿那位至尊主对我们满意。

第 38 节

श्रोत्राद्दिशो यस्य हृदश्च खानि
प्रजज्ञिरे खं पुरुषस्य नाभ्याः ।
प्राणेन्द्रियात्मासुशरीरकेतः
प्रसीदतां नः स महाविभूतिः ॥३८॥

śrotrād diśo yasya hṛdaś ca khāni
prajajñire khaṁ puruṣasya nābhyāḥ
prāṇendriyātmāsu-śarīra-ketaḥ
prasīdatāṁ naḥ sa mahā-vibhūtiḥ

śrotrāt—从耳朵 / diśaḥ—不同的方向 / yasya—……的 / hṛdaḥ—从内心 / ca—也 / khāni—身体的孔洞 / prajajñire—产自 / kham—空间 / puruṣasya—至尊人的 / nābhyāḥ—肚脐 / prāṇa—生命之气的 / indriya—感官 / ātmā—心 / asu—生命力 / śarīra—和身体 / ketaḥ—庇护 / prasīdatām—愿……满意 / naḥ—对我们 / saḥ—祂 / mahā-vibhūtiḥ—全能者

译文　愿至尊人格首神对我们满意。不同的方向产自祂的耳朵，身体的孔洞来自祂的心脏，而生命力、感官、心、体内的气和容纳身体的空间，都来自祂的肚脐。

第 39 节

बलान्महेन्द्रस्त्रिदशाः प्रसादान्
मन्योर्गिरीशो धिषणाद्विरिञ्चः ।

खेभ्यस्तु छन्दांस्यृषयो मेढ्रतः कः
प्रसीदतां नः स महाविभूतिः ॥३९॥

balān mahendras tri-daśāḥ prasādān
manyor girīśo dhiṣaṇād viriñcaḥ
khebhyas tu chandāṁsy ṛṣayo meḍhrataḥ kaḥ
prasīdatāṁ naḥ sa mahā-vibhūtiḥ

balāt—由于祂的力量 / mahā-indraḥ—天帝因铎出现 / tri-daśāḥ—以及半神人 / prasādāt—由于满意 / manyoḥ—由于愤怒 / giri-īśaḥ—主希瓦 / dhiṣaṇāt—从清醒的智力 / viriñcaḥ—主布茹阿玛 / khebhyaḥ—从身体的孔洞 / tu—以及 / chandāṁsi—韦达赞歌 / ṛṣayaḥ—伟大的圣人 / meḍhrataḥ—从生殖器 / kaḥ—生物体祖先 / prasīdatām—愿……满意 / naḥ—对我们 / saḥ—祂 / mahā-vibhūtiḥ—全能者

译文 天堂君王玛汉铎产自至尊主的英勇，半神人们产自至尊主的仁慈，主希瓦产自至尊主的愤怒，主布茹阿玛来自祂清醒的智力。韦达-曼陀产自至尊主身体的孔洞，伟大的圣人和生物体祖先产自祂的生殖器。愿最强有力的至尊主对我们满意。

第 40 节

श्रीर्वक्षसः पितरश्छाययासन्
धर्मः स्तनादितरः पृष्ठतोऽभूत् ।
द्यौर्यस्य शीर्ष्णोऽप्सरसो विहारात्
प्रसीदतां नः स महाविभूतिः ॥४०॥

śrīr vakṣasaḥ pitaraś chāyayāsan
dharmaḥ stanād itaraḥ pṛṣṭhato 'bhūt
dyaur yasya śīrṣṇo 'psaraso vihārāt
prasīdatāṁ naḥ sa mahā-vibhūtiḥ

śrīḥ—幸运女神 / vakṣasaḥ—从祂的胸膛 / pitaraḥ—祖先星球的居民 / chāyayā—从祂的影子 / āsan—出现 / dharmaḥ—宗教原则 / stanāt—从祂的胸怀 / itaraḥ—非宗教 / pṛṣṭhataḥ—从背部 / abhūt—出现 / dyauḥ—天堂星球 / yasya—……的 / śīrṣṇaḥ—从头顶 / apsarasaḥ—仙女 / vihārāt—从祂的享乐 / prasīdatām—愿……满意 / naḥ—对我们 / saḥ—祂(至尊人格首神) / mahā-vibhūtiḥ—最强有力者

译文 幸运女神产自祂的胸膛，祖先星球的居民来自祂的影子，宗教来自祂的胸怀，非宗教来自祂的背部。天堂星球产自祂的头顶，天堂社交女郎来自祂的感官享乐。愿那位最强大有力的人格首神对我们满意。

第 41 节

विप्रो मुखाद् ब्रह्म च यस्य गुह्यं
राजन्य आसीद्भुजयोर्बलं च ।
ऊर्वोर्विडोजोऽङ्घ्रिरवेदशूद्रौ
प्रसीदतां नः स महाविभूतिः ॥४१॥

vipro mukhād brahma ca yasya guhyaṁ
rājanya āsīd bhujayor balaṁ ca
ūrvor viḍ ojo 'ṅghrir aveda-śūdrau
prasīdatāṁ naḥ sa mahā-vibhūtiḥ

vipraḥ—布茹阿玛纳 / mukhāt—从祂的嘴 / brahma—韦达文献 / ca—也 / yasya—……的 / guhyam—从祂的机密的知识 / rājanyaḥ—查锤亚 / āsīt—出现 / bhujayoḥ—从祂的手臂 / balam ca—以及体力 / ūrvoḥ—从大腿 / viṭ—外夏 / ojaḥ—以及他们高超的生产能力 / aṅghriḥ—从祂的脚 / aveda—处在韦达知识之外的人 / śūdrau—劳动阶层 / prasīdatām—愿……满意 / naḥ—对我们 / saḥ—祂 / mahā-vibhūtiḥ—拥有绝对力量的至尊人格首神

译文　布茹阿玛纳和韦达知识来自至尊人格首神的嘴；查锤亚和体力来自祂的手臂；外夏及他们丰富的生产知识和钱财，来自祂的大腿；没有韦达知识的庶铎，来自祂的双脚。愿那位充满非凡能力的至尊人格首神对我们满意。

第 42 节

लोभोऽधरात्प्रीतिरुपर्यभूद् द्युति-
नस्तः पशव्यः स्पर्शेन कामः ।
भ्रुवोर्यमः पक्ष्मभवस्तु कालः
प्रसीदतां नः स महाविभूतिः ॥४२॥

lobho 'dharāt prītir upary abhūd dyutir
nastaḥ paśavyaḥ sparśena kāmaḥ
bhruvor yamaḥ pakṣma-bhavas tu kālaḥ
prasīdatāṁ naḥ sa mahā-vibhūtiḥ

lobhaḥ一贪婪 / adharāt一从下唇 / prītiḥ一感情 / upari一从上唇 / abhūt一出现 / dyutiḥ一身体的光泽 / nastaḥ一从鼻子 / paśavyaḥ一适合于动物 / sparśena一来自触碰感官 / kāmaḥ一肉欲 / bhruvoḥ一从眉毛 / yamaḥ一阎罗王出现 / pakṣma-bhavaḥ一从眼睫毛 / tu一但是 / kālaḥ一带来死亡的永恒时间 / prasīdatām一愿……满意 / naḥ一对 / saḥ一我们 / mahā-vibhūtiḥ一非凡力量的至尊人格首神

译文　贪婪产自祂的下唇，感情来自祂的上唇，身体的光泽来自祂的鼻子，动物般的好色欲望来自祂的触碰感官。阎罗王来自祂的双眉，永恒的时间来自祂的眼睫毛。愿那位至尊主对我们满意。

第 43 节

द्रव्यं वयः कर्म गुणान् विशेषं
यद्योगमायाविहितान् वदन्ति ।

यद् दुर्विभाव्यं प्रबुधापबाधं
प्रसीदतां नः स महाविभूतिः ॥४३॥

dravyaṁ vayaḥ karma guṇān viśeṣaṁ
yad-yogamāyā-vihitān vadanti
yad durvibhāvyaṁ prabudhāpabādhaṁ
prasīdatāṁ naḥ sa mahā-vibhūtiḥ

dravyam—物质世界的五种元素 / vayaḥ—时间 / karma—功利性活动 / guṇān—物质自然三种属性 / viśeṣam—二十三个元素结合出的多样化 / yat—……的 / yoga-māyā—被至尊主的创造能力 / vihitān—全部……完成 / vadanti—全体有学问的人说 / yat durvibhāvyam—实际上极难了解 / prabudha-apabādham—被有学问、觉悟高的人离弃 / prasīdatām—愿……满意 / naḥ—对我们 / saḥ—祂 / mahā-vibhūtiḥ—万事万物的控制者

译文 所有博学的人都说，五种元素、永恒的时间、功利性活动、物质自然三种属性，以及这些属性所产出的多样化，都是至尊主的内在能量尤嘎玛亚的创造。因此，这个物质世界极难了解，但有高度学识的人离弃它。愿控制着一切的至尊人格首神对我们满意。

要旨 这节诗中的“实际上极难了解(durvibhāvyam)”一词十分重要。没人能了解物质世界里的一切是如何在至尊人格首神的安排下透过祂的物质能量发生的。正如《博伽梵歌》第9章的第10节诗中说明：事实上，一切都在至尊人格首神的指挥下发生(mayādhyakṣeṇa prakṛtiḥ sūyate sacarācaram)。我们只能了解这么多，但究竟是如何发生的就极难了解了。我们甚至无法了解我们体内的一切是如何有系统地运作着。躯体是个小宇宙，既然我们无法了解这个小宇宙内的事情是如何发生的，我们怎么能了解大宇宙的事务呢？事实上，我们很难了解这个宇宙，但博学的圣人们按照奎

师那的忠告建议我们，这个物质世界是痛苦、短暂的地方(duḥkhālayam aśāśvatam)。我们必须离弃这世界，回归家园，回到首神身边。物质主义者也许争论说："如果我们无法了解这个物质世界和其中的事务，我们怎么能拒绝它呢？"诗中梵文"被那些完全清醒、有学问的人所离弃(prabudhāpabādham)"一句为我们提供了答案，即：我们必须离弃这个物质世界，因为精通韦达知识的博学之人都离弃了它。我们虽然无法了解这个物质世界究竟是什么，但应该按照博学之人，尤其是奎师那的忠告，准备离弃它。奎师那说：

mām upetya punar janma
duḥkhālayam aśāśvatam
nāpnuvanti mahātmānaḥ
saṁsiddhiṁ paramāṁ gatāḥ

"伟大的灵魂——热爱着我的瑜伽师，到我那里后永不重返这个充满痛苦的短暂世界，因为他们达到了最高的完美境界"。(《博伽梵歌》8.15)人必须回归家园，回到首神身边，因为这是生命最高的完美境界。我们虽然无法了解这个物质世界的运作，不知道什么对我们有利，什么对我们不利，但必须依照至尊权威的忠告，离弃它，然后回归家园，回到首神身边。

第 44 节

नमोऽस्तु तस्मा उपशान्तशक्तये
स्वाराज्यलाभप्रतिपूरितात्मने ।
गुणेषु मायारचितेषु वृत्तिभि-
र्न सज्जमानाय नभस्वदूतये ॥४४॥

namo 'stu tasmā upaśānta-śaktaye
svārājya-lābha-pratipūritātmane
guṇeṣu māyā-raciteṣu vṛttibhir
na sajjamānāya nabhasvad-ūtaye

namaḥ—我们虔诚的活动 / astu—愿 / tasmai—向祂 / upaśānta-śaktaye—不努力得到任何事物、始终心满意足 / svārājya—完全超脱 / lābha—一切利益 / pratipūrita— / ātmane—向至尊人格首神 / guṇeṣu—(在物质自然三种属性影响下运作的)物质世界的 / māyā-raciteṣu—外在能量创造的事物 / vṛttibhiḥ—靠这些感官活动 / na sajjamānāya—不执著或超越物质苦乐的人 / nabhasvat—空气 / ūtaye—向把创造这个物质世界当做自己的娱乐活动的至尊主

译文 让我们恭敬地向至尊人格首神致以我们的顶礼，祂完全沉默、不做努力，对自己的成就心满意足。祂不依恋透过祂的感官发生在物质世界里的活动。事实上，在祂于这个物质世界里从事的娱乐活动中，祂恰似从不附着的气一样。

要旨 我们可以只单纯地了解，在物质自然的活动背后有至尊主，一切在祂的指挥下运作，尽管我们看不到祂。我们即使没看到祂，也应该恭敬地向祂致敬。我们应该知道，祂是完整的整体。一切都由祂的能量有系统地做好了(parāsya śaktir vividhaiva śrūyate)，因此祂没有什么要做的事(na tasya kāryaṁ karaṇaṁ ca vidyate)。正如这节诗文中用“不努力得到任何事物、始终心满意足(upaśānta-śaktaye)”一句所表明的，是祂不同的能量在运作；祂使这些能量运作起来，自己却没有需要做的事。祂是至尊人格首神，所以不执著、不依恋任何事物。因此，让我们恭恭敬敬地向祂顶礼。

第45节

स त्वं नो दर्शयात्मानमस्मत्करणगोचरम् ।
प्रपन्नानां दिदृक्षूणां सस्मितं ते मुखाम्बुजम् ॥४५॥

sa tvaṁ no darśayātmānam
asmat-karaṇa-gocaram

prapannānāṁ didṛkṣūṇāṁ
sasmitaṁ te mukhāmbujam

saḥ—祂(至尊人格首神) / tvam—您是我的主 / naḥ—对我们 / darśaya—显示 / ātmānam—您的原本形象 / asmat-karaṇa-gocaram—能被我们的感官，特别是我们的眼睛，直接感知到的 / prapannā-nām—我们都投靠您 / didṛkṣūṇām—我们仍希望看到您 / sasmitam—微笑 / te—您的 / mukha-ambujam—莲花脸

译文　至尊人格首神啊！我们投靠您，但希望能看到您。请让我们的眼睛能看到、我们的其他感官能感知到您原本的形象及微笑着的莲花脸庞。

要旨　奉献者总是渴望看至尊人格首神原本的形象，以及祂微笑着的莲花般的脸庞。他们对体验至尊主不具人格特征的形象毫无兴趣。至尊主有人格特征和非人格特征，但主布茹阿玛和他传承中的成员都想看至尊主本人的形象。没有祂本人的形象，就谈不上这节诗文中用梵文“您莲花脸的微笑(sasmitam te mukhāmbujam)”一句所明确说明的“微笑的脸庞”。在布茹阿玛的外士纳瓦传承中的成员，总想看至尊人格首神本人。他们渴望了解至尊主本人的特征，而不是祂的非人格特征。正如这节诗文中明确说明：让我们的感官可以直接感知到至尊主本人的特征(asmat-karaṇa-gocaram)。

第 46 节

तैस्तैः स्वेच्छाभूतै रूपैः काले काले स्वयं विभो ।
कर्म दुर्विषहं यन्नो भगवांस्तत्करोति हि ॥४६॥

tais taiḥ svecchā-bhūtai rūpaiḥ
kāle kāle svayaṁ vibho
karma durviṣahaṁ yan no
bhagavāṁs tat karoti hi

taiḥ—通过这些展示 / taiḥ—通过这些化身 / sva-icchā-bhūtaiḥ—都自愿地显现 / rūpaiḥ—通过实际形象 / kāle kāle—在不同的年代中 / svayam—亲自 / vibho—至尊者啊 / karma—活动 / durviṣaham—非凡的(其他人作不到的) / yat—……的 / naḥ—向我们 / bhagavān—至尊人格首神 / tat—那 / karoti—执行 / hi—的确

译文 啊，至尊主！至尊人格首神啊！您出于甜美的意愿，一个年代复一个年代以各种化身显现，行事神奇，从事我们从事不了的非凡活动。

要旨 《博伽梵歌》第4章的第7节诗记载，至尊主说：

yadā yadā hi dharmasya
glānir bhavati bhārata
abhyutthānam adharmasya
tadātmānaṁ sṛjāmy aham

“巴茹阿特的后裔啊！无论何时何地，每当宗教衰退，反宗教盛行，我就会亲自降临。”因此，至尊人格首神出于祂甜美的意愿，以鱼(Matsya)、乌龟(Kūrma)、雄猪(Varāha)、半人半狮(Nṛsiṁha)、侏儒贞守生(Vāmana)、帕茹阿舒茹阿玛(Paraśurāma)、茹阿玛禅铎(Rāmacandra)、巴拉茹阿玛(Balarāma)和佛祖(Buddha)等许多不同形象的化身显现；这是事实，而不是想象。奉献者们总是渴望看到至尊主的无数形象中的一个形象。经典中说，正如没人能计算出汪洋中有多少浪涛，也没人能计算出至尊主有多少形象。然而，这并不意味着谁都可以说自己的形象是至尊主的形象之一，并被接受为是一个化身。必须按照启示经典(śāstra)中的描述去接受至尊人格首神的化身。主布茹阿玛渴望看到至尊主的化身或一切化身的源头，而不想看一个冒充者。化身的活动证明祂的身份。启示经典中描述的所有的化身，都行事神奇(keśava dhṛta-mīna-śarīra jaya jagadīśa hare)。至尊人格首神出于祂个人甜美的意愿显现或隐迹，只有幸运的奉献者才能期望面对面地看到祂。

第 47 节

क्लेशभूर्यल्पसाराणि कर्माणि विफलानि वा ।
देहिनां विषयार्तानां न तथैवार्पितं त्वयि ॥४७॥

kleśa-bhūry-alpa-sārāṇi
karmāṇi viphalāni vā
dehināṁ viṣayārtānāṁ
na tathaivārpitaṁ tvayi

kleśa—困难 / bhūri—非常 / alpa—很少 / sārāṇi—好结果 / karmāṇi—活动 / viphalāni—挫折 / vā—或者 / dehinām—人的 / viṣaya-artānām—渴望享受物质世界的 / na—不 / tathā—这样 / eva—的确 / arpitam—献身 / tvayi—向您阁下

译文 功利性活动者总是渴望积累财富，以便他们进行感官享乐；但他们必须为此而十分辛苦地工作。然而，尽管他们辛苦工作，结果却并不让他们满意。事实上，他们的工作结果有时只会使他们更沮丧。可是，献出自己的一生为至尊主服务的奉献者，却在不辛苦工作的情况下得到有价值的结果。这些结果超出奉献者的期望。

要旨 我们可以实际看到，奉献一生在奎师那意识运动中为至尊主服务的奉献者，得到很多好机会，可以在不需要太辛苦工作的情况下为至尊人格首神服务。奎师那意识运动其实是在只有四十卢比的情况下开展起来的，但现在已有价值四亿卢比的资产，而这一切都是在八到十年中达到的。没有哪个物质主义者能期望这么快地扩大自己的生意；不仅如此，物质主义者所得到的一切都是短暂的，而且有时令人沮丧。但在培养奎师那意识过程中所具有的一切都令人鼓舞、越来越好。奎师那意识运动在物质主义者中并不十分受欢迎，因为它忠告人们要戒除非法性生活，以及食肉、赌博和服用麻醉品的行为。物质主义者很不喜欢这些限制。然而，尽管面对这么多反对的人，这个运动还是在不断地发展壮大。奉献者们如果继续不断地开展这个运动，将自己的生命之魂献给奎师那的莲花足，就没人能够阻挡这运动。它将所向披靡地向前发展。吟诵、吟唱哈瑞·奎师那！

第 48 节

नावमः कर्मकल्पोऽपि विफलायेश्वरार्पितः ।
कल्पते पुरुषस्यैव स ह्यात्मा दयितो हितः ॥४८॥

nāvamaḥ karma-kalpo 'pi
viphalāyeśvarārpitaḥ
kalpate puruṣasyaiva
sa hy ātmā dayito hitaḥ

na—不 / avamaḥ—很少、微不足道 / karma—活动 / kalpaḥ—正确地履行 / api—甚至 / viphalāya—徒劳 / īśvara-arpitaḥ—因为奉献给至尊人格首神 / kalpate—被接受 / puruṣasya—所有人的 / eva—事实上 / saḥ—至尊人格首神 / hi—肯定地 / ātmā—超灵、至尊的父亲 / dayitaḥ—极其亲切 / hitaḥ—有益的

译文 将活动，哪怕是微不足道的活动献给至尊人格首神，都永远不是徒劳的。至尊人格首神作为至尊父亲，自然很爱众生，而且总是准备为众生的利益而行动。

要旨 《博伽梵歌》第2章的第40节诗记载，至尊主说：这奉爱服务(dharma)是如此重要，哪怕做一点点，甚至少到几乎被忽略的程度，都能给人以最高的结果(svalpam apy asya dharmasya trāyate mahato bhayāt)。纵观历史，世上有许多这种哪怕是为至尊主做了

一点点服务的生物，都从最危险的处境中获救的实例。例如：阿佳弥勒原本是会去地狱的，但却被至尊人格首神从这最危险的处境中拯救出来。他之所以获得拯救，只是因为他在那一生结束时呼喊了“纳茹阿亚纳(Nārāyaṇa)”这个名字。阿佳弥勒在呼喊主纳茹阿亚纳这个圣名时，甚至并不是有意识地在呼喊至尊主，而是在叫他那个名叫纳茹阿亚纳的最小的儿子。尽管如此，主纳茹阿亚纳还是认真看待这呼喊，让阿佳弥勒得到了“在人生终结时记起纳茹阿亚纳(ante nārāyaṇa-smṛtiḥ)”的结果。我们如果在人生结束时以某种方式记起纳茹阿亚纳、奎师那或茹阿玛的圣名，就能立刻获得回归家园、回到首神身边的超然结果。事实上，至尊人格首神是我们爱的唯一对象。我们只要还在这个物质世界里，就有那么多的欲望想要实现；但当我们接触到至尊人格首神时，我们就立刻像孩子被妈妈抱在怀里时感到完全满足一样变得完美和心满意足。杜茹瓦王(Dhruva Mahārāja)到森林去苦修，以期得到某种物质成就，但当他亲眼看到至尊人格首神时，他说：“我不要任何物质性的祝福。我完全心满意足了。”即便有人想要通过侍奉至尊人格首神得到某种物质利益，那也可以在不需辛苦劳作的情况下轻松得到。正因为如此，启示经典推荐说：

akāmaḥ sarva-kāmo vā
　moksa-kāma udāra-dhīḥ
tīvreṇa bhakti-yogena
　yajeta puruṣaṁ param

“有高度智慧的人，无论内心是充满各种物质欲望，是根本没有物质欲望，还是想要得到解脱，都必须用尽所有的方法崇拜至尊的整体——人格首神。”(《圣典博伽瓦谭》2.3.10)毫无疑问，我们即使有物质欲望，也可以靠为至尊主做服务得到自己想要的一切。

第49节

यथा हि स्कन्धशाखानां तरोर्मूलावसेचनम् ।
एवमाराधनं विष्णोः सर्वेषामात्मनश्च हि ॥४९॥

yathā hi skandha-śākhānāṁ
taror mūlāvasecanam
evam ārādhanaṁ viṣṇoḥ
sarveṣām ātmanaś ca hi

yathā—正如 / hi—事实上 / skandha—树干的 / śākhānām—和树枝 / taroḥ—树木的 / mūla—树根 / avasecanam—浇水 / evam—同样 / ārādhanam—崇拜 / viṣṇoḥ—主维施努的 / sarveṣām—众生的 / ātmanaḥ—超灵的 / ca—也 / hi—的确

译文 把水浇向树根时，树干和树枝自然得到滋养。同样，当一个人成为主维施努的奉献者时，众生都得到侍奉，因为至尊主是众生的超灵。

要旨 正如《莲花往世书》(Padma Purāṇa)中说明：

ārādhanānāṁ sarveṣāṁ
viṣṇor ārādhanaṁ param
tasmāt parataraṁ devi
tadīyānāṁ samarcanam

“在所有种类的崇拜中，对主维施努的崇拜最好，比崇拜主维施努更好的，是崇拜祂的奉献者——外士纳瓦。”人们为了实现自己的物质欲望而崇拜许多半神人(kāmais tais tair hṛta jñānāḥ prapadyante'nya-devatāḥ)。由于受种种欲望的困扰，人们崇拜主希瓦(Śiva)、主布茹阿玛、卡莉女神(Kālī)、杜尔嘎(Durgā)、甘内什(Gaṇeśa)和苏尔亚(Sūrya)，以期获得各种结果。然而，人可以靠只崇拜维施努，就同时得到所有想要得到的这些结果。《圣典博伽瓦谭》第4篇第31章的第14节诗说明：

yathā taror mūla-niṣecanena
　tṛpyanti tat-skandha-bhujopaśākhāḥ
prāṇopahārāc ca yathendriyāṇāṁ
　tathaiva sarvārhaṇam acyutejyā

“正如往树根浇水，供给树干、树枝和嫩枝等树的各个部分以能量，给胃提供食物使感官和身体四肢充满活力，仅仅靠做奉爱服务崇拜至尊人格首神，作为至尊人物各个部分的半神人们自然就满意了。”奎师那意识运动并非一个派别性的宗教运动，相反是为全世界所有种类的福利活动而开展的运动。人们可以不分阶级、信仰、宗教或国籍地参加这运动。至尊人格首神奎师那是维施努范畴的源头，受到训练崇拜祂的人能变得心满意足，在所有的方面都圆满无缺。

第 50 节

नमस्तुभ्यमनन्ताय दुर्वितर्क्यात्मकर्मणे ।
निर्गुणाय गुणेशाय सत्त्वस्थाय च साम्प्रतम् ॥५०॥

namas tubhyam anantāya
　durvitarkyātma-karmaṇe
nirguṇāya guṇeśāya
　sattva-sthāya ca sāmpratam

namaḥ—所有的敬礼 / tubhyam—向您——我的至尊主 / anantāya—超越时间的三个阶段(过去、现在和未来)、永远存在的 / durvitarkya-ātma-karmaṇe—向从事不可思议的活动的您 / nirguṇāya—完全超然、不受物质污染的 / guṇa-īśāya—向控制物质自然三种属性的您 / sattva-sthāya—支持善良属性的您 / ca—也 / sāmpratam—目前

译文　我的至尊主，所有的敬礼都献给您；您永恒，超越过去、现在和未来的时间限制。您在您从事的活动中完全不可思议，您是物质自然三种属性的主人。由于超越所有的

物质品质，您不受物质的污染。您是物质自然三种属性的控制者，但目前您支持善良属性。让我们向您致以恭敬的顶礼。

要旨 至尊人格首神控制由物质自然三种属性展现的物质活动。正如《博伽梵歌》说明：至尊人格首神永远超越物质自然三种属性(善良、激情和愚昧)，但却是这三种属性的控制者(nirguṇaṁ guṇa-bhoktṛ ca)。至尊主展示出布茹阿玛、维施努和玛黑施瓦尔(Maheśvara, 希瓦)这三种形象，分别控制物质自然的三种属性。祂作为主维施努亲自掌管善良属性(sattva-guṇa)，并委托主布茹阿玛和主希瓦分别掌管激情属性(rajo-guṇa)与愚昧属性(tamo-guṇa)。然而，最终祂是所有这三种属性的控制者。主布茹阿玛表达他的感激之情说：由于主维施努现在掌管善良属性的活动，半神人们就绝对有希望成功地实现他们的愿望。半神人受到被愚昧属性所控制的恶魔的骚扰。然而，正如主布茹阿玛在前面描述的，由于善良属性占优势的时刻现在已经到来，半神人们自然可以期望实现他们的愿望。尽管半神人应该具有高度的知识，但他们却无法明白有关至尊人格首神的知识。为此，主布茹阿玛在这节诗文中称至尊主是“永远超越(过去、现在和未来)三段时间的人(anantāya)”，因为他自己虽然知道过去、现在和将来，但却无法理解有关至尊人格首神的最高知识。

到此为止，结束了巴克提韦丹塔对《圣典博伽瓦谭》第8篇第5章——“半神人祈求至尊主给予保护”所作的阐释。

第六章

半神人与恶魔宣布休战

这一章讲述的是：当半神人向至尊主祈祷时，至尊主出现在他们面前。他们按照至尊人格首神的忠告，为搅拌牛奶之洋得到甘露而与恶魔休战。

由于前一章所记载的半神人们的祈祷，主祺柔达卡沙依·维施努(Kṣīrodakaśāyī Viṣṇu)对半神人们感到满意，于是出现在他们面前。祂超然的身体放射出的光芒，几乎把半神人的眼睛刺瞎。过了一段时间后，布茹阿玛(Brahmā)终于能看清楚至尊主，赶忙与主希瓦(Śiva)一起向至尊主献上祈祷。

主布茹阿玛说："至尊人格首神超越生死，所以是永恒的。祂没有物质品质，而是无数吉祥品质的汪洋。祂比最精微的还要精微；祂的形象不可思议，凡眼看不见祂。祂值得全体半神人的崇拜。数不胜数的宇宙存在于祂的形体内，所以，时间、空间或环境从不能将祂与这些宇宙分开。祂是最高领袖和帕丹(pradhāna)。尽管祂是物质创造的开始、中间和结束，但假象宗(Māyāvādī)哲学家所构想出的泛神论并不正确。至尊人格首神透过祂的下属代理——外在能量，控制整个物质展示。由于祂不可思议的超然状态和地位，祂永远是物质能量的主人。至尊人格首神永远以祂的各种形象遍布各处，甚至在这个物质世界中，但物质属性触及不到祂。只有透过祂在《博伽梵歌》等启示经典中所给予的教导，人们才能了解祂的地位和状态。正如《博伽梵歌》第10章的第10节诗说明：对一直以爱心侍奉我的人，我赐予他们理解力(dadāmi buddhi-yogaṁ tam)。智慧瑜伽(buddhi-yoga)就是奉爱瑜伽(bhakti-yoga)。人只有透过奉爱瑜伽的程序，才能了解至尊主。

主希瓦和主布茹阿玛献上的祈祷，使至尊人格首神感到满意。因此，祂给全体半神人以恰当的指导。被称为阿吉塔(Ajita, 不可征服)的至尊人格首神，建议半神人去向恶魔提出和平建议；在正式停战后，半神人与恶魔可以共同搅拌牛奶之洋。搅拌用的绳子将是最巨大的天蛇瓦苏奎(Vāsuki)，而搅拌杆则是曼达尔山(Mandara)。搅拌过程中将会产出毒液，但主希瓦会处理，所以不必害怕它。搅拌牛奶之洋还将产出许多有吸引力的事物，但至尊主警告半神人既不要被那些事物所吸引，也不要因为一些打扰而变得愤怒。这样忠告半神人后，至尊主便从现场消失了。

按照至尊人格首神的教导，半神人与恶魔的君王巴利王(Mahārāja Bali)达成和平协议。接下来，恶魔与半神人共同抬着曼达尔山启程前往牛奶之洋。曼达尔山太沉重，使搬运它的半神人和恶魔都疲惫不堪，有的甚至累死在途中。于是，至尊人格首神骑在祂的坐骑嘎茹达(Garuḍa)的背上出现在现场，仁慈地使这些半神人和恶魔恢复了生命。接着，至尊主用祂的其中一只手托起高山，将它放在嘎茹达的背上。至尊主坐在山上，由嘎茹达载到搅拌的现场，再将高山放到牛奶之洋的中央。随后，至尊主要求嘎茹达离开现场，因为瓦苏奎不会到有嘎茹达在的地方去。

第 1 节

श्रीशुक उवाच
एवं स्तुतः सुरगणैर्भगवान् हरिरीश्वरः ।
तेषामाविरभूद्राजन् सहस्रार्कोदयद्युतिः ॥ १ ॥

śrī-śuka uvāca
evaṁ stutaḥ sura-gaṇair
bhagavān harir īśvaraḥ
teṣām āvirabhūd rājan
sahasrārkodaya-dyutiḥ

śrī-śukaḥ uvāca—圣舒卡戴瓦·哥斯瓦米说 / evam—这样 / stutaḥ—通过祈祷受到崇拜 / sura-gaṇaiḥ—被半神人 / bhagavān—至尊人格首神 / hariḥ—征服一切不吉祥的人 / īśvaraḥ—至高无上的控制者 / teṣām—在主布茹阿玛和全体半神人面前 / āvirabhūt—当场显现 / rājan—君王(帕瑞克西特)啊 / sahasra—一千个 / arka—太阳的 / udaya—正如……升起 / dyutiḥ—祂的光芒

译文　圣舒卡戴瓦·哥斯瓦米说：帕瑞克西特王啊！至尊人格首神哈尔依这样受到半神人和主布茹阿玛以祈祷的行式崇拜后，出现在他们面前。祂身体的光辉如同千万个太阳同时升起的光芒。

第2节

तेनैव सहसा सर्वे देवाः प्रतिहतेक्षणाः ।
नापश्यन् खं दिशः क्षौणीमात्मानं च कुतो विभुम् ॥ २ ॥

tenaiva sahasā sarve
devāḥ pratihatekṣaṇāḥ
nāpaśyan khaṁ diśaḥ kṣauṇīm
ātmānaṁ ca kuto vibhum

tena eva—因为 / sahasā—突然 / sarve—全体 / devāḥ—半神人 / pratihata-īkṣaṇāḥ—他们的视觉被挡住 / na—不 / apaśyan—看见 / kham—天空 / diśaḥ—方向 / kṣauṇīm—大地 / ātmānam ca—以及自己 / kutaḥ—更何况 / vibhum—至尊主

译文　至尊主的光芒照得半神人看不见东西，既无法看到天空、方向、大地，也甚至看不见自己，更不要说看到出现在他们面前的至尊主了。

第 3—7 节

विरिञ्चो भगवान्दृष्ट्वा सह शर्वेण तां तनुम् ।
स्वच्छां मरकतश्यामां कञ्जगर्भारुणेक्षणाम् ॥ ३ ॥

तप्तहेमावदातेन लसत्कौशेयवाससा ।
प्रसन्नचारुसर्वाङ्गीं सुमुखीं सुन्दरभ्रुवम् ॥ ४ ॥

महामणिकिरीटेन केयूराभ्यां च भूषिताम् ।
कर्णाभरणनिर्भातकपोलश्रीमुखाम्बुजाम् ॥ ५ ॥

काञ्चीकलापवलयहारनूपुरशोभिताम् ।
कौस्तुभाभरणां लक्ष्मीं बिभ्रतीं वनमालिनीम् ॥ ६ ॥

सुदर्शनादिभिः स्वास्त्रैर्मूर्तिमद्भिरुपासिताम् ।
तुष्टाव देवप्रवरः सशर्वः पुरुषं परम् ।
सर्वामरगणैः साकं सर्वाङ्गैरवनिं गतैः ॥ ७ ॥

viriñco bhagavān dṛṣṭvā
saha śarveṇa tāṁ tanum
svacchāṁ marakata-śyāmāṁ
kañja-garbhāruṇekṣaṇām

tapta-hemāvadātena
lasat-kauśeya-vāsasā
prasanna-cāru-sarvāṅgīṁ
sumukhīṁ sundara-bhruvam

mahā-maṇi-kirīṭena
keyūrābhyāṁ ca bhūṣitām
karṇābharaṇa-nirbhāta-
kapola-śrī-mukhāmbujām

kāñcīkalāpa-valaya-
hāra-nūpura-śobhitām
kaustubhābharaṇāṁ lakṣmīṁ
bibhratīṁ vana-mālinīm

sudarśanādibhiḥ svāstrair
　mūrtimadbhir upāsitām
tuṣṭāva deva-pravaraḥ
　saśarvaḥ puruṣaṁ param
sarvāmara-gaṇaiḥ sākaṁ
　sarvāṅgair avaniṁ gataiḥ

viriñcaḥ－主布茹阿玛 / bhagavān－由于他强有力的地位又被称为博伽梵 / dṛṣṭvā－看到 / saha－与 / śarveṇa－主希瓦 / tām－向至尊主 / tanum－祂的超然形象 / svacchām－毫无物质污染 / marakata-śyāmām－身体的颜色如同深蓝色的绿宝石 / kañja-garbha-aruṇa-īkṣa-ṇām－眼睛如莲花内部般红润 / tapta-hema-avadātena－光泽如同熔金 / lasat－灿烂 / kauśeya-vāsasā－穿着黄色的衣服 / prasanna-cāru-sarva-aṅgīm－身体四肢优美、很美丽 / su-mukhīm－微笑的脸庞 / sundara-bhruvam－美丽的眉毛 / mahā-maṇi-kirīṭena－佩戴的镶嵌着珍贵珠宝的头盔 / keyūrābhyām ca bhūṣitām－由各种装饰品装饰着 / karṇa-ābharaṇa-nirbhāta－被耳朵上的宝石照亮 / kapola－脸颊 / śrī-mukha-ambujām－莲花般的脸庞 / kāñcī-kalāpa-valaya－腰带和手镯等装饰品 / hāra-nūpura－胸膛戴着项链、脚踝上戴着足铃 / śobhitām－装饰着 / kaustubha-ābharaṇām－胸膛用考斯图巴宝石装饰 / lakṣ-mīm－幸运女神 / bibhratīm－移动 / vana-mālinīm－花环 / sudarśana-ādibhiḥ－手持苏达尔珊飞轮等 / sva-astraiḥ－自己的武器 / mūrtima-dbhiḥ－以原本的形象 / upāsitām－受到崇拜 / tuṣṭāva－满意 / deva-pravaraḥ－半神人的领袖 / sa-śarvaḥ－与主希瓦 / puruṣam param－人格首神 / sarva-amara-gaṇaiḥ－在全体半神人的陪伴下 / sākam－以及 / sarva-aṅgaiḥ－身体的所有部分 / avanim－在地上 / gataiḥ－五体投地

译文　主布茹阿玛与主希瓦看到至尊人格首神本人如水晶般透明的美；祂微黑色的身体仿佛绿宝石，祂的眼睛如莲

花般微微发红，祂身着的衣服是熔金般的黄色，祂全身的装扮引人注目。他们看到祂的俊美、微笑、莲花般的脸庞，以及头上佩戴的镶嵌着珍贵珠宝的头盔。至尊主有动人的眉毛，耳坠衬托着祂的脸颊。主布茹阿玛和主希瓦看到至尊主腰部佩戴的腰带、手臂上的镯子、胸前的项链和脚踝上的足铃。至尊主用鲜花花环作点缀，颈部用考斯图巴宝石当装饰。祂携带着幸运女神及飞轮和大头棒等祂个人的武器一同前来。当主布茹阿玛、主希瓦和其他半神人这样看到至尊主的形象时，都立刻扑倒在地，向祂致以顶礼。

第 8 节

श्रीब्रह्मोवाच
अजातजन्मस्थितिसंयमाया-
गुणाय निर्वाणसुखार्णवाय ।
अणोरणिम्नेऽपरिगण्यधाम्ने
महानुभावाय नमो नमस्ते ॥ ८ ॥

śrī-brahmovāca
ajāta-janma-sthiti-saṁyamāyā-
guṇāya nirvāṇa-sukhārṇavāya
aṇor aṇimne 'parigaṇya-dhāmne
mahānubhāvāya namo namas te

śrī-brahmā uvāca－主布茹阿玛 / ajāta-janma-sthiti-saṁyamāya－向永不经历出生但却从未停止过以各种化身的形式显现的至尊人格首神 / aguṇāya－永不受物质自然属性(善良、激情和愚昧)的影响 / nirvāṇa-sukha-arṇavāya－向超越物质存在的永恒极乐之洋 / aṇoḥ aṇimne－比原子还小 / aparigaṇya-dhāmne－靠物质性推测无法想象其身体特征的 / mahā-anubhāvāya－存在不可思议的 / namaḥ－致以我们的顶礼 / namaḥ－致以我们的顶礼 / te－向您

译文　主布茹阿玛说：您虽然永不经历出生的过程，但却从未停止过以化身的形式显现和隐迹。您永远没有物质品质，您是汪洋般超然极乐的宝库。您永恒地以您超然的形象存在着，是极其精微中的最精微。为此，我们向您——以最不可思议的方式存在的至尊者，致以恭敬的顶礼。

要旨　《博伽梵歌》第4章的第6节诗记载，至尊主说：

ajo 'pi sann avyayātmā
bhūtānām īśvaro 'pi san
prakṛtiṁ svām adhiṣṭhāya
sambhavāmy ātma-māyayā

"尽管我不经出生就存在，我超然的身体永不变质，我是众生的主人，但我仍以原本的超然形象在每个年代显现。"接着，在同一章的下一节诗，也就是第7节诗中记载，至尊主说：

yadā yadā hi dharmasya
glānir bhavati bhārata
abhyutthānam adharmasya
tadātmānaṁ sṛjāmy aham

"巴茹阿特的后裔啊！无论何时何地，每当宗教衰落，反宗教盛行，我就会亲自降临。"所以，尽管至尊主不经出生就存在，但祂从没有停止以主奎师那和主茹阿玛等各种形象降临这个世界。祂的化身都是永恒的，这些化身所从事的各种活动也是永恒的。至尊人格首神并非像普通生物那样因为业报而被迫到来，被迫接受一个特定的躯体。应该明白：至尊主的身体和活动都是超然的，不受物质自然属性的污染。这些娱乐活动对至尊主来说都是超然极乐的。梵文"靠物质性推测无法想象其身体特征的(aparigaṇya-dhāmne)"一句十分重要。至尊主以不同的化身显现，不受任何限制。祂所有的化身都是永恒、极乐且充满知识的。

第9节

रूपं तवैतत्पुरुषर्षभेज्यं
श्रेयोऽर्थिभिर्वैदिकतान्त्रिकेण ।
योगेन धातः सह नस्त्रिलोकान्
पश्याम्यमुष्मिन्नु ह विश्वमूर्तौ ॥ ९ ॥

rūpaṁ tavaitat puruṣarṣabhejyaṁ
śreyo 'rthibhir vaidika-tāntrikeṇa
yogena dhātaḥ saha nas tri-lokān
paśyāmy amuṣminn u ha viśva-mūrtau

rūpam—形象 / tava—您的 / etat—这个 / puruṣa-ṛṣabha—最优秀的人啊 / ijyam—值得崇拜的 / śreyaḥ—绝对吉祥 / arthibhiḥ—被渴望……的人 / vaidika—在韦达训示的指导下 / tāntrikeṇa—被《纳茹阿达·潘查茹阿陀》等坦陀典籍的追随者觉悟到 / yogena—靠练神秘瑜伽 / dhātaḥ—至尊指挥者啊 / saha—与 / naḥ—我们(半神人) / tri-lokān—控制三个世界 / paśyāmi—我们直接看到 / amuṣmin—在您之中 / u—啊 / ha—完全展示 / viśva-mūrtau—拥有宇宙形象的您体内

译文 啊，最优秀的人！至尊指挥者啊！那些真正想要得到最高好运的人，按照韦达·坦陀的指导崇拜您圣上的这一形象。我的至尊主，我们能看到，所有的三个世界都在您体内。

要旨 韦达赞歌说：奉献者靠冥想看到至尊人格首神或面对面地亲眼看到至尊主时，就了解了这个宇宙中的一切(yasmin vijñāte sarvam evaṁ vijñātaṁ bhavati)。事实上，对奉献者来说，就再也没有不知道的事情了。对看到至尊人格首神的奉献者来说，这个物质世界里的一切都完全展示出来。为此，《博伽梵歌》第4章的第34节诗忠告说：

tad viddhi praṇipātena
  paripraśnena sevayā
upadekṣyanti te jñānaṁ
  jñāninas tattva-darśinaḥ

“为理解真理而向一位灵性导师皈依，以服从的态度向他请教，为他服务。觉悟了自我的灵魂看到了真理，因此可以把知识传授给你。”主布茹阿玛就是这些觉悟了自我的权威人士之一(svayambhūr nāradaḥ śambhuḥ kumāraḥ kapilo manuḥ)。因此，人必须接受主布茹阿玛的师徒传承，这样将可以全面了解至尊人格首神。这节诗中的梵文“拥有宇宙形象的您体内(viśva-mūrtau)”一句表明，存在的一切都在至尊人格首神的形体中。能崇拜至尊主的人，就能看到一切都在祂之中，看到祂在一切中。

第 10 节

त्वय्यग्र आसीत्त्वयि मध्य आसीत्
  त्वय्यन्त आसीदिदमात्मतन्त्रे ।
त्वमादिरन्तो जगतोऽस्य मध्यं
  घटस्य मृत्स्नेव परः परस्मात् ॥१०॥

tvayy agra āsīt tvayi madhya āsīt
  tvayy anta āsīd idam ātma-tantre
tvam ādir anto jagato ’sya madhyaṁ
  ghaṭasya mṛtsneva paraḥ parasmāt

tvayi－向您——至尊人格首神 / agre－开始时 / āsīt－曾有 / tvayi－向您 / madhye－中间 / āsīt－曾有 / tvayi－向您 / ante－结束时 / āsīt－曾有 / idam－这整个宇宙展示 / ātma-tantre－完全在您的控制之下 / tvam－您圣上 / ādiḥ－开始 / antaḥ－结束 / jagataḥ－宇宙展示的 / asya－这个……的 / madhyam－中间 / ghaṭasya－土罐 / mṛtsnā iva－正如土 / paraḥ－超然 / parasmāt－由于是领袖

译文 我亲爱的至尊主，您永远完全独立。这整个宇宙展示从您体内浮现，依靠在您身上，最后进入您。您圣上是一切的开始、维系和结束，正如土被用以制成土罐、支撑着罐子，当罐子破碎后，最终回归为土。

第 11 节

त्वं माययात्माश्रयया स्वयेदं
निर्माय विश्वं तदनुप्रविष्टः ।
पश्यन्ति युक्ता मनसा मनीषिणो
गुणव्यवायेऽप्यगुणं विपश्चितः ॥११॥

tvaṁ māyayātmāśrayayā svayedaṁ
nirmāya viśvaṁ tad-anupraviṣṭaḥ
paśyanti yuktā manasā manīṣiṇo
guṇa-vyavāye 'py aguṇaṁ vipaścitaḥ

tvam—您圣上 / māyayā—凭您的外在能量 / ātma-āśrayayā—处在您庇护下的 / svayā—发散自您本身 / idam—这个 / nirmāya—为了创造 / viśvam—整个宇宙 / tat—它之中 / anupraviṣṭaḥ—您进入 / paśyanti—他们看到 / yuktāḥ—与您建立了关系的人 / manasā—由于具有高度的智慧 / manīṣiṇaḥ—意识层次高的人 / guṇa—物质属性的 / vyavāye—……的变化中 / api—虽然 / aguṇam—却不受物质属性的接触 / vipaścitaḥ—精通经典知识的人

译文 啊，至尊者！您完全独立自主，不靠他人的帮助。您凭自己的力量创造了这个宇宙展示并进入它。那些具有高度的奎师那意识、精通权威经典且靠练奉爱瑜伽清除掉一切物质污染的人，能够清醒地看到，尽管您身处物质属性的变化中，但这些属性根本触碰不到您。

要旨 《博伽梵歌》第9章的第10节诗记载，至尊主说：

mayādhyakṣeṇa prakṛtiḥ
sūyate sacarācaram
hetunānena kaunteya
jagad viparivartate

“琨缇的儿子啊！物质自然是我的一种能量，在我的指挥下活动，产生动与不动的一切。在物质自然的控制下，这个展示被再三地创造和毁灭。”物质自然之所以能够创造、维系和毁灭整个宇宙展示，是因为有至尊人格首神在指挥；祂作为嘎尔博达卡沙依·维施努(Garbhodakaśāyī Viṣṇu)进入这个宇宙，但物质属性触碰不到祂。《博伽梵歌》记载，至尊主说，创造了这个物质世界的外在能量——玛亚(māyā)，是“我的能量(mama māyā)”，因为这个能量完全在至尊主的控制下工作。只有精通韦达知识并具有高度奎师那意识的人，才能了解这些事实。

第 12 节

यथाग्निमेधस्यमृतं च गोषु
भुव्यन्नमम्बूद्यमने च वृत्तिम् ।
योगैर्मनुष्या अधियन्ति हि त्वां
गुणेषु बुद्ध्या कवयो वदन्ति ॥१२॥

yathāgnim edhasy amṛtaṁ ca goṣu
bhuvy annam ambūdyamane ca vṛttim
yogair manuṣyā adhiyanti hi tvāṁ
guṇeṣu buddhyā kavayo vadanti

yathā－正如 / agnim－火中 / edhasi－木头中 / amṛtam－甘露般的牛奶 / ca－和 / goṣu－乳牛的 / bhuvi－地上 / annam－谷物 / ambu－水 / udyamane－努力 / ca－也 / vṛttim－生计 / yogaiḥ－靠练奉爱瑜伽 / manuṣyāḥ－人类 / adhiyanti－获得 / hi－的确 / tvām－您 / guṇeṣu－在物质自然属性中 / buddhyā－凭智慧 / kavayaḥ－伟大的人物 / vadanti－说

译文 正如可以钻木取火，可以从乳牛的奶囊中挤出牛奶，从大地得到食用谷物和水，通过不懈的努力使生活富有；靠练奉爱瑜伽，人甚至可以在这个物质世界里就得到您的恩宠，或者明智地接近您。虔诚之人都证实了这一点。

要旨 正如《博伽梵歌》中说明：尽管在这个物质世界中找不到(nirguna)至尊人格首神，但祂其实遍布整个物质世界(mayā tatam idaṁ sarvam)。物质世界只不过是至尊主的物质能量的一个扩展而已，整个宇宙展示都依赖祂而存在(mat-sthāni sarva-bhūtāni)。但在物质世界里找不到至尊主(na cāhaṁ teṣv avasthitaḥ)。然而，奉献者靠练奉爱瑜伽(bhakti-yoga)能够看到至尊人格首神。人除非在以前的生世练过奉爱瑜伽，否则这一生一般不会自己开始练。只有靠灵性导师和奎师那的仁慈，人才能开始练奉爱瑜伽。凭借灵性导师(guru)和至尊人格首神奎师那的仁慈，才能得到奉爱服务的种子(guru-kṛṣṇa-prasāde pāya bhakti-latā-bīja)。

只有练奉爱瑜伽，才能使人得到至尊人格首神的恩惠，面对面地看到祂(premāñjana-cchurita-bhakti-vilocanena santaḥ sadaiva hṛdayeṣu vilokayanti)。靠功利性活动(karma)、知识思辨(jñāna)或练神秘瑜伽(yoga)等其他方法无法看到至尊主，人必须在灵性导师的指导下练奉爱瑜伽(śravaṇaṁ kīrtanaṁ viṣṇoḥ smaraṇaṁ pāda-sevanam)。这样，哪怕至尊主在这个物质世界里是不可见的，奉献者也能看到祂。对此，《博伽梵歌》证实说：只有做奉爱服务，才能如实地了解作为至尊人格首神的我(bhaktyā mām abhijānāti yāvān yaś cāsmi tattvataḥ)。《圣典博伽瓦谭》也证实说：只有靠练奉爱瑜伽才能认识祂(bhaktyāham ekayā grāhyaḥ)。所以，尽管物质主义者看不到至尊人格首神，也了解不了祂，但做奉爱服务可以使人得到祂的恩宠。

这节诗中用这个世界里的许多活动来比照奉爱瑜伽的练习说：用摩擦的方法可以使人从木头中取火，挖土可以使人得到粮食和水，刺激乳牛的奶囊可以使人得到如甘露般的牛奶。牛奶被比喻为是喝了使人长生不死的甘露。当然，光是喝牛奶不会让人长生不死，但牛奶可以增加人的寿命。在现代文明中，人们不认为牛奶很重要，因此寿命都不是很长。尽管这个年代里的人寿命是一百岁，但由于他们不大量的喝牛奶，所以寿命都减少了。这是喀历年代(Kali-yuga)的征象。在喀历年代中，与喝牛奶相比，人们更喜欢屠杀动物，吃它们的肉。至尊人格首神在《博伽梵歌》记载的祂的教导中，忠告人们要保护乳牛(go-rakṣya)。乳牛应该受到保护；应该从乳牛得到牛奶，然后用这牛奶制做各种奶制品。人应该喝大量的牛奶，以增加自己的寿命，滋养脑细胞，以便能更好地做奉爱服务，最终获得至尊人格首神的恩宠。正如必须靠挖土得到粮食和水，也必须保护乳牛，从它们的奶囊中得到如甘露般的牛奶。

这个年代里的人们为了生活得更舒适，都倾向于发展工业，但却拒绝努力做能使他们达到人生最终目标的奉爱服务，而人生的最终目的是回归家园，回到首神身边。不幸的是：正如经典所说：谁深陷“享受物质生活”这一意识状态，谁就无法了解人生的目的是回归家园、回到首神维施努身边(na te viduḥ svārtha-gatiṁ hi viṣṇuṁ durāśayā ye bahir-artha-māninaḥ)。在没有灵性教育的情况下，人们不知道人生的最终目标是回归家园，回到首神身边。他们在遗忘了这一目标的情况下十分辛苦地工作，结果是沮丧、挫败(moghāśā mogha-karmāṇo mogha jñānā vicetasaḥ)。所谓的企业家或商人们(vaiśya)，在大型的工业企业中纠缠不休，根本不关心对粮食和牛奶的生产。然而，正如这节诗文中所表明的，靠挖掘水，我们甚至在沙漠中都能生产粮食。有了粮食和蔬菜，我们就可以保护乳牛，而乳牛得到保护后，我们就可以从它们得到大量的牛奶。有了足够的牛奶后，就可以将牛奶与粮食和蔬菜混合制作出如甘露般的食物。我们可以快乐地吃这样的食物，从而避免工业企业和失业的问题。

农业和对乳牛的保护使人变得无罪，从而受奉爱服务的吸引。罪恶之人无法受到奉爱服务的吸引。正如《博伽梵歌》第7章的第28节诗说明：

yeṣāṁ tv anta-gataṁ pāpaṁ
janānāṁ puṇya-karmaṇām
te dvandva-moha-nirmuktā
bhajante māṁ dṛḍha-vratāḥ

"在前世和今生行善并彻底消除了恶报的人，摆脱由错觉产生的相对性，坚定地为我做奉爱服务。"这个年代中的大多数人都罪孽深重、短寿、不幸且备受打扰(mandāḥ sumanda-matayo manda-bhāgyā hy upadrutāḥ)。柴坦亚·玛哈帕布对他们忠告说：

harer nāma harer nāma
harer nāmaiva kevalam
kalau nāsty eva nāsty eva
nāsty eva gatir anyathā

"在这个纷争、虚伪的年代里，得救的唯一方法是吟诵、吟唱至尊主的圣名。别无它法。别无它法。别无它法。"

第13节

तं त्वां वयं नाथ समुज्जिहानं
सरोजनाभातिचिरेप्सितार्थम् ।
दृष्ट्वा गता निर्वृतमद्य सर्वे
गजा दवार्ता इव गाङ्गमम्भः ॥१३॥

taṁ tvāṁ vayaṁ nātha samujjihānaṁ
saroja-nābhāticirepsitārtham
dṛṣṭvā gatā nirvṛtam adya sarve
gajā davārtā iva gāṅgam ambhaḥ

tam—主人啊 / tvām—您圣上 / vayam—我们所有人 / nātha—主人啊 / samujjihānam—现在光辉灿烂地显现在我们面前 / saroja-nābha—肚脐长得像莲花或肚脐长出莲花的主人啊 / ati-cira—很长的时间 / īpsita—渴望 / artham—生命最高的目标 / dṛṣṭvā—看到 / gatāḥ—在我们的视觉中 / nirvṛtam—超然快乐 / adya—今天 / sarve—我们所有人 / gajāḥ—大象 / dava-artāḥ—遭受森林大火的折磨的 / iva—正如 / gāṅgam ambhaḥ—恒河水

译文　受森林之火折磨的大象在得到恒河水时就感到十分快乐。同样，肚脐长出莲花的主人啊！您此刻出现在我们面前，使我们感到超然的快乐。终于看到我们渴盼已久的您圣上，我们总算达到了生命最高的目标。

要旨　至尊主的纯粹奉献者虽然总是很渴望面对面地看到至尊主，但却不要求至尊主到他们面前来，因为他们认为这种要求有违奉爱服务的原则。对此，圣柴坦亚·玛哈帕布在祂的八条训诫(Śikṣāṣṭaka)中给予了教导。奉献者总渴望面对面地看至尊主，但即使因为看不到至尊主而心碎(adarśanān marma-hatāṁ karotu vā)，哪怕是生生世世，都从不会要求至尊主显现。这是纯粹奉爱之情的表现。正因为如此，我们在这节诗文中看到“奉献者长久地渴望看到至尊主(ati-cira-īpsita-artham)”一句。如果至尊主凭祂个人的愿望出现在奉献者面前，奉献者就会感到格外快乐，正如杜茹瓦王亲眼看到至尊人格首神时所感受的一样。杜茹瓦王在看到至尊主时不想向至尊主要求任何赐福。事实上，光是看到至尊主，杜茹瓦王就已经感到格外的心满意足，根本不想要至尊主给任何祝福了(svāmin kṛtārtho 'smi varaṁ na yāce)。纯粹的奉献者无论是否能够看到至尊主，总是致力于为至尊主做奉爱服务，希望至尊主也许有一天能对自己所做的奉爱服务感到满意，让自己能面对面地看到祂。

第 14 节

स त्वं विधत्स्वाखिललोकपाला
वयं यदर्थास्तव पादमूलम् ।
समागतास्ते बहिरन्तरात्मन्
किं वान्यविज्ञाप्यमशेषसाक्षिणः ॥१४॥

sa tvaṁ vidhatsvākhila-loka-pālā
vayaṁ yad arthās tava pāda-mūlam
samāgatās te bahir-antar-ātman
kiṁ vānya-vijñāpyam aśeṣa-sākṣiṇaḥ

saḥ—那 / tvam—您圣上 / vidhatsva—请做需要做的事 / akhila-loka-pālāḥ—掌管宇宙各个部门的半神人 / vayam—我们所有人 / yat—……的 / arthāḥ—目的 / tava—在您圣上的 / pāda-mūlam—莲花足 / samāgatāḥ—我们到了 / te—向您 / bahiḥ-antaḥ-ātman—众生的超灵啊！内在和外在的见证者啊 / kim—什么 / vā—或者 / anya-vijñā-pyam—我们必须告诉您 / aśeṣa-sākṣiṇaḥ—万事万物的见证者和知悉者

译文 我的至尊主，我们这些不同的半神人——这宇宙的主管们，来到您的莲花足旁。请满足我们来此的目的。您是一切的见证者，从内在和外在观看着一切。没什么是您不知道的，所以没有必要再向您报告任何事。

要旨 正如《博伽梵歌》第13章的第3节诗说明："巴茹阿特的后裔啊！你应该明白，我也是躯体的知悉者，是每一个躯体的知悉者(kṣetra-jñaṁ cāpi māṁ viddhi sarva-kṣetreṣu bhārata)。"个体灵魂是他们自己躯体的拥有者，但至尊人格首神是所有躯体的拥有者。祂是每一个生物体的躯体的见证者，所以没什么是祂不知道的。因此，我们的责任是，在灵性导师的指导下认真地做奉爱服务。奎师那会出于祂的仁慈给我们提供我们做奉爱服务所需要的一切。在奎师那意识运动中，我们唯一做的事情就是执行奎师那和灵性导师的命令。接下来，奎师那就会提供所需要的一切，甚至不需要我们向祂提出要求。

第 15 节

अहं गिरित्रश्च सुरादयो ये
दक्षादयोऽग्नेरिव केतवस्ते ।
किं वा विदामेश पृथग्विभाता
विधत्स्व शं नो द्विजदेवमन्त्रम् ॥१५॥

ahaṁ giritraś ca surādayo ye
dakṣādayo 'gner iva ketavas te
kiṁ vā vidāmeśa pṛthag-vibhātā
vidhatsva śaṁ no dvija-deva-mantram

aham一我(主布茹阿玛) / giritraḥ一主希瓦 / ca一也 / sura-ādayaḥ一全体半神人 / ye一正如我们 / dakṣa-ādayaḥ一以达克沙王为首 / agneḥ一火的 / iva一正如 / ketavaḥ一火花 / te一您的 / kim一什么 / vā一或者 / vidāma一我们能了解 / īśa一至尊主啊 / pṛthak-vibhātāḥ一独立于您 / vidhatsva一请赐予 / śam一好运 / naḥ一我们的 / dvija-deva-mantram一适合布茹阿玛纳和半神人得救的方法

译文　我(主布茹阿玛)、主希瓦和所有其他的半神人，以及同来的生物体祖先达克沙等，只不过是从您这堆大火中迸发出的火星而已。既然我们是属于您的微小颗粒，我们怎么能了解自己真正的福利究竟是什么呢？至尊主啊！请赐予我们能使布茹阿玛纳和半神人得救的方法。

要旨　在这节诗中，梵文“适合布茹阿玛纳和半神人得救的方法(dvija-deva-mantram)”一句十分重要，其中曼陀(mantra)的意思是“拯救人脱离物质世界的那个”。只有布茹阿玛纳(dvija)和半神人(deva)能凭借至尊人格首神的教导获得拯救，脱离物质存在。

至尊人格首神所说的一切都是曼陀，都适合拯救受制约的灵魂，使其不再进行心智思辨、主观臆测。受制约的灵魂忙于为生存而苦苦挣扎(manaḥ ṣaṣṭhānīndriyāṇi prakṛti-sthāni karṣati)。从这种挣扎的生存状态中获得拯救是最高的利益，但人除非得到至尊人格首神所给予的曼陀，否则没可能获救。最初的曼陀是嘎雅垂·曼陀(Gāyatrī mantra)。因此，人在得到净化，有资格成为布茹阿玛纳后，就会被授予嘎雅垂·曼陀。仅仅靠吟诵嘎雅垂·曼陀，人就可以得到拯救。然而，这个曼陀只适合布茹阿玛纳和半神人吟诵。在喀历年代里，我们都处在十分艰难的处境中，所以需要能拯救我们脱离这年代之危险的适当的曼陀。为此，至尊人格首神以主柴坦亚的化身给予我们哈瑞·奎师那曼陀(Hare Kṛṣṇa mantra)。

harer nāma harer nāma
harer nāmaiva kevalam
kalau nāsty eva nāsty eva
nāsty eva gatir anyathā

“在这个纷争、虚伪的年代里，得救的唯一方法是吟诵、吟唱至尊主的圣名。别无它法。别无它法。别无它法。”主柴坦亚在祂的八条训诫中说：“一切荣耀归于集体歌唱圣奎师那圣名的祭祀(paraṁ vijayate śrī-kṛṣṇa-saṅkīrtanam)。”哈瑞·奎师那 哈瑞·奎师那 奎师那·奎师那 哈瑞·哈瑞/哈瑞·茹阿玛 哈瑞·茹阿玛 茹阿玛·茹阿玛 哈瑞·哈瑞(Hare Kṛṣṇa, Hare Kṛṣṇa, Kṛṣṇa Kṛṣṇa, Hare Hare/ Hare Rāma, Hare Rāma, Rāma Rāma, Hare Hare)。这首伟大的曼陀由至尊主本人直接吟诵、吟唱，祂给予我们这个曼陀，以拯救我们。

自己发明的任何方法，都不能拯救我们摆脱物质存在的危险。这节诗文显示，就连主布茹阿玛和主希瓦那样的半神人，以及达克沙(prajāpati)等生物体祖先，都被比喻为是，在至尊主这堆大火面前如同闪亮的火花。火花只有在火中才显得美丽。同样，我们必须保持与至尊人格首神的联谊，总是致力于做奉爱服务，因为这样我们才能始终光芒四射。我们一旦不再为至尊主做奉爱服务，我们的光亮就会立刻熄灭，或至少在那段时间内停止发亮。当我们这些如同至尊主这堆大火中的火花的生物坠入物质状况中时，我们必须接受由主柴坦亚·玛哈帕布给予的至尊人格首神的曼陀。吟诵、吟唱这个哈瑞·奎师那曼陀，将使我们获得拯救，摆脱这个物质世界里的一切困难。

第 16 节

श्रीशुक उवाच
एवं विरिञ्चादिभिरीडितस्तद्
विज्ञाय तेषां हृदयं यथैव ।
जगाद जीमूतगभीरया गिरा
बद्धाञ्जलीन् संवृतसर्वकारकान् ॥१६॥

śrī-śuka uvāca
evaṁ viriñcādibhir īḍitas tad
vijñāya teṣāṁ hṛdayaṁ yathaiva
jagāda jīmūta-gabhīrayā girā
baddhāñjalīn saṁvṛta-sarva-kārakān

śrī-śukaḥ uvāca－圣舒卡戴瓦·哥斯瓦米说／evam－这样／viriñca-ādibhiḥ－以主布茹阿玛为首的全体半神人／īḍitaḥ－受到崇拜／tat vijñāya－明白……的期望／teṣām－他们所有人的／hṛdayam－内心深处／yathā－正如／eva－事实上／jagāda－回答／jīmūta-gabhīrayā－类似云层中的声音／girā－用话语／baddha-añjalīn－双手合十地站着的半神人／saṁvṛta－克制／sarva－所有的／kārakān－感官

译文　舒卡戴瓦·哥斯瓦米继续说：以主布茹阿玛为首的半神人这样向至尊主祈祷时，至尊主明白他们找祂的目的，于是用类似云层中的隆隆声一样的深沉声音，向双手合十、聚精会神地站在那里的半神人们作答。

第 17 节

एक एवेश्वरस्तस्मिन् सुरकार्ये सुरेश्वरः ।
विहर्तुकामस्तानाह समुद्रोन्मथनादिभिः ॥१७॥

eka eveśvaras tasmin
sura-kārye sureśvaraḥ
vihartu-kāmas tān āha
samudronmathanādibhiḥ

ekaḥ－独自一人 / eva－的确 / īśvaraḥ－至尊人格首神 / tasmin－在那 / sura-kārye－半神人的活动 / sura-īśvaraḥ－半神人的主人——至尊人格首神 / vihartu－享乐 / kāmaḥ－想要 / tān－对半神人 / āha－说 / samudra-unmathana-ādibhiḥ－靠搅拌汪洋的活动

译文 尽管至尊人格首神——半神人的主人，完全能自己从事半神人所从事的活动，但祂想要享受搅拌汪洋的娱乐活动。为此，祂说了如下一番话。

第 18 节

श्रीभगवानुवाच
हन्त ब्रह्मन्नहो शम्भो हे देवा मम भाषितम् ।
शृणुतावहिताः सर्वे श्रेयो वः स्याद्यथा सुराः ॥१८॥

śrī-bhagavān uvāca
hanta brahmann aho śambho
he devā mama bhāṣitam
śṛṇutāvahitāḥ sarve
śreyo vaḥ syād yathā surāḥ

śrī-bhagavān uvāca－至尊人格首神说 / hanta－对他们说 / brahman aho－主布茹阿玛啊 / śambho－主希瓦啊 / he－啊 / devāḥ－半

神人 / mama—我的 / bhāṣitam—说明 / śṛṇuta—聆听 / avahitāḥ—专心地 / sarve—你们大家 / śreyaḥ—好运 / vaḥ—为你们大家 / syāt—将 / yathā—正如 / surāḥ—为半神人

译文　至尊人格首神说：啊，主布茹阿玛、主希瓦，以及其他半神人！请注意听我说话，因为我所说的一切将给你们全体带来好运。

第 19 节

यात दानवदैतेयैस्तावत्सन्धिर्विधीयताम् ।
कालेनानुगृहीतैस्तैर्यावद्वो भव आत्मनः ॥१९॥

yāta dānava-daiteyais
tāvat sandhir vidhīyatām
kālenānugṛhītais tair
yāvad vo bhava ātmanaḥ

yāta—仅仅执行 / dānava—恶魔 / daiteyaiḥ—和另一种恶魔 / tāvat—只要 / sandhiḥ—休战协议 / vidhīyatām—执行 / kālena—有利的时机(或读kāvyena—由舒夸查尔亚) / anugṛhītaiḥ—得到祝福 / taiḥ—与他们 / yāvat—只要 / vaḥ—你们……的 / bhavaḥ—好运 / ātmanaḥ—你们的

译文　在你们还不够强大时，你们应该与目前占有天时优势的恶魔定下休战协议。

要旨　这节诗中的kālena一词有两种读法，既可以理解为是“时间上有利”；也可以理解为是“得到舒夸查尔亚的支持(kāvyena)”，舒夸查尔亚(Śukrācārya)是戴提亚(Daitya)的灵性导师。恶魔和戴提亚占了天时，还得到舒夸查尔亚的支持。为此，至尊主忠告半神人目前要与恶魔停战，直到时间对他们有利时为止。

第 20 节

अरयोऽपि हि सन्धेयाः सति कार्यार्थगौरवे ।
अहिमूषिकवद्देवा ह्यर्थस्य पदवीं गतैः ॥२०॥

arayo 'pi hi sandheyāḥ
sati kāryārtha-gaurave
ahi-mūṣikavad devā
hy arthasya padavīṁ gataiḥ

arayaḥ—敌人 / api—虽然 / hi—事实上 / sandheyāḥ—适合停战 / sati—由于 / kārya-artha-gaurave—有关重要的责任 / ahi—蛇 / mūṣika—老鼠 / vat—正如 / devāḥ—半神人啊 / hi—的确 / arthasya—利益的 / padavīm—状态 / gataiḥ—因为是这样

译文 半神人啊！实现自己的利益才最重要，为此甚至可以与敌人谈停战协议。要实现自己的目的，就该按蛇和老鼠的逻辑行事。

要旨 蛇和老鼠有一次被关在同一个篮子里。既然老鼠是蛇的食物，这对蛇来说就是个天赐良机。然而，由于它们都被关在篮子里，蛇即使吃掉老鼠，也无法出去。所以，蛇认为明智的做法是与老鼠停战，请老鼠在篮子里打一个洞，以便它们俩都能出去。蛇的意图是，等老鼠打好洞后，再吃掉老鼠，从洞口出去。这被称为蛇和老鼠的逻辑。

第 21 节

अमृतोत्पादने यत्नः क्रियतामविलम्बितम् ।
यस्य पीतस्य वै जन्तुर्मृत्युग्रस्तोऽमरो भवेत् ॥२१॥

amṛtotpādane yatnaḥ
kriyatām avilambitam
yasya pītasya vai jantur
mṛtyu-grasto 'maro bhavet

amṛta-utpādane—生产甘露 / yatnaḥ—努力 / kriyatām—做 / avilambitam—立即 / yasya—……的甘露 / pītasya—喝饮……的人 / vai—事实上 / jantuḥ—生物体 / mṛtyu-grastaḥ—虽然面临即将遭遇不测的危险 / amaraḥ—永生不死 / bhavet—能变得

译文 立刻努力去生产能使将死之人喝饮后变得永生不死的甘露。

第22—23节

क्षिप्त्वा क्षीरोदधौ सर्वा वीरुत्तृणलतौषधीः ।
मन्थानं मन्दरं कृत्वा नेत्रं कृत्वा तु वासुकिम् ॥२२॥

सहायेन मया देवा निर्मन्थध्वमतन्द्रिताः ।
क्लेशभाजो भविष्यन्ति दैत्या यूयं फलग्रहाः ॥२३॥

kṣiptvā kṣīrodadhau sarvā
vīrut-tṛṇa-latauṣadhīḥ
manthānaṁ mandaraṁ kṛtvā
netraṁ kṛtvā tu vāsukim
sahāyena mayā devā
nirmanthadhvam atandritāḥ
kleśa-bhājo bhaviṣyanti
daityā yūyaṁ phala-grahāḥ

kṣiptvā—放在 / kṣīra-udadhau—牛奶之洋中 / sarvāḥ—各种各样 / vīrut—匍匐植物 / tṛṇa—草 / latā—蔬菜 / auṣadhīḥ—喝草药 / manthānam—搅拌杆 / mandaram—曼达尔山 / kṛtvā—当做 / netram—搅拌绳 / kṛtvā—当做 / tu—但是 / vāsukim—瓦苏奎天蛇 / sahāyena—与一个帮手 / mayā—由我 / devāḥ—全体半神人 / nirmanthadhvam—搅拌 / atandritāḥ—小心翼翼、全神贯注地 / kleśa-bhājaḥ——起遭受磨难的人 / bhaviṣyanti—将 / daityāḥ—恶魔 / yūyam—但你们大家 / phala-grahāḥ—实际结果的获得者

译文 半神人啊！去把各种蔬菜、青草、匍匐植物及草药抛进牛奶之洋中。接着在我的帮助下，将曼达尔山当搅拌杆，瓦苏奎天蛇当搅拌绳，全神贯注地搅拌牛奶之洋。这样，恶魔们将付出劳力，而你们——半神人，将获得真正的结果——从汪洋中产出的甘露。

要旨 看起来，当各种草药、匍匐植物、青草和蔬菜被放进牛奶，然后再搅拌牛奶时，随着搅拌，牛奶产出奶油，蔬菜及草药的有效成分与牛奶混合的结果就成了甘露。

第 24 节

यूयं तदनुमोदध्वं यदिच्छन्त्यसुराः सुराः ।
न संरम्भेण सिध्यन्ति सर्वार्थाः सान्त्वया यथा ॥२४॥

yūyaṁ tad anumodadhvaṁ
yad icchanty asurāḥ surāḥ
na saṁrambheṇa sidhyanti
sarvārthāḥ sāntvayā yathā

yūyam—你们大家 / tat—那 / anumodadhvam—应该接受 / yat—无论什么 / icchanti—他们想要 / asurāḥ—恶魔 / surāḥ—半神人啊 / na—不 / saṁrambheṇa—受愤怒的刺激 / sidhyanti—达到成功 / sarva-arthāḥ—所有的愿望 / sāntvayā—通过平静地执行 / yathā—正如

译文 我亲爱的半神人，耐心和平静可以使一切得以完成；但如果受愤怒的刺激，就无法达成目的。因此，无论恶魔提什么条件，都答应他们。

第 25 节

न भेतव्यं कालकूटाद्विषाज्जलधिसम्भवात् ।
लोभः कार्यो न वो जातु रोषः कामस्तु वस्तुषु ॥२५॥

na bhetavyaṁ kālakūṭād
　　viṣāj jaladhi-sambhavāt
lobhaḥ kāryo na vo jātu
　　roṣaḥ kāmas tu vastuṣu

na－不 / bhetavyam－应该害怕 / kālakūṭāt－卡拉库塔的 / viṣāt－毒药 / jaladhi－从牛奶之洋 / sambhavāt－将产出……的 / lobhaḥ－贪婪 / kāryaḥ－执行 / na－不 / vaḥ－对你们 / jātu－在任何时候 / roṣaḥ－愤怒 / kāmaḥ－贪图享乐的欲望 / tu－和 / vastuṣu－对产物

译文　从牛奶之洋中将会产出名叫卡拉库塔的毒液，但你们不要怕它。此外，当各种产物在搅拌汪洋的过程中产出时，你们不要起贪心或渴望得到他们，也不要变得愤怒。

要旨　看起来，在搅拌牛奶之洋的过程中，将产出很多东西，包括毒液、珍贵的宝石、甘露和许多美女。但至尊主忠告半神人不要贪图宝石或美女，而要耐心等待甘露。真正的目的是要得到甘露。

第 26 节

श्रीशुक उवाच
इति देवान् समादिश्य भगवान् पुरुषोत्तमः ।
तेषामन्तर्दधे राजन् स्वच्छन्दगतिरीश्वरः ॥२६॥

śrī-śuka uvāca
iti devān samādiśya
　　bhagavān puruṣottamaḥ
teṣām antardadhe rājan
　　svacchanda-gatir īśvaraḥ

śrī-śukaḥ uvāca－圣舒卡戴瓦·哥斯瓦米说 / iti－这样 / devān－全体半神人 / samādiśya－忠告 / bhagavān－至尊人格首神 / puruṣa-uttamaḥ－最优秀的人物 / teṣām－从他们 / antardadhe－消失了 / rājan－君王啊 / svacchanda－自由 / gatiḥ－移动的 / īśvaraḥ－人格首神

译文 舒卡戴瓦·哥斯瓦米继续道：帕瑞克西特王啊！这样忠告半神人后，独立自主的至尊人格首神——最卓越的生物，就从半神人面前消失了。

第 27 节

अथ तस्मै भगवते नमस्कृत्य पितामहः ।
भवश्च जग्मतुः स्वं स्वं धामोपेयुर्बलिं सुराः ॥२७॥

atha tasmai bhagavate
namaskṛtya pitāmahaḥ
bhavaś ca jagmatuḥ svaṁ svaṁ
dhāmopeyur baliṁ surāḥ

atha－之后 / tasmai－向祂 / bhagavate－向至尊人格首神 / namaskṛtya－致以顶礼 / pitā-mahaḥ－主布茹阿玛 / bhavaḥ ca－和主希瓦 / jagmatuḥ－返回 / svam svam－各自的 / dhāma－住所 / upeyuḥ－接近了 / balim－巴利王 / surāḥ－所有其他半神人

译文 主布茹阿玛、主希瓦在恭敬地向至尊主顶礼后，也返回他们的住所。全体半神人则去找巴利王。

第 28 节

दृष्ट्वारीनप्यसंयत्ताञ्जातक्षोभान् स्वनायकान् ।
न्यषेधद्दैत्यराट् श्लोक्यः सन्धिविग्रहकालवित् ॥२८॥

dṛṣṭvārīn apy asaṁyattāñ
jāta-kṣobhān sva-nāyakān
nyaṣedhad daitya-rāṭ ślokyaḥ
sandhi-vigraha-kālavit

dṛṣṭvā－看到 / arīn－敌人 / api－虽然 / asaṁyattān－不怀敌意 / jāta-kṣobhān－变得激动 / sva-nāyakān－自己的统帅和指挥官 / nyaṣedhat－阻止 / daitya-rāṭ－戴提亚们的君王巴利王 / ślokyaḥ－十分值得

尊敬和著名的 / sandhi－谈判的 / vigraha－作战的 / kāla－时间 / vit－很清楚

译文　巴利王——最著名的恶魔君王，很清楚何时该停战、何时该开战。因此，尽管他的指挥官和首领们十分激动，准备杀死半神人，但他看到半神人来找他时并没有要作战的意思，便禁止他的指挥官们去杀半神人。

要旨　韦达礼仪中的一条训喻是：当敌人来访时，人应该十分友好地接待，甚至让敌人忘记双方是互存敌意的(gṛhe śatrum api prāptaṁ viśvastam akutobhayam)。巴利王精通调停和作战，因此尽管他的司令和战将们都很激动，但他本人却很得体地迎接了半神人。这种接待敌对方的做法甚至在潘达瓦五兄弟(Pāṇḍavas)和库茹王朝(Kurus)作战期间就已经很常见了。白天，潘达瓦五兄弟和库茹王朝的人拼死作战；当夜晚降临时，他们就会像朋友一样到彼此的帐篷里去，互相招待对方。在这样友好相聚时，一方会给敌对的另一方任何想要的东西。那是当时的做法。

第 29 节

ते वैरोचनिमासीनं गुप्तं चासुरयूथपैः ।
श्रिया परमया जुष्टं जिताशेषमुपागमन् ॥२९॥

te vairocanim āsīnaṁ
guptaṁ cāsura-yūtha-paiḥ
śriyā paramayā juṣṭaṁ
jitāśeṣam upāgaman

te－全体半神人 / vairocanim－向维若禅的儿子巴利王 / āsīnam－坐下 / guptam－受到很好的保护 / ca－和 / asura-yūtha-paiḥ－被恶魔的司令 / śriyā－被财富 / paramayā－至高无上的 / juṣṭam－祝福 / jita-aśeṣam－变成了所有世界的拥有者 / upāgaman－接近了

译文 半神人接近维若禅的儿子——巴利王，在他近旁坐下。巴利王由恶魔战将保护着，因为征服了全宇宙而成为宇宙中最富有的人。

第 30 节

महेन्द्रः श्लक्ष्णया वाचा सान्त्वयित्वा महामतिः ।
अभ्यभाषत तत्सर्वं शिक्षितं पुरुषोत्तमात् ॥३०॥

mahendraḥ ślakṣṇayā vācā
sāntvayitvā mahā-matiḥ
abhyabhāṣata tat sarvaṁ
śikṣitaṁ puruṣottamāt

mahā-indraḥ－天帝因铎 / ślakṣṇayā－温和地 / vācā－用话语 / sāntvayitvā－使巴利王很高兴 / mahā-matiḥ－最聪明的人 / abhyabhāṣata－说 / tat－那 / sarvam－一切 / śikṣitam－学到的 / puruṣa-uttamāt－从主维施努那里

译文 半神人最有智慧的君王因铎，在用温和的话语取悦巴利王后，很客气地提出了他从至尊人格首神主维施努那里学到的全部提案。

第 31 节

तत्त्वरोचत दैत्यस्य तत्रान्ये येऽसुराधिपाः ।
शम्बरोऽरिष्टनेमिश्च ये च त्रिपुरवासिनः ॥३१॥

tat tv arocata daityasya
tatrānye ye 'surādhipāḥ
śambaro 'riṣṭanemiś ca
ye ca tripura-vāsinaḥ

tat－所说的话语 / tu－却 / arocata－令人满意 / daityasya－令巴利王 / tatra－以及 / anye－其他人 / ye－……的 / asura-adhipāḥ－恶

魔的首领 / śambaraḥ — 商巴尔 / ariṣṭanemiḥ — 阿瑞施塔内弥 / ca — 也 / ye — ……的其他人 / ca — 和 / tripura-vāsinaḥ — 特瑞普茹阿的全体居民

译文 巴利王，以商巴尔和阿瑞斯塔内弥为首的他的助手，以及特瑞普茹阿的其他居民，都立刻接受了因铎王提出的提案。

要旨 从这节诗文看，政治、外交、欺骗的倾向及我们在这世上发现的敌对个体与集体之间所发生的一切，也都存在于高等星系中。半神人去找巴利王提议制造甘露，戴提亚恶魔则立刻接受提议，认为既然半神人已经很虚弱了，那么当甘露产出后，恶魔就可以从半神人手中夺走甘露，用它实现自己的目的。当然，半神人也有类似的想法。唯一的区别是：至尊人格首神——主维施努，支持的是半神人，因为半神人是祂的奉献者，而恶魔根本不在乎主维施努。全宇宙中分两个阵营，一个是维施努阵营——具有神意识的阵营，另一个是不敬神的阵营。不敬神的阵营永远不会快乐或取得胜利，而有神意识的阵营永远是快乐、胜利的一方。

第 32 节

ततो देवासुराः कृत्वा संविदं कृतसौहृदाः ।
उद्यमं परमं चक्रुरमृतार्थे परन्तप ॥३२॥

tato devāsurāḥ kṛtvā
saṁvidaṁ kṛta-sauhṛdāḥ
udyamaṁ paramaṁ cakrur
amṛtārthe parantapa

tataḥ — 之后 / deva-asurāḥ — 恶魔和半神人 / kṛtvā — 执行 / saṁvidam — 指出 / kṛta-sauhṛdāḥ — 停战协议 / udyamam — 竭尽全力 / paramam一至高无上的 / cakruḥ一他们做 / amṛta-arthe一为了生产甘露 / parantapa一惩罚敌人的帕瑞克西特王啊

译文 啊，帕瑞克西特王，惩罚敌人的人！半神人和恶魔两方后来制定了停战协议。接着，大家尽心尽力地按照主因铎的提议共同安排生产甘露的事宜。

要旨 这节诗文中的“表明(saṁvidam)”一词意义重大。半神人和恶魔双方都同意停战，至少是暂时停战，共同努力生产甘露。就有关这一点，圣维施瓦纳特·查夸瓦尔提·塔库尔(Viśvanātha Cakravartī Ṭhākura)的注释是：

saṁvid yuddhe pratijñāyām
ācāre nāmni toṣaṇe
sambhāṣaṇe kriyākāre
saṅketa-jñānayor api

诗文中说，梵文saṁvit有多种不同的解释和用途，分别是：“在作战中”，“在有希望时”，“为满足”，“在对……说话时”“靠具体行动”，“表示”和“知识”。

第33节

ततस्ते मन्दरगिरिमोजसोत्पाट्य दुर्मदाः ।
नदन्त उदधिं निन्युः शक्ताः परिघबाहवः ॥३३॥

tatas te mandara-girim
ojasotpāṭya durmadāḥ
nadanta udadhiṁ ninyuḥ
śaktāḥ parigha-bāhavaḥ

tataḥ一之后 / te一半神人和恶魔 / mandara-girim一曼达尔山 / ojasā一使劲地 / utpāṭya一拔出抬起 / durmadāḥ一十分强大和有资格

的 / nadanta－大声吆喝 / udadhim－到汪洋 / ninyuḥ－抬 / śaktāḥ－强健的 / parigha-bāhavaḥ－臂力强大的

译文　那之后，都十分强大且长着健壮长臂的恶魔及半神人，使出非凡的力气抬起曼达尔山，大声吆喝着将它搬往牛奶之洋。

第 34 节

दूरभारोद्वहश्रान्ताः शक्रवैरोचनादयः ।
अपारयन्तस्तं वोढुं विवशा विजहुः पथि ॥३४॥

dūra-bhārodvaha-śrāntāḥ
śakra-vairocanādayaḥ
apārayantas taṁ voḍhuṁ
vivaśā vijahuḥ pathi

dūra－长距离 / bhāra-udvaha－由于抬起重物 / śrāntāḥ－感到累 / śakra－天帝因铎 / vairocana-ādayaḥ－和维若禅的儿子巴利王及其他人 / apārayantaḥ－无法 / tam－山 / voḍhum－抬起 / vivaśāḥ－因为不能 / vijahuḥ－放下 / pathi－半路

译文　由于搬运那座巨山走了很远的路，因铎王、巴利王，以及其他半神人和恶魔都疲累不堪。因为再也抬不动那座巨山，他们便将它丢在半路上。

第 35 节

निपतन् स गिरिस्तत्र बहूनमरदानवान् ।
चूर्णयामास महता भारेण कनकाचलः ॥३५॥

nipatan sa giris tatra
bahūn amara-dānavān
cūrṇayām āsa mahatā
bhāreṇa kanakācalaḥ

nipatan—掉到地上 / saḥ—那 / giriḥ—山 / tatra—那里 / bahūn—许多 / amara-dānavān—半神人和恶魔 / cūrṇayām āsa—被压碎 / mahatā—被巨大的 / bhāreṇa—重量 / kanaka-acalaḥ—由金子构成的曼达尔山

译文 由金子构成的曼达尔山极其沉重，压倒、压碎了许多半神人和恶魔。

要旨 由于结构的原因，金子比石头重。曼达尔山因为是金山，所以比石头山还要重，使半神人和恶魔无法正常地将它搬到牛奶之洋去。

第 36 节

तांस्तथा भग्नमनसो भग्नबाहूरुकन्धरान् ।
विज्ञाय भगवांस्तत्र बभूव गरुडध्वजः ॥३६॥

tāṁs tathā bhagna-manaso
bhagna-bāhūru-kandharān
vijñāya bhagavāṁs tatra
babhūva garuḍa-dhvajaḥ

tān—半神人和恶魔 / tathā—那时 / bhagna-manasaḥ—灰心丧气 / bhagna-bāhu—手臂骨折 / ūru—大腿 / kandharān—和肩膀 / vijñāya—知道 / bhagavān—至尊人格首神维施努 / tatra—那里 / babhūva—出现 / garuḍa-dhvajaḥ—在嘎茹达身上

译文 半神人和恶魔感到灰心丧气，他们的手臂、大腿和肩膀纷纷骨折。为此，了解一切的至尊人格首神骑着祂的坐骑嘎茹达出现在现场。

第 37 节

गिरिपातविनिष्पिष्टान् विलोक्यामरदानवान् ।
ईक्षया जीवयामास निर्जरान्निर्व्रणान् यथा ॥३७॥

giri-pāta-viniṣpiṣṭān
vilokyāmara-dānavān
īkṣayā jīvayām āsa
nirjarān nirvraṇān yathā

giri-pāta－因为曼达尔山掉到地上 / viniṣpiṣṭān－压碎了 / vilokya－看到 / amara－半神人 / dānavān－和恶魔 / īkṣayā－仅仅通过扫视 / jīvayām āsa－使复活 / nirjarān－不再悲伤 / nirvraṇān－没有伤痕 / yathā－正如

译文　看到大多数恶魔和半神人被落地的大山压碎，至尊主便扫视他们，使他们复活。他们因此而不再悲伤，他们的身上甚至没有伤痕。

第 38 节

गिरिं चारोप्य गरुडे हस्तेनैकेन लीलया ।
आरुह्य प्रययावब्धिं सुरासुरगणैर्वृतः ॥३८॥

giriṁ cāropya garuḍe
hastenaikena līlayā
āruhya prayayāv abdhiṁ
surāsura-gaṇair vṛtaḥ

girim－山 / ca－也 / āropya－放在 / garuḍe－嘎茹达的背上 / hastena－用手 / ekena－一只 / līlayā－恰似玩乐那么轻而易举地 / āruhya－登上 / prayayau－祂前往 / abdhim－牛奶之洋 / sura-asura-gaṇaiḥ－由半神人和恶魔 / vṛtaḥ－簇拥着

译文　至尊主轻松地用一只手拿起巨山，将它放在嘎茹达的背上。随后，祂自己也登上嘎茹达的背，由半神人和恶魔簇拥着前往牛奶之洋。

要旨　这节诗的内容证明了在全体生物之上的至尊人格首神的全能。生物分两种，恶魔和半神人，至尊人格首神超越两者之上。恶魔相信“碰巧发生的”创造理论，而半神人相信一切是由至尊人格首神掌管创造的。这节诗记载的内容证明了至尊主的全能，因为祂只用一只手就举起曼达尔山，将它放在嘎茹达的背上，带到牛奶之洋。半神人——奉献者看到这事件后将立刻予以接受，知道至尊主能够举起任何东西，无论它有多重。但尽管当时恶魔与半神人一起被运送到牛奶之洋，可是恶魔们后来听到这一记载时还会说那只不过是神话而已。然而，如果神是全能的，举起一座山对祂来说为什么是困难的？既然祂能让上面承载着成百上千座曼达尔山的无数星球飘浮在空中，祂怎么就不能用祂的一只手举起其中的一座呢？这不是神话，而是信神与不信神之间的区别。奉献者接受韦达文献中谈到的事件是真实的，而恶魔只是在争辩，将所有这些历史事件贴上“神话”的标签。恶魔更愿意将宇宙展示中所发生的一切解释为是“碰巧发生的”，但半神人或奉献者从不认为有什么是碰巧发生的。相反，他们知道一切都是至尊人格首神的安排。那就是半神人与恶魔之间的区别。

第 39 节

अवरोप्य गिरिं स्कन्धात्सुपर्णः पततां वरः ।
ययौ जलान्त उत्सृज्य हरिणा स विसर्जितः ॥३९॥

avaropya giriṁ skandhāt
suparṇaḥ patatāṁ varaḥ
yayau jalānta utsṛjya
hariṇā sa visarjitaḥ

avaropya—卸下 / girim—山 / skandhāt—从自己的肩膀 / suparṇaḥ—嘎茹达 / patatām—鸟类中 / varaḥ—最强大的 / yayau—去 / jala-ante—有水的地方 / utsṛjya—放置 / hariṇā—背至尊人格首神 / saḥ—牠(嘎茹达) / visarjitaḥ—离开现场

译文　那之后，鸟王嘎茹达从自己的肩膀上卸下曼达尔山，将它带到靠近水的地方。做完这一切，它按照至尊主的命令离开了现场。

要旨　至尊主之所以命令嘎茹达离开，是因为如果有嘎茹达在，被当做搅拌绳用的瓦苏奎天蛇就无法去那里。至尊主的坐骑嘎茹达不是素食者。它吃大蛇。瓦苏奎这条巨蛇，对鸟王嘎茹达来说将是天然食品。因此，主维施努要求嘎茹达离开，以便瓦苏奎能被带到现场，用它当搅拌绳，与曼达尔山一起搅拌汪洋。这些都是至尊人格首神的奇妙安排。没有什么是偶然或碰巧发生的。对无论是半神人还是恶魔来说，让一只飞鸟承载曼达尔山，然后将它放到正确的位置去很困难；但正如这个娱乐活动所展示的，对至尊人格首神来说，一切都有可能。至尊主毫不费力地用一只手举起高山，而凭借至尊主的仁慈，祂的坐骑嘎茹达将恶魔和半神人都承载在它的背上。至尊主因为全能而被称为一切神秘力量的主人——尤给士瓦尔(Yogeśvara)。只要祂愿意，祂可以将任何东西变得比棉花还轻，比宇宙还重。不相信至尊主的活动的人，无法解释这些事情是如何发生的，于是就用“碰巧、偶然”作解释，编造出一些违反逻辑的概念，让自己觉得好过些。没有什么是偶然发生的。一切都是由至尊人格首神安排好的，正如至尊主本人在《博伽梵歌》中证实说：物质自然是我的一种能量，在我的指挥下活动(mayādhyakṣeṇa prakṛtiḥ sūyate sacarācaram)。宇宙展示中作用与反作用所展示的一切，都是在至尊人格首神的指挥下发生的。然而，由于恶魔不了解至尊主的力量，当神奇的事情发生时，恶魔就认为是偶然、碰巧发生的。

到此为止，结束了巴克提韦丹塔对《圣典博伽瓦谭》第8篇第6章——“半神人与恶魔宣布停战”所作的阐释。

第七章

主希瓦喝毒液拯救宇宙

正如这一章所讲述的，至尊人格首神以祂的乌龟化身出现，潜入深海用自己的背驮起曼达尔山(Mandara)。搅拌牛奶之洋首先产出的是卡拉库塔(kālakūṭa)毒液。大家都惧怕这毒液，但主希瓦将它喝下，为大家解决了难题。

搅拌产出的甘露将由大家平分，半神人和恶魔带着这样的理解将瓦苏奎天蛇带到现场，当做搅拌杆上的绳子之用。在至尊人格首神经验丰富的安排下，恶魔负责抓住离蛇嘴很近的蛇头部，而半神人负责抓住巨蛇的尾部。接着，大家开始分别奋力向两个方向拉扯巨蛇。作为搅拌杆的曼达尔山因为十分沉重，而且在水中没有支撑点，所以沉入汪洋，使恶魔和半神人的艰苦努力化为泡影。于是，至尊人格首神以一只巨龟的形象出现，用自己的背支撑起曼达尔山，让搅拌汪洋的工作得以继续进行。作为搅拌的结果，大量的毒液首先产生出来。生物体祖先们(prajāpatis)看到没人拯救他们，便去找主希瓦，真心诚意地向他祈祷。主希瓦被称为阿舒头沙(Āśutoṣa)，因为奉献者很容易取悦他。所以，他很爽快地同意喝下由搅拌汪洋产出的所有毒液。当主希瓦同意喝下毒液时，主希瓦的妻子芭娃妮(Bhavānī)——幸运女神杜尔嘎(Durgā)，一点都不感到心乱，因为她知道主希瓦的非凡能力。事实上，她表示很高兴希瓦同意这样做。于是，希瓦将流到各处、具毁灭性的毒液聚拢到一起，用手捧起喝下了它。他的脖子在喝下毒液后变成蓝色。有少量毒液从他的手中滴落到地上，世上因此而有了毒蛇、蝎子、有毒的植物和其他有毒的东西。

第 1 节

श्रीशुक उवाच
ते नागराजमामन्त्र्य फलभागेन वासुकिम् ।
परिवीय गिरौ तस्मिन्नेत्रमब्धिं मुदान्विताः ।
आरेभिरे सुरा यत्ता अमृतार्थे कुरूद्वह ॥१॥

śrī-śuka uvāca
te nāga-rājam āmantrya
phala-bhāgena vāsukim
parivīya girau tasmin
netram abdhiṁ mudānvitāḥ
ārebhire surā yattā
amṛtārthe kurūdvaha

śrī-śukaḥ uvāca—圣舒卡戴瓦·哥斯瓦米说 / te—他们所有人(半神人和恶魔) / nāga-rājam—蛇王 / āmantrya—邀请或要求 / phala-bhāgena—答应分它一些甘露 / vāsukim—巨蛇瓦苏奎 / parivīya—缠绕 / girau—曼达尔山 / tasmin—在它上面 / netram—搅拌绳 / abdhim—牛奶之洋 / mudā anvitāḥ—兴高采烈 / ārebhire—开始 / surāḥ—半神人 / yattāḥ—尽力 / amṛta-arthe—为得到甘露 / kuru-udvaha—库茹族最优秀的人——帕瑞克西特王

译文 舒卡戴瓦·哥斯瓦米说：库茹族最优秀的人，帕瑞克西特王啊！半神人和恶魔召唤蛇王瓦苏奎，请它前来，并答应分它一些甘露。他们将瓦苏奎当做搅拌绳盘绕住曼达尔山，十分高兴地努力靠搅拌牛奶之洋生产甘露。

第 2 节

हरिः पुरस्ताज्जगृहे पूर्वं देवास्ततोऽभवन् ॥२॥

hariḥ purastāj jagṛhe
pūrvaṁ devās tato 'bhavan

hariḥ—至尊人格首神阿吉塔 / purastāt—前面 / jagṛhe—抓住 / pūrvam—首先 / devāḥ—半神人 / tataḥ—接下来 / abhavan—抓住瓦苏奎蛇身的前半部分

译文 人格首神阿吉塔抓紧蛇身的前半部分，半神人们随之效法。

第3节

तन्नैच्छन्दैत्यपतयो महापुरुषचेष्टितम् ।
न गृह्णीमो वयं पुच्छमहेरङ्गममङ्गलम् ।
स्वाध्यायश्रुतसम्पन्नाः प्रख्याता जन्मकर्मभिः ॥ ३ ॥

tan naicchan daitya-patayo
mahā-puruṣa-ceṣṭitam
na gṛhṇīmo vayaṁ puccham
aher aṅgam amaṅgalam
svādhyāya-śruta-sampannāḥ
prakhyātā janma-karmabhiḥ

tat—这样的安排 / na aicchan—不喜欢 / daitya-patayaḥ—恶魔的首领 / mahā-puruṣa—至尊人格首神 / ceṣṭitam—试图 / na—不 / gṛhṇīmaḥ—该抓住 / vayam—我们大家(戴提亚们) / puccham—尾巴 / aheḥ—蛇的 / aṅgam—身体的部分 / amaṅgalam—不吉祥、低级 / svādhyāya—韦达经典 / śruta—韦达知识 / sampannāḥ—精通 / prakhyātāḥ—著名 / janma-karmabhiḥ—出身和活动

译文 恶魔的领袖们认为蛇的尾部是不吉祥的部分，所以抓住尾部并非明智之举。于是，他们想要去抓已由人格首神和半神人抓住的蛇身的前半部分，因为那部分是吉祥且光荣的部分。为此，恶魔们便以他们都是韦达知识的高等学生，都因出身和活动而很著名为借口，抗议说他们要抓蛇身的前半部分。

要旨 恶魔以为蛇的前半部身体是吉祥的，抓住那一部分将更符合骑士风范。此外，戴提亚(Daitya)必定永远与半神人唱反调。那是他们的本性。我们在推展奎师那意识运动时就实际看到这类事情的发生。我们主张保护乳牛，鼓励人们喝更多的牛奶，吃美味的奶制品，但正如这节诗文中用梵文“精通韦达经典的知识(svādhyāya-śruta-sampannāḥ)”一句所描述的，恶魔为了反对这样的提议而声称：他们具有先进的科学知识；他们用他们的科学方法发现，喝牛奶有危险，而杀乳牛得到的牛肉则很有营养。这种意见分歧的情况将永远持续下去。事实上，它从远古至今就一直存在。几百万年前就有同样的竞争。恶魔认为他们对韦达经的所谓学习结果，使他们有优先权去抓离蛇嘴近的蛇头部。至尊人格首神先抓蛇的危险部分，让恶魔抓住没有危险的尾部，但竞争欲促使恶魔认为抓住离蛇嘴近的蛇头部是明智的做法。如果半神人准备喝毒药，那么恶魔就会表示：“我们为什么不分一些毒药来喝，通过喝它光荣地死去？”

就有关“精通韦达经典的知识并因出身和活动而很著名(svādhyāya-śruta-sampannāḥ prakhyātā janma-karmabhiḥ)”一句，人们也许会问：既然一个人真正受过韦达知识的教育，因从事规定活动而闻名，出生在十分高贵的家庭中，为什么还会被称为恶魔呢？回答是：即使一个人也许受过高等教育，也许出生在贵族家庭，但如果不信神或不敬神，如果不听神的教导，那他就是恶魔。历史上有很多像黑冉亚卡希普(Hiraṇyakaśipu)、茹阿瓦纳(Rāvaṇa)和康萨(Kaṁsa)那种人的例子；他们都受过良好的教育，都出生在贵族家庭，也都很有力量、在战斗中很有骑士风范，但却因为嘲笑至尊人格首神而被称为食人魔(Rākṣasa)或恶魔。人也许受过很好的教育，但如果没有奎师那意识，不服从至尊主，那就是恶魔。对此，《博伽梵歌》第7章的第15节诗记载，至尊主本人说：

na māṁ duṣkṛtino mūḍhāḥ
prapadyante narādhamāḥ
māyayāpahṛta-jñānā
āsuraṁ bhāvam āśritāḥ

"邪恶之徒不皈依我。他们分别是，粗俗的愚氓，最低贱的人，被错觉窃取了知识的人，以及有不信神的恶魔本性的人。"梵文"邪恶的本性(āsuraṁ bhāvam)"是指，不承认神的存在，或不接受至尊人格首神亲自给予的超然教导。《博伽梵歌》很清楚是由至尊人格首神直接给予的超然教导构成，但恶魔不直接接受这些教导，而是按照他们自己异想天开的方式作出评论，在自己甚至也得不到利益的情况下误导人们。因此，人应该很小心那些邪恶、不信神的人。按照主奎师那的话，不信神的恶魔即使受过很好的教育，也必被视为是愚蠢的(mūḍha)、人类中最低贱的(narādhama)和被错觉窃取了知识的(māyayāpahṛta jñāna)人。

第 4 节

इति तूष्णीं स्थितान्दैत्यान् विलोक्य पुरुषोत्तमः ।
स्मयमानो विसृज्याग्रं पुच्छं जग्राह सामरः ॥ ४ ॥

iti tūṣṇīṁ sthitān daityān
vilokya puruṣottamaḥ
smayamāno visṛjyāgraṁ
pucchaṁ jagrāha sāmaraḥ

iti一这样 / tūṣṇīm一沉默 / sthitān一保持 / daityān一恶魔 / vilokya一看到 / puruṣa-uttamaḥ一人格首神 / smayamānaḥ一微笑 / visṛjya一放弃 / agram一蛇的前半部分 / puccham一后半部分 / jagrāha一抓住 / sa-amaraḥ一与半神人

译文　恶魔就这样保持沉默，反对半神人的愿望。看着恶魔且明白他们动机的人格首神微笑了。祂二话不说，立刻去抓住蛇的尾部，以表示接受他们的要求，半神人跟随着祂。

第 5 节

कृतस्थानविभागास्त एवं कश्यपनन्दनाः ।
ममन्थुः परमं यत्ता अमृतार्थं पयोनिधिम् ॥ ५ ॥

kṛta-sthāna-vibhāgās ta
evaṁ kaśyapa-nandanāḥ
mamanthuḥ paramaṁ yattā
amṛtārthaṁ payo-nidhim

kṛta－调整 / sthāna-vibhāgāḥ－各自该抓住的部位 / te－他们 / evam－这样 / kaśyapa-nandanāḥ－喀夏帕的儿子们(半神人和恶魔) / mamanthuḥ－搅拌 / paramam－十分 / yattāḥ－努力 / amṛta-artham－为得到甘露 / payaḥ-nidhim－牛奶之洋

译文 这样调整好各自该抓住的蛇的部位后，喀夏帕的儿子们——半神人与恶魔，开始行动起来，想要靠搅拌牛奶之洋得到甘露。

第 6 节

मथ्यमानेऽर्णवे सोऽद्रिरनाधारो ह्यपोऽविशत् ।
ध्रियमाणोऽपि बलिभिर्गौरवात्पाण्डुनन्दन ॥ ६ ॥

mathyamāne 'rṇave so 'drir
anādhāro hy apo 'viśat
dhriyamāṇo 'pi balibhir
gauravāt pāṇḍu-nandana

mathyamāne－搅拌时 / arṇave－牛奶之洋中 / saḥ－那 / adriḥ－山 / anādhāraḥ－没有支撑 / hi－事实上 / apaḥ－在水中 / aviśat－沉入 / dhriyamāṇaḥ－抓住 / api－虽然 / balibhiḥ－被强有力的半神人和

恶魔 / gauravāt－因为很重 / pāṇḍu-nandana－潘杜的子孙(帕瑞克西特王)啊

译文　潘杜王朝的子孙啊！当曼达尔山就这样被用来当做搅拌牛奶之洋的搅拌杆时，虽然有半神人和恶魔用他们强劲的手抓着，但还是因为没有支撑而沉入水中。

第7节

ते सुनिर्विण्णमनसः परिम्लानमुखश्रियः ।
आसन् स्वपौरुषे नष्टे दैवेनातिबलीयसा ॥ ७ ॥

te sunirviṇṇa-manasaḥ
parimlāna-mukha-śriyaḥ
āsan sva-pauruṣe naṣṭe
daivenātibalīyasā

te－他们所有人(半神人和恶魔) / sunirviṇṇa-manasaḥ－灰心丧气 / parimlāna－干枯 / mukha-śriyaḥ－脸庞的美 / āsan－变得 / sva-pauruṣe－与他们的力量 / naṣṭe－消失了 / daivena－因天意的安排 / ati-balīyasā－总是比其他任何事物还要强而有力

译文　曼达尔山因天意而沉入水中，使半神人和恶魔都很沮丧，各个神情委靡不振。

第8节

विलोक्य विघ्नेशविधिं तदेश्वरो
दुरन्तवीर्योऽवितथाभिसन्धिः ।
कृत्वा वपुः कच्छपमद्भुतं महत्
प्रविश्य तोयं गिरिमुज्जहार ॥ ८ ॥

vilokya vighneśa-vidhiṁ tadeśvaro
duranta-vīryo 'vitathābhisandhiḥ

kṛtvā vapuḥ kacchapam adbhutaṁ mahat
praviśya toyaṁ girim ujjahāra

vilokya—看到 / vighna—(高山下沉造成的)障碍 / īśa-vidhim—天意的安排 / tadā—那时 / īśvaraḥ—至尊人格首神 / duranta-vīryaḥ—难以想象地强有力 / avitatha—从不落空 / abhisandhiḥ—决心……的 / kṛtvā—扩展 / vapuḥ—身体 / kacchapam—乌龟 / adbhutam—神奇 / mahat—非常 / praviśya—进入 / toyam—水 / girim—(曼达尔)山 / ujjahāra—扛起

译文 看到由至尊者的意愿造成的这种处境，无比强大且决心从不落空的至尊主，变换出神奇的乌龟形象进入水中，驮起巨大的曼达尔山。

要旨 这节诗文的内容证明，至尊人格首神是万事万物的至尊控制者。正如我们前面谈过，世上有恶魔和半神人两类人，但他们都不是最有力量的。每个人都体验过由至尊力量给我们设置的阻碍。恶魔将这些阻碍视为是偶然、意外的事件；但奉献者将它们视为是至尊统治者的安排，所以在面对阻碍时会向至尊主祈祷。奉献者忍受逆境，认为阻碍是至尊人格首神设置的，于是将它们看做是祝福(tat te 'nukampāṁ susamīkṣamāṇo bhuñjāna evātma-kṛtaṁ vipākam)。然而，恶魔因为无法了解至尊控制者，将这类阻碍视为是偶然、意外的事件。当然，在这里，至尊人格首神亲自出现。阻碍凭祂的意愿出现，凭祂的意愿被移除。至尊主以乌龟的形象显现，支撑巨大的高山。至尊主用祂的背支撑着巨山(kṣitir-iha vipulatare tava tiṣṭhati pṛṣṭhe)。啊，凯沙瓦！宇宙之主，呈现乌龟形象的主哈尔依啊！一切荣耀归于您(keśava dhṛta-kūrma-śarīra jaya jagadīśa hare)！至尊人格首神可以制造困境，也可以移除困境。奉献者了解这一事实，但恶魔不明白。

第 9 节

तमुत्थितं वीक्ष्य कुलाचलं पुनः
समुद्यता निर्मथितुं सुरासुराः ।
दधार पृष्ठेन स लक्षयोजन-
प्रस्तारिणा द्वीप इवापरो महान् ॥ ९ ॥

tam utthitaṁ vīkṣya kulācalaṁ punaḥ
samudyatā nirmathituṁ surāsurāḥ
dadhāra pṛṣṭhena sa lakṣa-yojana-
prastāriṇā dvīpa ivāparo mahān

tam—那座山 / utthitam—被抬起 / vīkṣya—看到 / kulācalam—名叫曼达尔 / punaḥ—再次 / samudyatāḥ—重新活跃起来 / nirmathitum—搅拌牛奶之洋 / sura-asurāḥ—半神人和恶魔 / dadhāra—驮 / pṛṣṭhena—在背上 / saḥ—至尊主 / lakṣa-yojana—十万个尤佳纳(八十万英里) / prastāriṇā—宽度 / dvīpaḥ—一个大岛屿 / iva—正如 / aparaḥ—另一个 / mahān—很大的

译文 半神人和恶魔看到曼达尔山被驮出水面时重新活跃起来，受到鼓舞再次开始搅拌汪洋。巨龟的背有八十万英里宽，恰似一个大岛屿，曼达尔山就坐落其上。

第 10 节

सुरासुरेन्द्रैर्भुजवीर्यवेपितं
परिभ्रमन्तं गिरिमङ्ग पृष्ठतः ।
बिभ्रत्तदावर्तनमादिकच्छपो
मेनेऽङ्गकण्डूयनमप्रमेयः ॥१०॥

surāsurendrair bhuja-vīrya-vepitaṁ
paribhramantaṁ girim aṅga pṛṣṭhataḥ
bibhrat tad-āvartanam ādi-kacchapo
mene 'ṅga-kaṇḍūyanam aprameyaḥ

sura-asura-indraiḥ－被恶魔和半神人的首领 / bhuja-vīrya－靠他们的臂力 / vepitam－摆动 / paribhramantam－转动 / girim－山 / aṅga－帕瑞克西特王啊 / pṛṣṭhataḥ－在祂背上 / bibhrat－驮 / tat－……的 / āvartanam－旋转 / ādi-kacchapaḥ－作为至尊最初的乌龟 / mene－认为 / aṅga-kaṇḍūyanam－令人愉快的搔痒感觉 / aprameyaḥ－无限

译文 君王啊！当半神人和恶魔靠他们的臂力旋转坐落在非凡的乌龟背上的曼达尔山时，那乌龟将山的旋转当做是在给祂的身体搔痒，以此感受令人愉快的感觉。

要旨 至尊人格首神永远不受限制。至尊人格首神虽然用祂展现的乌龟身体的背部支撑着世上最大的高山——曼达尔山(Mandara-parvata)，但却没有感觉任何的不便。相反，祂的背似乎感到有些痒，所以高山的旋转无疑在为祂解决痒的问题，令祂感到十分愉快。

第 11 节

तथासुरानाविशदासुरेण
रूपेण तेषां बलवीर्यमीरयन् ।
उद्दीपयन्देवगणांश्च विष्णु-
र्दैवेन नागेन्द्रमबोधरूपः ॥११॥

tathāsurān āviśad āsureṇa
rūpeṇa teṣāṁ bala-vīryam īrayan
uddīpayan deva-gaṇāṁś ca viṣṇur
daivena nāgendram abodha-rūpaḥ

tathā－之后 / asurān－向恶魔 / āviśat－进入 / āsureṇa－以激情属性 / rūpeṇa－以这样的形式 / teṣām－他们的 / bala-vīryam－力量和精力 / īrayan－增强 / uddīpayan－激励 / deva-gaṇān－半神人 /

ca－也 / viṣṇuḥ－主维施努 / daivena－以善良属性 / nāga-indram－向蛇王瓦苏奎 / abodha-rūpaḥ－以愚昧属性

译文 那之后，主维施努以激情属性进入恶魔体内，以善良属性进入半神人体内，以愚昧属性进入瓦苏奎，激励他们，增强他们的各种力量和能量。

要旨 这物质世界里的每一个生物体都受不同物质自然属性的控制。有三方人物参与用曼达尔山搅拌牛奶之洋，他们分别是：受善良属性控制的半神人，受激情属性控制的恶魔，以及受愚昧属性控制的瓦苏奎天蛇。看到他们都变得疲劳不堪(瓦苏奎甚至几乎累死)，主维施努为激励他们继续搅拌牛奶之洋的工作，按照他们所受不同属性的影响，分别以善良属性、激情属性和愚昧属性进入他们体内。

第 12 节

उपर्यगेन्द्रं गिरिराडिवान्य
आक्रम्य हस्तेन सहस्रबाहुः ।
तस्थौ दिवि ब्रह्मभवेन्द्रमुख्यै-
रभिष्टुवद्भिः सुमनोऽभिवृष्टः ॥१२॥

upary agendraṁ giri-rāḍ ivānya
ākramya hastena sahasra-bāhuḥ
tasthau divi brahma-bhavendra-mukhyair
abhiṣṭuvadbhiḥ sumano-'bhivṛṣṭaḥ

upari－山顶上 / agendram－巨山 / giri-rāṭ－高山之王 / iva－正如 / anyaḥ－另一个 / ākramya－抓住 / hastena－用一只手 / sahasra-bāhuḥ－有着上千只手 / tasthau－处在 / divi－空中 / brahma－主布茹阿玛 / bhava－主希瓦 / indra－天帝因铎 / mukhyaiḥ－以……为

首 / abhiṣṭuvadbhiḥ－向至尊主献上祈祷 / sumanaḥ－用花 / abhivṛṣṭaḥ－撒下

译文 接下来，至尊主展示出有着千万只手的形象，出现在曼达尔山的顶峰，仿佛另一座巨山般，用一只手抓住曼达尔山。在高等星系中，主布茹阿玛、主希瓦、天帝因铎和其他半神人一起，向至尊主撒花并敬献祈祷。

要旨 为使曼达尔山在被拉动着向两边旋转时保持平衡，至尊主本人像另一座巨山般出现在曼达尔的山峰上。主布茹阿玛、主希瓦和因铎王于是也扩展自己，向至尊主抛撒鲜花。

第 13 节

उपर्यधश्चात्मनि गोत्रनेत्रयोः
परेण ते प्राविशता समेधिताः ।
ममन्थुरब्धिं तरसा मदोत्कटा
महाद्रिणा क्षोभितनक्रचक्रम् ॥१३॥

upary adhaś cātmani gotra-netrayoḥ
pareṇa te prāviśatā samedhitāḥ
mamanthur abdhiṁ tarasā madotkaṭā
mahādriṇā kṣobhita-nakra-cakram

upari－向上 / adhaḥ ca－和向下 / ātmani－向恶魔和半神人 / gotra-netrayoḥ－向山和当做绳子的瓦苏奎 / pareṇa－至尊人格首神 / te－他们 / prāviśatā－进入他们 / samedhitāḥ－剧烈地激荡 / mamanthuḥ－被搅拌 / abdhim－牛奶之洋 / tarasā－用很大的力量 / mada-utkaṭāḥ－疯狂 / mahā-adriṇā－用巨大的曼达尔山 / kṣobhita－感到不安 / nakra-cakram－水中的鳄鱼

译文 这位至尊主既在曼达尔山的上方、下方，又进入半神人、恶魔和瓦苏奎的体内及山本身，半神人和恶魔就在祂的鼓励下，为得到甘露而近乎疯狂地工作着。半神人和恶魔搅拌的力量，使牛奶之洋剧烈地激荡起来，以致水中的短吻鳄都变得烦躁不安；但搅拌汪洋的工作照样继续下去。

第 14 节

अहीन्द्रसाहस्रकठोरदृङ्मुख-
श्वासाग्निधूमाहतवर्चसोऽसुराः ।
पौलोमकालेयबलील्वलादयो
दवाग्निदग्धाः सरला इवाभवन् ॥१४॥

ahīndra-sāhasra-kaṭhora-dṛṅ-mukha-
śvāsāgni-dhūmāhata-varcaso 'surāḥ
pauloma-kāleya-balīlvalādayo
davāgni-dagdhāḥ saralā ivābhavan

ahīndra—蛇王 / sāhasra—数千个 / kaṭhora—非常难 / dṛk—四面八方 / mukha—从嘴巴 / śvāsa—呼吸 / agni—喷火 / dhūma—烟 / āhata—遭受折磨 / varcasaḥ—被光线 / asurāḥ—恶魔 / pauloma—袍珞玛 / kāleya—卡雷亚 / bali—巴利 / ilvala—伊勒瓦拉 / ādayaḥ—以……为首 / dava-agni—被森林大火 / dagdhāḥ—烧灼 / saralāḥ—长叶松 / iva—正如 / abhavan—他们都变得

译文　瓦苏奎有成千上万的眼睛和嘴巴，从它的嘴里喷出浓烟和烈火，使以袍珞玛、卡雷亚、巴利和伊勒瓦拉为首的恶魔们备受折磨。就这样，像是被森林大火烧灼的长叶松树般的恶魔，逐渐变得软弱无力。

第 15 节

देवांश्च तच्छ्वासशिखाहतप्रभान्
धूम्राम्बरस्रग्वरकञ्चुकाननान् ।

समभ्यवर्षन् भगवद्वशा घना
ववुः समुद्रोर्म्युपगूढवायवः ॥१५॥

devāṁś ca tac-chvāsa-śikhā-hata-prabhān
dhūmrāmbara-srag-vara-kañcukānanān
samabhyavarṣan bhagavad-vaśā ghanā
vavuḥ samudrormy-upagūḍha-vāyavaḥ

devān一全体半神人 / ca一也 / tat一瓦苏奎的 / śvāsa一从……的呼吸 / śikhā一被火焰 / hata一遭受折磨 / prabhān一他们身体的光泽 / dhūmra一熏黑 / ambara一衣服 / srak-vara一花环 / kañcuka一盔甲 / ānanān一和脸 / samabhyavarṣan一倾盆大雨 / bhagavat-vaśāḥ一在至尊人格首神的控制下 / ghanāḥ一乌云 / vavuḥ一刮风 / samudra一牛奶之洋的 / ūrmi一从海浪 / upagūḍha一携带着水滴 / vāyavaḥ一微风

译文 半神人也受到瓦苏奎燃烧的呼气的侵扰，身体光泽越来越暗淡，他们的衣服、花环、盔甲和脸都被烟熏黑了。然而，凭借至尊人格首神的仁慈，汪洋上出现乌云，泻下倾盆大雨，吹拂的微风携带海浪的水滴，减轻了半神人们的痛苦感觉。

第 16 节

मथ्यमानात्तथा सिन्धोर्देवासुरवरूथपैः ।
यदा सुधा न जायेत निर्ममन्थाजितः स्वयम् ॥१६॥

mathyamānāt tathā sindhor
devāsura-varūtha-paiḥ
yadā sudhā na jāyeta
nirmamanthājitaḥ svayam

mathyamānāt一被搅拌 / tathā一这样 / sindhoḥ一从牛奶之洋 / deva一半神人的 / asura一和恶魔 / varūtha-paiḥ一被最优秀的 / yadā一

当……时 / sudhā－甘露 / na jāyeta－没有出现 / nirmamantha－搅拌 / ajitaḥ－至尊人格首神阿吉塔 / svayam－亲自

译文　尽管有最强大的半神人和恶魔的奋力尝试，但甘露还是没从牛奶之洋中出现。这时，至尊人格首神阿吉塔便开始亲自搅拌汪洋。

第 17 节

मेघश्यामः कनकपरिधिः कर्णविद्योतविद्युन्
मूर्ध्नि भ्राजद्विलुलितकचः स्रग्धरो रक्तनेत्रः ।
जैत्रैर्दोर्भिर्जगदभयदैर्दन्दशूकं गृहीत्वा
मथ्नन्मथ्ना प्रतिगिरिरिवाशोभताथो धृताद्रिः ॥१७॥

megha-śyāmaḥ kanaka-paridhiḥ karṇa-vidyota-vidyun
mūrdhni bhrājad-vilulita-kacaḥ srag-dharo rakta-netraḥ
jaitrair dorbhir jagad-abhaya-dair dandaśūkaṁ gṛhītvā
mathnan mathnā pratigirir ivāśobhatātho dhṛtādriḥ

megha-śyāmaḥ－如乌云般的黑色 / kanaka-paridhiḥ－穿着黄色的衣服 / karṇa－耳朵上 / vidyota-vidyut－如闪电般耀眼的耳环 / mūrdhni－头上 / bhrājat－闪耀 / vilulita－披散的 / kacaḥ－头发……的 / srak-dharaḥ－戴着花环 / rakta-netraḥ－红眼睛 / jaitraiḥ－获得胜利的 / dorbhiḥ－手臂 / jagat－宇宙 / abhaya-daiḥ－赐予无畏 / dandaśūkam－蛇(瓦苏奎) / gṛhītvā－拿起之后 / mathnan－搅拌 / mathnā－用搅拌杆(曼达尔山) / pratigiriḥ－另一座山 / iva－正如 / aśobhata－祂看似 / atho－那时 / dhṛta-adriḥ－抬起山后

译文　至尊主看似微黑色的云朵。祂穿着黄色的衣服，佩戴的耳环在耳朵上如闪电般耀眼，头发披散在肩膀上。祂戴着鲜花花环，眼睛微红。祂用祂那赐予在全宇宙都无惧无畏的、强壮而又光荣的手臂，抓住瓦苏奎，以曼达尔达山为搅拌杆，开始搅拌汪洋。这样做的时候，至尊主看上去恰似俊美地屹立在那里的因铎尼拉山。

第 18 节

निर्मथ्यमानादुदधेरभूद्विषं
महोल्बणं हालहलाह्वमग्रतः ।
सम्भ्रान्तमीनोन्मकराहिकच्छपात्
तिमिद्विपग्राहतिमिङ्गिलाकुलात् ॥१८॥

nirmathyamānād udadher abhūd viṣaṁ
maholbaṇaṁ hālahalāhvam agrataḥ
sambhrānta-mīnonmakarāhi-kacchapāt
timi-dvipa-grāha-timiṅgilākulāt

nirmathyamānāt一搅拌过程中 / udadheḥ一从海洋 / abhūt一出现 / viṣam一毒药 / mahā-ulbaṇam一剧烈的 / hālahala-āhvam一名叫哈拉哈拉 / agrataḥ一起先 / sambhrānta一受到刺激而游来游去 / mīna一各种鱼 / unmakara一鲨鱼 / ahi一各种蛇 / kacchapāt一和许多种乌龟 / timi一鲸鱼 / dvipa一水象 / grāha一鳄鱼 / timiṅgila一能吞鲸鱼的鲸鱼 / ākulāt一由于受到刺激

译文 鱼、鲨鱼、乌龟和蛇等汪洋中的生物体受到极大的刺激，心绪不宁。整个汪洋波涛汹涌，就连鲸、水象、鳄鱼和能吞下小鲸鱼的提明吉拉大鲸等庞大的水生动物，都浮上水面。汪洋被这样搅拌后，首先产出一种名叫哈拉哈拉的危险的剧毒液体。

第 19 节

तदुग्रवेगं दिशि दिश्युपर्यधो
विसर्पदुत्सर्पदसह्यमप्रति ।
भीताः प्रजा दुद्रुवुरङ्ग सेश्वरा
अरक्ष्यमाणाः शरणं सदाशिवम् ॥१९॥

tad ugra-vegaṁ diśi diśy upary adho
visarpad utsarpad asahyam aprati
bhītāḥ prajā dudruvur aṅga seśvarā
arakṣyamāṇāḥ śaraṇaṁ sadāśivam

tat—那 / ugra-vegam—强烈的剧毒 / diśi diśi—往所有的方向 / upari—向上 / adhaḥ—向下 / visarpat—扩散 / utsarpat—向上 / asahyam—无法忍受 / aprati—不可控制 / bhītāḥ—由于非常害怕 / prajāḥ—所有世界的居民 / dudruvuḥ—四处逃散 / aṅga—帕瑞克西特王啊 / sa-īśvarāḥ—与至尊主 / arakṣyamāṇāḥ—不受保护 / śaraṇam—庇护所 / sadāśivam—向主希瓦的莲花足

译文　君王啊！当毒液不受控制地强力涌向上下等所有的方向时，全体半神人与至尊主本人一起去找主希瓦。他们感到非常害怕、无依无靠，因此寻求希瓦的保护。

要旨　人们也许会问，既然至尊人格首神本人就在现场，祂为什么不自己保护大家，而是要由全体半神人和其他普通人陪伴着去寻求主萨达希瓦(Sadāśiva)的庇护。就有关这一点，圣玛德瓦查尔亚(Madhvācārya)警告说：

rudrasya yaśaso 'rthāya
svayaṁ viṣṇur viṣaṁ vibhuḥ
na sañjahre samartho 'pi
vāyuṁ coce praśāntaye

主维施努完全有能力矫正当时的情况，但为了让后来喝下全部毒液并将其保持在颈部的主希瓦得到赞美，主维施努没有采取行动。

第 20 节

विलोक्य तं देववरं त्रिलोक्या
भवाय देव्याभिमतं मुनीनाम् ।

आसीनमद्रावपवर्गहेतो-
स्तपो जुषाणं स्तुतिभिः प्रणेमुः ॥२०॥

vilokya taṁ deva-varaṁ tri-lokyā
bhavāya devyābhimataṁ munīnām
āsīnam adrāv apavarga-hetos
tapo juṣāṇaṁ stutibhiḥ praṇemuḥ

vilokya—看到 / tam—他 / deva-varam—最优秀的半神人 / tri-lokyāḥ—三个世界的 / bhavāya—为了……的福利 / devyā—与自己的妻子芭娃妮 / abhimatam—被……接受 / munīnām—伟大的圣人 / āsīnam—坐在一起 / adrau—从凯拉斯山的顶峰 / apavarga-hetoḥ—想要解脱的 / tapaḥ—苦修 / juṣāṇam—被他们侍奉 / stutibhiḥ—靠祈祷 / praṇemuḥ—致以他们恭敬的顶礼

译文 半神人看到，为了三个世界的吉祥发展，主希瓦与他妻子芭娃妮坐在凯拉斯山的顶峰上。他受到想要解脱的圣洁之人的崇拜。半神人们向他致敬，恭恭敬敬地向他祈祷。

第 21 节

श्रीप्रजापतय ऊचुः
देवदेव महादेव भूतात्मन् भूतभावन ।
त्राहि नः शरणापन्नांस्त्रैलोक्यदहनाद्विषात् ॥२१॥

śrī-prajāpataya ūcuḥ
deva-deva mahā-deva
bhūtātman bhūta-bhāvana
trāhi naḥ śaraṇāpannāṁs
trailokya-dahanād viṣāt

śrī-prajāpatayaḥ ūcuḥ—生物体的祖先说 / deva-deva—最优秀的半神人主玛哈戴瓦啊 / mahā-deva—伟大的半神人啊 / bhūta-ātman—众生的生命和灵魂啊 / bhūta-bhāvana—使众生变得幸福安乐的原因

啊 / trāhi－拯救 / naḥ－我们 / śaraṇa-āpannān－投靠您的莲花足的 / trailokya－三个世界的 / dahanāt－造成烧灼 / viṣāt－从这个毒药

译文　生物体祖先们说：啊，最伟大的半神人，玛哈戴瓦，众生的超灵，大众快乐和成功的原因！我们来托庇于您的莲花足。现在，请拯救我们摆脱这流遍三个世界的剧毒液造成的危险。

要旨　既然主希瓦掌管毁灭，为什么要去寻求他的保护，而保护本是由主维施努给予的啊？尽管主布茹阿玛负责创造、主希瓦负责毁灭，但主布茹阿玛和主希瓦都是主维施努的化身，被称为能量化身(śaktyāveśa-avatāra)。他们像主维施努一样具有特殊的力量，主维施努实际上渗透在他们每一个活动中。因此，向主希瓦敬献的寻求保护的祈祷，实际上是给主维施努的，否则主希瓦是专门负责毁灭的。主希瓦是控制者(īśvara)之一，或者被称为能量化身控制者。所以，他可以被说成是具有主维施努的品质。

第 22 节

त्वमेकः सर्वजगत ईश्वरो बन्धमोक्षयोः ।
तं त्वामर्चन्ति कुशलाः प्रपन्नार्तिहरं गुरुम् ॥२२॥

tvam ekaḥ sarva-jagata
　īśvaro bandha-mokṣayoḥ
taṁ tvām arcanti kuśalāḥ
　prapannārti-haraṁ gurum

tvam ekaḥ－大人您确实 / sarva-jagataḥ－三个世界的 / īśvaraḥ－控制者 / bandha-mokṣayoḥ－束缚和解脱的 / tam－那个控制者 / tvām arcanti－崇拜您 / kuśalāḥ－想要有好运的人 / prapanna-ārti-haram－能减轻投靠了的奉献者之苦恼的 / gurum－给予全体堕落灵魂以教导的您

译文 大人啊！您是整个宇宙的统治者，所以掌管着束缚和解脱。具有高度灵性意识的人皈依您，您不仅可以减轻他们的苦恼，也可以使他们解脱。为此，我们崇拜您圣上。

要旨 事实上，是主维施努维系和赐予所有的好运。如果人必须托庇于主维施努，半神人为什么要托庇于主希瓦？他们之所以这么做，是因为在物质世界的创造中，主维施努透过主希瓦行事。主希瓦代表主维施努做事。当《博伽梵歌》第14章的第4节诗记载，至尊主说祂是众生的父亲(ahaṁ bīja-pradaḥ pitā)时，祂是指主维施努透过主希瓦从事的活动。主维施努永远不触碰物质活动，当需要从事物质活动时，主维施努透过主希瓦去从事。正因为如此，人们像崇拜主维施努一样崇拜主希瓦。主维施努不触碰外在能量时是主维施努，在触碰外在能量时，就以主希瓦的形象显现。

第23节

गुणमय्या स्वशक्त्यास्य सर्गस्थित्यप्ययान् विभो ।
धत्से यदा स्वदृग्भूमन् ब्रह्मविष्णुशिवाभिधाम् ॥२३॥

guṇa-mayyā sva-śaktyāsya
sarga-sthity-apyayān vibho
dhatse yadā sva-dṛg bhūman
brahma-viṣṇu-śivābhidhām

guṇa-mayyā－在三个属性中 / sva-śaktyā－被您圣上的外在能量 / asya－这个物质世界的 / sarga-sthiti-apyayān－创造、维系和毁灭 / vibho－主啊 / dhatse－您执行 / yadā－当……时 / sva-dṛk－您展示自己 / bhūman－伟大的人啊 / brahma-viṣṇu-śiva-abhidhām－以主布茹阿玛、主维施努和主希瓦的身份

译文 大人啊！您自放光明、至高无上。您用个人的能量创造这物质世界，并在进行创造、维系和毁灭时采用布茹

阿玛、维施努和玛黑施瓦尔等名字。

要旨　这祈祷其实是献给主维施努(puruṣa)的。祂扩展出属性化身(guṇa-avatāra)，分别采用布茹阿玛、维施努和玛黑施瓦尔(Maheśvara)这些名字。

第 24 节

त्वं ब्रह्म परमं गुह्यं सदसद्भावभावनम् ।
नानाशक्तिभिराभातस्त्वमात्मा जगदीश्वरः ॥२४॥

tvaṁ brahma paramaṁ guhyaṁ
sad-asad-bhāva-bhāvanam
nānā-śaktibhir ābhātas
tvam ātmā jagad-īśvaraḥ

tvam—大人啊 / brahma—不具人格特征的梵 / paramam—至高无上 / guhyam—机密的 / sat-asat-bhāva-bhāvanam—各种创造的原因和结果 / nānā-śaktibhiḥ—各种力量 / ābhātaḥ—展示 / tvam—您是 / ātmā—超灵 / jagat-īśvaraḥ—至尊人格首神

译文　您是一切原因的起因，是自明、不可思议的，是来自至尊梵那不具人格特征的梵。您在这个宇宙展示中展示了各种力量。

要旨　这祈祷献给由至尊梵放射的灿烂光芒所构成的不具人格特征的梵。至尊梵是至尊人格首神(paraṁ brahma paraṁ dhāma pavitraṁ paramaṁ bhavān)。当主希瓦被当做至尊梵崇拜时，那崇拜是献给主维施努的。

第 25 节

त्वं शब्दयोनिर्जगदादिरात्मा
प्राणेन्द्रियद्रव्यगुणः स्वभावः ।

कालः क्रतुः सत्यमृतं च धर्म-
स्त्वय्यक्षरं यत्त्रिवृदामनन्ति ॥२५॥

tvaṁ śabda-yonir jagad-ādir ātmā
prāṇendriya-dravya-guṇaḥ svabhāvaḥ
kālaḥ kratuḥ satyam ṛtaṁ ca dharmas
tvayy akṣaraṁ yat tri-vṛd-āmananti

tvam—大人啊 / śabda-yoniḥ—韦达文献的源头 / jagat-ādiḥ—物质创造的最初起因 / ātmā—灵魂 / prāṇa—生命力 / indriya—感官 / dravya—物质元素 / guṇaḥ—三种属性 / sva-bhāvaḥ—物质能量 / kālaḥ—永恒的时间 / kratuḥ—祭祀 / satyam—真理 / ṛtam—诚实 / ca—和 / dharmaḥ—两种宗教 / tvayi—向您 / akṣaram—最初的音节“欧么(oṁ)” / yat—……的 / tri-vṛt—由a、u和m这三个字母组成的 / āmananti—他们说

译文 大人啊！您是韦达文献的源头，物质创造、生命力、感官、五种元素、三种自然属性及物质能量总体的最初起因。您是永恒的时间、决心和名叫真实(satya)和诚实(ṛta)的两种宗教系统。您是由a-u-m这三个字母组成的oṁ音节的庇护。

第26节

अग्निर्मुखं तेऽखिलदेवतात्मा
क्षितिं विदुर्लोकभवाङ्घ्रिपङ्कजम् ।
कालं गतिं तेऽखिलदेवतात्मनो
दिशश्च कर्णौ रसनं जलेशम् ॥२६॥

agnir mukhaṁ te 'khila-devatātmā
kṣitiṁ vidur loka-bhavāṅghri-paṅkajam
kālaṁ gatiṁ te 'khila-devatātmano
diśaś ca karṇau rasanaṁ jaleśam

agniḥ一火 / mukham一嘴 / te一您大人的 / akhila-devatā-ātmā一全体半神人的源头 / kṣitim一地球表面 / viduḥ一他们知道 / loka-bhava一一切星球的源头啊 / aṅghri-paṅkajam一您的莲花足 / kālam一永恒的时间 / gatim一动作 / akhila-devatā-ātmanaḥ一全体半神人的集合体 / diśaḥ一所有的方向 / ca一和 / karṇau一您的耳朵 / rasanam一味觉、舌头 / jala-īśam一掌管水的半神人

译文　所有星球的父亲啊！博学的学者们知道，火是您的嘴；地球表面是您的莲花足；永恒的时间是您的运动；所有的方向是您的耳朵；水神瓦茹纳是您的舌头。

要旨　韦达赞歌(śruti-mantra)中说："火是全体半神人的集合体(agniḥ sarva-devatāḥ)。"火(Agni)是至尊人格首神的嘴。至尊主透过火——阿格尼，接受祭祀中所有的献祭物。

第 27 节

नाभिर्नभस्ते श्वसनं नभस्वान्
सूर्यश्च चक्षूंषि जलं स्म रेतः ।
परावरात्माश्रयणं तवात्मा
सोमो मनो द्यौर्भगवन् शिरस्ते ॥२७॥

nābhir nabhas te śvasanaṁ nabhasvān
sūryaś ca cakṣūṁṣi jalaṁ sma retaḥ
parāvarātmāśrayaṇaṁ tavātmā
somo mano dyaur bhagavan śiras te

nābhiḥ一肚脐 / nabhaḥ一天空 / te一大人的 / śvasanam一呼吸 / nabhasvān一空气 / sūryaḥ ca一和太阳 / cakṣūṁṣi一您的眼睛 / jalam一水 / sma一事实上 / retaḥ一精液 / para-avara-ātma-āśrayaṇam一所有低等和高等生物体的庇护 / tava一您的 / ātmā一自我 / somaḥ一月亮 / manaḥ一心 / dyauḥ一高等星球 / bhagavan一您圣上啊 / śiraḥ一头 / te一您的

译文 大人啊！天空是您的肚脐；气体是您的呼吸；太阳是您的眼睛；水是您的精液。您是所有高等或低等生物体的保护者。月亮神是您的心；高等星球是您的头。

第 28 节

कुक्षिः समुद्रा गिरयोऽस्थिसङ्घा
रोमाणि सर्वौषधिवीरुधस्ते ।
छन्दांसि साक्षात्तव सप्त धातव-
स्त्रयीमयात्मन् हृदयं सर्वधर्मः ॥२८॥

kukṣiḥ samudrā girayo 'sthi-saṅghā
romāṇi sarvauṣadhi-vīrudhas te
chandāṁsi sākṣāt tava sapta dhātavas
trayī-mayātman hṛdayaṁ sarva-dharmaḥ

kukṣiḥ—腹部 / samudrāḥ—海洋 / girayaḥ—山丘 / asthi—骨头 / saṅghāḥ—组合 / romāṇi—身体的毛发 / sarva—所有 / auṣadhi—草药 / vīrudhaḥ—植物和匍匐植物 / te—您的 / chandāṁsi—韦达赞歌 / sākṣāt—直接地 / tava—您的 / sapta—七个 / dhātavaḥ—躯体的不同层次 / trayī-maya-ātman—三部韦达经的人格化身 / hṛdayam—内心深处 / sarva-dharmaḥ—各种宗教

译文 大人啊！您是三部韦达经的具体体现。七大洋是您的肚腹；山脉是您的骨骼。所有的草药、匍匐植物和蔬菜，是您身体的毛发；嘎雅垂等韦达赞歌是您身体的七层，韦达宗教体系是您的内心。

第 29 节

मुखानि पञ्चोपनिषदस्तवेश
यैस्त्रिंशदष्टोत्तरमन्त्रवर्गः ।
यत्तच्छिवाख्यं परमात्मतत्त्वं
देव स्वयंज्योतिरवस्थितिस्ते ॥२९॥

mukhāni pañcopaniṣadas taveśa
　yais triṁśad-aṣṭottara-mantra-vargaḥ
yat tac chivākhyaṁ paramātma-tattvaṁ
　deva svayaṁ-jyotir avasthitis te

mukhāni—脸 / pañca—五个 / upaniṣadaḥ—韦达文献 / tava—您的 / īśa—主啊 / yaiḥ—……的 / triṁśat-aṣṭa-uttara-mantra-vargaḥ—属于三十八个重要的韦达赞歌 / yat—那 / tat—如实地 / śiva-ākhyam—以主希瓦闻名于世 / paramātma-tattvam—明确有关超灵的真理 / deva—主啊 / svayam-jyotiḥ—自放光芒 / avasthitiḥ—处境 / te—您圣上的

译文　主啊！您的五个面庞代表五首重要的韦达赞歌，从这些赞歌产出最著名的三十八首韦达赞歌。以主希瓦闻名于世的您圣上自放光芒。您直接以被称为至尊灵魂的最高真理存在于世。

要旨　这节诗中提到的五首赞歌的题目分别是：(1)菩茹沙(Puruṣa)，(2)阿勾茹阿(Aghora)，(3)萨丢佳塔(Sadyojāta)，(4)瓦玛戴瓦(Vāmadeva)和(5)伊沙纳(Īśāna)。这五首赞歌都包括在主希瓦吟诵的三十八首特殊的赞歌中，主希瓦因而以希瓦或玛哈戴瓦(Mahādeva)闻名于世。希瓦(Śiva)的意思是“绝对吉祥”，主希瓦之所以被称为希瓦的另一个原因是：他像至尊梵主维施努一样自放光芒。主希瓦直接是主维施努的一个化身，因此作为主维施努的直接代表存在。韦达赞美诗证实这一事实说：有许多名字用来称呼超灵，其中尤其被提到的是，玛黑施瓦尔、希瓦和阿秋塔(patiṁ viśvasyātmeśvaraṁ śāśvatam śivam acyutam)。

第30节

छाया त्वधर्मोर्मिषु यैर्विसर्गो
　नेत्रत्रयं सत्त्वरजस्तमांसि ।

सांख्यात्मनः शास्त्रकृतस्तवेक्षा
छन्दोमयो देव ऋषिः पुराणः ॥३०॥

chāyā tv adharmormiṣu yair visargo
netra-trayaṁ sattva-rajas-tamāṁsi
sāṅkhyātmanaḥ śāstra-kṛtas tavekṣā
chandomayo deva ṛṣiḥ purāṇaḥ

chāyā—影子 / tu—但却 / adharma-ūrmiṣu—显示在色欲、愤怒、贪婪、迷惑等非宗教的波涛中 / yaiḥ—……的 / visargaḥ—多种多样的创造 / netra-trayam—三个眼睛 / sattva—善良 / rajaḥ—激情 / tamāṁsi—和愚昧 / sāṅkhya-ātmanaḥ—所有韦达文献的源头 / śāstra—经典 / kṛtaḥ—得以实现 / tava—被您 / īkṣā—仅仅靠瞥视 / chandaḥ-mayaḥ—满载诗文 / deva—主啊 / ṛṣiḥ—所有韦达文献 / purāṇaḥ—以及往世书等补充文献

译文 大人啊！引起各种邪恶事物的非宗教是您的影子。善良、激情和愚昧这三种物质自然属性，是您的三只眼睛。满载诗文的所有韦达文献来自您，因为它们的编纂者是在得到您的瞥视后编纂并写下了这些不同经典的。

第31节

न ते गिरित्राखिललोकपाल-
विरिञ्चवैकुण्ठसुरेन्द्रगम्यम् ।
ज्योतिः परं यत्र रजस्तमश्च
सत्त्वं न यद् ब्रह्म निरस्तभेदम् ॥३१॥

na te giri-trākhila-loka-pāla-
viriñca-vaikuṇṭha-surendra-gamyam
jyotiḥ paraṁ yatra rajas tamaś ca
sattvaṁ na yad brahma nirasta-bhedam

na－不／te－您圣上的／giri-tra－高山之王／akhila-loka-pāla－物质活动的各个主管／viriñca－主布茹阿玛／vaikuṇṭha－主维施努／sura-indra－天帝因铎／gamyam－他们能理解／jyotiḥ－光芒／param－超然／yatra－其中／rajaḥ－激情属性／tamaḥ ca－和愚昧属性／sattvam－善良属性／na－不／yat brahma－不具人格特征的梵／nirasta-bhedam－不分半神人和人类

译文　主哥瑞沙啊！既然不具人格特征的梵超越善良、激情和愚昧这些物质自然属性，这物质世界里的各个主管，无疑无法欣赏它或甚至知道它在哪里。就连主布茹阿玛、主维施努或天帝玛汉铎都无法了解它。

要旨　梵光(brahmajyoti)实际上是至尊人格首神放射出的光芒。正如《布茹阿玛·萨密塔》(Brahma-saṁhitā)第5章的第40节诗说明：

yasya prabhā prabhavato jagad-aṇḍa-koṭi-
koṭiṣv aśeṣa-vasudhādi-vibhūti-bhinnam
tad brahma niṣkalam anantam aśeṣa-bhūtaṁ
govindam ādi-puruṣaṁ tam ahaṁ bhajāmi

“我崇拜最初的至尊主哥文达，祂天生具有巨大的力量。祂超然的形体放射出的强烈光芒是不具人格特征的梵。那梵绝对、完整、无限，在千百万个宇宙中展出无数具有不同财富的各种星球。”尽管至尊人格首神的非人格特征是这位绝对者放射的光芒，但祂不需要照顾进入梵光的非人格神主义者。《博伽梵歌》第9章的第4节诗记载，奎师那说：我以非人格特征遍布整个宇宙(mayā tatam idaṁ sarvaṁ jagad avyakta-mūrtinā)。非人格特征(avyakta-mūrti)无疑是奎师那能量的一种扩展。更愿意融入这梵光的假象宗人士(Māyāvādī)，崇拜主希瓦。第29节诗所谈到的赞歌被说成是：

主啊！您的五个面庞代表五首重要的韦达赞歌，从这些赞歌产出最著名的三十八首韦达赞歌(mukhāni pañcopaniṣadas taveśa triṁśad-aṣṭottara-mantra-vargaḥ)。假象宗人士在崇拜主希瓦时认真地吟诵这些曼陀；它们分别是：(1) tat puruṣāya vidmahe śāntyai；(2) mahādevāya dhīmahi vidyāyai；(3) tan no rudraḥ pratiṣṭhāyai；(4) pracodayāt dhṛtyai；(5) aghorebhyas tamā...(6) atha ghorebhyo mohā...(7) aghorebhyo rakṣā...(8) aghoratarebhyo nidrā...(9) sarvebhyaḥ sarva-vyādhyai；(10) sarva-sarvebhyo mṛtyave；(11) namas te 'stu kṣudhā...(12) rudra-rūpebhyas tṛṣṇā...(13) vāmadevāya rajā...(14) jyeṣṭhāya svāhā...(15) śreṣṭhāya ratyai；(16) rudrāya kalyāṇyai；(17) kālāya kāmā...(18) kala-vikaraṇāya sandhinyai；(19) bala-vikaraṇāya kriyā...(20) balāya vṛddhyai；(21) balacchāyā...(22) pramathanāya dhātryai；(23) sarva-bhūta-damanāya bhrāmaṇyai；(24) manaḥ-śoṣiṇyai；(25) unmanāya jvarā...(26) sadyojātaṁ prapadyāmi siddhyai；(27) sadyojātāya vai namaḥ ṛddhyai；(28) bhave dityai；(29) abhave lakṣmyai；(30) nātibhave medhā...(31) bhajasva māṁ kāntyai；(32) bhava svadhā...(33) udbhavāya prabhā...(34) īśānaḥ sarva-vidyānāṁ śaśinyai；(35) īśvaraḥ sarva-bhūtānām abhaya-dā...(36) brahmādhipatir brahmaṇodhipatir brahman brahmeṣṭa-dā...(37) śivo me astu marīcyai；(38) sadāśivaḥ jvālinyai。

就连包括主布茹阿玛、主因铎，甚至主维施努在内的物质创造中的其他主管，都不知道不具人格特征的梵。但这并非意味着主维施努不全知，而是祂根本不必了解在祂遍布一切的扩展中在发生什么。为此，《博伽梵歌》记载，至尊主说：因为有主布茹阿玛、主希瓦和因铎等各种主管，所以尽管一切都是祂的一个扩展(mayā tatam idaṁ sarvam)，但祂却不必照管一切(na cāhaṁ teṣv avasthitaḥ)。

第 32 节

कामाध्वरत्रिपुरकालगराद्यनेक-
भूतद्रुहः क्षपयतः स्तुतये न तत्ते ।
यस्त्वन्तकाल इदमात्मकृतं स्वनेत्र-
वह्निस्फुलिङ्गशिखया भसितं न वेद ॥३२॥

kāmādhvara-tripura-kālagarādy-aneka-
bhūta-druhaḥ kṣapayataḥ stutaye na tat te
yas tv anta-kāla idam ātma-kṛtaṁ sva-netra-
vahni-sphuliṅga-śikhayā bhasitaṁ na veda

kāma-adhvara－为了得到感官享乐举行的祭祀(如达克沙举行的祭祀等) / tripura－名叫特瑞普茹阿的恶魔 / kālagara－卡拉嘎茹阿 / ādi－等等 / aneka－许多 / bhūta-druhaḥ－专门给众生制造麻烦的 / kṣapayataḥ－毁灭他们 / stutaye－对您的赞美 / na－不 / tat－那 / te－对您说话 / yaḥ tu－因为 / anta-kāle－毁灭之际 / idam－在这个物质世界中 / ātma-kṛtam－您自己做的 / sva-netra－被您的眼睛 / vahni-sphuliṅga-śikhayā－被火花 / bhasitam－烧成灰烬 / na veda－不知道它是如何发生的

译文　当您眼中发出的火焰和火星执行毁灭时，整个宇宙被烧成灰烬。然而，您并不知道这是如何发生的。那么，更何况您摧毁达克沙祭祀，消灭特瑞普茹阿魔和消除卡拉库塔毒液的事呢？这类活动无法当做向您祈祷的内容。

要旨　既然主希瓦认为他的非凡举动都无足轻重，那么抵消搅拌牛奶之洋所产出的剧毒液的作用有什么好说的？半神人在间接地乞求主希瓦抵消流到宇宙各处的卡拉库塔(kālakūṭa)毒液的作用。

第 33 节

ये त्वात्मरामगुरुभिर्हृदि चिन्तिताङ्घ्रि-
द्वन्द्वं चरन्तमुमया तपसाभितप्तम् ।
कत्थन्त उग्रपरुषं निरतं श्मशाने
ते नूनमूतिमविदंस्तव हातलज्जाः ॥३३॥

ye tv ātma-rāma-gurubhir hṛdi cintitāṅghri-
dvandvaṁ carantam umayā tapasābhitaptam
katthanta ugra-paruṣaṁ niratam śmaśāne
te nūnam ūtim avidaṁs tava hāta-lajjāḥ

ye—……的人 / tu—事实上 / ātma-rāma-gurubhiḥ—由在自我中感到满足并被认为是世界灵性导师的这些人 / hṛdi—内心 / cintita-aṅghri-dvandvam—想着您的莲花足 / carantam—旅行 / umayā—与您的妻子乌玛 / tapasā abhitaptam—靠苦修得到高深的造诣 / katthante—批评您 / ugra-paruṣam—不是温和的人 / niratam—总是 / śmaśāne—在火葬场里 / te—这种人 / nūnam—事实上 / ūtim—这些活动 / avidan—不了解 / tava—您的活动 / hāta-lajjāḥ—无耻

译文 向整个世界传播知识并在自我中感到满足的崇高人物，一直不断地在他们心中想着您的莲花足。然而，不了解您从事苦行的人看到您与乌玛共同行进时，就误解您很好色；或者，当他们看到您在火葬场内游荡时，就误以为您凶残、心怀恶意。毫无疑问，那种人很无耻。他们无法了解您的活动。

要旨 主希瓦是最优秀的外士纳瓦(vaiṣṇavānāṁ yathā śambhuḥ)。经典中说：就连最聪明的人都无法了解主希瓦那样的外士纳瓦在做什么或怎样行事(vaiṣṇavera kriyā-mudrā vijñe nā bujhaya)。被贪图物质享乐的欲望和愤怒所征服的人，无法估量状态永远超然的主希瓦的荣耀。尽管表面上看，主希瓦与贪图物质享乐的活动有关，但事实上他永远是“在自我中感到快乐的人(ātma-rāma)”。因此，普通人不会努力了解主希瓦和他的活动。试图批评主希瓦的活动的人是无耻之徒。

第 34 节

तत्तस्य ते सदसतोः परतः परस्य
नाञ्जः स्वरूपगमने प्रभवन्ति भूम्नः ।
ब्रह्मादयः किमुत संस्तवने वयं तु
तत्सर्गसर्गविषया अपि शक्तिमात्रम् ॥३४॥

tat tasya te sad-asatoḥ parataḥ parasya
nāñjaḥ svarūpa-gamane prabhavanti bhūmnaḥ
brahmādayaḥ kim uta saṁstavane vayaṁ tu
tat-sarga-sarga-viṣayā api śakti-mātram

tat－因此 / tasya－ / te－您圣上的 / sat-asatoḥ－动与不动的生物体的 / parataḥ－超越于 / parasya－难以理解 / na－也不 / añjaḥ－如实地 / svarūpa-gamane－接近您的真实本性 / prabhavanti－有可能 / bhūmnaḥ－伟大者啊 / brahma-ādayaḥ－就连主布茹阿玛等人 / kim uta－更何况其他人 / saṁstavane－献上祈祷 / vayam tu－对我们而言 / tat－您的 / sarga-sarga-viṣayāḥ－创造中的各种创造 / api－虽然 / śakti-mātram－对您的能力

译文　您超越动与不动的创造之外，因此就连主布茹阿玛和其他半神人等人物都无法了解您的地位。既然没人能真正地了解您，人怎么能向您献上祈祷呢？那是不可能的。至于我们，我们是主布茹阿玛创造中的生物体。在这种情况下，我们无法向您献上恰当的祈祷，而是只能尽力表达我们的感受而已。

第 35 节

एतत्परं प्रपश्यामो न परं ते महेश्वर ।
मृडनाय हि लोकस्य व्यक्तिस्तेऽव्यक्तकर्मणः ॥३५॥

etat paraṁ prapaśyāmo
na paraṁ te maheśvara
mṛḍanāya hi lokasya
vyaktis te 'vyakta-karmaṇaḥ

etat—所有这些 / param—超然 / prapaśyāmaḥ—我们能看到 / na—不 / param—真实的超然情况 / te—您圣上的 / mahā-īśvara—伟大的统治者啊 / mṛḍanāya—为了……的幸福 / hi—确实 / lokasya—所有的世界 / vyaktiḥ—展示 / te—您圣上的 / avyakta-karmaṇaḥ—没人能了解您的活动

译文 最伟大的统治者啊！我们无法明白您真正的身份。我们所能看到的是，您的临在使众生非常快乐。除此之外，没人能了解您的活动。我们只能明白到这程度，更多的就不懂了。

要旨 半神人这样向主希瓦祈祷时，内心的动机是取悦他，以使他能矫正由剧毒液体造成的混乱处境。正如《博伽梵歌》第7章的第20节诗说明：崇拜半神人的人，无疑是想要靠那些半神人的恩典满足自己内心根深蒂固的欲望(kāmais tais tair hṛta jñānāḥ prapadyante 'nya-devatāḥ)。人们一般都为实现某种动机而很执著于崇拜半神人。

第 36 节

श्रीशुक उवाच
तद्वीक्ष्य व्यसनं तासां कृपया भृशपीडितः ।
सर्वभूतसुहृद्देव इदमाह सतीं प्रियाम् ॥३६॥

śrī-śuka uvāca
tad-vīkṣya vyasanaṁ tāsāṁ
kṛpayā bhṛśa-pīḍitaḥ
sarva-bhūta-suhṛd deva
idam āha satīṁ priyām

śrī-śukaḥ uvāca—圣舒卡戴瓦·哥斯瓦米说 / tat—这个情况 / vīkṣya—看到 / vyasanam—危险 / tāsām—全体半神人的 / kṛpayā—出于同情 / bhṛśa-pīḍitaḥ—非常痛苦 / sarva-bhūta-suhṛt—众生的朋友 / devaḥ—玛哈戴瓦 / idam—这个 / āha—说 / satīm—对萨缇女神 / priyām—他亲爱的妻子

译文　圣舒卡戴瓦·哥斯瓦米继续道：主希瓦对众生总是很仁慈、亲切，当他看众生深受流到四处的毒液的侵扰时，不禁感到十分同情。为此，他对他永恒的伴侣萨缇说了如下一番话。

第 37 节

श्रीशिव उवाच
अहो बत भवान्येतत्प्रजानां पश्य वैशसम् ।
क्षीरोदमथनोद्भूतात्कालकूटादुपस्थितम् ॥३७॥

śrī-śiva uvāca
aho bata bhavāny etat
prajānāṁ paśya vaiśasam
kṣīroda-mathanodbhūtāt
kālakūṭād upasthitam

śrī-śivaḥ uvāca—圣希瓦说 / aho bata—好可怜 / bhavāni—我亲爱的妻子芭娃妮 / etat—这种情况 / prajānām—众生的 / paśya—看看 / vaiśasam—非常危险 / kṣīra-uda—牛奶之洋的 / mathana-udbhūtāt—产生自搅拌 / kālakūṭāt—因为产出毒液 / upasthitam—目前的状况

译文 主希瓦说：我亲爱的芭娃妮，看看所有这些生物体是如何被搅拌牛奶之洋产出的毒液置于险境的吧。

第 38 节

आसां प्राणपरीप्सूनां विधेयमभयं हि मे ।
एतावान् हि प्रभोरर्थो यद्दीनपरिपालनम् ॥३८॥

āsāṁ prāṇa-parīpsūnāṁ
vidheyam abhayaṁ hi me
etāvān hi prabhor artho
yad dīna-paripālanam

āsām—所有这些生物体 / prāṇa-parīpsūnām—极其渴望保护自己的性命 / vidheyam—必须采取行动 / abhayam—安全 / hi—事实上 / me—由我 / etāvān—这么多 / hi—的确 / prabhoḥ—主人的 / arthaḥ—责任 / yat—……的 / dīna-paripālanam—保护受苦的人类

译文 保护和拯救为生存而苦苦挣扎的众生是我的责任。毫无疑问，主人的责任就是保护那些依赖他的、正在受苦的下属。

第 39 节

प्राणैः स्वैः प्राणिनः पान्ति साधवः क्षणभङ्गुरैः ।
बद्धवैरेषु भूतेषु मोहितेष्वात्ममायया ॥३९॥

prāṇaiḥ svaiḥ prāṇinaḥ pānti
sādhavaḥ kṣaṇa-bhaṅguraiḥ
baddha-vaireṣu bhūteṣu
mohiteṣv ātma-māyayā

prāṇaiḥ—用……生命 / svaiḥ—他们自己的 / prāṇinaḥ—其他生物体 / pānti—保护 / sādhavaḥ—奉献者 / kṣaṇa-bhaṅguraiḥ—短暂的 / baddha-vaireṣu—不必要地怀有敌意 / bhūteṣu—对生物体 / mohiteṣu—迷惑 / ātma-māyayā—被至尊主的外在能量

译文　一般大众因为受到至尊人格首神错觉能量的迷惑，总是互相怀有敌意。但奉献者，哪怕是冒着献出他们短暂一生的危险，也要努力拯救他们。

要旨　这是外士纳瓦的品德。外士纳瓦始终是忧天下苍生之忧(para-duḥkha-duḥkhī)，乐天下苍生之乐。否则，他们就不会去教导人们如何变得快乐了。在物质性的生活中，人们必然从事怀有敌意的活动。正因为如此，物质性的生活被比喻为是自动燃起的森林大火(saṁsāra-dāvānala)。主希瓦和在他传承中的追随者努力将人们救出这受制约的、危险的物质生活。这是遵循主希瓦的原则并属于茹铎师徒传承(Rudra-sampradāya)的奉献者肩负的责任。世上有四个外士纳瓦传承，茹铎传承是其中之一，因为主希瓦(茹铎)是最优秀的外士纳瓦(vaiṣṇavānāṁ yathā śambhuḥ)。事实上，正如我们将看到的，主希瓦为了全宇宙人类的利益而喝下了所有的毒液。

第 40 节

पुंसः कृपयतो भद्रे सर्वात्मा प्रीयते हरिः ।
प्रीते हरौ भगवति प्रीयेऽहं सचराचरः ।
तस्मादिदं गरं भुञ्जे प्रजानां स्वस्तिरस्तु मे ॥४०॥

puṁsaḥ kṛpayato bhadre
　sarvātmā prīyate hariḥ
prīte harau bhagavati
　prīye 'haṁ sacarācaraḥ
tasmād idaṁ garaṁ bhuñje
　prajānāṁ svastir astu me

puṁsaḥ—对……的人 / kṛpayataḥ—从事造福他人的活动 / bhadre—温和的芭娃妮啊 / sarva-ātmā—超灵 / prīyate—感到满意 / hariḥ—至尊人格首神 / prīte—由于祂的快乐 / harau—至尊主哈尔依 / bhagavati—人格首神 / prīye—也满意 / aham—我 / sa-cara-acaraḥ—以

及所有其他动与不动的生物体 / tasmāt－因此 / idam－这个 / garam－毒液 / bhuñje－让我喝 / prajānām－生物体的 / svastiḥ－幸福 / astu－愿…… / me－因为我

译文 我温柔的爱妻芭娃妮，当人为他人的利益而行善时，至尊人格首神哈尔依就十分高兴。当至尊主满意时，我和其他众生也就高兴了。因此，让我喝下这毒液，因为众生也许会因为我这么做而变得快乐。

第41节

श्रीशुक उवाच
एवमामन्त्र्य भगवान् भवानीं विश्वभावनः ।
तद्विषं जग्धुमारेभे प्रभावज्ञान्वमोदत ॥४१॥

śrī-śuka uvāca
evam āmantrya bhagavān
bhavānīṁ viśva-bhāvanaḥ
tad viṣaṁ jagdhum ārebhe
prabhāva-jñānvamodata

śrī-śukaḥ uvāca－圣舒卡戴瓦·哥斯瓦米说 / evam－这样 / āmantrya－说话 / bhagavān－主希瓦 / bhavānīm－芭娃妮 / viśva-bhāvanaḥ－整个宇宙的祝愿者 / tat viṣam－那毒液 / jagdhum－喝 / ārebhe－开始 / prabhāva-jñā－芭娃妮母亲 / anvamodata－允许

译文 圣舒卡戴瓦·哥斯瓦米继续说：这样告知芭娃妮后，主希瓦就开始喝毒液，芭娃妮因为清楚地了解主希瓦的能力，所以便允许他这么做。

第42节

ततः करतलीकृत्य व्यापि हालाहलं विषम् ।
अभक्षयन्महादेवः कृपया भूतभावनः ॥४२॥

tataḥ karatalī-kṛtya
　vyāpi hālāhalaṁ viṣam
abhakṣayan mahā-devaḥ
　kṛpayā bhūta-bhāvanaḥ

tataḥ—此后 / karatalī-kṛtya—用手 / vyāpi—流到各处 / hālāhalam—名叫哈拉哈拉 / viṣam—毒液 / abhakṣayat—喝了 / mahā-devaḥ—主希瓦 / kṛpayā—出于怜悯 / bhūta-bhāvanaḥ—为了众生的幸福

译文　那之后，致力于为众生从事吉祥善行的主希瓦，慈悲为怀地用手捧起所有的毒液，喝下了它。

要旨　尽管毒液的量很大，流到宇宙各处，但主希瓦具有如此非凡的力量，竟然可以将那么多的毒液都聚拢在他的手掌中。人不该尝试模仿主希瓦。主希瓦可以按照自己的意愿做事，但试图靠抽大麻和吸食其他毒品模仿主希瓦的人，必将被这种活动杀死。

第 43 节

तस्यापि दर्शयामास स्ववीर्यं जलकल्मषः ।
यच्चकार गले नीलं तच्च साधोर्विभूषणम् ॥४३॥

tasyāpi darśayām āsa
　sva-vīryaṁ jala-kalmaṣaḥ
yac cakāra gale nīlaṁ
　tac ca sādhor vibhūṣaṇam

tasya—主希瓦的 / api—也 / darśayām āsa—展示 / sva-vīryam—自己的能力 / jala-kalmaṣaḥ—产自汪洋的毒液 / yat—……的 / cakāra—使得 / gale—脖子上 / nīlam—蓝色条纹 / tat—那 / ca—也 / sādhoḥ—圣洁的人的 / vibhūṣaṇam—装饰

译文　产自牛奶之洋的毒液透过使主希瓦的脖子出现蓝色条纹标记展示它的力量，但那条纹现在被接受为是他身上的一种装饰。

第 44 节

तप्यन्ते लोकतापेन साधवः प्रायशो जनाः ।
परमाराधनं तद्धि पुरुषस्याखिलात्मनः ॥४४॥

tapyante loka-tāpena
sādhavaḥ prāyaśo janāḥ
paramārādhanaṁ tad dhi
puruṣasyākhilātmanaḥ

tapyante—自愿受苦 / loka-tāpena—由于一般人的痛苦 / sādhavaḥ—圣人 / prāyaśaḥ—几乎总是 / janāḥ—这样的人 / parama-ārādhanam—最高形式的崇拜 / tat—那活动 / hi—的确 / puruṣasya—至尊人的 / akhila-ātmanaḥ—众生的超灵

译文 据说伟大的人物几乎总是因为大众受苦而自愿接受痛苦。这被视为是对处在每一个生物体心中的至尊人格首神最高形式的崇拜。

要旨 这节诗文解释了致力于为他人谋福利的人是如何很快得到至尊人格首神承认的。《博伽梵歌》第18章的第68-69节诗记载，至尊主说：我最喜爱向奉献者解说《博伽梵歌》信息的人(ya idaṁ paramaṁ guhyaṁ mad-bhakteṣv abhidhāsyati)；没有一个仆人比他更让我珍爱(na ca tasmān manuṣyeṣu kaścin me priya-kṛttamaḥ)。这个物质世界中有不同的福利活动，但最高的福利活动是传播奎师那意识。其他的福利活动因为无法阻止自然法律和功利性活动结果的影响，所以不可能真正有效。命运或说业报定律使人必然受苦或享受。这就好比接到法庭指令时必须遵守，无论遵守的结果是受苦还是受益都得遵守一样，每个人都受业报定律的控制。没人能改变这事实。为此，启示经典中说：

tasyaiva hetoḥ prayateta kovido
na labhyate yad bhramatām upary adhaḥ

(圣典博伽瓦谭 1.5.18)

“真正有智慧并有哲学倾向的人，应该只为最有意义的目标而努力。人即使从最高的星球游荡到最低的星球，也无法达到那目标。”有一个目标是靠功利性活动的结果在宇宙上下游荡所永远无法达到的，人应该为那个目标而努力。那目标是什么呢？就是奎师那意识。为在全世界传播奎师那意识而努力的人，应该被视为是在从事最好的福利活动。至尊主自然就会对这样的人很满意。如果至尊主对一个人满意了，那人还有什么目标是不能达到的？如果至尊主承认了一个人，那么无论那人向至尊主要求什么，在众生心中的至尊主都会给那人提供。对此，《博伽梵歌》也给予证实说：我会保护始终对我忠心耿耿的人，他们缺少什么，我就给他们什么(teṣāṁ nityābhiyuktānāṁ yoga-kṣemaṁ vahāmy aham)。此外，正如这节诗中所说，伟大的人物几乎总是因为大众受苦而自愿接受痛苦(tapyante loka-tāpena sādhavaḥ prāyaśo janāḥ)。受制约的灵魂之所以受苦，是因为没有奎师那意识，所以最好的福利活动是将人提升到奎师那意识的层面上。至尊主也亲自来缓解人类的苦难。

yadā yadā hi dharmasya
glānir bhavati bhārata
abhyutthānam adharmasya
tadātmānaṁ sṛjāmy aham

paritrāṇāya sādhūnāṁ
vināśāya ca duṣkṛtām
dharma-saṁsthāpanārthāya
sambhavāmi yuge yuge

“巴茹阿特的后裔啊！无论何时何地，每当宗教衰落，反宗教盛行，我就会亲自降临。一个年代复一个年代，我亲自降临，以拯救虔诚的人，彻底消灭邪恶之徒，重建宗教原则。”(《博伽梵歌》4.7—8)因此，所有的启示经典所给予的结论都是：传播奎师那意识运动是世上最好的福利活动。由于这活动给人民大众以最高的福利，至尊主会很快地赏识做这种服务的奉献者。

第 45 节

निशम्य कर्म तच्छम्भोर्देवदेवस्य मीढुषः ।
प्रजा दाक्षायणी ब्रह्मा वैकुण्ठश्च शशंसिरे ॥४५॥

niśamya karma tac chambhor
deva-devasya mīḍhuṣaḥ
prajā dākṣāyaṇī brahmā
vaikuṇṭhaś ca śaśaṁsire

niśamya－听到后 / karma－活动 / tat－那 / śambhoḥ－主希瓦的 / deva-devasya－甚至对半神人是值得崇拜的 / mīḍhuṣaḥ－将巨大的祝福赐予人们的他 / prajāḥ－人们 / dākṣāyaṇī－达克沙的女儿芭娃妮 / brahmā－主布茹阿玛 / vaikuṇṭhaḥ ca－和主维施努 / śaśaṁsire－高度赞扬

译文 听到主希瓦从事的这一活动，包括芭娃妮(达克沙王的女儿)、主布茹阿玛、主维施努和人民大众，都高度赞扬主希瓦的所作所为；主希瓦受到半神人的崇拜，他将祝福赐予人们。

第 46 节

प्रस्कन्नं पिबतः पाणेर्यत्किञ्चिज्जगृहुः स्म तत् ।
वृश्चिकाहिविषौषध्यो दन्दशूकाश्च येऽपरे ॥४६॥

praskannaṁ pibataḥ pāṇer
yat kiñcij jagṛhuḥ sma tat
vṛścikāhi-viṣauṣadhyo
dandaśūkāś ca ye 'pare

praskannam－到处滴落的 / pibataḥ－从主希瓦喝毒液的过程中 / pāṇeḥ－从手掌 / yat－……的 / kiñcit－少量 / jagṛhuḥ－趁机喝 / sma－事实上 / tat－那 / vṛścika－蝎子 / ahi－眼镜蛇 / viṣa-auṣadhyaḥ－有毒的草药 / dandaśūkāḥ ca－和叮咬时使对方中毒的动物 / ye－……的 / apare－其他生物体

译文　在主希瓦喝毒液的过程中，蝎子、眼镜蛇、有毒的草药和叮咬时会使对方中毒的动物，都趁机喝饮从主希瓦手中滴落的毒液。

要旨　蚊子、豺、狗和其他各种叮咬会使对方中毒的动物(dandaśūka)，都喝了从主希瓦手掌中漏出的搅拌牛奶之洋所产出的毒液(samudra-manthana)。

到此为止，结束了巴克提韦丹塔对《圣典博伽瓦谭》第8篇第7章——“主希瓦喝毒液拯救宇宙”所作的阐释。

第八章

搅拌牛奶之洋

这一章描述幸运女神是如何在搅拌牛奶之洋时显现，又如何接受主维施努(Viṣṇu)当她丈夫的。正如这一章后来描述的，当丹万塔瑞(Dhanvantari)带着一个甘露罐显现时，恶魔立刻抢走它，但主维施努以世上最美的女人摩黑妮(Mohinī)形象显现，以迷惑恶魔，把甘露留给半神人喝。

主希瓦喝下所有的毒液后，半神人和恶魔都受到激励，继续他们搅拌牛奶之洋的工作。这次搅拌首先产出的是一头苏茹阿碧(surabhi)乳牛。伟大的圣人们接受这头乳牛，以便善用从它那里得到的牛奶炼制纯净奶油，并将这纯净奶油在盛大的祭祀中用于献供。那之后，一匹名叫乌柴刷瓦(Uccaiḥśravā)的骏马从牛奶之洋产出。这匹马由巴利王(Bali Mahārāja)牵走。接着出现的是爱茹阿瓦特(Airāvata)和能到各方向的任何地方去的大象，以及一些母象。牛奶之洋中还产出名叫考斯图巴(Kaustubha)的宝石，主维施努用这块宝石装饰祂的胸膛。随后，一朵帕瑞佳塔(pārijāta)鲜花和宇宙中最漂亮的女人天堂舞女(Apsarā)浮出洋面。那之后，幸运女神拉珂施蜜(Lakṣmī)显现了。半神人、伟大的圣人、歌仙(Gandharva)和其他人都向她献上尊敬的崇拜。幸运女神在他们中找不到可以接受为是丈夫的人，最后，她选择主维施努当她的夫君。主维施努在自己的胸膛留出一个位置让她永久居住。拉珂施蜜和纳茹阿亚纳的这一结合使现场包括半神人和普通人在内的所有人都感到高兴，只有恶魔因为被幸运女神忽视而感到十分沮丧。随后，饮酒女神瓦茹妮(Vāruṇī)显现，恶魔按主维施努的命令接受了她。那以后，恶魔和半神人带着重新恢复的精力，再次搅拌牛奶之洋。这一次，主维施努的部分化身丹万塔瑞显现。他十分俊美，携带一个盛放甘露的罐子。恶魔立刻从丹万塔瑞手中抢走甘露罐并跑走，半神人心情十分忧郁地托庇于维施努。恶魔从丹万塔瑞那里抢走甘露罐后，彼此之间就开始争斗。半神人因为得到主维施努的安慰，所以没有参与争斗，而是保持沉默。在恶魔彼此争斗之际，至尊主本人化身为这个宇宙中最美的女人摩黑妮形象显现。

第 1 节

श्रीशुक उवाच
पीते गरे वृषाङ्केण प्रीतास्तेऽमरदानवाः ।
ममन्थुस्तरसा सिन्धुं हविर्धानी ततोऽभवत् ॥ १ ॥

śrī-śuka uvāca
pīte gare vṛṣāṅkeṇa
prītās te 'mara-dānavāḥ
mamanthus tarasā sindhuṁ
havirdhānī tato 'bhavat

śrī-śukaḥ uvāca—圣舒卡戴瓦·哥斯瓦米说 / pīte—被喝下 / gare—当毒液……时 / vṛṣa-aṅkeṇa—被坐在公牛上的主希瓦 / prītāḥ—感到满意 / te—他们大家 / amara—半神人 / dānavāḥ—和恶魔 / mamanthuḥ—又开始搅拌 / tarasā—用力地 / sindhum—牛奶之洋 / havirdhānī—净化奶油的泉源——苏茹阿碧乳牛 / tataḥ—从搅拌 / abhavat—产出

译文　舒卡戴瓦·哥斯瓦米继续说：主希瓦喝下毒液，使半神人和恶魔都很高兴。大家重新振作起精神，开始搅拌汪洋。搅拌的结果是，从汪洋中出现了一头名叫苏茹阿碧的乳牛。

要旨　苏茹阿碧乳牛被描述为是奶油的泉源(havirdhānī)。奶油通过融化而净化产出的纯净奶油——酥油，是举行盛大祭祀仪式中必不可少的献祭品。正如《博伽梵歌》第18章的第5节诗说明：祭祀、布施和苦修是使人类社会完美地保持和平与繁荣的必要活动(yajña-dāna-tapaḥ-karma na tyājyaṁ kāryam eva tat)。必须举行祭祀(yajña)，举行祭祀绝对需要净化的奶油——酥油，而要得到酥油，就需要有牛奶。当乳牛足够多时，就能产出足量的牛奶。正因为如此，《博伽梵歌》第18章的第44节诗告诫人们要保护乳牛(kṛṣi-go-rakṣya-vāṇijyaṁ vaiśya-karma svabhāva jam)。

第2节

तामग्निहोत्रीमृषयो जगृहुर्ब्रह्मवादिनः ।
यज्ञस्य देवयानस्य मेध्याय हविषे नृप ॥२॥

tām agni-hotrīm ṛṣayo
jagṛhur brahma-vādinaḥ
yajñasya deva-yānasya
medhyāya haviṣe nṛpa

tām—那头乳牛 / agni-hotrīm—为了产出在火祭中供奉祭品的酸奶(优酪乳)、牛奶和纯净酥油所绝对需要的 / ṛṣayaḥ—举行这种祭祀的圣人 / jagṛhuḥ—负责照顾 / brahma-vādinaḥ—因为这些圣人精通韦达仪式典礼 / yajñasya—祭祀的 / deva-yānasya—实现上升到高等星系和布茹阿玛星球的愿望 / medhyāya—适合当祭品 / haviṣe—为了得到纯净的酥油 / nṛpa—君王啊

译文　帕瑞克西特王啊！完全精通韦达仪式性典礼的大圣人们，负责照顾苏茹阿碧乳牛，它产出所有的酸奶(优酪乳)、牛奶和在火祭中供奉祭品所绝对需要的纯净酥油。他们这么做只是为了得到纯净的酥油，以供他们举行使他们升上高等星系，直到布茹阿玛星球的祭祀使用。

要旨 苏茹阿比乳牛一般都在外琨塔(Vaikuṇṭha)星球上。正如《布茹阿玛·萨密塔》(Brahma-saṁhitā)中描述，主奎师那在祂的星球哥珞卡·温达文(Goloka Vṛndāvana)中照看苏茹阿比乳牛(sura-bhīr abhipālayantam)。这些乳牛都是奎师那的宠物。人需要多少牛奶，就可以从苏茹阿碧乳牛得到多少牛奶，而且可以想挤多少次奶就挤多少次。换句话说，苏乳阿碧乳牛可以产出无限量的牛奶。举行祭祀需要牛奶。圣人们知道如何用牛奶提升人类社会，使人过上完美的生活。既然启示经典随处都在劝告人们要保护乳牛，布茹阿玛瓦迪宗(brahmāvādī)的圣人们便负责照顾乳牛，而恶魔对此毫无兴趣。

第3节

तत उच्चैःश्रवा नाम हयोऽभूच्चन्द्रपाण्डुरः ।
तस्मिन् बलिः स्पृहां चक्रे नेन्द्र ईश्वरशिक्षया ॥ ३ ॥

tata uccaiḥśravā nāma
hayo 'bhūc candra-pāṇḍuraḥ
tasmin baliḥ spṛhāṁ cakre
nendra īśvara-śikṣayā

tataḥ—此后 / uccaiḥśravāḥ nāma—名叫乌柴刷瓦 / hayaḥ——匹马 / abhūt—被产出 / candra-pāṇḍuraḥ—如月亮般洁白 / tasmin—对它 / baliḥ—巴利王 / spṛhām cakre—想要拥有 / na—不 / indraḥ—半神人的君王 / īśvara-śikṣayā—因为事先得到过至尊主的忠告

译文 那之后，产出了一匹如月亮般洁白、名叫乌柴刷瓦的骏马。巴利王想要拥有这匹马，天帝因铎因为事先得到至尊人格首神的忠告，所以没有反对。

第4节

तत ऐरावतो नाम वारणेन्द्रो विनिर्गतः ।
दन्तैश्चतुर्भिः श्वेताद्रेर्हरन् भगवतो महिम् ॥ ४ ॥

tata airāvato nāma
vāraṇendro vinirgataḥ
dantaiś caturbhiḥ śvetādrer
haran bhagavato mahim

tataḥ—此后 / airāvataḥ nāma—名叫爱茹阿瓦特 / vāraṇa-indraḥ—象王 / vinirgataḥ—被产出 / dantaiḥ—用象牙 / caturbhiḥ—四个 / śveta—白色 / adreḥ—山的 / haran—挑战 / bhagavataḥ—主希瓦的 / mahim—荣耀

译文　搅拌汪洋的下一个结果是，产出了名叫爱茹阿瓦特的象王。这头大象是白色的，它长长的象牙是向主希瓦那壮丽的驻地凯拉斯山的荣耀的公然挑战。

第5节

ऐरावणादयस्त्वष्टौ दिग्गजा अभवंस्ततः ।
अभ्रमुप्रभृतयोऽष्टौ च करिण्यस्त्वभवन्नृप ॥५॥

airāvaṇādayas tv aṣṭau
dig-gajā abhavaṁs tataḥ
abhramu-prabhṛtayo 'ṣṭau ca
kariṇyas tv abhavan nṛpa

airāvaṇa-ādayaḥ—以爱茹阿瓦纳为首 / tu—但是 / aṣṭau—八头 / dik-gajāḥ—可以去任何方向的公象 / abhavan—被产出 / tataḥ—此后 / abhramu-prabhṛtayaḥ—以阿布茹阿姆母象为首 / aṣṭau—八头 / ca—也 / kariṇyaḥ—母象 / tu—的确 / abhavan—也被产出 / nṛpa—君王啊

译文　君王啊！接着产出了八头可以去到任何方向的公象。爱茹阿瓦纳是它们的首领。以阿布茹阿姆为首的八头母象也从汪洋中出现。

要旨 八头公象的名字分别是：爱茹阿瓦纳(Airāvaṇa)、彭达瑞卡(Puṇḍarīka)、瓦玛纳(Vāmana)、库穆达(Kumuda)、安佳纳(Añjana)、普施帕丹塔(Puṣpadanta)、萨尔瓦宝玛(Sārvabhauma)和苏帕提卡(Supratīka)。

第6节

कौस्तुभाख्यमभूद्रत्नं पद्मरागो महोदधेः ।
तस्मिन्मणौ स्पृहां चक्रे वक्षोऽलङ्करणे हरिः ।
ततोऽभवत्पारिजातः सुरलोकविभूषणम् ।
पूरयत्यर्थिनो योऽर्थैः शश्वद्भुवि यथा भवान् ॥ ६ ॥

kaustubhākhyam abhūd ratnaṁ
padmarāgo mahodadheḥ
tasmin maṇau spṛhāṁ cakre
vakṣo-'laṅkaraṇe hariḥ
tato 'bhavat pārijātaḥ
sura-loka-vibhūṣaṇam
pūrayaty arthino yo 'rthaiḥ
śaśvad bhuvi yathā bhavān

kaustubha-ākhyam一名叫考斯图巴 / abhūt一被产出 / ratnam一宝石 / padmarāgaḥ一另一个名叫帕德玛茹阿嘎的宝石 / mahā-udadheḥ一从牛奶之洋中 / tasmin一那 / maṇau一宝石 / spṛhām cakre一想要拥有 / vakṣaḥ-alaṅkaraṇe一为了装饰自己的胸膛 / hariḥ一至尊人格首神 / tataḥ一此后 / abhavat一被产出 / pārijātaḥ一天堂星球的帕瑞佳塔花 / sura-loka-vibhūṣaṇam一装饰着天堂星球的 / pūrayati一满足 / arthinaḥ一给予想要物质财富的人 / yaḥ一……的 / arthaiḥ一被渴望的对象 / śaśvat一总是 / bhuvi一在这个星球上 / yathā一正如 / bhavān一您大人(帕瑞克西特王)

译文 随后，汪洋中产出了著名的考斯图巴宝石和帕德玛茹阿嘎宝石。主维施努想要用它们装饰自己的胸膛。下一个产品是装点众多天堂星球的帕瑞佳塔鲜花。君王啊！正如你通过实现所有的雄心来满足这个星球上每一个人的愿望，帕瑞佳塔满足大众的愿望。

第 7 节

ततश्चाप्सरसो जाता निष्ककण्ठ्यः सुवाससः ।
रमण्यः स्वर्गिणां वल्गुगतिलीलावलोकनैः ॥ ७ ॥

tataś cāpsaraso jātā
niṣka-kaṇṭhyaḥ suvāsasaḥ
ramaṇyaḥ svargiṇāṁ valgu-
gati-līlāvalokanaiḥ

tataḥ－此后 / ca－也 / apsarasaḥ－天堂舞女星球的居民 / jātāḥ－被产出 / niṣka-kaṇṭhyaḥ－用金制项链装饰着 / su-vāsasaḥ－穿着优质的衣服 / ramaṇyaḥ－极其美丽和迷人 / svargiṇām－天堂星球的居民的 / valgu-gati-līlā-avalokanaiḥ－以妩媚动人的缓慢动作吸引所有人的心

译文　接着出现的是天堂社交女郎阿普萨茹阿。她们全身满是金制首饰和挂坠，身穿优质、迷人的服装。天堂社交女郎们以妩媚动人的缓慢动作，迷惑天堂星球的居民们。

第 8 节

ततश्चाविरभूत्साक्षाच्छ्री रमा भगवत्परा ।
रञ्जयन्ती दिशः कान्त्या विद्युत्सौदामनी यथा ॥ ८ ॥

tataś cāvirabhūt sākṣāc
chrī ramā bhagavat-parā
rañjayantī diśaḥ kāntyā
vidyut saudāmanī yathā

tataḥ－此后 / ca－和 / āvirabhūt－展示 / sākṣāt－直接 / śrī－幸运女神 / ramā－名叫茹阿玛 / bhagavat-parā－只想被至尊人格首神拥

有 / rañjayantī—照亮 / diśaḥ—所有的方向 / kāntyā—光泽 / vidyut—闪电 / saudāmanī—恰似闪电 / yathā—正如

译文 随后，完全是献给至尊人格首神享受的幸运女神茹阿玛出现了。她看上去恰似电流，以及将大理石山照射得辉煌灿烂的非凡闪电。

要旨 梵文“施瑞(Śrī)”的意思是“富有、财富”。奎师那是一切财富的拥有者。

bhoktāraṁ yajña-tapasāṁ
sarva-loka-maheśvaram
suhṛdaṁ sarva-bhūtānāṁ
jñātvā māṁ śāntim ṛcchati

“完全意识到我的人知道我是一切祭祀和苦行的最终受益者，是一切星球和半神人的至尊主，是众生的恩人和祝愿者，因此获得平静，不再受物质痛苦的折磨。”这是《博伽梵歌》第5章的第29节诗给予的和平公式。当人们知道至尊主奎师那是至高无上的享受者、拥有者和众生最亲密的祝愿者及朋友时，全世界就会有和平与繁荣。不幸的是：受制约的灵魂被至尊主的外在能量置于错觉和假象中，想要互相争斗，结果破坏了和平。和平的首要条件是，将幸运女神施瑞赐予的财富都供奉给至尊人格首神。大家都该放弃对世间资源的错误的拥有感，将一切献给奎师那。这是奎师那意识运动的教导。

第9节

तस्यां चक्रुः स्पृहां सर्वे ससुरासुरमानवाः ।
रूपौदार्यवयोवर्णमहिमाक्षिप्तचेतसः ॥ ९ ॥

tasyāṁ cakruḥ spṛhāṁ sarve
sasurāsura-mānavāḥ
rūpaudārya-vayo-varṇa-
mahimākṣipta-cetasaḥ

tasyām—对她 / cakruḥ—产生 / spṛhām—欲望 / sarve—大家 / sa-sura-asura-mānavāḥ—半神人、恶魔和人类 / rūpa-audārya—被精致的美和身体特征 / vayaḥ—青春 / varṇa—肤色 / mahimā—光荣 / ākṣipta—刺激 / cetasaḥ—他们的心

译文　她精致的美、她的身体特征、她的青春、她的肤色和她的光荣，使包括半神人、恶魔和人类在内的每一个人，都想要得到她。他们之所以受吸引，是因为她是一切财富的源头。

要旨　这个世界里有谁不想拥有钱财、美丽和因为有这些财富而赢得的社会尊重呢？人们一般都想要有物质享乐、物质财富并与贵族家庭成员交往(bhogaiśvarya-prasaktānām)。物质的享乐意味着金钱、美丽及由它们带来的声望，而这一切都可以凭借幸运女神的仁慈得到。但幸运女神从不独处。正如前一节诗中用梵文“只想要被至尊人格首神拥有(bhagavat-parā)”一句所表明的，她归至尊人格首神所有，只有至尊人格首神才能享受她。由于幸运女神——拉珂施蜜(Lakṣmī)母亲，归至尊人格首神所有，所以想要得到幸运女神恩宠的人，必须让她与纳茹阿亚纳(Nārāyaṇa)在一起。总是致力于为纳茹阿亚纳服务的奉献者(nārāyaṇa-parāyaṇa)，无疑能轻易得到幸运女神的恩宠；但试图得到幸运女神宠幸的物质主义者因为只想为自己的享乐而拥有她，结果必遭挫败。他们的想法错了。例如：著名的恶魔茹阿瓦纳(Rāvaṇa)，想要从茹阿玛禅铎(Rāmacandra)身边夺走幸运女神悉塔(Sītā)，从而成为胜利者，但结局恰恰相反。当然，茹阿玛禅铎用武力夺回悉塔，消灭了茹阿瓦纳和他的整个帝国。众生，包括人类，都想得到幸运女神，但我们要明白：幸运女神只属于至尊人格首神。我们除非向她和至尊享受者——人格首神祈求，否则得不到幸运女神的仁慈。

第 10 节

तस्या आसनमानिन्ये महेन्द्रो महदद्भुतम् ।
मूर्तिमत्यः सरिच्छ्रेष्ठा हेमकुम्भैर्जलं शुचि ॥१०॥

tasyā āsanam āninye
mahendro mahad-adbhutam
mūrtimatyaḥ saric-chreṣṭhā
hema-kumbhair jalaṁ śuci

tasyāḥ—给她 / āsanam—座位 / āninye—带来 / mahā-indraḥ—天帝因铎 / mahat—光荣 / adbhutam—神奇的 / mūrti-matyaḥ—接受形象 / sarit-śreṣṭhāḥ—各种最好的神圣之水 / hema—金的 / kumbhaiḥ—水罐 / jalam—水 / śuci—纯净

译文 天帝因铎给幸运女神带来一个合适的座位。恒河及雅沐娜河等所有流淌着神圣之水的河流都化身为人的形象，分别用金水罐给幸运女神拉玡施蜜母亲带来纯净的水。

第 11 节

आभिषेचनिका भूमिराहरत्सकलौषधीः ।
गावः पञ्च पवित्राणि वसन्तो मधुमाधवौ ॥११॥

ābhiṣecanikā bhūmir
āharat sakalauṣadhīḥ
gāvaḥ pañca pavitrāṇi
vasanto madhu-mādhavau

ābhiṣecanikāḥ—安放神像所需要的各种用品 / bhūmiḥ—土地 / āharat—收集 / sakala—各种 / auṣadhīḥ—药草 / gāvaḥ—乳牛 / pañca—从乳牛产出的五种产物，即牛奶、酸奶、纯净酥油、牛粪和牛尿 / pavitrāṇi—不受污染 / vasantaḥ—春季的人格化身 / madhu-mādhavau—春季里(Caitra和Vaiśākha月)产出的花和水果

译文　大地化身为一个人，为安置神像收集所有的药材和药草。乳牛送来牛奶、酸奶、酥油、牛尿和牛粪这五种产品，春风的人格化身收集起在四、五月间春季里产出的一切。

要旨　按照韦达文献中的指示，举行所有的仪式性典礼，都需要有从乳牛那里得到五种产物(pañca-gavya)；它们分别是：牛奶、酸奶(优酪乳)、酥油、牛粪和牛尿。牛尿和牛粪都是洁净、不受污染的；既然就连牛尿和牛粪都那么重要，我们可以想象一下乳牛本身对人类文明来说有多么重要。正因为如此，至尊人格首神奎师那亲自提倡要保护乳牛(go-rakṣya)。遵守社会四阶层和灵性四阶段(varṇāśrama)制度的文明之人，尤其是致力于农业和贸易的外夏(vaiśya)阶层的人，必须保护乳牛。不幸的是：由于喀历年代(Kali-yuga)中的人素质都很差(mandāḥ)，都被错误的概念所误导(sumanda-matayaḥ)，所以都屠杀大量的乳牛。为此，他们在灵性意识的提升方面十分不幸；大自然以各种方式，尤其是癌症等不治之症，以及国与国之间，民族与民族之间的频繁战争，让他们受苦。人类社会只要还允许乳牛在屠宰场中被杀害，世上就不可能有和平与繁荣。

第12节

ऋषयः कल्पयां चक्रुराभिषेकं यथाविधि ।
जगुर्भद्राणि गन्धर्वा नट्यश्च ननृतुर्जगुः ॥१२॥

ṛṣayaḥ kalpayāṁ cakrur
　ābhiṣekaṁ yathā-vidhi
jagur bhadrāṇi gandharvā
　naṭyaś ca nanṛtur jaguḥ

ṛṣayaḥ—伟大的圣人／kalpayām cakruḥ—举行／ābhiṣekam—安放神像时需要举行的沐浴仪式／yathā-vidhi—按照权威经典的指导／

jaguḥ—歌颂韦达赞歌 / bhadrāṇi—一切好运 / gandharvāḥ—歌仙星球的居民 / naṭyaḥ—女性职业舞者 / ca—也 / nanṛtuḥ—跳起曼妙的舞蹈 / jaguḥ—和歌唱韦达经中记载的歌曲

译文 大圣人们按照权威经典中的指导，为幸运女神举行沐浴仪式，歌仙们吟唱绝对吉祥的韦达赞歌，女艺人跳起曼妙的舞蹈，唱着韦达经中记载的歌曲。

第 13 节

मेघा मृदङ्गपणवमुरजानकगोमुखान् ।
व्यनादयन् शङ्खवेणुवीणास्तुमुलनिःस्वनान् ॥१३॥

megha mṛdaṅga-paṇava-
murajānaka-gomukhān
vyanādayan śaṅkha-veṇu-
vīṇās tumula-niḥsvanān

meghāḥ—云朵的人格化身 / mṛdaṅga—鼓 / paṇava—定音鼓 / muraja—另一种鼓 / ānaka—另一种鼓 / gomukhān—一种喇叭 / vyanādayan—回响 / śaṅkha—海螺 / veṇu—笛子 / vīṇāḥ—弦乐器 / tumula—热闹 / niḥsvanān—声音

译文 云朵的人格化身敲起姆瑞当嘎、帕纳瓦、姆茹阿佳和阿纳喀等各种类型的鼓。他们还吹响海螺及名叫哥姆卡的喇叭，吹奏长笛，弹奏各种弦乐器。所有乐器发出的声音，组合出一片热闹的气氛。

第 14 节

ततोऽभिषिषिचुर्देवीं श्रियं पद्मकरां सतीम् ।
दिगिभाः पूर्णकलशैः सूक्तवाक्यैर्द्विजेरितैः ॥१४॥

tato 'bhiṣiṣicur devīṁ
śriyaṁ padma-karāṁ satīm

digibhāḥ pūrṇa-kalaśaiḥ
sūkta-vākyair dvijeritaiḥ

tataḥ—之后 / abhiṣiṣicuḥ—用绝对吉祥的水给……沐浴 / devīm—幸运女神 / śriyam—十分美丽 / padma-karām—手持一朵莲花 / satīm—眼里只有至尊人格首神的最贞节的她 / digibhāḥ—巨大的大象 / pūrṇa-kalaśaiḥ—用装满水的水罐 / sūkta-vākyaiḥ—用韦达赞歌 / dvi-ja—被布茹阿玛纳们 / īritaiḥ—吟诵

译文　那之后，大象从四面八方载来装满恒河水的大水罐，在博学的布茹阿玛纳吟诵韦达赞歌的同时给幸运女神沐浴。在这样被沐浴时，幸运女神保持她原有的风度，手持一朵莲花，看上去十分美丽。幸运女神最贞洁，因为她的眼里只有至尊人格首神。

要旨　这节诗中将幸运女神拉珂施蜜描述为是“十分美丽(śriyam)”，意思是她有钱财、力量、影响力、美丽、知识和弃绝这六种财富。这些财富都得自幸运女神。拉珂施蜜在此被称为女神(devī)，是因为在灵性世界外琨塔中，她为至尊人格首神和祂的奉献者提供所有的财富，使他们享受外琨塔星球中的自然生活。至尊人格首神对祂的伴侣——手持一朵莲花的幸运女神十分满意。这节诗中描述拉珂施蜜母亲最贞洁(satī)，因为她从不将自己的注意力从至尊人格首神身上移开去注意其他人。

第 15 节

समुद्रः पीतकौशेयवाससी समुपाहरत् ।
वरुणः स्रजं वैजयन्तीं मधुना मत्तषट्पदाम् ॥१५॥

samudraḥ pīta-kauśeya-
vāsasī samupāharat
varuṇaḥ srajaṁ vaijayantīṁ
madhunā matta-ṣaṭpadām

samudraḥ－海洋 / pīta-kauśeya－黄色的丝绸 / vāsasī－上身和下身穿的衣服 / samupāharat－赠送 / varuṇaḥ－水神 / srajam－花环 / vaijayantīm－装饰得最美和最大的 / madhunā－用蜂蜜 / matta－喝醉 / ṣaṭ-padām－六条腿的熊蜂

译文 一切珍贵珠宝的源头——海洋，送给她黄色丝绸制成的上衣和裙子。水神瓦茹纳送上鲜花花环，那花环由长着六条腿、喝蜜喝醉了的熊蜂围绕着。

要旨 在给神像沐浴(abhiṣeka)的仪式上，用牛奶、蜂蜜、酸奶(优酪乳)、酥油、牛粪和牛尿等液体给神像沐浴后，通常给神像穿上黄色的衣服。就这样，大家当时按照规定的韦达原则给幸运女神举行了沐浴仪式。

第 16 节

भूषणानि विचित्राणि विश्वकर्मा प्रजापतिः ।
हारं सरस्वती पद्ममजो नागाश्च कुण्डले ॥१६॥

bhūṣaṇāni vicitrāṇi
viśvakarmā prajāpatiḥ
hāraṁ sarasvatī padmam
ajo nāgāś ca kuṇḍale

bhūṣaṇāni－种种装饰品 / vicitrāṇi－装饰得十分美 / viśvakarmā prajāpatiḥ－布茹阿玛的儿子维施瓦卡尔玛(生物体祖先之一) / hāram－花环或项链 / sarasvatī－知识女神 / padmam－一朵莲花 / ajaḥ－主布茹阿玛 / nāgāḥ ca－天蛇星球的居民 / kuṇḍale－一对耳环

译文 生物体祖先之一维施瓦卡尔玛提供各种装饰品。学问女神萨茹阿斯瓦缇送上一条项链，主布茹阿玛提供一朵莲花，天蛇星球的居民献上耳环。

第 17 节

ततः कृतस्वस्त्ययनोत्पलस्रजं
नदद्द्विरेफां परिगृह्य पाणिना ।
चचाल वक्त्रं सुकपोलकुण्डलं
सव्रीडहासं दधती सुशोभनम् ॥१७॥

tataḥ kṛta-svastyayanotpala-srajaṁ
nadad-dvirephāṁ parigṛhya pāṇinā
cacāla vaktraṁ sukapola-kuṇḍalaṁ
savrīḍa-hāsaṁ dadhatī suśobhanam

tataḥ—此后 / kṛta-svastyayanā—透过绝对吉祥的仪式受到符合规定的崇拜 / utpala-srajam—莲花花环 / nadat—嗡嗡的声音 / dvire-phām—被熊峰围绕着 / parigṛhya—拿着 / pāṇinā—用手 / cacāla—走来走去 / vaktram—脸庞 / su-kapola-kuṇḍalam—脸颊由耳环装饰着 / sa-vrīḍa-hāsam—害羞地微笑着 / dadhatī—扩展 / su-śobhanam—她自然的美丽

译文　那之后，在大家按照规定举行吉祥的仪式典礼，庆祝幸运女神拉珂施蜜母亲的显现后，幸运女神开始四处走动，手持一串由嗡嗡叫的熊蜂环绕着的莲花花环。她害羞地微笑着，脸颊由耳环衬托着，看上去极其美丽。

要旨　幸运女神——拉珂施蜜母亲，将牛奶之洋接受为是她父亲，但却永远留在纳茹阿亚纳的胸膛上。她甚至给主布茹阿玛及这个物质世界中的其他生物体以祝福。她虽然显得像是诞生于牛奶之洋，但立刻去托庇于纳茹阿亚纳的胸膛——她永恒的住地。

第 18 节

स्तनद्वयं चातिकृशोदरी समं
निरन्तरं चन्दनकुङ्कुमोक्षितम् ।

ततस्ततो नूपुरवल्गु शिञ्जितै-
विसर्पती हेमलतेव सा बभौ ॥१८॥

stana-dvayaṁ cātikṛśodarī samaṁ
nirantaraṁ candana-kuṅkumokṣitam
tatas tato nūpura-valgu śiñjitair
visarpatī hema-lateva sā babhau

stana-dvayam—她的双乳 / ca—也 / ati-kṛśa-udarī—她腰肢纤细 / samam—平均的 / nirantaram—不断地 / candana-kuṅkuma—用檀香浆和朱砂粉 / ukṣitam—涂抹 / tataḥ tataḥ—到处 / nūpura—脚铃 / valgu—十分美丽 / śiñjitaiḥ—叮叮声 / visarpatī—走路 / hema-latā—金色的蔓藤 / iva—正如 / sā—幸运女神 / babhau—显得

译文 她对称、漂亮的双乳上涂抹着檀香浆、扑着朱砂粉。她腰肢纤细。在她四处走动时，脚铃轻柔地叮叮作响。她看上去恰似一株金色的蔓藤。

第 19 节

विलोकयन्ती निरवद्यमात्मनः
पदं ध्रुवं चाव्यभिचारिसद्गुणम् ।
गन्धर्वसिद्धासुरयक्षचारण-
त्रैपिष्टपेयादिषु नान्वविन्दत ॥१९॥

vilokayantī niravadyam ātmanaḥ
padaṁ dhruvaṁ cāvyabhicāri-sad-guṇam
gandharva-siddhāsura-yakṣa-cāraṇa-
traipiṣṭapeyādiṣu nānvavindata

vilokayantī—观察着、检查着 / niravadyam—没有缺陷 / ātmanaḥ—为自己 / padam—状态 / dhruvam—永恒的 / ca—也 / avyabhicāri-sat-guṇam—品质不变 / gandharva—歌仙星球的居民当中 / siddha—

神秘仙星球的居民 / asura－恶魔 / yakṣa－夜叉 / cāraṇa－查冉纳星球的居民 / traipiṣṭapeya-ādiṣu－和半神人当中 / na－不 / anvavindata－不能接受他们中的任何一个人

译文　幸运女神拉珂施蜜在歌仙、夜叉、恶魔、神秘仙、查冉纳和天堂居民中行走时，仔细地大量、研究他们，但却找不到任何一个天生具有一切好品质的人。他们都不可避免地有着各种缺陷，因此她无法托庇于他们中的任何一员。

要旨　从牛奶之洋出来的幸运女神拉珂施蜜，是那汪洋的女儿，因此被允许在选夫仪式(svayaṁvara)上选择自己的丈夫。她仔细观察每一个候选人，但找不到有资格适合保护她的人。换句话说，这个物质世界里的人都无法取代拉珂施蜜原本的丈夫纳茹阿亚纳。

第 20 节

नूनं तपो यस्य न मन्युनिर्जयो
ज्ञानं क्वचित्तच्च न सङ्गवर्जितम् ।
कश्चिन्महांस्तस्य न कामनिर्जयः
स ईश्वरः किं परतो व्यपाश्रयः ॥२०॥

nūnaṁ tapo yasya na manyu-nirjayo
jñānaṁ kvacit tac ca na saṅga-varjitam
kaścin mahāṁs tasya na kāma-nirjayaḥ
sa īśvaraḥ kiṁ parato vyapāśrayaḥ

nūnam－肯定 / tapaḥ－苦修 / yasya－某人的 / na－不 / manyu－愤怒 / nirjayaḥ－征服了 / jñānam－知识 / kvacit－在有些圣人身上 / tat－那 / ca－也 / na－不 / saṅga-varjitam－不受……接触的污染 / kaścit－某人 / mahān－伟大的人 / tasya－他的 / na－不 / kāma－物

质欲望 / nirjayaḥ－征服了 / saḥ－这样的人 / īśvaraḥ－控制者 / kim－他怎么可能是 / parataḥ－其他人的 / vyapāśrayaḥ－在……的控制下

译文 幸运女神在仔细观察所有在场的人时心中这样想着：有的从事了巨大苦行的人还没有战胜愤怒；有的人拥有知识，但还没有克服物质欲望；有人是很了不起的人物，但还不能征服色欲；就连一个伟大的人物也要依赖另一个人。这种人怎么能是至尊控制者呢？

要旨 这节诗文描述的是：对寻找至尊控制者(īśvara)的尝试。每一个人都可以被看做是一个控制者，但天外有天，这样的控制者都受其他因素或人的控制。例如：从事了艰难苦行的人也许还受愤怒的控制。靠仔细观察后我们发现，每一个生物体都受到某种因素的控制。因此，除了至尊人格首神奎师那，没人能是真正的控制者。这一点得到启示经典的证实。《布茹阿玛·萨密塔》中说，奎师那是至尊控制者(īśvaraḥ paramaḥ kṛṣṇaḥ)。奎师那永远不受任何控制，因为祂是一切的控制者(sarva-kāraṇa-kāraṇam)。

第 21 节

धर्मः क्वचित्तत्र न भूतसौहृदं
त्यागः क्वचित्तत्र न मुक्तिकारणम् ।
वीर्यं न पुंसोऽस्त्यजवेगनिष्कृतं
न हि द्वितीयो गुणसङ्गवर्जितः ॥२१॥

dharmaḥ kvacit tatra na bhūta-sauhṛdaṁ
tyāgaḥ kvacit tatra na mukti-kāraṇam
vīryaṁ na puṁso 'sty aja-vega-niṣkṛtaṁ
na hi dvitīyo guṇa-saṅga-varjitaḥ

dharmaḥ－宗教 / kvacit－也许精通 / tatra－在其中 / na－不 /

bhūta-sauhṛdam－不善待其他生物体 / tyāgaḥ－弃绝 / kvacit－也许拥有 / tatra－在其中 / na－不 / mukti-kāraṇam－解脱的原因 / vīryam－力量 / na－不 / puṁsaḥ－任何人的 / asti－可能 / aja-vega-niṣkṛtam－无法摆脱时间的力量 / na－也不 / hi－事实上 / dvitīyaḥ－第二个 / guṇa-saṅga-varjitaḥ－完全免于物质自然属性的污染

译文　有人也许拥有全部的宗教知识，但对众生仍不仁慈。在无论是人类还是半神人的某人身上，虽然也许有弃绝精神，但那并不足以使他们解脱。有的人也许拥有力量，但还是无法控制永恒时间的力量。另一个人也许不再依恋物质世界，但却无法与至尊人格首神相比。所以，没人完全免于物质自然属性的影响。

要旨　这节诗文中的“有人也许拥有全部的宗教知识，但对众生仍不仁慈(dharmaḥ kvacit tatra na bhūta-sauhṛdaṁ)”一句十分重要。我们实际看到，有许多印度教徒、伊斯兰教徒、基督教徒、佛教徒和其他教派的宗教人士，虽然在很好地坚持他们的宗教原则，但却不平等对待众生。事实上，他们虽然宣称自己很有宗教心，但却杀害可怜的动物。这样的宗教没有意义。《圣典博伽瓦谭》第1篇第2章的第8节诗说：

dharmaḥ svanuṣṭhitaḥ puṁsāṁ
viṣvaksena-kathāsu yaḥ
notpādayed yadi ratiṁ
śrama eva hi kevalam

“如果人们按各自的状况所从事的职业活动并没有使他们受人格首神信息的吸引，那么从事这些活动就是徒劳无益的。”有人也许很善于遵守自己信奉教派的宗教原则，但如果没有爱至尊人格首神的倾向，那他对宗教原则的遵守就只不过是在浪费时间。人必须发展出对华苏戴瓦的爱的情感(vāsudevaḥ sarvam iti sa mahātmā sudurlabhaḥ)。友好对待众生是信奉至尊主之人的表征(suhṛdaṁ sarva-bhūtānām)。奉献者永远都不会允许人们以宗教的名义杀害可怜的动物。这是表面上有宗教信仰的人与至尊人格首神的奉献者之间的区别。

我们看到：历史上有许多伟大的英雄，但却逃脱不了死亡之手的钳制。当至尊人格首神奎师那以死亡的形式到来时，就连最伟大的英雄都无法逃脱祂的统治力量。对此，奎师那本人说：我是吞食一切的死亡(mṛtyuḥ sarva-haraś cāham)。以死亡形式出现的至尊主，拿走英雄所谓的力量。当尼尔星哈戴瓦(Nṛsiṁhadeva)以死亡的形式出现在黑冉亚卡希普(Hiraṇyakaśipu)面前时，就连黑冉亚卡希普都无法自救。面对至尊人格首神的力量时，任何物质力量都微不足道。

第 22 节

क्वचिच्चिरायुर्न हि शीलमङ्गलं
क्वचित्तदप्यस्ति न वेद्यमायुषः ।
यत्रोभयं कुत्र च सोऽप्यमङ्गलः
सुमङ्गलः कश्च न काङ्क्षते हि माम् ॥२२॥

kvacic cirāyur na hi śīla-maṅgalaṁ
kvacit tad apy asti na vedyam āyuṣaḥ
yatrobhayaṁ kutra ca so 'py amaṅgalaḥ
sumaṅgalaḥ kaśca na kāṅkṣate hi mām

kvacit—某人 / cira-āyuḥ—长寿 / na—不 / hi—事实上 / śīla-maṅgalam—良好的行为或吉祥 / kvacit—某人 / tat api—虽然行为良好 / asti—是 / na—不 / vedyam āyuṣaḥ—知道寿命多长 / yatra ubhayam—如果两者(良好行为和吉祥)都拥有 / kutra—在某处 / ca—也 / saḥ—这个人 / api—虽然 / amaṅgalaḥ—有一些不吉祥的地方 / su-maṅgalaḥ—各方面吉祥 / kaśca—某人 / na—不 / kāṅkṣate—想要 / hi—事实上 / mām—我

译文　某人也许很长寿，但却没有吉祥或美好的行为举止。某人也许行为举止良好且吉祥，但寿命却不确定。虽然像主希瓦那样的半神人有永恒的寿命，但他们却有诸如在火葬场内生活的不吉利的习惯。即使有另外一些人在所有的方面都具备好的条件，但他们却不是至尊人格首神的奉献者。

第 23 节

एवं विमृश्याव्यभिचारिसद्गुणै-
वरं निजैकाश्रयतयागुणाश्रयम् ।
वव्रे वरं सर्वगुणैरपेक्षितं
रमा मुकुन्दं निरपेक्षमीप्सितम् ॥२३॥

evaṁ vimṛśyāvyabhicāri-sad-guṇair
varaṁ nijaikāśrayatayāguṇāśrayam
vavre varaṁ sarva-guṇair apekṣitaṁ
ramā mukundaṁ nirapekṣam īpsitam

evam－这样 / vimṛśya－深思熟虑后 / avyabhicāri-sat-guṇaiḥ－非凡的超然品质 / varam－优秀的 / nija-eka-āśrayatayā－因为在完全不依靠他人的情况下拥有一切好品质 / aguṇa-āśrayam－一切超然品质的宝库 / vavre－接受 / varam－当新郎 / sarva-guṇaiḥ－一切超然品质 / apekṣitam－具备 / ramā－幸运女神 / mukundam－对穆昆达 / nirapekṣam－虽然祂并不理会她 / īpsitam－最值得要的

译文　舒卡戴瓦·哥斯瓦米继续道：就这样，在经过全面的研究和深思熟虑后，幸运女神接受穆昆达作自己的丈夫，因为祂虽然独立，不需要她，但却拥有所有的超然品质和神秘力量，因此最值得拥有。

要旨　至尊人格首神穆昆达(Mukunda)是自足的。祂绝对独立，因此不需要拉珂施蜜女神的任何支持或联谊。但幸运女神拉珂施蜜还是将祂接受为是自己的丈夫。

第 24 节

तस्यांसदेश उशतीं नवकञ्जमालां
माद्यन्मधुव्रतवरूथगिरोपघुष्टाम् ।
तस्थौ निधाय निकटे तदुरः स्वधाम
सव्रीडहासविकसन्नयनेन याता ॥२४॥

tasyāṁsa-deśa uśatīṁ nava-kañja-mālāṁ
mādyan-madhuvrata-varūtha-giropaghuṣṭām
tasthau nidhāya nikaṭe tad-uraḥ sva-dhāma
savrīḍa-hāsa-vikasan-nayanena yātā

tasya—祂(至尊人格首神)的 / aṁsa-deśe—在……的肩膀上 / uśatīm—十分美丽 / nava—新鲜的 / kañja-mālām—莲花花环 / mādyat—疯狂的 / madhuvrata-varūtha—熊蜂的 / girā—回响 / upaghuṣṭām—被它们的嗡嗡声围绕着 / tasthau—保留 / nidhāya—放置花环后 / nikaṭe—附近 / tat-uraḥ—至尊主的胸膛 / sva-dhāma—她真正的住所 / savrīḍa-hāsa—害羞地微笑着 / vikasat—闪耀的 / nayanena—眼睛 / yātā—这样处之

译文 幸运女神走近至尊人格首神，将由寻找蜂蜜的蜜蜂围绕着的、新鲜的莲花花环放到祂肩上。接着，怀着在至尊主的怀抱中拥有一席之地的期望，她站到至尊主身边，脸上露出害羞的微笑。

第 25 节

तस्याः श्रियस्त्रिजगतो जनको जनन्या
वक्षो निवासमकरोत्परमं विभूतेः ।
श्रीः स्वाः प्रजाः सकरुणेन निरीक्षणेन
यत्र स्थितैधयत साधिपतींस्त्रिलोकान् ॥२५॥

tasyāḥ śriyas tri-jagato janako jananyā
vakṣo nivāsam akarot paramaṁ vibhūteḥ

śrīḥ svāḥ prajāḥ sakaruṇena nirīkṣaṇena
yatra sthitaidhayata sādhipatīṁs tri-lokān

tasyāḥ—她的 / śriyaḥ—幸运女神 / tri-jagataḥ—三个世界的 / janakaḥ—父亲 / jananyāḥ—母亲的 / vakṣaḥ—胸膛 / nivāsam—住所 / akarot—做 / paramam—至高无上的 / vibhūteḥ—拥有财富的人的 / śrīḥ—幸运女神 / svāḥ—自己 / prajāḥ—后裔 / sa-karuṇena—满怀善意的仁慈 / nirīkṣaṇena—靠瞥视 / yatra—在其中 / sthitā—停留 / aidhayata—增加了的 / sa-adhipatīn—以及伟大的领袖们 / tri-lokān—三个世界

译文 至尊人格首神是三个世界的父亲，祂的胸膛是一切财富的拥有者——幸运女神拉珂施蜜母亲的住所。幸运女神用她善意、仁慈的瞥视，就可以增加三个世界和其中居民及控制神明的财富。

要旨 至尊人格首神满足幸运女神拉珂施蜜的愿望，让她居住在自己的胸膛上，以便她可以通过扫视给予包括半神人和普通人在内的众生以恩惠。换句话说，幸运女神因为就在纳茹阿亚纳的胸膛上，所以自然会看到崇拜纳茹阿亚纳的奉献者。当幸运女神了解到有哪个奉献者喜爱为纳茹阿亚纳做奉爱服务时，她自然就想用所有的财富赐福那位奉献者。功利性活动者(karmī)试图得到拉珂施蜜的恩宠和仁慈，但因为不是纳茹阿亚纳的奉献者，所以拥有的财富来来去去很不稳定。然而，喜爱侍奉纳茹阿亚纳的奉献者所拥有的财富，不同于功利性活动者的财富。奉献者拥有的财富与纳茹阿亚纳的财富一样是永恒的。

第 26 节

शङ्खतूर्यमृदङ्गानां वादित्राणां पृथुः स्वनः ।
देवानुगानां सस्त्रीणां नृत्यतां गायतामभूत् ॥२६॥

śaṅkha-tūrya-mṛdaṅgānāṁ
vāditrāṇāṁ pṛthuḥ svanaḥ
devānugānāṁ sastrīṇāṁ
nṛtyatāṁ gāyatām abhūt

śaṅkha－海螺 / tūrya－喇叭 / mṛdaṅgānām－和各种鼓的 / vāditrāṇām－乐器的 / pṛthuḥ－巨大的 / svanaḥ－声音 / deva-anugānām－跟随着半神人的歌仙、查冉纳等较高星球的居民 / sa-strīṇām－以及他们的妻子 / nṛtyatām－跳舞 / gāyatām－唱歌 / abhūt－开始

译文 歌仙星球和查冉纳星球的居民们，随即抓住机会奏响了海螺、喇叭和鼓等乐器。他们开始与自己的妻子们唱歌、跳舞。

第 27 节

ब्रह्मरुद्राङ्गिरोमुख्याः सर्वे विश्वसृजो विभुम् ।
ईडिरेऽवितथैर्मन्त्रैस्तल्लिङ्गैः पुष्पवर्षिणः ॥२७॥

brahma-rudrāṅgiro-mukhyāḥ
sarve viśva-sṛjo vibhum
īḍire 'vitathair mantrais
tal-liṅgaiḥ puṣpa-varṣiṇaḥ

brahma－主布茹阿玛 / rudra－主希瓦 / aṅgiraḥ－伟大的圣人安给如阿 / mukhyāḥ－以……为首 / sarve－他们全部 / viśva-sṛjaḥ－管理宇宙事务的主管们 / vibhum－十分伟大的人物 / īḍire－崇拜 / avitathaiḥ－真正的 / mantraiḥ－靠歌颂 / tat-liṅgaiḥ－崇拜至尊人格首神 / puṣpa-varṣiṇaḥ－撒花雨

译文 主布茹阿玛、主希瓦、大圣人安给茹阿，以及管理宇宙事务的主管们，纷纷撒花并吟唱赞美至尊人格首神超然荣耀的赞歌。

第 28 节

श्रियावलोकिता देवाः सप्रजापतयः प्रजाः ।
शीलादिगुणसम्पन्ना लेभिरे निर्वृतिं पराम् ॥२८॥

śriyāvalokitā devāḥ
saprajāpatayaḥ prajāḥ
śīlādi-guṇa-sampannā
lebhire nirvṛtiṁ parām

śriyā－被幸运女神拉珂施蜜 / avalokitāḥ－被仁慈善意地看见 / devāḥ－全体半神人 / sa-prajāpatayaḥ－以及所有生物体的祖先 / prajāḥ－和他们生育的后代 / śīla-ādi-guṇa-sampannāḥ－都有良好的行为和高尚的品德 / lebhire－获得了 / nirvṛtim－满足 / parām－最高的

译文　全体半神人，以及生物体祖先和他们的后裔，在得到幸运女神拉珂施蜜扫视的祝福后，立刻增添了良好的行为举止和超然品质。为此，他们都感到十分满足。

第 29 节

निःसत्त्वा लोलुपा राजन्निरुद्योगा गतत्रपाः ।
यदा चोपेक्षिता लक्ष्म्या बभूवुर्दैत्यदानवाः ॥२९॥

niḥsattvā lolupā rājan
nirudyogā gata-trapāḥ
yadā copekṣitā lakṣmyā
babhūvur daitya-dānavāḥ

niḥsattvāḥ－没有力量 / lolupāḥ－非常贪婪 / rājan－君王啊 / nirudyogāḥ－沮丧 / gata-trapāḥ－无耻的 / yadā－当……时 / ca－也 / upekṣitāḥ－受到忽视 / lakṣmyā－被幸运女神 / babhūvuḥ－他们变得 / daitya-dānavāḥ－恶魔和食人魔

译文　君王啊！恶魔和食人魔们因为受到幸运女神的忽视都很沮丧、迷惑，从而变得不知羞耻。

第 30 节

अथासीद्वारुणी देवी कन्या कमललोचना ।
असुरा जगृहुस्तां वै हरेरनुमतेन ते ॥३०॥

athāsīd vāruṇī devī
kanyā kamala-locanā
asurā jagṛhus tāṁ vai
harer anumatena te

atha—此后(幸运女神显现后) / āsīt—有 / vāruṇī—瓦茹妮 / devī—控制醉汉的女神 / kanyā—少女 / kamala-locanā—长着莲花眼的 / asurāḥ—恶魔们 / jagṛhuḥ—接受 / tām—她 / vai—事实上 / hareḥ—至尊人格首神的 / anumatena—经……的允许 / te—他们(恶魔)

译文 接着从牛奶之洋中出现的，是长着莲花眼的瓦茹妮。她是控制醉汉的女神。经至尊人格首神奎师那的允许，以巴利王为首的恶魔得到了这位少女。

第 31 节

अथोदधेर्मथ्यमानात्काश्यपैरमृतार्थिभिः ।
उदतिष्ठन्महाराज पुरुषः परमाद्भुतः ॥३१॥

athodadher mathyamānāt
kāśyapair amṛtārthibhiḥ
udatiṣṭhan mahārāja
puruṣaḥ paramādbhutaḥ

atha—此后 / udadheḥ—从牛奶之洋 / mathyamānāt—被搅拌时 / kāśyapaiḥ—被喀夏帕的儿子——半神人和恶魔 / amṛta-arthibhiḥ—渴望得到甘露 / udatiṣṭhat—出现 / mahārāja—君王啊 / puruṣaḥ—一个男人 / parama—极其 / adbhutaḥ—神奇

译文　君王啊！那之后，在喀夏帕的儿子——恶魔和半神人，致力于搅拌牛奶之洋时，一位十分神奇的男性人物显现了。

第 32 节

दीर्घपीवरदोर्दण्डः कम्बुग्रीवोऽरुणेक्षणः ।
श्यामलस्तरुणः स्रग्वी सर्वाभरणभूषितः ॥३२॥

dīrgha-pīvara-dor-daṇḍaḥ
kambu-grīvo 'ruṇekṣaṇaḥ
śyāmalas taruṇaḥ sragvī
sarvābharaṇa-bhūṣitaḥ

dīrgha—长长的 / pīvara—健壮的 / doḥ-daṇḍaḥ—手臂 / kambu—恰似海螺 / grīvaḥ—脖子 / aruṇa-īkṣaṇaḥ—略带红色的眼睛 / śyāmalaḥ—微黑色的皮肤 / taruṇaḥ—非常年轻 / sragvī—戴着花环 / sarva—所有的 / ābharaṇa—以及装饰品 / bhūṣitaḥ—被装饰

译文　他体格健壮，长长的手臂粗壮、强健；他的脖子有三道显著的纹路，恰似海螺；他的眼睛略带红色，皮肤呈微黑色。他非常年轻，戴着鲜花花环，浑身上下佩戴着各种装饰品。

第 33 节

पीतवासा महोरस्कः सुमृष्टमणिकुण्डलः ।
स्निग्धकुञ्चितकेशान्तसुभगः सिंहविक्रमः ।
अमृतापूर्णकलसं बिभ्रद्वलयभूषितः ॥३३॥

pīta-vāsā mahoraskaḥ
sumṛṣṭa-maṇi-kuṇḍalaḥ
snigdha-kuñcita-keśānta-
subhagaḥ siṁha-vikramaḥ
amṛtāpūrṇa-kalasaṁ
bibhrad valaya-bhūṣitaḥ

pīta-vāsāḥ—穿着黄色衣服 / mahā-uraskaḥ—胸膛十分宽阔 / su-mṛṣṭa-maṇi-kuṇḍalaḥ—佩戴着明亮、优美的珍珠耳环 / snigdha—发亮的 / kuñcita-keśa—卷发 / anta—头发尖 / su-bhagaḥ—美丽 / siṁha-vikramaḥ—如强壮的狮子般行走 / amṛta—甘露 / āpūrṇa—装满 / kalasam—罐子 / bibhrat—动作 / valaya—由镯子 / bhūṣitaḥ—装饰着

译文 他穿着黄色衣服，佩戴着明亮、优美的珍珠耳饰。他的发梢涂抹过油，胸膛十分宽阔。他的身体具有所有美好的特征，如一头狮子般结实、强健。他用镯子装饰手臂，手中抱着一个盛满了甘露的罐子。

第 34 节

स वै भगवतः साक्षाद्विष्णोरंशांशसम्भवः ।
धन्वन्तरिरिति ख्यात आयुर्वेददृगिज्यभाक् ॥३४॥

sa vai bhagavataḥ sākṣād
viṣṇor aṁśāṁśa-sambhavaḥ
dhanvantarir iti khyāta
āyur-veda-dṛg ijya-bhāk

saḥ—他 / vai—事实上 / bhagavataḥ—至尊人格首神的 / sākṣāt—直接地 / viṣṇoḥ—主维施努的 / aṁśa-aṁśa-sambhavaḥ—完整扩展的完整扩展的化身 / dhanvantariḥ—丹宛塔瑞 / iti—如此 / khyātaḥ—著名 / āyuḥ-veda-dṛk—精通医学 / ijya-bhāk—有资格分享祭祀中的一份祭品的半神人之一

译文 这位人物是主维施努完整扩展的一个完整扩展丹宛塔瑞。他很精通医学，作为半神人中的一员，他被允许分享祭祀中的一份供品。

要旨 圣玛德瓦查尔亚(Madhvācārya)评论说：

teṣāṁ satyāc cālanārthaṁ
harir dhanvantarir vibhuḥ
samartho 'py asurāṇāṁ tu
sva-hastād amucat sudhām

携带甘露罐的丹万塔瑞，是至尊人格首神的部分化身。然而，尽管他很强壮，恶魔们(asuras)还是从他手中抢走了甘露罐。

第 35 节

तमालोक्यासुराः सर्वे कलसं चामृताभृतम् ।
लिप्सन्तः सर्ववस्तूनि कलसं तरसाहरन् ॥३५॥

tam ālokyāsurāḥ sarve
kalasaṁ cāmṛtābhṛtam
lipsantaḥ sarva-vastūni
kalasaṁ tarasāharan

tam—他 / ālokya—看到 / asurāḥ—恶魔 / sarve—他们全体 / kalasam—罐子 / ca—也 / amṛta-ābhṛtam—装满甘露 / lipsantaḥ—急切渴望 / sarva-vastūni—一切事物 / kalasam—罐子 / tarasā—立刻 / aharan—夺取了

译文 看到丹宛塔瑞抱着一罐甘露时，恶魔想要得到那罐子和它里面的内容物，于是立刻强行夺走了它。

第 36 节

नीयमानेऽसुरैस्तस्मिन् कलसेऽमृतभाजने ।
विषण्णमनसो देवा हरिं शरणमाययुः ॥३६॥

nīyamāne 'surais tasmin
kalase 'mṛta-bhājane
viṣaṇṇa-manaso devā
hariṁ śaraṇam āyayuḥ

nīyamāne—拿走 / asuraiḥ—被恶魔 / tasmin—那个 / kalase—罐子 / amṛta-bhājane—装满甘露的 / viṣaṇṇa-manasaḥ—很沮丧 / devāḥ—全体半神人 / harim—向至尊主 / śaraṇam—投靠 / āyayuḥ—去

译文 当恶魔得到甘露罐时，半神人们都很难过，于是寻求至尊人格首神哈尔依莲花足的庇护。

第 37 节

इति तद्दैन्यमालोक्य भगवान् भृत्यकामकृत् ।
मा खिद्यत मिथोऽर्थं वः साधयिष्ये स्वमायया ॥३७॥

iti tad-dainyam ālokya
bhagavān bhṛtya-kāma-kṛt
mā khidyata mitho 'rthaṁ vaḥ
sādhayiṣye sva-māyayā

iti—这样 / tat—半神人的 / dainyam—沮丧 / ālokya—看到 / bhagavān—至尊人格首神 / bhṛtya-kāma-kṛt—始终愿意满足祂仆人的愿望的 / mā khidyata—不要难过 / mithaḥ—靠制造纷争 / artham—为得到甘露 / vaḥ—为你们大家 / sādhayiṣye—我将要实行 / sva-māyayā—用自己的能量

译文 总是渴望满足祂奉献者的雄心的至尊人格首神，看到半神人们难过时，就对他们说："不要难过。我将用我自己的能量在恶魔中制造纷争，以此迷惑他们。这样，我就会满足你们想要拥有甘露的愿望了。"

第 38 节

मिथः कलिरभूत्तेषां तदर्थे तर्षचेतसाम् ।
अहं पूर्वमहं पूर्वं न त्वं न त्वमिति प्रभो ॥३८॥

mithaḥ kalir abhūt teṣāṁ
tad-arthe tarṣa-cetasām

ahaṁ pūrvam ahaṁ pūrvaṁ
na tvaṁ na tvam iti prabho

mithaḥ－他们之间 / kaliḥ－纷争 / abhūt－产生 / teṣām－他们全体 / tat-arthe－为了甘露 / tarṣa-cetasām－内心受到维施努的错觉能量的迷惑 / aham－我 / pūrvam－首先 / pūrvam－先 / na－不 / tvam－你 / na－不 / tvam－你 / iti－如此 / prabho－君王啊

译文　君王啊！随即，恶魔之间为谁先得到甘露产生了纷争。他们每个人都说，“你不能先喝它。我必须先喝。我先喝，轮不到你！”

要旨　这就是恶魔们的表现。非奉献者首先想的是如何立刻享受到个人感官的满足感，但奉献者首先想到的是让至尊主感到满意。这就是非奉献者与奉献者之间的区别。在物质世界里，绝大多数的人都是非奉献者，都想要享受和满足自己的感官，所以彼此之间就会经常有竞争、纷争对抗、意见不一与战争。因此，除非恶魔变得具有奎师那意识，并受到训练，了解如何满足至尊主的感官，否则人类社会或任何社会，哪怕是半神人的社会，都没有和平可言。然而，半神人和奉献者总是投靠至尊主的莲花足，也正因为如此，至尊主总是渴望满足他们的雄心。当恶魔为满足他们自己的感官而争斗时，奉献者忙着做奉爱服务，以满足至尊主的感官。就有关这一点，奎师那意识运动的成员们必须警醒。这样才能成功地传播奎师那意识运动。

第 39－40 节

देवाः स्वं भागमर्हन्ति ये तुल्यायासहेतवः ।
सत्रयाग इवैतस्मिन्नेष धर्मः सनातनः ॥३९॥

इति स्वान् प्रत्यषेधन् वै दैतेया जातमत्सराः ।
दुर्बलाः प्रबलान् राजन् गृहीतकलसान्मुहुः ॥४०॥

devāḥ svaṁ bhāgam arhanti
　ye tulyāyāsa-hetavaḥ
satra-yāga ivaitasminn
　eṣa dharmaḥ sanātanaḥ

iti svān pratyaṣedhan vai
　daiteyā jāta-matsarāḥ
durbalāḥ prabalān rājan
　gṛhīta-kalasān muhuḥ

devāḥ—半神人 / svam bhāgam—他们自己的份 / arhanti—应得 / ye—所有……的人 / tulya-āyāsa-hetavaḥ—同样努力地 / satra-yāge—举行祭祀当中 / iva—同样地 / etasmin—有关这件事 / eṣaḥ—这个 / dharmaḥ—宗教 / sanātanaḥ—永恒的 / iti—这样 / svān—他们之间 / pratyaṣedhan—彼此禁止 / vai—事实上 / daiteyāḥ—迪缇的儿子们 / jāta-matsarāḥ—忌妒 / durbalāḥ—较弱的 / prabalān—迫使 / rājan—君王啊 / gṛhīta—拥有 / kalasān—甘露的罐子 / muhuḥ—再三

译文　有些恶魔说，“全体半神人都参与了搅拌牛奶之洋。现在，既然每个人都有平等的权利参加公众祭祀，按照永恒的宗教体系，半神人现在也该分享到一份甘露。”君王啊！就这样，较弱势的恶魔禁止更强大的恶魔喝甘露。

要旨　力量较弱的戴提亚(Daitya)恶魔也想要喝到甘露，因此说一些有利于半神人的话，以阻止更强壮的戴提亚独吞甘露。就这样，在他们彼此禁止喝甘露时，争吵和骚乱发生了。

第 41—46 节

एतस्मिन्नन्तरे विष्णुः सर्वोपायविदीश्वरः ।
योषिद्रूपमनिर्देश्यं दधारपरमाद्भुतम् ॥४१॥

प्रेक्षणीयोत्पलश्यामं सर्वावयवसुन्दरम् ।
समानकर्णाभरणं सुकपोलोन्नसाननम् ॥४२॥

नवयौवननिर्वृत्तस्तनभारकृशोदरम् ।
मुखामोदानुरक्तालिझङ्कारोद्विग्नलोचनम् ॥४३॥

बिभ्रत्सुकेशभारेण मालामुत्फुल्लमल्लिकाम् ।
सुग्रीवकण्ठाभरणं सुभुजाङ्गदभूषितम् ॥४४॥

विरजाम्बरसंवीतनितम्बद्वीपशोभया ।
काञ्च्या प्रविलसद्वल्गुचलच्चरणनूपुरम् ॥४५॥

सव्रीडस्मितविक्षिप्तभ्रूविलासावलोकनैः ।
दैत्ययूथपचेतःसु काममुद्दीपयन्मुहुः ॥४६॥

etasminn antare viṣṇuḥ
sarvopāya-vid īśvaraḥ
yoṣid-rūpam anirdeśyaṁ
dadhāra-paramādbhutam

prekṣaṇīyotpala-śyāmaṁ
sarvāvayava-sundaram
samāna-karṇābharaṇaṁ
sukapolonnasānanam

nava-yauvana-nirvṛtta-
stana-bhāra-kṛśodaram
mukhāmodānuraktāli-
jhaṅkārodvigna-locanam

bibhrat sukeśa-bhāreṇa
mālām utphulla-mallikām
sugrīva-kaṇṭhābharaṇaṁ
su-bhujāṅgada-bhūṣitam

virajāmbara-saṁvīta-
nitamba-dvīpa-śobhayā
kāñcyā pravilasad-valgu-
calac-caraṇa-nūpuram

savrīḍa-smita-vikṣipta-
bhrū-vilāsāvalokanaiḥ

daitya-yūtha-pa-cetaḥsu
kāmam uddīpayan muhuḥ

etasmin antare—之后 / viṣṇuḥ—主维施努 / sarva-upāya-vit—善于对付各种情况的 / īśvaraḥ—至尊控制者 / yoṣit-rūpam—美丽的女子形象 / anirdeśyam—没人知道她是谁 / dadhāra—接受 / parama—极其 / adbhutam—神奇 / prekṣaṇīya—令人赏心悦目 / utpala-śyāmam—肤色恰似刚刚长出的微黑色莲花 / sarva—所有的 / avayava—身体的部位 / sundaram—十分美丽 / samāna—适当的比例 / karṇa-ābharaṇam—耳朵上的装饰品 / su-kapola—十分美丽的脸颊 / unnasa-ānanam—鼻子高挺 / nava-yauvana—青春的 / nirvṛtta-stana—丰满的乳房 / bhāra—重量 / kṛśa—苗条 / udaram—腰部 / mukha—脸庞 / āmoda—令人愉快 / anurakta—吸引着 / ali—熊蜂 / jhaṅkāra—发出嗡嗡声 / udvigna—由于焦虑 / locanam—她的眼睛 / bibhrat—动来动去 / su-keśa-bhāreṇa—因为美发的重量 / mālām—花环 / utphulla-mallikām—用盛开的双瓣茉莉花制成 / su-grīva—美丽的颈部 / kaṇṭha-ābharaṇam—用漂亮的首饰装饰着 / su-bhuja—很美的手臂 / aṅgada-bhūṣitam—用镯子作装饰 / viraja-ambara—清洁的衣料 / saṁvīta—披上 / nitamba—胸脯 / dvīpa—仿佛一片岛屿 / śobhayā—极其美丽 / kāñcyā—腰带 / pravilasat—包裹着 / valgu—十分美丽 / calat-caraṇa-nūpuram—晃动的脚铃 / sa-vrīḍa-smita—害羞地微笑着 / vikṣipta—瞥视 / bhrū-vilāsa—跳动的眉毛 / avalokanaiḥ—扫视 / daitya-yūtha-pa—恶魔的首领 / cetaḥsu—内心 / kāmam—色欲 / uddīpayat—产生 / muhuḥ—立即

译文 可以控制任何不利境况的至尊人格首神维施努，接着转化为一个绝美的女子形象。这位女子化身摩黑妮形象，是最令人赏心悦目的形象。她的肤色如同刚刚长出的黑色莲花，她身体的每一个部分都美得恰到好处。她的耳朵用耳环对称地装饰着，脸颊十分美丽，鼻子高挺，脸上散发着青春的光泽。她丰满的乳房使她的腰看上去十分纤细。受到她脸上和身体发出的香气的吸引，熊蜂嗡嗡叫着环绕着她，她的眼睛因而一直在转动。她极其美丽的秀发上戴着双瓣茉莉花花环，构造迷人的颈部佩戴一条项链和其他饰品。她的手臂用镯子作装饰，身体用一件洁净的莎丽包裹着，胸脯仿佛一片美丽汪洋上的岛屿。她带着脚铃。在含羞地微笑和扫视恶魔时，眉毛的挑动令全体恶魔欲火中烧，都想要占有她。

要旨　至尊主为激起恶魔的色欲而采用了一个美女的形象。这节诗完整地描述了祂化身的美女所具有的动人之处。

到此为止，结束了巴克提韦丹塔对《圣典博伽瓦谭》第8篇第8章——“搅拌牛奶之洋”所作的阐释。

第九章

至尊主现出的摩黑妮形象

这节诗讲述摩黑妮(Mohinī)形象的美如何使恶魔们着迷，竟然同意将甘露罐交给摩黑妮女神，而她则巧妙地将甘露罐给了半神人。

当恶魔占有了甘露罐时，一个美丽非凡的少女出现在他们面前。那少女的美使全体恶魔都很着迷，受到她的吸引。由于恶魔们当时为占有甘露而争执不休，他们选择这美女当调解者来解决他们的纠纷。至尊人格首神的摩黑妮化身，利用他们这方面的弱点使他们承诺：无论她作出的决定是什么，他们都不拒绝接受。当恶魔作出承诺后，美丽的摩黑妮让半神人和恶魔分坐两排，以便她能够分发甘露。她知道恶魔根本不适合喝甘露。因此，她通过欺骗恶魔，将所有的甘露都分给了半神人。恶魔看到摩黑妮的欺骗时都保持沉默，只有一个名叫茹阿胡(Rāhu)的恶魔乔装成半神人在半神人的行列中坐下。他坐在太阳和月亮中间。至尊人格首神明白茹阿胡在行骗时，立刻砍下恶魔的头。然而，茹阿胡已经品尝到甘露，所以尽管头被砍下，还是活着。等半神人喝完甘露后，至尊人格首神恢复自己原本的形象。舒卡戴瓦·哥斯瓦米(Śukadeva Gosvāmī)以描述至尊人格首神的圣名、娱乐活动和有关的一切是如何强大有力作为这一章的结束。

第 1 节

श्रीशुक उवाच
तेऽन्योन्यतोऽसुराः पात्रं हरन्तस्त्यक्तसौहृदाः ।
क्षिपन्तो दस्युधर्माण आयान्तीं ददृशुः स्त्रियम् ॥१॥

śrī-śuka uvāca
te 'nyonyato 'surāḥ pātraṁ
harantas tyakta-sauhṛdāḥ
kṣipanto dasyu-dharmāṇa
āyāntīṁ dadṛśuḥ striyam

śrī-śukaḥ uvāca—圣舒卡戴瓦·哥斯瓦米说 / te—恶魔 / anyonyataḥ—彼此之间 / asurāḥ—恶魔 / pātram—盛放甘露的罐子 / harantaḥ—互相抢夺 / tyakta-sauhṛdāḥ—变得彼此间心坏敌意 / kṣipantaḥ—有时投掷 / dasyu-dharmāṇaḥ—有时像盗贼一样抢夺 / āyāntīm—走来 / dadṛśuḥ—看见 / striyam——位十分美丽、妩媚动人的女子

译文 舒卡戴瓦·哥斯瓦米说：那之后，恶魔变得彼此之间心怀敌意，互相投掷和抢夺盛放甘露的罐子，把友谊抛在一边。就在这时，他们看到一位十分美丽的年轻女子向他们走来。

第2节

अहो रूपमहो धाम अहो अस्या नवं वयः ।
इति ते तामभिद्रुत्य पप्रच्छुर्जातहृच्छयाः ॥ २ ॥

aho rūpam aho dhāma
aho asyā navaṁ vayaḥ
iti te tām abhidrutya
papracchur jāta-hṛc-chayāḥ

aho—多神奇啊 / rūpam—她的美丽 / aho—多神奇啊 / dhāma—她身体的光泽 / asyāḥ—她的 / navam—青春 / vayaḥ—风华正茂 / iti—这样 / te—这些恶魔 / tām—向美丽的女子 / abhidrutya—迅速接近她 / papracchuḥ—向她请教 / jāta-hṛt-śayāḥ—他们心中充满了想要享受她的色欲

译文 看到那位美女，恶魔们说，“唉，她的美有多神奇啊！她身体的光泽太惊人啦！她青春年少的美实在是非同

凡响！”这样说着，他们迅速靠近她，充满色欲地要享受她，开始向她提出各种问题。

第3节

का त्वं कञ्जपलाशाक्षि कुतो वा किं चिकीर्षसि ।
कस्यासि वद वामोरु मथ्नतीव मनांसि नः ॥ ३ ॥

kā tvaṁ kañja-palāśākṣi
kuto vā kiṁ cikīrṣasi
kasyāsi vada vāmoru
mathnatīva manāṁsi naḥ

kā－谁 / tvam－您是 / kañja-palāśa-akṣi－眼睛恰似莲花瓣的 / kutaḥ－从哪里 / vā－或者 / kim cikīrṣasi－您为何来到这里 / kasya－谁的 / asi－您属于 / vada－请告诉我们 / vāma-ūru－双腿异常美丽的您啊 / mathnatī－刺激 / iva－正如 / manāṁsi－内心 / naḥ－我们的

译文　奇妙的美少女啊！您有如此漂亮的眼睛，它们恰似莲花瓣。您是谁？从哪里来？您到这儿来要做什么？您属于谁？双腿异常美丽的您啊！我们的心仅仅因为看您就变得激动不已。

要旨　恶魔们询问绝美的少女道：“您属于谁？”女人在结婚前应该属于她父亲，结婚后该属于她丈夫，老年时属于她长大的儿子们。就有关这一点，圣维施瓦纳特·查夸瓦尔提·塔库尔(Śrīla Viśvanātha Cakravartī Ṭhākura)说，“您属于谁？”这个问题的意思是“您是谁的女儿？”既然恶魔们明白美丽的少女还没结婚，他们中的每一个人就都想娶她。为此，他们询问“您是谁的女儿？”

第 4 节

न वयं त्वामरैर्दैत्यैः सिद्धगन्धर्वचारणैः ।
नास्पृष्टपूर्वां जानीमो लोकेशैश्च कुतो नृभिः ॥४॥

na vayaṁ tvāmarair daityaiḥ
siddha-gandharva-cāraṇaiḥ
nāspṛṣṭa-pūrvāṁ jānīmo
lokeśaiś ca kuto nṛbhiḥ

na－并不是 / vayam－我们 / tvā－向您 / amaraiḥ－被半神人 / daityaiḥ－被恶魔 / siddha－被神秘仙 / gandharva－被歌仙 / cāraṇaiḥ－被查冉纳 / na－不 / aspṛṣṭa-pūrvām－从未被任何人享受过或触碰过 / jānīmaḥ－清楚地了解 / loka-īśaiḥ－被宇宙的各种主管 / ca－也 / kutaḥ－更何况 / nṛbhiḥ－被人类

译文 不要说人类了，就连半神人、恶魔、神秘仙、歌仙、查冉纳、宇宙各级主管、生物体祖先，之前都从未触碰过您。我们并不是不能了解您的身份。

要旨 就连恶魔都遵守"不该好色地对已婚妇女说话"的礼节。大分析家查纳克雅·潘迪特(Cāṇakya Paṇḍita)说：人应该将他人的妻子视为是自己的母亲(mātṛvat para-dāreṣu)。恶魔理所当然地以为，到他们面前来的美丽少女摩黑妮必定还没有结婚。因此，他们设想这世上所有的人，包括半神人、歌仙(Gandharva)、查冉纳(Cāraṇa)和神秘仙(Siddha)，甚至都还没碰过她。恶魔知道这少女还没结婚，所以敢对她说话。他们猜想少女摩黑妮到搅拌牛奶之洋的现场是为了在现场众多的人(戴提亚、半神人和歌仙等)当中找一个丈夫。

第 5 节

नूनं त्वं विधिना सुभ्रूः प्रेषितासि शरीरिणाम् ।
सर्वेन्द्रियमनःप्रीतिं विधातुं सघृणेन किम् ॥५॥

nūnaṁ tvaṁ vidhinā subhrūḥ
preṣitāsi śarīriṇā
sarvendriya-manaḥ-prītiṁ
vidhātuṁ saghṛṇena kim

nūnam—的确 / tvam—您 / vidhinā—被天意 / su-bhrūḥ—长着漂亮眉毛的您啊 / preṣitā—派遣 / asi—您的确是 / śarīriṇām—有物质躯体的众生的 / sarva——切 / indriya—感官 / manaḥ—和心 / prītim—令人愉快的 / vidhātum—为了赐予 / sa-ghṛṇena—由于您没有缘故的仁慈 / kim—是否

译文　长着漂亮眉毛的美少女啊！毫无疑问，这是上天出于祂没有缘故的仁慈，送您来此让我们大家的感官和心感到满足。这难道不是事实吗？

第6节

सा त्वं नः स्पर्धमानानामेकवस्तुनि मानिनि ।
ज्ञातीनां बद्धवैराणां शं विधत्स्व सुमध्यमे ॥ ६ ॥

sā tvaṁ naḥ spardhamānānām
eka-vastuni mānini
jñātīnāṁ baddha-vairāṇāṁ
śaṁ vidhatsva sumadhyame

sā—如此……的您 / tvam—您本人 / naḥ—我们全体恶魔的 / spardhamānānām—彼此之间越来越怀有敌意的人的 / eka-vastuni—有关这件事(甘露罐子) / mānini—极受人尊敬和十分美丽的您啊 / jñātīnām—家人之间 / baddha-vairāṇām—越来越有敌意 / śam—吉祥 / vidhatsva—必须执行 / su-madhyame—如此美丽的纤腰女子啊

译文　我们现在都因为这件东西——一个甘露罐子，而彼此间充满敌意和纷争。尽管我们都出生在同一个家庭，但彼此的恨意却不断增强。以如此美丽而著名的纤腰女子啊！为此，我们请求您帮我们平息纷争。

要旨 恶魔们明白美少女吸引了他们大家的注意力，因此一致要求她来当解决他们纷争的裁决人。

第 7 节

वयं कश्यपदायादा भ्रातरः कृतपौरुषाः ।
विभजस्व यथान्यायं नैव भेदो यथा भवेत् ॥ ७ ॥

vayaṁ kaśyapa-dāyādā
bhrātaraḥ kṛta-pauruṣāḥ
vibhajasva yathā-nyāyaṁ
naiva bhedo yathā bhavet

vayam－我们大家 / kaśyapa-dāyādāḥ－喀夏帕·牟尼的后代 / bhrātaraḥ－都是兄弟 / kṛta-pauruṣāḥ－都能干 / vibhajasva－请分配 / yathā-nyāyam－按照法律规定 / na－不 / eva－肯定 / bhedaḥ－偏心 / yathā－正如 / bhavet－变得这样

译文 我们全体——恶魔和半神人，都由同一个父亲喀夏帕生出，所以彼此是兄弟关系。但现在我们却在争执中展现我们个人的英勇。为此，我们请求您平息我们的纷争，在我们之间平均分配甘露。

第 8 节

इत्युपामन्त्रितो दैत्यैर्मायायोषिद्वपुर्हरिः ।
प्रहस्य रुचिरापाङ्गैर्निरीक्षन्निदमब्रवीत् ॥ ८ ॥

ity upāmantrito daityair
māyā-yoṣid-vapur hariḥ
prahasya rucirāpāṅgair
nirīkṣann idam abravīt

iti－这样 / upāmantritaḥ－被请求 / daityaiḥ－被恶魔 / māyā-yoṣit－梦幻似的女子 / vapuḥ hariḥ－至尊人格首神的化身 / prahasya—微笑着 / rucira—美丽的 / apāṅgaiḥ—通过摆出女性的诱人姿态 / nirīkṣan—看着他们 / idam—这番话 / abravīt—说

译文　这样被恶魔们一再请求，变换出美女形象的至尊人格首神露出了微笑。祂摆出女性的诱人姿态看着他们，开口说了如下一番话。

第9节

श्रीभगवानुवाच
कथं कश्यपदायादाः पुंश्चल्यां मयि सङ्गताः ।
विश्वासं पण्डितो जातु कामिनीषु न याति हि ॥ ९ ॥

śrī-bhagavān uvāca
katham kaśyapa-dāyādāḥ
puṁścalyāṁ mayi saṅgatāḥ
viśvāsaṁ paṇḍito jātu
kāminīṣu na yāti hi

śrī-bhagavān uvāca—至尊人格首神以摩黑妮的形象说 / katham—怎么会 / kaśyapa-dāyādāḥ—你们都是喀夏帕·牟尼的后代 / puṁścalyām—对刺激男人内心的妓女 / mayi—对我 / saṅgatāḥ—你们来找我 / viśvāsam—信心 / paṇḍitaḥ—智者 / jātu—任何时候 / kāminīṣu—在女人身上 / na—从不 / yāti—发生 / hi—事实上

译文　至尊人格首神以摩黑妮的形象告诉恶魔们：喀夏帕·牟尼的儿子们啊！我只不过是个妓女。你们怎么对我有如此坚定的信心呢？博学之人从不将自己的信心放在一个女人身上。

要旨　大政治家和道德训导家查纳克雅·潘迪特说："永远不要信任一个女人或政治家(viśvāso naiva kartavyaḥ strīṣu rāja-kuleṣu ca)。"化身为女人的至尊人格首神警告恶魔不要太信任她，因为她这个有魅力的女人出现的目的，最终是为了欺骗他们。她间接地透露了她出现在他们面前的目的。她对喀夏帕(Kaśyapa)的儿子们说：“这是怎么了？你们都由一个伟大的圣人生出，但却信任一个如妓女般到处闲逛、没有父亲或丈夫保护的女人。女人一般不该得到信任，更不要说像妓女一样闲逛的女人了？”就有关这一点，梵文“女人(kāminī)”一词意义重大。女人，尤其是美丽的年轻女人，唤起男人心中潜伏的色欲。因此，按照《玛努法典》(Manu-saṁhitā)，每一个女人都该受到保护，要么受到丈夫的保护、父亲的保护，要么受到成年儿子的保护。没有这种保护，女人就会受到剥削。女人一旦被男人剥削后，就有可能变成一个妓女。至尊人格首神摩黑妮的形象解释了这一点。

第 10 节

सालावृकाणां स्त्रीणां च स्वैरिणीनां सुरद्विषः ।
सख्यान्याहुरनित्यानि नूत्नं नूत्नं विचिन्वताम् ॥१०॥

sālāvṛkāṇāṁ strīṇāṁ ca
svairiṇīnāṁ sura-dviṣaḥ
sakhyāny āhur anityāni
nūtnaṁ nūtnaṁ vicinvatām

sālāvṛkāṇām－猴子、豺和狗的 / strīṇām ca－女人的 / svairiṇīnām－特别是独立的女人 / sura-dviṣaḥ－恶魔啊 / sakhyāni－友谊 / āhuḥ－据说 / anityāni－短暂的 / nūtnam－新朋友 / nūtnam－新朋友 / vicinvatām－他们都认为

译文 恶魔啊！正如猴子、豺和狗并没有固定的性关系，每天都在换新伙伴，独自生活的女人每天都在找新朋友。与这种女人的友谊从不是长久、固定的。这是博学学者的看法。

第 11 节

श्रीशुक उवाच
इति ते क्ष्वेलितैस्तस्या आश्वस्तमनसोऽसुराः ।
जहसुर्भावगम्भीरं ददुश्चामृतभाजनम् ॥११॥

śrī-śuka uvāca
iti te kṣvelitais tasyā
āśvasta-manaso 'surāḥ
jahasur bhāva-gambhīraṁ
daduś cāmṛta-bhājanam

śrī-śukaḥ uvāca—圣舒卡戴瓦·哥斯瓦米说 / iti—这样 / te—这些恶魔 / kṣvelitaiḥ—像是开玩笑 / tasyāḥ—摩黑妮的 / āśvasta—感恩地充满信心 / manasaḥ—他们的心 / asurāḥ—全体恶魔 / jahasuḥ—大笑着 / bhāva-gambhīram—尽管摩黑妮严肃认真 / daduḥ—交给 / ca—也 / amṛta-bhājanam—甘露罐

译文　圣舒卡戴瓦·哥斯瓦米继续道：恶魔听了摩黑妮形象认真说出的一番像是开玩笑的话，都对她很有信心。他们大笑着，最终还是将甘露罐送到她的手中。

要旨　毫无疑问，人格首神的摩黑妮形象并没有在开玩笑，而是十分认真、严肃地在说话。然而，对摩黑妮形象的身体特征十分着迷的恶魔们，却以为她在开玩笑，很信任地将甘露罐交到她手中。因此，摩黑妮的形象就像这部圣典第1篇第3章的第24节诗所谈到的佛祖一样，显现是为了欺骗恶魔(sammohāya sura-dviṣām)，其中梵文sura-dviṣām是指那些对半神人或奉献者怀有敌意的人。有时，至尊人格首神会化身前来欺骗无神论者或不敬神的人。所以我们在此看到，尽管至尊主的摩黑妮形象对恶魔们说的是真话，但恶魔们却认为她是在开玩笑。事实上，他们对摩黑妮形象的诚实是那么有信心，以致立刻将甘露罐交到她手中，就好像他们会允许她随心所欲地处置甘露，无论她是分发它，扔掉它，还是在不给他们的情况下自己喝光它，他们都无所谓一样。

第 12 节

ततो गृहीत्वामृतभाजनं हरि-
बभाष ईषत्स्मितशोभया गिरा ।
यद्यभ्युपेतं क्व च साध्वसाधु वा
कृतं मया वो विभजे सुधामिमाम् ॥१२॥

tato gṛhītvāmṛta-bhājanaṁ harir
babhāṣa īṣat-smita-śobhayā girā
yady abhyupetaṁ kva ca sādhv asādhu vā
kṛtaṁ mayā vo vibhaje sudhām imām

tataḥ—此后 / gṛhītvā—占有 / amṛta-bhājanam—甘露罐 / hariḥ—至尊人格首神哈尔依以摩黑妮的形象 / babhāṣa—说 / īṣat—稍微 / smita-śobhayā girā—美丽地微笑着用话语 / yadi—如果 / abhyupetam—答应接受 / kva ca—无论什么 / sādhu asādhu vā—无论诚实还是不诚实 / kṛtam mayā—由我做 / vaḥ—对你们 / vibhaje—我适当地分配 / sudhām—甘露 / imām—这个

译文 那之后，占有了甘露罐的至尊人格首神浅浅地微笑着，用动人的话语对恶魔们说：我亲爱的恶魔，如果你们接受我无论是以诚实或不诚实的方式有可能做出的一切，那我就答应为你们分配甘露。

要旨 至尊人格首神不会遵守任何人的决定。祂所做的一切都是绝对的。当然，恶魔受到至尊人格首神的错觉能量的蒙蔽，所以摩黑妮让他们发誓无论她做什么，他们都会接受。

第 13 节

इत्यभिव्याहृतं तस्या आकर्ण्यासुरपुङ्गवाः ।
अप्रमाणविदस्तस्यास्तत्तथेत्यन्वमंसत ॥१३॥

ity abhivyāhṛtaṁ tasyā
ākarṇyāsura-puṅgavāḥ
apramāṇa-vidas tasyās
tat tathety anvamaṁsata

iti－这样 / abhivyāhṛtam－说的话 / tasyāḥ－她的 / ākarṇya－听了 / asura-puṅgavāḥ－恶魔的首领 / apramāṇa-vidaḥ－由于他们都愚笨 / tasyāḥ－她的 / tat－这些话语 / tathā－就这样吧 / iti－如此 / anvamaṁsata－同意接受

译文　恶魔的首领们并不是很善于做决定。听了摩黑妮形象说的甜言蜜语，他们立刻表示赞同。他们回答说："好的。您无论说什么都是对的。"就这样，恶魔同意接受她的决定。

第 14－15 节

अथोपोष्य कृतस्नाना हुत्वा च हविषानलम् ।
दत्त्वा गोविप्रभूतेभ्यः कृतस्वस्त्ययना द्विजैः ॥१४॥

यथोपजोषं वासांसि परिधायाहतानि ते ।
कुशेषु प्राविशन् सर्वे प्रागग्रेष्वभिभूषिताः ॥१५॥

athopoṣya kṛta-snānā
hutvā ca haviṣānalam
dattvā go-vipra-bhūtebhyaḥ
kṛta-svastyayanā dvijaiḥ

yathopajoṣaṁ vāsāṁsi
paridhāyāhatāni te

kuśeṣu propāviśan sarve
prāg-agreṣv abhibhūṣitāḥ

atha—此后 / upoṣya—禁食 / kṛta-snānāḥ—沐浴 / hutvā—供奉祭品 / ca—也 / haviṣā—用纯净酥油 / analam—到火中 / dattvā—布施 / go-vipra-bhūtebhyaḥ—向乳牛、布茹阿玛纳和众生 / kṛta-svastyayanāḥ—举行仪式典礼 / dvijaiḥ—按照布茹阿玛纳的指导 / yathā-upajoṣam—按照自己的品味 / vāsāṁsi—衣服 / paridhāya—穿上 / āhatāni—全新的和一流的 / te—他们都 / kuśeṣu—在用库沙草制成的坐垫上 / prāviśan—坐下 / sarve—他们都 / prāk-agreṣu—面朝东 / abhibhūṣitāḥ—用各种装饰品打扮得体的

译文 半神人和恶魔接着遵守禁食规定。他们沐浴后将纯净奶油和给神的供品供奉到火中，给乳牛、布茹阿玛纳和社会其他阶层的成员布施。那些阶层的成员分别是查锤亚、外夏和庶铎，他们都得到了自己应得的一份布施。随后，半神人和恶魔在布茹阿玛纳的指导下举行仪式典礼。接着，他们根据自己的选择换上新衣服，用各种装饰品装扮自己的身体，在用库沙草制成的坐垫上面朝东坐下。

要旨 韦达经(Vedas)中命令，在举行每一个仪式典礼前，人都必须先在恒河、雅沐娜河(Yamunā)中或海里沐浴净化自己。那之后，人才可以举行仪式典礼，向火中供奉纯净的奶油。这节诗中的梵文“穿上一流的或崭新的(paridhāya āhatāni)”短句尤其重要。进入弃绝阶层的人(sannyāsī)或其他人在即将举行仪式典礼时，不该穿用针线缝制的衣服。

第16—17节

प्राङ्मुखेषूपविष्टेषु सुरेषु दितिजेषु च ।
धूपामोदितशालायां जुष्टायां माल्यदीपकैः ॥१६॥

तस्यां नरेन्द्र करभोरुरुशद्दुकूल-
श्रोणीतटालसगतिर्मदविह्वलाक्षी ।
सा कूजती कनकनूपुरशिञ्जितेन
कुम्भस्तनी कलसपाणिरथाविवेश ॥१७॥

prāṅ-mukheṣūpaviṣṭeṣu
sureṣu ditijeṣu ca
dhūpāmodita-śālāyāṁ
juṣṭāyāṁ mālya-dīpakaiḥ

tasyāṁ narendra karabhorur uśad-dukūla-
śroṇī-taṭālasa-gatir mada-vihvalākṣī
sā kūjatī kanaka-nūpura-śiñjitena
kumbha-stanī kalasa-pāṇir athāviveśa

prāk-mukheṣu一面朝东 / upaviṣṭeṣu一坐在各自的座位上 / sureṣu一全体半神人 / diti-jeṣu一恶魔 / ca一也 / dhūpa-āmodita-śālāyām一弥漫着焚香烟雾的场所里 / juṣṭāyām一适当的装饰 / mālya-dīpakaiḥ一用花环和油灯 / tasyām一在那场所中 / nara-indra一君王啊 / karabha-ūruḥ一双腿好似象鼻 / uśat-dukūla一穿着十分美丽的莎丽 / śroṇī-taṭa一因为浑圆的臀部 / alasa-gatiḥ一极其缓慢地走来 / mada-vihvala-akṣī一她的眼睛因年轻的自傲而四下瞥视 / sā一她 / kūjatī一叮叮作响 / kanaka-nūpura一金制足铃 / śiñjitena一……的声音 / kumbha-stanī一乳房仿佛圆水罐的女子 / kalasa-pāṇiḥ一手中带着甘露罐 / atha一这样 / āviveśa一进场

译文　君王啊！就在半神人和恶魔面朝东坐在一个由鲜花花环、油灯和烟雾缭绕且香气袭人的焚香充分装饰的场所内时，那位臀部丰满、穿着最美丽的莎丽、足铃叮叮作响的女子，极其缓慢地走来。她的眼睛因年轻的自傲而四下瞥视，她的乳房仿佛两个浑圆的水罐，她的双腿恰似象鼻，手中捧着甘露罐。

第 18 节

तां श्रीसखीं कनककुण्डलचारुकर्ण-
नासाकपोलवदनां परदेवताख्याम् ।
संवीक्ष्य सम्मुमुहुरुत्स्मितवीक्षणेन
देवासुरा विगलितस्तनपट्टिकान्ताम् ॥१८॥

tāṁ śrī-sakhīṁ kanaka-kuṇḍala-cāru-karṇa-
nāsā-kapola-vadanāṁ para-devatākhyām
saṁvīkṣya sammumuhur utsmita-vīkṣaṇena
devāsurā vigalita-stana-paṭṭikāntām

tām—向她 / śrī-sakhīm—显得像幸运女神的私人同伴 / kanaka-kuṇḍala—用金制耳环 / cāru—十分美丽 / karṇa—耳朵 / nāsā—鼻子 / kapola—脸颊 / vadanām—脸庞 / para-devatā-ākhyām—以这一形象显现的至尊人格首神 / saṁvīkṣya—看着她 / sammumuhuḥ—都着迷了 / utsmita—浅浅微笑着 / vīkṣaṇena—扫视他们 / deva-asurāḥ—半神人和恶魔 / vigalita-stana-paṭṭika-antām—覆盖在她双乳上的纱丽的饰边微微向旁边滑开一些

译文 她迷人的鼻子、脸颊和耳朵在金耳环的映衬下使整张面孔看上去美丽非凡。在她行走时，覆盖在她双乳上的纱丽的饰边微微向旁边滑开一些。当半神人和恶魔看到正在扫视他们并浅浅微笑着的摩黑妮形象具有的这些妩媚特征时，全都像被施过魔法一样着迷了。

要旨 圣维施瓦纳特·查夸瓦尔提·塔库尔评论这节诗说：摩黑妮是至尊人格首神的女性形象，幸运女神是她的助手。人格首神采用的这个形象对幸运女神具有挑战性。幸运女神十分美丽，但如果至尊主化身出一个女人的形象，祂比幸运女神还要美。幸运女神的女性形象并非是最美的。至尊主是如此美丽，甚至在变化出女性形象时能比任何美丽的幸运女神还要美。

第 19 节

असुराणां सुधादानं सर्पाणामिव दुर्नयम् ।
मत्वा जातिनृशंसानां न तां व्यभजदच्युतः ॥१९॥

asurāṇāṁ sudhā-dānaṁ
sarpāṇām iva durnayam
matvā jāti-nṛśaṁsānāṁ
na tāṁ vyabhajad acyutaḥ

asurāṇām—恶魔的 / sudhā-dānam—给予甘露 / sarpāṇām—蛇的 / iva—正如 / durnayam—轻率的 / matvā—这样想 / jāti-nṛśaṁsānām—本性十分忌妒的那些人 / na—不 / tām—甘露 / vyabhajat—给予 / acyutaḥ—永不坠落的至尊人格首神

译文　恶魔本性像蛇一样欺诈。所以完全不适合把甘露分给他们，否则就会像给蛇喂牛奶一样危险。考虑到这些，永不坠落的至尊人格首神没有给恶魔分发甘露。

要旨　经典中说：毒蛇十分狡诈、忌妒，恶魔般的人也如此(sarpaḥ krūraḥ khalaḥ krūraḥ sarpāt krūrataraḥ khalaḥ)；用曼陀、草药和药物可以控制住一条蛇，但任何方法都控制不了一个忌妒、欺诈的人(mantrauṣadhi-vaśaḥ sarpaḥ khalaḥ kena nivāryate)。考虑到这个事实，至尊人格首神认为将甘露分给恶魔并非明智的做法。

第 20 节

कल्पयित्वा पृथक्पङ्क्तीरुभयेषां जगत्पतिः ।
तांश्चोपवेशयामास स्वेषु स्वेषु च पङ्क्तिषु ॥२०॥

kalpayitvā pṛthak paṅktīr
ubhayeṣāṁ jagat-patiḥ
tāṁś copaveśayām āsa
sveṣu sveṣu ca paṅktiṣu

kalpayitvā－安排后 / pṛthak paṅktīḥ－不同的座位 / ubhayeṣām－半神人和恶魔的 / jagat-patiḥ－宇宙之主 / tān－他们都 / ca－和 / upaveśayām āsa－坐下 / sveṣu sveṣu－在各自的座位上 / ca－也 / paṅktiṣu－适当的

译文 至尊人格首神的摩黑妮形象——宇宙的主人，安排了两排座位，让半神人和恶魔按照他们各自的地位就座。

第21节

दैत्यान् गृहीतकलसो वञ्चयन्नुपसञ्चरैः ।
दूरस्थान् पाययामास जरामृत्युहरां सुधाम् ॥२१॥

daityān gṛhīta-kalaso
vañcayann upasañcaraiḥ
dūra-sthān pāyayām āsa
jarā-mṛtyu-harāṁ sudhām

daityān－恶魔 / gṛhīta-kalasaḥ－手中抱着甘露罐的至尊主 / vañcayan－靠欺骗 / upasañcaraiḥ－用甜言蜜语 / dūra-sthān－坐在远处的半神人们 / pāyayām āsa－给……喝饮 / jarā-mṛtyu-harām－能抵消疾病、年老和死亡的 / sudhām－这样的甘露

译文 她手中抱着甘露罐先走向恶魔，用甜言蜜语满足他们，以此欺骗他们，让他们以为可以分享到甘露。接着，她将甘露给予坐在远处一排的半神人们，使他们因而免于病弱、老年和死亡。

要旨 人格首神——摩黑妮形象，在离恶魔较远的地方让半神人们坐下。随后，她走近恶魔，亲切地与他们说话，使他们认为自己很幸运能够跟她说上话。由于摩黑妮让半神人坐在较远处，恶魔们以为半神人只会得到一点点甘露，而摩黑妮对恶魔是如此满意，以至她会把所有的甘露都给恶魔。梵文“靠欺骗和用

甜言蜜语(vañcayann upasañcaraiḥ)”一句是指，至尊主的全盘计划是仅仅用甜言蜜语欺骗恶魔。至尊主的目的是将甘露只分给半神人。

第22节

ते पालयन्तः समयमसुराः स्वकृतं नृप ।
तूष्णीमासन् कृतस्नेहाः स्त्रीविवादजुगुप्सया ॥२२॥

te pālayantaḥ samayam
asurāḥ sva-kṛtaṁ nṛpa
tūṣṇīm āsan kṛta-snehāḥ
strī-vivāda-jugupsayā

te—恶魔 / pālayantaḥ—维持秩序 / samayam—平衡 / asurāḥ—恶魔 / sva-kṛtam—自己做的 / nṛpa—君王啊 / tūṣṇīm āsan—保持沉默 / kṛta-snehāḥ—因为对摩黑妮产生感情 / strī-vivāda—与女子争吵 / jugupsayā—由于认为这样做是很可恶的

译文　君王啊！由于恶魔已经承诺要接受那女子所做的无论是公平或不公平的一切，所以为了表现他们的平静，也挽救自己不要陷入与一个女人争斗的场面，他们保持沉默。

第23节

तस्यां कृतातिप्रणयाः प्रणयापायकातराः ।
बहुमानेन चाबद्धा नोचुः किञ्चन विप्रियम् ॥२३॥

tasyāṁ kṛtātipraṇayāḥ
praṇayāpāya-kātarāḥ
bahu-mānena cābaddhā
nocuḥ kiñcana vipriyam

tasyām—摩黑妮的 / kṛta-ati-praṇayāḥ—因为牢固的友谊 / praṇaya-apāya-kātarāḥ—因为害怕破坏与她的友好关系 / bahu-mānena—巨大

的尊敬 / ca－和 / ābaddhāḥ－过度依恋她 / na－不 / ūcuḥ－他们说 / kiñcana－哪怕是最微小的事 / vipriyam－令摩黑妮对他们不满意

译文 恶魔对摩黑妮形象产生了感情和信心，害怕破坏与她的关系。为此，他们对她的话语表示尊重，不说任何有可能破坏他们与她之间的友谊的话。

要旨 恶魔对至尊主的摩黑妮形象所说的友好话语和哄骗是那么着迷，以至尽管半神人先喝到甘露，恶魔也因为被甜言蜜语所安慰而保持平静。至尊主对恶魔们说："半神人都很吝啬、贪婪，极度渴望先喝到甘露。所以，让他们先喝。既然你们与他们不同，你们可以多等一会儿。你们都是英雄，让我十分满意。你们最好是等半神人喝过后再喝。"

第24节

देवलिङ्गप्रतिच्छन्नः स्वर्भानुर्देवसंसदि ।
प्रविष्टः सोममपिबच्चन्द्रार्काभ्यां च सूचितः ॥२४॥

deva-liṅga-praticchannaḥ
svarbhānur deva-saṁsadi
praviṣṭaḥ somam apibac
candrārkābhyāṁ ca sūcitaḥ

deva-liṅga-praticchannaḥ－乔装打扮成半神人 / svarbhānuḥ－茹阿胡(攻击太阳和月亮并造成日食和月食) / deva-saṁsadi－半神人的队伍中 / praviṣṭaḥ－进入了 / somam－甘露 / apibat－喝了 / candra-arkā-bhyām－由月亮神和太阳神 / ca－和 / sūcitaḥ－指出

译文 造成日食和月食的恶魔茹阿胡，乔装打扮成半神人，混进半神人的队伍，在未被任何人，甚至是至尊人格首神察觉的情况下喝了甘露。然而，月亮和太阳因为对茹阿胡的永久敌意，所以明白当时的情况。茹阿胡于是被揭穿了。

要旨 至尊人格首神的摩黑妮形象能够迷惑所有的恶魔，但茹阿胡(Rāhu)是那么聪明，竟然没有被迷惑。茹阿胡能明白摩黑妮形象在欺骗恶魔，因此乔装改扮成一个半神人，在半神人的行列中坐下。人们在此也许会问，至尊人格首神为什么没能看穿茹阿胡？原因是：至尊主想要给人们看喝下甘露的效果。这将在后面的诗文中揭示出来。然而，月亮和太阳总是对茹阿胡保持警惕，所以当茹阿胡混进半神人的行列时，月亮和太阳立刻揭穿他，至尊人格首神随即也注意到他。

第 25 节

चक्रेण क्षुरधारेण जहार पिबतः शिरः ।
हरिस्तस्य कबन्धस्तु सुधयाप्लावितोऽपतत् ॥२५॥

cakreṇa kṣura-dhāreṇa
jahāra pibataḥ śiraḥ
haris tasya kabandhas tu
sudhayāplāvito 'patat

cakreṇa—被飞轮 / kṣura-dhāreṇa—如剃刀般锐利的 / jahāra—斩断 / pibataḥ—喝饮甘露时 / śiraḥ—头 / hariḥ—至尊人格首神 / tasya—那个茹阿胡的 / kabandhaḥ tu—无头的身体 / sudhayā—被甘露 / aplāvitaḥ—没有碰到 / apatat—立刻倒地身亡

译文 至尊人格首神哈尔依立刻用祂那如剃刀般锐利的飞轮削下茹阿胡的头。当茹阿胡身首分家时，他的身体因为还没碰到甘露，所以不能存活。

要旨 当人格首神的摩黑妮形象将茹阿胡的头从他身体上削

下后，尽管他的身体死了，但那颗头依然活着。茹阿胡用嘴巴喝下甘露，在甘露还没进入他的身体前，他的头就被削下。正因为如此，茹阿胡的头还活着，但身体死了。至尊主从事这一神奇活动的目的，是要证明甘露是非常神奇的美味饮料。

第 26 节

शिरस्त्वमरतां नीतमजो ग्रहमचीक्लृपत् ।
यस्तु पर्वणि चन्द्रार्कावभिधावति वैरधीः ॥२६॥

śiras tv amaratāṁ nītam
ajo graham acīkḷpat
yas tu parvaṇi candrārkāv
abhidhāvati vaira-dhīḥ

śiraḥ—头 / tu—当然 / amaratām—不死 / nītam—变得 / ajaḥ—主布茹阿玛 / graham—作为一个星球 / acīkḷpat—承认 / yaḥ—同样的茹阿胡 / tu—事实上 / parvaṇi—满月和黑月时 / candra-arkau—月亮和太阳 / abhidhāvati—追赶 / vaira-dhīḥ—因为怀有敌意

译文 然而，茹阿胡的头因为碰过甘露而变得永世不死。为此，主布茹阿玛将茹阿胡的头接受为是一个星球。由于茹阿胡是月亮和太阳永恒的敌人，他总是试图在满月和黑月的夜晚攻击他们。

要旨 由于茹阿胡变得长生不死，主布茹阿玛便接受他为一个像月亮和太阳一样的行星(graha)。然而，茹阿胡因为是月亮和太阳永恒的敌人，所以总是定期在满月和黑月的夜晚攻击他们。

第 27 节

पीतप्रायेऽमृते देवैर्भगवान्लोकभावनः ।
पश्यतामसुरेन्द्राणां स्वं रूपं जगृहे हरिः ॥२७॥

pīta-prāye 'mṛte devair
　bhagavān loka-bhāvanaḥ
paśyatāṁ asurendrāṇāṁ
　svaṁ rūpaṁ jagṛhe hariḥ

pīta-prāye一在几乎喝完时 / amṛte一甘露 / devaiḥ一被半神人 / bhagavān一现出摩黑妮形象的至尊人格首神 / loka-bhāvanaḥ一三个世界的维系者和祝愿者 / paśyatām一在……面前 / asura-indrāṇām一半神人及他们的领袖 / svam一自己的 / rūpam一形象 / jagṛhe一展示 / hariḥ一至尊人格首神

译文　至尊人格首神是三个世界最好的朋友和祝愿者。因此，当半神人几乎喝光甘露时，至尊主当着全体恶魔的面，展露出祂的原本形象。

第28节

एवं सुरासुरगणाः समदेशकाल-
　हेत्वर्थकर्ममतयोऽपि फले विकल्पाः ।
तत्रामृतं सुरगणाः फलमञ्जसापु-
　र्यत्पादपङ्कजरजःश्रयणान्न दैत्याः ॥२८॥

evaṁ surāsura-gaṇāḥ sama-deśa-kāla-
　hetv-artha-karma-matayo 'pi phale vikalpāḥ
tatrāmṛtaṁ sura-gaṇāḥ phalam añjasāpur
　yat-pāda-paṅkaja-rajaḥ-śrayaṇān na daityāḥ

evam一这样 / sura一半神人 / asura-gaṇāḥ一和恶魔 / sama一平等的 / deśa一地方 / kāla一时间 / hetu一原因 / artha一目标 / karma一活动 / matayaḥ一抱负 / api一虽然一样 / phale一结果 / vikalpāḥ一不一样 / tatra一于是 / amṛtam一甘露 / sura-gaṇāḥ一半神人 / phalam一结果 / añjasā一轻而易举地、彻底或直接地 / āpuḥ一获得 / yat一因为 / pāda-paṅkaja一至尊人格首神的莲花足的 / rajaḥ一藏红花粉的 / śrayaṇāt一因为得到祝福或因为托庇于 / na一不 / daityāḥ一恶魔

译文 半神人和恶魔双方有着同样的地点、时间、原因、目的、活动和雄心，但半神人得到的是一种结果，而恶魔得到的是另一种。由于半神人总是在至尊主莲花足上藏红花粉的保护下，他们很轻易地就能喝到甘露，得到喝甘露的效果。恶魔因为没有寻求至尊主莲花足的庇护，所以无法得到他们渴求的结果。

要旨 《博伽梵歌》(Bhagavad-gītā)第4章的第11节诗中说：至尊人格首神是按照不同的人对祂莲花足的投靠决定给予奖赏或惩罚的最高法官(ye yathā māṁ prapadyante tāṁs tathaiva bhajāmy aham)。因此，我们在现实生活中可以看到，尽管功利性活动者(karmī)和奉献者(bhakta)的工作地点、时间、所用的精力和怀有的雄心有可能都一样，但他们得到的结果却不同。功利性活动者在不同的躯体中经历生死轮回，有时上升到较高的星球或较好的情况中，有时则下降到较低的星球或较差的环境中，以此方式在生死轮回(karma-cakra)中承受自己活动的结果所导致的痛苦。然而，奉献者因为完全投靠至尊主的莲花足，所以他们的努力从不会被挫败。尽管表面上看，他们的工作几乎与功利性活动者的一样，但奉献者却在每一项努力中都获得成功，而且最终回归家园，回到首神身边。恶魔或不敬神的人很相信自己的努力，但尽管夜以继日地辛苦工作，却得不到比他们命运的安排更多的东西。然而，奉献者能超越活动的反作用(业报定律)，甚至不需格外努力，就可以得到精彩的结果。据说：一个人的活动结果使人明白从事活动的人成功与否(phalena paricīyate)。有很多功利性活动者打扮成奉献者，但至尊人格首神能看穿他们的动机。功利性活动者想利用至尊主的财产满足他们自私的感官享乐欲望，但奉献者努力用至尊主的财产为祂服务。正因为如此，奉献者永远不同于功利性活动者，哪怕功利性活动者身穿奉献者的衣服也还是不同。

正如《博伽梵歌》第3章的第9节诗证实：应该把活动当祭祀奉献给维施努，否则活动就会把人捆绑在物质世界里(yajñārthāt karmaṇo 'nyatra loko 'yaṁ karma-bandhanaḥ)。为主维施努工作的人不受这个物质世界的控制，在放弃现有的躯体后回归家园，回到首神身边。然而，功利性活动者虽然表面上像奉献者一样工作，但却受他所从事的非奉爱性活动的束缚，因而受物质存在苦难的折磨。就这样，从功利性活动者和奉献者得到的结果看，就可以明白至尊人格首神的临在。祂对待功利性活动者、知识思辨者(jñānī)和奉献者的方式不同。为此，《永恒的柴坦亚经》(Caitanya-caritāmṛta)的作者说：

kṛṣṇa-bhakta——niṣkāma, ataeva 'śānta'
bhukti-mukti-siddhi-kāmī——sakali 'aśānta'

想要享受感官享乐的功利性活动者，渴望“获得融入至尊者存在”之解脱的知识思辨者，以及追求神秘力量、获得物质成功的瑜伽师(yogī)，都得不到满足，最终遭受挫折。但不期望得到个人利益且唯一的雄心是传播至尊人格首神荣耀的奉献者，不需要辛苦劳作，就有幸得到练奉爱瑜伽(bhakti-yoga)所能得到的一切吉祥结果。

第 29 节

यद्युज्यतेऽसुवसुकर्ममनोवचोभि-
देहात्मजादिषु नृभिस्तदसत्पृथक्त्वात् ।
तैरेव सद्भवति यत्क्रियतेऽपृथक्त्वात्
सर्वस्य तद्भवति मूलनिषेचनं यत् ॥२९॥

yad yujyate 'su-vasu-karma-mano-vacobhir
dehātmajādiṣu nṛbhis tad asat pṛthaktvāt
tair eva sad bhavati yat kriyate 'pṛthaktvāt
sarvasya tad bhavati mūla-niṣecanaṁ yat

yat—无论什么 / yujyate—做 / asu—为了保护自己的生命 / vasu—保护财富 / karma—活动 / manaḥ—用心智 / vacobhiḥ—用话语 / deha-ātma-ja-ādiṣu—为了自己或亲人的身体等，与身体有关 / nṛbhiḥ—被人类 / tat—那 / asat—不持久、短暂的 / pṛthaktvāt—因为与至尊人格首神隔开 / taiḥ—靠同样的活动 / eva—事实上 / sat bhavati—变得真实、永久的 / yat—……的 / kriyate—被做 / apṛthaktvāt—由于没有隔开 / sarvasya—对大家 / tat bhavati—变得有益 / mūla-niṣecanam—正如向树根浇水

译文 人类社会中有为保护财产和生命而用话语、心和行动所从事的各种活动，但那全都是为了与躯体有关的个人感官享乐，或以自我为中心扩展出的有关之人的感官享乐而从事的。所有这些活动都会因为没有奉爱服务的内容而遭受挫折。但如果为取悦至尊主而从事同样的活动，那么所有的人就会得到有益的结果，正如向树根浇水，水就会被分配到整棵树的枝枝叶叶。

要旨 这就是物质性的活动与怀着奎师那意识从事的活动之间的区别。全世界的人都很活跃，这包括功利性活动者、知识思辨者、瑜伽师和奉献者。然而，除了奉献者从事的活动外，所有其他的活动都以迷惑及浪费时间和精力为结局。经典中说：不是奉献者的人对解脱的希望会落空，从事的活动会失败，培养的知识毫无用处(moghāśā mogha-karmāṇo mogha jñānā vicetasaḥ)。非奉献者为他个人的感官享乐，或者他家庭、社会、团体或国家的感官享乐而工作，但由于所有这类活动都与至尊人格首神毫无关系，所以被视为是阿萨特(asat)。梵文“阿萨特(asat)”的意思是有害的或短暂的，“萨特(sat)”的意思是永恒的和有益的。为使奎师那满意而从事的活动是永恒的、有益的。然而，属于阿萨特的活动虽然有时以博爱主义、利他主义、民族主义或国家主义等这“主

义”和那“主义”闻名于世，但都永远得不到永恒的结果，所以都很令人遗憾。绝对好的至尊人格首神奎师那是每一个生物的朋友(suhṛdaṁ sarva-bhūtānām)，因此怀着奎师那意识即使做一点点工作，也因为是为祂做的而都能得到永恒的利益。至尊人格首神是唯一的享受者、一切的拥有者(bhoktāraṁ yajña-tapasāṁ sarva-loka-ma-heśvaram)。正因为如此，为至尊主所从事的一切活动都是永恒的。从事这类活动的结果是：从事这类活动的人立刻得到至尊主的认可。至尊主本人说：在这个世界上，没有一个仆人比他更让我珍爱，将来也不会有(na ca tasmān manuṣyeṣu kaścin me priya-kṛtta-maḥ)。这样的奉献者因为对至尊人格首神有全面的了解，所以立刻变得超然，尽管表面上似乎还在从事物质活动，但实际上是超然的。物质性的活动和灵性活动之间的唯一区别在于：只是为了满足自己的感官而从事的活动是物质活动，为满足至尊人格首神的超然感官所从事的活动是灵性活动。从事灵性活动使每一个人都真正受益，但从事物质性活动没人受益，相反使人受制于业报定律。

到此为止，结束了巴克提韦丹塔对《圣典博伽瓦谭》第8篇第9章——“至尊主现出的摩黑妮形象”所作的阐释。

第十章

半神人和恶魔间的战斗

第十章的概述是：由于忌妒，恶魔继续与半神人作战。当半神人几乎被恶魔耍的花招打败并因此而感到抑郁时，主维施努(Viṣṇu)出现在他们中。

半神人和恶魔都精通在活动中运用物质能量，但半神人是至尊主的奉献者，恶魔则恰恰相反。半神人和恶魔为得到甘露而搅拌牛奶之洋，但恶魔因为不是至尊主的奉献者，所以没能从中得到利益。主维施努让半神人喝下甘露后，便骑在嘎茹达(Garuḍa)的背上返回祂的住所。但是，恶魔因为感到忿忿不平，于是向半神人宣战。维柔查纳(Virocana)的儿子巴利王(Bali Mahārāja)成为恶魔的统帅。

战斗开始后，半神人几乎打败了恶魔。天帝因铎(Indra)与巴利对打，风神瓦尤(Vāyu)、火神阿格尼(Agni)和水神瓦茹纳(Varuṇa)等其他半神人，与恶魔的其他将领交战。恶魔在战斗中被打败；为拯救自己免于死亡，他们开始运用对物质能量的操作展示许多幻象，以此杀死许多半神人的士兵。半神人除了至尊人格首神维施努外找不到其他可以依靠的人，至尊主于是显现，消灭了由恶魔用魔术展现的所有幻象。卡拉内弥(Kālanemi)、玛利(Mālī)、苏玛利(Sumālī)和玛勒亚万(Mālyavān)等恶魔中的英雄，纷纷与至尊人格首神作战，但都被至尊主杀死。半神人最终摆脱了所有的危险。

第 1 节

श्रीशुक उवाच
इति दानवदैतेया नाविन्दन्नमृतं नृप ।
युक्ताः कर्मणि यत्ताश्च वासुदेवपराङ्मुखाः ॥१॥

śrī-śuka uvāca
iti dānava-daiteyā
nāvindann amṛtaṁ nṛpa
yuktāḥ karmaṇi yattāś ca
vāsudeva-parāṅmukhāḥ

śrī-śukaḥ uvāca—圣舒卡戴瓦·哥斯瓦米说 / iti—这样 / dānava-dai-teyāḥ—恶魔们 / na—不 / avindan—得到(想要的结果) / amṛtam—甘露 / nṛpa—君王啊 / yuktāḥ—都联合在一起 / karmaṇi—搅拌 / yattāḥ—专心且全力以赴地 / ca—和 / vāsudeva—至尊人格首神奎师那的 / pa-rāṅmukhāḥ—因为不是奉献者

译文 舒卡戴瓦·哥斯瓦米说：君王啊！恶魔和戴提亚都全力以赴地投入了搅拌牛奶之洋的活动，但由于不是至尊人格首神奎师那——华苏戴瓦的奉献者，而没能喝到甘露。

第 2 节

साधयित्वामृतं राजन् पाययित्वा स्वकान् सुरान् ।
पश्यतां सर्वभूतानां ययौ गरुडवाहनः ॥२॥

sādhayitvāmṛtaṁ rājan
pāyayitvā svakān surān
paśyatāṁ sarva-bhūtānāṁ
yayau garuḍa-vāhanaḥ

sādhayitvā—从事……之后 / amṛtam—生产甘露 / rājan—君王啊 / pāyayitvā—给……喝 / svakān—对祂的奉献者 / surān—对半神人 / paśyatām—在……面前 / sarva-bhūtānām—众人 / yayau—离开 / garuḍa-vāhanaḥ—骑着嘎茹达的至尊人格首神

译文　君王啊！至尊人格首神完成搅拌汪洋的活动，并将甘露给祂亲爱的奉献者半神人喝下后，就在众人的面前乘坐嘎茹达起程，返回祂的住所。

第 3 节

सपत्नानां परामृद्धिं दृष्ट्वा ते दितिनन्दनाः ।
अमृष्यमाणा उत्पेतुर्देवान् प्रत्युद्यतायुधाः ॥ ३ ॥

sapatnānāṁ parām ṛddhiṁ
dṛṣṭvā te diti-nandanāḥ
amṛṣyamāṇā utpetur
devān pratyudyatāyudhāḥ

sapatnānām－他们的对手——半神人的 / parām－最好的 / ṛddhim－财富 / dṛṣṭvā－看到 / te－他们全体 / diti-nandanāḥ－迪缇的儿子——恶魔们 / amṛṣyamāṇāḥ－无法容忍 / utpetuḥ－(为了捣乱)冲向 / devān－半神人 / pratyudyata-āyudhāḥ－举起武器

译文　看到半神人取得胜利，恶魔无法容忍他们比自己更富有，于是举起武器，向半神人逼近。

第 4 节

ततः सुरगणाः सर्वे सुधया पीतयैधिताः ।
प्रतिसंयुयुधुः शस्त्रैर्नारायणपदाश्रयाः ॥ ४ ॥

tataḥ sura-gaṇāḥ sarve
sudhayā pītayaidhitāḥ
pratisaṁyuyudhuḥ śastrair
nārāyaṇa-padāśrayāḥ

tataḥ－此后 / sura-gaṇāḥ－半神人 / sarve－他们全体 / sudhayā－被甘露 / pītayā－被喝了的 / edhitāḥ－由于喝了……而充满活力 / pratisaṁyuyudhuḥ－他们反击了恶魔 / śastraiḥ－用普通的武器 / nārāyaṇa-pada-āśrayāḥ－他们真正的武器是投靠纳茹阿亚纳的莲花足

译文 总是托庇于纳茹阿亚纳的莲花足的半神人，因为喝饮甘露而充满活力，于是用他们的各种武器反击斗志昂扬的恶魔。

第5节

तत्र दैवासुरो नाम रणः परमदारुणः ।
रोधस्युदन्वतो राजंस्तुमुलो रोमहर्षणः ॥५॥

tatra daivāsuro nāma
raṇaḥ parama-dāruṇaḥ
rodhasy udanvato rājaṁs
tumulo roma-harṣaṇaḥ

tatra—那里(在牛奶之洋岸边) / daiva—半神人们 / asuraḥ—恶魔们 / nāma—正如他们是著名的 / raṇaḥ—战斗 / parama—十分 / dāru-ṇaḥ—残酷的 / rodhasi—在海岸边 / udanvataḥ—牛奶之洋的 / rājan—君王啊 / tumulaḥ—声震四方的 / roma-harṣaṇaḥ—毛骨悚然

译文 君王啊！在牛奶之洋岸边，半神人和恶魔之间展开了一场残酷、激烈的战斗。激战是如此恐怖，光是听到就令人毛骨悚然。

第6节

तत्रान्योन्यं सपत्नास्ते संरब्धमनसो रणे ।
समासाद्यासिभिर्बाणैर्निजघ्नुर्विविधायुधैः ॥६॥

tatrānyonyaṁ sapatnās te
saṁrabdha-manaso raṇe
samāsādyāsibhir bāṇair
nijaghnur vividhāyudhaiḥ

tatra—此后 / anyonyam—彼此 / sapatnāḥ—他们都变成了斗士 / te—他们 / saṁrabdha—十分愤怒 / manasaḥ—在他们心中 / raṇe—在那场战斗中 / samāsādya—得到自相残杀的机会 / asibhiḥ—用刀剑 /

bāṇaiḥ－用箭 / nijaghnuḥ－开始互相击打对方 / vividha-āyudhaiḥ－用各种武器

译文　作战的双方都满腔怒火，怀着刻骨的仇恨用刀剑、弓箭和各种其他武器攻打对方。

要旨　这个宇宙中始终有两种人，不仅在这个地球星球上，在高等星系中也有。所有控制太阳和月亮等星球的君王们也有像茹阿胡那样的敌人。日食和月食就是茹阿胡对太阳和月亮进行攻击时造成的现象。恶魔与半神人之间的战争永无休止，除非双方阵营中有智慧的人都培养奎师那意识，否则不会停止。

第 7 节

शङ्खतूर्यमृदङ्गानां भेरीडमरिणां महान् ।
हस्त्यश्वरथपत्तीनां नदतां निस्वनोऽभवत् ॥ ७ ॥

śaṅkha-tūrya-mṛdaṅgānāṁ
bherī-ḍamariṇāṁ mahān
hasty-aśva-ratha-pattīnāṁ
nadatāṁ nisvano 'bhavat

śaṅkha－海螺的 / tūrya－大军号的 / mṛdaṅgānām－和鼓的 / bherī－喇叭的 / ḍamariṇām－铙钹的 / mahān－巨大的和喧哗的 / hasti－大象的 / aśva－马匹的 / ratha-pattīnām－战车战士和步兵的 / nada-tām－他们全都发出声音 / nisvanaḥ－一片喧哗 / abhavat－如此变得

译文　海螺、号角、鼓、喇叭和铙钹发出的响声，以及大象、马匹、战车士兵和步兵发出的声响，十分嘈杂混乱。

第 8 节

रथिनो रथिभिस्तत्र पत्तिभिः सह पत्तयः ।
हया हयैरिभाश्चेभैः समसज्जन्त संयुगे ॥ ८ ॥

rathino rathibhis tatra
pattibhiḥ saha pattayaḥ
hayā hayair ibhāś cebhaiḥ
samasajjanta saṁyuge

rathinaḥ－战车上的战士 / rathibhiḥ－与敌人的战车驾驭者 / tatra－在战场上 / pattibhiḥ－与步兵 / saha－与……一起 / pattayaḥ－敌军的步兵 / hayāḥ－马匹 / hayaiḥ－与敌军士兵 / ibhāḥ－骑在大象上作战的士兵 / ca－和 / ibhaiḥ－与敌军的骑在大象上作战的士兵 / samasajjanta－开始在对等的情况下作战 / saṁyuge－在战场上

译文 在那战场上，一方的战车战士与另一方的战车战士对打，步兵与步兵对抗，骑在马背上的骑兵与敌方的骑兵作战，骑在大象背上的士兵与对方骑在象背上的士兵拼杀。就这样，战斗在对等的情况下进行。

第 9 节

उष्ट्रैः केचिदिभैः केचिदपरे युयुधुः खरैः ।
केचिद्गौरमुखैर्ऋक्षैर्द्वीपिभिर्हरिभिर्भटाः ॥ ९ ॥

uṣṭraiḥ kecid ibhaiḥ kecid
apare yuyudhuḥ kharaiḥ
kecid gaura-mukhair ṛkṣair
dvīpibhir haribhir bhaṭāḥ

uṣṭraiḥ－在骆驼背上 / kecit－有些人 / ibhaiḥ－在大象的背上 / kecit－有些人 / apare－其他的 / yuyudhuḥ－忙于作战 / kharaiḥ－在驴背上 / kecit－有些人 / gaura-mukhaiḥ－在白脸猴子上 / ṛkṣaiḥ－在红脸猴子上 / dvīpibhiḥ－在虎背上 / haribhiḥ－在狮子背上 / bhaṭāḥ－所有的战士都以这种方式作战

译文 有些士兵骑在骆驼背上作战，有些骑在大象和驴的背上，有些骑在红脸和白脸猴子身上，有些骑在老虎和狮子上。他们就这样全部投入战斗。

第 10－12 节

गृध्रैः कङ्कैर्बकैरन्ये श्येनभासैस्तिमिङ्गिलैः ।
शरभैर्महिषैः खड्गैर्गोवृषैर्गवयारुणैः ॥१०॥

शिवाभिराखुभिः केचित्कृकलासैः शशैर्नरैः ।
बस्तैरेके कृष्णसारैर्हंसैरन्ये च सूकरैः ॥११॥

अन्ये जलस्थलखगैः सत्त्वैर्विकृतविग्रहैः ।
सेनयोरुभयो राजन् विविशुस्तेऽग्रतोऽग्रतः ॥१२॥

gṛdhraiḥ kaṅkair bakair anye
śyena-bhāsais timiṅgilaiḥ
śarabhair mahiṣaiḥ khaḍgair
go-vṛṣair gavayāruṇaiḥ

śivābhir ākhubhiḥ kecit
kṛkalāsaiḥ śaśair naraiḥ
bastair eke kṛṣṇa-sārair
haṁsair anye ca sūkaraiḥ

anye jala-sthala-khagaiḥ
sattvair vikṛta-vigrahaiḥ
senayor ubhayo rājan
viviśus te 'grato 'grataḥ

gṛdhraiḥ－在秃鹰背上 / kaṅkaiḥ－在鹰背上 / bakaiḥ－在鸭子背上 / anye－其他人 / śyena－在隼背上 / bhāsaiḥ－在巴萨鸟的背上 / timiṅgilaiḥ－在名叫提明吉拉的巨鱼背上 / śarabhaiḥ－在沙茹阿巴背上 / mahiṣaiḥ－在水牛背上 / khaḍgaiḥ－在犀牛背上 / go－在乳牛背上 / vṛṣaiḥ－在公牛背上 / gavaya-aruṇaiḥ－在大额牛和阿茹纳的背上 / śivābhiḥ－在豺的背上 / ākhubhiḥ－在大鼠的背上 / kecit－有些人 / kṛkalāsaiḥ－在大蜥蜴的背上 / śaśaiḥ－在巨大的野兔背上 / naraiḥ－在人类的背上 / bastaiḥ－在山羊背上 / eke－有些 / kṛṣṇa-sāraiḥ－在黑鹿背上 / haṁsaiḥ－在天鹅背上 / anye－其他的 / ca－也 /

sūkaraiḥ－在野猪的背上 / anye－其他的 / jala-sthala-khagaiḥ－在水中、地上和空中活动的动物 / sattvaiḥ－由被用于当交通工具的生物体 / vikṛta－畸形的 / vigrahaiḥ－被身体……的这类动物 / senayoḥ－两方战士的 / ubhayoḥ－两方的 / rājan－君王的 / viviśuḥ－进入 / te－他们全体 / agrataḥ agrataḥ－向前面对面

译文 君王啊！有些士兵骑在秃鹰、老鹰、鸭子、鹰和巴萨鸟身上作战。有些骑在能吞下巨鲸的提明吉拉鱼的背上作战，有些骑在沙茹阿巴的背上，有些则骑在水牛、犀牛、乳牛、公牛、大额牛和阿茹纳的背上作战。其他人骑在豺、老鼠、蜥蜴、兔子、人类、黑鹿、天鹅和野猪的背上作战。就这样，双方的战士骑在水中、陆地和空中的各种动物，包括长着畸形身体的动物身上，面对面地上前交锋。

第 13—15 节

चित्रध्वजपटै राजन्नातपत्रैः सितामलैः ।
महाधनैर्वज्रदण्डैर्व्यजनैर्बार्हचामरैः ॥१३॥

वातोद्धूतोत्तरोष्णीषैरर्चिर्भिर्वर्मभूषणैः ।
स्फुरद्भिर्विशदैः शस्त्रैः सुतरां सूर्यरश्मिभिः ॥१४॥

देवदानववीराणां ध्वजिन्यौ पाण्डुनन्दन ।
रेजतुर्वीरमालाभिर्यादसामिव सागरौ ॥१५॥

citra-dhvaja-paṭai rājann
ātapatraiḥ sitāmalaiḥ
mahā-dhanair vajra-daṇḍair
vyajanair bārha-cāmaraiḥ

vātoddhūtottaroṣṇīṣair
arcirbhir varma-bhūṣaṇaiḥ
sphuradbhir viśadaiḥ śastraiḥ
sutarāṁ sūrya-raśmibhiḥ

deva-dānava-vīrāṇāṁ
　dhvajinyau pāṇḍu-nandana
rejatur vīra-mālābhir
　yādasām iva sāgarau

citra-dhvaja-paṭaiḥ－用装饰漂亮的旗帜和华盖 / rājan－君王啊 / ātapatraiḥ－用伞 / sita-amalaiḥ－它们大多数都非常干净和洁白 / mahā-dhanaiḥ－由十分珍贵的 / vajra-daṇḍaiḥ－用由珍贵宝石和珍珠制成的杆子 / vyajanaiḥ－用扇子 / bārha-cāmaraiḥ－用孔雀羽毛制成的其他扇子 / vāta-uddhūta－随风飘动 / uttara-uṣṇīṣaiḥ－与上衣和下衣 / arcirbhiḥ－被光芒 / varma-bhūṣaṇaiḥ－用装饰品和盾 / sphuradbhiḥ－闪亮 / viśadaiḥ－锋利和清洁的 / śastraiḥ－用武器 / sutarām－过度地 / sūrya-raśmibhiḥ－以及阳光的刺眼光亮 / deva-dānava-vīrāṇām－恶魔和半神人双方全体英雄的 / dhvajinyau－双方的战士都各自扛着自己一方的旗帜 / pāṇḍu-nandana－潘杜王的子孙啊 / rejatuḥ－清楚地认识到 / vīra-mālābhiḥ－以及英雄们用的花环 / yādasām－水生物的 / iva－正如 / sāgarau－两个汪洋

译文　啊，君王！潘杜王的后代！半神人和恶魔双方的战士都用华盖、彩旗和用珍贵宝石及珍珠镶嵌手把的保护伞作装饰，并进一步用孔雀羽毛制成的扇子和其他种类的扇子修饰自己。战士们上半身和下半身的衣服随着微风飘舞，看上去自然十分壮美。他们的盾牌、身上的装饰品，以及锋利、洁净的武器，在阳光的照射下反射出耀眼的光芒。这使双方士兵的队伍看上去恰似两个充满水生物的汪洋。

第 16－18 节

वैरोचनो बलिः सङ्ख्ये सोऽसुराणां चमूपतिः ।
यानं वैहायसं नाम कामगं मयनिर्मितम् ॥१६॥

सर्वसाङ्ग्रामिकोपेतं सर्वाश्चर्यमयं प्रभो ।
अप्रतर्क्यमनिर्देश्यं दृश्यमानमदर्शनम् ॥१७॥

आस्थितस्तद्विमानाग्र्यं सर्वानीकाधिपैर्वृतः ।
बालव्यजनछत्राग्र्यै रेजे चन्द्र इवोदये ॥१८॥

vairocano baliḥ saṅkhye
so 'surāṇāṁ camū-patiḥ
yānaṁ vaihāyasaṁ nāma
kāma-gaṁ maya-nirmitam

sarva-sāṅgrāmikopetaṁ
sarvāścaryamayaṁ prabho
apratarkyam anirdeśyaṁ
dṛśyamānam adarśanam

āsthitas tad vimānāgryaṁ
sarvānīkādhipair vṛtaḥ
bāla-vyajana-chatrāgryai
reje candra ivodaye

vairocanaḥ－维柔查纳 / baliḥ－巴利王 / saṅkhye－在战场上 / saḥ－如此著名的他 / asurāṇām－恶魔们的 / camū-patiḥ－总司令 / yānam－飞机 / vaihāyasam－外哈亚萨 / nāma－名叫 / kāma-gam－能按驾驭者的意愿到处飞 / maya-nirmitam－由玛亚魔制造 / sarva－所有的 / sāṅgrāmika-upetam－装备上与各种敌人打仗时所需要用的各类武器 / sarva-āścarya-mayam－在所有的方面都很神奇 / prabho－君王啊 / apratarkyam－无法说明的 / anirdeśyam－难以形容的 / dṛśya-mānam－有时能看见 / adarśanam－有时看不见 / āsthitaḥ－被安排坐在这样的…… / tat－那 / vimāna-agryam－出色的飞机 / sarva－所有的 / anīka-adhipaiḥ－由士兵的统帅们 / vṛtaḥ－围绕着 / bāla-vyajana-chatra-agryaiḥ－由装饰华丽的伞保护并由最好的拂尘侍奉 / reje－出色地处在 / candraḥ－月亮 / iva－如同 / udaye－在夜晚升起时

译文 在那场战斗中，最著名的总指挥官是维柔查纳的儿子巴利王，他乘坐在一架名叫外哈亚萨的神奇飞机上。君王啊！这架装饰华丽的飞机由恶魔玛亚制造，上面装备有各种类型的战斗武器。它简直是不可思议、无法描述的。事实上，它有时能让人看到，有时则是隐形的。巴利王就坐在这架飞机上的一个美丽保护伞下，由仆人用最上等的拂尘扇风，周围全是统帅和指挥官，看上去恰似夜晚升起的由八方众星捧着的月亮。

第 19—24 节

तस्यासन् सर्वतो यानैर्यूथानां पतयोऽसुराः ।
नमुचिः शम्बरो बाणो विप्रचित्तिरयोमुखः ॥१९॥

द्विमूर्धा कालनाभोऽथ प्रहेतिर्हेतिरिल्वलः ।
शकुनिर्भूतसन्तापो वज्रदंष्ट्रो विरोचनः ॥२०॥

हयग्रीवः शङ्कुशिराः कपिलो मेघदुन्दुभिः ।
तारकश्चक्रदृक्शुम्भो निशुम्भो जम्भ उत्कलः ॥२१॥

अरिष्टोऽरिष्टनेमिश्च मयश्च त्रिपुराधिपः ।
अन्ये पौलोमकालेया निवातकवचादयः ॥२२॥

अलब्धभागाः सोमस्य केवलं क्लेशभागिनः ।
सर्व एते रणमुखे बहुशो निर्जितामराः ॥२३॥

सिंहनादान् विमुञ्चन्तः शङ्खान्दध्मुर्महारवान् ।
दृष्ट्वा सपत्नानुत्सिक्तान् बलभित्कुपितो भृशम् ॥२४॥

tasyāsan sarvato yānair
yūthānāṁ patayo 'surāḥ
namuciḥ śambaro bāṇo
vipracittir ayomukhaḥ

dvimūrdhā kālanābho 'tha
prahetir hetir ilvalaḥ
śakunir bhūtasantāpo
vajradaṁṣṭro virocanaḥ

hayagrīvaḥ śaṅkuśirāḥ
kapilo meghadundubhiḥ
tārakaś cakradṛk śumbho
niśumbho jambha utkalaḥ

ariṣṭo 'riṣṭanemiś ca
mayaś ca tripurādhipaḥ
anye pauloma-kāleyā
nivātakavacādayaḥ

alabdha-bhāgāḥ somasya
kevalaṁ kleśa-bhāginaḥ
sarva ete raṇa-mukhe
bahuśo nirjitāmarāḥ

siṁha-nādān vimuñcantaḥ
śaṅkhān dadhmur mahā-ravān
dṛṣṭvā sapatnān utsiktān
balabhit kupito bhṛśam

tasya—他(巴利王)的 / āsan—处在 / sarvataḥ—周围 / yānaiḥ—由不同的运载工具 / yūthānām—战士的 / patayaḥ—指挥官 / asurāḥ—恶魔 / namuciḥ—纳穆祺 / śambaraḥ—商巴尔 / bāṇaḥ—巴纳 / vipracit-tiḥ—维帕祺提 / ayomukhaḥ—阿尤穆卡 / dvimūrdhā—兑穆尔达 / kā-lanābhaḥ—卡拉纳巴 / atha—也 / prahetiḥ—帕黑提 / hetiḥ—黑提 / ilvalaḥ—依勒瓦拉 / śakuniḥ—沙库尼 / bhūtasantāpaḥ—布塔桑塔帕 / vajra-daṁṣṭraḥ—瓦爪达么施陀 / virocanaḥ—维柔查纳 / hayagrīvaḥ—哈亚贵瓦 / śaṅkuśirāḥ—商库希茹阿 / kapilaḥ—卡皮拉 / megha-dun-dubhiḥ—梅嘎敦杜彼 / tārakaḥ—塔茹阿卡 / cakradṛk—查夸德瑞克 / śumbhaḥ—舜巴 / niśumbhaḥ—尼舜巴 / jambhaḥ—湛巴 / utkalaḥ—乌特卡拉 / ariṣṭaḥ—阿瑞施塔 / ariṣṭanemiḥ—阿瑞施塔内弥 / ca—和 / mayaḥ ca—与玛亚 / tripurādhipaḥ—特瑞菩茹阿迪帕 / anye—其他人 / pauloma-kāleyāḥ—菩珞玛的儿子们和卡雷亚们 / nivātakavaca-āda-yaḥ—尼瓦塔卡瓦查和其他恶魔 / alabdha-bhāgāḥ—全都无法分享 / somasya—甘露的 / kevalam—仅仅 / kleśa-bhāginaḥ—恶魔都参与劳

动 / sarve－他们全体 / ete－恶魔们 / raṇa-mukhe－在前沿阵地 / bahuśaḥ－用极度的力量 / nirjita-amarāḥ－令半神人十分烦恼 / siṁha-nādān－像狮子一样吼叫 / vimuñcantaḥ－发出声音 / śaṅkhān－海螺 / dadhmuḥ－吹响 / mahā-ravān－制造喧闹的声音 / dṛṣṭvā－看到后 / sapatnān－他们的竞争对手 / utsiktān－凶猛的 / balabhit－主因铎——杀死巴拉魔的人 / kupitaḥ－变得愤怒 / bhṛśam－格外地

译文　恶魔的指挥官和统帅们围绕着巴利王坐在各自的战车上。他们中有如下的恶魔：纳穆祺、商巴尔、巴纳、维帕祺提、阿尤穆卡、兑穆尔达、卡拉纳巴、帕黑提、黑提、依勒瓦拉、沙昆尼、布塔桑塔帕、瓦爪达么施陀、维柔查纳、哈亚贵瓦、商库希茹阿、卡皮拉、梅嘎敦杜彼、塔茹阿卡、查夸德瑞克、舜巴、尼舜巴、湛巴、乌特卡拉、阿瑞施塔、阿瑞施塔内弥、特瑞菩茹阿迪帕、玛亚、菩珞玛的儿子们、卡雷亚们和尼瓦塔卡瓦查。所有这些恶魔都在搅拌汪洋中参与劳动，但都被剥夺了分享甘露的权利。现在，他们与半神人作战，为鼓励他们的军队而发出如狮吼般的喊叫并大声吹响海螺，现场一片喧哗。天帝因铎——杀死巴拉魔的人，看到凶猛的竞争对手的这种情况，义愤填膺。

第 25 节

ऐरावतं दिक्करिणमारूढः शुशुभे स्वराट् ।
यथा स्रवत्प्रस्रवणमुदयाद्रिमहर्पतिः ॥२५॥

airāvataṁ dik-kariṇam
ārūḍhaḥ śuśubhe sva-rāṭ
yathā sravat-prasravaṇam
udayādrim ahar-patiḥ

airāvatam－爱茹阿瓦特 / dik-kariṇam－可以去任何地方的非凡大象 / ārūḍhaḥ－骑上 / śuśubhe－看上去很美 / sva-rāṭ－因铎 / yathā－恰似 / sravat－流动的 / prasravaṇam－酒的波涛 / udaya-adrim－在乌达亚山上 / ahaḥ-patiḥ－太阳

译文 天帝因铎坐在能去任何地方且随时储备着水、酒准备喷洒的大象爱茹阿瓦特身上，看上去如同从有瀑布的乌达亚山上升起的太阳。

要旨 在乌达亚(Udayagiri)山的山顶上有一个宽大的湖泊，那湖里流出的水形成瀑布。同样，天帝因铎的坐骑爱茹阿瓦特(Airāvata)用它的象鼻储存水和酒，在因铎的指挥下将它们喷洒出去。这使坐在爱茹阿瓦特背上的天帝因铎看上去恰似从乌达亚山升起的耀眼的太阳。

第 26 节

तस्यासन् सर्वतो देवा नानावाहध्वजायुधाः ।
लोकपालाः सहगणैर्वाय्वग्निवरुणादयः ॥२६॥

tasyāsan sarvato devā
nānā-vāha-dhvajāyudhāḥ
lokapālāḥ saha-gaṇair
vāyv-agni-varuṇādayaḥ

tasya－主因铎的 / āsan－处在 / sarvataḥ－周围 / devāḥ－全体半神人 / nānā-vāha－用各种承载工具 / dhvaja-āyudhāḥ－和用旗帜及武器 / loka-pālāḥ－各种高等星系的全体领袖 / saha－与……一道 / gaṇaiḥ－他们的陪伴 / vāyu－控制风的半神人 / agni－控制火的半神人 / varuṇa－控制水的半神人 / ādayaḥ－他们都围绕着主因铎

译文 围绕着天堂帝王主因铎的，是坐在装备有旗帜和武器的各种运载工具上的半神人。他们中有风神瓦尤、火神阿格尼、水神瓦茹纳和其他星球的统治者及他们的同伴。

第 27 节

तेऽन्योन्यमभिसंसृत्य क्षिपन्तो मर्मभिर्मिथः ।
आह्वयन्तो विशन्तोऽग्रे युयुधुर्द्वन्द्वयोधिनः ॥२७॥

te 'nyonyam abhisaṁsṛtya
kṣipanto marmabhir mithaḥ
āhvayanto viśanto 'gre
yuyudhur dvandva-yodhinaḥ

te－他们全体(半神人和恶魔) / anyonyam－彼此 / abhisaṁsṛtya－面对面地站出来 / kṣipantaḥ－彼此责骂 / marmabhiḥ mithaḥ－彼此用刺伤人心的话语 / āhvayantaḥ－彼此说 / viśantaḥ－进入战场 / agre－前面 / yuyudhuḥ－战斗 / dvandva-yodhinaḥ－两个斗士彼此选择

译文　半神人和恶魔彼此冲到对方面前，用刺伤人心的话语指责对方。接着，他们靠近前去，开始一对一对，面对面地厮杀。

第 28 节

युयोध बलिरिन्द्रेण तारकेण गुहोऽस्यत ।
वरुणो हेतिनायुध्यन्मित्रो राजन् प्रहेतिना ॥२८॥

yuyodha balir indreṇa
tārakeṇa guho 'syata
varuṇo hetināyudhyan
mitro rājan prahetinā

yuyodha－战斗 / baliḥ－巴利王 / indreṇa－与天帝因铎 / tārakeṇa－与塔茹阿卡 / guhaḥ－卡尔提凯亚 / asyata－全力拚杀 / varuṇaḥ－半神人瓦茹纳 / hetinā－与黑提 / ayudhyat－互相对打 / mitraḥ－半神人弥陀 / rājan－君王啊 / prahetinā－与帕黑提

译文　君王啊！巴利王与因铎对打；卡尔提凯亚与塔茹阿卡厮杀；瓦茹纳与黑提对决；弥陀与帕黑提较量。

第 29 节

यमस्तु कालनाभेन विश्वकर्मा मयेन वै ।
शम्बरो युयुधे त्वष्ट्रा सवित्रा तु विरोचनः ॥२९॥

yamas tu kālanābhena
viśvakarmā mayena vai
śambaro yuyudhe tvaṣṭrā
savitrā tu virocanaḥ

yamaḥ—阎罗王 / tu—事实上 / kālanābhena—与卡拉纳巴 / viśva-karmā—维施瓦卡尔玛 / mayena—与玛亚 / vai—事实上 / śambaraḥ—商巴尔 / yuyudhe—战斗 / tvaṣṭrā—与特瓦施塔 / savitrā—与太阳神 / tu—事实上 / virocanaḥ—恶魔维柔查纳

译文 阎罗王与卡拉纳巴交战；维施瓦卡尔玛与玛亚·达纳瓦打斗；特瓦施塔与商巴尔比拼；太阳神与维柔查纳交战。

第 30—31 节

अपराजितेन नमुचिरश्विनौ वृषपर्वणा ।
सूर्यो बलिसुतैर्देवो बाणज्येष्ठैः शतेन च ॥३०॥

राहुणा च तथा सोमः पुलोम्ना युयुधेऽनिलः ।
निशुम्भशुम्भयोर्देवी भद्रकाली तरस्विनी ॥३१॥

aparājitena namucir
aśvinau vṛṣaparvaṇā
sūryo bali-sutair devo
bāṇa-jyeṣṭhaiḥ śatena ca

rāhuṇā ca tathā somaḥ
pulomnā yuyudhe 'nilaḥ
niśumbha-śumbhayor devī
bhadrakālī tarasvinī

aparājitena—与半神人阿帕茹阿吉特 / namuciḥ—恶魔纳牟祺 / aśvinau—阿施维尼兄弟 / vṛṣaparvaṇā—与恶魔维沙帕尔瓦 / sūryaḥ—太阳神 / bali-sutaiḥ—与巴利王的儿子 / devaḥ—太阳 / bāṇa-jyeṣṭhaiḥ—他们的首领是巴纳 / śatena——百名 / ca—和 / rāhuṇā—被茹阿胡 / ca—也 / tathā—以及 / somaḥ—月亮神 / pulomnā—菩珞玛 / yuyudhe—战斗 / anilaḥ—控制气的半神人阿尼拉 / niśumbha—恶魔尼舜巴 / śumbhayoḥ—与舜巴 / devī—女神杜尔嘎 / bhadrakālī—芭铎·卡莉 / tarasvinī—极其强大的

译文　半神人阿帕茹阿吉特与纳穆祺决斗；两位阿施维尼-库玛尔兄弟与维沙帕尔瓦作战。太阳神与以巴纳为首的巴利王的一百个儿子厮杀；月亮神跟茹阿胡交手。控制气的半神人与菩珞玛对决；舜巴和尼舜巴与被称为芭铎·卡莉的最有力量的物质能量杜尔嘎女神杀得昏天黑地。

第 32—34 节

वृषाकपिस्तु जम्भेन महिषेण विभावसुः ।
इल्वलः सह वातापिर्ब्रह्मपुत्रैररिन्दम ॥३२॥

कामदेवेन दुर्मर्ष उत्कलो मातृभिः सह ।
बृहस्पतिश्चोशनसा नरकेण शनैश्चरः ॥३३॥

मरुतो निवातकवचैः कालेयैर्वसवोऽमराः ।
विश्वेदेवास्तु पौलोमै रुद्राः क्रोधवशैः सह ॥३४॥

vṛṣākapis tu jambhena
　mahiṣeṇa vibhāvasuḥ
ilvalaḥ saha vātāpir
　brahma-putrair arindama

kāmadevena durmarṣa
　utkalo mātṛbhiḥ saha
bṛhaspatiś cośanasā
　narakeṇa śanaiścaraḥ

maruto nivātakavacaiḥ
kāleyair vasavo 'marāḥ
viśvedevās tu paulomai
rudrāḥ krodhavaśaiḥ saha

vṛṣākapiḥ－主希瓦 / tu－事实上 / jambhena－与湛巴 / mahiṣe-ṇa－与玛黑沙魔 / vibhāvasuḥ－火神 / ilvalaḥ－恶魔依勒瓦拉 / saha vātāpiḥ－与他兄弟瓦塔琵 / brahma-putraiḥ－与布茹阿玛的儿子瓦希施塔等 / arim-dama－镇压敌人的人帕瑞克西特王啊 / kāmadevena－与卡玛戴瓦 / durmarṣaḥ－杜尔玛尔沙 / utkalaḥ－恶魔乌特卡拉 / mātṛbhiḥ saha－与名叫玛特瑞卡的女性半神人们对决 / bṛhaspatiḥ－半神人毕尔哈斯帕提 / ca－和 / uśanasā－与舒夸查尔亚 / narakeṇa－与名叫纳茹阿卡的恶魔 / śanaiścaraḥ－半神人沙尼(土星) / maru-taḥ－控制气的半神人们 / nivātakavacaiḥ－与恶魔尼瓦塔卡瓦查 / kāleyaiḥ－与卡拉凯亚 / vasavaḥ amarāḥ－瓦苏们与……拼杀 / viśvede-vāḥ－维施维戴瓦半神人 / tu－事实上 / paulomaiḥ－与袍珞玛 / ru-drāḥ－十一位茹铎 / krodhavaśaiḥ saha－与珂柔达瓦沙恶魔们

译文 镇压敌人的人——帕瑞克西特王啊！主希瓦与湛巴交战；维巴瓦苏与玛黑沙魔决斗。依勒瓦拉和他兄弟瓦塔琵与主布茹阿玛的儿子们杀成一团。杜尔玛尔沙与丘比特打斗；恶魔乌特卡拉与玛特瑞卡女性半神人们对决；毕尔哈斯帕提与舒夸查尔亚比拼；沙尼(土星)与纳茹阿卡魔奋战。玛茹特与尼瓦塔卡瓦查交手；众瓦苏与卡拉凯亚恶魔们决战；维施维戴瓦半神人和袍珞玛恶魔拼杀；茹铎与愤怒的受害者珂柔达瓦沙恶魔们较量。

第 35 节

त एवमाजावसुराः सुरेन्द्रा
द्वन्द्वेन संहत्य च युध्यमानाः ।

अन्योन्यमासाद्य निजघ्नुरोजसा
जिगीषवस्तीक्ष्णशरासितोमरैः ॥३५॥

ta evam ājāv asurāḥ surendrā
dvandvena saṁhatya ca yudhyamānāḥ
anyonyam āsādya nijaghnur ojasā
jigīṣavas tīkṣṇa-śarāsi-tomaraiḥ

te—他们全体 / evam—就这样 / ājau—在战场上 / asurāḥ—恶魔们 / sura-indrāḥ—和半神人们 / dvandvena—成对地 / saṁhatya—混在一起 / ca—和 / yudhyamānāḥ—全力奋战 / anyonyam—彼此 / āsādya—接近 / nijaghnuḥ—用武器挥砍和杀 / ojasā—用巨大的力量 / jigīṣavaḥ—大家都想要战胜 / tīkṣṇa—锐利的 / śara—用箭 / asi—用刀剑 / tomaraiḥ—用长矛

译文　聚集在战场上的所有这些半神人和恶魔，都斗志昂扬，猛力攻击对方。他们全都想要赢得胜利；他们成对地决战，用锐利的弓箭、刀剑和长矛相互猛攻。

第 36 节

भुशुण्डिभिश्चक्रगदर्ष्टिपट्टिशैः
शक्त्युल्मुकैः प्रासपरश्वधैरपि ।
निस्त्रिंशभल्लैः परिघैः समुद्गरैः
सभिन्दिपालैश्च शिरांसि चिच्छिदुः ॥३६॥

bhuśuṇḍibhiś cakra-gadarṣṭi-paṭṭiśaiḥ
śakty-ulmukaiḥ prāsa-paraśvadhair api
nistriṁśa-bhallaiḥ parighaiḥ samudgaraiḥ
sabhindipālaiś ca śirāṁsi cicchiduḥ

bhuśuṇḍibhiḥ—用被称为布顺迪的武器 / cakra—用飞轮 / gadā—用大头棒 / ṛṣṭi—用长矛 / paṭṭiśaiḥ—用渔叉 / śakti—用名叫沙克提

的武器 / ulmukaiḥ－用火把 / prāsa－用飞标 / paraśvadhaiḥ－用斧子 / api－也 / nistriṁśa－用刀剑 / bhallaiḥ－用长箭 / parighaiḥ－用棍棒 / sa-mudgaraiḥ－用大锤 / sa-bhindipālaiḥ－用投射标枪的机器 / ca－也 / śirāṁsi－头颅 / cicchiduḥ－砍掉

译文 他们用布顺迪、飞轮、大头棒、长矛、渔叉、沙克提武器、火把、飞标、斧子、刀剑、长箭、棍棒、大锤和弹射器等武器削砍彼此的头。

第 37 节

गजास्तुरङ्गाः सरथाः पदातयः
सारोहवाहा विविधा विखण्डिताः ।
निकृत्तबाहूरुशिरोधराङ्घ्रय-
श्छिन्नध्वजेष्वासतनुत्रभूषणाः ॥३७॥

gajās turaṅgāḥ sarathāḥ padātayaḥ
sāroha-vāhā vividhā vikhaṇḍitāḥ
nikṛtta-bāhūru-śirodharāṅghrayaś
chinna-dhvajeṣvāsa-tanutra-bhūṣaṇāḥ

gajāḥ－大象 / turaṅgāḥ－马匹 / sa-rathāḥ－用战车 / padātayaḥ－步兵战士 / sāroha-vāhāḥ－承载骑在他们身上的骑士 / vividhāḥ－各种各样的 / vikhaṇḍitāḥ－砍成碎片 / nikṛtta-bāhu－砍掉手臂 / ūru－大腿 / śirodhara－脖子 / aṅghrayaḥ－小腿 / chinna－砍掉 / dhvaja－旗子 / iṣvāsa－弓 / tanutra－盔甲 / bhūṣaṇāḥ－装饰品

译文 大象、马匹、战车、战车驾驭者、步兵，以及各种类型的坐骑和骑在他们身上的骑士，都被砍得支离破碎。战士们的手臂、大腿、脖子和小腿随处可见，他们的旗帜、弓箭、盔甲和装饰品散落一地。

第 38 节

तेषां पदाघातरथाङ्गचूर्णिता-
दायोधनादुल्बण उत्थितस्तदा ।
रेणुर्दिशः खं द्युमणिं च छादयन्
न्यवर्ततासृक्स्रुतिभिः परिप्लुतात् ॥३८॥

teṣāṁ padāghāta-rathāṅga-cūrṇitād
āyodhanād ulbaṇa utthitas tadā
reṇur diśaḥ khaṁ dyumaṇiṁ ca chādayan
nyavartatāsṛk-srutibhiḥ pariplutāt

teṣām—在战场上作战的全体人员的 / padāghāta—由于恶魔和半神人的腿掉在地上拍打地面 / ratha-aṅga—及被战车车轮 / cūrṇitāt—被弄成尘埃 / āyodhanāt—从战场 / ulbaṇaḥ—十分猛力地 / utthitaḥ—升起 / tadā—那时 / reṇuḥ—尘粒 / diśaḥ—所有的方向 / kham—外太空 / dyumaṇim—上到太阳 / ca—也 / chādayan—遮蔽了整个外太空直上升到那…… / nyavartata—飘浮在空中的……滴落 / asṛk—血的 / srutibhiḥ—被颗粒 / pariplutāt—由于大面积地被洒

译文　恶魔和半神人的沉重步伐及战车车轮的碾压，使尘土漫天飞扬，形成遮天蔽日的尘土云。但当鲜血四溅，喷射得到处都是时，尘土混合上血滴洒落下来，空中飘浮的尘土云消失了。

第 39 节

शिरोभिरुद्धूतकिरीटकुण्डलैः
संरम्भदृग्भिः परिदष्टदच्छदैः ।
महाभुजैः साभरणैः सहायुधैः
सा प्रास्तृता भूः करभोरुभिर्बभौ ॥३९॥

śirobhir uddhūta-kirīṭa-kuṇḍalaiḥ
saṁrambha-dṛgbhiḥ paridaṣṭa-dacchadaiḥ

mahā-bhujaiḥ sābharaṇaiḥ sahāyudhaiḥ
sā prāstṛtā bhūḥ karabhorubhir babhau

śirobhiḥ—被头颅 / uddhūta—散落的 / kirīṭa—由他们的头盔 / kuṇḍalaiḥ—和耳环 / saṁrambha-dṛgbhiḥ—眼睛愤怒地凝视(尽管头已经被从躯干上砍下) / paridaṣṭa—被牙齿咬住 / dacchadaiḥ—嘴唇 / mahā-bhujaiḥ—健壮的手臂 / sa-ābharaṇaiḥ—用装饰品装饰着 / saha-āyudhaiḥ—和仍紧握武器的被砍下的手 / sā—那战场 / prāstṛtā—散乱的 / bhūḥ—战场 / karabha-ūrubhiḥ—以及与如同象鼻般的大腿和小腿 / babhau—它这样变得

译文 在大战期间，战场上到处散落着英雄们被砍下的头颅，他们的眼睛仍在凝视，他们的牙齿还愤怒地紧咬着嘴唇，头盔和耳环从这些被砍下的头上掉落一地。同样，遍地可见许许多多还戴着装饰品、手中紧握各种武器的手臂，以及如象鼻般的大腿和小腿。

第 40 节

कबन्धास्तत्र चोत्पेतुः पतितस्वशिरोऽक्षिभिः ।
उद्यतायुधदोर्दण्डैराधावन्तो भटान्मृधे ॥४०॥

kabandhās tatra cotpetuḥ
patita-sva-śiro-'kṣibhiḥ
udyatāyudha-dordaṇḍair
ādhāvanto bhaṭān mṛdhe

kabandhāḥ—没有头颅的身躯 / tatra—那里(战场上) / ca—也 / utpetuḥ—产生 / patita—落下 / sva-śiraḥ-akṣibhiḥ—经由在头上的眼睛 / udyata—站立起来 / āyudha—用武器装备 / dordaṇḍaiḥ—……的手臂 / ādhāvantaḥ—急速冲向 / bhaṭān—战士们 / mṛdhe—在战场上

译文 战场上产生了许多无头躯干。这些鬼魂似的躯干能透过掉落在地的头上的眼睛去看，并手持武器攻击敌方的士兵。

要旨　看起来，在战场上战死的英雄们立刻成了鬼魂，尽管他们的头从身体上被砍下，但这些可以透过被砍掉的头视物的无头躯干又开始攻击敌人。换句话说，战场上产生的许多鬼魂都参加战斗，战场上有了许多没有头的躯干。

第 41 节

बलिर्महेन्द्रं दशभिस्त्रिभिरैरावतं शरैः ।
चतुर्भिश्चतुरो वाहानेकेनारोहमार्च्छयत् ॥४१॥

balir mahendraṁ daśabhis
tribhir airāvataṁ śaraiḥ
caturbhiś caturo vāhān
ekenāroham ārcchayat

baliḥ—巴利王 / mahā-indram—天帝 / daśabhiḥ—用十个 / tribhiḥ—用三个 / airāvatam—承载因铎的爱茹阿瓦特 / śaraiḥ—用箭 / caturbhiḥ—用四支箭 / caturaḥ—四 / vāhān—骑兵 / ekena—由一个 / āroham—驾驭大象的人 / ārcchayat—攻击

译文　紧接着，巴利王射出十支箭攻击因铎，放出三支箭攻击因铎的坐骑爱茹阿瓦特。他向引导爱茹阿瓦特四条腿的四个骑手发出四箭，向大象的驾驭者射出一箭。

要旨　梵文“骑马的士兵(vāhān)”是指骑在马背上保护大象坐骑的腿的士兵。按照军队的安排，承载指挥官的大象的腿也要受到保护。

第 42 节

स तानापततः शक्रस्तावद्भिः शीघ्रविक्रमः ।
चिच्छेद निशितैर्भल्लैरसम्प्राप्तान् हसन्निव ॥४२॥

sa tān āpatataḥ śakras
tāvadbhiḥ śīghra-vikramaḥ
ciccheda niśitair bhallair
asamprāptān hasann iva

saḥ－他（因铎）/ tān－箭 / āpatataḥ－在向他冲来时落下 / śakraḥ－因铎 / tāvadbhiḥ－立即 / śīghra-vikramaḥ－被训练得反应迅速 / ciccheda－砍成碎片 / niśitaiḥ－十分尖锐 / bhallaiḥ－用另一枝箭 / asamprāptān－敌人的箭没有被收到 / hasan iva－仿佛微笑

译文 善于对付飞箭的天帝因铎，在巴利王的箭碰到他之前，微笑着用另一种名叫巴拉的无比锐利的箭将来箭击落。

第 43 节

तस्य कर्मोत्तमं वीक्ष्य दुर्मर्षः शक्तिमाददे ।
तां ज्वलन्तीं महोल्काभां हस्तस्थामच्छिनद्धरिः ॥४३॥

tasya karmottamaṁ vīkṣya
durmarṣaḥ śaktim ādade
tāṁ jvalantīṁ maholkābhāṁ
hasta-sthām acchinad dhariḥ

tasya－因铎王的 / karma-uttamam－武功高强 / vīkṣya－观察到后 / durmarṣaḥ－十分愤怒地 / śaktim－沙克提武器 / ādade－拿起 / tām－那武器 / jvalantīm－燃烧的烈火 / mahā-ulkā-ābhām－看上去恰似巨大的火把 / hasta-sthām－还在巴利王手中时 / acchinat－砍成碎片 / hariḥ－因铎

译文 看到因铎的高强武功，巴利王无法抑制自己的愤怒，于是拿起另一种名叫沙克提的武器。那种武器像巨大的火把一样发出熊熊燃烧的烈火，但因铎还没等巴利王出手，就已经将那武器削成了碎片。

第 44 节

ततः शूलं ततः प्रासं ततस्तोमरमृष्टयः ।
यद्यच्छस्त्रं समादद्यात्सर्वं तदच्छिनद्विभुः ॥४४॥

tataḥ śūlaṁ tataḥ prāsaṁ
tatas tomaram ṛṣṭayaḥ
yad yac chastraṁ samādadyāt
sarvaṁ tad acchinad vibhuḥ

tataḥ－那之后 / śūlam－长矛 / tataḥ－那之后 / prāsam－飞标 / tataḥ－那之后 / tomaram－头玛茹阿武器 / ṛṣṭayaḥ－瑞斯提斯武器 / yat yat－无论什么和无论哪个 / śastram－武器 / samādadyāt－巴利王试图用 / sarvam－他们全体 / tat－那些同样的武器 / acchinat－砍成碎片 / vibhuḥ－伟大的因铎

译文 那之后，巴利王一个接一个地拿起长矛、飞标、渔叉、刀剑和其他武器，但无论他拿起什么武器，因铎都立刻将它们削成碎片。

第 45 节

ससर्जाथासुरीं मायामन्तर्धानगतोऽसुरः ।
ततः प्रादुरभूच्छैलः सुरानीकोपरि प्रभो ॥४५॥

sasarjāthāsurīṁ māyām
antardhāna-gato 'suraḥ
tataḥ prādurabhūc chailaḥ
surānīkopari prabho

sasarja－释放 / atha－现在 / āsurīm－邪恶的 / māyām－幻象 / antardhāna－失去踪影 / gataḥ－去了 / asuraḥ－巴利王 / tataḥ－那之后 / prādurabhūt－那里显现 / śailaḥ－一座大山 / sura-anīka-upari－在半神人士兵的头顶上 / prabho－我的君王啊

译文 我亲爱的君王啊，巴利王随即隐身，并开始借助邪恶的幻象。幻象中出现一座巨山，巨山就悬在半神人士兵的头顶上方。

第 46 节

ततो निपेतुस्तरवो दह्यमाना दवाग्निना ।
शिलाः सटङ्कशिखराश्चूर्णयन्त्यो द्विषद्बलम् ॥४६॥

tato nipetus taravo
dahyamānā davāgninā
śilāḥ saṭaṅka-śikharāś
cūrṇayantyo dviṣad-balam

tataḥ－从那座巨大的高山 / nipetuḥ－开始落下 / taravaḥ－巨大的树木 / dahyamānāḥ－燃烧的大火 / dava-agninā－由森林大火 / śilāḥ－和石头 / sa-ṭaṅka-śikharāḥ－边缘锐利的尖形石块等 / cūrṇayantyaḥ－压碎 / dviṣat-balam－敌人的力量

译文 从那座山上正熊熊燃烧着的森林中掉下烧着的树木。棱角尖锐的石头碎片也纷纷掉落，砸在半神人士兵们的头上。

第 47 节

महोरगाः समुत्पेतुर्दन्दशूकाः सवृश्चिकाः ।
सिंहव्याघ्रवराहाश्च मर्दयन्तो महागजाः ॥४७॥

mahoragāḥ samutpetur
dandaśūkāḥ savṛścikāḥ
siṁha-vyāghra-varāhāś ca
mardayanto mahā-gajāḥ

mahā-uragāḥ－巨蛇 / samutpetuḥ－落在他们身上 / dandaśūkāḥ－其他有毒的动物和昆虫 / sa-vṛścikāḥ－与蝎子 / siṁha－狮子 / vyāghra－老虎 / varāhāḥ ca－和森林野猪 / mardayantaḥ－压碎 / mahā-gajāḥ－巨大的大象

译文　毒蝎、巨蛇和许多其他有毒的动物，以及狮子、老虎、野猪和大象，都开始坠落在半神人士兵们的头上，将一切砸得支离破碎。

第 48 节

यातुधान्यश्च शतशः शूलहस्ता विवाससः ।
छिन्धि भिन्धीति वादिन्यस्तथा रक्षोगणाः प्रभो ॥४८॥

yātudhānyaś ca śataśaḥ
śūla-hastā vivāsasaḥ
chindhi bhindhīti vādinyas
tathā rakṣo-gaṇāḥ prabho

yātudhānyaḥ－食肉的女性恶魔 / ca－和 / śataśaḥ－成百上千 / śūla-hastāḥ－每个恶魔都手持一根三叉戟 / vivāsasaḥ－完全赤裸的 / chindhi－砍成碎片 / bhindhi－刺穿 / iti－如此 / vādinyaḥ－谈论 / tathā－以那种方式 / rakṣaḥ-gaṇāḥ－一群食人魔(一种恶魔) / prabho－我的君王啊

译文　我的君王啊！接着，出现了成百上千的男性和女性食肉魔。他们全身赤裸、手持三叉戟，号叫着“剁碎他们！剁碎他们！”

第 49 节

ततो महाघना व्योम्नि गम्भीरपरुषस्वनाः ।
अङ्गारान्मुमुचुर्वातैराहताः स्तनयित्नवः ॥४९॥

tato mahā-ghanā vyomni
gambhīra-paruṣa-svanāḥ
aṅgārān mumucur vātair
āhatāḥ stanayitnavaḥ

tataḥ—那之后 / mahā-ghanāḥ—大片的云 / vyomni—在空中 / gambhīra-paruṣa-svanāḥ—制造十分深沉的隆隆声 / aṅgārān—煤块 / mumucuḥ—释放 / vātaiḥ—被狂风 / āhatāḥ—使烦恼 / stanayitnavaḥ—与雷声

译文 那之后，天空突然狂风呼啸、乌云翻滚、雷声隆隆，云中开始撒下燃烧着的煤块。

第 50 节

सृष्टो दैत्येन सुमहान् वह्निः श्वसनसारथिः ।
सांवर्तक इवात्युग्रो विबुधध्वजिनीमधाक् ॥५०॥

sṛṣṭo daityena sumahān
vahniḥ śvasana-sārathiḥ
sāṁvartaka ivātyugro
vibudha-dhvajinīm adhāk

sṛṣṭaḥ—创造 / daityena—被恶魔(巴利) / su-mahān—毁灭性很大的 / vahniḥ——堆火 / śvasana-sārathiḥ—被暴风携带 / sāṁvartakaḥ—在毁灭时出现的名叫桑瓦尔塔卡的火 / iva—正如 / ati—十分 / ugraḥ—可怕的 / vibudha—半神人的 / dhvajinīm—士兵们 / adhāk—烧成灰烬

译文 巴利王制造的毁灭性大火开始焚烧半神人的全体士兵。这火在疾风的吹动下如同毁灭时出现的桑瓦尔塔卡大火般恐怖。

第 51 节

ततः समुद्र उद्वेलः सर्वतः प्रत्यदृश्यत ।
प्रचण्डवातैरुद्धूततरङ्गावर्तभीषणः ॥५१॥

tataḥ samudra udvelaḥ
sarvataḥ pratyadṛśyata

pracaṇḍa-vātair uddhūta-
taraṅgāvarta-bhīṣaṇaḥ

tataḥ—那之后 / samudraḥ—海洋 / udvelaḥ—被刺激 / sarvataḥ—到处 / pratyadṛśyata—出现在每一个人眼前 / pracaṇḍa—凶猛的 / vātaiḥ—被风 / uddhūta—刺激 / taraṅga—浪涛的 / āvarta—旋涡 / bhīṣaṇaḥ—凶猛的

译文　接着，就在每一个人面前，猛烈的洪水暴发了，到处是旋涡和狂风掀起的滔天巨浪。

第 52 节

एवं दैत्यैर्महामायैरलक्ष्यगतिभी रणे ।
सृज्यमानासु मायासु विषेदुः सुरसैनिकाः ॥५२॥

evaṁ daityair mahā-māyair
alakṣya-gatibhī raṇe
sṛjyamānāsu māyāsu
viṣeduḥ sura-sainikāḥ

evam—如此 / daityaiḥ—被恶魔 / mahā-māyaiḥ—精于制造幻象的人 / alakṣya-gatibhiḥ—但看不见的 / raṇe—在战斗中 / sṛjyamānāsu māyāsu—因为制造一种迷惑人的气氛 / viṣeduḥ—变得阴郁 / sura-sainikāḥ—半神人的士兵们

译文　在战斗中，由善于制造幻象、藏在暗处的恶魔制造的这种迷惑人的氛围，使半神人的士兵们变得很阴郁。

第 53 节

न तत्प्रतिविधिं यत्र विदुरिन्द्रादयो नृप ।
ध्यातः प्रादुरभूत्तत्र भगवान् विश्वभावनः ॥५३॥

na tat-pratividhiṁ yatra
vidur indrādayo nṛpa

dhyātaḥ prādurabhūt tatra
bhagavān viśva-bhāvanaḥ

na－不 / tat-pratividhim－对抗这样一种幻觉性的气氛 / yatra－在那里 / viduḥ－能明白 / indra-ādayaḥ－以因铎为首的半神人们 / nṛpa－君王啊 / dhyātaḥ－被冥想 / prādurabhūt－在那里显现 / tatra－在那地方 / bhagavān－至尊人格首神 / viśva-bhāvanaḥ－宇宙的创造者

译文 君王啊！当半神人不知该如何对抗恶魔的这种活动时，他们全神贯注地冥想宇宙的创造者——至尊人格首神，祂随即出现。

第 54 节

ततः सुपर्णांसकृताङ्घ्रिपल्लवः
पिशङ्गवासा नवकञ्जलोचनः ।
अदृश्यताष्टायुधबाहुरुल्लस-
च्छ्रीकौस्तुभानर्घ्यकिरीटकुण्डलः ॥५४॥

tataḥ suparṇāṁsa-kṛtāṅghri-pallavaḥ
piśaṅga-vāsā nava-kañja-locanaḥ
adṛśyatāṣṭāyudha-bāhur ullasac-
chrī-kaustubhānarghya-kirīṭa-kuṇḍalaḥ

tataḥ－那之后 / suparṇa-aṁsa-kṛta-aṅghri-pallavaḥ－莲花足伸展在嘎茹达两个肩膀上的至尊人格首神 / piśaṅga-vāsāḥ－身穿黄色衣服的…… / nava-kañja-locanaḥ－眼睛恰似刚盛开的莲花瓣的 / adṛśya-ta－变成可见的(在半神人面前) / aṣṭa-āyudha－用八种武器装备 / bā-huḥ－手臂 / ullasat－灿烂地展示 / śrī－幸运女神 / kaustubha－考斯图巴宝石 / anarghya－不可估量的价值的 / kirīṭa－头盔 / kuṇḍalaḥ－有耳环

译文　眼睛犹如刚盛开的莲花花瓣的至尊人格首神，坐在嘎茹达背上，将莲花足伸到嘎茹达的肩膀上方。至尊主穿着黄色衣服，由考斯图巴珠宝和幸运女神作装饰，头戴无比贵重的头盔和耳环，八只手中分别持有不同的武器，就这样出现在半神人眼前。

第 55 节

तस्मिन् प्रविष्टेऽसुरकूटकर्मजा
　माया विनेशुर्महिना महीयसः ।
स्वप्नो यथा हि प्रतिबोध आगते
　हरिस्मृतिः सर्वविपद्विमोक्षणम् ॥५५॥

tasmin praviṣṭe 'sura-kūṭa-karmajā
　māyā vineśur mahinā mahīyasaḥ
svapno yathā hi pratibodha āgate
　hari-smṛtiḥ sarva-vipad-vimokṣaṇam

tasmin praviṣṭe－至尊人格首神出现时 / asura－恶魔的 / kūṭa-karma-jā－因迷惑人的魔法 / māyā－虚假的展示 / vineśuḥ－被立刻控制住 / mahinā－被更高的力量 / mahīyasaḥ－比最伟大还伟大的至尊人格首神 / svapnaḥ－梦 / yathā－正如 / hi－事实上 / pratibodhe－当醒来时 / āgate－到达 / hari-smṛtiḥ－对至尊人格首神的记忆 / sarva-vipat－各种危险处境的 / vimokṣaṇam－立刻征服

译文　正如做梦者一旦醒来，梦中的危险立刻停止，至尊人格首神一旦进入战场，由恶魔用魔法制造的幻象就立刻被祂以超然的高超本领所击破。事实上，仅仅靠想起至尊人格首神，人就能立刻摆脱一切危险。

第 56 节

दृष्ट्वा मृधे गरुडवाहमिभारिवाह
　आविध्य शूलमहिनोदथ कालनेमिः ।

तल्लीलया गरुडमूर्ध्नि पतद् गृहीत्वा
तेनाहनन्नृप सवाहमरिं त्र्यधीशः ॥५६॥

dṛṣṭvā mṛdhe garuḍa-vāham ibhāri-vāha
āvidhya śūlam ahinod atha kālanemiḥ
tal līlayā garuḍa-mūrdhni patad gṛhītvā
tenāhanan nṛpa savāham ariṁ tryadhīśaḥ

dṛṣṭvā－看到／mṛdhe－在战场上／garuḍa-vāham－由嘎茹达承载的至尊人格首神／ibhāri-vāhaḥ－由一头大狮子承载的恶魔／āvidhya－绕着旋转／śūlam－三叉戟／ahinot－向他发射／atha－如此／kālanemiḥ－恶魔卡拉内弥／tat－由反对至尊主的恶魔的这种攻击／līlayā－非常容易／garuḍa-mūrdhni－在祂的坐骑嘎茹达头上／patat－在摔倒之际／gṛhītvā－立刻毫无困难地拿起它后／tena－和用同样的武器／ahanat－杀死／nṛpa－君王啊／sa-vāham－与他的坐骑／arim－敌人／tri-adhīśaḥ－三个世界的拥有者至尊人格首神

译文 君王啊！当骑在一头狮子上的恶魔卡拉内弥，看到骑在嘎茹达背上的至尊人格首神出现在战场上时，这恶魔立刻抓起他的三叉戟，猛力旋转并将它掷向嘎茹达的头部。至尊人格首神哈尔依——三个世界的主人，立刻抓过三叉戟，用这个武器杀死了对手卡拉内弥和他的坐骑狮子。

要旨 就有关这一点，圣玛德瓦查尔亚(Madhvācārya)说：

kālanemy-ādayaḥ sarve
karinā nihatā api
śukreṇojjīvitāḥ santaḥ
punas tenaiva pātitāḥ

“卡拉内弥等所有被至尊人格首神哈尔依(Hari)杀死的恶魔，在他们的灵性导师舒夸查尔亚(Śukrācārya)使他们复活后，再次被至尊人格首神杀死。”

第 57 节

माली सुमाल्यतिबलौ युधि पेततुर्य-
चक्रेण कृत्तशिरसावथ माल्यवांस्तम् ।
आहत्य तिग्मगदयाहनदण्डजेन्द्रं
तावच्छिरोऽच्छिनदरेर्नदतोऽरिणाद्यः ॥५७॥

mālī sumāly atibalau yudhi petatur yac-
cakreṇa kṛtta-śirasāv atha mālyavāṁs tam
āhatya tigma-gadayāhanad aṇḍajendraṁ
tāvac chiro 'cchinad arer nadato 'riṇādyaḥ

mālī sumālī－名叫玛利和苏玛利的两个恶魔 / ati-balau－十分强大 / yudhi－在战场上 / petatuḥ－倒下 / yat-cakreṇa－用……的飞轮 / kṛtta-śirasau－他们的头被砍下 / atha－因此 / mālyavān－玛勒亚万 / tam－至尊人格首神 / āhatya－攻击 / tigma-gadayā－用一根十分锐利的大头棒 / ahanat－企图攻击、杀死 / aṇḍa-ja-indram－从蛋中出生的鸟王嘎茹达 / tāvat－那时 / śiraḥ－头颅 / acchinat－砍下 / areḥ－敌人的 / nadataḥ－像狮子一样吼叫 / ariṇā－用飞轮 / ādyaḥ－存在中的第一位人格首神

译文 紧接着，至尊主又杀了名叫玛利和苏玛利的两个异常强大的恶魔，用祂的飞轮削下他们俩的头颅。另一个恶魔玛勒亚万过来攻击至尊主。他像狮子般咆哮着，用他尖锐的棍棒攻打从蛋中出生的鸟王嘎茹达。但至尊人格首神——存在中的第一人，用祂的飞轮把那个敌人的头也削了下来。

到此为止，结束了巴克提韦丹塔对《圣典博伽瓦谭》第8篇第10章——“半神人和恶魔间的战斗”所作的阐释。

第十一章

因铎王击溃恶魔

这一章描述的是，伟大的圣人纳茹阿达·牟尼(Nārada Muni)对那些被半神人杀死的恶魔十分同情，禁止半神人继续杀下去。接着，舒夸查尔亚(Śukrācārya)用他的神秘力量使所有的恶魔重新恢复生命。

半神人们得到至尊人格首神的恩典恢复精力后，再次与恶魔开战。因铎王用霹雳攻击巴利王；巴利王倒下后，他的朋友湛巴魔(Jambhāsura)攻击因铎，结果被因铎用霹雳将头削了下来。纳茹阿达·牟尼听说湛巴魔被杀后，将这消息告知湛巴魔的家人纳穆祺(Namuci)、巴拉(Bala)和帕卡(Pāka)。他们立刻赶往战场，向半神人发起进攻。天帝因铎削下巴拉和帕卡的头颅，又放出名叫库利沙(kuliśa)的霹雳武器去攻击纳穆祺的肩膀。然而，霹雳失败而归，这使因铎很沮丧。就在那时，天空传出一个声音说："干或湿的武器都杀不死纳穆祺。"听到这声音后，因铎开始思量该如何杀死纳穆祺。他随即想起用泡沫，因为泡沫既不干也不湿。于是，他便用泡沫武器杀死了纳穆祺。就这样，因铎和其他半神人杀死了许多恶魔。接着，应主布茹阿玛的要求，纳茹阿达去找半神人，禁止他们继续杀恶魔。全体半神人于是返回他们的住所。在战场上活下来的恶魔听从纳茹阿达的指示，将巴利王带回阿斯塔山。在那里经由舒夸查尔亚触碰头，巴利王苏醒过来。不仅如此，舒夸查尔亚还用神秘力量使没有完全失去头颅或身体的恶魔重新恢复了生命。

第 1 节

श्रीशुक उवाच
अथो सुराः प्रत्युपलब्धचेतसः
परस्य पुंसः परयानुकम्पया ।
जघ्नुर्भृशं शक्रसमीरणादय-
स्तांस्तान् रणे यैरभिसंहताः पुरा ॥१॥

śrī-śuka uvāca
atho surāḥ pratyupalabdha-cetasaḥ
parasya puṁsaḥ parayānukampayā
jaghnur bhṛśaṁ śakra-samīraṇādayas
tāṁs tān raṇe yair abhisaṁhatāḥ purā

śrī-śukaḥ uvāca—圣舒卡戴瓦·哥斯瓦米说 / atho—因此 / surāḥ—全体半神人 / pratyupalabdha-cetasaḥ—因恢复意识而重新充满生气 / parasya—至尊者的 / puṁsaḥ—人格首神的 / parayā—至高无上的 / anukampayā—靠仁慈 / jaghnuḥ—开始打击 / bhṛśam—再三 / śakra—因铎 / samīraṇa—瓦尤 / ādayaḥ—和其他人 / tān tān—对那些恶魔 / raṇe—在战斗中 / yaiḥ—由……人 / abhisaṁhatāḥ—他们被打击 / purā—在……前面

译文 舒卡戴瓦·哥斯瓦米说：之后，凭借至尊人格首神圣哈尔依的最高恩典，以天帝因铎和风神瓦尤为首的全体半神人都恢复了生命。被注入活力的半神人们，开始向之前打败他们的那些恶魔发起猛攻。

第 2 节

वैरोचनाय संरब्धो भगवान् पाकशासनः ।
उदयच्छद्यदा वज्रं प्रजा हा हेति चुक्रुशुः ॥२॥

vairocanāya saṁrabdho
bhagavān pāka-śāsanaḥ
udayacchad yadā vajraṁ
prajā hā heti cukruśuḥ

vairocanāya－向巴利王(只为杀死他) / saṁrabdhaḥ－因为十分愤怒 / bhagavān－最有力量的 / pāka-śāsanaḥ－因铎 / udayacchat－手持 / yadā－在……时 / vajram－霹雳 / prajāḥ－所有的恶魔 / hā hā－唉，唉 / iti－如此 / cukruśuḥ－开始发出

译文　当最强大的因铎十分愤怒地手持霹雳准备杀死巴利王时，恶魔们开始悲叹"唉，唉"！

第 3 节

वज्रपाणिस्तमाहेदं तिरस्कृत्य पुरःस्थितम् ।
मनस्विनं सुसम्पन्नं विचरन्तं महामृधे ॥ ३ ॥

vajra-pāṇis tam āhedaṁ
tiraskṛtya puraḥ-sthitam
manasvinaṁ susampannaṁ
vicarantaṁ mahā-mṛdhe

vajra-pāṇiḥ－总是手持霹雳的因铎 / tam－向巴利王 / āha－讲话 / idam－以此方式 / tiraskṛtya－谴责他 / puraḥ-sthitam－站在他面前 / manasvinam－非常冷静和有耐性 / su-sampannam－用各种作战武器武装后 / vicarantam－移动 / mahā-mṛdhe－在巨大的战场上

译文　冷静、有耐性且用各种武器装备好自己的巴利王，在辽阔的战场上前行到因铎面前。始终手持霹雳的因铎这样谴责巴利王。

第 4 节

नटवन्मूढ मायाभिर्मायेशान्नो जिगीषसि ।
जित्वा बालान्निबद्धाक्षान्नटो हरति तद्धनम् ॥ ४ ॥

naṭavan mūḍha māyābhir
māyeśān no jigīṣasi
jitvā bālān nibaddhākṣān
naṭo harati tad-dhanam

naṭa-vat－像骗子或流氓一样 / mūḍha－你这无赖 / māyābhiḥ－靠展示幻象 / māyā-īśān－向能控制所有这类幻象展示的半神人们 / naḥ－向我们 / jigīṣasi－你试图获得胜利 / jitvā－战胜 / bālān－小孩子 / nibaddha-akṣān－靠蒙起眼睛 / naṭaḥ－一个骗子 / harati－拿走 / tat-dhanam－孩子拥有的东西

译文 因铎说：噢，无赖。正如骗子有时会蒙住小孩子的眼睛，把他拥有的东西拿走，你试图靠展示神秘力量打败我们，尽管你知道我们是所有神秘力量的主人。

第5节

आरुरुक्षन्ति मायाभिरुत्सिसृप्सन्ति ये दिवम् ।
तान्दस्यून् विधुनोम्यज्ञान् पूर्वस्माच्च पदादधः ॥५॥

ārurukṣanti māyābhir
utsisṛpsanti ye divam
tān dasyūn vidhunomy ajñān
pūrvasmāc ca padād adhaḥ

ārurukṣanti－想要到高等星系来的人 / māyābhiḥ－靠所谓的神秘力量或物质科技进步 / utsisṛpsanti－或想靠这种错误的努力获得解脱 / ye－这种……的人 / divam－名叫斯瓦尔嘎珞卡的高等星系 / tān－这类恶棍和流氓 / dasyūn－这种盗贼 / vidhunomi－我强迫下去 / ajñān－无赖 / pūrvasmāt－从前的 / ca－也 / padāt－从地位 / adhaḥ－下降

译文 那些想要靠神秘力量或机械方式升上高等星系的傻瓜和无赖，那些力图甚至跨过高等星系到达灵性世界或得到解脱的傻瓜和无赖，我会把他们统统送到宇宙最低下的区域。

要旨 毫无疑问，宇宙中有适合不同的人居住的各种星系。正如《博伽梵歌》第14章的第18节诗说明：受善良属性影响的人可以到高等星球去(ūrdhvaṁ gacchanti sattva-sthāḥ)。然而，受愚昧属性和激情属性控制的生物不被允许进入高等星球。梵文divam一词是指名叫斯瓦尔嘎珞卡(Svargaloka)的高等星系。高等星系的帝王因铎，有权将任何试图从低等星球到高等星球但却没资格的受制约的灵魂推下去。现代人要去月亮的努力，也是资格低下之人要用机械的非自然方式去斯瓦尔嘎珞卡的一种尝试。这种尝试不可能成功。从这节诗文中因铎的说明看，试图靠机械方式去高等星系的人，都会被判处到宇宙下半部分的地狱星球去；这节诗文中将机械方法称为玛亚(māyā)。要去高等星系的人需要具备足够的优秀资格。受愚昧属性控制且沉溺于喝酒、吃肉和非法性生活的罪恶之人，永远不可能靠机械的方式进入高等星球。

第 6 节

सोऽहं दुर्मायिनस्तेऽद्य वज्रेण शतपर्वणा ।
शिरो हरिष्ये मन्दात्मन् घटस्व ज्ञातिभिः सह ॥ ६ ॥

so 'haṁ durmāyinas te 'dya
vajreṇa śata-parvaṇā
śiro hariṣye mandātman
ghaṭasva jñātibhiḥ saha

saḥ－我是同样强有力的人 / aham－我 / durmāyinaḥ－能玩这种骗人魔术的你的 / te－你的 / adya－今天 / vajreṇa－用霹雳 / śata-parvaṇā－有数百利刃的 / śiraḥ－头颅 / hariṣye－我要分开 / manda-ātman－知识贫乏的你啊 / ghaṭasva－努力在这战场上活下去吧 / jñā-tibhiḥ saha－与你的亲属和同伴一道

译文　今天，我——同一位强有力的人，要用我这有着数百利刃的霹雳，将你的头砍下来。你虽然能靠变魔术制造出那么多幻象，但却缺乏知识。现在，尝试在这战场上与你的亲戚、朋友活下去吧。

第7节

श्रीबलिरुवाच
सङ्ग्रामे वर्तमानानां कालचोदितकर्मणाम् ।
कीर्तिर्जयोऽजयो मृत्युः सर्वेषां स्युरनुक्रमात् ॥ ७ ॥

śrī-balir uvāca
saṅgrāme vartamānānāṁ
kāla-codita-karmaṇām
kīrtir jayo 'jayo mṛtyuḥ
sarveṣāṁ syur anukramāt

śrī-baliḥ uvāca—巴利王说 / saṅgrāme—在战场上 / vartamānānām—所有在这里的人的 / kāla-codita—受时间进程的影响 / karmaṇām—对忙于打仗或从事其他活动的人来说 / kīrtiḥ—声誉 / jayaḥ—胜利 / ajayaḥ—失败 / mṛtyuḥ—死亡 / sarveṣām—他们全体的 / syuḥ—必然被处理 / anukramāt——个接一个

译文 巴利王回答道：在这战场上的人无疑都受永恒时间的影响，根据他们从事的规定活动，按命运一个接一个地接受声望、胜利、失败和死亡。

要旨 在战场上赢得胜利的人就会声名远扬，而战败之人也许就要面临死亡。无论是在刀光剑影的战场上，还是在为生存而苦苦挣扎的战场上，人都有可能胜利和失败。一切都按照业报法律的裁定发生(prakṛteḥ kriyamāṇāni guṇaiḥ karmāṇi sarvaśaḥ)。由于众生无一例外地都是物质自然属性控制的对象，所以无论是战胜之人还是战败之人都并非独立，而是受物质自然的控制。正因为如此，巴利王十分明智。他知道战争由永恒的时间作出安排，而在时间的影响下，人必须承担自己活动的结果。所以，即使因铎威胁说他现在要放出霹雳杀死巴利王，巴利王也毫不畏惧。《博伽梵歌》第18章的第43节诗说：打仗时英勇无畏(yuddhe cāpy apalāyanam)是查锤亚(kṣatriya, 刹帝利)的精神。查锤亚在任何情况下都必须忍受，尤其是在战场上。为此，巴利王虽然受到像天帝这样伟大的人物的威胁，但却声称自己根本就不怕死。

第8节

तदिदं कालरशनं जगत्पश्यन्ति सूरयः ।
न हृष्यन्ति न शोचन्ति तत्र यूयमपण्डिताः ॥ ८ ॥

tad idaṁ kāla-raśanaṁ
jagat paśyanti sūrayaḥ
na hṛṣyanti na śocanti
tatra yūyam apaṇḍitāḥ

tat—因此 / idam—这整个物质世界 / kāla-raśanam—因永恒的时间而移动 / jagat—向前移动(这整个宇宙) / paśyanti—观察到 / sūrayaḥ—认清真相的明智之人 / na—不 / hṛṣyanti—变得喜气洋洋 / na—也不 / śocanti—悲伤 / tatra—在这样的……中 / yūyam—你们所有的半神人 / apaṇḍitāḥ—并非很有学问(忘记你们是在永恒的时间控制下工作)

译文　看着时间的推移，认清真相的人不会为不同的情况欣喜或悲伤。因此，既然你因为胜利而欢腾，你就不会被认为是很有学问的人。

要旨　巴利王虽然知道天帝因铎极其强大，无疑比自己更有力量，但还是向因铎挑战说，他不是个很有学问的人。《博伽梵歌》第2章的第11节诗记载，奎师那(Kṛṣṇa)讽刺阿尔诸纳(Arjuna)说：

aśocyān anvaśocas tvaṁ
prajñā-vādāṁś ca bhāṣase
gatāsūn agatāsūṁś ca
nānuśocanti paṇḍitāḥ

“你一面说着有学问的话，一面为不值得悲伤的事情而悲伤。有学问的人不会为生死而悲伤。”正如奎师那向阿尔诸纳挑战说“他不是个有学问的人(paṇḍita)”，巴利王也以同样的方式向因铎王和他的同伴挑战。在这个物质世界里，一切都在时间的影响下发生。所以，有学问的人看着事情在如何发生，根本不会因为物质自然的波涛而感到难过或快乐。毕竟，由于我们都在这些浪涛中随波逐流，欢喜或阴郁又有何意义？完全精通物质自然法律的人从不会因为物质自然的活动而感到欢喜或沮丧。《博伽梵歌》第2章的第14节诗记载，奎师那建议人要忍受(tāṁs titikṣasva bhārata)。我们应该听从奎师那的忠告，不要因为情况的改变而感到郁闷或不高兴。始终泰然处之是奉献者的特征。奉献者怀着奎师那意识履行自己的责任，从不会因为碰到棘手的处境而不高兴。奉献者坚信，奎师那在这种情况下总是保护祂的奉献者。正因为如此，奉献者在履行自己做奉爱服务的规定职责时从不逃避责任。就连生活在高等星系中的半神人，都有欢喜和阴郁这些物质品质。所以，当有人不受这物质世界中所谓的顺境和逆境的打扰时，就该明白这样的人已经觉悟了自我(brahma-bhūta)。正如《博伽梵歌》第18章的第54节诗说明：“这样处在超然境界中的人，立即觉悟至尊梵，变得充满喜悦(brahma-bhūtaḥ prasannātmā na śocati na kāṅkṣati)。”人一旦不受物质处境的打扰，就被了解为是处在超然的阶段，超越物质自然三种属性的反作用了。

第9节

न वयं मन्यमानानामात्मानं तत्र साधनम् ।
गिरो वः साधुशोच्यानां गृह्णीमो मर्मताडनाः ॥ ९ ॥

na vayaṁ manyamānānām
ātmānaṁ tatra sādhanam

giro vaḥ sādhu-śocyānāṁ
gṛhṇīmo marma-tāḍanāḥ

na－不 / vayam－我们 / manyamānānām－认为……的人 / ātmānam－自我 / tatra－在胜利或失败上 / sādhanam－原因 / giraḥ－话语 / vaḥ－你的 / sādhu-śocyānām－被圣洁之人可怜的人 / gṛhṇīmaḥ－接受 / marma-tāḍanāḥ－使人心痛苦的

译文 你们半神人以为，你们是靠自己的努力得到名望和胜利的。由于你们的无知，圣洁之人为你们难过。所以，尽管你的话语刺痛人心，但我们不接受它们。

第 10 节

श्रीशुक उवाच
इत्याक्षिप्य विभुं वीरो नाराचैर्वीरमर्दनः ।
आकर्णपूर्णैरहनदाक्षेपैराह तं पुनः ॥१०॥

śrī-śuka uvāca
ity ākṣipya vibhuṁ vīro
nārācair vīra-mardanaḥ
ākarṇa-pūrṇair ahanad
ākṣepair āha taṁ punaḥ

śrī-śukaḥ uvāca－圣舒卡戴瓦·哥斯瓦米说 / iti－如此 / ākṣipya－训斥 / vibhum－对因铎王 / vīraḥ－英勇的巴利王 / nārācaiḥ－用名叫纳茹阿查的箭 / vīra-mardanaḥ－甚至能征服大英雄的巴利王 / ākarṇa-pūrṇaiḥ－拉到耳旁 / ahanat－攻击 / ākṣepaiḥ－用训斥的话语 / āha－说 / tam－对他 / punaḥ－再次

译文 舒卡戴瓦·哥斯瓦米说：这样用犀利的话语训斥天帝因铎后，能够征服任何其他英雄的巴利王，拉满弓，将名叫纳茹阿查的箭全部射向因铎。接着，他再次措辞强硬地谴责申斥因铎。

第 11 节

एवं निराकृतो देवो वैरिणा तथ्यवादिना ।
नामृष्यत्तदधिक्षेपं तोत्राहत इव द्विपः ॥११॥

evaṁ nirākṛto devo
vairiṇā tathya-vādinā
nāmṛṣyat tad-adhikṣepaṁ
totrāhata iva dvipaḥ

evam—如此 / nirākṛtaḥ—被打击 / devaḥ—因铎王 / vairiṇā—被他的敌人 / tathya-vādinā—有资格说真话的人 / na—不 / amṛṣyat—难过 / tat—他(巴利)的 / adhikṣepam—训斥 / totra—被权杖或棍子 / āhataḥ—被打 / iva—正如 / dvipaḥ——头大象

译文 由于巴利王的训斥说的全都是事实，因铎王丝毫没感到难过，正如大象被驾驭牠的人用棍棒抽打时没变得激动。

第 12 节

प्राहरत्कुलिशं तस्मा अमोघं परमर्दनः ।
सयानो न्यपतद्भूमौ छिन्नपक्ष इवाचलः ॥१२॥

prāharat kuliśaṁ tasmā
amoghaṁ para-mardanaḥ
sayāno nyapatad bhūmau
chinna-pakṣa ivācalaḥ

prāharat—打击 / kuliśam—霹雳 / tasmai—向他(巴利王) / amogham—永无过失的 / para-mardanaḥ—精于打击敌人的因铎 / sa-yānaḥ—与他的飞机一起 / nyapatat—坠落 / bhūmau—在地上 / chinna-pakṣaḥ—翅膀被拿走的…… / iva—如同 / acalaḥ——座山

译文 当因铎——战胜敌人的人，怀着杀死巴利王的愿

望将他那永不失败的霹雳投向巴利王时，巴利王确实与他的飞机一起栽到了地上，恰似翅膀被切断的大山一样倒下了。

要旨　在许多韦达文献的描述中都可以看到说，有些山能用翅膀在空中飞行。这种山死去时就会坠落到地上，十分庞大的死去的山体就会留在当地。

第 13 节

सखायं पतितं दृष्ट्वा जम्भो बलिसखः सुहृत् ।
अभ्ययात्सौहृदं सख्युर्हतस्यापि समाचरन् ॥१३॥

sakhāyaṁ patitaṁ dṛṣṭvā
jambho bali-sakhaḥ suhṛt
abhyayāt sauhṛdaṁ sakhyur
hatasyāpi samācaran

sakhāyam－他亲密的朋友 / patitam－倒下 / dṛṣṭvā－看到后 / jambhaḥ－恶魔湛巴 / bali-sakhaḥ－巴利王的一个十分亲密的朋友 / suhṛt－和忠诚的祝愿者 / abhyayāt－出现在现场 / sauhṛdam－充满同情的友谊 / sakhyuḥ－他朋友的 / hatasya－受伤倒下的 / api－虽然 / samācaran－只是为了履行朋友的义务

译文　恶魔湛巴看到他的朋友巴利王坠地时，立刻出现在敌人因铎面前，透过这友好的行为为巴利王服务。

第 14 节

स सिंहवाह आसाद्य गदामुद्यम्य रंहसा ।
जत्रावताडयच्छक्रं गजं च सुमहाबलः ॥१४॥

sa siṁha-vāha āsādya
gadām udyamya raṁhasā
jatrāv atāḍayac chakraṁ
gajaṁ ca sumahā-balaḥ

saḥ—湛巴魔 / siṁha-vāhaḥ—骑着一头狮子 / āsādya—来到因铎王面前 / gadām—他的大头棒 / udyamya—拿起 / raṁhasā—猛力地 / jatrau—在脖子的根部上 / atāḍayat—击打 / śakram—因铎 / gajam ca—以及他的大象 / su-mahā-balaḥ—极其强有力的湛巴魔

译文 极其强大的湛巴魔骑着一头狮子冲向因铎，用他的大头棒猛力地击打因铎的肩膀，还击打因铎的大象。

第 15 节

गदाप्रहारव्यथितो भृशं विह्वलितो गजः ।
जानुभ्यां धरणीं स्पृष्ट्वा कश्मलं परमं ययौ ॥१५॥

gadā-prahāra-vyathito
bhṛśaṁ vihvalito gajaḥ
jānubhyāṁ dharaṇīṁ spṛṣṭvā
kaśmalaṁ paramaṁ yayau

gadā-prahāra-vyathitaḥ—因为湛巴魔的打击而受伤害 / bhṛśam—非常 / vihvalitaḥ—内心混乱 / gajaḥ—大象 / jānubhyām—以它的两个膝盖 / dharaṇīm—土地 / spṛṣṭvā—触碰 / kaśmalam—失去知觉 / paramam—最终 / yayau—进入

译文 受到湛巴魔的大头棒的打击，因铎的大象感到困惑并受到伤害，结果膝盖着地昏了过去。

第 16 节

ततो रथो मातलिना हरिभिर्दशशतैर्वृतः ।
आनीतो द्विपमुत्सृज्य रथमारुरुहे विभुः ॥१६॥

tato ratho mātalinā
haribhir daśa-śatair vṛtaḥ
ānīto dvipam utsṛjya
ratham āruruhe vibhuḥ

tataḥ－那以后 / rathaḥ－战车 / mātalinā－由名叫玛塔利的战车驾驭者 / haribhiḥ－与马匹一起 / daśa-śataiḥ－被十乘以一百(一千) / vṛtaḥ－连接 / ānītaḥ－被带入 / dvipam－大象 / utsṛjya－留在旁边 / ratham－战车 / āruruhe－登上 / vibhuḥ－伟大的因铎

译文　那之后，因铎的战车驾驭者玛塔利驾驭着由一千匹马拉着的战车赶来，因铎于是离开他的大象，登上战车。

第 17 节

तस्य तत्पूजयन् कर्म यन्तुर्दानवसत्तमः ।
शूलेन ज्वलता तं तु स्मयमानोऽहनन्मृधे ॥१७॥

tasya tat pūjayan karma
yantur dānava-sattamaḥ
śūlena jvalatā taṁ tu
smayamāno 'hanan mṛdhe

tasya－玛塔利的 / tat－那服务(将战车带到因铎面前) / pūjayan－欣赏 / karma－对主人的这种服务 / yantuḥ－战车驾驭者的 / dānava-sat-tamaḥ－名叫湛巴苏茹阿的、最杰出的恶魔 / śūlena－用他的三叉戟 / jvalatā－燃烧着烈火的…… / tam－玛塔利 / tu－事实上 / smayamānaḥ－微笑着 / ahanat－打击 / mṛdhe－在战场上

译文　最杰出的恶魔湛巴很欣赏玛塔利做的服务，脸上露出了微笑。尽管如此，他还是在战场上用一支燃烧着烈火的三叉戟打伤了玛塔利。

第 18 节

सेहे रुजं सुदुर्मर्षां सत्त्वमालम्ब्य मातलिः ।
इन्द्रो जम्भस्य सङ्क्रुद्धो वज्रेणापाहरच्छिरः ॥१८॥

sehe rujaṁ sudurmarṣāṁ
sattvam ālambya mātaliḥ
indro jambhasya saṅkruddho
vajreṇāpāharac chiraḥ

sehe－忍受 / rujam－疼痛 / su-durmarṣām－无法忍受的 / sattvam－毅力 / ālambya－托庇于 / mātaliḥ－战车驾驭者玛塔利 / indraḥ－因铎王 / jambhasya－优秀的恶魔湛巴的 / saṅkruddhaḥ－因为对他十分愤怒 / vajreṇa－用他的霹雳 / apāharat－分开 / śiraḥ－头颅

译文 尽管疼痛难忍，但玛塔利还是强忍着。因铎对湛巴魔极其愤怒，用自己的霹雳攻打他，削下了他的头。

第 19 节

जम्भं श्रुत्वा हतं तस्य ज्ञातयो नारदादृषेः ।
नमुचिश्च बलः पाकस्तत्रापेतुस्त्वरान्विताः ॥१९॥

jambhaṁ śrutvā hataṁ tasya
jñātayo nāradād ṛṣeḥ
namuciś ca balaḥ pākas
tatrāpetus tvarānvitāḥ

jambham－湛巴魔 / śrutvā－听到后 / hatam－被杀死 / tasya－他的 / jñātayaḥ－朋友和亲戚 / nāradāt－从纳茹阿达那里 / ṛṣeḥ－从伟大的圣人 / namuciḥ－恶魔纳穆祺 / ca－也 / balaḥ－恶魔巴拉 / pākaḥ－恶魔帕卡 / tatra－那里 / āpetuḥ－立刻抵达 / tvarā-anvitāḥ－飞速地

译文 当圣人纳茹阿达告诉湛巴魔的朋友和亲人湛巴魔被杀的消息时，名叫纳穆祺、巴拉和帕卡的三个恶魔飞速冲到战场。

第 20 节

वचोभिः परुषैरिन्द्रमर्दयन्तोऽस्य मर्मसु ।
शरैरवाकिरन्मेघा धाराभिरिव पर्वतम् ॥२०॥

vacobhiḥ paruṣair indram
ardayanto 'sya marmasu
śarair avākiran meghā
dhārābhir iva parvatam

vacobhiḥ－用刺伤人的话语 / paruṣaiḥ－十分粗暴和刻毒 / indram－因铎王 / ardayantaḥ－责骂、尖刻的 / asya－因铎的 / marmasu－在心中等 / śaraiḥ－用箭 / avākiran－被笼罩 / meghāḥ－云层 / dhārābhiḥ－用雨水浇 / iva－恰似 / parvatam－一座山

译文　这些恶魔用尖酸刻毒、刺伤人心的话指责因铎，对他万箭齐发，恰似倾盆大雨洗刷巨山一样。

第 21 节

हरीन्दशशतान्याजौ हर्यश्वस्य बलः शरैः ।
तावद्भिरर्दयामास युगपल्लघुहस्तवान् ॥२१॥

harīn daśa-śatāny ājau
haryaśvasya balaḥ śaraiḥ
tāvadbhir ardayām āsa
yugapal laghu-hastavān

harīn－马匹 / daśa-śatāni－十乘以一百(一千) / ājau－在战场上 / haryaśvasya－因铎王的 / balaḥ－恶魔巴拉 / śaraiḥ－用箭 / tāvadbhiḥ－用那么多 / ardayām āsa－置于苦难中 / yugapat－同时地 / laghu-hastavān－快速把握

译文　恶魔巴拉迅速把握住战场的情况，同时用一千支箭射穿因铎的一千匹战马，使它们备感痛苦。

第 22 节

शताभ्यां मातलिं पाको रथं सावयवं पृथक् ।
सकृत्सन्धानमोक्षेण तदद्भुतमभूद्रणे ॥२२॥

śatābhyāṁ mātaliṁ pāko
rathaṁ sāvayavaṁ pṛthak
sakṛt sandhāna-mokṣeṇa
tad adbhutam abhūd raṇe

śatābhyām一用两百只箭 / mātalim一向战车驾驭者玛塔利 / pākaḥ一名叫帕卡的恶魔 / ratham一战车 / sa-avayavam一与所有的装备一起 / pṛthak一分别地 / sakṛt一同时 / sandhāna一通过将众多的箭搭在弓上 / mokṣeṇa一和释放 / tat一这样一个举动 / adbhutam一神奇的 / abhūt一如此成为 / raṇe一在战场上

译文 另一个恶魔帕卡，安装上两百支箭，同时射向战车、车上所有的装备及战车驾驭者玛塔利，以此攻击他们。这在战场上确实是一次精彩的行动。

第 23 节

नमुचिः पञ्चदशभिः स्वर्णपुङ्खैर्महेषुभिः ।
आहत्य व्यनदत्सङ्ख्ये सतोय इव तोयदः ॥२३॥

namuciḥ pañca-daśabhiḥ
svarṇa-puṅkhair maheṣubhiḥ
āhatya vyanadat saṅkhye
satoya iva toyadaḥ

namuciḥ一名叫纳穆祺的恶魔 / pañca-daśabhiḥ一用十五个 / svarṇa-puṅkhaiḥ一带着金制羽饰 / mahā-iṣubhiḥ一十分强有力的箭 / āhatya一锐利的 / vyanadat一鸣响 / saṅkhye一在战场上 / sa-toyaḥ一承载水 / iva一如同 / toya-daḥ一运送雨水的云朵

译文　接着，另一个恶魔纳穆祺攻击因铎，用十五支极其强大、如载满水的云朵般呼啸着的金羽箭射杀他。

第 24 节

सर्वतः शरकूटेन शक्रं सरथसारथिम् ।
छादयामासुरसुराः प्रावृट्सूर्यमिवाम्बुदाः ॥२४॥

sarvataḥ śara-kūṭena
śakraṁ saratha-sārathim
chādayām āsur asurāḥ
prāvṛṭ-sūryam ivāmbudāḥ

sarvataḥ—四面八方 / śara-kūṭena—被密集的箭雨 / śakram—因铎 / sa-ratha—与他的战车一起 / sārathim—且与他的战场驾驭者一起 / chādayām āsuḥ—被笼罩 / asurāḥ—所有的恶魔 / prāvṛṭ—在雨季中 / sūryam—太阳 / iva—如同 / ambu-dāḥ—云

译文　其他恶魔不停地向因铎、他的战车及战车驾驭者射箭，箭雨恰似雨季遮住太阳的云层，将因铎他们完全罩住。

第 25 节

अलक्षयन्तस्तमतीव विह्वला
विचुक्रुशुर्देवगणाः सहानुगाः ।
अनायकाः शत्रुबलेन निर्जिता
वणिक्पथा भिन्ननवो यथार्णवे ॥२५॥

alakṣayantas tam atīva vihvalā
vicukruśur deva-gaṇāḥ sahānugāḥ
anāyakāḥ śatru-balena nirjitā
vaṇik-pathā bhinna-navo yathārṇave

alakṣayantaḥ－因为无法看到 / tam－因铎王 / atīva－凶猛地 / vihvalāḥ－困惑的 / vicukruśuḥ－开始悲伤 / deva-gaṇāḥ－全体半神人 / saha-anugāḥ－与他们的随从 / anāyakāḥ－没有了统帅或领袖 / śatru-balena－被他们敌人的更强大的力量 / nirjitāḥ－受到严重的压制 / vaṇik-pathāḥ－商人 / bhinna-navaḥ－船遇难的 / yathā arṇave－如同在汪洋大海中

译文 半神人们因为受到敌人严密的围堵，无法看到战场上的因铎，因此十分焦虑。在没有统帅的情况下，他们不禁开始像遭遇海难的船上的商人般悲叹起来。

要旨 从这节诗文的说明看，高等星系中也有船舶和靠航海旅行做生意的商人。而且就像在这个星球上发生的事情一样，这些商人有时也会在海洋中遇到船舶失事等海难。看起来，就连高等星系也会偶然发生灾难。至尊主创造的高等星系无疑不是空的，不是没有生物体存在。从这部《圣典博伽瓦谭》我们了解到，每一个星球上都像地球上一样，住满了生物体。我们没有理由接受“其他星球上没有生物体”的说法。

第 26 节

ततस्तुराषाडिषुबद्धपञ्जराद्
विनिर्गतः साश्वरथध्वजाग्रणीः ।
बभौ दिशः खं पृथिवीं च रोचयन्
स्वतेजसा सूर्य इव क्षपात्यये ॥२६॥

tatas turāṣāḍ iṣu-baddha-pañjarād
vinirgataḥ sāśva-ratha-dhvajāgraṇīḥ
babhau diśaḥ khaṁ pṛthivīṁ ca rocayan
sva-tejasā sūrya iva kṣapātyaye

tataḥ—那之后 / turāṣāṭ—因铎的另一个名字 / iṣu-baddha-pañjarāt—箭网组成的牢笼 / vinirgataḥ—被释放 / sa—与……一起 / aśva—马匹 / ratha—战车 / dhvaja—旗帜 / agraṇīḥ—和战车驾驭者 / babhau—变成 / diśaḥ—所有的方向 / kham—天空 / pṛthivīm—大地 / ca—和 / rocayan—所到之处都令人愉快 / sva-tejasā—凭他本人的光辉 / sūryaḥ—太阳 / iva—如同 / kṣapā-atyaye—在夜晚结束时

译文　后来，因铎摆脱了箭雨形成的网罩，与他的战车、旗帜、马匹和战车驾驭者再次出现，使天空、大地和四面八方都感到愉快。大家看到他十分俊美，而且如同东升的旭日般闪耀着光芒。

第 27 节

निरीक्ष्य पृतनां देवः परैरभ्यर्दितां रणे ।
उदयच्छद्रिपुं हन्तुं वज्रं वज्रधरो रुषा ॥२७॥

nirīkṣya pṛtanāṁ devaḥ
parair abhyarditāṁ raṇe
udayacchad ripuṁ hantuṁ
vajraṁ vajra-dharo ruṣā

nirīkṣya—观察后 / pṛtanām—他自己的士兵 / devaḥ—半神人因铎 / paraiḥ—被敌人 / abhyarditām—置于巨大的困境或压制中 / raṇe—在战场上 / udayacchat—拿起 / ripum—敌人们 / hantum—去杀 / vajram—霹雳 / vajra-dharaḥ—霹雳的携带者 / ruṣā—满腔怒火

译文　当以“霹雳的携带者”闻名于世的因铎，看到自己的士兵被敌人压制在战场上不得动弹时，不由得怒火万丈，于是挥舞着霹雳砍杀敌人。

第 28 节

स तेनैवाष्टधारेण शिरसी बलपाकयोः ।
ज्ञातीनां पश्यतां राजञ्जहार जनयन् भयम् ॥२८॥

sa tenaivāṣṭa-dhāreṇa
śirasī bala-pākayoḥ
jñātīnāṁ paśyatāṁ rājañ
jahāra janayan bhayam

saḥ－他(因铎) / tena－被那 / eva－事实上 / aṣṭa-dhāreṇa－被霹雳 / śirasī－两个头 / bala-pākayoḥ－名叫巴拉和帕卡的两个恶魔 / jñātīnām paśyatām－在他们的亲人和士兵观看之际 / rājan－君王啊 / jahāra－(因铎)砍下 / janayan－制造 / bhayam－恐惧(在他们中)

译文 帕瑞克西特王啊！因铎用他的霹雳当着巴拉和帕卡的全体亲人及部下的面，砍下了他们两人的头。他就这样在战场上制造出一种十分恐怖的氛围。

第 29 节

नमुचिस्तद्वधं दृष्ट्वा शोकामर्षरुषान्वितः ।
जिघांसुरिन्द्रं नृपते चकार परमोद्यमम् ॥२९॥

namucis tad-vadhaṁ dṛṣṭvā
śokāmarṣa-ruṣānvitaḥ
jighāṁsur indraṁ nṛpate
cakāra paramodyamam

namuciḥ－恶魔纳穆祺 / tat－这两个恶魔的 / vadham－残杀 / dṛṣṭvā－看到后 / śoka-amarṣa－悲伤和难过 / ruṣā-anvitaḥ－因为对此十分愤怒 / jighāṁsuḥ－想要杀 / indram－因铎王 / nṛ-pate－帕瑞克西特王啊 / cakāra－做出 / parama－巨大的 / udyamam－努力

译文　君王啊！当另一个恶魔纳穆祺看到巴拉和帕卡都被杀死时，他满心悲痛，狂暴地用尽全力去杀因铎。

第 30 节

अश्मसारमयं शूलं घण्टावद्धेमभूषणम् ।
प्रगृह्याभ्यद्रवत्क्रुद्धो हतोऽसीति वितर्जयन् ।
प्राहिणोद्देवराजाय निनदन्मृगराडिव ॥३०॥

aśmasāramayaṁ śūlaṁ
ghaṇṭāvad dhema-bhūṣaṇam
pragṛhyābhyadravat kruddho
hato 'sīti vitarjayan
prāhiṇod deva-rājāya
ninadan mṛga-rāḍ iva

aśmasāra-mayam—钢制的 / śūlam——只叉 / ghaṇṭā-vat—系着铃 / hema-bhūṣaṇam—用金饰点缀 / pragṛhya—他手持 / abhyadravat—猛力地冲上去 / kruddhaḥ—心情愤怒地 / hataḥ asi iti—现在你被杀了 / vitarjayan—如……般吼叫 / prāhiṇot—打击 / deva-rājāya—向因铎王 / ninadan—响亮的 / mṛga-rāṭ——头狮子 / iva—如同

译文　发怒的恶魔纳穆祺像狮子般吼叫着，抓起系着很多铃并用金饰点缀的钢叉，大声喊叫着“现在你死定了！”纳穆祺冲到因铎面前，掷出自己的武器要杀他。

第 31 节

तदापतद्गगनतले महाजवं
विचिच्छिदे हरिरिषुभिः सहस्रधा ।
तमाहनन्नृप कुलिशेन कन्धरे
रुषान्वितस्त्रिदशपतिः शिरो हरन् ॥३१॥

tadāpatad gagana-tale mahā-javaṁ
vicicchide harir iṣubhiḥ sahasradhā

tam āhanan nṛpa kuliśena kandhare
rusānvitas tridaśa-patiḥ śiro haran

tadā一那时 / apatat一像一颗流星般坠落 / gagana-tale一天空下或地上 / mahā-javam一极其强大有力 / vicicchide一砍成碎片 / hariḥ一因铎 / iṣubhiḥ一被他的箭 / sahasradhā一分成数千的碎片 / tam一那个纳穆祺 / āhanat一打击 / nṛpa一君王啊 / kuliśena一用他的霹雳 / kandhare一在肩膀上 / ruṣā-anvitaḥ一因为十分愤怒 / tridaśa-patiḥ一半神人的君王因铎 / śiraḥ一头颅 / haran一分开

译文 君王啊！天帝因铎看到这根十分强大的钢叉像燃烧的流星一样坠向地面，立刻射箭将它削成碎片。接着，他满腔怒火地用霹雳挥向纳穆祺的肩膀，要砍下纳穆祺的头。

第 32 节

न तस्य हि त्वचमपि वज्र ऊर्जितो
बिभेद यः सुरपतिनौजसेरितः ।
तदद्भुतं परमतिवीर्यवृत्रभित्
तिरस्कृतो नमुचिशिरोधरत्वचा ॥३२॥

na tasya hi tvacam api vajra ūrjito
bibheda yaḥ sura-patinaujaseritaḥ
tad adbhutaṁ param atibīrya-vṛtra-bhit
tiraskṛto namuci-śirodhara-tvacā

na一不 / tasya一他(纳穆祺)的 / hi一事实上 / tvacam api一甚至皮肤 / vajraḥ一霹雳 / ūrjitaḥ一十分强大 / bibheda一能刺穿 / yaḥ一……的武器 / sura-patinā一被半神人的君王 / ojasā一十分强有力地 / īritaḥ一被释放 / tat一因此 / adbhutam param一它非凡神奇 / ativīrya-vṛtra-bhit一强大到甚至能将维陀魔的身体刺穿 / tiraskṛtaḥ一(从今往后)遭到抵制的 / namuci-śirodhara-tvacā一被纳穆祺颈部的皮肤

译文　尽管因铎王猛力将霹雳投掷出去，但那霹雳却甚至无法刺穿纳穆祺的皮肤。十分神奇的是，那根著名的霹雳刺穿了维陀魔的身体，但却甚至丝毫无法伤及纳穆祺颈部的皮肤。

第 33 节

तस्मादिन्द्रोऽबिभेच्छत्रोर्वज्रः प्रतिहतो यतः ।
किमिदं दैवयोगेन भूतं लोकविमोहनम् ॥३३॥

tasmād indro 'bibhec chatror
vajraḥ pratihato yataḥ
kim idaṁ daiva-yogena
bhūtaṁ loka-vimohanam

tasmāt—因此 / indraḥ—天帝 / abibhet—因为十分害怕 / śatroḥ—从敌人(纳穆祺) / vajraḥ—霹雳 / pratihataḥ—无法打伤，于是返回 / yataḥ—因为 / kim idam—这是怎么回事 / daiva-yogena—由于某种更高的力量 / bhūtam—它发生了 / loka-vimohanam—对大众来说很神奇

译文　因铎看到霹雳从敌人那里转回时不禁十分害怕，开始纳闷发生的这一切是否有什么更高的神奇力量在起作用。

要旨　因铎的霹雳战无不胜、所向披靡。正因为如此，因铎看到它竟然在没能伤到纳穆祺的情况下返回时，不禁感到十分害怕。

第 34 节

येन मे पूर्वमद्रीणां पक्षच्छेदः प्रजात्यये ।
कृतो निविशतां भारैः पतत्त्रैः पततां भुवि ॥३४॥

yena me pūrvam adrīṇāṁ
pakṣa-cchedaḥ prajātyaye
kṛto niviśatāṁ bhāraiḥ
patattraiḥ patatāṁ bhuvi

yena－被同一个霹雳／me－被我／pūrvam－以前／adrīṇām－山的／pakṣa-cchedaḥ－砍掉翅膀／prajā-atyaye－当杀死人们的事情发生时／kṛtaḥ－被完成／niviśatām－那些进入……的山的／bhāraiḥ－因为十分沉重／patattraiḥ－靠翅膀／patatām－落下／bhuvi－地上

译文 因铎心想：从前，当有许多展开翅膀飞在天空的高山会落在地上砸死人时，我曾用这同一把霹雳砍下它们的翅膀。

第35节

तपःसारमयं त्वाष्ट्रं वृत्रो येन विपाटितः ।
अन्ये चापि बलोपेताः सर्वास्त्रैरक्षतत्वचः ॥३५॥

tapaḥ-sāramayaṁ tvāṣṭraṁ
vṛtro yena vipāṭitaḥ
anye cāpi balopetāḥ
sarvāstrair akṣata-tvacaḥ

tapaḥ－苦修／sāra-mayam－十分强大有力／tvāṣṭram－由特瓦施塔从事／vṛtraḥ－维陀魔／yena－被……的／vipāṭitaḥ－被杀死／anye－其他人／ca－也／api－事实上／bala-upetāḥ－强大有力的人／sarva－所有种类的／astraiḥ－被武器／akṣata－不被伤到／tvacaḥ－他们的皮肤

译文 尽管维陀魔是特瓦施塔苦行的具体的人格体现，但霹雳还是杀死了他。事实上，不仅是他，还有许多皮肤不会被任何武器所伤的健壮英雄，也都被这同一根霹雳杀死了。

第36节

सोऽयं प्रतिहतो वज्रो मया मुक्तोऽसुरेऽल्पके ।
नाहं तदाददे दण्डं ब्रह्मतेजोऽप्यकारणम् ॥३६॥

so 'yaṁ pratihato vajro
mayā mukto 'sure 'lpake
nāhaṁ tad ādade daṇḍaṁ
brahma-tejo 'py akāraṇam

saḥ ayam—因此这霹雳 / pratihataḥ—抵制 / vajraḥ—霹雳 / mayā—由我 / muktaḥ—释放 / asure—向那恶魔 / alpake—不是很重要的 / na—不 / aham—我 / tat—那 / ādade—抓住 / daṇḍam—它现在就像一根棍子 / brahma-tejaḥ—如布茹阿玛斯陀一样强大 / api—虽然 / akāraṇam—现在它毫无用处

译文　然而现在，尽管我挥出这霹雳去打击一个不怎么重要的恶魔，可它却不起作用。所以，它虽然如布茹阿玛斯陀一样，但现在却像根普通棍棒般毫无用处。为此，我不该再拿着它了。

第 37 节

इति शक्रं विषीदन्तमाह वागशरीरिणी ।
नायं शुष्कैरथो नार्द्रैर्वधमर्हति दानवः ॥३७॥

iti śakraṁ viṣīdantam
āha vāg aśarīriṇī
nāyaṁ śuṣkair atho nārdrair
vadham arhati dānavaḥ

iti—就这样 / śakram—对因铎 / viṣīdantam—难过 / āha—说话 / vāk—一个声音 / aśarīriṇī—没有任何身体或从天空 / na—不 / ayam—这 / śuṣkaiḥ—被任何干的东西 / atho—也 / na—不 / ārdraiḥ—被任何湿的东西 / vadham—消灭 / arhati—是适合的 / dānavaḥ—这恶魔(纳穆祺)

译文　舒卡戴瓦·哥斯瓦米继续道：就在因铎这样难过、悲叹之际，空中传来一个声音说，“任何干的或湿的东西都消灭不了这个纳穆祺魔。”

第 38 节

मयास्मै यद्वरो दत्तो मृत्युर्नैवार्द्रशुष्कयोः ।
अतोऽन्यश्चिन्तनीयस्ते उपायो मघवन् रिपोः ॥३८॥

mayāsmai yad varo datto
mṛtyur naivārdra-śuṣkayoḥ
ato 'nyaś cintanīyas te
upāyo maghavan ripoḥ

mayā－被我 / asmai－向他 / yat－因为 / varaḥ－一个祝福 / dattaḥ－被给予 / mṛtyuḥ－死亡 / na－不 / eva－事实上 / ārdra－被潮湿 / śuṣkayoḥ－或者被干燥的工具 / ataḥ－因此 / anyaḥ－别的方法 / cintanīyaḥ－必须想出 / te－被你 / upāyaḥ－方法 / maghavan－因铎啊 / ripoḥ－你的敌人的

译文 那声音还说："因铎啊！由于我给了这恶魔他永不会被任何干或湿的武器所杀死的祝福，你得想其他方法杀死他了。"

第 39 节

तां दैवीं गिरमाकर्ण्य मघवान् सुसमाहितः ।
ध्यायन् फेनमथापश्यदुपायमुभयात्मकम् ॥३९॥

tāṁ daivīṁ giram ākarṇya
maghavān susamāhitaḥ
dhyāyan phenam athāpaśyad
upāyam ubhayātmakam

tām－那 / daivīm－预告的 / giram－声音 / ākarṇya－听到后 / maghavān－主因铎 / su-samāhitaḥ－变得十分谨慎 / dhyāyan－苦思冥想 / phenam－泡沫的出现 / atha－那之后 / apaśyat－他看到 / upāyam－方法 / ubhaya-ātmakam－同时是干的也是湿的

译文　因铎听到那给予启示的声音后，立刻全神贯注地冥思苦想该如何杀死那恶魔。他接着想到用泡沫，因为泡沫既不是湿的也不是干的。

第 40 节

न शुष्केण न चार्द्रेण जहार नमुचेः शिरः ।
तं तुष्टुवुर्मुनिगणा माल्यैश्चावाकिरन् विभुम् ॥४०॥

na śuṣkeṇa na cārdreṇa
jahāra namuceḥ śiraḥ
taṁ tuṣṭuvur muni-gaṇā
mālyaiś cāvākiran vibhum

na—两者都不 / śuṣkeṇa—被干的工具 / na—也不 / ca—也 / ārdreṇa—被湿的武器 / jahāra—他分开 / namuceḥ—纳穆祺的 / śiraḥ—头颅 / tam—他(因铎) / tuṣṭuvuḥ—满意 / muni-gaṇāḥ—所有的圣人 / mālyaiḥ—用鲜花花环 / ca—也 / avākiran—覆盖 / vibhum—那伟大的人物

译文　天帝因铎用一个既不干也不湿的泡沫武器割下纳穆祺的头。那之后，全体圣人通过向因铎这位崇高的人物抛撒鲜花并给他戴花环的方式让他感到满意，鲜花几乎覆盖了他。

要旨　就有关这一点，韦达文献(śruti-mantras)中说：因铎用既不干也不湿的泡沫杀死了纳穆祺。

第 41 节

गन्धर्वमुख्यौ जगतुर्विश्वावसुपरावसू ।
देवदुन्दुभयो नेदुर्नर्तक्यो ननृतुर्मुदा ॥४१॥

gandharva-mukhyau jagatur
viśvāvasu-parāvasū
deva-dundubhayo nedur
nartakyo nanṛtur mudā

gandharva-mukhyau－两位首要的歌仙 / jagatuḥ－开始唱起动听的歌 / viśvāvasu－名叫维施瓦瓦苏 / parāvasū－名叫帕茹阿瓦苏 / deva-dundubhayaḥ－由半神人们敲鼓 / neduḥ－使他们的声音 / nartakyaḥ－被称为阿普萨茹阿的舞女 / nanṛtuḥ－开始跳舞 / mudā－欢天喜地地

译文 两位首要的歌仙维施瓦瓦苏和帕茹阿瓦苏，怀着巨大的喜悦心情放声歌唱。半神人们敲响铙钹，天堂社交女郎欢快地翩翩起舞。

第 42 节

अन्येऽप्येवं प्रतिद्वन्द्वान् वाय्वग्निवरुणादयः ।
सूदयामासुरसुरान्मृगान् केसरिणो यथा ॥४२॥

anye 'py evaṁ pratidvandvān
vāyv-agni-varuṇādayaḥ
sūdayām āsur asurān
mṛgān kesariṇo yathā

anye－其他人 / api－也 / evam－就这样 / pratidvandvān－好战的敌方 / vāyu－名叫瓦尤的半神人 / agni－名叫阿格尼的半神人 / varuṇa-ādayaḥ－名叫瓦茹纳的半神人和其他人 / sūdayām āsuḥ－开始积极地杀 / asurān－所有的恶魔 / mṛgān－鹿 / kesariṇaḥ－狮子 / yathā－如同

译文 风神瓦尤、火神阿格尼、水神瓦茹纳和其他半神人，开始去杀围堵他们的恶魔，就像狮子在森林中捕杀鹿一样。

第 43 节

ब्रह्मणा प्रेषितो देवान्देवर्षिर्नारदो नृप ।
वारयामास विबुधान्दृष्ट्वा दानवसङ्क्षयम् ॥४३॥

brahmaṇā preṣito devān
devarṣir nārado nṛpa
vārayām āsa vibudhān
dṛṣṭvā dānava-saṅkṣayam

brahmaṇā—被主布茹阿玛 / preṣitaḥ—派遣 / devān—向半神人们 / deva-ṛṣiḥ—天堂星球的大圣人 / nāradaḥ—纳茹阿达·牟尼 / nṛpa—君王啊 / vārayām āsa—禁止 / vibudhān—全体半神人 / dṛṣṭvā—看到后 / dānava-saṅkṣayam—恶魔的全军覆没

译文　君王啊！当主布茹阿玛看到恶魔即将全军覆没的危险时，便派纳茹阿达到半神人面前去给他们捎信，让他们停止战斗。

第 44 节

श्रीनारद उवाच
भवद्भिरमृतं प्राप्तं नारायणभुजाश्रयैः ।
श्रिया समेधिताः सर्व उपारमत विग्रहात् ॥४४॥

śrī-nārada uvāca
bhavadbhir amṛtaṁ prāptaṁ
nārāyaṇa-bhujāśrayaiḥ
śriyā samedhitāḥ sarva
upāramata vigrahāt

śrī-nāradaḥ uvāca—纳茹阿达·牟尼向半神人们祈祷 / bhavadbhiḥ—被你们全体 / amṛtam—甘露 / prāptam—获得了 / nārāyaṇa—至尊人格首神的 / bhuja-āśrayaiḥ—被……的手臂保护 / śriyā—被所有的幸运 / samedhitāḥ—兴旺 / sarve—你们全体 / upāramata—现在停止 / vigrahāt—从这场战斗

译文　伟大的圣人纳茹阿达说：你们全体半神人受到至尊人格首神纳茹阿亚纳的臂膀的保护；凭祂的恩典，你们得到了甘露。凭幸运女神的恩赐，你们在所有的方面都很光荣。因此，请停止这场战斗。

第 45 节

श्रीशुक उवाच
संयम्य मन्युसंरम्भं मानयन्तो मुनेर्वचः ।
उपगीयमानानुचरैर्ययुः सर्वे त्रिविष्टपम् ॥४५॥

śrī-śuka uvāca
saṁyamya manyu-saṁrambhaṁ
mānayanto muner vacaḥ
upagīyamānānucarair
yayuḥ sarve triviṣṭapam

śrī-śukaḥ uvāca—圣舒卡戴瓦·哥斯瓦米说 / saṁyamya—控制着 / manyu—愤怒的 / saṁrambham—加剧 / mānayantaḥ—接受 / muneḥ vacaḥ—纳茹阿达·牟尼的话语 / upagīyamāna—被赞美 / anucaraiḥ—被他们的随从 / yayuḥ—返回 / sarve—全体半神人 / triviṣṭapam—到天堂星球

译文 圣舒卡戴瓦·哥斯瓦米说：半神人听纳茹阿达的话，放弃他们的愤怒，停止作战。他们由他们的属下赞美着返回他们的天堂星球。

第 46 节

येऽवशिष्टा रणे तस्मिन्नारदानुमतेन ते ।
बलिं विपन्नमादाय अस्तं गिरिमुपागमन् ॥४६॥

ye 'vaśiṣṭā raṇe tasmin
nāradānumatena te
baliṁ vipannam ādāya
astaṁ girim upāgaman

ye－一些……的恶魔 / avaśiṣṭāḥ－存活下来的 / raṇe－在战斗中 / tasmin－在那……中 / nārada-anumatena－被纳茹阿达的命令 / te－他们全体 / balim－巴利王 / vipannam－在逆境中 / ādāya－带着 / astam－名叫阿斯塔 / girim－到山丘 / upāgaman－去

译文　战场上剩下的恶魔们按照纳茹阿达·牟尼的命令，将生命垂危的巴利王带往阿斯塔山丘。

第 47 节

तत्राविनष्टावयवान् विद्यमानशिरोधरान् ।
उशना जीवयामास सञ्जीवन्या स्वविद्यया ॥४७॥

tatrāvinaṣṭāvayavān
vidyamāna-śirodharān
uśanā jīvayām āsa
sañjīvanyā sva-vidyayā

tatra－在那山丘上 / avinaṣṭa-avayavān－被杀死但身体的各个部分完好的恶魔 / vidyamāna-śirodharān－头还在他们身体上的那些人 / uśanāḥ－舒夸查尔亚 / jīvayām āsa－使苏醒 / sañjīvanyā－用桑吉瓦尼赞歌 / sva-vidyayā－用他自己的成就

译文　在那山丘中，舒夸查尔亚通过吟诵他那名叫桑吉瓦尼的曼陀，使所有没有失去头、躯干和四肢的恶魔士兵死而复活。

第 48 节

बलिश्चोशनसा स्पृष्टः प्रत्यापन्नेन्द्रियस्मृतिः ।
पराजितोऽपि नाखिद्यल्लोकतत्त्वविचक्षणः ॥४८॥

baliś cośanasā spṛṣṭaḥ
pratyāpannendriya-smṛtiḥ

parājito 'pi nākhidyal
loka-tattva-vicakṣaṇaḥ

baliḥ—巴利王 / ca—也 / uśanasā—被舒夸查尔亚 / spṛṣṭaḥ—被触碰 / pratyāpanna—使恢复 / indriya-smṛtiḥ—感官和记忆的能力 / parājitaḥ—他被打败 / api—虽然 / na akhidyat—他不悲伤 / loka-tattva-vicakṣaṇaḥ—因为他十分熟悉宇宙事务

译文 巴利王很精通宇宙事务。当他靠舒夸查尔亚的恩惠恢复知觉和记忆时，他能明白所发生的一切。因此，他虽然被打败，但并没有感到悲伤。

要旨 这节诗文中说巴利王很有经验，这很重要。巴利王虽然被打败，但却丝毫不感到难过，因为他知道：所有的事情都得经过至尊人格首神的批准才会发生。既然他是奉献者，他就毫不悲伤地接受自己被打败的事实。正如《博伽梵歌》第2章的第47节诗记载，至尊人格首神说明：你有权履行你的规定职责，但无权享受活动的结果(karmaṇy evādhikāras te mā phaleṣu kadācana)。奎师那意识运动中的每一个人，都该在不关心成败的情况下认真履行自己的职责。我们必须按照奎师那或祂的代表——灵性导师的命令，履行自己的职责。始终信守奎师那的命令和意愿，是一流的奉爱服务(ānukūlyena kṛṣṇānuśīlanaṁ bhaktir uttamā)。

到此为止，结束了巴克提韦丹塔对《圣典博伽瓦谭》第8篇第11章——“因铎王击溃恶魔”所作的阐释。

第十二章

至尊主的摩黑妮形象使主希瓦迷惑

这一章描述主希瓦(Śiva)在看到至尊人格首神化身的摩黑妮形象(Mohinī-mūrti)时如何被迷惑，又如何清醒过来的。主希瓦听到有关至尊人格首神哈尔依(Hari)以一个有魅力的女人形象从事的娱乐活动后，立刻骑上他的公牛去看至尊主。他在妻子乌玛(Umā)及仆人和鬼魂(bhūta-gaṇa)的陪伴下，接近至尊主的莲花足。主希瓦首先向作为无所不在的至尊主、宇宙形象、创造的至尊控制者、超灵、众生的休息地及一切原因之完全独立的起因的至尊人格首神致以敬礼。他首先献上对至尊主进行真实描述的祈祷，随后表达了自己的愿望。至尊人格首神对祂的奉献者十分仁慈。因此，为满足祂的奉献者主希瓦的愿望，祂扩展自己的能量，展现了祂本人绝美且魅力无限的女人形象。看到这一形象，就连主希瓦都受到诱惑。后来，凭借至尊主的恩典，他才控制住自己。这证明，透过至尊主的外在能量的力量，众生都被这个物质世界里的女人形象所诱惑。然而，凭借至尊人格首神的恩典，人可以战胜错觉能量玛亚(māyā)的影响。这一点由至尊主最卓越的奉献者主希瓦表现出来。他首先受到诱惑，但后来靠至尊主的恩典克制住自己。这事件说明，只有纯粹的奉献者才能在玛亚吸引人的特征面前控制住自己。否则，被玛亚的特征束缚住的生物是无法战胜它的。主希瓦得到至尊主的恩惠后，与自己的妻子芭娃妮(Bhavānī)及鬼魂同伴绕拜至尊主，随即离起程回自己的住所。舒卡戴瓦·哥斯瓦米(Śukadeva Gosvāmī)以描述至尊人格首神乌塔玛施珞卡(Śukadeva Gosvāmī)的超然品质，并宣布人可以靠从事以聆听和吟唱为开始的九种奉爱服务赞美至尊主，作为这一章的结束。

第1—2节

श्रीबादरायणिरुवाच
वृषध्वजो निशम्येदं योषिद्रूपेण दानवान् ।
मोहयित्वा सुरगणान् हरिः सोमममपाययत् ॥१॥

वृषमारुह्य गिरिशः सर्वभूतगणैर्वृतः ।
सह देव्या ययौ द्रष्टुं यत्रास्ते मधुसूदनः ॥२॥

śrī-bādarāyaṇir uvāca
vṛṣa-dhvajo niśamyedaṁ
yoṣid-rūpeṇa dānavān
mohayitvā sura-gaṇān
hariḥ somam apāyayat

vṛṣam āruhya giriśaḥ
sarva-bhūta-gaṇair vṛtaḥ
saha devyā yayau draṣṭuṁ
yatrāste madhusūdanaḥ

śrī-bādarāyaṇiḥ uvāca—圣舒卡戴瓦·哥斯瓦米说 / vṛṣa-dhvajaḥ—骑着一头公牛的主希瓦 / niśamya—听到 / idam—这(消息) / yoṣit-rūpeṇa—通过一个女人的形象 / dānavān—恶魔们 / mohayitvā—迷人的 / sura-gaṇān—向半神人们 / hariḥ—至尊人格首神 / somam—甘露 / apāyayat—使喝 / vṛṣam—公牛 / āruhya—骑上 / giriśaḥ—主希瓦 / sarva—所有的 / bhūta-gaṇaiḥ—由鬼魂们 / vṛtaḥ—簇拥 / saha devyā—与乌玛一起 / yayau—去 / draṣṭum—看 / yatra—那里 / āste—所在的 / madhusūdanaḥ—主维施努

译文 舒卡戴瓦·哥斯瓦米说：至尊人格首神哈尔依化身为女人的形象使恶魔着迷，让半神人们能喝到甘露。听到这些娱乐活动，主希瓦骑着一头公牛前往主玛杜苏丹的住处。他由妻子乌玛陪伴，由鬼魂同伴簇拥着，到那里去看至尊主展示的女人形象。

第 3 节

सभाजितो भगवता सादरं सोमया भवः ।
सूपविष्ट उवाचेदं प्रतिपूज्य स्मयन् हरिम् ॥ ३ ॥

sabhājito bhagavatā
sādaraṁ somayā bhavaḥ
sūpaviṣṭa uvācedaṁ
pratipūjya smayan harim

sabhājitaḥ—很好地接待 / bhagavatā—由至尊人格首神维施努 / sa-ādaram—以极大的尊敬(符合主希瓦的身份) / sa-umayā—与乌玛一起 / bhavaḥ—主希瓦(主商布) / su-upaviṣṭaḥ—舒适地处于 / uvāca—说 / idam—这 / pratipūjya—致以敬意 / smayan—微笑着 / harim—对至尊主

译文 至尊人格首神十分尊敬地迎接了主希瓦和乌玛，主希瓦舒适地坐好后，以恰当的方式向至尊主致敬，并微笑着说了如下一番话。

第 4 节

श्रीमहादेव उवाच
देवदेव जगद्व्यापिञ्जगदीश जगन्मय ।
सर्वेषामपि भावानां त्वमात्मा हेतुरीश्वरः ॥ ४ ॥

śrī-mahādeva uvāca
deva-deva jagad-vyāpiñ
jagad-īśa jagan-maya
sarveṣām api bhāvānāṁ
tvam ātmā hetur īśvaraḥ

śrī-mahādevaḥ uvāca—主希瓦(玛哈戴瓦) / deva-deva—半神人中最杰出的半神人啊 / jagat-vyāpin—无处不在的至尊主啊 / jagat-īśa—宇宙的主人啊 / jagat-maya—凭您的能量转入这创造的至尊主啊 /

sarveṣām api－所有种类的 / bhāvānām－处境 / tvam－您 / ātmā－行动力 / hetuḥ－因为这 / īśvaraḥ－至尊主帕茹阿梅施瓦尔

译文 主玛哈戴瓦说：啊，半神人中首要的半神人！啊，无所不在的至尊主，宇宙的主人！您凭着自己的能量转入这个创造。您是一切的根源和有效原因。您不是物质的。事实上，您是超灵——一切至高无上的生命力。因此，您是全体控制者的最高控制者。

要旨 至尊人格首神维施努(Viṣṇu)作为善良属性的控制者(sattva-guṇa-avatāra)住在物质世界内。主希瓦是愚昧属性的控制者(tamo-guṇa-avatāra)，主布茹阿玛(Brahmā)是激情属性的控制者(rajo-guṇa-avatāra)；主维施努虽然与他们在一起，但范畴却不同。主维施努是全体半神人的领袖(deva-deva)。由于主希瓦在这个物质世界里，而物质世界是至尊主维施努的能量，所以主维施努包含了主希瓦。为此，主维施努被说成是“无所不在的至尊主(jagad-vyāpī)”。主希瓦有时被称为玛黑施瓦尔(Maheśvara)，所以人们就认为主希瓦是一切。但这节诗记载，主希瓦称主维施努是“宇宙之主(Jagad-īśa)”。主希瓦有时被称为“宇宙之主(visvesvara)，但他在此称主维施努是“凭您的能量转入这创造的至尊主(Jagan-maya)”，以表明就连宇宙中的各个神明(viśveśvara)都受主维施努的控制。正如《博伽梵歌》中说明：主维施努是灵性世界的主人，但也控制着物质世界(mayādhyakṣeṇa prakṛtiḥ sūyate sacarācaram)。主布茹阿玛和主希瓦有时也被称为控制者(īśvara)，但至尊控制者是主维施努——主奎师那。《布茹阿玛·萨密塔》(Brahma-saṁhitā)中说：主维施努——主奎师那，是至尊主(īśvaraḥ paramaḥ kṛṣṇaḥ)。存在中的一切都因为主维施努的缘故而正常运作。就连微小的原子(paramāṇu)都因为有主维施努存在其中而运作(aṇḍāntara-stha-paramā-ṇu-cayāntara-stham)。

第 5 节

आद्यन्तावस्य यन्मध्यमिदमन्यदहं बहिः ।
यतोऽव्ययस्य नैतानि तत्सत्यं ब्रह्म चिद्भवान् ॥ ५ ॥

ādy-antāv asya yan madhyam
idam anyad ahaṁ bahiḥ
yato 'vyayasya naitāni
tat satyaṁ brahma cid bhavān

ādi－开端 / antau－和结束 / asya－这个展示了的宇宙的或物质的一切或可见的 / yat－那……的 / madhyam－在开始和结束之间、维系 / idam－这宇宙展示 / anyat－除了您之外的任何事物 / aham－错误的概念 / bahiḥ－您的外在 / yataḥ－由于 / avyayasya－无穷无尽的 / na－不 / etāni－所有这些差别 / tat－那 / satyam－绝对真理 / brahma－至尊者 / cit－灵性的 / bhavān－您圣上

译文　展示、不展示、错误的自我意识，以及这个宇宙展示的开始、维系和毁灭，都来自您——至尊人格首神。但由于您是绝对真理、至高的纯粹灵魂、至尊梵，您本身没有出生、死亡和维持等类似的变化。

要旨　韦达赞歌(Vedic mantra)中说：万物都由至尊人格首神发散出(yato vā imāni bhūtāni jāyante)。正如《博伽梵歌》第7章的第4节诗记载，至尊主本人说：

bhūmir āpo 'nalo vāyuḥ
khaṁ mano buddhir eva ca
ahaṅkāra itīyaṁ me
bhinnā prakṛtir aṣṭadhā

“土、水、火、气、空间、心念、智力和假我这八种元素，组成我分离出的物质能量。”换句话说，宇宙展示的原材料也是由至尊人格首神的能量构成。然而，这并不意味着由于原材料来

自祂，祂就不再完整了。《至尊奥义书》中说："祂是完整的整体，即使祂发散出那么多完整的单元，本身仍保持完整的平衡状态(pūrṇasya pūrṇam ādāya pūrṇam evāvaśiṣyate)。"为此，至尊主被称为是"无穷无尽的(avyaya)"。我们除非接受绝对真理"同时既是一体又有区别(acintya-bhedābheda)"的事实，否则无法对绝对真理有一个清晰的概念。至尊主是一切的根源。祂是全体半神人的最初起因(aham ādir hi devānām)；一切都来自祂(ahaṁ sarvasya prabhavaḥ)。我们在这个宇宙展示中所能构想出的一切，无论是主观存在、客观存在、确定的还是否定的，等等，其实都是至尊主。对祂来说，根本不存在"这是我的，那属于其他人"的区别，因为祂就是一切。正因为如此，祂被称为"不变且无穷无尽的(avyaya)"。至尊主不变且无穷无尽，所以是绝对真理、完全灵性的至尊梵(brahman)。

第6节

तवैव चरणाम्भोजं श्रेयस्कामा निराशिषः ।
विसृज्योभयतः सङ्गं मुनयः समुपासते ॥ ६ ॥

tavaiva caraṇāmbhojaṁ
śreyas-kāmā nirāśiṣaḥ
visṛjyobhayataḥ saṅgaṁ
munayaḥ samupāsate

tava－您的 / eva－事实上 / caraṇa-ambhojam－莲花足 / śreyaḥ-kāmāḥ－想要获得最高的快乐——达到生命最高目标的人 / nirāśiṣaḥ－没有物质欲望 / visṛjya－放弃 / ubhayataḥ－在这一生和下一世 / saṅgam－依恋 / munayaḥ－伟大的圣人们 / samupāsate－崇拜

译文 纯粹奉献者，或是想要达到人生最高目标、没有丝毫感官享乐的物质欲念的大圣人们，一直不断地致力于为您的莲花足做超然的服务。

要旨　人一旦认为“我是这个身体，与我的身体有关的一切都是我”，他就在物质世界中了。人依恋他的躯体、家庭、地产、孩子、亲戚和钱财，就这样增强他对生命的错误概念，以“我和我的”为基础思考问题(ato gṛha-kṣetra-sutāpta-vittair janasya moho 'yam ahaṁ mameti)。这是物质生活的表征。持有物质化生命概念的人心想：“这是我的房子，这是我的土地，这是我的家庭，这是我的国家……”但追随纳茹阿达·牟尼(Nārada Muni)的圣洁之人，只想致力于为至尊主做超然的爱心服务，丝毫不存个人要进行感官享乐的动机(anyābhilāṣitā-śūnyaṁ jñāna-karmādy-anāvṛtam)。无论是今生或来世，这种圣洁的奉献者唯一考虑的是，为至尊人格首神做服务。由于他们没有其他愿望，他们也是绝对的。他们免于物质欲望的相对性，所以被称为“想要获得最高的快乐——达到生命最高目标的人(śreyas-kāmāḥ)”。换句话说，他们不考虑笃信宗教(dharma)、发展经济(artha)或感官享乐(kāma)；他们唯一考虑的是解脱(mokṣa)。这解脱不是假象宗(Māyāvādī)哲学家所期望的与至尊者合一的解脱。柴坦亚·玛哈帕布(Caitanya Mahāprabhu)解释，真正的解脱是指托庇于人格首神的莲花足。祂在教导萨尔瓦宝玛·巴塔查尔亚(Sārvabhauma Bhaṭṭācārya)时说明了这一事实。萨尔瓦宝玛·巴塔查尔亚想要修改《圣典博伽瓦谭》中的梵文mukti-pade一词，但柴坦亚·玛哈帕布告诉他，根本没必要修改《圣典博伽瓦谭》中的任何词。祂解释说：mukti-pade一词是指至尊人格首神维施努的莲花足；至尊主赐予解脱，所以被称为穆昆达(Mukunda)。纯粹奉献者对物质事物不感兴趣，不考虑笃信宗教、经济发展或感官享乐。纯粹奉献者只想侍奉至尊主的莲花足。

第 7 节

त्वं ब्रह्म पूर्णममृतं विगुणं विशोक-
मानन्दमात्रमविकारमनन्यदन्यत् ।

विश्वस्य हेतुरुदयस्थितिसंयमाना-
मात्मेश्वरश्च तदपेक्षतयानपेक्षः ॥ ७ ॥

tvaṁ brahma pūrṇam amṛtaṁ viguṇaṁ viśokam
ānanda-mātram avikāram ananyad anyat
viśvasya hetur udaya-sthiti-saṁyamānām
ātmeśvaraś ca tad-apekṣatayānapekṣaḥ

tvam—您圣上 / brahma—遍布一切的绝对真理 / pūrṇam—绝对完整的 / amṛtam—永不被征服 / viguṇam—处于灵性的状态，免于物质自然三种属性 / viśokam—没有悲伤 / ānanda-mātram—总是处在超然的极乐中 / avikāram—不变的 / ananyat—与一切分开 / anyat—但您仍是一切 / viśvasya—宇宙展示的 / hetuḥ—原因 / udaya—开始的 / sthiti—维系 / saṁyamānām—和控制宇宙展示各部门的全体主管的 / ātma-īśvaraḥ—给众生以指导的超灵 / ca—也 / tat-apekṣatayā—所有的人都依赖您 / anapekṣaḥ—总是完全独立

译文 我的至尊主，您是至尊梵，在各方面都是完整的。由于是完全灵性的，您永恒、没有物质自然属性，而且充满了超然的极乐。事实上，您根本没有悲伤的问题。由于您是最高原因、一切原因的起因，没有您，一切都不能存在。但我们在因果关系中与您不同，因为从一个意义上说，原因和结果不同。您是创造、维系和毁灭的根本原因，您将祝福赐予众生。众生都为他们活动的结果而依赖您，但您永远是独立的。

要旨 《博伽梵歌》第9章的第4节诗记载，至尊人格首神说：

mayā tatam idaṁ sarvaṁ
jagad avyakta-mūrtinā
mat-sthāni sarva-bhūtāni
na cāhaṁ teṣv avasthitaḥ

"我以不展示的形象遍布整个宇宙。众生都在我之中，我却不在他们中。"这解释了"既是一体又有区别(acintya-bhedābheda)"的哲学。尽管一切都是至尊梵——人格首神，但至尊人与一切是分开的。事实上，正因为至尊主与物质的一切是分开的，所以祂是至尊梵、至尊原因、至尊控制者(īśvaraḥ paramaḥ kṛṣṇaḥ sac-cid-ānanda-vigrahaḥ)。至尊主是最高的原因，祂的形象与物质自然属性毫无关系。奉献者祈祷说："正如您的奉献者根本没有欲望，您圣上也根本没有欲望。您是完全独立的。尽管众生都在为您服务，但您不依靠任何人的服务。这个物质世界完全是由您创造的，一切都有赖于您的认可。正如《博伽梵歌》中说明，记忆、知识和遗忘都来自您。世上没有什么可以独立运作，但您却独自行动，根本不依靠您的仆人们所做的服务。生物的解脱有赖于您的仁慈，但当您要给予解脱时，您不需要依赖任何人。事实上，您可以出于您没有缘故的仁慈，给任何人以解脱。得到您仁慈的人被称为'靠仁慈达到完美境界的人(kṛpā-siddha)'。尽管生物需要经过生生世世才能达到完美的层面(bahūnāṁ janmanām ante jñānavān māṁ prapadyate)，但凭您的仁慈，生物甚至不需经历艰巨的苦行和苦修就能达到完美。做奉爱服务不该有任何动机和障碍(ahaituky apratihatā yayātmā suprasīdati)。这就是不期望结果的状态(nirāśiṣaḥ)。纯粹奉献者一直不断地为您做超然的爱心服务，但您可以将仁慈赐予任何人，而不依靠他所做的服务。"

第 8 节

एकस्त्वमेव सदसद् द्वयमद्वयं च
स्वर्णं कृताकृतमिवेह न वस्तुभेदः ।
अज्ञानतस्त्वयि जनैर्विहितो विकल्पो
यस्माद्गुणव्यतिकरो निरुपाधिकस्य ॥ ८ ॥

ekas tvam eva sad asad dvayam advayaṁ ca
svarṇaṁ kṛtākṛtam iveha na vastu-bhedaḥ
ajñānatas tvayi janair vihito vikalpo
yasmād guṇa-vyatikaro nirupādhikasya

ekaḥ—唯一的一位 / tvam—您圣上 / eva—事实上 / sat—作为结果存在的 / asat—作为原因不存在的 / dvayam—两者 / advayam—没有相对性 / ca—和 / svarṇam—金制的 / kṛta—制作成不同的形状 / ākṛtam—金子的源头(金矿) / iva—如同 / iha—在这世界里 / na—不 / vastu-bhedaḥ—本质上的不同 / ajñānataḥ—仅仅因为愚昧 / tvayi—对您 / janaiḥ—被一般大众 / vihitaḥ—应该完成 / vikalpaḥ—区别 / yasmāt—由于 / guṇa-vyatikaraḥ—免于物质自然属性制造出的区别 / nirupādhikasya—没有任何的物质称号

译文 我亲爱的至尊主，您圣上本身就是原因和结果。因此，您虽然看起来是两者，但却绝对是一体。正如金制装饰品的金子与金矿中的金子没有区别，原因和结果也没有区别，两者是一样的。仅仅是因为无知，人们才杜撰出区别和相对性。您不受物质污染，因为整个宇宙展示由您引起，没有您就无法存在；它是您超然品质的一个结果。为此，“梵是真实而世界是幻象”的概念是错误的。

要旨 圣维施瓦纳特·查夸瓦尔提·塔库尔(Viśvanātha Cakravartī Ṭhākura)说：生物是至尊人格首神边缘力量的展示，而生物所接受的各种躯体都是物质能量的产物。因此，躯体被认为是物质的，而灵魂是灵性的。然而，两者都来源于至尊人格首神。正如《博伽梵歌》第7章的第4—5节诗记载，至尊主解释说：

bhūmir āpo 'nalo vāyuḥ
khaṁ mano buddhir eva ca
ahaṅkāra itīyaṁ me
bhinnā prakṛtir aṣṭadhā

apareyam itas tv anyāṁ
prakṛtiṁ viddhi me parām
jīva-bhūtāṁ mahā-bāho
yayedaṁ dhāryate jagat

“土、水、火、气、空间、心念、智力和假我这八种元素，组成我分离出的物质能量。臂力强大的阿尔诸纳啊！除此之外，我还有一种高等能量，由剥削低等能量(这个物质自然)的生物组成。”因此，物质和生物都是至尊主展现的能量。能量和发出能量者没有区别，而物质能量和边缘能量，都是发出这些能量的至尊者所拥有的能量，所以至尊主——至尊人格首神最终是一切。就有关这一点，可以用没被铸造的金子和被铸造成各种首饰的金子作为例子。金耳环和金矿中的金子的唯一区别就在于，一个是原因，一个是结果，否则都一样。《韦丹塔经》(Vedānta-sūtra)中说，梵是一切的原因(janmādy asya yataḥ)。一切都来源于至尊梵，都是由祂发散出的不同能量。所以，我们不该认为这些能量是假的。仅仅因为愚昧、无知，假象宗人士才会认为梵与错觉能量玛亚有区别。

圣维尔茹阿嘎瓦·阿查尔亚(Vīrarāghava Ācārya)在他的《博伽瓦谭月亮的小月亮》(Bhāgavata-candra-candrikā)中这样论述外士纳瓦(Vaiṣṇava)哲学说：宇宙展示被描述为是永恒(sat)和短暂(asat)，意识(cit)和无意识(acit)；物质是无知的，而生命力有知识，但他们都来源于至尊人格首神，在祂之中没有物质和灵性的区别。按照这个概念，由物质和灵性构成的宇宙展示与至尊人格首神没有区别。“这个宇宙展示也是至尊人格首神，尽管它看似有别于祂(idaṁ hi viśvaṁ bhagavān ivetaraḥ)。”《博伽梵歌》第9章的第4节诗记载，至尊主说：

mayā tatam idaṁ sarvaṁ
jagad avyakta-mūrtinā

mat-sthāni sarva-bhūtāni
　na cāhaṁ teṣv avasthitaḥ

“我以不展示的形象遍布整个宇宙。众生都在我之中，我却不在他们中。”因此，尽管有人也许会说至尊人不同于宇宙展示，但事实并非如此。至尊主说：“我以非人格特征遍布整个世界(mayā tatam idaṁ sarvam)。”所以，这个世界与祂没有区别。唯一的不同只是名字的不同。例如，我们说金耳环、金手镯或金项链，但最终都是金子。同样，物质与灵魂的各种展示最终在至尊人格首神中都一样(ekam evādvitīyaṁ brahma)。这是韦达经典的定论(《昌窦给亚奥义书》6.2.1)。一切都由至尊梵发出，因此具有同一性。对此，我们已经举过金制耳环和金矿的例子。然而，外赛西卡(Vaiśeṣika)哲学家因为持有“假象”概念而想象出区别。他们说：“绝对真理是真的，宇宙展示是假的(brahma satyaṁ jagan mithyā)。”但为什么要认为这个宇宙(jagat)是假的呢？宇宙是梵发散出的，所以也是真的。

外士纳瓦不认为宇宙是假的(mithyā)，相反因为一切都与至尊人格首神有关，所以将一切都看做是真实。

anāsaktasya viṣayān
　yathārham upayuñjataḥ
nirbandhaḥ kṛṣṇa-sambandhe
　yuktaṁ vairāgyam ucyate

prāpañcikatayā buddhyā
　hari-sambandhi-vastunaḥ
mumukṣubhiḥ parityāgo
　vairāgyaṁ phalgu kathyate

“应该为侍奉至尊主而接受需要的东西，但不是为个人的感官享乐。人如果接受某事物时并不依恋它，而是因为它与奎师那有关才接受，这种弃绝被称为正确的弃绝(yuktaṁ vairāgyam)。应该接受有利于为至尊主服务的一切，不要将其视为是物质事物而加以拒绝。”(《奉爱服务的纯粹甘露之洋》1.2.255—256)不该将宇宙作为假象而予以排斥。它是真实的，当我们用一切为至尊主服务时，就会认识到这真实性。为个人的感官享乐而接受一朵鲜花，那花就是物质的，但当同样的鲜花被奉献者献给至尊人格首神时，它就是灵性的。为自己准备食物，那食物就是物质的，但为至尊主烹煮食物，那食物就是灵性的帕萨达(prasāda)。这是觉悟的问题。事实上，一切都由至尊人格首神给予，因此一切都是灵性的，但没有正确的高等知识的人却因为物质自然三种属性相互作用的影响而作出区分。就有关这一点，圣吉瓦·哥斯瓦米(Jīva Gosvāmī)说：由于太阳放射的光芒是唯一的光，所以展现为七种颜色的阳光和没有阳光的黑暗，与太阳并没有区别，因为如果没有太阳，就不可能有这种区别存在。也许对不同的情况有各种称呼，但它们都是太阳。为此，《维施努往世书》(Viṣṇu purāṇa)第1篇第22章的第53节诗中说：

eka-deśa-sthitasyāgner
jyotsnā vistāriṇī yathā
parasya brahmaṇaḥ śaktis
tathedam akhilaṁ jagat

“正如在一处的火堆放射出的光芒照亮四周的一切，至尊人格首神(Parabrahman)的能量遍布整个宇宙。”在物质世界里，我们可以直接感知到阳光以不同的形式遍布各处，但太阳最终只有一个。同样，一切都是至尊梵的一个扩展(sarvaṁ khalv idaṁ brahma)。因此，至尊主是一切，是不含区别的一个整体。世上没有任何一样事物是与至尊人格首神分开存在的。

第 9 节

त्वां ब्रह्म केचिदवयन्त्युत धर्ममेके
एके परं सदसतोः पुरुषं परेशम् ।
अन्येऽवयन्ति नवशक्तियुतं परं त्वां
केचिन्महापुरुषमव्ययमात्मतन्त्रम् ॥ ९ ॥

tvāṁ brahma kecid avayanty uta dharmam eke
eke paraṁ sad-asatoḥ puruṣaṁ pareśam
anye 'vayanti nava-śakti-yutaṁ paraṁ tvāṁ
kecin mahā-puruṣam avyayam ātma-tantram

tvām—您 / brahma—最高真理、绝对真理、梵 / kecit—某些人——被称为韦丹塔主义者的一类假象宗人士 / avayanti—认为 / uta—无疑地 / dharmam—宗教 / eke—其他一些人 / eke—其他一些人 / param—超然的 / sat-asatoḥ—对原因和结果两者 / puruṣam—至尊人 / pareśam—至尊控制者 / anye—其他人 / avayanti—描述 / nava-śakti-yutam—天生具有九种能量 / param—超然的 / tvām—向您 / kecit—某些 / mahā-puruṣam—至尊人格首神 / avyayam—不失去能量 / ātma-tantram—最高的独立

译文 被称为持非人格神概念的韦丹塔主义者，将您视为是不具人格特征的梵。另一些被称为密玛么萨派的哲学家，视您为是宗教。数论哲学家认为您是超越物质自然和享受者之上，甚至管辖着半神人的控制者。遵循奉爱服务法典《潘查茹阿陀》的人，认为您天生具有九种不同的能量。帕谭佳里·牟尼的追随者——帕谭佳拉哲学家们，认为您是至尊独立的人格首神，没人与您平等或高于您。

第 10 节

नाहं परायुर्ऋषयो न मरीचिमुख्या
जानन्ति यद्विरचितं खलु सत्त्वसर्गाः ।

यन्मायया मुषितचेतस ईश दैत्य-
मर्त्यादयः किमुत शश्वदभद्रवृत्ताः ॥१०॥

nāhaṁ parāyur ṛṣayo na marīci-mukhyā
jānanti yad-viracitaṁ khalu sattva-sargāḥ
yan-māyayā muṣita-cetasa īśa daitya-
martyādayaḥ kim uta śaśvad-abhadra-vṛttāḥ

na—两者都不 / aham—我 / para-āyuḥ—寿命有千百万年的那个人物(主布茹阿玛) / ṛṣayaḥ—七个星球的七位圣人 / na—也不 / marīci-mukhyāḥ—以玛瑞祺圣人为首 / jānanti—知道 / yat—有……人(至尊主) / viracitam—被创造的这个宇宙 / khalu—事实上 / sattva-sargāḥ—虽然出生在物质善良属性中 / yat-māyayā—被……的能量所影响 / muṣita-cetasaḥ—他们的心被迷惑 / īśa—我的至尊主啊 / daitya—恶魔 / martya-ādayaḥ—人类和其他的 / kim uta—更不要说 / śaśvat—总是 / abhadra-vṛttāḥ—被物质自然低等属性所影响

译文　我的至尊主啊！被视为是最杰出之半神人的我、主布茹阿玛，及以玛瑞祺为首的伟大圣人们，都出生在物质的善良属性中。尽管如此，我们还是被您的错觉能量所迷惑，无法明白这个创造是什么。既然我们都如此，就更不要说其他那些受激情和愚昧等低等属性影响的恶魔和人类了。他们怎么可能了解您呢？

要旨　说实话，就连处在物质的善良属性中的生物体都无法了解至尊人格首神的地位和状态，更不要说处在激情属性(rajo-guṇa)和愚昧属性(tamo-guṇa)这些低等物质属性中的生物体了？我们怎么可能做到甚至想象一下至尊人格首神呢？世上有那么多哲学家试图了解绝对真理，但由于他们处在物质自然的低等属性中，沉溺于喝酒、吃肉、过非法性生活和赌博等那么多的罪恶活动，他们怎么能想象得了至尊人格首神呢？对他们来说，那是不可能的。纳茹阿达·牟尼宣讲的潘查茹阿陀原则(pāñcarātrikī-vidhi)

是现代人的唯一希望。为此，圣茹帕·哥斯瓦米(Rūpa Gosvāmī)引叙《布茹阿玛·亚玛拉》(Brahma-yāmala)中的一节诗说：

śruti-smṛti-purāṇādi-
pañcarātra-vidhiṁ vinā
aikāntikī harer bhaktir
utpātāyaiva kalpate

“在忽视奥义书(Upaniṣads)、往世书(purāṇas)和纳茹阿达·潘查茹阿陀(Nārada-pañcarātra)等权威韦达文献的情况下为至尊主做奉爱服务，只不过是在对社会进行毫无必要的打扰(《奉爱服务的纯粹甘露之洋》1.2.101)。”具有高度进步的知识且受善良属性影响的人，遵守韦达经典和补充文献(śruti和smṛti)及包括潘查茹阿陀原则在内的其他宗教典籍的教导。没有通过这种方式了解至尊人格首神的人，只不过是在制造混乱。这个喀历(Kali)年代中出现了许许多多灵性导师，而由于他们不按照上述经典(śruti-smṛti-purāṇādi-pañcarātrika-vidhi)的教导去做，他们在世人了解绝对真理方面制造了极大的混乱。但是，在真正的灵性导师的指导下遵守潘查茹阿陀原则教导的人，能够了解绝对真理。经典中说：正如《博伽梵歌》由至尊人格首神讲述，潘查茹阿陀原则也是祂讲述的(pañcarātrasya kṛtsnasya vaktā tu bhagavān svayam)；只有托庇于华苏戴瓦莲花足的人才能了解真相(vāsudeva-śaraṇā vidur añjasaiva)。《博伽梵歌》第7章的第19节诗说：

bahūnāṁ janmanām ante
jñānavān māṁ prapadyate
vāsudevaḥ sarvam iti
sa mahātmā sudurlabhaḥ

“经过许许多多次生死后，真正处在知识层面上的人就会皈依我，知道我是一切原因的起因，是一切。这样的灵魂伟大而又罕见。”只有投靠华苏戴瓦莲花足的人才能了解绝对真理。《圣典博伽瓦谭》第1篇第2章的第7节诗说：

vāsudeve bhagavati
bhakti-yogaḥ prayojitaḥ
janayaty āśu vairāgyaṁ
jñānaṁ ca yad ahaitukam

“通过为人格首神圣奎师那做奉爱服务，人立刻不明原因地获得知识，不再依恋这个世界。”因此，据《博伽梵歌》记载，华苏戴瓦——至尊人格首神圣奎师那本人说：

sarva-dharmān parityajya
mām ekaṁ śaraṇaṁ vraja

“抛弃一切种类的宗教，只向我皈依。”(《博伽梵歌》18.66)

bhaktyā mām abhijānāti
yāvān yaś cāsmi tattvataḥ

“只有做奉爱服务，才能如实地了解作为至尊人格首神的我。”(《博伽梵歌》18.55)就连主希瓦或主布茹阿玛都无法准确地了解至尊人格首神，更不要说其他人了；然而，靠练奉爱瑜伽(bhakti-yoga)就能了解祂。《博伽梵歌》第7章的第1节诗说：

mayy āsakta-manāḥ pārtha
yogaṁ yuñjan mad-āśrayaḥ
asaṁśayaṁ samagraṁ māṁ
yathā jñāsyasi tac chṛṇu

“至尊人格首神说，普瑞塔的儿子啊！现在听我讲，你只要全神贯注于我，完全意识到我，就能通过这样练瑜伽彻底了解我，摆脱疑惑。”人如果靠托庇于华苏戴瓦——奎师那练奉爱瑜伽，就可以仅仅靠聆听华苏戴瓦讲述祂自己来了解有关祂的一切。事实上，人可以完全了解祂(samagram)。

第 11 节

स त्वं समीहितमदः स्थितिजन्मनाशं
भूतेहितं च जगतो भवबन्धमोक्षौ ।
वायुर्यथा विशति खं च चराचराख्यं
सर्वं तदात्मकतयावगमोऽवरुन्त्से ॥११॥

sa tvaṁ samīhitam adaḥ sthiti-janma-nāśaṁ
bhūtehitaṁ ca jagato bhava-bandha-mokṣau
vāyur yathā viśati khaṁ ca carācarākhyaṁ
sarvaṁ tad-ātmakatayāvagamo 'varuntse

saḥ—您圣上 / tvam—至尊人格首神 / samīhitam—被(您)创造的 / adaḥ—这个物质宇宙展示的 / sthiti-janma-nāśam—创造、维系和毁灭 / bhūta—生物体的 / īhitam ca—和不同的活动或努力 / jagataḥ—整个世界的 / bhava-bandha-mokṣau—纠缠和摆脱在物质的复杂化中 / vāyuḥ—气 / yathā—正如 / viśati—进入 / kham—在辽阔的天空中 / ca—和 / cara-acara-ākhyam—和动与不动的一切 / sarvam—一切事物 / tat—那 / ātmakatayā—由于您的临在 / avagamaḥ—您了解一切 / avaruntse—您无所不在，因此知道一切

译文 我的至尊主，您是最高知识的具体体现。您知道有关这个创造的一切，了解它的开始、维系和毁灭；您知道众生的一切努力，那些努力要么使他们受制于这个物质世界，要么从中解脱出去。恰似气进入广阔的天空，也进入一切动与不动的生物体体内，您无处不在，因此是一切的知悉者。

要旨 正如《布茹阿玛·萨密塔》中说明：

eko 'py asau racayituṁ jagad-aṇḍa-koṭiṁ
yac-chaktir asti jagad-aṇḍa-cayā yad-antaḥ
aṇḍāntara-stha-paramāṇu-cayāntara-sthaṁ
govindam ādi-puruṣaṁ tam ahaṁ bhajāmi

“我崇拜人格首神哥文达，祂透过祂的完整扩展之一进入每一个宇宙及每一个原子微粒中，以此展示祂遍布整个物质创造的无限力量。”（《布茹阿玛·萨密塔》5.35）

ānanda-cinmaya-rasa-pratibhāvitābhis
tābhir ya eva nija-rūpatayā kalābhiḥ
goloka eva nivasaty akhilātma-bhūto
govindam ādi-puruṣaṁ tam ahaṁ bhajāmi

“我崇拜最初的至尊主哥文达，祂与形象类似于祂的灵性形象且是狂喜能量(hlādinī)具体体现的茹阿妲一起，住在自己的王国哥珞卡(Goloka)。祂们的同伴都是茹阿妲的知己女友，而这些知己女友都是她身体形象的扩展，都充满了永恒极乐的、灵性的爱的情感。”（《布茹阿玛·萨密塔》5.37）

尽管哥文达总是在祂的住所中(goloka eva nivasati)，但同时也无所不在。天下没有祂不知道的事，也没有什么事情可以瞒住祂。这节诗中将至尊主比作气，气既在辽阔的天空中，也在每一个躯体中，但仍然不同于万物。

第 12 节

अवतारा मया दृष्टा रममाणस्य ते गुणैः ।
सोऽहं तद्द्रष्टुमिच्छामि यत्ते योषिद्वपुर्धृतम् ॥१२॥

avatārā mayā dṛṣṭā
ramamāṇasya te guṇaiḥ
so 'haṁ tad draṣṭum icchāmi
yat te yoṣid-vapur dhṛtam

avatārāḥ—化身 / mayā—由我 / dṛṣṭāḥ—被看到 / ramamāṇasya—在您展示您的各种娱乐活动时 / te—您的 / guṇaiḥ—由超然属性的展示 / saḥ—主希瓦 / aham—我 / tat—那化身 / draṣṭum icchāmi—希望看 / yat—……的 / te—您的 / yoṣit-vapuḥ—女人的身体 / dhṛtam—被接受

译文　我的至尊主，我看过您凭自己超然的品质所展示的一切种类的化身，现在您又以一个美丽的年轻女子的形象出现，我想看您圣上的那个形象。

要旨　当主希瓦去找主维施努时，主维施努询问他来访的目的。现在，主希瓦说明他的愿望。他想要看主维施努新近刚展示过的摩黑妮形象(Mohinī-mūrti)，主维施努曾透过这个化身分发搅拌牛奶之洋产出的甘露。

第 13 节

येन सम्मोहिता दैत्याः पायिताश्चामृतं सुराः ।
तद्दिदृक्षव आयाताः परं कौतूहलं हि नः ॥१३॥

yena sammohitā daityāḥ
pāyitāś cāmṛtaṁ surāḥ
tad didṛkṣava āyātāḥ
paraṁ kautūhalaṁ hi naḥ

yena—被这样一个化身 / sammohitāḥ—使着迷 / daityāḥ—恶魔 / pāyitāḥ—被喂食 / ca—也 / amṛtam—甘露 / surāḥ—半神人们 / tat—那形象 / didṛkṣavaḥ—想要看 / āyātāḥ—我们到这里来 / param—非常 / kautūhalam—极其渴望 / hi—事实上 / naḥ—我们自己的

译文　我的至尊主啊！我来这里是想看您圣上为使恶魔完全迷惑，以此让半神人能喝到甘露而向他们展示的形象。我十分渴望看那形象。

第 14 节

श्रीशुक उवाच
एवमभ्यर्थितो विष्णुर्भगवान् शूलपाणिना ।
प्रहस्य भावगम्भीरं गिरिशं प्रत्यभाषत ॥१४॥

śrī-śuka uvāca
evam abhyarthito viṣṇur
bhagavān śūla-pāṇinā
prahasya bhāva-gambhīraṁ
giriśaṁ pratyabhāṣata

śrī-śukaḥ uvāca—圣舒卡戴瓦·哥斯瓦米说 / evam—就这样 / abhyarthitaḥ—被要求 / viṣṇuḥ bhagavān—至尊人格首神主维施努 / śūla-pāṇinā—被手持三叉戟的主希瓦 / prahasya—笑 / bhāva-gambhīram—庄重地 / giriśam—对主希瓦 / pratyabhāṣata—回答

译文　舒卡戴瓦·哥斯瓦米说：手持三叉戟的主希瓦这样请求主维施努时，主维施努露出庄严的微笑，并说了如下一番话回应主希瓦的请求。

要旨　至尊人格首神维施努以神秘主义者的主人尤给士瓦尔(Yogeśvara)闻名于世(yatra yogeśvaraḥ kṛṣṇaḥ)。练神秘瑜伽的瑜伽师(yogī)想要靠练瑜伽得到一些力量，但至尊人格首神奎师那被称为一切神秘力量的主人。主希瓦想要看至尊主那令整个世界神魂颠倒的摩黑妮形象，于是主维施努严肃地考虑如何也让主希瓦着迷。为此，这节诗文中用了“庄重地(bhāva-gambhīram)”一句。主希瓦(Girīśa)的妻子杜尔嘎女神(Durgādevī)，是物质的错觉能量的体现。杜尔嘎没能使主希瓦的心受到诱惑，但主希瓦现在要求看主维施努的女性形象，主维施努要用祂的神秘力量变化出一个甚至迷惑主希瓦的形象。正因为如此，主维施努表现得很严肃，但同时又微笑着。

第 15 节

श्रीभगवानुवाच
कौतूहलाय दैत्यानां योषिद्वेषो मया धृतः ।
पश्यता सुरकार्याणि गते पीयूषभाजने ॥१५॥

śrī-bhagavān uvāca
kautūhalāya daityānāṁ
yoṣid-veṣo mayā dhṛtaḥ
paśyatā sura-kāryāṇi
gate pīyūṣa-bhājane

śrī-bhagavān uvāca—至尊人格首神说 / kautūhalāya—为了迷惑 / daityānām—恶魔们的 / yoṣit-veṣaḥ—一个美丽的女人形象 / mayā—由我 / dhṛtaḥ—呈现 / paśyatā—对我来说是必要的 / sura-kāryāṇi—为了利益半神人们 / gate—被拿走 / pīyūṣa-bhājane—盛甘露的罐子

译文　至尊人格首神说：恶魔抢走甘露罐时，我化出一个美女的形象，直接骗他们，以此迷惑他们，从而做对半神人有利的事。

要旨　当至尊人格首神变成美女摩黑妮的形象时，恶魔们确实都对她着迷了，但在场的半神人并没有。换句话说，有邪恶心态的人都被女人的美所迷惑，但具有高度奎师那意识或只是处在善良属性层面上的人，就不会被迷惑。至尊人格首神知道，主希瓦不是普通人，所以就连最美丽的女人都迷惑不了他。丘比特本人曾试图在帕尔娃缇(Pārvatī)面前唤起主希瓦的色欲，但主希瓦根本不受刺激，相反从眼里喷射出熊熊烈火，将丘比特烧成了灰烬。正因为如此，主维施努必须三思而后行，仔细考虑用什么样的美丽形象才能甚至让主希瓦感到迷惑。为此，前一节诗文中描述，至尊主庄严地微笑着(prahasya bhāva-gambhīram)。美女一般都无法激起主希瓦的色欲，但主维施努考虑是否有能使主希瓦着迷的女人形象。

第 16 节

तत्तेऽहं दर्शयिष्यामि दिदृक्षोः सुरसत्तम ।
कामिनां बहु मन्तव्यं सङ्कल्पप्रभवोदयम् ॥१६॥

tat te 'haṁ darśayiṣyāmi
didṛkṣoḥ sura-sattama
kāmināṁ bahu mantavyaṁ
saṅkalpa-prabhavodayam

tat—那 / te—对你 / aham—我 / darśayiṣyāmi—要展示 / didṛkṣoḥ—渴望看 / sura-sattama—最优秀的半神人啊 / kāminām—十分好色的人的 / bahu—非常 / mantavyam—倾慕的对象 / saṅkalpa—色欲 / prabhava-udayam—激起强烈的情欲

译文 最优秀的半神人啊！我现在就要向你展示我那个深受好色之徒欣赏的形象。既然你想看那形象，我就会在你面前展现它。

要旨 毫无疑问，主希瓦想要看主维施努揭示女人最有魅力、最美丽的形象本是为了开玩笑。主希瓦知道自己不可能受到所谓美女的刺激。他心想："戴提亚们也许受到迷惑，但既然就连半神人都没受到刺激，更何况我——最优秀的半神人了？"然而，由于主希瓦想要看主维施努的女人形象，主维施努就决定扮演一个女人给他看，让他立刻掉进色欲的汪洋。为此，主维施努在准备这么做时告诉主希瓦："我将要给你看我扮演的女人形象，你若是受到色欲的刺激，可不要怪我哦。"只有受到色欲影响的人才会欣赏女人的动人特征，但超越这种欲望的人、具有奎师那意识的人，则很难被迷惑。尽管如此，人格首神的最高意愿可以使一切成为可能。这是对主希瓦是否能保持不受刺激的状态的一个检验。

第 17 节

श्रीशुक उवाच
इति ब्रुवाणो भगवांस्तत्रैवान्तरधीयत ।
सर्वतश्चारयंश्चक्षुर्भव आस्ते सहोमया ॥१७॥

śrī-śuka uvāca
iti bruvāṇo bhagavāṁs
tatraivāntaradhīyata
sarvataś cārayaṁś cakṣur
bhava āste sahomayā

śrī-śukaḥ uvāca—圣舒卡戴瓦·哥斯瓦米说 / iti—如此 / bruvāṇaḥ—说话之际 / bhagavān—至尊人格首神主维施努 / tatra—那里 / eva—立刻 / antaradhīyata—从主希瓦和他同伴的视野中消失 / sarvataḥ—到处 / cārayan—移动 / cakṣuḥ—眼睛 / bhavaḥ—主希瓦 / āste—剩下 / saha-umayā—与他妻子乌玛一起

译文　舒卡戴瓦·哥斯瓦米继续道：这样说完，至尊人格首神维施努立刻消失不见，主希瓦与乌玛留在那里四下张望寻找祂。

第 18 节

ततो ददर्शोपवने वरस्त्रियं
विचित्रपुष्पारुणपल्लवद्रुमे ।
विक्रीडतीं कन्दुकलीलया लसद्-
दुकूलपर्यस्तनितम्बमेखलाम् ॥१८॥

tato dadarśopavane vara-striyaṁ
vicitra-puṣpāruṇa-pallava-drume
vikrīḍatīṁ kanduka-līlayā lasad-
dukūla-paryasta-nitamba-mekhalām

tataḥ—那之后 / dadarśa—主希瓦看到 / upavane—在一片可爱的森林中 / vara-striyam—一位十分美丽的女人 / vicitra—各种各样的 / puṣpa—鲜花 / aruṇa—桃粉色 / pallava—叶子 / drume—在树丛中 / vikrīḍatīm—正在玩耍 / kanduka—用一个球 / līlayā—玩耍的活动 / lasat—光亮的 / dukūla—披一件纱丽 / paryasta—包裹 / nitamba—在她的臀部 / mekhalām—佩戴一条腰带

译文 那之后，在附近一个满是桃红色叶子和各种鲜花的树木所组成的可爱森林中，主希瓦看到一个美女在玩一个球。她的臀部裹着一条闪亮的纱丽并由一条腰带装饰着。

第 19 节

आवर्तनोद्वर्तनकम्पितस्तन-
प्रकृष्टहारोरुभरैः पदे पदे ।
प्रभज्यमानामिव मध्यतश्चलत्-
पदप्रवालं नयतीं ततस्ततः ॥१९॥

āvartanodvartana-kampita-stana-
prakṛṣṭa-hāroru-bharaiḥ pade pade
prabhajyamānām iva madhyataś calat-
pada-pravālaṁ nayatīṁ tatas tataḥ

āvartana—因为落下 / udvartana—和跳起 / kampita—颤抖 / stana—两个乳房的 / prakṛṣṭa—美丽的 / hāra—和花环的 / uru-bharaiḥ—因为沉重 / pade pade—每一步 / prabhajyamānām iva—仿佛会折断 / madhyataḥ—身体的中段部分 / calat—这样动 / pada-pravālam—如珊瑚般淡红的脚 / nayatīm—移动 / tataḥ tataḥ—到处

译文 由于那个球落地又弹跳起来，在她玩它时，她的双乳颤动。在她柔软的、如珊瑚般淡红的双脚到处移动时，她乳房的重量及佩戴的沉重花环的重量，使她的纤腰看上去几乎随时都会随着她迈出的步子折断一样。

第 20 节

दिक्षु भ्रमत्कन्दुकचापलैर्भृशं
प्रोद्विग्नतारायतलोललोचनाम् ।
स्वकर्णविभ्राजितकुण्डलोल्लसत्-
कपोलनीलालकमण्डिताननाम् ॥२०॥

diksu bhramat-kanduka-cāpalair bhṛśaṁ
prodvigna-tārāyata-lola-locanām
sva-karṇa-vibhrājita-kuṇḍalollasat-
kapola-nīlālaka-maṇḍitānanām

dikṣu—在所有的方向 / bhramat—移动 / kanduka—那个球的 / cāpalaiḥ—无休止 / bhṛśam—偶尔 / prodvigna—充满焦虑 / tāra—眼睛 / āyata—宽的 / lola—不安宁的 / locanām—用这样的眼睛 / sva-karṇa—在她的两个耳朵上 / vibhrājita—使容光焕发 / kuṇḍala—耳环 / ullasat—光亮的 / kapola—脸颊 / nīla—带蓝色的 / alaka—用头发 / maṇḍita—被装饰 / ānanām—脸

译文 那女子的脸庞由宽大、美丽的眼睛点缀着，那双眼睛追着随她手起手落和四处弹跳的球顾盼生辉。她耳朵上佩戴的色彩艳丽的耳环，将蓝色的反光投射到她光亮的脸颊上，散落在她脸上的头发使她看上去更添妩媚。

第21节

श्लथद् दुकूलं कबरीं च विच्युतां
सन्नह्यतीं वामकरेण वल्गुना ।
विनिघ्नतीमन्यकरेण कन्दुकं
विमोहयन्तीं जगदात्ममायया ॥२१॥

ślathad dukūlaṁ kabarīṁ ca vicyutāṁ
sannahyatīṁ vāma-kareṇa valgunā
vinighnatīm anya-kareṇa kandukaṁ
vimohayantīṁ jagad-ātma-māyayā

ślathat—松脱滑落 / dukūlam—纱丽 / kabarīm ca—和头发 / vi-cyutām—披散开来 / sannahyatīm—试图捆绑 / vāma-kareṇa—用左手 / valgunā—十分有魅力 / vinighnatīm—拍打 / anya-kareṇa—用右手 / kandukam—球 / vimohayantīm—就这样令所有的人都神魂颠倒 / jagat—整个世界 / ātma-māyayā—由灵性力量——内在能量

译文　在她玩球的时候，包裹她身体的纱丽松掉，头发也披散开来。她试图用秀美的左手绑她的头发，同时却还在用右手拍球玩耍。这情景是如此动人，至尊主就这样用祂的内在能量使每一个人变得神魂颠倒。

要旨　《博伽梵歌》第7章的第14节诗说：至尊人格首神的外在能量极其强大(daivī hy eṣā guṇa-mayī mama māyā duratyayā)。事实上，每一个人都被至尊主展现的女性形象所从事的活动完全迷住了。主商布(Śambhu, 希瓦)不受外在能量的迷惑，但由于主维施努也想迷惑他，于是展示自己的内在能量，以外在能量迷惑普通生物的方式行事。主维施努能使任何人着迷，哪怕是主商布这样坚强的人物也不例外。

第22节

तां वीक्ष्य देव इति कन्दुकलीलयेषद्-
व्रीडास्फुटस्मितविसृष्टकटाक्षमुष्टः ।
स्त्रीप्रेक्षणप्रतिसमीक्षणविह्वलात्मा
नात्मानमन्तिक उमां स्वगणांश्च वेद ॥२२॥

tāṁ vīkṣya deva iti kanduka-līlayeṣad-
vrīḍāsphuṭa-smita-visṛṣṭa-kaṭākṣa-muṣṭaḥ
strī-prekṣaṇa-pratisamīkṣaṇa-vihvalātmā
nātmānam antika umāṁ sva-gaṇāṁś ca veda

tām—她 / vīkṣya—看到后 / devaḥ—主商布 / iti—就这样 / kanduka-līlayā—通过玩球 / īṣat—轻微的 / vrīḍā—靠害羞 / asphuṭa—不很远 / smita—带着微笑 / visṛṣṭa—送 / kaṭākṣa-muṣṭaḥ—被瞥视征服 / strī-prekṣaṇa—通过看那个美女 / pratisamīkṣaṇa—而且一直不断地被她看 / vihvala-ātmā—……的心受到刺激 / na—不 / ātmānam—他本人 / antike—(处在)附近 / umām—他妻子——乌玛母亲 / sva-gaṇān ca—和他的同伴 / veda—主希瓦能明白

译文 在主希瓦观看那美女玩球时，那美女有时也向他投以瞥视，腼腆、娇羞地微笑着。在他看着那美女时，那美女也注视他，这使他完全忘了自己和他最美丽的妻子乌玛，以及在他附近的同伴们。

要旨 这个世界的物质束缚是：美丽的女人能迷住英俊的男人，英俊的男人能迷住美丽的女人。当主希瓦观看美丽的少女玩球时，这样的事情就发生了。在这样的活动中，丘比特的影响十分显著。在双方互相眉目传情时，双方的色欲都迅速增强。这种色欲的交流就发生在主希瓦和那位美少女之间，甚至是当着乌玛和围绕在主希瓦身边的同伴的面。这就是物质世界里男人和女人之间的吸引。主希瓦本应该超越这一切吸引，但却成为主维施努令人神魂颠倒的力量的牺牲者。因此，瑞沙巴戴瓦(Ṛṣabhadeva)解释这种性吸引的本质说：

puṁsaḥ striyā mithunī-bhāvam etaṁ
tayor mitho hṛdaya-granthim āhuḥ
ato gṛha-kṣetra-sutāpta-vittair
janasya moho 'yam ahaṁ mameti

“异性相吸是物质存在的基本原理。基于这种把男女的心系在一起的错误概念，人依恋他的躯体、家庭、地产、孩子、亲戚和钱财。就这样，人增强他对生命的错误概念，以‘我和我的’为基础思考问题。”(《圣典博伽瓦谭》5.5.8)当男人和女人交流性渴望的感受时，两者就都成为性欲的牺牲者，都被各种方式束缚在这个物质世界里。

第23节

तस्याः कराग्रात्स तु कन्दुको यदा
गतो विदूरं तमनुव्रजत्स्त्रियाः ।

वासः ससूत्रं लघु मारुतोऽहरद्
भवस्य देवस्य किलानुपश्यतः ॥२३॥

tasyāḥ karāgrāt sa tu kanduko yadā
gato vidūraṁ tam anuvrajat-striyāḥ
vāsaḥ sasūtraṁ laghu māruto 'harad
bhavasya devasya kilānupaśyataḥ

tasyāḥ—那美女的 / kara-agrāt—从手 / saḥ—那 / tu—但是 / kan-dukaḥ—那球 / yadā—当……时 / gataḥ—去了 / vidūram—远离 / tam—那球 / anuvrajat—开始跟随 / striyāḥ—那女人的 / vāsaḥ—遮体的衣服 / sa-sūtram—用腰带 / laghu—因为十分薄 / mārutaḥ—微风 / aharat—吹走 / bhavasya—在主希瓦……时 / devasya—首要的半神人 / kila—事实上 / anupaśyataḥ—一直在看

译文　当那球从她手下跳开，落到远处时，那女子开始去追它。就在主希瓦观看这些活动时，一阵微风突然将包裹她的华服及腰带吹走。

第 24 节

एवं तां रुचिरापाङ्गीं दर्शनीयां मनोरमाम् ।
दृष्ट्वा तस्यां मनश्चक्रे विषज्जन्त्यां भवः किल ॥२४॥

evaṁ tāṁ rucirāpāṅgīṁ
darśanīyāṁ manoramām
dṛṣṭvā tasyāṁ manaś cakre
viṣajjantyāṁ bhavaḥ kila

evam—就这样 / tām—她 / rucira-apāṅgīm—拥有所有吸引人的特征 / darśanīyām—看了令人赏心悦目 / manoramām—美丽的外形 / dṛṣṭvā—看到 / tasyām—像她 / manaḥ cakre—想 / viṣajjantyām—受到他的吸引 / bhavaḥ—主希瓦 / kila—事实上

译文 这使主希瓦看到了那女子结构优美的身体的每一个部分，而那美女也看着他。为此，主希瓦想她是受到了自己的吸引，于是变得十分受她的吸引。

要旨 主希瓦看到那女人身体的每一个部分，而她也用不安分的眼睛斜视着他。这使希瓦以为她也受到自己的吸引，于是开始想要触摸她。

第 25 节

तयापहृतविज्ञानस्तत्कृतस्मरविह्वलः ।
भवान्या अपि पश्यन्त्या गतह्रीस्तत्पदं ययौ ॥२५॥

tayāpahṛta-vijñānas
tat-kṛta-smara-vihvalaḥ
bhavānyā api paśyantyā
gata-hrīs tat-padaṁ yayau

tayā－被她 / apahṛta－带走 / vijñānaḥ－理智 / tat-kṛta－由她完成 / smara－被微笑 / vihvalaḥ－变得为她而疯狂 / bhavānyāḥ－在主希瓦的妻子芭娃妮……之际 / api－虽然 / paśyantyāḥ－看着所有这些事 / gata-hrīḥ－失去所有的羞耻感 / tat-padam－到她所在的地方 / yayau－去

译文 想要与她享受的色欲夺走了主希瓦清醒的理智，主希瓦为她而变得如此疯狂，甚至当着芭娃妮的面就毫不犹豫地接近她。

第 26 节

सा तमायान्तमालोक्य विवस्त्रा व्रीडिता भृशम् ।
निलीयमाना वृक्षेषु हसन्ती नान्वतिष्ठत ॥२६॥

sā tam āyāntam ālokya
vivastrā vrīḍitā bhṛśam

nilīyamānā vṛkṣeṣu
hasantī nānvatiṣṭhata

sā—那女人 / tam—主希瓦 / āyāntam—靠近前来的…… / ālokya—看到 / vivastrā—她是裸体的 / vrīḍitā—非常害羞 / bhṛśam—极其 / nilīyamānā—躲藏 / vṛkṣeṣu—在树木之间 / hasantī—微笑着 / na—不 / anvatiṣṭhata—停留在一个地方

译文　那美女已是赤裸的，当看到主希瓦靠近她时，她变得极其羞怯。因此，她保持微笑，但却在树丛间躲躲藏藏，并非站在一个地方。

第 27 节

तामन्वगच्छद्भगवान् भवः प्रमुषितेन्द्रियः ।
कामस्य च वशं नीतः करेणुमिव यूथपः ॥२७॥

tām anvagacchad bhagavān
bhavaḥ pramuṣitendriyaḥ
kāmasya ca vaśaṁ nītaḥ
kareṇum iva yūthapaḥ

tām—她 / anvagacchat—跟随 / bhagavān—主希瓦 / bhavaḥ—被称为巴瓦 / pramuṣita-indriyaḥ—感官受到刺激的…… / kāmasya—色欲的 / ca—和 / vaśam—受害 / nītaḥ—变成 / kareṇum—一头母象 / iva—恰似 / yūthapaḥ—一头公象

译文　成为色欲受害者的主希瓦，感官受到刺激，开始去追她，恰似好色的大象追逐母象一样。

第 28 节

सोऽनुव्रज्यातिवेगेन गृहीत्वानिच्छतीं स्त्रियम् ।
केशबन्ध उपानीय बाहुभ्यां परिषस्वजे ॥२८॥

so 'nuvrajyātivegena
  gṛhītvānicchatīṁ striyam
keśa-bandha upānīya
  bāhubhyāṁ pariṣasvaje

saḥ—主希瓦 / anuvrajya—跟随她 / ati-vegena—快速地 / gṛhītvā—抓住 / anicchatīm—虽然她不愿意被抓到 / striyam—女人 / keśa-bandhe—在一束头发上 / upānīya—将她拉近 / bāhubhyām—用他的手臂 / pariṣasvaje—拥抱她

译文 在快速追上她后，主希瓦抓住她的发辫，把她拉近自己，在她不情愿的情况下，用双臂抱住了她。

第 29—30 节

सोपगूढा भगवता करिणा करिणी यथा ।
इतस्ततः प्रसर्पन्ती विप्रकीर्णशिरोरुहा ॥२९॥

आत्मानं मोचयित्वाङ्ग सुरर्षभभुजान्तरात् ।
प्राद्रवत्सा पृथुश्रोणी माया देवविनिर्मिता ॥३०॥

sopagūḍhā bhagavatā
  kariṇā kariṇī yathā
itas tataḥ prasarpantī
  viprakīrṇa-śiroruhā

ātmānaṁ mocayitvāṅga
  surarṣabha-bhujāntarāt
prādravat sā pṛthu-śroṇī
  māyā deva-vinirmitā

sā—那女人 / upagūḍhā—被抓住和拥抱 / bhagavatā—被主希瓦 / kariṇā—被一头公象 / kariṇī—一头母象 / yathā—正如 / itaḥ tataḥ—到处 / prasarpantī—像条蛇一样地扭动 / viprakīrṇa—散乱的 / śiroruhā—头上所有的头发 / ātmānam—她本人 / mocayitvā—释放 / aṅga—君王啊 / sura-ṛṣabha—最优秀的半神人(主希瓦)的 / bhuja-antarāt—从双臂的束缚间 / prādravat—开始快速奔跑 / sā—她 / pṛthu-śroṇī—有着十分丰满的臀部 / māyā—内在能量 / deva-vinirmitā—由至尊人格首神展示

译文　如同被公象抱住的母象一样，那个被主希瓦抱住的头发散乱的女子，像蛇一样扭动着。君王啊！这个有着高翘丰臀的女子，是至尊人格首神透过内在能量尤嘎玛亚呈现的。她想尽办法挣脱了主希瓦臂膀的多情拥抱，跑开了。

第 31 节

तस्यासौ पदवीं रुद्रो विष्णोरद्भुतकर्मणः ।
प्रत्यपद्यत कामेन वैरिणेव विनिर्जितः ॥३१॥

tasyāsau padavīṁ rudro
　viṣṇor adbhuta-karmaṇaḥ
pratyapadyata kāmena
　vairiṇeva vinirjitaḥ

tasya—作为至尊主的祂的 / asau—主希瓦 / padavīm—地方 / ru-draḥ—主希瓦 / viṣṇoḥ—主维施努的 / adbhuta-karmaṇaḥ—活动神奇的祂的 / pratyapadyata—开始追随 / kāmena—被色欲 / vairiṇā iva—就像是被敌人 / vinirjitaḥ—被骚扰

译文　犹如受到色欲之敌的不断骚扰，主希瓦顺着展现摩黑妮形象且表演精彩的主维施努经过的路追下去。

要旨　主希瓦不可能成为外在错觉能量玛亚(māyā)的受害者。因此应该明白，主希瓦是受到主维施努内在能量的刺激。主维施努可以用祂的各种能量从事许多神奇的活动。

parāsya śaktir vividhaiva śrūyate
　svābhāvikī jñāna-bala-kriyā ca
(《水塔刷塔尔奥义书》6.8)

至尊主有多种能量，祂可以用这些能量效率极高地工作。祂很善于做任何事，甚至都不需要思考。由于主希瓦竟然受到女人的刺激，我们应该明白，这件事不是由女人做的，而是由主维施努本人做的。

第 32 节

तस्यानुधावतो रेतश्चस्कन्दामोघरेतसः ।
शुष्मिणो यूथपस्येव वासितामनुधावतः ॥३२॥

tasyānudhāvato retaś
caskandāmogha-retasaḥ
śuṣmiṇo yūthapasyeva
vāsitām anudhāvataḥ

tasya一他(主希瓦)的 / anudhāvataḥ一正在追赶……的人 / retaḥ一精液 / caskanda一排出 / amogha-retasaḥ一精液的排放从不会徒劳无功的那个人的 / śuṣmiṇaḥ一疯狂 / yūthapasya一一头公象的 / iva一恰似 / vāsitām一对一头能怀孕的母象 / anudhāvataḥ一追赶

译文 如同一头公象追逐一头能怀孕的母象，主希瓦追赶那美女时射出了精液，尽管他的射精永远都不是徒劳无功的。

第 33 节

यत्र यत्रापतन्मह्यां रेतस्तस्य महात्मनः ।
तानि रूप्यस्य हेम्नश्च क्षेत्राण्यासन्महीपते ॥३३॥

yatra yatrāpatan mahyāṁ
retas tasya mahātmanaḥ
tāni rūpyasya hemnaś ca
kṣetrāṇy āsan mahī-pate

yatra一哪里 / yatra一和哪里 / apatat一坠落 / mahyām一在世界表面 / retaḥ一精液 / tasya一他的 / mahā-ātmanaḥ一伟大人物(主希

瓦)的 / tāni—所有那些地方 / rūpyasya—银子的 / hemnaḥ—金子的 / ca—和 / kṣetrāṇi—矿 / āsan—变成 / mahī-pate—君王啊

译文　君王啊！伟大人物主希瓦的精液无论落到世界何处，那地方后来就出现了金矿和银矿。

要旨　圣维施瓦纳特·查夸瓦尔提·塔库尔(Viśvanātha Cakravartī Ṭhākura)评论说，那些追求金子和银子的人可以为得到物质财富而崇拜主希瓦。主希瓦住在一棵木橘树下，甚至不为自己居住方便而造一座房子。但尽管他看上去极度贫穷，他的信奉者有时却被赋予大量的金银财宝。帕瑞克西特王(Parīkṣit Mahārāja)后来问到这一点，舒卡戴瓦·哥斯瓦米(Śukadeva Gosvāmī)给予了回答。

第 34 节

सरित्सरःसु शैलेषु वनेषूपवनेषु च ।
यत्र क्व चासन्नृषयस्तत्र सन्निहितो हरः ॥३४॥

sarit-saraḥsu śaileṣu
vaneṣūpavaneṣu ca
yatra kva cāsann ṛṣayas
tatra sannihito haraḥ

sarit—靠近河边 / saraḥsu—和湖泊附近 / śaileṣu—高山附近 / vaneṣu—在森林中 / upavaneṣu—在花园或小树林中 / ca—也 / yatra—哪里 / kva—任何地方 / ca—也 / āsan—存在着 / ṛṣayaḥ—伟大的圣人们 / tatra—那里 / sannihitaḥ—在场的 / haraḥ—主希瓦

译文　主希瓦追赶摩黑妮去了所有的地方，包括河岸和湖畔附近，高山附近，森林附近，花园附近，以及居住着伟大圣人的地方。

要旨　圣维施瓦纳特·查夸瓦尔提·塔库尔评论说：摩黑妮

形象拖着主希瓦去了那么多地方，尤其是伟大的圣人们居住的地方，以教训圣人们，连他们的主希瓦都为了一个女人而变得疯狂。因此，他们虽然都是伟大的圣哲贤人，但不该认为自己是不受约束的，而应该始终小心美丽的女人。谁都不该认为自己在美女面前是解脱的。启示经典命令说：

mātrā svasrā duhitrā vā
  nāviviktāsano bhavet
balavān indriya-grāmo
  vidvāṁsam api karṣati

“人不该在僻静之地与女人独处，哪怕那女人是自己的母亲、姐妹或女儿也不应该，因为感官是如此强大、不受控制，在女人面前有可能变得激动，哪怕是十分博学的进步之人也不例外。”(《圣典博伽瓦谭》9.19.17)

第 35 节

स्कन्ने रेतसि सोऽपश्यदात्मानं देवमायया ।
जडीकृतं नृपश्रेष्ठ सन्न्यवर्तत कश्मलात् ॥३५॥

skanne retasi so 'paśyad
  ātmānaṁ deva-māyayā
jaḍīkṛtaṁ nṛpa-śreṣṭha
  sannyavartata kaśmalāt

skanne－完全排出时 / retasi－精液 / saḥ－主希瓦 / apaśyat－看到 / ātmānam－他自己 / deva-māyayā－被至尊人格首神的错觉能量玛亚 / jaḍīkṛtam－变成一个傻子一样的牺牲者 / nṛpa-śreṣṭha－最优秀的君王(帕瑞克西特王)啊 / sannyavartata－控制自己进一步 / kaś-malāt－从错觉

译文 啊，帕瑞克西特王，最卓越的君王！主希瓦将精液完全排出后，能够看清自己是如何成为至尊人格首神创造的错觉和幻象的牺牲品了。因此，他约束自己不再进一步受玛亚的迷惑。

要旨　人一旦因为看到女人而受色欲的刺激，那些欲望就越来越强，但当精液在从事性行为时被释放后，色欲就随之减弱。同样的原理也在主希瓦身上起作用。他受到美丽的摩黑妮形象的诱惑，但当精液完全排出后，他恢复了理智，认识到自己是如何在看到森林中的女人时成为色欲的牺牲者的。人如果受到训练靠遵守禁欲生活的原则保护自己的精液，自然就不会受到美丽女人的吸引。人如果能始终过贞守生(brahmacārī)的生活，就会省去物质存在中的那么多麻烦。物质存在意味着享受性生活的娱乐(yan maithunādi-gṛhamedhi-sukhamyan)。人如果受到有关性生活的教育，训练保护自己的精液，就会避免物质存在的危险。

第 36 节

अथावगतमाहात्म्य आत्मनो जगदात्मनः ।
अपरिज्ञेयवीर्यस्य न मेने तदु हाद्भुतम् ॥३६॥

athāvagata-māhātmya
　ātmano jagad-ātmanaḥ
aparijñeya-vīryasya
　na mene tad u hādbhutam

atha—如此 / avagata—完全相信 / māhātmyaḥ—伟大 / ātmanaḥ—他自己的 / jagat-ātmanaḥ—和至尊人格首神的 / aparijñeya-vīryasya—有无限力量的 / na—不 / mene—确实认为 / tat—至尊人格首神从事的迷惑他的神奇活动 / u ha—事实上 / adbhutam—作为神奇的

译文　这使主希瓦能够明白自己的地位和状态，以及有着无限力量的至尊人格首神的地位和状态。获得这一认识的他，对主维施努以神奇的方式对他所做的一切一点都不感到惊讶。

要旨 至尊人格首神以绝对有力量闻名于世，因为没人能在任何活动中胜过祂。《博伽梵歌》第7章的第7节诗记载，至尊主说："赢得财富的人啊！我是至高无上的真理(mattaḥ parataraṁ nānyat kiñcid asti dhanañjaya)。"没人能与至尊主平等或比祂伟大，因为祂是每一个人的主人。正如《永恒的柴坦亚经》(Caitanya-caritāmṛta)首篇第5章的第142节诗说明：至尊人格首神奎师那是众生的主人(ekale īśvara kṛṣṇa, āra saba bhṛtya)，甚至包括主希瓦，更不要说其他生物了。主希瓦已经认识到主维施努的至尊力量，当他被实际置于混乱的状态后，他为有这样一位崇高的主人而感到自豪。

第 37 节

तमविक्लवमव्रीडमालक्ष्य मधुसूदनः ।
उवाच परमप्रीतो बिभ्रत्स्वां पौरुषीं तनुम् ॥३७॥

tam aviklavam avrīḍam
  ālakṣya madhusūdanaḥ
uvāca parama-prīto
  bibhrat svāṁ pauruṣīṁ tanum

tam—他(主希瓦) / aviklavam—没有受所发生事情的刺激 / avrīḍam—没有感到羞耻 / ālakṣya—看到 / madhu-sūdanaḥ—被称为玛杜苏丹(杀死玛杜魔的人)的至尊人格首神 / uvāca—说 / parama-prītaḥ—感到十分满意 / bibhrat—呈现 / svām—祂自己的 / pauruṣīm—原本 / tanum—形象

译文 看到主希瓦没有激动不安，没有感到羞愧，而且很坦然，主维施努(玛杜苏丹)十分高兴。于是，祂恢复自己原本的形象，说了如下一番话。

要旨 主希瓦虽然对主维施努的力量感到震惊，但却没有感到羞愧。相反，被主维施努打败让他感到很自豪。没有什么能瞒过至尊人格首神，因为祂就在每一个人的心中。事实上，《博伽梵歌》第15章的第15节诗记载，至尊主说："我在众生的心中。记忆、知识和遗忘都来自我(sarvasya cāhaṁ hṛdi sanniviṣṭo mattaḥ smṛtir jñānam apohanaṁ ca)。"一切都在至尊人格首神的指挥下发生，因此没有什么需要难过或羞愧的。主希瓦虽然从没被任何人打败过，但被主维施努打败后，却对自己有这样一位崇高且强大的主人而感到自豪。

第 38 节

श्रीभगवानुवाच
दिष्ट्या त्वं विबुधश्रेष्ठ स्वां निष्ठामात्मना स्थितः ।
यन्मे स्त्रीरूपया स्वैरं मोहितोऽप्यङ्ग मायया ॥३८॥

śrī-bhagavān uvāca
diṣṭyā tvaṁ vibudha-śreṣṭha
svāṁ niṣṭhām ātmanā sthitaḥ
yan me strī-rūpayā svairaṁ
mohito 'py aṅga māyayā

śrī-bhagavān uvāca－至尊人格首神说 / diṣṭyā－所有的吉祥 / tvam－对你 / vibudha-śreṣṭha－最优秀的半神人啊 / svām－在你自己中 / niṣṭhām－稳定的状态 / ātmanā－你自己的 / sthitaḥ－你处于 / yat－正如 / me－我的 / strī-rūpayā－显得像个女人 / svairam－足够地 / mohitaḥ－着魔的 / api－尽管 / aṅga－主希瓦啊 / māyayā－被我的能量

译文　至尊人格首神说：最杰出的半神人啊！你虽然因为我呈现一个女人形象的力量而受到十足的烦扰，但你仍处在自己原本的状态中。因此，愿所有的好运降临于你。

要旨　主希瓦是最优秀的半神人，所以是最优秀的奉献者(vaiṣṇavānāṁ yathā śambhuḥ)。至尊人格首神为此赞扬他树立的榜样，给予他祝福说："愿所有的好运降临于你。"当奉献者变得有些骄傲时，至尊主有时就会展示祂的至尊力量，消除祂奉献者的错误认识。在受到主维施努的力量的刺激后，主希瓦恢复他原本不受打扰的状态。这是奉献者的状态。奉献者在任何情况下，哪怕是最糟糕的逆境中，都应该处之泰然。正如《博伽梵歌》第6章的第22节诗中证实：奉献者因为对至尊人格首神充满信心，所以在最严峻的磨难中都从不会变得激动不安(yasmin sthito na duḥ-khena guruṇāpi vicālyate)。只有一流的奉献者才有可能做到不骄傲，而主商布就是其中的一员。

第 39 节

को नु मेऽतितरेन्मायां विषक्तस्त्वदृते पुमान् ।
तांस्तान् विसृजतीं भावान्दुस्तरामकृतात्मभिः ॥३९॥

ko nu me 'titaren māyāṁ
viṣaktas tvad-ṛte pumān
tāṁs tān visṛjatīṁ bhāvān
dustarām akṛtātmabhiḥ

kaḥ—什么 / nu—事实上 / me—我的 / atitaret—能超越 / māyām—错觉能量 / viṣaktaḥ—依恋物质的感官享乐 / tvat-ṛte—除了你 / pumān—人 / tān—这种情况 / tān—向依恋物质生活的人 / visṛjatīm—在超越……这方面 / bhāvān—物质活动的反应 / dustarām—很难超越 / akṛta-ātmabhiḥ—由能控制自己感官的人

译文 我亲爱的主商布，除了你，在这个物质世界中的众生有谁能胜过我的错觉能量？人们通常都依恋感官享乐，被它的影响所征服。事实上，他们很难超越物质自然的影响。

要旨 在布茹阿玛、维施努和玛黑施瓦尔这三位首要的半神人中，除了维施努，其他两位都与玛亚接触。《永恒的柴坦亚经》中描述他们“处在玛亚的影响下(māyī)”。但事实上，尽管主希瓦与玛亚在一起，可他并不受影响。生物受玛亚的影响，但主希瓦虽然很显然在与玛亚交往，可却不受影响。换句话说，在这个物质世界里，除了主希瓦，众生都被错觉能量玛亚所左右。主希瓦既不属于维施努范畴(viṣṇu-tattva)，也不属于个体灵魂范畴(jīva-tattva)。他介于两者之间。

第40节

सेयं गुणमयी माया न त्वामभिभविष्यति ।
मया समेता कालेन कालरूपेण भागशः ॥४०॥

seyaṁ guṇa-mayī māyā
na tvām abhibhaviṣyati
mayā sametā kālena
kāla-rūpeṇa bhāgaśaḥ

sā—那不能超越的 / iyam—这 / guṇa-mayī—由物质自然三种属性构成 / māyā—错觉能量 / na—不 / tvām—你 / abhibhaviṣyati—今后将不会迷惑 / mayā—与我一起 / sametā—结合 / kālena—永恒的时间 / kāla-rūpeṇa—以时间的形式 / bhāgaśaḥ—用她不同的部分

译文 配合我的创造并展示在物质自然三种属性中的物质外在能量玛亚，将不再能使你迷惑。

要旨 主希瓦出现时，他的妻子杜尔嘎也会在场。杜尔嘎与至尊人格首神配合创造这个宇宙展示。《博伽梵歌》第9章的第10节诗记载，至尊主说：“琨缇的儿子啊！物质自然是我的一种能量，在我的指挥下活动，产生动与不动的一切(mayādhyakṣeṇa prakṛtiḥ sūyate sacarācaram)。”物质自然(prakṛti)就是杜尔嘎。

sṛṣṭi-sthiti-pralaya-sādhana-śaktir ekā
chāyeva yasya bhuvanāni bibharti durgā

杜尔嘎以时间(kāla)的形式协助主维施努创造整个宇宙。祂瞥视并创造世界(sa īkṣata lokān nu sṛjā)；祂创造世界(sa imāl lokān asṛjata)。这是韦达经的说法(《艾塔瑞亚奥义书》1.1.1—2)。玛亚正巧是主希瓦的妻子，因此主希瓦与玛亚接触，但主维施努在此向主希瓦保证，这位玛亚再也不能使他迷惑了。

第 41 节

श्रीशुक उवाच
एवं भगवता राजन् श्रीवत्साङ्केन सत्कृतः ।
आमन्त्र्य तं परिक्रम्य सगणः स्वालयं ययौ ॥४१॥

śrī-śuka uvāca
evaṁ bhagavatā rājan
śrīvatsāṅkena sat-kṛtaḥ
āmantrya taṁ parikramya
sagaṇaḥ svālayaṁ yayau

śrī-śukaḥ uvāca—圣舒卡戴瓦·哥斯瓦米说 / evam—如此 / bhagavatā—被至尊人格首神 / rājan—君王啊 / śrīvatsa-aṅkena—胸膛上始终有施瑞瓦特萨标志的人 / sat-kṛtaḥ—被高度赞扬 / āmantrya—征得……允许 / tam—祂 / parikramya—绕拜 / sa-gaṇaḥ—与他的同伴们 / sva-ālayam—到他自己的住所 / yayau—回去

译文 舒卡戴瓦·哥斯瓦米说：君王啊！受到胸前有施瑞瓦特萨标志的至尊首神的这番赞扬后，主希瓦绕拜了祂。接着，在征得至尊主的允许后，主希瓦与他的同伴们返回他自己的住地凯拉斯。

要旨 圣维施瓦纳特·查夸瓦尔提·塔库尔评论说：当主希瓦向主维施努致敬时，主维施努起身拥抱他。正因为如此，这节诗文中用了“胸膛上始终有施瑞瓦特萨标志的人(śrīvatsāṅkena)”

一词。施瑞瓦特萨标志装饰着主维施努的胸膛，所以当主维施努拥抱绕拜祂的主希瓦时，施瑞瓦特萨标志触碰到主希瓦的胸膛。

第 42 节

आत्मांशभूतां तां मायां भवानीं भगवान् भवः ।
सम्मतामृषिमुख्यानां प्रीत्याचष्टाथ भारत ॥४२॥

ātmāṁśa-bhūtāṁ tāṁ māyāṁ
bhavānīṁ bhagavān bhavaḥ
sammatāṁ ṛṣi-mukhyānāṁ
prītyācaṣṭātha bhārata

ātma-aṁśa-bhūtām一至尊灵魂的力量 / tām一向她 / māyām一错觉能量 / bhavānīm一是主希瓦妻子的人 / bhagavān一强大的 / bhavaḥ一主希瓦 / sammatām一接受 / ṛṣi-mukhyānām一被伟大的圣人们 / prītyā一欢喜地 / ācaṣṭa一开始说话 / atha一接着 / bhārata一巴茹阿特的后裔——帕瑞克西特王啊

译文　巴茹阿特王的后裔啊！满心欢喜的主希瓦，随后对被全体权威人士公认为是主维施努的力量的他妻子芭娃妮说了如下一番话。

第 43 节

अयि व्यपश्यस्त्वमजस्य मायां
परस्य पुंसः परदेवतायाः ।
अहं कलानामृषभोऽपि मुह्ये
ययावशोऽन्ये किमुतास्वतन्त्राः ॥४३॥

ayi vyapaśyas tvam ajasya māyāṁ
parasya puṁsaḥ para-devatāyāḥ
ahaṁ kalānāṁ ṛṣabho 'pi muhye
yayāvaśo 'nye kim utāsvatantrāḥ

ayi—噢 / vyapaśyaḥ—看到 / tvam—你 / ajasya—不经出生就存在的 / māyām—错觉能量 / parasya puṁsaḥ—至尊人的 / para-devatāyāḥ—绝对真理 / aham—我自己 / kalānām—完整扩展的 / ṛṣabhaḥ—领袖 / api—虽然 / muhye—变得迷惑 / yayā—被她 / avaśaḥ—觉察不到地 / anye—其他人 / kim uta—更不要说…… / asvatantrāḥ—完全依赖玛亚

译文 主希瓦说：女神啊！你现在看到作为众生不经出生就存在的主人——至尊人格首神所具有的错觉能量了。尽管我是祂圣上的重要扩展之一，但就连我都受到祂能量的迷惑。还用说其他完全依赖错觉能量的人吗？

第 44 节

यं मामपृच्छस्त्वमुपेत्य योगात्
समासहस्रान्त उपारतं वै ।
स एष साक्षात्पुरुषः पुराणो
न यत्र कालो विशते न वेदः ॥४४॥

yaṁ māṁ apṛcchas tvam upetya yogāt
samā-sahasrānta upārataṁ vai
sa eṣa sākṣāt puruṣaḥ purāṇo
na yatra kālo viśate na vedaḥ

yam—有关……人 / mām—从我 / apṛcchaḥ—询问 / tvam—你 / upetya—靠近我 / yogāt—从练神秘瑜伽 / samā—多年 / sahasra-ante—在一千年结束时 / upāratam—停止 / vai—事实上 / saḥ—祂 / eṣaḥ—这里是 / sākṣāt—直接地 / puruṣaḥ—至尊人 / purāṇaḥ—原本的 / na—不 / yatra—哪里 / kālaḥ—永恒的时间 / viśate—能进入 / na—也不 / vedaḥ—韦达经

译文 当我完成练神秘瑜伽一千年时，你问我，我在冥想谁。现在，这里就是那位时间对祂毫无影响、研究韦达经无法了解祂的至尊人。

要旨　永恒时间进入一切地方，但却无法进入神的王国。韦达经(Vedas)也无法了解至尊人格首神。这表明至尊主是全能、无所不在和全知的。

第 45 节

श्रीशुक उवाच
इति तेऽभिहितस्तात विक्रमः शार्ङ्गधन्वनः ।
सिन्धोर्निर्मथने येन धृतः पृष्ठे महाचलः ॥४५॥

śrī-śuka uvāca
iti te 'bhihitas tāta
vikramaḥ śārṅga-dhanvanaḥ
sindhor nirmathane yena
dhṛtaḥ pṛṣṭhe mahācalaḥ

śrī-śukaḥ uvāca—圣舒卡戴瓦·哥斯瓦米说 / iti—如此 / te—向你 / abhihitaḥ—解释 / tāta—我亲爱的君王 / vikramaḥ—非凡的能力 / śārṅga-dhanvanaḥ—携带沙仁嘎弓的至尊人格首神的 / sindhoḥ—牛奶之洋的 / nirmathane—在搅拌中 / yena—由谁 / dhṛtaḥ—驮着 / pṛṣṭhe—在背上 / mahā-acalaḥ—巨大的山

译文　舒卡戴瓦·哥斯瓦米说：我亲爱的君王，为搅拌牛奶之洋而将巨山驮在自己背上的人，就是这同一位被称为携带沙仁嘎弓的至尊人格首神。我现在给你描述了祂的非凡能力。

第 46 节

एतन्मुहुः कीर्तयतोऽनुशृण्वतो
न रिष्यते जातु समुद्यमः क्वचित् ।

यदुत्तमश्लोकगुणानुवर्णनं
समस्तसंसारपरिश्रमापहम् ॥४६॥

etan muhuḥ kīrtayato 'nuśṛṇvato
na riṣyate jātu samudyamaḥ kvacit
yad uttamaśloka-guṇānuvarṇanaṁ
samasta-saṁsāra-pariśramāpaham

etat一这叙述 / muhuḥ一一直不断地 / kīrtayataḥ一吟诵……的人的 / anuśṛṇvataḥ一和聆听 / na一不 / riṣyate一被毁灭 / jātu一任何时候 / samudyamaḥ一努力 / kvacit一任何时候 / yat一因为 / uttamaśloka一至尊人格首神的 / guṇa-anuvarṇanam一描述超然的品质 / samasta一所有的 / saṁsāra一物质存在的 / pariśrama一痛苦 / apaham一结束

译文 为一直不断地聆听或描述对搅拌牛奶之洋这段叙述所做的努力，永远都不会没有效果。事实上，吟诵、吟唱至尊人格首神的荣耀，是消灭这物质世界里所有痛苦的唯一方法。

第 47 节

असदविषयमङ्घ्रिं भावगम्यं प्रपन्ना-
नमृतममरवर्यानाशयत्सिन्धुमथ्यम् ।
कपटयुवतिवेषो मोहयन् यः सुरारीं-
स्तमहमुपसृतानां कामपूरं नतोऽस्मि ॥४७॥

asad-aviṣayam aṅghriṁ bhāva-gamyaṁ prapannān
amṛtam amara-varyān āśayat sindhu-mathyam
kapaṭa-yuvati-veṣo mohayan yaḥ surārīṁs
tam aham upasṛtānāṁ kāma-pūraṁ nato 'smi

asat-aviṣayam一不被无神论者所理解 / aṅghrim一向至尊人格首神的莲花足 / bhāva-gamyam一被奉献者们所了解 / prapannān一全心投靠 / amṛtam一甘露 / amara-varyān一只向半神人们 / āśayat一给

喝 / sindhu-mathyam－从牛奶之洋产出 / kapaṭa-yuvati-veṣaḥ－显得像是个少女 / mohayan－令人神魂颠倒的 / yaḥ－……的祂 / sura-arīn－半神人的敌人们 / tam－向祂 / aham－我 / upasṛtānām－奉献者们的 / kāma-pūram－满足所有愿望的人 / nataḥ asmi－我致以我恭敬的顶礼

译文　至尊人格首神呈现出一个年轻女子的形象，以迷惑恶魔，将搅拌牛奶之洋产出的甘露分发给祂的奉献者——半神人。我向那位总是满足祂奉献者心愿的至尊人格首神，致以虔敬的顶礼。

要旨　搅拌牛奶之洋这段叙述所蕴涵的教导，由至尊人格首神清楚地揭示出来。祂虽然平等对待众生，但由于自然的情感而支持祂的奉献者。《博伽梵歌》第9章的第29节诗记载，至尊主说：

samo 'haṁ sarva-bhūteṣu
na me dveṣyo 'sti na priyaḥ
ye bhajanti tu māṁ bhaktyā
mayi te teṣu cāpy aham

“我不忌妒谁，也不偏袒谁。我平等对待众生。但是，为我做奉爱服务的人是我的朋友，在我心中，而我也是他的朋友。”至尊人格首神的这种偏心是很自然的。照顾自己孩子的人并不是出于偏心，而是进行爱的交流。孩子依靠父亲的情感，而父亲充满深情地养育孩子。同样，由于奉献者除了至尊主的莲花足外不知道别的，至尊主总是准备保护祂的奉献者，满足他们的愿望。因此祂说：“琨缇的儿子啊！你勇敢地宣布，我的奉献者永不毁灭(kaunteya pratijānīhi na me bhaktaḥ praṇaśyati)。”

到此为止，结束了巴克提韦丹塔对《圣典博伽瓦谭》第8篇第12章——“至尊主的摩黑妮形象使主希瓦迷惑”所作的阐释。

第十三章

对未来玛努的描述

前面的篇章中已经讲述了十四位玛努中的六位玛努(Manu)。现在，这一章将连续讲述第七位到第十四位玛努。第七位玛努是维瓦斯万(Vivasvān)的儿子，名叫刷达戴瓦(Śrāddhadeva)。他有十个儿子，分别名叫依克施瓦库(Ikṣvāku)、拿巴嘎(Nabhaga)、兑施塔(Dhṛṣṭa)、沙尔亚提(Śaryāti)、纳瑞相塔(Nariṣyanta)、纳巴嘎(Nābhāga)、迪施塔(Diṣṭa)、塔茹沙(Tarūṣa)、普日沙铎(Pṛṣadhra)和瓦苏曼(Vasumān)。在这个玛努统治期间(manvantara)，阿迪提亚们(Ādityas)、瓦苏们(Vasus)、茹铎们(Rudras)、维施维戴瓦们(Viśvedevas)、玛茹特们(Maruts)、阿施维尼·库玛尔兄弟(Aśvinī-kumāras)和瑞布们(Ṛbhus)都是半神人，天帝因铎(Indra)名叫普冉达尔(Purandara)，七位圣人分别是喀夏帕(Kaśyapa)、阿特瑞(Atri)、瓦希施塔(Vasiṣṭha)、维施瓦弥陀(Viśvāmitra)、高塔玛(Gautama)、佳玛达格尼(Jamadagni)和巴尔杜瓦佳(Bharadvāja)。在这个玛努统治期间，至尊人格首神维施努化身以喀夏帕之子的身份从阿迪缇(Aditi)的子宫显现。

在第八位玛努统治期内担当玛努一职的将是萨瓦尔尼(Sāvarṇi)。他为首的儿子是尼尔摩卡(Nirmoka)。半神人中将有苏塔帕们(Sutapās)。维柔查纳(Virocana)的儿子巴利(Bali)将担任因铎的职位，而嘎拉瓦(Gālava)、帕茹阿舒茹阿玛(Paraśurāma)将是七圣人中的成员。在这个玛努统治期内，至尊人格首神的化身将以戴瓦古赫亚(Devaguhya)和萨茹阿斯瓦缇(Sarasvatī)的儿子萨尔瓦宝玛(Sārvabhauma)的身份显现。

在第九位玛努统治期内，达克沙·萨瓦尔尼(Dakṣa-sāvarṇi)将担任玛努的职位。他为首的儿子是布塔凯图(Bhūtaketu)，半神人中将有玛瑞祺嘎尔巴们(Marīcigarbhas)。阿德布塔(Adbhuta)将担任天帝因铎的职位，迪尤提曼(Dyutimān)将是七圣人之一。在这位玛努统治期间，至尊主的化身瑞沙巴(Ṛṣabha)将诞生，他的父母将是阿尤施曼(Āyuṣmān)和安布妲尔(Ambudhārā)。

在第十位玛努统治期内，布茹阿玛·萨瓦尔尼(Brahma-sāvarṇi)将担当玛努一职。布瑞什纳(Bhūriṣeṇa)将是他其中的一个儿子，哈维施曼(Haviṣmān)和其他人是七位圣人。半神人中有苏瓦萨纳们(Suvāsanas)，商布(Śambhu)担当因铎一职。在这个玛努统治期内，至尊主的化身维施瓦克森纳(Viṣvaksena)透过维舒祺(Viṣūcī)的子宫显现在名叫维施瓦刷施塔(Viśvasraṣṭā)的布茹阿玛纳(婆罗门)家中，他将是商布的朋友。

在第十一位玛努统治期内担当玛努一职的是达尔玛·萨瓦尔尼(Dharma-sāvarṇi)，他有以萨提亚达尔玛(Satyadharma)为首的十个儿子。半神人中有维汉嘎玛们(Vihaṅgamas)，天帝因铎名叫外德瑞特(Vaidhṛta)，阿茹纳(Aruṇa)和其他人担当七圣人。在这个玛努统治期间，至尊主的化身是达尔玛赛图(Dharmasetu)。他作为阿尔亚卡(Āryaka)和外德瑞塔(Vaidhṛtā)的儿子显现。

在第十二位玛努统治期内，茹铎·萨瓦尔尼(Rudra-sāvarṇi)将担任玛努一职。他首要的儿子是戴瓦万(Devavān)，哈瑞塔们(Haritas)和其他人将当半神人。那时，瑞塔达玛(Ṛtadhāmā)将当因铎，塔袍穆尔提等人将是七圣人。在这个玛努统治期内，至尊主的化身苏达玛(Sudhama)——斯瓦达玛(Svadhama)，将透过孙日塔(Sunṛtā)的子宫显现。祂父亲名叫萨提亚萨哈(Satyasaha)。

在第十三位玛努统治期内担任玛努一职的将是戴瓦·萨瓦尔尼(Deva-sāvarṇi)，他的儿子中将有祺陀森纳(Citrasena)。苏卡尔玛们和其他人将当半神人，因铎一职将由迪瓦斯帕提担任，尼尔摩卡(Nirmoka)是七圣人中的一员。至尊主在这个玛努统治期内的化身是尤给士瓦尔(Yogeśvara)。祂父母的名字将是戴瓦厚陀(Devahotra)和布瑞哈缇(Bṛhatī)。

在第十四位玛努统治期内，因铎·萨瓦尔尼(Indra-sāvarṇi)将担任玛努一职。他将会有乌茹(Uru)和刚毕尔(Gambhīra)等儿子。半神人将由帕维陀们(Pavitras)和其他人担任，舒祺(Śuci)将是天帝因铎。七位圣人中将有阿格尼(Agni)和巴胡(Bāhu)。至尊主在这个玛努统治期内的化身名叫毕尔哈德巴努(Bṛhadbhānu)。他由萨陀亚纳(Satrāyaṇa)通过维塔娜(Vitānā)的子宫生出。

这些玛努的统治期总长度是一千次四个年代的循环，也就是四百三十万年乘以一千那么长。

第 1 节

श्रीशुक उवाच
मनुर्विवस्वतः पुत्रः श्राद्धदेव इति श्रुतः ।
सप्तमो वर्तमानो यस्तदपत्यानि मे शृणु ॥१॥

śrī-śuka uvāca
manur vivasvataḥ putraḥ
śrāddhadeva iti śrutaḥ
saptamo vartamāno yas
tad-apatyāni me śṛṇu

śrī-śukaḥ uvāca—圣舒卡戴瓦·哥斯瓦米说 / manuḥ—玛努 / vivasvataḥ—太阳神的 / putraḥ—儿子 / śrāddhadevaḥ—作为刷达戴瓦 / iti—如此 / śrutaḥ—著名的 / saptamaḥ—第七位 / vartamānaḥ—现在 / yaḥ—……的他 / tat—他的 / apatyāni—孩子 / me—从我 / śṛṇu—聆听

译文　舒卡戴瓦·哥斯瓦米说：现在这位名叫刷达戴瓦的玛努，是管辖太阳星球的神明维瓦斯万的儿子。刷达戴瓦是第七位玛努。现在请听我讲述他的儿子们。

第2—3节

इक्ष्वाकुर्नभगश्चैव धृष्टः शर्यातिरेव च ।
नरिष्यन्तोऽथ नाभागः सप्तमो दिष्ट उच्यते ॥ २ ॥

तरूषश्च पृषध्रश्च दशमो वसुमान् स्मृतः ।
मनोर्वैवस्वतस्यैते दशपुत्राः परन्तप ॥ ३ ॥

ikṣvākur nabhagaś caiva
dhṛṣṭaḥ śaryātir eva ca
nariṣyanto 'tha nābhāgaḥ
saptamo diṣṭa ucyate

tarūṣaś ca pṛṣadhraś ca
daśamo vasumān smṛtaḥ
manor vaivasvatasyaite
daśa-putrāḥ parantapa

ikṣvākuḥ—依克施瓦库 / nabhagaḥ—拿巴嘎 / ca—也 / eva—事实上 / dhṛṣṭaḥ—兑施塔 / śaryātiḥ—沙尔亚提 / eva—确实 / ca—也 / nariṣyantaḥ—纳瑞相塔 / atha—以及 / nābhāgaḥ—纳巴嘎 / saptamaḥ—第七位 / diṣṭaḥ—迪施塔 / ucyate—是如此著名 / tarūṣaḥ ca—和塔茹沙 / pṛṣadhraḥ ca—和普日沙铎 / daśamaḥ—第十位 / vasumān—瓦苏曼 / smṛtaḥ—知名的 / manoḥ—玛努的 / vaivasvatasya—外瓦斯瓦塔的 / ete—所有这些 / daśa-putrāḥ—十个儿子 / parantapa—君王啊

译文 帕瑞克西特王啊！这位玛努有十个儿子，前六个是依克施瓦库、拿巴嘎、兑施塔、沙尔亚提、纳瑞相塔、纳巴嘎。第七个儿子名叫迪施塔。接下来是塔茹沙、普日沙铎，以及第十个儿子瓦苏曼。

第4节

आदित्या वसवो रुद्रा विश्वेदेवा मरुद्गणाः ।
अश्विनावृभवो राजन्निन्द्रस्तेषां पुरन्दरः ॥ ४ ॥

ādityā vasavo rudrā
　viśvedevā marud-gaṇāḥ
aśvināv ṛbhavo rājann
　indras teṣāṁ purandaraḥ

ādityāḥ—阿迪提亚们 / vasavaḥ—瓦苏们 / rudrāḥ—茹铎们 / viśve-devāḥ—维施维戴瓦们 / marut-gaṇāḥ—玛茹特们 / aśvinau—二位阿施维尼·库玛尔兄弟 / ṛbhavaḥ—瑞布们 / rājan—君王啊 / indraḥ—天堂帝王 / teṣām—他们的 / purandaraḥ—普冉达尔

译文　君王啊！在这个玛努统治期间，阿迪提亚们、瓦苏们、茹铎们、维施维戴瓦们、玛茹特们、二位阿施维尼·库玛尔兄弟和瑞布们，都是半神人。他们的君王(因铎)是普冉达尔。

第 5 节

कश्यपोऽत्रिर्वसिष्ठश्च विश्वामित्रोऽथ गौतमः ।
जमदग्निर्भरद्वाज इति सप्तर्षयः स्मृताः ॥५॥

kaśyapo 'trir vasiṣṭhaś ca
　viśvāmitro 'tha gautamaḥ
jamadagnir bharadvāja
　iti saptarṣayaḥ smṛtāḥ

kaśyapaḥ—喀夏帕 / atriḥ—阿特瑞 / vasiṣṭhaḥ—瓦希施塔 / ca—和 / viśvāmitraḥ—维施瓦弥陀 / atha—以及 / gautamaḥ—高塔玛 / jama-dagniḥ—佳玛达格尼 / bharadvājaḥ—巴尔杜瓦佳 / iti—如此 / sapta-ṛṣa-yaḥ—七位圣人 / smṛtāḥ—著名的

译文　喀夏帕、阿特瑞、瓦希施塔、维施瓦弥陀、高塔玛、佳玛达格尼和巴尔杜瓦佳，被称为七圣人。

第 6 节

अत्रापि भगवज्जन्म कश्यपाददितेरभूत् ।
आदित्यानामवरजो विष्णुर्वामनरूपधृक् ॥ ६ ॥

atrāpi bhagavaj-janma
kaśyapād aditer abhūt
ādityānām avarajo
viṣṇur vāmana-rūpa-dhṛk

atra—在这位玛努统治期间 / api—无疑地 / bhagavat-janma—至尊人格首神的显现 / kaśyapāt—透过喀夏帕 · 牟尼 / aditeḥ—阿迪缇母亲的 / abhūt—变得可能 / ādityānām—阿迪缇亚们的 / avara-jaḥ—最小的一位 / viṣṇuḥ—主维施努本人 / vāmana-rūpa-dhṛk—显现为主瓦玛纳

译文 在这位玛努统治期间，至尊人格首神显现为全体阿迪缇亚中最小的一位，是侏儒瓦玛纳。祂的父亲是喀夏帕，母亲是阿迪缇。

第 7 节

सङ्क्षेपतो मयोक्तानि सप्तमन्वन्तराणि ते ।
भविष्याण्यथ वक्ष्यामि विष्णोः शक्त्यान्वितानि च ॥ ७ ॥

saṅkṣepato mayoktāni
sapta-manvantarāṇi te
bhaviṣyāṇy atha vakṣyāmi
viṣṇoḥ śaktyānvitāni ca

saṅkṣepataḥ—简短地 / mayā—由我 / uktāni—解释 / sapta—七 / manu-antarāṇi—玛努的更换 / te—向你 / bhaviṣyāṇi—未来的玛努们 / atha—也 / vakṣyāmi—我将讲述 / viṣṇoḥ—主维施努的 / śaktyā anvitāni—被赋予能量 / ca—也

译文　我简短地给你讲解了七位玛努的状况。现在，我将讲述未来的玛努们，以及主维施努的化身。

第8节

विवस्वतश्च द्वे जाये विश्वकर्मसुते उभे ।
संज्ञा छाया च राजेन्द्र ये प्रागभिहिते तव ॥८॥

vivasvataś ca dve jāye
viśvakarma-sute ubhe
saṁjñā chāyā ca rājendra
ye prāg abhihite tava

vivasvataḥ—维瓦斯万的 / ca—也 / dve—两个 / jāye—妻子 / viśva-karma-sute—维施瓦卡尔玛的两个女儿 / ubhe—她们俩 / saṁjñā—桑格雅 / chāyā—查雅 / ca—和 / rāja-indra—君王啊 / ye—两个都是 / prāk—在……之前 / abhihite—叙述 / tava—向你

译文　君王啊！我前面讲过维施瓦卡尔玛的两个女儿桑格雅和查雅。她们是太阳神维瓦斯万的前两位妻子。

第9节

तृतीयां वडवामेके तासां संज्ञासुतास्त्रयः ।
यमो यमी श्राद्धदेवश्छायायाश्च सुताञ्छृणु ॥९॥

tṛtīyāṁ vaḍavām eke
tāsāṁ saṁjñā-sutās trayaḥ
yamo yamī śrāddhadevaś
chāyāyāś ca sutāñ chṛṇu

tṛtīyām—第三位妻子 / vaḍavām—瓦妲娃 / eke—有些人 / tāsām—所有三位妻子的 / saṁjñā-sutāḥ trayaḥ—桑格雅的三个孩子 / yamaḥ—一个儿子名叫雅玛 / yamī—一个女儿名叫雅蜜 / śrāddhadevaḥ—另一

个儿子刷达戴瓦 / chāyāyāḥ－查雅的 / ca－和 / sutān－儿子们 / śṛṇu－请听有关

译文 据说太阳神的第三位妻子，名叫瓦妲娃。在这三位妻子中，名叫桑格雅的妻子生了三个孩子，分别名叫雅玛、雅蜜和刷达戴瓦。现在让我来描述查雅的孩子。

第 10 节

सावर्णिस्तपती कन्या भार्या संवरणस्य या ।
शनैश्चरस्तृतीयोऽभूदश्विनौ वडवात्मजौ ॥१०॥

sāvarṇis tapatī kanyā
bhāryā saṁvaraṇasya yā
śanaiścaras tṛtīyo 'bhūd
aśvinau vaḍavātmajau

sāvarṇiḥ－萨瓦尔尼 / tapatī－塔帕缇 / kanyā－女儿 / bhāryā－妻子 / saṁvaraṇasya－桑瓦茹阿纳王的 / yā－……的她 / śanaiścaraḥ－沙奈施查尔 / tṛtīyaḥ－第三个孩子 / abhūt－出生 / aśvinau－阿施维尼两兄弟 / vaḍavā-ātma-jau－名叫瓦妲娃的妻子生的儿子们

译文 查雅有一个名叫萨瓦尔尼的儿子和名叫塔帕缇的女儿。这个女儿后来当了桑瓦茹阿纳王的妻子。查雅的第三个孩子是土星沙奈施查尔。瓦妲娃生了两个儿子，被称为阿施维尼兄弟。

第 11 节

अष्टमेऽन्तर आयाते सावर्णिर्भविता मनुः ।
निर्मोकविरजस्काद्याः सावर्णितनया नृप ॥११॥

aṣṭame 'ntara āyāte
sāvarṇir bhavitā manuḥ
nirmoka-virajaskādyāḥ
sāvarṇi-tanayā nṛpa

aṣṭame—第八位 / antare—玛努的时期 / āyāte—到来时 / sāvarṇiḥ—萨瓦尔尼 / bhavitā—将成为 / manuḥ—第八位玛努 / nirmoka—尼尔摩卡 / virajaska-ādyāḥ—维茹阿佳斯卡和他人 / sāvarṇi—萨瓦尔尼的 / tanayāḥ—儿子们 / nṛpa—君王啊

译文 君王啊！到第八位玛努统治期时，萨瓦尔尼将成为玛努。他的儿子中将有尼尔摩卡和维茹阿佳斯卡两人。

要旨 现在是外瓦斯瓦塔·玛努(Vaivasvata Manu)统治期。按照天文学计算，我们现在正处在外瓦斯瓦塔·玛努统治的第二十八个年代循环(yuga)中。每一个玛努的寿命是七十一个年代循环，主布茹阿玛的一天中由十四位这样的玛努统治。我们现在正处在第七位玛努——外瓦斯瓦塔·玛努统治期内，再过好几百万年才会进入第八位玛努统治期。但舒卡戴瓦·哥斯瓦米(Śukadeva Gosvāmī)从权威人士那里听到预言，第八位玛努将是萨瓦尔尼，而尼尔摩卡(Nirmoka)和维茹阿佳斯卡(Virajaska)将是他的儿子。经典可以预言今后的好几百万年中将发生的事情。

第12节

तत्र देवाः सुतपसो विरजा अमृतप्रभाः ।
तेषां विरोचनसुतो बलिरिन्द्रो भविष्यति ॥१२॥

tatra devāḥ sutapaso
virajā amṛtaprabhāḥ
teṣāṁ virocana-suto
balir indro bhaviṣyati

tatra—在那位玛努统治期间 / devāḥ—半神人们 / sutapasaḥ—苏塔帕们 / virajāḥ—维茹阿佳们 / amṛtaprabhāḥ—阿姆瑞塔帕巴们 / teṣām—他们的 / virocana-sutaḥ—维柔查纳的儿子 / baliḥ—巴利王 / indraḥ—天堂君王 / bhaviṣyati—将成为

译文 在第八位玛努统治期间，半神人中将有苏塔帕们、维茹阿佳们及阿姆瑞塔帕巴们。半神人的君王因铎将由维柔查纳的儿子巴利王担任。

第 13 节

दत्त्वेमां याचमानाय विष्णवे यः पदत्रयम् ।
राद्धमिन्द्रपदं हित्वा ततः सिद्धिमवाप्स्यति ॥१३॥

dattvemāṁ yācamānāya
viṣṇave yaḥ pada-trayam
rāddham indra-padaṁ hitvā
tataḥ siddhim avāpsyati

dattvā－给予布施 / imām－这整个宇宙 / yācamānāya－是向他乞讨的人 / viṣṇave－对主维施努 / yaḥ－巴利王 / pada-trayam－三跨步的地 / rāddham－赢得 / indra-padam－因铎的职位 / hitvā－放弃 / tataḥ－那之后 / siddhim－完美 / avāpsyati－将达到

译文 巴利王将三跨步长度的地作为礼物送给主维施努，而这一布施使他失去了三个世界。但是，当主维施努对巴利王把一切都献给祂感到满意时，巴利王将达到生命的完美境界。

要旨 《博伽梵歌》(Bhagavad-gītā)第7章的第3节诗中说明：在千万人中，也许只有一个人力求达到完美(manuṣyāṇāṁ sahasreṣu kaścid yatati siddhaye)。这节诗文中解释这种成就说：当主维施努对巴利王把一切都献给祂感到满意时，巴利王将达到生命的完美境界(Rāddham indra-padaṁ hitvā tataḥ siddhim avāpsyati)。梵文“完美境界(Siddhi)”指的是得到主维施努(Viṣṇu)的恩惠，而不是指瑜伽神通(yoga-siddhi)。能变得如一颗粒子般小(aṇimā)，能变得比一根羽毛还轻(laghimā)，能变得比最重的东西还重(mahimā)，可以随心所欲地隔空取物(prāpti)，拥有心想事成的力量(prākāmya)，可以自由行事，甚至只凭意愿就造出神奇的东西或毁灭东西(īśitva)，可以控制所有的物质元素(vaśitva)，以及可以使自己变形，甚至变出异想天开的形状(kāmāvasāyitā)等瑜伽神通都是短暂的。最高的完美境界是得到主维施努的恩惠。

第 14 节

योऽसौ भगवता बद्धः प्रीतेन सुतले पुनः ।
निवेशितोऽधिके स्वर्गादधुनास्ते स्वराडिव ॥१४॥

yo 'sau bhagavatā baddhaḥ
prītena sutale punaḥ
niveśito 'dhike svargād
adhunāste sva-rāḍ iva

yaḥ—巴利王 / asau—他 / bhagavatā—被人格首神 / baddhaḥ—捆绑 / prītena—由于偏爱 / sutale—在苏塔拉王国中 / punaḥ—再次 / niveśitaḥ—处于 / adhike—更富有 / svargāt—比天堂星球 / adhunā—现在 / āste—处在 / sva-rāṭ iva—与因铎平等的地位

译文　人格首神满怀深情地绑起巴利王，将他安置在比天堂星球更富裕的苏塔拉王国。巴利王就住在那星球上，住得比天帝因铎还舒服。

第 15—16 节

गालवो दीप्तिमान् रामो द्रोणपुत्रः कृपस्तथा ।
ऋष्यशृङ्गः पितास्माकं भगवान् बादरायणः ॥१५॥

इमे सप्तर्षयस्तत्र भविष्यन्ति स्वयोगतः ।
इदानीमासते राजन् स्वे स्व आश्रममण्डले ॥१६॥

gālavo dīptimān rāmo
 droṇa-putraḥ kṛpas tathā
ṛṣyaśṛṅgaḥ pitāsmākaṁ
 bhagavān bādarāyaṇaḥ

ime saptarṣayas tatra
 bhaviṣyanti sva-yogataḥ
idānīm āsate rājan
 sve sva āśrama-maṇḍale

gālavaḥ一嘎拉瓦 / dīptimān一迪普提曼 / rāmaḥ一帕茹阿舒茹阿玛 / droṇa-putraḥ一朵纳查尔亚的儿子阿施瓦塔玛 / kṛpaḥ一奎帕查尔亚 / tathā一以及 / ṛṣyaśṛṅgaḥ一瑞夏顺嘎 / pitā asmākam一我们的父亲 / bhagavān一首神的化身 / bādarāyaṇaḥ一维亚萨戴瓦 / ime一他们全体 / sapta-ṛṣayaḥ一七位圣人 / tatra一在第八位玛努统治期间 / bhaviṣyanti一将成为 / sva-yogataḥ一作为他们为至尊主服务的一个结果 / idānīm一现在 / āsate一他们都存在 / rājan一君王啊 / sve sve一在他们自己的 / āśrama-maṇḍale一不同的僻静住所

译文 君王啊！在第八位玛努统治期间，伟大的人物嘎拉瓦、迪普提曼、帕茹阿舒茹阿玛、阿施瓦塔玛、奎帕查尔亚、瑞夏顺嘎和我们的父亲维亚萨戴瓦——纳茹阿亚纳的化身，将是七位圣人。现在，他们都居住在自己的灵修所内。

第 17 节

देवगुह्यात्सरस्वत्यां सार्वभौम इति प्रभुः ।
स्थानं पुरन्दराद् धृत्वा बलये दास्यतीश्वरः ॥१७॥

devaguhyāt sarasvatyāṁ
 sārvabhauma iti prabhuḥ
sthānaṁ purandarād dhṛtvā
 balaye dāsyatīśvaraḥ

devaguhyāt一从祂父亲戴瓦古赫亚 / sarasvatyām一在萨茹阿斯瓦缇的子宫中 / sārvabhaumaḥ一萨尔瓦宝玛 / iti一如此 / prabhuḥ一主

人 / sthānam－地方 / purandarāt－从主因铎 / hṛtvā－夺走 / balaye－向巴利王 / dāsyati－将给予 / īśvaraḥ－主人

译文　在第八位玛努统治期间，极其强大有力的人格首神萨尔瓦宝玛将显现。祂的父母将是戴瓦古赫亚和萨茹阿斯瓦缇。祂将从普冉达尔(主因铎)手中夺走天堂王国，将它交给巴利王。

第 18 节

नवमो दक्षसावर्णिर्मनुर्वरुणसम्भवः ।
भूतकेतुर्दीप्तकेतुरित्याद्यास्तत्सुता नृप ॥१८॥

navamo dakṣa-sāvarṇir
manur varuṇa-sambhavaḥ
bhūtaketur dīptaketur
ity ādyās tat-sutā nṛpa

navamaḥ－第九位 / dakṣa-sāvarṇiḥ－达克沙·萨瓦尔尼 / manuḥ－玛努 / varuṇa-sambhavaḥ－作为瓦茹纳的儿子出生 / bhūtaketuḥ－布塔凯图 / dīptaketuḥ－迪普塔凯图 / iti－如此 / ādyāḥ－以及等等 / tat－他的 / sutāḥ－儿子们 / nṛpa－君王啊

译文　君王啊！第九位玛努将是瓦茹纳的儿子达克沙·萨瓦尔尼。他的儿子中将有布塔凯图和迪普塔凯图。

第 19 节

पारामरीचिगर्भाद्या देवा इन्द्रोऽद्भुतः स्मृतः ।
द्युतिमत्प्रमुखास्तत्र भविष्यन्त्यृषयस्ततः ॥१९॥

pārā-marīcigarbhādyā
devā indro 'dbhutaḥ smṛtaḥ
dyutimat-pramukhās tatra
bhaviṣyanty ṛṣayas tataḥ

pārā－帕茹阿们 / marīcigarbha－玛瑞祺嘎尔巴们 / ādyāḥ－等等 / devāḥ－半神人们 / indraḥ－天堂的君王 / adbhutaḥ－阿德布塔 / smṛtaḥ－知名的 / dyutimat－迪尤提曼 / pramukhāḥ－以……为首 / tatra－在那第九位玛努统治期内 / bhaviṣyanti－将成为 / ṛṣayaḥ－七位圣人 / tataḥ－那时

译文 在这第九位玛努统治期间，半神人中将有帕茹阿们和玛瑞祺嘎尔巴们。天帝因铎的名字将是阿德布塔，而迪尤提曼将是七圣人之一。

第 20 节

आयुष्मतोऽम्बुधारायामृषभो भगवत्कला ।
भविता येन संराद्धां त्रिलोकीं भोक्ष्यतेऽद्भुतः ॥२०॥

āyuṣmato 'mbudhārāyām
ṛṣabho bhagavat-kalā
bhavitā yena saṁrāddhāṁ
tri-lokīṁ bhokṣyate 'dbhutaḥ

āyuṣmataḥ－父亲阿尤施曼的 / ambudhārāyām－在母亲安布妲尔的子宫中 / ṛṣabhaḥ－瑞沙巴 / bhagavat-kalā－至尊人格首神的一个部分化身 / bhavitā－将会 / yena－由……人 / saṁrāddhām－所有的财富 / tri-lokīm－三个世界 / bhokṣyate－将享受 / adbhutaḥ－名叫阿德布塔的因铎

译文 至尊人格首神的部分化身瑞沙巴戴瓦将诞生，他的父母将是阿尤施曼和安布妲尔。他将让名叫阿德布塔的因铎享受三个世界的富裕。

第 21 节

दशमो ब्रह्मसावर्णिरुपश्लोकसुतो मनुः ।
तत्सुता भूरिषेणाद्या हविष्मत्प्रमुखा द्विजाः ॥२१॥

daśamo brahma-sāvarṇir
upaśloka-suto manuḥ
tat-sutā bhūriṣeṇādyā
haviṣmat pramukhā dvijāḥ

daśamaḥ－第十位玛努 / brahma-sāvarṇiḥ－布茹阿玛·萨瓦尔尼 / upaśloka-sutaḥ－乌帕施珞卡生的 / manuḥ－将是玛努 / tat-sutāḥ－他的儿子们 / bhūriṣeṇa-ādyāḥ－布瑞什纳和他人 / haviṣmat－哈维施曼 / pramukhāḥ－以……为首 / dvijāḥ－七位圣人

译文　乌帕施珞卡的名叫布茹阿玛·萨瓦尔尼的儿子，将是第十位玛努。他的儿子中将有布瑞什纳。以哈维施曼为首的布茹阿玛纳将是七位圣人。

第 22 节

हविष्मान् सुकृतः सत्यो जयो मूर्तिस्तदा द्विजाः ।
सुवासनविरुद्धाद्या देवाः शम्भुः सुरेश्वरः ॥२२॥

haviṣmān sukṛtaḥ satyo
jayo mūrtis tadā dvijāḥ
suvāsana-viruddhādyā
devāḥ śambhuḥ sureśvaraḥ

haviṣmān－哈维施曼 / sukṛtaḥ－苏奎塔 / satyaḥ－萨提亚 / jayaḥ－佳亚 / mūrtiḥ－穆尔提 / tadā－那时 / dvijāḥ－七位圣人 / suvāsana－苏瓦萨纳们 / viruddha－维茹达们 / ādyāḥ－等等 / devāḥ－半神人们 / śambhuḥ－商布 / sura-īśvaraḥ－半神人的君王因铎

译文　哈维施曼、苏奎塔、萨提亚、佳亚、穆尔提和其他人将是七位圣人。半神人中将有苏瓦萨纳们和维茹达们，而商布将是他们的君王因铎。

第 23 节

विष्वक्सेनो विषूच्यां तु शम्भोः सख्यं करिष्यति ।
जातः स्वांशेन भगवान् गृहे विश्वसृजो विभुः ॥२३॥

viṣvakseno viṣūcyāṁ tu
śambhoḥ sakhyaṁ kariṣyati
jātaḥ svāṁśena bhagavān
gṛhe viśvasṛjo vibhuḥ

viṣvaksenaḥ—维施瓦克森纳 / viṣūcyām—维舒祺的子宫中 / tu—那时 / śambhoḥ—商布的 / sakhyam—友谊 / kariṣyati—将制造 / jātaḥ—被生下 / sva-aṁśena—由一个完整扩展 / bhagavān—至尊人格首神 / gṛhe—在家中 / viśvasṛjaḥ—维施瓦刷施塔的 / vibhuḥ—最有力量的至尊主

译文 在维施瓦刷施塔家中，至尊人格首神的一个完整扩展将从维舒祺的子宫中以维施瓦克森纳化身显现。他将与商布做朋友。

第 24 节

मनुर्वै धर्मसावर्णिरेकादशम आत्मवान् ।
अनागतास्तत्सुताश्च सत्यधर्मादयो दश ॥२४॥

manur vai dharma-sāvarṇir
ekādaśama ātmavān
anāgatās tat-sutāś ca
satyadharmādayo daśa

manuḥ—玛努 / vai—事实上 / dharma-sāvarṇiḥ—达尔玛·萨瓦尔尼 / ekādaśamaḥ—第十一位 / ātmavān—感官的控制者 / anāgatāḥ—今后将来到 / tat—他的 / sutāḥ—儿子们 / ca—和 / satyadharma-ādayaḥ—萨提亚达尔玛和其他人 / daśa—十

译文 在第十一位玛努统治期间，精通灵性知识的达尔玛·萨瓦尔尼将担任玛努一职。他将生育以萨提亚达尔玛为首的十个儿子。

第 25 节

विहङ्गमाः कामगमा निर्वाणरुचयः सुराः ।
इन्द्रश्च वैधृतस्तेषामृषयश्चारुणादयः ॥२५॥

vihaṅgamāḥ kāmagamā
nirvāṇarucayaḥ surāḥ
indraś ca vaidhṛtas teṣām
ṛṣayaś cāruṇādayaḥ

vihaṅgamāḥ—维汉嘎玛们 / kāmagamāḥ—卡玛嘎玛们 / nirvāṇarucayaḥ—尼尔瓦纳茹祺们 / surāḥ—半神人们 / indraḥ—天帝因铎 / ca—也 / vaidhṛtaḥ—外德瑞塔 / teṣām—他们的 / ṛṣayaḥ—七位圣人 / ca—也 / aruṇa-ādayaḥ—以阿茹纳为首

译文 那时，维汉嘎玛们、卡玛嘎玛们、尼尔瓦纳茹祺们和其他人将是半神人。半神人的君王因铎，将是外德瑞塔，七位圣人将以阿茹纳为首。

第 26 节

आर्यकस्य सुतस्तत्र धर्मसेतुरिति स्मृतः ।
वैधृतायां हरेरंशस्त्रिलोकीं धारयिष्यति ॥२६॥

āryakasya sutas tatra
dharmasetur iti smṛtaḥ
vaidhṛtāyāṁ harer aṁśas
tri-lokīṁ dhārayiṣyati

āryakasya—阿尔亚卡的 / sutaḥ—儿子 / tatra—在那段时间(第十一位玛努统治期) / dharmasetuḥ—达尔玛赛图 / iti—如此 / smṛtaḥ—

著名的 / vaidhṛtāyām－从母亲外德瑞塔 / hareḥ－至尊人格首神的 / aṁśaḥ－部分化身 / tri-lokīm－三个世界 / dhārayiṣyati－将统治

译文 阿尔亚卡的儿子——至尊人格首神的部分化身达尔玛赛图，将从阿尔亚卡的妻子外德瑞塔的子宫显现，并统治三个世界。

第 27 节

भविता रुद्रसावर्णी राजन्द्वादशमो मनुः ।
देववानुपदेवश्च देवश्रेष्ठादयः सुताः ॥२७॥

bhavitā rudra-sāvarṇī
rājan dvādaśamo manuḥ
devavān upadevaś ca
devaśreṣṭhādayaḥ sutāḥ

bhavitā－将出现 / rudra-sāvarṇiḥ－茹铎·萨瓦尔尼 / rājan－君王啊 / dvādaśamaḥ－第十二位 / manuḥ－玛努 / devavān－戴瓦万 / upadevaḥ－乌帕戴瓦 / ca－和 / devaśreṣṭha－戴瓦水施塔 / ādayaḥ－这样的人 / sutāḥ－玛努的儿子们

译文 君王啊！第十二位玛努的名字将是茹铎·萨瓦尔尼。他的儿子中将有戴瓦万、乌帕戴瓦和戴瓦水施塔。

第 28 节

ऋतधामा च तत्रेन्द्रो देवाश्च हरितादयः ।
ऋषयश्च तपोमूर्तिस्तपस्व्याग्नीध्रकादयः ॥२८॥

ṛtadhāmā ca tatrendro
devāś ca haritādayaḥ
ṛṣayaś ca tapomūrtis
tapasvy āgnīdhrakādayaḥ

ṛtadhāmā一瑞塔达玛 / ca一也 / tatra一在那段时期 / indraḥ一天堂的君王 / devāḥ一半神人们 / ca一和 / harita-ādayaḥ一以哈瑞塔们为首 / ṛṣayaḥ ca一和七位圣人 / tapomūrtiḥ一塔袍穆尔提 / tapasvī一塔帕斯维 / āgnīdhraka一阿格尼铎卡 / ādayaḥ一等等

译文　在这位玛努统治期间，因铎的名字将是瑞塔达玛，他将是以哈瑞塔们为首的半神人的君王。在圣人中将有塔袍穆尔提、塔帕斯维和阿格尼铎卡。

第 29 节

स्वधामाख्यो हरेरंशः साधयिष्यति तन्मनोः ।
अन्तरं सत्यसहसः सुनृतायाः सुतो विभुः ॥२९॥

svadhāmākhyo harer aṁśaḥ
sādhayiṣyati tan-manoḥ
antaraṁ satyasahasaḥ
sunṛtāyāḥ suto vibhuḥ

svadhāmā-ākhyaḥ一斯瓦达玛 / hareḥ aṁśaḥ一至尊人格首神的一个部分化身 / sādhayiṣyati一将统治 / tat-manoḥ一那位玛努的 / antaram一玛努统治期 / satyasahasaḥ一萨提亚萨哈的 / sunṛtāyāḥ一孙日塔的 / sutaḥ一儿子 / vibhuḥ一最强有力的

译文　至尊人格首神的部分化身斯瓦达玛将透过名叫孙日塔的母亲和萨提亚萨哈的父亲显现。他将在那个玛努统治期进行统治。

第 30 节

मनुस्त्रयोदशो भाव्यो देवसावर्णिरात्मवान् ।
चित्रसेनविचित्राद्या देवसावर्णिदेहजाः ॥३०॥

manus trayodaśo bhāvyo
deva-sāvarṇir ātmavān

citrasena-vicitrādyā
deva-sāvarṇi-dehajāḥ

manuḥ—玛努 / trayodaśaḥ—第十三位 / bhāvyaḥ—将成为 / deva-sāvarṇiḥ—戴瓦·萨瓦尔尼 / ātmavān—高度的灵性知识 / citrasena—祺陀森纳 / vicitra-ādyāḥ—和维祺陀等其他人 / deva-sāvarṇi—戴瓦·萨瓦尔尼的 / deha-jāḥ—儿子们

译文 第十三位玛努的名字将是戴瓦·萨瓦尔尼，他会具有高度的灵性知识。他的儿子中将有祺陀森纳和维祺陀。

第 31 节

देवाः सुकर्मसुत्रामसंज्ञा इन्द्रो दिवस्पतिः ।
निर्मोकतत्त्वदर्शाद्या भविष्यन्त्यृषयस्तदा ॥३१॥

devāḥ sukarma-sutrāma-
saṁjñā indro divaspatiḥ
nirmoka-tattvadarśādyā
bhaviṣyanty ṛṣayas tadā

devāḥ—半神人们 / sukarma—苏卡尔玛们 / sutrāma-saṁjñāḥ—和苏陀玛们 / indraḥ—天堂的君王 / divaspatiḥ—迪瓦斯帕提 / nirmoka—尼尔摩卡 / tattvadarśa-ādyāḥ—和塔特瓦达尔沙等其他人 / bhaviṣyanti—将成为 / ṛṣayaḥ—七位圣人 / tadā—那时

译文 在第十三位玛努统治期内，半神人中将有苏卡尔玛们及苏陀玛们。迪瓦斯帕提将是天堂的君王，而七位圣人中将有尼尔摩卡和塔特瓦达尔沙。

第 32 节

देवहोत्रस्य तनय उपहर्ता दिवस्पतेः ।
योगेश्वरो हरेरंशो बृहत्यां सम्भविष्यति ॥३२॥

devahotrasya tanaya
upahartā divaspateḥ
yogeśvaro harer aṁśo
bṛhatyāṁ sambhaviṣyati

devahotrasya—戴瓦厚陀 / tanayaḥ—儿子 / upahartā—恩人 / diva-spateḥ—那时的因铎迪瓦斯帕提的 / yoga-īśvaraḥ—神秘力量的主人尤给士瓦尔 / hareḥ aṁśaḥ—至尊人格首神的一个部分代表 / bṛha-tyām—在他母亲布瑞哈缇的子宫中 / sambhaviṣyati—将显现

译文　至尊人格首神的部分化身将显现为戴瓦厚陀的儿子尤给士瓦尔。祂母亲的名字将是布瑞哈缇。祂将从事有利于迪瓦斯帕提的活动。

第33节

मनुर्वा इन्द्रसावर्णिश्चतुर्दशम एष्यति ।
उरुगम्भीरबुधाद्या इन्द्रसावर्णिवीर्यजाः ॥३३॥

manur vā indra-sāvarṇiś
caturdaśama eṣyati
uru-gambhīra-budhādyā
indra-sāvarṇi-vīryajāḥ

manuḥ—玛努 / vā—然而 / indra-sāvarṇiḥ—因铎·萨瓦尔尼 / ca-turdaśamaḥ—第十四位 / eṣyati—将成为 / uru—乌茹 / gambhīra—刚毕尔 / budha-ādyāḥ—和布达等其他人 / indra-sāvarṇi—因铎·萨瓦尔尼的 / vīrya-jāḥ—生于……的精液

译文　第十四位玛努的名字将是因铎·萨瓦尔尼。他将会有乌茹、刚毕尔和布达等儿子。

第 34 节

पवित्राश्चाक्षुषा देवाः शुचिरिन्द्रो भविष्यति ।
अग्निर्बाहुः शुचिः शुद्धो मागधाद्यास्तपस्विनः ॥३४॥

pavitrāś cākṣuṣā devāḥ
śucir indro bhaviṣyati
agnir bāhuḥ śuciḥ śuddho
māgadhādyās tapasvinaḥ

pavitrāḥ—帕维陀们 / cākṣuṣāḥ—和查克舒沙们 / devāḥ—半神人们 / śuciḥ—舒祺 / indraḥ—天帝 / bhaviṣyati—将成为 / agniḥ—阿格尼 / bāhuḥ—巴胡 / śuciḥ—舒祺 / śuddhaḥ—舒达 / māgadha—玛嘎达 / ādyāḥ—等等 / tapasvinaḥ—圣人们

译文 半神人中将有帕维陀们和查克舒沙们，舒祺将是天帝因铎。七位圣人将由阿格尼、巴胡、舒祺、舒达、玛嘎达和其他伟大的权威人士担当。

第 35 节

सत्रायणस्य तनयो बृहद्भानुस्तदा हरिः ।
वितानायां महाराज क्रियातन्तून् वितायिता ॥३५॥

satrāyaṇasya tanayo
bṛhadbhānus tadā hariḥ
vitānāyāṁ mahārāja
kriyā-tantūn vitāyitā

satrāyaṇasya—萨陀亚纳的 / tanayaḥ—儿子 / bṛhadbhānuḥ—毕尔哈德巴努 / tadā—那时 / hariḥ—至尊人格首神 / vitānāyām—在维塔娜的子宫中 / mahā-rāja—君王啊 / kriyā-tantūn—所有的灵性活动 / vitāyitā—将从事

译文　帕瑞克西特王啊！在第十四位玛努统治期间，至尊人格首神将从维塔娜的子宫显现，祂父亲的名字将是萨陀亚纳。这位化身将以毕尔哈德巴努闻名于世，祂将从事灵性活动。

第 36 节

राजंश्चतुर्दशैतानि त्रिकालानुगतानि ते ।
प्रोक्तान्येभिर्मितः कल्पो युगसाहस्रपर्ययः ॥३६॥

rājaṁś caturdaśaitāni
tri-kālānugatāni te
proktāny ebhir mitaḥ kalpo
yuga-sāhasra-paryayaḥ

rājan—君王啊 / caturdaśa—十四位 / etāni—所有这些 / tri-kāla—三段时间(过去、现在和将来) / anugatāni—覆盖 / te—对你 / proktāni—讲述了 / ebhiḥ—由这些 / mitaḥ—估计 / kalpaḥ—布茹阿玛的一天 / yuga-sāhasra—四个年代的一千次循环 / paryayaḥ—由……构成

译文　君王啊！我现在给你描述了在过去、现在和将来显现的十四位玛努。这些玛努统治时间的总长度是一千个年代循环。这称为卡勒帕，也就是主布茹阿玛的一天。

到此为止，结束了巴克提韦丹塔对《圣典博伽瓦谭》第8篇第13章——“对未来玛努的描述”所作的阐释。

第十四章

宇宙管理体系

这一章讲述的是至尊人格首神给玛努(Manu)规定的职责。所有的玛努，以及他们的儿子、圣人、半神人和天帝因铎(Indra)，都按照至尊人格首神的各种化身所给予的命令做事。在每一个由萨提亚年代(Satya-yuga)、杜瓦帕尔年代(Dvāpara-yuga)、特瑞塔年代(Tretā-yuga)和喀历年代(Kali-yuga)构成的四年代(catur-yuga)交替结束时，圣人们便按照至尊人格首神的命令传播韦达知识，以恢复永恒的宗教原则。玛努的职责是重建宗教体系。玛努的儿子们执行玛努的命令。就这样，整个宇宙由玛努和他们的后代维系着。天帝因铎是天堂星球的统治者，在半神人的协助下统治三个世界。至尊人格首神在不同的年代也化身显现。祂显现为萨纳卡(Sanaka)、萨纳坦(Sanātana)、雅格亚瓦勒克亚(Yājñavalkya)和达塔垂亚(Dattātreya)等，给予有关灵性知识、规定职责和神秘瑜伽(yoga)原理等方面的教导。祂显现为玛瑞祺(Marīci)等生物体祖先，创造人或动、植物等各种后代。祂显现为君王，惩罚无赖和恶棍。祂以时间的形式毁灭创造。有人也许要争辩说："既然全能的至尊人格首神可以仅仅凭祂的意愿就完成一切，祂为什么还要安排那么多人物做管理工作？"受错觉能量玛亚(māyā)钳制的人无法明白祂怎么和为什么做这一切。

第 1 节

श्रीराजोवाच

मन्वन्तरेषु भगवन् यथा मन्वादयस्त्विमे ।

यस्मिन् कर्मणि ये येन नियुक्तास्तद्वदस्व मे ॥१॥

śrī-rājovāca
manvantareṣu bhagavan
yathā manv-ādayas tv ime
yasmin karmaṇi ye yena
niyuktās tad vadasva me

śrī-rājā uvāca—帕瑞克西特王说 / manvantareṣu—在每一个玛努统治期内 / bhagavan—伟大的圣人啊 / yathā—如此 / manu-ādayaḥ—玛努和其他人 / tu—但是 / ime—这些 / yasmin—在……中 / karmaṇi—活动 / ye—……人 / yena—由…… / niyuktāḥ—委任的 / tat—那 / vadasva—请讲述 / me—对我

译文　帕瑞克西特王询问道：最富有的舒卡戴瓦·哥斯瓦米啊！请为我解释，玛努和每一个玛努统治期内的人物如何致力于他们各自的职责；他们是遵从谁的命令这样做的。

第 2 节

श्रीऋषिरुवाच
मनवो मनुपुत्राश्च मुनयश्च महीपते ।
इन्द्राः सुरगणाश्चैव सर्वे पुरुषशासनाः ॥२॥

śrī-ṛṣir uvāca
manavo manu-putrāś ca
munayaś ca mahī-pate
indrāḥ sura-gaṇāś caiva
sarve puruṣa-śāsanāḥ

śrī-ṛṣiḥ uvāca—圣舒卡戴瓦·哥斯瓦米说 / manavaḥ—所有的玛努 / manu-putrāḥ—玛努所有的儿子们 / ca—和 / munayaḥ—全体伟大的圣人 / ca—和 / mahī-pate—君王啊 / indrāḥ—所有的因铎 / sura-gaṇāḥ—半神人们 / ca—和 / eva—肯定地 / sarve—他们全体 / puruṣa-śāsanāḥ—在至尊人的统治下

译文　舒卡戴瓦·哥斯瓦米说：君王啊！玛努们、玛努的儿子们、伟大的圣人、众多的因铎和所有的半神人，都由雅格亚等至尊人格首神的各种化身指定。

第 3 节

यज्ञादयो याः कथिताः पौरुष्यस्तनवो नृप ।
मन्वादयो जगद्यात्रां नयन्त्याभिः प्रचोदिताः ॥ ३ ॥

yajñādayo yāḥ kathitāḥ
pauruṣyas tanavo nṛpa
manv-ādayo jagad-yātrāṁ
nayanty ābhiḥ pracoditāḥ

yajña-ādayaḥ－至尊主的称为雅格亚的化身和其他化身 / yāḥ－……人 / kathitāḥ－已经解说 / pauruṣyaḥ－至尊人的 / tanavaḥ－化身们 / nṛpa－君王啊 / manu-ādayaḥ－玛努和其他人 / jagat-yātrām－宇宙事务 / nayanti－管理 / ābhiḥ－由化身们 / pracoditāḥ－得到启示

译文　君王啊！我已经给你解释了至尊主的雅格亚等各种化身。玛努们和其他人物都由这些化身挑选，并在他们的指导下管理宇宙事务。

要旨　玛努们执行至尊人格首神以各种化身所给予的命令。

第 4 节

चतुर्युगान्ते कालेन ग्रस्ताञ्छ्रुतिगणान् यथा ।
तपसा ऋषयोऽपश्यन् यतो धर्मः सनातनः ॥ ४ ॥

catur-yugānte kālena
grastāñ chruti-gaṇān yathā
tapasā ṛṣayo ’paśyan
yato dharmaḥ sanātanaḥ

catuḥ-yuga-ante—在每次的四个年代(萨提亚、杜瓦帕尔、特瑞塔和喀历)结束时 / kālena—在适当的时候 / grastān—失去 / śruti-gaṇān—韦达教导 / yathā—在……时 / tapasā—通过苦修 / ṛṣayaḥ—伟大圣洁的人 / apaśyan—因为看到误用 / yataḥ—自何处 / dharmaḥ—规定职责 / sanātanaḥ—永恒的

译文 在每一次四个年代交替结束时，伟大圣洁的人看到人类的永恒职责被误用，就重建宗教原则。

要旨 在这节诗中，梵文“职责(dharmaḥ)”和“永恒的(sanātanaḥ)”二个词十分重要。从萨提亚年代(Satya-yuga)到喀历年代(Kali-yuga)，宗教原则和职责逐渐降低。在萨提亚年代中，人们毫不偏离地执行宗教原则。然而，到特瑞塔年代(Tretā-yuga)，人们开始有些疏忽这些原则，只继续遵守四分之三的宗教原则。在杜瓦帕尔年代(Dvāpara-yuga)中只有一半的宗教原则得到继续执行，宗教原则逐渐消失，到喀历年代就只剩下四分之一了。在喀历年代末期，宗教原则或人类的职责几乎丧失殆尽。事实上，我们这个喀历年代虽然只过了五千年，但人们已经十分明显地很少遵守永恒的宗教原则。因此，圣洁之人的责任是：为全人类的利益而认真遵守宗教原则，并努力地宣传、重建宗教原则。奎师那意识运动就是按照这一原则开创的。正如《圣典博伽瓦谭》(Śrīmad-Bhāgavatam)第12篇第3章的第51节诗说明：

kaler doṣa-nidhe rājann
  asti hy eko mahān guṇaḥ
kīrtanād eva kṛṣṇasya
  mukta-saṅgaḥ paraṁ vrajet

整个喀历年代充满了缺陷，恰似由缺陷构成的无边汪洋。但奎师那意识运动极有权威性。因此，跟随圣柴坦亚·玛哈帕布(Caitanya Mahāprabhu)的步伐，我们努力按照前辈灵性导师的命

令，在全世界介绍由祂在五百年前开创的集体歌唱神的圣名运动(saṅkīrtana或kṛṣṇa-kīrtana)。现在，如果这场运动的拓展者严格遵守规范原则，为全人类的利益而推展这场运动，他们必将通过重建宗教原则——人类的永恒职责而引领一种崭新的生活方式。侍奉奎师那是人类永恒的宗教职责(jīvera 'svarūpa' haya-kṛṣṇera 'nitya-dāsa)。这是永恒宗教原则的目的。梵文萨纳坦(sanātana)的意思是“永恒的(nitya)”，奎师那·达斯(kṛṣṇa-dāsa)的意思是“奎师那的仆人”。人类永恒的职责是为奎师那服务。这是奎师那意识运动总体的实质。

第5节

ततो धर्मं चतुष्पादं मनवो हरिणोदिताः ।
युक्ताः सञ्चारयन्त्यद्धा स्वे स्वे काले महीं नृप ॥५॥

tato dharmaṁ catuṣpādaṁ
manavo hariṇoditāḥ
yuktāḥ sañcārayanty addhā
sve sve kāle mahīṁ nṛpa

tataḥ－那之后(喀历年代结束时) / dharmam－宗教原则 / catuḥ-pādam－以四个部分 / manavaḥ－全体玛努 / hariṇā－由至尊人格首神 / uditāḥ－被指示 / yuktāḥ－致力于 / sañcārayanti－重新建立 / ad-dhā－直接地 / sve sve－在他们自己中 / kāle－时间 / mahīm－在这个世界里 / nṛpa－君王啊

译文 那之后，君王啊！玛努们因为按照至尊人格首神的教导，全心致力于重建规定职责中完整的四部分原则。

要旨 正如《博伽梵歌》中所解释，达尔玛(Dharma)——职责，可以重建为完整的四个部分。《博伽梵歌》第4章的第1节诗记载，至尊主说：

imaṁ vivasvate yogaṁ
proktavān aham avyayam
vivasvān manave prāha
manur ikṣvākave 'bravīt

“我给太阳神维瓦斯万讲授了这门不朽的瑜伽科学，维瓦斯万把它传授给人类之父玛努，玛努随后又将其传授给依克施瓦库。”这是师徒传承的程序。奎师那意识运动按照这同一个程序，毫不偏离地教导《博伽梵歌原意》的原则。这个时代的人们如果有幸接受主奎师那的教导，就必将因为执行圣柴坦亚·玛哈帕布的使命而感到快乐。柴坦亚·玛哈帕布想要每一个人，至少是印度人，成为这个使命的宣传者。换句话说，人们应该成为灵性导师，为人类的和平与繁荣在全世界宣传至尊主的教导。

第6节

पालयन्ति प्रजापाला यावदन्तं विभागशः ।
यज्ञभागभुजो देवा ये च तत्रान्विताश्च तैः ॥६॥

pālayanti prajā-pālā
yāvad antaṁ vibhāgaśaḥ
yajña-bhāga-bhujo devā
ye ca tatrānvitāś ca taiḥ

pālayanti－执行命令／prajā-pālāḥ－世界的统治者——玛努的儿孙／yāvat antam－到玛努统治期结束／vibhāgaśaḥ－各个部分／yajña-bhāga-bhujaḥ－祭祀结果的享受者／devāḥ－半神人们／ye－其他人／ca－也／tatra anvitāḥ－做那件事／ca－也／taiḥ－由他们

译文 为享受祭祀的结果，世界的统治者——玛努的儿子和孙子们，执行至尊人格首神的命令直到玛努统治期结束。半神人也分享这些祭祀的结果。

要旨　正如《博伽梵歌》第4章的第2节诗说明：

evaṁ paramparā-prāptam
imaṁ rājarṣayo viduḥ

“这门至高无上的科学就这样通过师徒传承世代相传，神圣的君王都经这渠道了解它。”这师徒传承(paramparā)从玛努到依克施瓦库，从依克施瓦库到他的儿子和孙子。师徒传承中的历代世界帝王，都执行至尊人格首神的命令。有志于过和平生活的人，必须参加这个师徒传承并举行祭祀(yajña)。作为圣柴坦亚·玛哈帕布传下的高迪亚·外士纳瓦(Gauḍīya Vaiṣṇava)师徒传承中的成员，我们必须在全世界举行集体歌唱神的圣名运动祭祀(yajñaiḥ saṅkīrtana-prāyair yajanti hi sumedhasaḥ)。圣柴坦亚·玛哈帕布是至尊人格首神在这个喀历年代中的化身；我们倘若在全世界积极地开展这场集体歌唱神的圣名运动，就很容易令祂满意。毫无疑问，这也将使世人感到快乐。

第7节

इन्द्रो भगवता दत्तां त्रैलोक्यश्रियमूर्जिताम् ।
भुञ्जानः पाति लोकांस्त्रीन् कामं लोके प्रवर्षति ॥ ७ ॥

indro bhagavatā dattāṁ
trailokya-śriyam ūrjitām
bhuñjānaḥ pāti lokāṁs trīn
kāmaṁ loke pravarṣati

indraḥ－天堂君王 / bhagavatā－由至尊人格首神 / dattām－给予 / trailokya－三个世界的 / śriyam ūrjitām－巨大的财富 / bhuñjānaḥ－享受 / pāti－维系 / lokān－所有的星球 / trīn－在三个世界中 / kāmam－所需要的那么多 / loke－这个世界中 / pravarṣati－倾泻雨水

译文 天帝因铎从至尊人格首神得到祝福，从而享受高度发达的财富，并通过向所有的星球倾注足量的雨水，维系遍布三个世界中的众生。

第8节

ज्ञानं चानुयुगं ब्रूते हरिः सिद्धस्वरूपधृक् ।
ऋषिरूपधरः कर्म योगं योगेशरूपधृक् ॥ ८ ॥

jñānaṁ cānuyugaṁ brūte
harīḥ siddha-svarūpa-dhṛk
ṛṣi-rūpa-dharaḥ karma
yogaṁ yogeśa-rūpa-dhṛk

jñānam—超然的知识 / ca—和 / anuyugam—按照年代 / brūte—解释 / harīḥ—至尊人格首神 / siddha-svarūpa-dhṛk—呈现萨纳卡和萨纳坦等解脱之人的形象 / ṛṣi-rūpa-dharaḥ—呈现雅格亚瓦勒克亚等伟大圣洁的人的形象 / karma—功利性活动 / yogam—神秘瑜伽体系 / yoga-īśa-rūpa-dhṛk—通过呈现达塔垂亚等大瑜伽师的形象

译文 在每一个年代中，至尊人格首神哈尔依都呈现萨纳卡等解脱之人的形象，传播超然的知识；呈现雅格亚瓦勒克亚等大圣人的形象，教导功利性活动的方式；呈现达塔垂亚等非凡瑜伽师的形象，教导神秘瑜伽体系。

要旨 为了利益人类社会，至尊主不仅化身为玛努正确地统治宇宙，而且还呈现教师、瑜伽师(yogī)和知识思辨者(jñānī)等形象。因此，人类社会的责任是接受由至尊主以实际行动指明的路途。在如今这个年代中，由至尊人格首神亲自讲述的《博伽梵歌》包括了韦达知识的全部精华；不仅如此，同一位至尊首神还呈现圣柴坦亚·玛哈帕布的形象，将《博伽梵歌》的教导扩展到全世界。换句话说，至尊人格首神哈尔依(Hari)对人类社会是如此仁慈，以至总是渴望将坠落到物质世界里的灵魂带回家园，带回到祂自己身边。

第 9 节

सर्गं प्रजेशरूपेण दस्यून् हन्यात्स्वराड्वपुः ।
कालरूपेण सर्वेषामभावाय पृथग्गुणः ॥ ९ ॥

sargaṁ prajeśa-rūpeṇa
dasyūn hanyāt svarāḍ-vapuḥ
kāla-rūpeṇa sarveṣām
abhāvāya pṛthag guṇaḥ

sargam—创造后代 / prajā-īśa-rūpeṇa—以生物体祖先玛瑞祺的形象和其他人 / dasyūn—盗贼和恶棍 / hanyāt—杀死 / sva-rāṭ-vapuḥ—以君王的形象 / kāla-rūpeṇa—以时间的形象 / sarveṣām——切的 / abhāvāya—为毁灭 / pṛthak—不同的 / guṇaḥ—拥有品质

译文　至尊人格首神以生物体祖先玛瑞祺的形象生育各种后代；以君王的形象杀死盗贼和恶棍；以时间的形象毁灭一切。应该明白，物质存在所有不同的质量，都是至尊人格首神的品质。

第 10 节

स्तूयमानो जनैरेभिर्मायया नामरूपया ।
विमोहितात्मभिर्नानादर्शनैर्न च दृश्यते ॥१०॥

stūyamāno janair ebhir
māyayā nāma-rūpayā
vimohitātmabhir nānā-
darśanair na ca dṛśyate

stūyamānaḥ—被追寻 / janaiḥ—被人民大众 / ebhiḥ—被他们全体 / māyayā—在玛亚的影响下 / nāma-rūpayā—具有不同的名字和形

象 / vimohita—迷惑 / ātmabhiḥ—被错觉 / nānā—各种各样的 / darśa-naiḥ—透过哲学研究 / na—不 / ca—和 / dṛśyate—至尊人格首神能被找到

译文　人民大众被错觉能量所迷惑，因此试图透过各种类型的调查研究和哲学推测找到绝对真理——至尊人格首神。但他们无法看到至尊主。

要旨　因这个物质世界的创造、维系和毁灭而产生的作用及反作用，其实都是由同一位至尊人引发的。世上有各种各样的哲学家试图以各种名义和形式找出最初的原因，但都无法找到至尊人格首神奎师那，而祂在《博伽梵歌》中解释说：祂是万事万物的源头，是一切原因的起因(ahaṁ sarvasya prabhavaḥ)。这种无能为力由至尊主的错觉能量造成。与他们相反，奉献者如实地接受至尊人格首神，仅仅靠歌唱至尊主的荣耀就保持十分快乐的状态。

第 11 节

एतत्कल्पविकल्पस्य प्रमाणं परिकीर्तितम् ।
यत्र मन्वन्तराण्याहुश्चतुर्दश पुराविदः ॥११॥

etat kalpa-vikalpasya
pramāṇaṁ parikīrtitam
yatra manvantarāṇy āhuś
caturdaśa purāvidaḥ

etat—所有这些 / kalpa—在主布茹阿玛的一天当中 / vikalpa-sya—在一千个年代循环中的改变，如玛努的更换 / pramāṇam—证据 / parikīrtitam—讲述(由我) / yatra—在……期间 / manvantarāṇi—玛努的统治期 / āhuḥ—说 / caturdaśa—十四位 / purā-vidaḥ—博学的学者

译文　在主布茹阿玛的一天——一个卡勒帕中，发生许多被称为维卡勒帕的改变。君王啊！我以前给你解释过所有这一切。了解过去、现在和未来的博学学者明确地知道，布茹阿玛的一天中有十四位玛努。

到此为止，结束了巴克提韦丹塔对《圣典博伽瓦谭》第8篇第14章——“宇宙管理体系”所作的阐释。

第十五章

巴利王攻克天堂星球

这一章描述的是巴利王举行“征服天下的祭祀(Viśvajit-yajña)”后，获赐一辆战车和各种战争必备品。他用获得的一切向天堂君王发起进攻。全体半神人都因为惧怕他而按照他们灵性导师(guru)的指示逃离了天堂星球。帕瑞克西特王(Mahārāja Parīkṣit)想了解主瓦玛纳戴瓦(Vāmanadeva)是如何通过乞求三跨步的地而拿走巴利王(Bali Mahārāja)的一切并逮捕他的。圣舒卡戴瓦·哥斯瓦米(Śukadeva Gosvāmī)对这个问题作出如下的解释。

正如这一篇第11章的描述，在恶魔和半神人之间的战斗中，巴利王被打败并死于战斗中，但舒夸查尔亚(Śukrācārya)仁慈地使他重新恢复生命，他为此忠诚地侍奉他的灵性导师舒夸查尔亚。布瑞古(Bhṛgu)的后代们对他感到满意，于是让他举行“征服天下的祭祀”。在举行这祭祀的过程中，马匹、一辆战车、一面旗帜、一张弓、一个盔甲和两筒箭从祭祀之火中出来。巴利王的祖父帕拉德王(Mahārāja Prahlāda)送给巴利王一串永恒的花环，舒夸查尔亚给他一个海螺。巴利王在向帕拉德、布茹阿玛纳(brāhmaṇa)和他的灵性导师舒夸查尔亚致敬后，做好与因铎(Indra)作战的准备，便与他的士兵们一道起程前往因铎城(Indrapurī)。他吹响海螺，开始攻击因铎王国的外围。因铎看到巴利王的英勇无畏和高超本领后，去找自己的灵性导师毕尔哈斯帕提(Bṛhaspati)，告诉他有关巴利的军事力量，询问自己该做什么。毕尔哈斯帕提告诉半神人们，考虑到巴利王得到布茹阿玛纳赋予他的非凡力量，半神人不能与他作战。他们唯一的希望是获得至尊人格首神的支持。事实上，这是唯一的方法。鉴于当时的情况，毕尔哈斯帕提忠告半神人离开天堂星球，到别处躲藏起来。全体半神人听从了他们灵性导师的指示。于是，巴利王与他的同伴一起赢得了因铎的整个王国。布瑞古·牟尼的后代们深爱他们的门徒巴利王，让他举行一百场马祭(aśvamedha-yajña)。巴利王就这样享受着天堂星球的财富。

第1—2节

श्रीराजोवाच
बलेः पदत्रयं भूमेः कस्माद्धरिरयाचत ।
भूतेश्वरः कृपणवल्लब्धार्थोऽपि बबन्ध तम् ॥ १ ॥

एतद्वेदितुमिच्छामो महत्कौतूहलं हि नः ।
याञ्ञेश्वरस्य पूर्णस्य बन्धनं चाप्यनागसः ॥ २ ॥

śrī-rājovāca
baleḥ pada-trayaṁ bhūmeḥ
kasmād dharir ayācata
bhūteśvaraḥ kṛpaṇa-val
labdhārtho 'pi babandha tam

etad veditum icchāmo
mahat kautūhalaṁ hi naḥ
yācñeśvarasya pūrṇasya
bandhanaṁ cāpy anāgasaḥ

śrī-rājā uvāca—君王说 / baleḥ—巴利王的 / pada-trayam—三跨步 / bhūmeḥ—地的 / kasmāt—为什么 / hariḥ—至尊人格首神(以瓦玛纳的形象出现) / ayācata—乞讨 / bhūta-īśvaraḥ—所有宇宙的拥有者 / kṛpaṇa-vat—像个穷人一样 / labdha-arthaḥ—祂得到礼物 / api—尽管 / babandha—逮捕 / tam—他(巴利) / etat—所有这 / veditum—了解 / icchāmaḥ—我们想要 / mahat—非常 / kautūhalam—渴望 / hi—事实上 / naḥ—我们的 / yācñā—乞讨 / īśvarasya—至尊人格首神的 /

pūrṇasya—包含一切的…… / bandhanam—逮捕 / ca—也 / api—虽然 / anāgasaḥ—没有错误的他的

译文　帕瑞克西特王询问道：至尊人格首神是一切的拥有者。祂为何如同穷人般向巴利王乞讨三跨步长的土地？祂得到祂乞讨的礼物后为何还要逮捕巴利王？我很渴望了解这些矛盾背后的秘密。

第3节

श्रीशुक उवाच
पराजितश्रीरसुभिश्च हापितो
हीन्द्रेण राजन् भृगुभिः स जीवितः ।
सर्वात्मना तानभजद्भृगून् बलिः
शिष्यो महात्मार्थनिवेदनेन ॥ ३ ॥

śrī-śuka uvāca
parājita-śrīr asubhiś ca hāpito
hīndreṇa rājan bhṛgubhiḥ sa jīvitaḥ
sarvātmanā tān abhajad bhṛgūn baliḥ
śiṣyo mahātmārtha-nivedanena

śrī-śukaḥ uvāca—圣舒卡戴瓦·哥斯瓦米说 / parājita—被打败 / śrīḥ—财富 / asubhiḥ ca—而且生命…… / hāpitaḥ—被剥夺的 / hi—事实上 / indreṇa—被因铎王 / rājan—君王啊 / bhṛgubhiḥ—由布瑞古·牟尼的后裔 / saḥ—他(巴利王) / jīvitaḥ—使恢复生命 / sarva-ātmanā—全心归顺 / tān—他们 / abhajat—崇拜 / bhṛgūn—布瑞古·牟尼的后裔 / baliḥ—巴利王 / śiṣyaḥ—一个门徒 / mahātmā—伟大的灵魂 / artha-nivedanena—通过给予他们一切

译文　舒卡戴瓦·哥斯瓦米说：君王啊！当巴利王失去他所有的财富，战死沙场时，布瑞古·牟尼的一个后人舒夸查尔亚使他复活。为此，伟大的灵魂巴利王当了舒夸查尔亚的门徒，从此满怀信心地侍奉他，将自己有的一切都献给他。

第 4 节

तं ब्राह्मणा भृगवः प्रीयमाणा
अयाजयन् विश्वजिता त्रिणाकम् ।
जिगीषमाणं विधिनाभिषिच्य
महाभिषेकेण महानुभावाः ॥ ४ ॥

taṁ brāhmaṇā bhṛgavaḥ prīyamāṇā
ayājayan viśvajitā tri-ṇākam
jigīṣamāṇaṁ vidhinābhiṣicya
mahābhiṣekeṇa mahānubhāvāḥ

tam—向他(巴利王) / brāhmaṇāḥ—全体布茹阿玛纳 / bhṛgavaḥ—布瑞古·牟尼的后裔 / prīyamāṇāḥ—非常满意 / ayājayan—安排他举行一个祭祀 / viśvajitā—名为“征服天下” / tri-nākam—天堂星球 / jigīṣamāṇam—想要攻克 / vidhinā—按照规范原则 / abhiṣicya—净化后 / mahā-abhiṣekeṇa—通过在一个盛大的沐浴仪式中给他沐浴 / mahā-anubhāvāḥ—崇高的布茹阿玛纳

译文 布瑞古·牟尼的布茹阿玛纳后裔们都对巴利王很满意。巴利王想要攻克天帝因铎的王国。所以，他们净化他，按照规范原则为他正确地沐浴后，安排他举行名为“征服天下”的祭祀。

第 5 节

ततो रथः काञ्चनपट्टनद्धो
हयाश्च हर्यश्वतुरङ्गवर्णाः ।
ध्वजश्च सिंहेन विराजमानो
हुताशनादास हविर्भिरिष्टात् ॥ ५ ॥

tato rathaḥ kāñcana-paṭṭa-naddho
hayāś ca haryaśva-turaṅga-varṇāḥ
dhvajaś ca siṁhena virājamāno
hutāśanād āsa havirbhir iṣṭāt

tataḥ—那之后 / rathaḥ——辆战车 / kāñcana—用金子 / paṭṭa—和丝绸外衣 / naddhaḥ—包裹 / hayāḥ ca—还有马匹 / haryaśva-turaṅga-varṇāḥ—与因铎的马匹的颜色完全一样(黄色) / dhvajaḥ ca—还有一面旗帜 / siṁhena—有狮子的标志 / virājamānaḥ—存在的 / huta-aśa-nāt—从燃烧的烈火中 / āsa—曾有 / havirbhiḥ—通过供奉纯净的酥油 / iṣṭāt—崇拜

译文 当纯净酥油被供奉到祭祀之火中时，火中出现了一辆用金子和丝绸包裹的天国战车，还出现了像因铎拥有的那种黄色马匹，以及有狮子标志的旗帜。

第6节

धनुश्च दिव्यं पुरटोपनद्धं
तूणावरिक्तौ कवचं च दिव्यम् ।
पितामहस्तस्य ददौ च माला-
मम्लानपुष्पां जलजं च शुक्रः ॥ ६ ॥

dhanuś ca divyaṁ puraṭopanaddhaṁ
tūṇāv ariktau kavacaṁ ca divyam
pitāmahas tasya dadau ca mālām
amlāna-puṣpāṁ jalajaṁ ca śukraḥ

dhanuḥ——张弓 / ca—也 / divyam—不同寻常的 / puraṭa-upa-naddham—用金子包裹 / tūṇau—两个箭筒 / ariktau—永无过失的 / kavacam ca—和盔甲 / divyam—天国的 / pitāmahaḥ tasya—他祖父帕拉德王 / dadau—给予 / ca—和 / mālām——条花环 / amlāna-puṣpām—用永不凋谢的鲜花制成 / jala-jam——个海螺(产于水中) / ca—以及 / śukraḥ—舒夸查尔亚

译文 火中还出现一把镀金的弓、两筒百发百中的箭，以及天国才有的盔甲。巴利王的祖父帕拉德王送给巴利王一串永不枯萎的鲜花花环，舒卡查尔亚送给他一个海螺。

第7节

एवं स विप्रार्जितयोधनार्थ-
स्तैः कल्पितस्वस्त्ययनोऽथ विप्रान् ।
प्रदक्षिणीकृत्य कृतप्रणामः
प्रह्लादमामन्त्र्य नमश्चकार ॥ ७ ॥

evaṁ sa viprārjita-yodhanārthas
taiḥ kalpita-svastyayano 'tha viprān
pradakṣiṇī-kṛtya kṛta-praṇāmaḥ
prahrādam āmantrya namaś-cakāra

evam—就这样 / saḥ—他(巴利王) / vipra-arjita—获得布茹阿玛纳的恩典 / yodhana-arthaḥ—拥有作战用的装备 / taiḥ—由他们(布茹阿玛纳) / kalpita—忠告 / svastyayanaḥ—仪式的举行 / atha—正如 / viprān—全体布茹阿玛纳(舒夸查尔亚和其他人) / pradakṣiṇī-kṛtya—绕行 / kṛta-praṇāmaḥ—献上他恭敬的敬礼 / prahrādam—对帕拉德王 / āmantrya—说话 / namaḥ-cakāra—向他顶礼

译文 当巴利王按照布茹阿玛纳们的忠告举行特殊的仪式性典礼，并靠他们的恩典得到战斗武器配备后，他绕拜了众布茹阿玛纳，向他们顶礼。他也向帕拉德王致敬、顶礼。

第8—9节

अथारुह्य रथं दिव्यं भृगुदत्तं महारथः ।
सुस्रग्धरोऽथ सन्नह्य धन्वी खड्गी धृतेषुधिः ॥ ८ ॥

हेमाङ्गदलसद्बाहुः स्फुरन्मकरकुण्डलः ।
रराज रथमारूढो धिष्ण्यस्थ इव हव्यवाट् ॥ ९ ॥

athāruhya rathaṁ divyaṁ
　bhṛgu-dattaṁ mahārathaḥ
susrag-dharo 'tha sannahya
　dhanvī khaḍgī dhṛteṣudhiḥ

hemāṅgada-lasad-bāhuḥ
　sphuran-makara-kuṇḍalaḥ
rarāja ratham ārūḍho
　dhiṣṇya-stha iva havyavāṭ

atha—随即 / āruhya—登上 / ratham—战车 / divyam—天国的 / bhṛgu-dattam—由舒夸查尔亚给予 / mahā-rathaḥ—伟大的战车驾驭者巴利王 / su-srak-dharaḥ—由精制的花环做装饰 / atha—如此 / sannahya—用盔甲护身 / dhanvī—装备上一张弓 / khaḍgī—拿起一把宝刀 / dhṛta-iṣudhiḥ—带上一个箭筒 / hema-aṅgada-lasat-bāhuḥ—用金制臂镯装饰手臂 / sphurat-makara-kuṇḍalaḥ—用闪亮的蓝宝石耳坠作装饰 / rarāja—闪耀着 / ratham ārūḍhaḥ—登上战车 / dhiṣṇya-sthaḥ—在祭祀的祭坛上 / iva—如同 / havya-vāṭ—可崇拜的火

译文　接着，在登上舒夸查尔亚给的战车后，巴利王戴上美丽的花环，将盔甲套在身上，用弓、一筒箭及一把宝刀武装自己。他在战车的座位上坐下，手臂用金镯子装饰，耳戴蓝宝石耳坠，如同可崇拜的火一样闪亮。

第 10—11 节

तुल्यैश्वर्यबलश्रीभिः स्वयूथैर्दैत्ययूथपैः ।
पिबद्भिरिव खं दृग्भिर्दहद्भिः परिधीनिव ॥१०॥

वृतो विकर्षन्महतीमासुरीं ध्वजिनीं विभुः ।
ययाविन्द्रपुरीं स्वृद्धां कम्पयन्निव रोदसी ॥११॥

tulyaiśvarya-bala-śrībhiḥ
　sva-yūthair daitya-yūthapaiḥ
pibadbhir iva khaṁ dṛgbhir
　dahadbhiḥ paridhīn iva

vṛto vikarṣan mahatīm
āsurīṁ dhvajinīṁ vibhuḥ
yayāv indra-purīṁ svṛddhāṁ
kampayann iva rodasī

tulya-aiśvarya—同等富有 / bala—力量 / śrībhiḥ—和美丽方面 / sva-yūthaiḥ—被他的自己人 / daitya-yūtha-paiḥ—并由恶魔们的将领 / pibadbhiḥ—喝饮 / iva—犹如 / kham—天空 / dṛgbhiḥ—用目光 / dahadbhiḥ—燃烧着 / paridhīn—所有的方向 / iva—好似 / vṛtaḥ—围绕 / vikarṣan—吸引着 / mahatīm—很伟大 / āsurīm—恶魔的 / dhvajinīm—士兵 / vibhuḥ—最强有力的 / yayau—去 / indra-purīm—到因铎王的首都 / su-ṛddhām—十分富有 / kampayan—致使颤抖 / iva—恰似 / rodasī—整个世界的表面

译文 当他召集起他的士兵及与他一样强壮、富有和俊美的恶魔首领们时，他们看起来像是要吞下天空，用他们的目光燃烧四面八方。这样召集起恶魔士兵后，巴利王起程前往因铎富有的首都。事实上，他看似使整个世界的大地都在颤抖。

第 12 节

रम्यामुपवनोद्यानैः श्रीमद्भिर्नन्दनादिभिः ।
कूजद्विहङ्गमिथुनैर्गायन्मत्तमधुव्रतैः ।
प्रवालफलपुष्पोरुभारशाखामरद्रुमैः ॥१२॥

ramyām upavanodyānaiḥ
śrīmadbhir nandanādibhiḥ
kūjad-vihaṅga-mithunair
gāyan-matta-madhuvrataiḥ
pravāla-phala-puṣporu-
bhāra-śākhāmara-drumaiḥ

ramyām—很令人愉快的 / upavana—有果园 / udyānaiḥ—和花

园 / śrīmadbhiḥ—看上去很美 / nandana-ādibhiḥ—如南达纳那样的 / kūjat—啁啾 / vihaṅga—鸟儿们 / mithunaiḥ—成双成对 / gāyat—歌唱 / matta—发狂的 / madhu-vrataiḥ—与蜜蜂一起 / pravāla—叶子的 / phala-puṣpa—水果和鲜花 / uru—非常美妙 / bhāra—承受重量 / śākhā—……的树枝 / amara-drumaiḥ—永恒的树木

译文 因铎王的首都城市满是令人心旷神怡的果树林和南达纳那样的花园。树上的鲜花、树叶和水果的重量，压弯了那些永恒之树的枝头。成双成对叽喳叫着的小鸟和唱着歌的蜜蜂到访花园。整个环境就是仙境。

第 13 节

हंससारसचक्राह्वकारण्डवकुलाकुलाः ।
नलिन्यो यत्र क्रीडन्ति प्रमदाः सुरसेविताः ॥१३॥

hamsa-sārasa-cakrāhva-
kāraṇḍava-kulākulāḥ
nalinyo yatra krīḍanti
pramadāḥ sura-sevitāḥ

haṁsa—天鹅的 / sārasa—仙鹤 / cakrāhva—名叫查夸瓦卡的鸟儿 / kāraṇḍava—和水鸟 / kula—由成群的 / ākulāḥ—充满 / nali-nyaḥ—莲花 / yatra—那里 / krīḍanti—嬉戏 / pramadāḥ—美女 / sura-sevitāḥ—被半神人们保护

译文 花园里有满是天鹅、仙鹤、查夸瓦卡鸟和鸭子的莲花池塘，美丽的仙女们在半神人的保护下于花园中游戏、玩耍。

第 14 节

आकाशगङ्गया देव्या वृतां परिखभूतया ।
प्राकारेणाग्निवर्णेन साट्टालेनोन्नतेन च ॥१४॥

ākāśa-gaṅgayā devyā
vṛtāṁ parikha-bhūtayā
prākāreṇāgni-varṇena
sāṭṭālenonnatena ca

ākāśa-gaṅgayā—被称为阿喀莎的恒河水 / devyā—总是值得崇拜的女神 / vṛtām—围绕 / parikha-bhūtayā—如同一个战壕 / prākāreṇa—由壁垒 / agni-varṇena—类似火焰 / sa-aṭṭālena—由作战用的地方 / unnatena—十分高 / ca—和

译文 城市由注满了名叫阿喀莎的恒河水的水渠及颜色如火焰般的高墙环绕着。城墙上是为作战而设的胸墙。

第 15 节

रुक्मपट्टकपाटैश्च द्वारैः स्फटिकगोपुरैः ।
जुष्टां विभक्तप्रपथां विश्वकर्मविनिर्मिताम् ॥१५॥

rukma-paṭṭa-kapāṭaiś ca
dvāraiḥ sphaṭika-gopuraiḥ
juṣṭāṁ vibhakta-prapathāṁ
viśvakarma-vinirmitām

rukma-paṭṭa—有成块的金子 / kapāṭaiḥ—……的门 / ca—和 / dvāraiḥ—有入口 / sphaṭika-gopuraiḥ—有优质大理石制成的大门 / juṣṭām—连接的 / vibhakta-prapathām—有许多不同的公路 / viśvakarma-vinirmitām—由天堂建筑师维施瓦卡尔玛建造

译文 大门由牢固的金子铸成，门道由优质大理石砌成。各种公路连接着那些大门。整个城市由天堂建筑师维施瓦卡尔玛设计建造。

第 16 节

सभाचत्वररथ्याढ्यां विमानैर्न्यर्बुदैर्युताम् ।
शृङ्गाटकैर्मणिमयैर्वज्रविद्रुमवेदिभिः ॥१६॥

sabhā-catvara-rathyāḍhyāṁ
vimānair nyarbudair yutām
śṛṅgāṭakair maṇimayair
vajra-vidruma-vedibhiḥ

sabhā—聚会大厅 / catvara—庭院 / rathya—和公众道路 / āḍhyām—富裕的 / vimānaiḥ—由飞机 / nyarbudaiḥ—至少一亿 / yutām—具有 / śṛṅga-āṭakaiḥ—由十字路口 / maṇi-mayaiḥ—用珍珠制作 / vajra—用钻石制作 / vidruma—和珊瑚 / vedibhiḥ—有坐的地方

译文 城市中满是庭院、宽阔的大路、聚会大厅，以及至少一亿架飞机。十字路口用珍珠铺设，路边设置了由钻石和珊瑚制成的坐椅。

第 17 节

यत्र नित्यवयोरूपाः श्यामा विरजवाससः ।
भ्राजन्ते रूपवन्नार्यो ह्यर्चिर्भिरिव वह्नयः ॥१७॥

yatra nitya-vayo-rūpāḥ
śyāmā viraja-vāsasaḥ
bhrājante rūpavan-nāryo
hy arcirbhir iva vahnayaḥ

yatra—在那城市中 / nitya-vayaḥ-rūpāḥ—永远美丽和年轻的人 / śyāmāḥ—拥有夏玛的品质 / viraja-vāsasaḥ—总是穿着干净的衣服 / bhrājante—闪闪发光 / rūpa-vat—打扮漂亮 / nāryaḥ—女人 / hi—无疑地 / arcirbhiḥ—有许多火焰 / iva—如同 / vahnayaḥ—火

译文 永远美丽、年轻的仙女们身穿干净的衣服，光彩夺目恰似火焰般在城市中穿梭。她们都拥有夏玛的品质。

要旨 圣维施瓦纳特·查夸瓦尔提·塔库尔(Viśvanātha Cakravartī Ṭhākura)对被称为夏玛(śyāmā)的女性所具有的特质给予一些提示说：

śīta-kāle bhaved uṣṇā
uṣma-kāle suśītalāḥ
stanau sukaṭhinau yāsāṁ
tāḥ śyāmāḥ parikīrtitāḥ

身体冬暖夏凉且乳房一般都很坚挺的女人，被称为夏玛类的女性。

第 18 节

**सुरस्त्रीकेशविभ्रष्टनवसौगन्धिकस्रजाम् ।
यत्रामोदमुपादाय मार्ग आवाति मारुतः ॥१८॥**

sura-strī-keśa-vibhraṣṭa-
nava-saugandhika-srajām
yatrāmodam upādāya
mārga āvāti mārutaḥ

sura-strī—半神人的女人的 / keśa—从头发 / vibhraṣṭa—掉下 / nava-saugandhika—用新鲜、芳香的鲜花制成 / srajām—花环的 / yatra—其中 / āmodam—芬芳 / upādāya—携带 / mārge—在路上 / āvāti—吹拂 / mārutaḥ—微风

译文 微风在城市的街道中吹拂，携带着从仙女们头发上落下的鲜花的芬芳。

第 19 节

**हेमजालाक्षनिर्गच्छद्धूमेनागुरुगन्धिना ।
पाण्डुरेण प्रतिच्छन्नमार्गे यान्ति सुरप्रियाः ॥१९॥**

hema-jālākṣa-nirgacchad-
dhūmenāguru-gandhinā
pāṇḍureṇa praticchanna-
mārge yānti sura-priyāḥ

hema-jāla-akṣa－从金网制的精致小窗／nirgacchat－发散／dhūmena－被烟／aguru-gandhinā－因为点燃龙舌兰焚香／pāṇḍureṇa－非常白／praticchanna－笼罩／mārge－在街上／yānti－路过／sura-priyāḥ－天堂社交女郎

译文　天堂社交女郎走在街上，街道笼罩在从金丝编织出的华丽窗户飘出的龙舌兰焚香燃烧出的白色、芬芳的烟雾中。

第20节

मुक्तावितानैर्मणिहेमकेतुभि-
नार्नापताकावलभीभिरावृताम् ।
शिखण्डिपारावतभृङ्गनादितां
वैमानिकस्त्रीकलगीतमङ्गलाम् ॥२०॥

muktā-vitānair maṇi-hema-ketubhir
nānā-patākā-valabhībhir āvṛtām
śikhaṇḍi-pārāvata-bhṛṅga-nāditāṁ
vaimānika-strī-kala-gīta-maṅgalām

muktā-vitānaiḥ－被用珍珠作装饰的顶篷／maṇi-hema-ketubhiḥ－以及镶嵌着珍珠和金子的旗帜／nānā-patākā－拥有各种各样的旗帜／valabhībhiḥ－以及宫殿的圆顶／āvṛtām－覆盖／śikhaṇḍi－孔雀等飞禽／pārāvata－鸽子／bhṛṅga－蜜蜂／nāditām－各种声音震荡／vaimānika－登上飞机／strī－女人的／kala-gīta－从合唱／maṅgalām－充满吉祥

译文　城市上方有用珍珠装饰的遮阳顶篷，以及插着用珍珠和金子镶嵌之旗帜的宫殿圆顶。孔雀、鸽子和蜜蜂的叫声始终在城市中回荡，飞机满载一直在歌唱悦耳动听的吉祥歌曲的美丽仙女，在城市上空飞翔。

第 21 节

मृदङ्गशङ्खानकदुन्दुभिस्वनैः
सतालवीणामुरजेष्टवेणुभिः ।
नृत्यैः सवाद्यैरुपदेवगीतकै-
र्मनोरमां स्वप्रभया जितप्रभाम् ॥२१॥

mṛdaṅga-śaṅkhānaka-dundubhi-svanaiḥ
satāla-vīṇā-murajeṣṭa-veṇubhiḥ
nṛtyaiḥ savādyair upadeva-gītakair
manoramāṁ sva-prabhayā jita-prabhām

mṛdaṅga—鼓的 / śaṅkha—海螺 / ānaka-dundubhi—和定音鼓 / svanaiḥ—被声音 / sa-tāla—旋律完美地 / vīṇā——个弦乐器 / muraja——种鼓 / iṣṭa-veṇubhiḥ—由优美的笛音伴奏 / nṛtyaiḥ—和舞蹈 / sa-vādyaiḥ—有乐器合奏 / upadeva-gītakaiḥ—有歌仙等二流的半神人在歌唱 / manoramām—美丽且令人愉快的 / sva-prabhayā—被它本身的光彩 / jita-prabhām—胜过美丽的人格化身

译文 城市中到处是音乐会上正在演奏的姆瑞当嘎鼓、海螺、定音鼓、笛子和弦乐器发出的声音。歌仙的歌唱及舞蹈持续不断地进行着。因铎城市的综合美，使美丽的人格化身黯然失色。

第 22 节

यां न व्रजन्त्यधर्मिष्ठाः खला भूतद्रुहः शठाः ।
मानिनः कामिनो लुब्धा एभिर्हीना व्रजन्ति यत् ॥२२॥

yāṁ na vrajanty adharmiṣṭhāḥ
khalā bhūta-druhaḥ śaṭhāḥ
māninaḥ kāmino lubdhā
ebhir hīnā vrajanti yat

yām—在城市的街道上 / na—不 / vrajanti—经过 / adharmiṣṭhāḥ－反宗教人士 / khalāḥ－忌妒之人 / bhūta-druhaḥ－对他人施暴的人 / śaṭhāḥ－骗子 / māninaḥ－虚假的名望 / kāminaḥ－色欲 / lubdhāḥ－贪婪 / ebhiḥ－这些 / hīnāḥ－完全缺乏 / vrajanti－行走 / yat－在街上

译文　罪恶、忌妒、对其他生物体施暴、狡诈、骄傲、好色和贪婪的人，无法进入那城市。住在那里的人都没有这些缺陷。

第23节

तां देवधानीं स वरूथिनीपति-
बर्हिः समन्ताद्रुरुधे पृतन्यया ।
आचार्यदत्तं जलजं महास्वनं
दध्मौ प्रयुञ्जन् भयमिन्द्रयोषिताम् ॥२३॥

tāṁ deva-dhānīṁ sa varūthinī-patir
bahiḥ samantād rurudhe pṛtanyayā
ācārya-dattaṁ jalajaṁ mahā-svanaṁ
dadhmau prayuñjan bhayam indra-yoṣitām

tām－那 / deva-dhānīm－因铎生活的地方 / saḥ－他(巴利王) / varūthinī-patiḥ－战士的司令官 / bahiḥ－外面 / samantāt－从所有的方向 / rurudhe－攻击 / pṛtanyayā－被士兵们 / ācārya-dattam－由舒夸查尔亚给予 / jala-jam－海螺 / mahā-svanam－大声 / dadhmau－回响 / prayuñjan－制造 / bhayam－恐惧 / indra-yoṣitām－受因铎保护的全体女士的

译文　作为无数士兵的总司令，巴利王将他的士兵集结在这座因铎城外，从四面八方向它发起进攻。他吹响灵性导师舒夸查亚给他的海螺，令那些由因铎保护的仙女们胆战心惊。

第 24 节

मघवांस्तमभिप्रेत्य बलेः परममुद्यमम् ।
सर्वदेवगणोपेतो गुरुमेतदुवाच ह ॥२४॥

maghavāṁs tam abhipretya
baleḥ paramam udyamam
sarva-deva-gaṇopeto
gurum etad uvāca ha

maghavān—因铎 / tam—处境 / abhipretya—了解 / baleḥ—巴利王 / paramam udyamam—巨大的热情 / sarva-deva-gaṇa—被所有的半神人 / upetaḥ—陪伴 / gurum—向灵性导师 / etat—如下的话语 / uvāca—说 / ha—事实上

译文 因铎王和其他半神人看到巴利王不屈不挠的努力，明白他的动机，于是去找他的灵性导师毕尔哈斯帕提，说了如下一番话。

第 25 节

भगवन्नुद्यमो भूयान् बलेर्नः पूर्ववैरिणः ।
अविषह्यमिमं मन्ये केनासीत्तेजसोर्जितः ॥२५॥

bhagavann udyamo bhūyān
baler naḥ pūrva-vairiṇaḥ
aviṣahyam imaṁ manye
kenāsīt tejasorjitaḥ

bhagavan—我的导师啊 / udyamaḥ—热情 / bhūyān—伟大的 / baleḥ—巴利王的 / naḥ—我们的 / pūrva-vairiṇaḥ—过去的敌人 / aviṣahyam—不能忍受的 / imam—这 / manye—我想 / kena—被……人 / āsīt—得到 / tejasā—非凡的能力 / ūrjitaḥ—获得

译文 我的导师，我们长期的敌人巴利王现在重新燃起热情，他得到这种惊人的力量使我们认为，也许我们无法对抗他非凡的能力。

第 26 节

नैनं कश्चित्कुतो वापि प्रतिव्योढुमधीश्वरः ।
पिबन्निव मुखेनेदं लिहन्निव दिशो दश ।
दहन्निव दिशो दृग्भिः संवर्ताग्निरिवोत्थितः ॥२६॥

nainaṁ kaścit kuto vāpi
pratIvyoḍhum adhīśvaraḥ
pibann iva mukhenedaṁ
lihann iva diśo daśa
dahann iva diśo dṛgbhiḥ
saṁvartāgnir ivotthitaḥ

na—不 / enam—这安排 / kaścit—任何人 / kutaḥ—从任何地方 / vā api—或者 / prativyoḍhum—抵消 / adhīśvaraḥ—有能力的 / piban iva—犹如喝饮 / mukhena—经由嘴 / idam—这(世界) / lihan iva—好似舔起 / diśaḥ daśa—所有的十个方向 / dahan iva—仿佛燃烧 / diśaḥ—所有的方向 / dṛgbhiḥ—用他的目光 / saṁvarta-agniḥ—被称为毁灭世界的大火 / iva—如同 / utthitaḥ—现在升起

译文　根本没人能对抗巴利的这种军事部署。现在看来，巴利王试图用嘴喝干整个宇宙，用舌头去舔四面八方，用目光点燃所有的方向。事实上，他的出现恰似名叫“毁灭世界”的毁灭之火。

第 27 节

ब्रूहि कारणमेतस्य दुर्धर्षत्वस्य मद्रिपोः ।
ओजः सहो बलं तेजो यत एतत्समुद्यमः ॥२७॥

brūhi kāraṇam etasya
durdharṣatvasya mad-ripoḥ

ojaḥ saho balaṁ tejo
yata etat samudyamaḥ

brūhi—请告诉我们 / kāraṇam—原因 / etasya—所有这一切的 / durdharṣatvasya—难以对付的 / mat-ripoḥ—我的敌人的 / ojaḥ—非凡的能力 / sahaḥ—能量 / balam—力量 / tejaḥ—影响力 / yataḥ—自何处 / etat—所有这 / samudyamaḥ—努力

译文 请告诉我们。巴利王的力量、努力、影响和胜利的起因是什么？他如何变得如此热情似火？

第 28 节

श्रीगुरुरुवाच
जानामि मघवञ्छत्रोरुन्नतेरस्य कारणम् ।
शिष्यायोपभृतं तेजो भृगुभिर्ब्रह्मवादिभिः ॥२८॥

śrī-gurur uvāca
jānāmi maghavañ chatror
unnater asya kāraṇam
śiṣyāyopabhṛtaṁ tejo
bhṛgubhir brahma-vādibhiḥ

śrī-guruḥ uvāca—毕尔哈斯帕提说 / jānāmi—我知道 / maghavan—因铎啊 / śatroḥ—敌人的 / unnateḥ—……的提高 / asya—他的 / kāraṇam—原因 / śiṣyāya—对门徒 / upabhṛtam—赋予 / tejaḥ—力量 / bhṛgubhiḥ—由布瑞古的后裔 / brahma-vādibhiḥ—最强大的布茹阿玛纳

译文 半神人们的灵性导师毕尔哈斯帕提说：因铎啊！我了解你的敌人变得如此强大有力的原因。布瑞古·牟尼的布茹阿玛纳后代，对他们的门徒巴利王感到很满意，赋予了他这种非凡的力量。

要旨　半神人的灵性导师毕尔哈斯帕提(Bṛhaspati)告诉因铎：“巴利王和他的军队一般不可能达到这么强大的程度，但看来，布瑞古·牟尼(Bhṛgu Muni)的布茹阿玛纳后裔因为对巴利王很满意，所以赋予了他们这种灵性的力量。”换句话说，毕尔哈斯帕提告诉因铎，巴利王具有的非凡能力并非是他自己的，而是他那位地位崇高的灵性导师舒夸查尔亚赋予他的。我们每天都唱的祈祷文中的一句是：“凭借灵性导师的仁慈，我们得到奎师那的祝福。没有灵性导师的仁慈，我们无法取得进步(yasya prasādād bhagavat-prasādo yasyāprasādān na gatiḥ kuto 'pi)。”靠取悦灵性导师，人可以得到非凡的力量，尤其是在灵性进步的过程中更是如此。在争取灵性进步的过程中，灵性导师的祝福比个人的努力更具力量。正因为如此，纳柔塔玛·达斯·塔库尔(Narottama dāsa Ṭhākura)说：

guru-mukha-padma-vākya,　　cittete kariyā aikya,
āra nā kariha mane āśā

“把我们灵性导师用他的莲花口讲出的教导记在心中，全然接受。”人应该尤其为取得灵性进步而执行真正的灵性导师的命令，这将使人透过师徒传承得到至尊人格首神给予的原本的灵性力量(evaṁ paramparā-prāptam imaṁ rājarṣayo viduḥ)。

第 29 节

ओजस्विनं बलिं जेतुं न समर्थोऽस्ति कश्चन ।
भवद्विधो भवान् वापि वर्जयित्वेश्वरं हरिम् ।
विजेष्यति न कोऽप्येनं ब्रह्मतेजःसमेधितम् ।
नास्य शक्तः पुरः स्थातुं कृतान्तस्य यथा जनाः ॥२९॥

ojasvinaṁ baliṁ jetuṁ
na samartho 'sti kaścana

bhavad-vidho bhavān vāpi
　varjayitveśvaraṁ harim
vijeṣyati na ko 'py enaṁ
　brahma-tejaḥ-samedhitam
nāsya śaktaḥ puraḥ sthātuṁ
　kṛtāntasya yathā janāḥ

ojasvinam—如此强大 / balim—巴利王 / jetum—征服 / na—不 / samarthaḥ—能够 / asti—是 / kaścana—任何人 / bhavat-vidhaḥ—像你 / bhavān—你自己 / vā api—或者 / varjayitvā—除……之外 / īśvaram—至尊控制者 / harim—至尊人格首神 / vijeṣyati—将征服 / na—不 / kaḥ api—任何人 / enam—他(巴利王) / brahma-tejaḥ-samedhitam—现在被赋予非凡的灵性力量(brahma-tejas) / na—不 / asya—他的 / śaktaḥ—是能够 / puraḥ—前面 / sthātum—说 / kṛta-antasya—阎罗王的 / yathā—正如 / janāḥ—人们

译文 无论是你还是你的人，都无法战胜这最强有力的巴利王。事实上，除了至尊人格首神，没人能打败他，因为他现在被赋予了至高无上的灵性力量。正如没人能站在阎罗王面前，现在也没人能站在巴利王面前。

第 30 节

तस्मान्निलयमुत्सृज्य यूयं सर्वे त्रिविष्टपम् ।
यात कालं प्रतीक्षन्तो यतः शत्रोर्विपर्ययः ॥३०॥

tasmān nilayam utsṛjya
　yūyaṁ sarve tri-viṣṭapam
yāta kālaṁ pratīkṣanto
　yataḥ śatror viparyayaḥ

tasmāt—因此 / nilayam—不可见的 / utsṛjya—放弃 / yūyam—你 / sarve—全部 / tri-viṣṭapam—天堂王国 / yāta—去其他地方 / kālam—时间 / pratīkṣantaḥ—等待 / yataḥ—关于什么 / śatroḥ—你的敌人的 / viparyayaḥ—当情况扭转时

译文　因此，耐心等待你敌人的情况发生扭转性变化；现在你们都该离开天堂星球，到其他你们不会被看到的地方去。

第 31 节

एष विप्रबलोदर्कः सम्प्रत्यूर्जितविक्रमः ।
तेषामेवापमानेन सानुबन्धो विनङ्क्ष्यति ॥३१॥

eṣa vipra-balodarkaḥ
sampraty ūrjita-vikramaḥ
teṣām evāpamānena
sānubandho vinaṅkṣyati

eṣaḥ－这(巴利王) / vipra-bala-udarkaḥ－他因为被赋予布茹阿玛纳的力量而处于全盛时期 / samprati－现在 / ūrjita-vikramaḥ－极其有力 / teṣām－同样的布茹阿玛纳的 / eva－事实上 / apamānena－因为污辱 / sa-anubandhaḥ－与朋友和同伴们一起 / vinaṅkṣyati－将被征服

译文　现在，巴利王因为得到布茹阿玛纳给予他的祝福而变得极其强大有力。但等他晚些时候羞辱布茹阿玛纳时，他和他的朋友及助手就会被击败。

要旨　巴利王和因铎互为敌人。巴利王因为得到布茹阿玛纳的恩典而变得异常强大。因此，半神人的灵性导师毕尔哈斯帕一旦预言“当巴利王羞辱给予他力量的布茹阿玛纳时就会被打败”，作为巴利王的敌人，因铎自然很渴望了解那好时机究竟何时到来。为了安慰因铎王，毕尔哈斯帕提向他保证那时刻无疑会到来，因为毕尔哈斯帕提能看到，巴利王今后会公开违抗舒夸查尔亚的命令，以安慰主维施努——瓦玛纳戴瓦(Vāmanadeva)。当然，为了增强奎师那意识，人可以冒所有的风险。巴利王为了取悦瓦玛纳戴瓦，甘冒公开违抗他灵性导师舒夸查尔亚的命令的风险。为此，他将失去他所有的财产。然而，由于他为至尊主做奉爱服务，他得到的将比他期望的更多；未来，在第八个玛努统治期内，他将再次坐上因铎的王位。

第 32 节

एवं सुमन्त्रितार्थास्ते गुरुणार्थानुदर्शिना ।
हित्वा त्रिविष्टपं जग्मुर्गीर्वाणाः कामरूपिणः ॥३२॥

evaṁ sumantritārthās te
guruṇārthānudarśinā
hitvā tri-viṣṭapaṁ jagmur
gīrvāṇāḥ kāma-rūpiṇaḥ

evam—如此 / su-mantrita—得到很好的建议 / arthāḥ—有关责任 / te—他们(半神人) / guruṇā—由他们的灵性导师 / artha-anudarśinā—给予十分恰当的教导的…… / hitvā—放弃 / tri-viṣṭapam—天堂王国 / jagmuḥ—去 / gīrvāṇāḥ—半神人们 / kāma-rūpiṇaḥ—能按照自己的愿望呈现任何形象的人

译文 舒卡戴瓦·哥斯瓦米继续道：半神人们得到毕尔哈斯帕提为他们的利益着想所给予的忠告后，立刻按他的话去做。他们根据自己的愿望改变形象，在不被恶魔察觉的情况下离开天堂星球，四下逃散。

要旨 梵文“能随意变化出任何形象的人(kāma-rūpiṇaḥ)”，指的是天堂星球的居民——半神人。他们能按照自己的意愿呈现任何形象。因此，在恶魔面前改变形象不被发现，对他们来说一点都不困难。

第 33 节

देवेष्वथ निलीनेषु बलिर्वैरोचनः पुरीम् ।
देवधानीमधिष्ठाय वशं निन्ये जगत्त्रयम् ॥३३॥

devesv atha nilīneṣu
balir vairocanaḥ purīm
deva-dhānīm adhiṣṭhāya
vaśaṁ ninye jagat-trayam

deveṣu－全体半神人 / atha－就这样 / nilīneṣu－当他们消失时 / baliḥ－巴利王 / vairocanaḥ－维柔查纳的儿子 / purīm－天堂王国 / deva-dhānīm－半神人的住所 / adhiṣṭhāya－占有 / vaśam－控制下 / ninye－带到 / jagat-trayam－三个世界

译文　半神人们失去踪迹后，维柔查纳的儿子巴利王进入天堂星球，从那里将三个世界归于他的控制之下。

第 34 节

तं विश्वजयिनं शिष्यं भृगवः शिष्यवत्सलाः ।
शतेन हयमेधानामनुव्रतमयाजयन् ॥३४॥

taṁ viśva-jayinaṁ śiṣyaṁ
bhṛgavaḥ śiṣya-vatsalāḥ
śatena hayamedhānām
anuvratam ayājayan

tam－向他(巴利王) / viśva-jayinam－整个宇宙的征服者 / śiṣyam－因为他是门徒 / bhṛgavaḥ－舒夸查尔亚等布瑞古的布茹阿玛纳后裔 / śiṣya-vatsalāḥ－因为对门徒十分满意 / śatena－经由一百场 / haya-medhānām－被称为马祭的祭祀 / anuvratam－遵守布茹阿玛纳的指示 / ayājayan－使执行

译文　布瑞古的布茹阿玛纳后裔对他们这位征服了全世界的门徒十分满意，于是安排他举行一百场马祭。

要旨　我们看到过普瑞图王(Mahārāja Pṛthu)与因铎之间的纠纷。当普瑞图王想要举行一百场马祭(aśvamedha-yajña)时，因铎要阻止他，因为他自己就是靠举行这种盛大的祭祀当上天堂帝王的。这节诗文说的是，布瑞古的布茹阿玛纳后裔们断定：巴利王虽然坐上了因铎的王位，但除非举行这样的祭祀，否则无法保住王位；为此，他们建议巴利王像因铎以前做的一样，至少举行一百场马祭。梵文“使执行(ayājayan)”是指，全体布茹阿玛纳鼓励巴利王举行这样的祭祀。

第 35 节

ततस्तदनुभावेन भुवनत्रयविश्रुताम् ।
कीर्तिं दिक्षुवितन्वानः स रेज उडुराडिव ॥३५॥

tatas tad-anubhāvena
bhuvana-traya-viśrutām
kīrtiṁ dikṣu-vitanvānaḥ
sa reja uḍurāḍ iva

tataḥ一那之后 / tat-anubhāvena一因为举行如此盛大的祭祀 / bhuvana-traya一遍及三个世界 / viśrutām一著名的 / kīrtim一声望 / dikṣu一在所有的方向 / vitanvānaḥ一传播 / saḥ一他(巴利王) / reje一变得闪亮 / uḍurāṭ一月亮 / iva一如同

译文 巴利王举行这些祭祀，使他的威名传遍四面八方，传遍三个世界。他如同空中的明月，在自己的地位上闪耀着光芒。

第 36 节

बुभुजे च श्रियं स्वृद्धां द्विजदेवोपलम्भिताम् ।
कृतकृत्यमिवात्मानं मन्यमानो महामनाः ॥३६॥

bubhuje ca śriyaṁ svṛddhāṁ
dvija-devopalambhitām
kṛta-kṛtyam ivātmānaṁ
manyamāno mahāmanāḥ

bubhuje－享受／ca－也／śriyam－财富／su-ṛddhām－繁荣／dvi-ja－布茹阿玛纳的／deva－与半神人一样／upalambhitām－因为支持而获得／kṛta-kṛtyam－对他的活动十分满意／iva－正如／ātmānam－他自己／manyamānaḥ－认为／mahā-manāḥ－崇高的思想

译文　由于有众布茹阿玛纳的支持，伟大的灵魂巴利王认为自己很满足。他变得极其富有，开始享受王国。

要旨　布茹阿玛纳被称为是“再生者中的神(dvija-deva)”，查锤亚一般被称为是“人类中的神(nara-deva)”。梵文deva其实是指至尊人格首神。布茹阿玛纳指导人类社会靠使主维施努满意获得快乐，被称为“人类中的神”的查锤亚，则按照他们的忠告维持法律和秩序，以使被称为外夏(vaiśya)及庶铎(śūdra)的其他人都能正确地遵守规范原则。这样，人们就都能逐渐增强奎师那意识。

到此为止，结束了巴克提韦丹塔对《圣典博伽瓦谭》第8篇第15章——“巴利王攻克天堂星球”所作的阐释。

第十六章

执行帕尤·瓦塔崇拜程序

这一章讲述，阿迪缇(Aditi)因为是半神人的母亲，所以看到半神人失去家园后感到很痛苦，她丈夫喀夏帕·牟尼(Kaśyapa Muni)告诉她为儿子们的利益所需要遵守苦修誓言的方法。

由于在天堂星球中看不到半神人，他们的母亲因为与他们分离而痛苦万分。在这样过了许许多多年后的一天，伟大的圣人喀夏帕从他打坐冥想的全神贯注状态中出来，返回他住的地方(āśrama)。他看到住所不再像从前一样漂亮，到处呈现一片悲凉的景象，他的妻子则情绪阴郁。这位伟大的圣人于是问他妻子家中是否安好？她为什么看起来那么阴郁？阿迪缇向喀夏帕·牟尼汇报住地的情况安好后，又告诉他，自己是在为儿子们的离去而悲伤。接着，她询问牟尼，她的儿子怎么才能返回家园，返回自己的岗位？她希望自己的儿子能有所有的好运。在阿迪缇的一再请求下，喀夏帕·牟尼教导她认识自我的哲学，物质与灵性之间的区别，以及如何不受物质得失的影响。但当他看到阿迪缇并没有在听了他的这些教导后感到满足时，就建议她崇拜华苏戴瓦(Vāsudeva)——佳纳尔丹(Janārdana)。他使阿迪缇确信，只有主华苏戴瓦能满足她，实现她所有的愿望。当阿迪缇表达她想要崇拜主华苏戴瓦的愿望后，生物体祖先(Prajāpati)喀夏帕便告诉她一个需要进行十二天的名叫帕尤·瓦塔(payo-vrata)的崇拜程序。当年，主布茹阿玛(Brahmā)曾经教导他如何通过这个程序取悦主奎师那(Kṛṣṇa)，所以他现在忠告他妻子履行这一誓言并遵守有关的规范原则。

第 1 节

श्रीशुक उवाच
एवं पुत्रेषु नष्टेषु देवमातादितिस्तदा ।
हृते त्रिविष्टपे दैत्यैः पर्यतप्यदनाथवत् ॥ १ ॥

śrī-śuka uvāca
evaṁ putreṣu naṣṭeṣu
deva-mātāditis tadā
hṛte tri-viṣṭape daityaiḥ
paryatapyad anāthavat

śrī-śukaḥ uvāca—圣舒卡戴瓦·哥斯瓦米说 / evam—就这样 / putreṣu—当她儿子……时 / naṣṭeṣu—从他们的地位消失 / deva-mātā—半神人的母亲 / aditiḥ—阿迪缇 / tadā—那时 / hṛte—因为失去 / tri-viṣṭape—天堂王国 / daityaiḥ—受恶魔的影响 / paryatapyat—开始悲伤 / anātha-vat—就仿佛她没有保护者一样

译文 舒卡戴瓦·哥斯瓦米说：君王啊！当阿迪缇的儿子们——半神人，从天堂消失，而恶魔占领了他们的地方时，阿迪缇好似没有保护人一样开始悲伤不已。

第 2 节

एकदा कश्यपस्तस्या आश्रमं भगवानगात् ।
निरुत्सवं निरानन्दं समाधेर्विरतश्चिरात् ॥ २ ॥

ekadā kaśyapas tasyā
āśramaṁ bhagavān agāt
nirutsavaṁ nirānandaṁ
samādher virataś cirāt

ekadā—一天 / kaśyapaḥ—伟大的圣人喀夏帕·牟尼 / tasyāḥ—阿迪缇的 / āśramam—庇护所 / bhagavān—非常强有力的 / agāt—去 / nirutsavam—没有热情 / nirānandam—没有欢腾 / samādheḥ—他的出神 / virataḥ—停止 / cirāt—长时间后

译文　经过很长时间，伟大而强有力的圣人喀夏帕·牟尼从打坐冥想的全神贯注状态中出来后返家，看到阿迪缇的住处没有喜庆和节日的气氛。

第3节

स पत्नीं दीनवदनां कृतासनपरिग्रहः ।
सभाजितो यथान्यायमिदमाह कुरूद्वह ॥ ३ ॥

sa patnīṁ dīna-vadanāṁ
kṛtāsana-parigrahaḥ
sabhājito yathā-nyāyam
idam āha kurūdvaha

saḥ—喀夏帕·牟尼 / patnīm—向他妻子 / dīna-vadanām—有一张干枯的脸 / kṛta-āsana-parigrahaḥ—接受一个座位后 / sabhājitaḥ—受到阿迪缇的尊重 / yathā-nyāyam—按照时间和地点 / idam āha—说了如下一番话 / kuru-udvaha—库茹族最优秀的人——帕瑞克西特王啊

译文　库茹王朝最优秀的人啊！当喀夏帕得到恰当的迎接时，他在他的座位上坐下，随后对他妻子——很郁闷的阿迪缇，说了如下一番话。

第4节

अप्यभद्रं न विप्राणां भद्रे लोकेऽधुनागतम् ।
न धर्मस्य न लोकस्य मृत्योश्छन्दानुवर्तिनः ॥ ४ ॥

apy abhadraṁ na viprāṇāṁ
bhadre loke 'dhunāgatam
na dharmasya na lokasya
mṛtyoś chandānuvartinaḥ

api—是否 / abhadram—不幸 / na—不 / viprāṇām—布茹阿玛纳的 / bhadre—最温和的阿迪缇啊 / loke—在这世界中 / adhunā—现

在 / āgatam－到来 / na－不 / dharmasya－宗教原则的 / na－不 / lokasya－人民大众的 / mṛtyoḥ－死亡 / chanda-anuvartinaḥ－是死亡奇想之追随者的人

译文 最温顺的人儿啊！我纳闷关于宗教原则方面，以及布茹阿玛纳和作为死亡控制对象的人民大众，是否有不吉祥的事情发生了。

要旨 这个物质世界里的全体居民都有需要履行的责任，尤其是布茹阿玛纳，受死亡控制的一般大众当然也不例外。喀夏帕·牟尼纳闷，众生是不是没有遵守为他们的幸福安康而制定的规范原则。他在下面的七节诗文中继续就此发问。

第 5 节

अपि वाकुशलं किञ्चिद् गृहेषु गृहमेधिनि ।
धर्मस्यार्थस्य कामस्य यत्र योगो ह्ययोगिनाम् ॥ ५ ॥

api vākuśalaṁ kiñcid
gṛheṣu gṛha-medhini
dharmasyārthasya kāmasya
yatra yogo hy ayoginām

api－我好奇 / vā－或者 / akuśalam－不吉祥 / kiñcit－有些 / gṛheṣu－在家 / gṛha-medhini－我这依恋家居生活的妻子啊 / dharmasya－宗教原则的 / arthasya－经济状况的 / kāmasya－欲望的满足的 / yatra－在家 / yogaḥ－冥想的结果 / hi－事实上 / ayoginām－即使那些不是超然主义者的人

译文 我的依恋居士生活的妻子啊！如果在居士生活中正确地遵循对宗教原则、经济发展和感官满足的规定，这种居士活动就与超然主义者的活动几乎一样。我想知道，是否这些原则没有得到全面的奉行。

要旨　在这节诗中，阿迪缇被她丈夫称为“贵哈梅迪尼(gṛha-medhini)”，意思是“满足于为感官享乐而过家庭生活的人”。为感官享乐而过家庭生活的人，一般都从事追求物质结果的活动，这种贵哈梅迪的生命的唯一目标，就是感官享乐。正因为如此，经典中说：以感官享乐为基础过家庭生活的人(yan maithunādi-gṛhamedhi-sukhaṁ hi tuccham)，所得到的快乐少得可怜。尽管如此，韦达方法包罗万象，就连过居士生活的人都能按照笃信宗教(dharma)、发展经济(artha)、感官享乐(kāma)和解脱(mokṣa)的规范原则调整自己的活动。获得解脱应该是人生的目标，但由于人无法立刻放弃感官享乐，启示经典便教导人应该如何遵守笃信宗教、发展经济和感官享乐的规范原则。正如《圣典博伽瓦谭》第1篇第2章的第9节诗解释说：“所有的职责安排，无疑都是为了使人获得最终的解脱。人们永远不该为物质所得而履行职责(dharmasya hy āpavargyasya nārtho 'rthāyopakalpate)。”过居士生活的人，不该将笃信宗教作为改善居士感官享乐生活的一种方法。事实上，过居士生活也是在灵性理解路途上取得进步的一种方法，它可以使人最终摆脱物质的钳制。人应该以理解生命最高的目标(tattva jijñāsā)为目的过居士生活。这样的居士生活与瑜伽师的生活一样。因此，喀夏帕·牟尼询问他妻子，有没有正确地按照启示经典的训喻，遵守笃信宗教、经济发展和感官享乐的原则。人一旦偏离启示经典的训喻，居士生活的目的就立刻混乱不清。

第6节

अपि वातिथयोऽभ्येत्य कुटुम्बासक्तया त्वया ।
गृहादपूजिता याताः प्रत्युत्थानेन वा क्वचित् ॥ ६ ॥

api vātithayo 'bhyetya
　kuṭumbāsaktayā tvayā
gṛhād apūjitā yātāḥ
　pratyutthānena vā kvacit

api—是否 / vā—或者 / atithayaḥ—未受邀请前来的客人 / abhyetya—来到家 / kuṭumba-āsaktayā—太依恋家人的人 / tvayā—被你 / gṛhāt—从房子 / apūjitāḥ—没有适当地接待 / yātāḥ—离去 / pratyutthānena—通过站立 / vā—或者 / kvacit—有时

译文 我感到疑惑，你是否因为太依恋你的家庭成员而没能恰当地接待不速之客，他们因为没受到欢迎而离去。

要旨 居士的责任是接待客人，哪怕客人是敌人也不例外。当有客人来访时，人应该起身迎接并让座。经典的训喻是：哪怕有敌人来访，人都该以让客人忘记自己是敌人的方式招待他。人应该按照自己的情况恰当地接待客人。至少应该让座和奉上一杯水，不要让客人感到被怠慢。喀夏帕·牟尼询问阿迪缇有没有对这样的客人无礼。梵文atithi是指不速之客。

第 7 节

गृहेषु येष्वतिथयो नार्चिताः सलिलैरपि ।
यदि निर्यान्ति ते नूनं फेरुराजगृहोपमाः ॥ ७॥

gṛheṣu yeṣv atithayo
nārcitāḥ salilair api
yadi niryānti te nūnaṁ
pherurāja-gṛhopamāḥ

gṛheṣu—在家 / yeṣu—……的 / atithayaḥ—不速之客 / na—不 / arcitāḥ—接待 / salilaiḥ api—甚至通过奉上一杯水 / yadi—如果 / niryānti—他们离去 / te—这样的居士生活 / nūnam—事实上 / pherurāja—豺狗的 / gṛha—家 / upamāḥ—如同

译文 在甚至不给客人奉上一点点水，让客人在这种得不到接待的情况下离去的家，恰似野地中豺狗住的洞穴。

要旨　野外会有一些由蛇和老鼠打的洞，如果洞很大，就有可能有豺狗住在其中。毫无疑问，没人会到那种家中去寻求庇护。因此这里比喻，没有恰当地接待不速之客的人类家庭，恰似豺狗的家。

第 8 节

अप्यग्नयस्तु वेलायां न हुता हविषा सति ।
त्वयोद्विग्नधिया भद्रे प्रोषिते मयि कर्हिचित् ॥ ८ ॥

apy agnayas tu velāyāṁ
na hutā haviṣā sati
tvayodvigna-dhiyā bhadre
proṣite mayi karhicit

api—是否 / agnayaḥ—火 / tu—事实上 / velāyām—在火祭中 / na—不 / hutāḥ—供奉 / haviṣā—用纯酥油 / sati—贞节的女人啊 / tvayā—由你 / udvigna-dhiyā—因为某种焦虑 / bhadre—吉祥的女人啊 / proṣite—不在家 / mayi—当我……时 / karhicit—有时

译文　贞节、吉祥的女人啊！在我离家去其他地方时，你是如此焦虑，甚至没向火中供奉纯净酥油吗？

第 9 节

यत्पूजया कामदुघान् याति लोकान् गृहान्वितः ।
ब्राह्मणोऽग्निश्च वै विष्णोः सर्वदेवात्मनो मुखम् ॥ ९ ॥

yat-pūjayā kāma-dughān
yāti lokān gṛhānvitaḥ
brāhmaṇo 'gniś ca vai viṣṇoḥ
sarva-devātmano mukham

yat-pūjayā—靠崇拜火和布茹阿玛纳 / kāma-dughān—满足人的愿望的 / yāti—人去 / lokān—到高等星系的目的地 / gṛha-anvitaḥ—依

恋居士生活的人 / brāhmaṇaḥ－布茹阿玛纳 / agniḥ ca－和火 / vai－事实上 / viṣṇoḥ－主维施努的 / sarva-deva-ātmanaḥ－全体半神人的灵魂 / mukham－嘴

译文 崇拜火和布茹阿玛纳，能使居士达到想要住在高等星球中的愿望，因为祭祀之火和布茹阿玛纳被视为是主维施努的嘴，主维施努是全体半神人的超灵。

要旨 按照韦达系统，为供奉纯净酥油、谷物、水果和鲜花等祭品而举行火祭，以使主维施努能进食并感到满意。《博伽梵歌》第9章的第26节诗记载，至尊主说：

patraṁ puṣpaṁ phalaṁ toyaṁ
yo me bhaktyā prayacchati
tad ahaṁ bhakty-upahṛtam
aśnāmi prayatātmanaḥ

"人如果怀着奉爱之心给我供奉一片叶、一朵花、一个水果或一些水，我将会接受。"因此，将上述祭品供奉到祭祀之火中，主维施努就会感到满意。同样，经典还推荐要请布茹阿玛纳进食(brāhmaṇa-bhojana)，因为当布茹阿玛纳在祭祀后进食丰盛的食物时，是主维施努本人进食的另一种方式。正因为如此，韦达经典介绍的原则是：在每一个节日或仪式中，都要向火中供奉祭品，并请布茹阿玛纳进食食物。从事这样的活动，可以使居士提升到天堂星球及与高等星系类似的地方。

第 10 节

अपि सर्वे कुशलिनस्तव पुत्रा मनस्विनि ।
लक्षयेऽस्वस्थमात्मानं भवत्या लक्षणैरहम् ॥१०॥

api sarve kuśalinas
tava putrā manasvini

lakṣaye 'svastham ātmānaṁ
bhavatyā lakṣaṇair aham

api—是否 / sarve—全部 / kuśalinaḥ—在全面吉祥中 / tava—你的 / putrāḥ—儿子们 / manasvini—思想崇高的女士啊 / lakṣaye—我看到 / asvastham—不平静 / ātmānam—内心 / bhavatyāḥ—你的 / lakṣaṇaiḥ—由表征 / aham—我

译文 思想崇高的女士啊！你所有的儿子都好吗？看到你憔悴的脸，我能感知到你的内心并不平静。这是怎么回事？

第 11 节

श्रीअदितिरुवाच
भद्रं द्विजगवां ब्रह्मन्धर्मस्यास्य जनस्य च ।
त्रिवर्गस्य परं क्षेत्रं गृहमेधिन् गृहा इमे ॥११॥

śrī-aditir uvāca
bhadraṁ dvija-gavāṁ brahman
dharmasyāsya janasya ca
tri-vargasya paraṁ kṣetraṁ
gṛhamedhin gṛhā ime

śrī-aditiḥ uvāca—圣阿迪缇说 / bhadram—所有的吉祥 / dvija-gavām—布茹阿玛纳和乳牛的 / brahman—布茹阿玛纳啊 / dharmasya asya—启示经典中谈到的宗教原则的 / janasya—人民大众的 / ca—和 / tri-vargasya—提升的三种程序的(笃信宗教、发展经济和感官享乐) / param—至高无上的 / kṣetram—领域 / gṛhamedhin—我的依恋家居生活的丈夫啊 / gṛhāḥ—你的家 / ime—所有这些事

译文 阿迪缇说：我受尊敬的布茹阿玛纳丈夫啊！布茹阿玛纳、乳牛、宗教和其他人的利益都很好。一家之主啊！

笃信宗教、发展经济和感官享乐这三项活动在居士生活中欣欣向荣，其结果是充满了好运。

要旨 过居士生活的人可以按照启示经典给予的规定，通过遵守笃信宗教、发展经济和感官享乐的原则逐渐成长。但要获得解脱，人必须放弃家庭生活，进入超然的弃绝阶层。喀夏帕·牟尼没有过弃绝生活，因此在这节诗文中既被称为布茹阿玛纳(brahman)，又被称为依恋家庭生活的人(gṛhamedhin)。他妻子阿迪提向他保证，有关居士生活方面，一切都进展顺利，布茹阿玛纳和乳牛都得到尊敬和保护。换句话说，没有什么干扰；居士生活进展顺利。

第 12 节

अग्नयोऽतिथयो भृत्या भिक्षवो ये च लिप्सवः ।
सर्वं भगवतो ब्रह्मन्ननुध्यानान्न रिष्यति ॥१२॥

agnayo 'tithayo bhṛtyā
bhikṣavo ye ca lipsavaḥ
sarvaṁ bhagavato brahmann
anudhyānān na riṣyati

agnayaḥ—崇拜火 / atithayaḥ—接待客人 / bhṛtyāḥ—满足仆人 / bhikṣavaḥ—让乞丐高兴 / ye—……的他们全体 / ca—和 / lipsavaḥ—按他们的愿望(给予照顾) / sarvam—他们全体 / bhagavataḥ—你——我的夫君的 / brahman—布茹阿玛纳啊 / anudhyānāt—从总是想着 / na riṣyati—没有未履行的事(一切都正确地做了)

译文 心爱的丈夫啊！我恰当地照顾了火、客人、仆人和乞丐。由于我总是想着您，我不可能忽视遵守宗教原则。

第 13 节

को नु मे भगवन् कामो न सम्पद्येत मानसः ।
यस्या भवान् प्रजाध्यक्ष एवं धर्मान् प्रभाषते ॥१३॥

ko nu me bhagavan kāmo
na sampadyeta mānasaḥ
yasyā bhavān prajādhyakṣa
evaṁ dharmān prabhāṣate

kaḥ—什么 / nu—事实上 / me—我的 / bhagavan—夫君啊 / kāmaḥ—愿望 / na—不 / sampadyeta—能被满足 / mānasaḥ—在我心中的 / yasyāḥ—我的 / bhavān—您本人 / prajā-adhyakṣaḥ—生物体祖先 / evam—如此 / dharmān—宗教原则 / prabhāṣate—交谈

译文 我的夫君啊！既然您是生物体祖先，亲自教导我有关宗教原则，我所有的愿望怎么有可能不得到满足呢？

第 14 节

तवैव मारीच मनःशरीरजाः
प्रजा इमाः सत्त्वरजस्तमोजुषः ।
समो भवांस्तास्वसुरादिषु प्रभो
तथापि भक्तं भजते महेश्वरः ॥१४॥

tavaiva mārīca manaḥ-śarīrajāḥ
prajā imāḥ sattva-rajas-tamo-juṣaḥ
samo bhavāṁs tāsv asurādiṣu prabho
tathāpi bhaktaṁ bhajate maheśvaraḥ

tava—你的 / eva—事实上 / mārīca—玛瑞祺的儿子啊 / manaḥ-śarīra-jāḥ—不是诞生于您的身体就是诞生于您的心念(所有的恶魔和半神人) / prajāḥ—由您生出 / imāḥ—他们全体 / sattva-rajaḥ-tamaḥ-juṣaḥ—受善良属性、激情属性或愚昧属性的污染 / samaḥ—平等

的 / bhavān－您本人 / tāsu－对他们每一个人 / asura-ādiṣu－从恶魔开始 / prabho－我的夫君啊 / tathā api－仍然 / bhaktam－对奉献者们 / bhajate－照顾 / mahā-īśvaraḥ－至尊人格首神——至尊控制者

译文 玛瑞祺的儿子啊！由于您是伟大的人物，您平等对待恶魔和半神人。他们不是产自您的身体，就是产自您的心念；他们拥有善良、激情和愚昧这三种属性的一种或另一种。至尊人格首神——至尊控制者，虽然平等对待众生，但却尤其善待祂的奉献者。

要旨 《博伽梵歌》第9章的第29节诗记载，至尊主说：

samo 'haṁ sarva-bhūteṣu
na me dveṣyo 'sti na priyaḥ
ye bhajanti tu māṁ bhaktyā
mayi te teṣu cāpy aham

"我不忌妒谁，也不偏袒谁。我平等对待众生。但是，为我做奉爱服务的人是我的朋友，在我心中，而我也是他的朋友。"至尊人格首神虽然平等对待众生，但尤其喜爱那些为祂做奉爱服务的人。至尊主说："琨缇的儿子啊！你勇敢地宣布，我的奉献者永不毁灭(kaunteya pratijānīhi na me bhaktaḥ praṇaśyati)。"《博伽梵歌》第4章的第11节诗记载，奎师那还说：

ye yathā māṁ prapadyante
tāṁs tathaiva bhajāmy aham
mama vartmānuvartante
manuṣyāḥ pārtha sarvaśaḥ

"普瑞塔的儿子啊！我根据每个人对我皈依的情况回报他们。无论他们做什么，都走在我的道路上。"事实上，每一个生物都在努力以各种方式取悦至尊人格首神，至尊主按照他们接近祂的方式，赐予他们不同的利益。正因为如此，阿迪缇向她丈夫请求说：既然就连至尊控制者都帮助祂的奉献者，既然喀夏帕忠诚的儿子因铎身陷困境，喀夏帕就应该帮助因铎。

第 15 节

तस्मादीश भजन्त्या मे श्रेयश्चिन्तय सुव्रत ।
हृतश्रियो हृतस्थानान् सपत्नैः पाहि नः प्रभो ॥१५॥

tasmād īśa bhajantyā me
śreyaś cintaya suvrata
hṛta-śriyo hṛta-sthānān
sapatnaiḥ pāhi naḥ prabho

tasmāt－因此 / īśa－强有力的控制者啊 / bhajantyāḥ－您的仆人的 / me－我 / śreyaḥ－吉祥 / cintaya－正考虑 / su-vrata－最温和的人啊 / hṛta-śriyaḥ－失去了所有的财富 / hṛta-sthānān－失去了住所 / sapatnaiḥ－被对手 / pāhi－请保护 / naḥ－我们 / prabho－我的夫君啊

译文　因此，最温和的夫君啊！请善待您的女仆。我们现在被我们的对手——恶魔，剥夺了我们的财富和住所。请保护我们。

要旨　半神人的母亲阿迪缇恳求喀夏帕保护半神人。我们在说半神人时，也包括他们的母亲。

第 16 节

परैर्विवासिता साहं मग्ना व्यसनसागरे ।
ऐश्वर्यं श्रीर्यशः स्थानं हृतानि प्रबलैर्मम ॥१६॥

parair vivāsitā sāhaṁ
magnā vyasana-sāgare
aiśvaryaṁ śrīr yaśaḥ sthānaṁ
hṛtāni prabalair mama

paraiḥ—被我们的敌人 / vivāsitā—夺走了我们的住处 / sā—同样的 / aham—我 / magnā—溺死 / vyasana-sāgare—在烦恼的海洋中 / aiśvaryam—财产 / śrīḥ—美丽 / yaśaḥ—声望 / sthānam—地方 / hṛtāni—都夺走了 / prabalaiḥ—非常强大 / mama—我的

译文 我们难以对付的强大敌人——恶魔，夺走了我们的财富、我们的美丽、我们的声望，甚至我们的住所。事实上，我们现在被流放了，正溺死在烦恼的汪洋中。

第 17 节

यथा तानि पुनः साधो प्रपद्येरन्ममात्मजाः ।
तथा विधेहि कल्याणं धिया कल्याणकृत्तम ॥१७॥

yathā tāni punaḥ sādho
prapadyeran mamātmajāḥ
tathā vidhehi kalyāṇaṁ
dhiyā kalyāṇa-kṛttama

yathā—正如 / tāni—我们失去的一切 / punaḥ—再次 / sādho—伟大圣洁的人啊 / prapadyeran—能收回 / mama—我的 / ātmajāḥ—后代(儿子们) / tathā—所以 / vidhehi—请做 / kalyāṇam—吉祥 / dhiyā—通过思考 / kalyāṇa-kṛt-tama—作为争取我们福利的最理想之人的您啊

译文 啊，最优秀的圣人，最卓越的给人以吉祥祝福的人！请考虑我们的处境，赐予我的儿子们以祝福，使他们能够重新获得他们失去的一切。

第 18 节

श्रीशुक उवाच
एवमभ्यर्थितोऽदित्या कस्तामाह स्मयन्निव ।
अहो मायाबलं विष्णोः स्नेहबद्धमिदं जगत् ॥१८॥

śrī-śuka uvāca
evam abhyarthito 'dityā
kas tām āha smayann iva
aho māyā-balaṁ viṣṇoḥ
sneha-baddham idaṁ jagat

śrī-śukaḥ uvāca—圣舒卡戴瓦·哥斯瓦米说 / evam—就这样 / abhyarthitaḥ—被要求 / adityā—被阿迪缇 / kaḥ—喀夏帕·牟尼 / tām—对她 / āha—说 / smayan—微笑着 / iva—正如 / aho—唉 / māyā-balam—错觉能量的影响 / viṣṇoḥ—主维施努的 / sneha-baddham—被这感情所影响 / idam—这 / jagat—整个世界

译文　舒卡戴瓦·哥斯瓦米继续道：当阿迪缇这样请求喀夏帕·牟尼时，喀夏帕·牟尼微笑着说，"唉，主维施努的错觉能量太强大了，使整个世界都被对孩子的感情所束缚！"

要旨　喀夏帕·牟尼虽然很同情他妻子正遭受苦恼的折磨，但也惊讶于整个世界是怎样受情感影响的。

第 19 节

क्व देहो भौतिकोऽनात्मा क्व चात्मा प्रकृतेः परः ।
कस्य के पतिपुत्राद्या मोह एव हि कारणम् ॥१९॥

kva deho bhautiko 'nātmā
kva cātmā prakṛteḥ paraḥ
kasya ke pati-putrādyā
moha eva hi kāraṇam

kva—哪里是 / dehaḥ—这物质躯体 / bhautikaḥ—五种元素制成 / anātmā—非灵性灵魂 / kva—哪里是 / ca—也 / ātmā—灵性的灵魂 / prakṛteḥ—到物质世界 / paraḥ—超然的 / kasya—……人的 / ke—谁是 / pati—丈夫 / putra-ādyāḥ—或儿子等 / mohaḥ—错觉 / eva—事实上 / hi—无疑地 / kāraṇam—原因

译文 喀夏帕·牟尼继续道：这个由五种元素构成的物质躯体究竟是什么？它不同于灵性的灵魂。事实上，灵性的灵魂完全不同于制成躯体的物质元素。但由于对躯体的依附，人被视为是丈夫或儿子。这些虚假的关系都由误解引起。

要旨 灵性的灵魂(ātmā或jīva)无疑不同于由五种元素构成的躯体。这是很简单的事实，但除非人受过灵性知识的教育，否则不明白这一事实。喀夏帕·牟尼在天堂星球中与他妻子阿迪缇交谈，但整个宇宙和这个地球上到处有同样的误解。宇宙中有不同等级的生物体，但所有的生物体都或多或少地受躯体化的生命概念的影响。换句话说，这个物质世界里的众生都或多或少地缺乏灵性教育。然而，韦达文明基础于灵性教育，而灵性教育尤其以奎师那给阿尔诸纳(Arjuna)讲述的《博伽梵歌》为基础。在《博伽梵歌》的一开始，奎师那就教导阿尔诸纳要理解灵性的灵魂有别于物质躯体。《博伽梵歌》第2章的第13节诗说：

dehino 'smin yathā dehe
kaumāraṁ yauvanaṁ jarā
tathā dehāntara-prāptir
dhīras tatra na muhyati

“就像灵魂在这个物质躯体中经历童年、青年和老年的变化一样，当这个躯体死亡时，其中的灵魂便进入另一个躯体。清醒的人不会为这种变化所迷惑。”不幸的是，现代人类文明中根本没有这种灵性教育。没人了解自己真正的个人利益是什么，这利益指的是灵性灵魂的利益，而不是物质躯体的利益。教育意味着灵性教育。在没有受到灵性教育的情况下，怀着躯体化的生命概念辛苦工作的生活，是动物般的生活。《圣典博伽瓦谭》第5篇第5章的第1节诗文说：“在所有接受了这个世界里的物质躯体的生物中，被赐予人体的生物不该只为获得就连狗和吃粪便的猪都能得到的感官享乐而夜以继日地辛勤工作(nāyaṁ deho deha-bhājāṁ nṛloke kaṣṭān kāmān arhate vid-bhujāṁ ye)。”在没受到有关灵性灵魂教育的情况下，人们仅仅为了躯体的舒适而如此辛苦地工作。这使他们生活在极其危险的文明中，因为事实上，那将导致灵性的灵魂从一个躯体轮回到另一个躯体(tathā dehāntara-prāptiḥ)。没有灵性的教育，人们就始终处在愚昧的黑暗中，不知道现有的躯体死亡后自我会发生什么事情。他们盲目地工作，被盲目的领袖所领导(andhā yathāndhair upanīyamānās te 'pīśa-tantryām uru-dāmni baddhāḥ，《圣典博伽瓦谭》7.5.31)。愚蠢之人不知道自己完全受物质自然的制约，死亡后，物质自然会强迫他接受一个特定类型的物质躯体。他不知道，自己在现有的这个躯体中也许是个很重要的人物，但由于在物质自然三种属性的控制下愚昧地活动，下一生也许会得到一个动物或树的躯体。为此，奎师那意识运动努力给予众生以灵性存在的真正的知识火炬。这运动并不很难了解，人们必须善用它所提供的一切，因为它将拯救人们摆脱不负责任地过冒险生活的状态。

第 20 节

उपतिष्ठस्व पुरुषं भगवन्तं जनार्दनम् ।
सर्वभूतगुहावासं वासुदेवं जगद्गुरुम् ॥२०॥

upatiṣṭhasva puruṣaṁ
bhagavantaṁ janārdanam
sarva-bhūta-guhā-vāsaṁ
vāsudevaṁ jagad-gurum

upatiṣṭhasva—请努力崇拜 / puruṣam—至尊人 / bhagavantam—人格首神 / janārdanam—能杀死所有敌人的人 / sarva-bhūta-guhā-vāsam—住在每一个生物体心中 / vāsudevam—华苏戴瓦——瓦苏戴瓦的儿子、无所不在的奎师那 / jagat-gurum—全世界的灵性导师和教师

译文 我亲爱的阿迪缇，至尊人格首神是一切的主人，能够征服每一个人的敌人。祂就坐在众生的心中，致力于为祂做奉爱服务吧！只有那位至尊人奎师那——华苏戴瓦，能够赐予众生一切吉祥的祝福，因为祂是宇宙的灵性导师。

要旨 喀夏帕·牟尼试图靠说这番话安抚他妻子阿迪缇。阿迪缇向她在物质世界里的丈夫提出恳求。那当然很好，但物质的关系对任何人都无法起到好作用。如果能有什么好作用，也是因为有至尊人格首神华苏戴瓦(Vāsudeva)在其中作用。因此，喀夏帕·牟尼忠告他妻子要开始崇拜处在众生心中的主华苏戴瓦。祂是众生的朋友，因为可以杀死所有的敌人而被称为佳纳尔丹(Janārdana)。物质世界中有善良、激情和愚昧三种物质自然属性，超越物质自然之上的是另一种被称为纯粹善良属性(śuddha-sattva)的存在。在物质世界中，善良属性被视为是最好的，但由于物质的污染，就连善良属性有时都会被激情和愚昧属性所压制。然而，人一旦超越这些属性彼此竞争的影响，致力于做奉爱服务，就提升到这三种属性之上的层面。在那种超然的状态中，人的意识是完全纯净的。《圣典博伽瓦谭》第4篇第3章的第23节诗中说：纯粹的意识被称为瓦苏戴瓦(sattvaṁ viśuddhaṁ vasudeva-śabditam)。在物质自然之上是免于物质污染的状态，这状态被称为瓦苏戴瓦(vasudeva)。人只有在那种状态中才能感知到至尊人格首神华苏戴瓦(Vāsudeva)。所以，瓦苏戴瓦状态实现灵性的需要。了解至尊人格首神华苏戴瓦的人成为最高尚的人(vāsudevaḥ sarvam iti sa mahātmā sudurlabhaḥ)。

正如《博伽梵歌》中所证实，超灵(Paramātmā)华苏戴瓦处在每一个生物体的心中。至尊主说：

teṣāṁ satata-yuktānāṁ
bhajatāṁ prīti-pūrvakam

dadāmi buddhi-yogaṁ taṁ
yena māṁ upayānti te

“对一直以爱心侍奉我的人，我赐予他们理解力，使他们来到我这里。”（《博伽梵歌》10.10）

īśvaraḥ sarva-bhūtānāṁ
hṛd-deśe 'rjuna tiṣṭhati

“阿尔诸纳啊！至尊主处在每一个生物体的心中。”（《博伽梵歌》18.61）

bhoktāraṁ yajña-tapasāṁ
sarva-loka-maheśvaram
suhṛdaṁ sarva-bhūtānāṁ
jñātvā māṁ śāntim ṛcchati

“完全意识到我的人知道我是一切祭祀和苦行的最终受益者，是一切星球和半神人的至尊主，是众生的恩人和祝愿者，因此获得平静，不再受物质痛苦的折磨。”（《博伽梵歌》5.29）

应该让感到困惑、迷茫的人托庇于华苏戴瓦(奎师那)的莲花足，祂将给奉献者以指导，帮助奉献者克服所有的困难，回归家园，回到首神身边。喀夏帕·牟尼忠告他妻子要寻求华苏戴瓦(奎师那)的莲花足，这样她所有的问题就很容易解决了。因此，喀夏帕·牟尼是理想的灵性导师。他没有像愚蠢之人那样把自己装扮成崇高的人物、装扮成神。他忠告自己的妻子要寻求华苏戴瓦莲花足的庇护，所以是真正的灵性导师。训练自己的下属或门徒崇拜华苏戴瓦的人，是真正的灵性导师。就有关这一点，梵文“全世界的灵性导师和教师(jagad-guru)”一词十分重要。喀夏帕·牟尼没有宣称自己是“全世界的灵性导师和教师”，尽管他因为忠告人要崇拜主华苏戴瓦，所以就是全世界的灵性导师和教师。事实上，正如这节诗文明确说明，华苏戴瓦是全世界的灵性导师和教师(vāsudevaṁ jagad-gurum)。教导华苏戴瓦的指示《博伽梵歌》的人，与华苏戴瓦一样是全世界的灵性导师。然而，当人不如实地教导至尊主的指示，却宣称自己是全世界的灵性导师时，他只不过是在欺骗大众。奎师那是全宇宙的灵性导师，代表奎师那如实地教导奎师那指示的人，就可以被接受为是全宇宙的灵性导师。我们不能接受编造自己的一套理论的人为全世界的灵性导师，这种人只是徒有虚名而已。

第21节

स विधास्यति ते कामान् हरिर्दीनानुकम्पनः ।
अमोघा भगवद्भक्तिर्नेतरेति मतिर्मम ॥२१॥

sa vidhāsyati te kāmān
harir dīnānukampanaḥ
amoghā bhagavad-bhaktir
netareti matir mama

saḥ—祂(华苏戴瓦)/ vidhāsyati—无疑将满足 / te—你的 / kāmān—愿望 / hariḥ—至尊人格首神 / dīna—向可怜的 / anukampanaḥ—十分仁慈 / amoghā—永远可靠的 / bhagavat-bhaktiḥ—为至尊人格首神所做的奉爱服务 / na—不 / itarā—除了对至尊人格首神的奉爱之外 / iti—如此 / matiḥ—看法 / mama—我的

译文 对可怜之人十分仁慈的至尊人格首神将满足你的愿望，为祂做奉爱服务永远有效。奉爱服务之外的其他方法都毫无用途。那就是我的看法。

要旨 世上有三种人，分别是：努力从这个物质世界解脱出去的人(mokṣa-kāma)；竭尽全力地要享受这个物质世界的人(sarva-kāma)；以及一切心愿都得到满足，再没有物质欲望的人(akāma)。

奉献者(bhakta)没有物质欲望。经典中说：这样的人得到净化，免于一切物质欲望(sarvopādhi-vinirmuktaṁ tat-paratvena nirmalam)。努力从这个物质世界解脱出去的人，希望靠融入至尊梵的存在获得解脱，他因为有这种融入至尊主存在的欲望，所以还不纯洁。既然就连想要解脱的人都不纯洁，还用说有许多欲望要实现的功利性活动者(karmī)吗？然而启示经典中说：

akāmaḥ sarva-kāmo vā
　moksa-kāma udāra-dhīḥ
tīvreṇa bhakti-yogena
　yajeta puruṣaṁ param

“有高度智慧的人，无论内心是充满各种物质欲望，是根本没有物质欲望，还是想要得到解脱，都必须用尽所有的方法崇拜至尊的整体——人格首神。”(《圣典博伽瓦谭》2.3.10)

喀夏帕·牟尼虽然看到他妻子阿迪缇怀有希望她的儿子们幸福的物质欲望，但还是忠告她要为至尊人格首神做奉爱服务。换句话说，每一个人，无论他是功利性活动者(karmī)、知识思辨者(jñānī)、瑜伽师(yogī)还是奉献者(bhakta)，都该始终托庇于华苏戴瓦的莲花足，为祂做超然的爱心服务，以使自己的愿望通过适当的方式得到满足。奎师那对每一个生物都很仁慈(dīna-anukampana)，因此会帮助想要实现自己的物质欲望的人。当然，如果一个奉献者十分真诚，至尊主有时就会出于对那奉献者的特殊恩惠，拒绝实现他的物质欲望，直接仁慈地让他做纯粹的奉爱服务。《永恒的柴坦亚经》(Caitanya-caritāmṛta)中篇第22章的第38—39节诗说：

kṛṣṇa kahe,——‘āmā bhaje, māge viṣaya-sukha
amṛta chāḍi’ viṣa māge,——ei baḍa mūrkha

āmi——vijña, ei mūrkhe ‘viṣaya’ kene diba?
sva-caraṇāmṛta diyā ‘viṣaya’ bhulāiba

“奎师那说，‘如果有人为我做超然的爱心服务，同时又想要拥有进行物质享乐的财富，他就太愚蠢了。事实上，他就像一个丢下甘露去喝毒液的人。既然我明智，我为什么要给这傻瓜物质的成功呢？相反，我应该让他得到托庇于我莲花足的甘露，使他忘记错觉性的物质享乐。’”奉献者如果心中保有某种物质欲望，但同时又很真诚地想要在奎师那的莲花足旁做事，奎师那有可能就会直接让他纯粹的奉爱服务，拿走他所有的物质欲望和拥有。这是至尊主对奉献者的特殊恩惠。否则，如果有人既为奎师那做奉爱服务，但同时也想满足物质欲望，他就会像杜茹瓦王(Dhruva Mahārāja)那样，也许要花一定的时间去除所有的物质欲望。然而，如果真诚的奉献者想要只为奎师那的莲花足服务，奎师那就会直接让这样的奉献者做纯粹的奉爱服务(śuddha-bhakti)。

第22节

श्रीअदितिरुवाच
केनाहं विधिना ब्रह्मन्नुपस्थास्ये जगत्पतिम् ।
यथा मे सत्यसङ्कल्पो विदध्यात्स मनोरथम् ॥२२॥

śrī-aditir uvāca
kenāhaṁ vidhinā brahmann
upasthāsye jagat-patim
yathā me satya-saṅkalpo
vidadhyāt sa manoratham

śrī-aditiḥ uvāca—圣阿迪缇开始祈祷 / kena—通过…… / aham—我 / vidhinā—靠规范原则 / brahman—布茹阿玛纳啊 / upasthāsye—可以取悦 / jagat-patim—宇宙的至尊主佳干纳特 / yathā—通过…… / me—我的 / satya-saṅkalpaḥ—愿望也许真被实现 / vidadhyāt—也许实现 / saḥ—祂(至尊主) / manoratham—雄心或欲望

译文 圣阿迪缇说：布茹阿玛纳啊！请告诉我，我该遵守的可以崇拜至高无上的世界主人的规范原则，以使至尊主对我满意，满足我所有的愿望。

要旨　俗话说："谋事在人，成事在天。"人也许想要许多东西，但除非至尊人格首神让他的欲望得以实现，否则他那些欲望就实现不了。这节诗文中的梵文"愿望的实现(satya-saṅkalpa)"一句十分重要。阿迪缇依靠她丈夫的仁慈，以期他指导自己崇拜至尊人格首神，使她所有的愿望都得以实现。门徒必须先决定自己应该崇拜至尊主，然后灵性导师才会给门徒以正确的指导。人不能命令灵性导师，就像病人不能指定医生给自己某种药物。这节诗文中谈的是崇拜至尊人格首神的开始阶段。正如《博伽梵歌》第7章的第16节诗证实：

catur-vidhā bhajante māṁ
janāḥ sukṛtino 'rjuna
ārto jijñāsur arthārthī
jñānī ca bharatarṣabha

"巴茹阿特族中最优秀的人啊！有四种虔诚的人开始为我做奉爱服务。他们是，痛苦的人，追求财富的人，好奇爱问的人和追求绝对真理知识的人。"阿迪缇是痛苦的人(ārta)。她因为她的半神人儿子失去了一切而十分委屈、愤愤不平，因此想要在丈夫喀夏帕·牟尼的指导下托庇于至尊人格首神。

第23节

आदिश त्वं द्विजश्रेष्ठ विधिं तदुपधावनम् ।
आशु तुष्यति मे देवः सीदन्त्याः सह पुत्रकैः ॥२३॥

ādiśa tvaṁ dvija-śreṣṭha
vidhiṁ tad-upadhāvanam
āśu tuṣyati me devaḥ
sīdantyāḥ saha putrakaiḥ

ādiśa－请教导我 / tvam－我的丈夫啊 / dvija-śreṣṭha－最优秀的布茹阿玛纳啊 / vidhim－规范原则 / tat－至尊主 / upadhāvanam－崇拜的程序 / āśu－非常快 / tuṣyati－变得满足 / me－对我 / devaḥ－至尊主 / sīdantyāḥ－现在悲伤 / saha－与……一起 / putrakaiḥ－我所有的儿子——半神人们

译文 最杰出的布茹阿玛纳啊！请教导我通过奉爱服务崇拜至尊人格首神的完美方法，以便我能用那方法使至尊主很快对我满意，将我和我的儿子们从这最危险的处境中救出去。

要旨 有些缺乏智慧的人询问，一个人是否该为了灵性进步而找一位灵性导师(guru)教导自己做奉爱服务。这节诗文中给予了答案。事实上，不仅是这节诗文，《博伽梵歌》中也记载，阿尔诸纳接受奎师那当自己的灵性导师(śiṣyas te 'haṁ śādhi māṁ tvāṁ prapannam)。韦达经(Vedas)中也指示说：人如果真诚地想要在灵性生活中取得进步，就必须接受一位灵性导师，以得到正确的指导(tad-vijñānārthaṁ sa guruṁ evābhigacchet)。至尊主说：人必须崇拜代表至尊人格首神的灵性导师(ācāryaṁ māṁ vijānīyāt)。我们对此应该有明确的认识。《永恒的柴坦亚经》中说：灵性导师是至尊人格首神的展示。因此，启示经典和奉献者的实际行为所给予的一切证据表明，人必须接受一位灵性导师。阿迪缇接受自己的丈夫当灵性导师，请他指导自己通过崇拜至尊主——做奉爱服务，提升灵性意识。

第 24 节

श्रीकश्यप उवाच

एतन्मे भगवान् पृष्टः प्रजाकामस्य पद्मजः ।

यदाह ते प्रवक्ष्यामि व्रतं केशवतोषणम् ॥२४॥

śrī-kaśyapa uvāca
etan me bhagavān pṛṣṭaḥ
prajā-kāmasya padmajaḥ
yad āha te pravakṣyāmi
vrataṁ keśava-toṣaṇam

śrī-kaśyapaḥ uvāca－喀夏帕·牟尼说 / etat－这 / me－由我 / bhagavān－最强有力的 / pṛṣṭaḥ－当他被要求时 / prajā-kāmasya－想要后代 / padma-jaḥ－出生在一朵莲花上的主布茹阿玛纳 / yat－无论…… / āha－他说 / te－对你 / pravakṣyāmi－我将解释 / vratam－以崇拜的形式 / keśava-toṣaṇam－使至尊人格首神凯沙瓦满意的……

译文　圣喀夏帕·牟尼说：当我想要生育后代时，我向从莲花中诞生的主布茹阿玛提出请求。现在，我将向你解释主布茹阿玛教我的程序；我曾靠这个程序满足了至尊人格首神凯沙瓦。

要旨　这节诗文进一步解释了做奉爱服务的程序。喀夏帕·牟尼想要将布茹阿玛纳(Brahmā)推荐给他的取悦至尊人格首神的方式传授给阿迪缇。这很珍贵。灵性导师不自创新程序去指导门徒，而是将自己从灵性导师那里得到的经授权的程序传授给门徒；一代一代灵性导师都是如此。这称为师徒传承(evaṁ paramparā-prāp-taṁ imaṁ rājarṣayo viduḥ)，是接受奉爱服务程序的真正的韦达系统。只有奉爱服务才能取悦至尊人格首神。因此，接近一位真正的灵性导师至关重要。得到自己灵性导师仁慈的人，才是真正的灵性导师。这称为师徒传承。人除非进入这师徒传承，否则吟诵得到的曼陀不起作用。如今有那么多无赖“上师(guru)”，他们为了物质收益而并非灵性进步去编造自己的曼陀。但是，这种自编的曼陀不可能使人获得成功。只有从权威人士那里得到的曼陀和奉爱服务的程序，才有特殊的力量。

第 25 节

फाल्गुनस्यामले पक्षे द्वादशाहं पयोव्रतम् ।
अर्चयेदरविन्दाक्षं भक्त्या परमयान्वितः ॥२५॥

phālgunasyāmale pakṣe
dvādaśāhaṁ payo-vratam
arcayed aravindākṣaṁ
bhaktyā paramayānvitaḥ

phālgunasya－二到三月的 / amale－光明的……时 / pakṣe－十四日 / dvādaśa-aham－共十二天，以艾卡达西的后一天为结束 / payaḥ-vratam－发誓只喝牛奶 / arcayet－人应该崇拜 / aravinda-akṣam－眼如莲花的至尊人格首神 / bhaktyā－怀着奉爱之情 / paramayā－纯粹的 / anvitaḥ－满怀

译文 在二到三月间光明的十四天中，从第一天开始到第十二天结束，人应该发誓遵守只靠牛奶维持生命的誓言，应该满怀全然的奉爱之情崇拜眼如莲花的至尊人格首神。

要旨 怀着奉爱之情崇拜至尊主维施努意味着要遵守“崇拜神像(arcana-mārga)”。

śravaṇaṁ kīrtanaṁ viṣṇoḥ
smaraṇaṁ pāda-sevanam
arcanaṁ vandanaṁ dāsyaṁ
sakhyam ātma-nivedanam

人应该安放主维施努或奎师那的神像，通过给神像穿衣服，用花环打扮祂，给祂供奉各种水果、鲜花及用纯净酥油、糖和谷物精心烹煮过的食物，小心翼翼地崇拜祂。人还应该按照规定一边摇铃，一边供奉油灯和香等。这称为对至尊主的崇拜。这节诗文中推荐人遵守“只靠喝牛奶维持生命”的誓言。这称为帕尤·瓦塔(payo-vrata)。正如我们在艾卡达西时一般是通过不吃谷物做奉

爱服务，在艾卡达西的第二天(dvādaśī)时一般是建议人只喝牛奶不吃其他东西。应该怀着对至尊主的纯粹奉爱之情(bhaktyā)，遵守“只靠喝牛奶维持生命”的誓言，并做崇拜神像的奉爱服务。没有奉爱之情，人崇拜不了至尊人格首神。只有做奉爱服务，才能如实地了解至尊人格首神(bhaktyā mām abhijānāti yāvān yaś cāsmi tattvataḥ)。人若想要了解至尊人格首神，与祂有直接的联系，知道祂喜欢吃什么、如何才会满意，就必须采用奉爱瑜伽的程序。正如这节诗文所建议的，人应该满怀纯粹的奉爱之情做服务(bhaktyā parama-yānvitaḥ)。

第 26 节

सिनीवाल्यां मृदालिप्य स्नायात्क्रोडविदीर्णया ।
यदि लभ्येत वै स्रोतस्येतं मन्त्रमुदीरयेत् ॥२६॥

sinīvālyāṁ mṛdālipya
snāyāt kroḍa-vidīrṇayā
yadi labhyeta vai srotasy
etaṁ mantram udīrayet

sinīvālyām－在暗月的那一天 / mṛdā－用泥土 / ālipya－涂抹身体 / snāyāt－人应该沐浴 / kroḍa-vidīrṇayā－被公猪的嘴拱起 / yadi－如果 / labhyeta－能找到 / vai－事实上 / srotasi－在一条流动的河中 / etam mantram－这首赞美诗 / udīrayet－人应该吟诵

译文　如果能找到被公猪拱起的泥土，人应该在暗月的那一天将这种土涂抹到自己的身体上，然后到流动的河水中去沐浴。在沐浴时，人应该吟诵如下的赞美诗。

第 27 节

त्वं देव्यादिवराहेण रसायाः स्थानमिच्छता ।
उद्धृतासि नमस्तुभ्यं पाप्मानं मे प्रणाशय ॥२७॥

tvaṁ devy ādi-varāheṇa
rasāyāḥ sthānam icchatā
uddhṛtāsi namas tubhyaṁ
pāpmānaṁ me praṇāśaya

tvam－你 / devi－地球母亲啊 / ādi-varāheṇa－被至尊人格首神以雄猪的形象 / rasāyāḥ－从宇宙底部 / sthānam－一个地方 / icchatā－想要 / uddhṛtā asi－你被举起 / namaḥ tubhyam－我恭敬地致以我的顶礼 / pāpmānam－所有的罪恶活动及其反应 / me－我的 / praṇāśaya－请消除

译文 大地母亲啊！您因为希望有一个停留的地方，所以被至尊人格首神以雄猪的形象托起。我祈祷，请您清除我所有的恶报。我向您致以恭敬的顶礼。

第 28 节

निर्वर्तितात्मनियमो देवमर्चेत्समाहितः ।
अर्चायां स्थण्डिले सूर्ये जले वह्नौ गुरावपि ॥२८॥

nirvartitātma-niyamo
devam arcet samāhitaḥ
arcāyāṁ sthaṇḍile sūrye
jale vahnau gurāv api

nirvartita－结束了 / ātma-niyamaḥ－按照实际情况履行清洗、吟诵其他赞美诗等日常职责 / devam－至尊人格首神 / arcet－人应该崇拜 / samāhitaḥ－全神贯注地 / arcāyām－对神像 / sthaṇḍile－对神坛 / sūrye－对太阳 / jale－对水 / vahnau－对火 / gurau－对灵性导师 / api－事实上

译文 那之后，人应该履行他日常的灵性责任，随后怀着深情厚义，崇拜至尊人格首神的神像，也崇拜神坛、太阳、水、火和灵性导师。

第 29 节

नमस्तुभ्यं भगवते पुरुषाय महीयसे ।
सर्वभूतनिवासाय वासुदेवाय साक्षिणे ॥२९॥

namas tubhyaṁ bhagavate
puruṣāya mahīyase
sarva-bhūta-nivāsāya
vāsudevāya sākṣiṇe

namaḥ tubhyam－我向您致以我恭敬的顶礼 / bhagavate－向至尊人格首神 / puruṣāya－至尊人 / mahīyase－最卓越的人物 / sarva-bhūta-nivāsāya－住在众生心中的人 / vāsudevāya－无所不在的至尊主 / sākṣiṇe－一切的见证者

译文 啊，至尊人格首神，住在众生心中且众生居于其中的最伟大者！啊，一切的见证者！华苏戴瓦——至尊而无所不在的人啊！我向您致以恭敬的顶礼。

第 30 节

नमोऽव्यक्ताय सूक्ष्माय प्रधानपुरुषाय च ।
चतुर्विंशद्गुणज्ञाय गुणसङ्ख्यानहेतवे ॥३०॥

namo 'vyaktāya sūkṣmāya
pradhāna-puruṣāya ca
catur-viṁśad-guṇa-jñāya
guṇa-saṅkhyāna-hetave

namaḥ－我向您致以我恭敬的顶礼 / avyaktāya－永远不被物质的眼睛看到的人 / sūkṣmāya－超然的 / pradhāna-puruṣāya－至尊人 / ca－也 / catuḥ-viṁśat－二十四 / guṇa-jñāya－元素的知悉者 / guṇa-saṅkhyāna－数论瑜伽体系的 / hetave－根源

译文 我虔敬地向您——至尊人顶礼。由于极其精微，物质的眼睛永远看不到您。您是二十四种元素的知悉者；您是数论瑜伽体系的开创者。

要旨 二十四种元素(catur-viṁśad-guṇa)分别是：五种粗糙的元素(土、水、火、气和空间)，三种精微元素(心、智力和假我)，十个感官(五个工作感官和五个获取知识的感官)，五种感官对象和被污染的意识。这是主卡皮拉戴瓦(Kapiladeva)介绍的数论瑜伽(sāṅkhya-yoga)所研究的内容。另外一个卡皮拉曾经再次提到这门数论瑜伽，但他是一个无神论者，所以他的理论不被接受为是具有权威性的。

第 31 节

नमो द्विशीर्ष्णे त्रिपदे चतुःशृङ्गाय तन्तवे ।
सप्तहस्ताय यज्ञाय त्रयीविद्यात्मने नमः ॥३१॥

namo dvi-śīrṣṇe tri-pade
catuḥ-śṛṅgāya tantave
sapta-hastāya yajñāya
trayī-vidyātmane namaḥ

namaḥ—我向您致以恭敬的顶礼 / dvi-śīrṣṇe—有两个头的人 / tri-pade—有三条腿的人 / catuḥ-śṛṅgāya—有四只触角的人 / tantave—扩展……的人 / sapta-hastāya—有七只手的人 / yajñāya—向至尊享乐者雅格亚·菩茹沙 / trayī—三种韦达仪式性典礼 / vidyā-ātmane—人格首神、一切知识的化身 / namaḥ—我恭敬地向您致以顶礼

译文 我恭敬地顶拜您，有着两个头(名叫帕亚尼亚和乌达亚尼亚的祭祀)、三条腿(一天三次榨取月露的萨瓦纳·数亚仪式)、四只触角(四部韦达经)和七只手(嘎雅垂等七种诗歌格律)的至尊人格首神。我向您献上顶礼，您的心和灵魂是三种韦达仪式(功利性活动之部、知识思辨之部和崇拜之部)，您以祭祀的形式扩展这些仪式。

第 32 节

नमः शिवाय रुद्राय नमः शक्तिधराय च ।
सर्वविद्याधिपतये भूतानां पतये नमः ॥३२॥

namaḥ śivāya rudrāya
namaḥ śakti-dharāya ca
sarva-vidyādhipataye
bhūtānāṁ pataye namaḥ

namaḥ—我恭敬地向您致以顶礼 / śivāya—名叫主希瓦的化身 / rudrāya—名叫茹铎的扩展 / namaḥ—顶礼 / śakti-dharāya—所有能量的泉源 / ca—和 / sarva-vidyā-adhipataye——切知识的宝库 / bhūtā-nām—生物的 / pataye—至尊主人 / namaḥ—我恭敬地向您致以顶礼

译文 我向您——主希瓦或茹铎致以虔敬的顶礼，您是一切力量的源泉、一切知识的宝库、众生的主人。

要旨 这是让人向至尊主的扩展或化身致以敬意的方式。主希瓦是控制物质自然三种属性中愚昧属性的化身。

第 33 节

नमो हिरण्यगर्भाय प्राणाय जगदात्मने ।
योगैश्वर्यशरीराय नमस्ते योगहेतवे ॥३३॥

namo hiraṇyagarbhāya
prāṇāya jagad-ātmane
yogaiśvarya-śarīrāya
namas te yoga-hetave

namaḥ—我向您致以恭敬的顶礼 / hiraṇyagarbhāya—以四个头的黑冉亚嘎尔巴(布茹阿玛)处之 / prāṇāya—众生生命的源泉 / jagat-āt-mane—整个宇宙的超灵 / yoga-aiśvarya-śarīrāya—身体充满财富和神

秘力量的…… / namaḥ te—我恭敬地向您致以我的顶礼 / yoga-hetave—所有神秘力量最原初的主人

译文 我向您致以恭敬的顶礼，您作为黑冉亚嘎尔巴(布茹阿玛)、生命之源、众生的超灵存在。您的身体是一切神秘力量之财富的源头。我向您致以虔敬的顶礼。

第 34 节

नमस्त आदिदेवाय साक्षिभूताय ते नमः ।
नारायणाय ऋषये नराय हरये नमः ॥३४॥

namas ta ādi-devāya
sākṣi-bhūtāya te namaḥ
nārāyaṇāya ṛṣaye
narāya haraye namaḥ

namaḥ te—我向您致以我恭敬的顶礼 / ādi-devāya—是存在中的第一位人格首神的人 / sākṣi-bhūtāya—众生心中一切的见证者 / te—向您 / namaḥ—我致以我恭敬的顶礼 / nārāyaṇāya—呈现纳茹阿亚纳化身的人 / ṛṣaye—圣人 / narāya—一个人类的化身 / haraye—向至尊人格首神 / namaḥ—我恭敬地致以我的顶礼

译文 我恭敬地顶拜您，您是最初的人格首神、众生心中的见证者、以人类形象显现的纳茹阿·纳茹阿亚纳圣人化身。人格首神啊！我向您致以虔敬的顶礼。

第 35 节

नमो मरकतश्यामवपुषेऽधिगतश्रिये ।
केशवाय नमस्तुभ्यं नमस्ते पीतवाससे ॥३५॥

namo marakata-śyāma-
vapuṣe 'dhigata-śriye
keśavāya namas tubhyaṁ
namas te pīta-vāsase

namaḥ－我恭敬地献上我的顶礼 / marakata-śyāma-vapuṣe－肤色恰似黑色绿宝石的人 / adhigata-śriye－控制着拉珂施蜜母亲——幸运女神 / keśavāya－杀死凯西魔的主凯沙瓦 / namaḥ tubhyam－我恭敬地向您致以顶礼 / namaḥ te－我再次恭敬地向您致以顶礼 / pīta-vāsase－穿着黄色衣服的

译文　我的至尊主，我恭恭敬敬地顶拜您，您穿着黄色的衣衫，您的肤色恰似黑色绿宝石，幸运女神完全受您的支配。亲爱的凯沙瓦啊！我向您致以虔敬的顶礼。

第 36 节

त्वं सर्ववरदः पुंसां वरेण्य वरदर्षभ ।
अतस्ते श्रेयसे धीराः पादरेणुमुपासते ॥३६॥

tvaṁ sarva-varadaḥ puṁsāṁ
varenya varadarṣabha
atas te śreyase dhīrāḥ
pāda-reṇum upāsate

tvam－您 / sarva-vara-daḥ－可以给予所有种类祝福的人 / puṁ-sām－对众生 / vareṇya－最值得崇拜的人啊 / vara-da-ṛṣabha－最强有力的祝福给予者啊 / ataḥ－因为这原因 / te－您的 / śreyase－一切吉祥的源头 / dhīrāḥ－最清醒的人 / pāda-reṇum upāsate－崇拜莲花足的尘土

译文　啊，最崇高、最值得崇拜的至尊主，赐予祝福之人中最卓越者！您可以满足每一个人的愿望。因此，清醒并为自己的福利着想的人，崇拜您的莲花足。

第 37 节

अन्ववर्तन्त यं देवाः श्रीश्च तत्पादपद्मयोः ।
स्पृहयन्त इवामोदं भगवान्मे प्रसीदताम् ॥३७॥

anvavartanta yaṁ devāḥ
śrīś ca tat-pāda-padmayoḥ
spṛhayanta ivāmodaṁ
bhagavān me prasīdatām

anvavartanta－致力于奉爱服务 / yam－向……人 / devāḥ－全体半神人 / śrīḥ ca－和幸运女神 / tat-pāda-padmayoḥ－祂圣上的莲花足的 / spṛhayantaḥ－想要 / iva－确切的 / āmodam－神仙的快乐 / bhagavān－至尊人格首神 / me－对我 / prasīdatām－愿……满意

译文 幸运女神和所有的半神人都致力于侍奉祂的莲花足。他们尊重您莲花足的芳香。愿至尊人格首神对我满意。

第 38 节

एतैर्मन्त्रैर्हृषीकेशमावाहनपुरस्कृतम् ।
अर्चयेच्छ्रद्धया युक्तः पाद्योपस्पर्शनादिभिः ॥३८॥

etair mantrair hṛṣīkeśam
āvāhana-puraskṛtam
arcayec chraddhayā yuktaḥ
pādyopasparśanādibhiḥ

etaiḥ mantraiḥ－通过吟诵所有这些赞美诗 / hṛṣīkeśam－向至尊人格首神——一切感官的主人 / āvāhana－呼唤 / puraskṛtam－从所有的方面向祂致敬 / arcayet－人应该崇拜 / śraddhayā－怀着信心和奉爱之情 / yuktaḥ－致力于 / pādya-upasparśana-ādibhiḥ－用崇拜的用品(洗莲花足的水和洗手用水等)

译文 喀夏帕·牟尼接着说：人应该靠吟诵这些赞美诗，用信心和奉爱之情迎接至尊人格首神，向祂献上崇拜用的一切(洗莲花足的水和洗手用水等)，以此崇拜至尊人格首神凯沙瓦——慧希凯施——奎师那。

第 39 节

अर्चित्वा गन्धमाल्याद्यैः पयसा स्नपयेद्विभुम् ।
वस्त्रोपवीताभरणपाद्योपस्पर्शनैस्ततः ।
गन्धधूपादिभिश्चार्चेद् द्वादशाक्षरविद्यया ॥३९॥

arcitvā gandha-mālyādyaiḥ
payasā snapayed vibhum
vastropavītābharaṇa-
pādyopasparśanais tataḥ
gandha-dhūpādibhiś cārced
dvādaśākṣara-vidyayā

arcitvā—这样崇拜 / gandha-mālya-ādyaiḥ—用焚香、鲜花和花环等 / payasā—用牛奶 / snapayet—应该沐浴 / vibhum—至尊主 / vastra—穿戴 / upavīta—圣线 / ābharaṇa—装饰品 / pādya—洗莲花足的水 / upasparśanaiḥ—触碰 / tataḥ—那之后 / gandha—芳香 / dhūpa—焚香 / ādibhiḥ—用所有这些 / ca—和 / arcet—应该崇拜 / dvādaśa-akṣara-vidyayā—用十二个音节组成的赞美诗

译文 在开始时，奉献者应该吟诵用十二个音节组成的赞美诗，给至尊主供奉花环和焚香等。这样崇拜至尊主后，就应该用牛奶给至尊主沐浴，为祂穿上合身的衣服，为祂配戴上一条圣线和各种首饰。在给至尊主献上水，洗浴祂的莲花足后，应该再次用芬芳的鲜花、焚香和其他供品崇拜至尊主。

要旨 有十二个音节的曼陀(dvādaśākṣara-mantra)是：oṁ namo bhagavate vāsudevāya。在崇拜神像时，人应该用左手摇铃，献上洗莲花足的水(pādya)、洗手用的水(arghya)、衣服(vastra)、檀香浆(gandha)、花环(mālā)、首饰(ābharaṇa)和装饰品(bhūṣaṇa)等。接着，人应该用牛奶给至尊主沐浴，给祂穿衣、打扮，用各种用品再次崇拜祂。

第 40 节

श‍ृतं पयसि नैवेद्यं शाल्यन्नं विभवे सति ।
ससर्पि: सगुडं दत्त्वा जुहुयान्मूलविद्यया ॥४०॥

śṛtaṁ payasi naivedyaṁ
śāly-annaṁ vibhave sati
sasarpiḥ saguḍaṁ dattvā
juhuyān mūla-vidyayā

śṛtam一烹煮过 / payasi一在牛奶中 / naivedyam一供奉给神像 / śāli-annam一优质米 / vibhave一如果可以找到 / sati一就这样 / sa-sarpiḥ一用酥油(纯净奶油) / sa-guḍam一用糖浆 / dattvā一供奉给祂 / juhuyāt一应该往火中供奉祭品 / mūla-vidyayā一同时吟诵那首有十二个音节的赞美诗

译文 如果有能力的话，人应该给神像供奉加入了纯净酥油和糖浆的甜奶粥。在吟诵最开始吟诵的那首赞美诗的同时，将所有这一切供奉到火中。

第 41 节

निवेदितं तद्भ‍क्ताय दद्याद्भुञ्जीत वा स्वयम् ।
दत्त्वाचमनमर्चित्वा ताम्बूलं च निवेदयेत् ॥४१॥

niveditaṁ tad-bhaktāya
dadyād bhuñjīta vā svayam
dattvācamanam arcitvā
tāmbūlaṁ ca nivedayet

niveditam一这帕萨达的供奉 / tat-bhaktāya一向祂的奉献者 / dadyāt一应该给予 / bhuñjīta一人应该拿 / vā一或者 / svayam一亲自 / dattvā ācamanam一提供洗手和洗嘴用的水 / arcitvā一以这种方式崇拜神像 / tāmbūlam一加了香料的槟榔 / ca一也 / nivedayet一人应该供奉

译文　人应该将所有的帕萨达给予一位外士纳瓦，或者给外士纳瓦一些，然后自己进食一些。这之后，人应该给神像供奉洗手和洗嘴用的水，随后是槟榔。这之后再次崇拜至尊主。

第 42 节

जपेदष्टोत्तरशतं स्तुवीत स्तुतिभिः प्रभुम् ।
कृत्वा प्रदक्षिणं भूमौ प्रणमेद्दण्डवन्मुदा ॥४२॥

japed aṣṭottara-śataṁ
stuvīta stutibhiḥ prabhum
kṛtvā pradakṣiṇaṁ bhūmau
praṇamed daṇḍavan mudā

japet—应该默念 / aṣṭottara-śatam—一百零八遍 / stuvīta—应该献上祈祷 / stutibhiḥ—通过各种赞美的祈祷 / prabhum—向至尊主 / kṛtvā—做了之后 / pradakṣiṇam—绕拜 / bhūmau—在地上 / praṇamet—应该致以顶礼 / daṇḍavat—全身笔直地 / mudā—怀着十分喜悦和满足的心情

译文　那之后，人应该默默地吟诵那个赞美诗一百零八遍，向祂敬献祈祷，赞美祂的荣耀。接着，人应该绕拜至尊主；最后怀着十分喜悦和满足的心情如一根棍子般扑倒，向祂顶礼。

第 43 节

कृत्वा शिरसि तच्छेषां देवमुद्वासयेत्ततः ।
द्व्यवरान् भोजयेद्विप्रान् पायसेन यथोचितम् ॥४३॥

kṛtvā śirasi tac-cheṣāṁ
devam udvāsayet tataḥ
dvy-avarān bhojayed viprān
pāyasena yathocitam

kṛtvā—拿 / śirasi—头上 / tat-śeṣām—所有供奉过的东西(给神像供奉过的水和鲜花) / devam—向神像 / udvāsayet—应该扔到一个神圣的地方 / tataḥ—那之后 / dvi-avarān—最少两个 / bhojayet—应该喂 / viprān—布茹阿玛纳 / pāyasena—用甜奶饭 / yathā-ucitam—适当地

译文 在用献给神像的鲜花和水触碰自己的头后，人应该将它们置于神圣的地方。随后，人应该请至少两位布茹阿玛纳进食甜奶饭。

第44—45节

भुञ्जीत तैरनुज्ञातः सेष्टः शेषं सभाजितैः ।
ब्रह्मचार्यथ तद्रात्र्यां श्वो भूते प्रथमेऽहनि ॥४४॥

स्नातः शुचिर्यथोक्तेन विधिना सुसमाहितः ।
पयसा स्नापयित्वार्चेद्यावद् व्रतसमापनम् ॥४५॥

bhuñjīta tair anujñātaḥ
seṣṭaḥ śeṣaṁ sabhājitaiḥ
brahmacāry atha tad-rātryāṁ
śvo bhūte prathame ’hani

snātaḥ śucir yathoktena
vidhinā susamāhitaḥ
payasā snāpayitvārced
yāvad vrata-samāpanam

bhuñjīta—应该进食帕萨达 / taiḥ—由布茹阿玛纳 / anujñātaḥ—被允许 / sa-iṣṭaḥ—与朋友和亲人一起 / śeṣam—剩余的 / sabhājitaiḥ—恰当地尊敬 / brahmacārī—遵守禁欲 / atha—当然 / tat-rātryām—在晚上 / śvaḥ bhūte—在夜晚结束清晨来临时 / prathame ahani—在第一天 / snātaḥ—沐浴 / śuciḥ—变得净化 / yathā-uktena—如前所述 / vidhinā—靠遵守规范原则 / su-samāhitaḥ—全神贯注地 / payasā—用牛

奶 / snāpayitvā—给神像沐浴 / arcet—应该献上崇拜 / yāvat—只要 / vrata-samāpanam—崇拜的时间没有结束

译文 人应该尽善尽美地向被邀请来进食的可尊敬的布茹阿玛纳致以敬意。之后，在征得他们的允许后，与自己的朋友和亲属进食帕萨达。人应该在当天晚上严格禁欲；第二天清晨再次沐浴后，用牛奶给维施努的神像沐浴，按照前面详述的说明崇拜祂。

第 46 节

पयोभक्षो व्रतमिदं चरेद्विष्णवर्चनादृतः ।
पूर्ववज्जुहुयादग्निं ब्राह्मणांश्चापि भोजयेत् ॥४६॥

payo-bhakṣo vratam idaṁ
cared viṣṇv-arcanādṛtaḥ
pūrvavaj juhuyād agniṁ
brāhmaṇāṁś cāpi bhojayet

payaḥ-bhakṣaḥ—只喝牛奶的人 / vratam idam—这发誓并崇拜的程序 / caret—人应该执行 / viṣṇu-arcana-ādṛtaḥ—怀着巨大的信心和奉爱之情崇拜主维施努 / pūrva-vat—正如前面讲述的 / juhuyāt—人应该供奉祭品 / agnim—到火中 / brāhmaṇān—对布茹阿玛纳 / ca api—以及 / bhojayet—应该喂

译文 怀着巨大的信心和奉爱之情对主维施努的崇拜，并靠喝牛奶维持生命：这就是人应该遵守的誓言。除此之外，人还应该如前面谈到的，向火中供奉供品，请布茹阿玛纳进食。

第 47 节

एवं त्वहरहः कुर्याद् द्वादशाहं पयोव्रतम् ।
हरेराराधनं होममर्हणं द्विजतर्पणम् ॥४७॥

evaṁ tv ahar ahaḥ kuryād
dvādaśāhaṁ payo-vratam
harer ārādhanaṁ homam
arhaṇaṁ dvija-tarpaṇam

evam—就这样 / tu—事实上 / ahaḥ ahaḥ——天接一天 / kuryāt—应该执行 / dvādaśa-aham—直到十二天 / payaḥ-vratam—执行帕尤·瓦塔誓言 / hareḥ ārādhanam—崇拜至尊人格首神 / homam—通过举行一个火祭 / arhaṇam—崇拜神像 / dvija-tarpaṇam—并通过邀请布茹阿玛纳进食帕萨达令他们满意

译文 在整整十二天中，人应该每天以此方式执行这个帕尤·瓦塔誓言，崇拜至尊主，履行日常责任，举行祭祀并请布茹阿玛纳进食。

第 48 节

प्रतिपद्दिनमारभ्य यावच्छुक्लत्रयोदशीम् ।
ब्रह्मचर्यमधःस्वप्नं स्नानं त्रिषवणं चरेत् ॥४८॥

pratipad-dinam ārabhya
yāvac chukla-trayodaśīm
brahmacaryam adhaḥ-svapnaṁ
snānaṁ tri-ṣavaṇaṁ caret

pratipat-dinam—在月明的第一天 / ārabhya—开始 / yāvat—直到 / śukla—月明的十四天的 / trayodaśīm—月明的第十三天(艾卡达西后的第二天) / brahmacaryam—完全禁欲 / adhaḥ-svapnam—躺在地板上 / snānam—沐浴 / tri-savanam—三次(早、中、晚) / caret—人应该执行

译文 从月明的第一天直到月明的第十三天，人应该完全禁欲，睡在地上，一天沐浴三次，以此方式遵守誓言。

第 49 节

वर्जयेदसदालापं भोगानुच्चावचांस्तथा ।
अहिंस्रः सर्वभूतानां वासुदेवपरायणः ॥४९॥

varjayed asad-ālāpaṁ
bhogān uccāvacāṁs tathā
ahiṁsraḥ sarva-bhūtānāṁ
vāsudeva-parāyaṇaḥ

varjayed—人应该放弃 / asad-ālāpam—不必要地谈论物质的话题 / bhogān—感官享乐 / ucca-avacān—较高的或较低的 / tathā—以及 / ahiṁsraḥ—不忌妒 / sarva-bhūtānām—众生的 / vāsudeva-parāyaṇaḥ—只是当主华苏戴瓦的奉献者

译文　在此期间，人不该毫无必要地谈论物质话题——有关感官享乐的话题；应该完全去除对众生的忌妒心，应该当主华苏戴瓦的一个纯粹、朴实的奉献者。

第 50 节

त्रयोदश्यामथो विष्णोः स्नपनं पञ्चकैर्विभोः ।
कारयेच्छास्त्रदृष्टेन विधिना विधिकोविदैः ॥५०॥

trayodaśyām atho viṣṇoḥ
snapanaṁ pañcakair vibhoḥ
kārayec chāstra-dṛṣṭena
vidhinā vidhi-kovidaiḥ

trayodaśyām—在月明的第十三天 / atho—那之后 / viṣṇoḥ—主维施努的 / snapanam—沐浴 / pañcakaiḥ—用五种液体 / vibhoḥ—至尊主 / kārayet—人应该执行 / śāstra-dṛṣṭena—经典中的指示 / vidhinā—按照规范原则 / vidhi-kovidaiḥ—在了解规范原则的祭司协助下

译文　那之后，人应该按照了解经典的布茹阿玛纳的指导，在月明的第十三天用五种液体(牛奶、酸奶、酥油、糖和蜂蜜)给主维施努沐浴。

第51—52节

पूजां च महतीं कुर्याद्वित्तशाठ्यविवर्जितः ।
चरुं निरूप्य पयसि शिपिविष्टाय विष्णवे ॥५१॥

सूक्तेन तेन पुरुषं यजेत सुसमाहितः ।
नैवेद्यं चातिगुणवद्दद्यात्पुरुषतुष्टिदम् ॥५२॥

pūjāṁ ca mahatīṁ kuryād
vitta-śāṭhya-vivarjitaḥ
caruṁ nirūpya payasi
śipiviṣṭāya viṣṇave

sūktena tena puruṣaṁ
yajeta susamāhitaḥ
naivedyaṁ cātiguṇavad
dadyāt puruṣa-tuṣṭidam

pūjām—崇拜 / ca—也 / mahatīm—十分豪华 / kuryāt—应该做 / vitta-śāṭhya—吝啬的心态(不花足够的钱) / vivarjitaḥ—放弃 / carum—在祭祀中供奉的谷物 / nirūpya—正确地看 / payasi—用牛奶 / śipiviṣṭāya—向处在众生心中的超灵 / viṣṇave—向主维施努 / sūktena—通过吟诵名叫菩茹沙·苏克塔的赞美诗 / tena—通过那 / puruṣam—至尊人格首神 / yajeta—人应该崇拜 / su-samāhitaḥ—注意力集中地 / nai-vedyam—供奉给神像的食物 / ca—和 / ati-guṇa-vat—准备各种不同口味的丰盛美食 / dadyāt—应该供奉 / puruṣa-tuṣṭi-dam—让至尊人格首神极其满意的一切

译文 人应该去除不愿意花钱的吝啬习惯，安排以最豪华的方式崇拜处在众生心中的至尊人格首神。人必须小心翼翼地用纯净酥油和牛奶烹煮谷物供品，并吟诵名叫菩茹沙·苏克塔的赞美诗。应该供奉有各种不同滋味的美食。人应该用这种方式崇拜至尊人格首神。

第 53 节

आचार्यं ज्ञानसम्पन्नं वस्त्राभरणधेनुभिः ।
तोषयेदृत्विजश्चैव तद्विद्ध्याराधनं हरेः ॥५३॥

ācāryaṁ jñāna-sampannaṁ
vastrābharaṇa-dhenubhiḥ
toṣayed ṛtvijaś caiva
tad viddhy ārādhanaṁ hareḥ

ācāryam－灵性导师 / jñāna-sampannam－有十分高等的灵性知识 / vastra-ābharaṇa-dhenubhiḥ－用衣物、装饰品和许多乳牛 / toṣa-yet－应该满足 / ṛtvijaḥ－由灵性导师推荐的祭司 / ca eva－以及 / tat viddhi－努力了解 / ārādhanam－崇拜 / hareḥ－至尊人格首神的

译文　人应该取悦精通韦达文献的灵性导师，应该让协助他举行祭祀的祭司(hotā, udgātā, adhvaryu和brahma)感到满意，应该通过给予他们衣服、装饰品和乳牛取悦他们。这种礼仪被称为对主维施努的崇拜。

第 54 节

भोजयेत्तान् गुणवता सदन्नेन शुचिस्मिते ।
अन्यांश्च ब्राह्मणाञ्छक्त्या ये च तत्र समागताः ॥५४॥

bhojayet tān guṇavatā
sad-annena śuci-smite
anyāṁś ca brāhmaṇāñ chaktyā
ye ca tatra samāgatāḥ

bhojayet－应该分发帕萨达 / tān－向他们全体 / guṇa-vatā－用丰盛的食物 / sat-annena－以用酥油和被认为是纯净食物的牛奶准备的

食物 / śuci-smite—最虔诚的女士啊 / anyān ca—还有其他的 / brāhmaṇān—布茹阿玛纳 / śaktyā—尽可能地 / ye—他们全体……的 / ca—也 / tatra—那里(在仪式上) / samāgatāḥ—聚集的

译文 最吉祥的女士啊！人应该在博学的灵性导师的指导下举行所有的仪式，应该让他们和他们的祭司满意。人还应该靠分发帕萨达取悦布茹阿玛纳和聚集在一起的其他来宾。

第55节

दक्षिणां गुरवे दद्यादृत्विग्भ्यश्च यथार्हतः ।
अन्नाद्येनाश्वपाकांश्च प्रीणयेत्समुपागतान् ॥५५॥

dakṣiṇāṁ gurave dadyād
ṛtvigbhyaś ca yathārhataḥ
annādyenāśva-pākāṁś ca
prīṇayet samupāgatān

dakṣiṇām—金钱或金子的一些捐献 / gurave—向灵性导师 / dadyāt—人应该给予 / ṛtvigbhyaḥ ca—和由灵性导师指定的祭司 / yathā-arhataḥ—尽可能地 / anna-adyena—靠分发帕萨达 / āśva-pākān—甚至给有吃狗肉习惯的人 / ca—也 / prīṇayet—人应该取悦 / samupāgatān—因为他们为仪式而聚集在那里

译文 人应该将衣服、装饰品、乳牛和礼金送给灵性导师及协助他们的祭司，以此方式取悦他们。人应该分发帕萨达，以此方式让参加聚会的每个人都感到满意，甚至包括最低等的人——吃狗肉者。

要旨 在韦达系统中对于帕萨达(prasāda)的派发，就如这节诗文中所介绍的一样，不对人加以区分。无论一个人是布茹阿玛纳(brāhmaṇa)、查锤亚(kṣatriya)、外夏(vaiśya)、庶铎(śūdra)，甚或是最低等的人——吃狗肉者(caṇḍāla)，都该受到欢迎，接受给至尊神供奉过的食物——帕萨达。然而，当低等阶层或贫穷阶层的人(caṇḍāla)接受帕萨达时，并不意味着他们就因此而变成了纳茹阿亚纳或维施努。纳茹阿亚纳处在每一个生物体的心中，但这并不意味着纳茹阿亚纳是可怜之人。将可怜人视为是纳茹阿亚纳的假象宗(Māyāvāda)哲学，是对至尊主的忌妒，是对神的不敬。应该完全放弃这种心态。应该给每一个人机会进食帕萨达，但这并不意味着每一个人都可以成为纳茹阿亚纳。

第 56 节

भुक्तवत्सु च सर्वेषु दीनान्धकृपणादिषु ।
विष्णोस्तत्प्रीणनं विद्वान् भुञ्जीत सह बन्धुभिः ॥५६॥

bhuktavatsu ca sarveṣu
dīnāndha-kṛpaṇādiṣu
viṣṇos tat prīṇanaṁ vidvān
bhuñjīta saha bandhubhiḥ

bhuktavatsu－分发食物后 / ca－也 / sarveṣu－在场的每一个人 / dīna－很贫穷 / andha－瞎子 / kṛpaṇa－不是布茹阿玛纳的人 / ādiṣu－等等 / viṣṇoḥ－处在每一个人心中的主维施努的 / tat－那(帕萨达) / prīṇanam－令人愉快的 / vidvān－了解这一哲学的人 / bhuñjīta－应该自己进食帕萨达 / saha－与……一道 / bandhubhiḥ－朋友和亲戚

译文　人应该向每一个人分发给维施努供奉过的帕萨达，包括穷人、盲人、非奉献者和不是布茹阿玛纳的人。请大家一起进食维施努·帕萨达会使主维施努十分满意。在了解这一点的情况下，举行祭祀的人应该在向上述之人分发帕萨达后，与自己的朋友和亲属进食帕萨达。

第 57 节

नृत्यवादित्रगीतैश्च स्तुतिभिः स्वस्तिवाचकैः ।
कारयेत्तत्कथाभिश्च पूजां भगवतोऽन्वहम् ॥५७॥

nṛtya-vāditra-gītaiś ca
stutibhiḥ svasti-vācakaiḥ
kārayet tat-kathābhiś ca
pūjāṁ bhagavato 'nvaham

nṛtya－靠跳舞 / vāditra－靠打鼓 / gītaiḥ－和靠歌唱 / ca－也 / stutibhiḥ－靠吟诵吉祥的赞美诗 / svasti-vācakaiḥ－靠献上祈祷 / kārayet－应该执行 / tat-kathābhiḥ－靠吟诵《圣典博伽瓦谭》、《博伽梵歌》和类似的文献 / ca－也 / pūjām－崇拜 / bhagavataḥ－至尊人格首神的 / anvaham－每一天(从月明的第一天到第十三天)

译文 从月明的第一天到第十三天，人应该持续举行仪式，仪式中始终伴随有舞蹈、歌唱、击鼓、吟诵赞美诗和所有吉祥的曼陀，以及朗诵《圣典博伽瓦谭》。人应该以此方式崇拜至尊人格首神。

第 58 节

एतत्पयोव्रतं नाम पुरुषाराधनं परम् ।
पितामहेनाभिहितं मया ते समुदाहृतम् ॥५८॥

etat payo-vrataṁ nāma
puruṣārādhanaṁ param
pitāmahenābhihitaṁ
mayā te samudāhṛtam

etat－这 / payaḥ-vratam－被称为帕尤·瓦塔的仪式 / nāma－名叫 / puruṣa-ārādhanam－崇拜至尊人格首神的程序 / param－最佳的 / pitāmahena－由我的祖父主布茹阿玛纳 / abhihitam－说明 / mayā－由我 / te－向你 / samudāhṛtam－详细地解释了

译文　这就是被称为帕尤·瓦塔的宗教仪式，人可以通过这一仪式崇拜至尊人格首神。我的祖父布茹阿玛纳将这资讯传给我，我现在给你详细地讲解了它。

第59节

त्वं चानेन महाभागे सम्यक्चीर्णेन केशवम् ।
आत्मना शुद्धभावेन नियतात्मा भजाव्ययम् ॥५९॥

tvaṁ cānena mahā-bhāge
samyak cīrṇena keśavam
ātmanā śuddha-bhāvena
niyatātmā bhajāvyayam

tvam ca—你也 / anena—靠这程序 / mahā-bhāge—极其幸运的人啊 / samyak cīrṇena—正确地执行 / keśavam—向主凯沙瓦 / ātmanā—通过自己 / śuddha-bhāvena—在内心纯洁的状态中 / niyata-ātmā—控制自我 / bhaja—崇拜 / avyayam—无穷无尽的至尊人格首神

译文　最幸运的女士啊！让你的心处于良好的精神状态，执行这个帕尤·瓦塔程序，以此崇拜无穷无尽的至尊人格首神凯沙瓦。

第60节

अयं वै सर्वयज्ञाख्यः सर्वव्रतमिति स्मृतम् ।
तपःसारमिदं भद्रे दानं चेश्वरतर्पणम् ॥६०॥

ayaṁ vai sarva-yajñākhyaḥ
sarva-vratam iti smṛtam
tapaḥ-sāram idaṁ bhadre
dānaṁ ceśvara-tarpaṇam

ayam—这 / vai—事实上 / sarva-yajña—所有种类的宗教仪式和祭祀 / ākhyaḥ—称为 / sarva-vratam—所有的宗教仪式 / iti—如此 /

smṛtam－了解 / tapaḥ-sāram－所有苦行的实质 / idam－这 / bhadre－高贵的女士啊 / dānam－施舍的行动 / ca－和 / īśvara－至尊人格首神 / tarpaṇam－使人满意的程序

译文 这个帕尤·瓦塔程序又称萨尔瓦祭祀。换句话说，举行这个祭祀就等于举行了所有其他的祭祀。这个祭祀还被公认为是最佳的祭祀仪式。高贵的女士啊！它是一切苦修的实质，是给予布施的程序，令至尊控制者满意。

要旨 崇拜主维施努是崇拜中最高的程序(ārādhanānāṁ sarveṣāṁ viṣṇor ārādhanaṁ param)。这是主希瓦对帕尔娃缇(Pārvatī)的说明。就如何通过执行帕尤·瓦塔仪式崇拜主维施努，到这节诗为止已经给予了完整的讲解。通过遵守社会四阶层和灵性四阶段制度(varṇāśrama-dharma)取悦主维施努，是生命的最高目标。社会四阶层(varṇas)和灵性四阶段(āśrama)的韦达制度，专门为崇拜维施努而设(viṣṇur ārādhyate puṁsāṁ nānyat tat-toṣa-kāraṇam)。奎师那意识运动是根据现在这个年代的情况对主维施努的崇拜(viṣṇu-ārādhanam)。崇拜主维施努的帕尤·瓦塔方法，在很久很久以前由喀夏帕在天堂星球中介绍给他妻子阿迪缇；这一程序甚至在如今的地球上仍然具有权威性。尤其在这个喀历年代，奎师那意识运动所采用的方法是在全球建立成百上千的维施努庙宇(茹阿妲·奎师那庙、佳干纳特庙、巴拉茹阿玛庙、悉塔·茹阿玛庙和高尔·尼泰庙等)。在这些维施努的庙宇中按照规定崇拜至尊主，与这一章中介绍的帕尤·瓦塔仪式一样。帕尤·瓦塔仪式需要从月明的十四天中的第一天到第十三天举行，但在我们的奎师那意识运动中，每一个庙里都按照日程安排表，一天二十四小时地吟唱哈瑞·奎师那(Hare Kṛṣṇa)这首伟大的曼陀，给主维施努供奉美味的食物，再将供奉过的食物派发给奉献者(Vaiṣṇava)和其他人，以这种方式崇拜主维施努。这些都是经授权的活动；奎师那意识运动中的成员如果坚持从事这些活动，就会获得举行帕尤·瓦塔仪式所能获得的结果。因此，奎师那意识运动中包括了举行祭祀、给予布施和遵守誓言(vrata)等所有精华的吉祥活动。这个运动的成员应该立刻认真遵守已经推荐的各种程序。当然，祭祀意味着取悦主维施努。在喀历年代中，智者举行集体歌唱神的圣名祭祀(yajñaiḥ saṅkīrtana-prāyair yajanti hi sumedhasaḥ)。人应该认真地按照这一程序做。

第 61 节

त एव नियमाः साक्षात्त एव च यमोत्तमाः ।
तपो दानं व्रतं यज्ञो येन तुष्यत्यधोक्षजः ॥६१॥

ta eva niyamāḥ sākṣāt
ta eva ca yamottamāḥ
tapo dānaṁ vrataṁ yajño
yena tuṣyaty adhokṣajaḥ

te—那是 / eva—事实上 / niyamāḥ—所有的规范原则 / sākṣāt—直接地 / te—那是 / eva—事实上 / ca—也 / yama-uttamāḥ—控制感官的最佳程序 / tapaḥ—苦修 / dānam—布施 / vratam—遵守誓言 / yajñaḥ—祭祀 / yena—通过……程序 / tuṣyati—非常满意的 / adhokṣajaḥ—不被五种感官所知觉到的至尊主

译文　这是取悦至尊人格首神阿窦克沙佳的最佳方法。它是最好的规范原则、最有效的苦修，给予布施的最恰当方法，祭祀的最佳程序。

要旨　《博伽梵歌》第18章的第66节诗记载，至尊主说：

sarva-dharmān parityajya
mām ekaṁ śaraṇaṁ vraja
ahaṁ tvāṁ sarva-pāpebhyo
mokṣayiṣyāmi mā śucaḥ

“抛弃一切种类的宗教，只向我皈依。我将把你从所有的恶报中解救出来。不必害怕！”人除非按照至尊人格首神的要求取悦祂，否则所从事的活动不会产生好的结果。《圣典博伽瓦谭》第1篇第2章的第8节诗说：

dharmaḥ svanuṣṭhitaḥ puṁsāṁ
viṣvaksena-kathāsu yaḥ
notpādayed yadi ratiṁ
śrama eva hi kevalam

“如果人们按各自的状况所从事的职业活动并没有使他们受人格首神信息的吸引，那么从事这些活动就是徒劳无益的。”没兴趣让主维施努(华苏戴瓦)感到满意的人，无论从事什么所谓的吉祥活动，都是徒劳无益的。如此迷惑的人希望会落空，活动会失败，培养的知识毫无用处(moghāśā mogha-karmāṇo mogha-jñānā vicetasaḥ)。就有关这一点，圣维施瓦纳特·查夸瓦尔提·塔库尔评论说：napuṁsakam anapuṁsakenety-ādinaikatvam。现代假象宗人士中有一种时髦的说法是：一个人无论做什么，无论走什么路，都是好的。但这些都是愚蠢的说明。这节诗文中强有力地声明，做奉爱服务是唯一能使人生获得成功的方式。除非主维施努感到满意，否则所有的虔诚活动、仪式和祭祀都只不过是表演而已，毫无价值(īśvara-tarpaṇaṁ vinā sarvam eva viphalam)。不幸的是，人们不知道成功的秘密。他们不知道自我真正的利益是取悦主维施努(na te viduḥ svārtha-gatiṁ hi viṣṇum)。

第62节

तस्मादेतद् व्रतं भद्रे प्रयता श्रद्धयाचर ।
भगवान् परितुष्टस्ते वरानाशु विधास्यति ॥६२॥

tasmād etad vrataṁ bhadre
prayatā śraddhayācara

bhagavān parituṣṭas te
varān āśu vidhāsyati

tasmāt－因此 / etat－这 / vratam－瓦塔仪式的执行 / bhadre－我亲爱的、温和的女士 / prayatā－靠遵守规范原则 / śraddhayā－怀着信心 / ācara－执行 / bhagavān－至尊人格首神 / parituṣṭaḥ－因为十分满意 / te－对你 / varān－祝福 / āśu－很快 / vidhāsyati－将给予

译文　因此，我亲爱的高贵女士，履行这仪式的誓言，严格遵守规范原则吧。透过这个程序，至尊人格首神会很快对你满意，满足你所有的愿望。

到此为止，结束了巴克提韦丹塔对《圣典博伽瓦谭》第8篇第16章——“执行帕尤·瓦塔崇拜程序”所作的阐释。

第十七章

至尊主同意当阿迪缇的儿子

这一章解释的是，至尊人格首神对阿迪缇(Aditi)做的帕尤·瓦塔(payo-vrata)仪式很满意，以绝对富有的形象出现在她面前。应阿迪缇的请求，至尊主同意当她的儿子。

阿迪缇连续十二天做了帕尤·瓦塔仪式后，至尊主无疑对她感到很满意，于是以穿着黄色衣服的四臂形象在她面前显现。阿迪缇一看到至尊人格首神出现在她面前，立刻起身，怀着对至尊主如痴如醉的深爱扑倒在地，致以顶礼。心醉神迷的奉爱情感使阿迪缇喉头哽咽、全身颤抖。她虽然想要向至尊主敬献适当的祈祷，但却什么都做不了，只有保持沉默。等到情绪舒缓一些后，她才看着俊美的至尊主敬献祈祷。至尊人格首神——众生的超灵，对她十分满意，同意以一个完整扩展化身来当她的儿子。祂对喀夏帕·牟尼的苦修已经感到满意，所以同意当他们的儿子并维护半神人。至尊主在对此作出慎重承诺后便消失了。阿迪缇按照至尊人格首神的命令，致力于侍奉喀夏帕·牟尼。喀夏帕在全神贯注的出神状态中可以看到至尊主已经在自己体内，于是将自己的精液注入阿迪缇的子宫。又被称为黑冉亚嘎尔巴(Hiraṇyagarbha)的主布茹阿玛，知道至尊人格首神已经进入阿迪缇的子宫，便向至尊主献上祈祷。

第 1 节

श्रीशुक उवाच
इत्युक्ता सादिती राजन् स्वभर्त्रा कश्यपेन वै ।
अन्वतिष्ठद् व्रतमिदं द्वादशाहमतन्द्रिता ॥१॥

śrī-śuka uvāca
ity uktā sāditī rājan
sva-bhartrā kaśyapena vai
anv atiṣṭhad vratam idaṁ
dvādaśāham atandritā

śrī-śukaḥ uvāca－圣舒卡戴瓦·哥斯瓦米说 / iti－如此 / uktā－被忠告 / sā－那位女士 / aditiḥ－阿迪缇 / rājan－君王啊 / sva-bhartrā－由她丈夫 / kaśyapena－喀夏帕·牟尼 / vai－事实上 / anu－同样地 / atiṣṭhat－执行 / vratam idam－这个帕尤·瓦塔仪式 / dvādaśa-aham－十二天 / atandritā－没有怠惰

译文 舒卡戴瓦·哥斯瓦米说：君王啊！阿迪缇得到她丈夫喀夏帕·牟尼的忠告后，严格按他的指示勤奋地执行帕尤·瓦塔仪式。

要旨 要想在所有的领域取得成功，尤其是灵性生活中取得进步，人必须严格地遵守真正的老师的训示。阿迪缇这样做了。她严格按照她丈夫，也是她灵性导师的教导去做。正如韦达训喻证实，“韦达知识的全部意义，只会自动地揭示给对至尊主和灵性导师绝对有信心的伟大灵魂(yasya deve parā bhaktir yathā deve tathā gurau)。”人应该对帮助门徒在灵性生活中取得进步的灵性导师充满信心。门徒一旦在不理会灵性导师教导的情况下思考问题，就会在灵性生活中失败(yasyāprasādān na gatiḥ kuto 'pi)。阿迪缇很严格地遵守她丈夫兼灵性导师的指示，从而获得了成功。

第2—3节

चिन्तयन्त्येकया बुद्ध्या महापुरुषमीश्वरम् ।
प्रगृह्येन्द्रियदुष्टाश्वान्मनसा बुद्धिसारथिः ॥ २ ॥

मनश्चैकाग्रया बुद्ध्या भगवत्यखिलात्मनि ।
वासुदेवे समाधाय चचार ह पयोव्रतम् ॥ ३ ॥

cintayanty ekayā buddhyā
　mahā-puruṣam īśvaram
pragṛhyendriya-duṣṭāśvān
　manasā buddhi-sārathiḥ

manaś caikāgrayā buddhyā
　bhagavaty akhilātmani
vāsudeve samādhāya
　cacāra ha payo-vratam

cintayanti一一直不断地想 / ekayā一注意力集中地 / buddhyā一和智力 / mahā-puruṣam一向至尊人格首神 / īśvaram一至尊控制者主维施努 / pragṛhya一完全控制 / indriya一感官 / duṣṭa一极其强大的 / aśvān一马匹 / manasā一由内心 / buddhi-sārathiḥ一借助于智力——马车驾驭者 / manaḥ一内心 / ca一也 / eka-agrayā一全神贯注地 / buddhyā一与智力一起 / bhagavati一向至尊人格首神 / akhila-ātmani一至尊灵魂——众生的超灵 / vāsudeve一向主华苏戴瓦 / samādhāya一保持全部的注意力 / cacāra一执行 / ha一如此 / payaḥ-vratam一被称为帕尤·瓦塔的仪式

译文　阿迪缇全神贯注地想着至尊人格首神，以此方式完全控制住自己那恰似野马的心和感官。她将注意力完全集中在至尊主华苏戴瓦身上，这样开始执行帕尤·瓦塔仪式。

要旨　这是奉爱瑜伽(bhakti-yoga)的程序。

anyābhilāṣitā-śūnyaṁ
　jñāna-karmādy-anāvṛtam
ānukūlyena kṛṣṇānu-
　śīlanaṁ bhaktir uttamā

"人应该善意地为至尊主奎师那做超然的爱心服务，不想靠功利性活动或哲学思辨获得物质收益。这称为纯粹的奉爱服务。"人应该只全神贯注于华苏戴瓦——奎师那的莲花足(sa vai manaḥ kṛṣṇa-padāravindayoḥ)。这样就能控制住心和感官，全心致力于为至尊主做奉爱服务。奉献者不需要靠练哈塔·瑜伽(haṭha-yoga)控制自己的心和感官，为至尊主做纯粹的奉爱服务使心和感官自然而然得到控制。

第 4 节

तस्याः प्रादुरभूत्तात भगवानादिपुरुषः ।
पीतवासाश्चतुर्बाहुः शङ्खचक्रगदाधरः ॥ ४ ॥

tasyāḥ prādurabhūt tāta
bhagavān ādi-puruṣaḥ
pīta-vāsāś catur-bāhuḥ
śaṅkha-cakra-gadā-dharaḥ

tasyāḥ—在她面前 / prādurabhūt—出现 / tāta—我亲爱的君王 / bhagavān—至尊人格首神 / ādi-puruṣaḥ—存在中的第一人 / pīta-vāsāḥ—穿着黄色衣服 / catuḥ-bāhuḥ—与四条手臂 / śaṅkha-cakra-gadā-dharaḥ—手持海螺、飞轮、大头棒和莲花

译文 我亲爱的君王，那之后，至尊人格首神穿着黄色衣衫，四只手中分别持有海螺、飞轮、大头棒和莲花，出现在阿迪缇面前。

第 5 节

तं नेत्रगोचरं वीक्ष्य सहसोत्थाय सादरम् ।
ननाम भुवि कायेन दण्डवत्प्रीतिविह्वला ॥ ५ ॥

taṁ netra-gocaraṁ vīkṣya
sahasotthāya sādaram
nanāma bhuvi kāyena
daṇḍavat-prīti-vihvalā

tam—祂(至尊人格首神) / netra-gocaram—她的眼睛可以看到 /

vīkṣya一看到后 / sahasā一突然地 / utthāya一起立 / sa-ādaram一怀着巨大的敬意 / nanāma一恭敬的顶礼 / bhuvi一在地上 / kāyena一用整个身体 / daṇḍa-vat一如一根棍子般扑倒 / prīti-vihvalā一因超然的极乐而近乎困惑了

译文　当至尊人格首神变得让阿迪缇的眼睛能看到祂时，阿迪缇完全沉醉在超然的极乐中，以至立刻站起身，随即如一根棍子般扑倒在地，恭敬地向至尊主献上她的顶礼。

第 6 节

सोत्थाय बद्धाञ्जलिरीडितुं स्थिता
नोत्सेह आनन्दजलाकुलेक्षणा ।
बभूव तूष्णीं पुलकाकुलाकृति-
स्तद्दर्शनात्युत्सवगात्रवेपथुः ॥ ६ ॥

sotthāya baddhāñjalir īḍituṁ sthitā
notseha ānanda-jalākulekṣaṇā
babhūva tūṣṇīṁ pulakākulākṛtis
tad-darśanātyutsava-gātra-vepathuḥ

sā一她 / utthāya一起立 / baddha-añjaliḥ一双手合十地 / īḍitum一崇拜至尊主 / sthitā一处在 / na utsehe一无法努力 / ānanda一从超然的极乐 / jala一带着水 / ākula-īkṣaṇā一她的眼里充满了 / babhūva一保持 / tūṣṇīm一沉默 / pulaka一身体毛发直竖 / ākula一压倒 / ākṛtiḥ一她的形象 / tat-darśana一通过看至尊主 / ati-utsava一怀着巨大的喜悦 / gātra一她的身体 / vepathuḥ一开始颤抖

译文　阿迪缇双手合十沉默地站着，无法向至尊主献上祈祷。超然的极乐使她泪如泉涌，全身毛发直竖。她因为能面对面地看到至尊人格首神而如痴如醉，浑身颤抖。

第 7 节

प्रीत्या शनैर्गद्गदया गिरा हरिं
तुष्टाव सा देव्यदितिः कुरूद्वह ।
उद्वीक्षती सा पिबतीव चक्षुषा
रमापतिं यज्ञपतिं जगत्पतिम् ॥ ७ ॥

prītyā śanair gadgadayā girā harim
tuṣṭāva sā devy aditiḥ kurūdvaha
udvīkṣatī sā pibatīva cakṣuṣā
ramā-patiṁ yajña-patiṁ jagat-patim

prītyā－由于爱 / śanaiḥ－再三 / gadgadayā－迟疑地 / girā－用……的声音 / harim－向至尊人格首神 / tuṣṭāva－高兴地 / sā－她 / devī－女半神人 / aditiḥ－阿迪缇 / kuru-udvaha－帕瑞克西特王啊 / udvīkṣatī－在凝视时 / sā－她 / pibatī iva－看上去就像她在喝 / cakṣuṣā－透过眼睛 / ramā-patim－对至尊主——幸运女神的丈夫 / yajña-patim－对至尊主——一切祭祀仪式的享受者 / jagat-patim－整个宇宙的主人和至尊主

译文 帕瑞克西特王啊！接着，女半神人阿迪缇开始怀着巨大的爱，声音颤抖地向至尊人格首神献上她的祈祷。至尊主是幸运女神的丈夫、一切祭祀典礼的享受者、整个宇宙的至尊主，阿迪缇看上去像是在透过眼睛喝饮至尊主。

要旨 在奉行帕尤·瓦塔后，阿迪缇确信至尊主以幸运女神丈夫的形象(Ramā-pati)出现在她面前，赐予她的儿子们所有的财富。她在丈夫喀夏帕的指导下做了帕尤·瓦塔祭祀，一直想着至尊主是祭祀的主人(Yajña-pati)。看到整个宇宙的主人及至尊主到她面前来满足她的愿望，她感到心满意足。

第 8 节

श्रीअदितिरुवाच
यज्ञेश यज्ञपुरुषाच्युत तीर्थपाद
तीर्थश्रवः श्रवणमङ्गलनामधेय ।
आपन्नलोकवृजिनोपशमोदयाद्य
शं नः कृधीश भगवन्नसि दीननाथः ॥ ८ ॥

śrī-aditir uvāca
yajñeśa yajña-puruṣācyuta tīrtha-pāda
tīrtha-śravaḥ śravaṇa-maṅgala-nāmadheya
āpanna-loka-vṛjinopaśamodayādya
śaṁ naḥ kṛdhīśa bhagavann asi dīna-nāthaḥ

śrī-aditiḥ uvāca—女半神人阿迪缇说 / yajña-īśa—一切祭祀仪式的控制者啊 / yajña-puruṣa—享受所有祭祀利益的人 / acyuta—绝对可靠的 / tīrtha-pāda—所有的圣地都坐落在其莲花足旁的…… / tīrtha-śravaḥ—作为全体圣洁之人的最高保护者而闻名于世 / śravaṇa—听到有关……人 / maṅgala—是吉祥的 / nāmadheya—吟诵、吟唱祂的名字也是吉祥的 / āpanna—投靠 / loka—人们的 / vṛjina—危险的物质状况 / upaśama—逐渐减小地 / udaya—显现的人 / ādya—存在中的第一位人格首神 / śam—吉祥 / naḥ—闻名 / kṛdhi—请赐予我们 / īśa—至尊控制者啊 / bhagavan—至尊主啊 / asi—您是 / dīna-nāthaḥ—被压迫之人的唯一庇护者

译文　女半神人阿迪缇说：啊，一切祭祀典礼的主人和享受者！绝对可靠、最著名的人啊！您的名字在被吟诵、吟唱时传播所有的好运。啊，最初的至尊人格首神、至尊控制者、一切圣地的保护者！您给予所有可怜、受苦的生物体以庇护，您为减轻他们的痛苦而显现。请仁慈地对待我们，赐予我们好运。

要旨 至尊人格首神是遵守誓言和苦修之人的主人，是祂给他们赐福。祂从不食言，所以值得奉献者毕生崇拜。正如《博伽梵歌》(Bhagavad-gītā)第9章的第31节诗记载，至尊主说：琨缇的儿子啊！你勇敢地宣布，我的奉献者永不毁灭(kaunteya pratijānīhi na me bhaktaḥ praṇaśyati)。这节诗文中称至尊主为阿秋塔(acyuta)——绝对可靠的人，因为祂照顾祂的奉献者。对奉献者心怀敌意的人必将凭至尊主的仁慈被击败。至尊主是恒河水的源头，因此在此被称为tīrtha-pāda，以表明所有的圣地都在祂的莲花足旁；或者说，祂的莲花足所触碰到的地方都成为圣地。例如：《博伽梵歌》以梵文“在圣地库茹柴陀(dharma-kṣetre kuru-kṣetre)”一句为开始，因为至尊主出现在库茹柴陀战场上，库茹柴陀便成了朝圣之地。正因为如此，极其虔诚的潘达瓦(Pāṇḍava)五兄弟得到保证，注定会赢得胜利。至尊人格首神演出娱乐活动的地方，无论是温达文(Vṛndāvana)还是杜瓦尔卡(Dvārakā)，都变成了圣地。吟诵、吟唱至尊主的圣名，哈瑞·奎师那 哈瑞·奎师那 奎师那·奎师那 哈瑞·哈瑞/哈瑞·茹阿玛 哈瑞·茹阿玛 茹阿玛·茹阿玛 哈瑞·哈瑞(Hare Kṛṣṇa, Hare Kṛṣṇa, Kṛṣṇa Kṛṣṇa, Hare Hare/ Hare Rāma, Hare Rāma, Rāma Rāma, Hare Hare)，不仅令自己的耳朵听了愉快，而且将好运扩展给听到这吟诵、吟唱的听众。至尊人格首神的临在，使阿迪缇完全确信，恶魔给她制造的困境即将终止。

第9节

विश्वाय विश्वभवनस्थितिसंयमाय
स्वैरं गृहीतपुरुशक्तिगुणाय भूम्ने ।
स्वस्थाय शश्वदुपबृंहितपूर्णबोध-
व्यापादितात्मतमसे हरये नमस्ते ॥ ९ ॥

viśvāya viśva-bhavana-sthiti-saṁyamāya
svairaṁ gṛhīta-puru-śakti-guṇāya bhūmne

sva-sthāya śaśvad-upabṛṁhita-pūrṇa-bodha-
vyāpāditātma-tamase haraye namas te

viśvāya—向实际上是整个宇宙的至尊人格首神 / viśva—宇宙的 / bhavana—创造 / sthiti—维系 / saṁyamāya—和毁灭 / svairam—完全独立 / gṛhīta—在控制中 / puru—完全地 / śakti-guṇāya—控制物质自然三种属性 / bhūmne—至高无上的伟大者 / sva-sthāya—总是以祂原本的形象处之 / śaśvat—永恒地 / upabṛṁhita—完成 / pūrṇa—完整的 / bodha—知识 / vyāpādita—彻底征服 / ātma-tamase—您圣上的错觉能量 / haraye—向至尊主 / namaḥ te—我恭敬地向您致以顶礼

译文 我的至尊主，您是遍布一切的宇宙形象、完全独立的创造者、这个宇宙的维系者和毁灭者。您的知识绝对正确，始终适合所有的情况，因此您虽然安排您的能量处理事情，但自己却总是以原本的形象处之，永不从那种状态坠落。您从不被错觉和假象所迷惑。我的至尊主啊！请让我恭敬地向您献上我的顶礼。

要旨 《永恒的柴坦亚经》(Caitanya-caritāmṛta)首篇第2章的第117节诗说：

siddhānta baliyā citte nā kara alasa
ihā ha-ite kṛṣṇe lāge sudṛḍha mānasa

努力变得具有完全的奎师那意识的人，必须知道尽可能地了解至尊主的荣耀。阿迪缇在这节诗文中对这些荣耀稍微提了一点。整个宇宙只不过是至尊主的外在能量的展示而已。对此，《博伽梵歌》第9章的第4节诗证实，我遍布整个宇宙(mayā tatam idaṁ sarvam)。就像全宇宙的阳光和热量是太阳的扩展一样，我们在这个宇宙中所看到的一切，都只不过是至尊人格首神能量的一个扩展。人一旦投靠至尊人格首神，就超越错觉能量的影响，因为绝对英明且处在众生心中，尤其是奉献者心中的至尊主，给人以确保自己永不坠入错觉能量的智慧。

第 10 节

आयुः परं वपुरभीष्टमतुल्यलक्ष्मी-
द्यौभूरसाः सकलयोगगुणास्त्रिवर्गः ।
ज्ञानं च केवलमनन्त भवन्ति तुष्टात्
त्वत्तो नृणां किमु सपत्नजयादिराशीः ॥१०॥

āyuḥ paraṁ vapur abhīṣṭam atulya-lakṣmīr
dyo-bhū-rasāḥ sakala-yoga-guṇās tri-vargaḥ
jñānaṁ ca kevalam ananta bhavanti tuṣṭāt
tvatto nṛṇāṁ kim u sapatna-jayādir āśīḥ

āyuḥ－寿命 / param－与主布茹阿玛纳的寿命一样长 / vapuḥ－一种类型的躯体 / abhīṣṭam－生命的目的 / atulya-lakṣmīḥ－物质存在中无比的财富 / dyo－较高的星系 / bhū－布珞卡 / rasāḥ－较低的星系 / sakala－所有种类的 / yoga-guṇāḥ－八种神通 / tri-vargaḥ－笃信宗教、发展经济和感官享乐的原则 / jñānam－超然的知识 / ca－和 / kevalam－完整的 / ananta－无限的人啊 / bhavanti－都成为可能 / tuṣṭāt－通过您的满足 / tvattaḥ－从您 / nṛṇām－众生的 / kim u－更不要说…… / sapatna－敌人 / jaya－征服 / ādiḥ－和其他人 / āśīḥ－这样的祝福

译文 不受限制的人啊！如果您圣上满意，人就能轻松地得到主布茹阿玛纳那样长的寿命、上中下星系中的一个躯体、无限的物质财富，就会很容易笃信宗教、发展经济，获得感官满足、超然的知识和八种瑜伽神通，更不要说战胜自己的竞争对手这类微不足道的成就了。

第 11 节

श्रीशुक उवाच
अदित्यैवं स्तुतो राजन् भगवान् पुष्करेक्षणः ।
क्षेत्रज्ञः सर्वभूतानामिति होवाच भारत ॥११॥

śrī-śuka uvāca
adityaivaṁ stuto rājan
bhagavān puṣkarekṣaṇaḥ
kṣetra-jñaḥ sarva-bhūtānām
iti hovāca bhārata

śrī-śukaḥ uvāca—圣舒卡戴瓦·哥斯瓦米说 / adityā—被阿迪缇 / evam—如此 / stutaḥ—被崇拜 / rājan—君王(帕瑞克西特王)啊 / bhagavān—至尊人格首神 / puṣkara-īkṣaṇaḥ—眼睛恰似莲花的…… / kṣetra-jñaḥ—超灵 / sarva-bhūtānām—众生的 / iti—如此 / ha—事实上 / uvāca—回答 / bhārata—巴茹阿特王朝最优秀的人啊

译文 舒卡戴瓦·哥斯瓦米说：啊，帕瑞克西特王，巴茹阿特王朝中最优秀的人！眼似莲花的至尊主、众生的超灵，这样受到阿迪缇的崇拜后，说了如下一番话作为回答。

第 12 节

श्रीभगवानुवाच
देवमातर्भवत्या मे विज्ञातं चिरकाङ्क्षितम् ।
यत्सपत्नैर्हृतश्रीणां च्यावितानां स्वधामतः ॥१२॥

śrī-bhagavān uvāca
deva-mātar bhavatyā me
vijñātaṁ cira-kāṅkṣitam
yat sapatnair hṛta-śrīṇāṁ
cyāvitānāṁ sva-dhāmataḥ

śrī-bhagavān uvāca—至尊人格首神说 / deva-mātaḥ—半神人的母亲啊 / bhavatyāḥ—你的 / me—由我 / vijñātam—了解 / cira-kāṅkṣitam—你长时间的愿望 / yat—因为 / sapatnaiḥ—被……的对手 / hṛta-śrīṇām—你的失去了一切财富的儿子们的 / cyāvitānām—征服了 / sva-dhāmataḥ—从他们自己的住所

译文 至尊人格首神说：半神人的母亲啊！我已经明白你为你儿子们的福利所长期怀有的愿望了。他们的敌人剥夺了他们的一切财富，把他们赶出自己的家园。

要旨 处在众生心中，尤其是奉献者心中的至尊人格首神，始终准备帮助在逆境中的奉献者。祂既然知道一切，也必然知道该如何做调整；祂做需要做的一切，以解除祂奉献者的痛苦。

第 13 节

तान् विनिर्जित्य समरे दुर्मदानसुरर्षभान् ।
प्रतिलब्धजयश्रीभिः पुत्रैरिच्छस्युपासितुम् ॥१३॥

tān vinirjitya samare
durmadān asurarṣabhān
pratilabdha-jaya-śrībhiḥ
putrair icchasy upāsitum

tān—他们 / vinirjitya—打败 / samare—在战斗中 / durmadān—因力量而骄傲 / asura-ṛṣabhān—恶魔的首领们 / pratilabdha—得回 / jaya—胜利 / śrībhiḥ—以及财富 / putraiḥ—你的儿子们 / icchasi—你期望 / upāsitum—来一起崇拜我

译文 女神啊！我能明白你想让你的儿子们在打败他们的敌人后返回家园，并在收回他们的住所及财富后与你一起崇拜我。

第 14 节

इन्द्रज्येष्ठैः स्वतनयैर्हतानां युधि विद्विषाम् ।
स्त्रियो रुदन्तीरासाद्य द्रष्टुमिच्छसि दुःखिताः ॥१४॥

indra-jyeṣṭhaiḥ sva-tanayair
hatānāṁ yudhi vidviṣām
striyo rudantīr āsādya
draṣṭum icchasi duḥkhitāḥ

indra-jyeṣṭhaiḥ—天帝因铎是其中最年长的那些人 / sva-tanayaiḥ—由你自己的儿子们 / hatānām—被杀死的 / yudhi—在战斗中 / vidviṣām—敌人的 / striyaḥ—妻子们 / rudantīḥ—悲伤 / āsādya—来到她们丈夫的尸体旁 / draṣṭum icchasi—你想要看到 / duḥkhitāḥ—极其难过

译文 你想看到当恶魔——你儿子们的敌人，被以因铎为首的半神人杀死在战场上后，那些恶魔的妻子为她们丈夫的死而悲伤。

第 15 节

आत्मजान् सुसमृद्धांस्त्वं प्रत्याहृतयशःश्रियः ।
नाकपृष्ठमधिष्ठाय क्रीडतो द्रष्टुमिच्छसि ॥१५॥

ātmajān susamṛddhāṁs tvaṁ
pratyāhṛta-yaśaḥ-śriyaḥ
nāka-pṛṣṭham adhiṣṭhāya
krīḍato draṣṭum icchasi

ātma-jān—你自己的儿子 / su-samṛddhān—完整的财富 / tvam—你 / pratyāhṛta—收回 / yaśaḥ—名声 / śriyaḥ—财富 / nāka-pṛṣṭham—在天堂王国中 / adhiṣṭhāya—处在 / krīḍataḥ—享受他们的生活 / draṣṭum—要看 / icchasi—你正期望

译文 你要你的儿子们收回他们失去的名誉和财富，像以往一样重新在他们的天堂星球上生活。

第 16 节

प्रायोऽधुना तेऽसुरयूथनाथा
अपारणीया इति देवि मे मतिः ।
यत्तेऽनुकूलेश्वरविप्रगुप्ता
न विक्रमस्तत्र सुखं ददाति ॥१६॥

prāyo 'dhunā te 'sura-yūtha-nāthā
apāraṇīyā iti devi me matiḥ
yat te 'nukūleśvara-vipra-guptā
na vikramas tatra sukhaṁ dadāti

prāyaḥ—几乎 / adhunā—在此刻 / te—他们全体 / asura-yūtha-nāthāḥ—恶魔的首领们 / apāraṇīyāḥ—不可战胜的 / iti—如此 / devi—母亲阿迪缇啊 / me—我的 / matiḥ—看法 / yat—因为 / te—所有的恶魔 / anukūla-īśvara-vipra-guptāḥ—受到布茹阿玛纳的保护，而凭他们的支持，至尊控制者总是临在 / na—不 / vikramaḥ—力量的使用 / tatra—那里 / sukham—快乐 / dadāti—能给予

译文 半神人的母亲啊！依我看，几乎所有的恶魔首领现在都是不可战胜的，因为他们受到至尊主永远喜爱的布茹阿玛纳的保护。所以，现在去运用力量反抗他们，根本就不可能使人快乐。

要旨 没人能打败得到布茹阿玛纳(brāhmaṇa)和外士纳瓦(Vaiṣṇava)支持的人。当人得到布茹阿玛纳的支持时，就连至尊人格首神都不干涉和介入。经典中说：至尊主首先倾向于给乳牛和布茹阿玛纳一切祝福(go-brāhmaṇa-hitāya ca)。因此，当布茹阿玛纳支持某人时，至尊主不加以干涉，其他人也无法干扰这种人的幸福、快乐。

第 17 节

अथाप्युपायो मम देवि चिन्त्यः
सन्तोषितस्य व्रतचर्यया ते ।
ममार्चनं नार्हति गन्तुमन्यथा
श्रद्धानुरूपं फलहेतुकत्वात् ॥१७॥

athāpy upāyo mama devi cintyaḥ
santoṣitasya vrata-caryayā te
mamārcanaṁ nārhati gantum anyathā
śraddhānurūpaṁ phala-hetukatvāt

atha—因此 / api—不管这处境 / upāyaḥ—一些方法 / mama—由我 / devi—女神啊 / cintyaḥ—必须考虑 / santoṣitasya—非常满意 / vrata-caryayā—遵守誓言 / te—由你 / mama arcanam—崇拜我 / na—永不 / arhati—应得 / gantum anyathā—变成另一个样子 / śraddhā-anurūpam—按照人的信心和奉爱之情 / phala—结果的 / hetukatvāt—从作为原因

译文　阿迪缇女神啊！但由于我对你遵守誓言的活动感到满意，我必须找个方法帮助你。这原因是：崇拜我永远都不会徒劳无功，相反必会使人按照自己应得的得到想要的结果。

第 18 节

त्वयार्चितश्चाहमपत्यगुप्तये
पयोव्रतेनानुगुणं समीडितः ।
स्वांशेन पुत्रत्वमुपेत्य ते सुतान्
गोप्तास्मि मारीचतपस्यधिष्ठितः ॥१८॥

tvayārcitaś cāham apatya-guptaye
payo-vratenānuguṇaṁ samīḍitaḥ
svāṁśena putratvam upetya te sutān
goptāsmi mārīca-tapasy adhiṣṭhitaḥ

tvayā—由你 / arcitaḥ—被崇拜 / ca—也 / aham—我 / apatya-guptaye—给你的儿子们以保护 / payaḥ-vratena—经由帕尤 · 瓦塔誓言 / anuguṇam—尽可能 / samīḍitaḥ—适当地崇拜 / sva-aṁśena—由我的完整部分 / putratvam—成为你的儿子 / upetya—抓住这机会 / te sutān—对你的另外的儿子们 / goptā asmi—我将给予保护 / mārīca—喀夏帕 · 牟尼的 / tapasi—在苦行中 / adhiṣṭhitaḥ—处在

译文 你向我祈祷，并为保护你的儿子们而靠执行非凡的帕尤 · 瓦塔仪式正确地崇拜了我。考虑到喀夏帕 · 牟尼的苦修，我应该同意当你的儿子，以此方式保护你其他的儿子们。

第 19 节

उपधाव पतिं भद्रे प्रजापतिमकल्मषम् ।
मां च भावयती पत्यावेवं रूपमवस्थितम् ॥१९॥

upadhāva patiṁ bhadre
prajāpatim akalmaṣam
māṁ ca bhāvayatī patyāv
evaṁ rūpam avasthitam

upadhāva—去崇拜 / patim—你丈夫 / bhadre—温和的女士啊 / prajāpatim—是生物体祖先的人 / akalmaṣam—因为他的苦修而得到很大净化的 / mām—我 / ca—以及 / bhāvayatī—想着 / patyau—在你丈夫体内 / evam—如此 / rūpam—形象 / avasthitam—在那里

译文 总是想着处在你丈夫喀夏帕体内的我，去崇拜你丈夫，他已经靠苦修净化了自己。

第 20 节

नैतत्परस्मा आख्येयं पृष्टयापि कथञ्चन ।
सर्वं सम्पद्यते देवि देवगुह्यं सुसंवृतम् ॥२०॥

naitat parasmā ākhyeyaṁ
　prṣṭayāpi kathañcana
sarvaṁ sampadyate devi
　deva-guhyaṁ susaṁvṛtam

na一不 / etat一这 / parasmai一局外人 / ākhyeyam一被揭示 / pṛṣṭayā api一即使被询问 / kathañcana一被任何人 / sarvam一一切 / sampadyate一变得成功 / devi一女士啊 / deva-guhyam一甚至对半神人都很机密 / su-saṁvṛtam一十分小心地保守秘密

译文　女士啊！哪怕有人问起，你也不要向任何人透露真相。如果保守这个秘密，那很机密的事情就会获得成功。

第 21 节

श्रीशुक उवाच
एतावदुक्त्वा भगवांस्तत्रैवान्तरधीयत ।
अदितिर्दुर्लभं लब्ध्वा हरेर्जन्मात्मनि प्रभोः ।
उपाधावत्पतिं भक्त्या परया कृतकृत्यवत् ॥२१॥

śrī-śuka uvāca
etāvad uktvā bhagavāṁs
　tatraivāntaradhīyata
aditir durlabhaṁ labdhvā
　harer janmātmani prabhoḥ
upādhāvat patiṁ bhaktyā
　parayā kṛta-kṛtyavat

śrī-śukaḥ uvāca一圣舒卡戴瓦·哥斯瓦米说 / etāvat一就这样 / uktvā一(对她)说 / bhagavān一至尊人格首神 / tatra eva一在那个地方 / antaḥ-adhīyata一消失了 / aditiḥ一阿迪缇 / durlabham一十分珍贵的成就 / labdhvā一得到 / hareḥ一至尊人格首神的 / janma一出生 / ātmani一在她本人中 / prabhoḥ一至尊主的 / upādhāvat一立刻去 / patim—向她丈夫 / bhaktyā—怀着奉爱之情 / parayā—巨大的 / kṛta-kṛtya-vat—认为她自己很成功

译文 舒卡戴瓦·哥斯瓦米说：说完这番话后，至尊人格首神就当场消失了。阿迪缇在得到“至尊主将要显现为她儿子”的极其珍贵的赐福后，认为自己获得了十分圆满的结果，于是怀着巨大的爱去接近她丈夫。

第 22 节

स वै समाधियोगेन कश्यपस्तदबुध्यत ।
प्रविष्टमात्मनि हरेरंशं ह्यवितथेक्षणः ॥२२॥

sa vai samādhi-yogena
kaśyapas tad abudhyata
praviṣṭam ātmani harer
aṁśaṁ hy avitathekṣaṇaḥ

saḥ—喀夏帕·牟尼 / vai—事实上 / samādhi-yogena—靠神秘冥想 / kaśyapaḥ—喀夏帕·牟尼 / tat—那时 / abudhyata—能明白 / praviṣṭam—进入 / ātmani—在他自己中 / hareḥ—至尊主的 / aṁśam—一个完整扩展 / hi—事实上 / avitatha-īkṣaṇaḥ—洞察力从不出错的……

译文 看事情永无错误的喀夏帕·牟尼，因为处在冥想的全神贯注状态中，所以能看到至尊人格首神的完整扩展进入了自己的体内。

第 23 节

सोऽदित्यां वीर्यमाधत्त तपसा चिरसम्भृतम् ।
समाहितमना राजन्दारुण्यग्निं यथानिलः ॥२३॥

so 'dityāṁ vīryam ādhatta
tapasā cira-sambhṛtam
samāhita-manā rājan
dāruṇy agniṁ yathānilaḥ

saḥ－喀夏帕 / adityām－向阿迪缇 / vīryam－精液 / ādhatta－放置 / tapasā－靠苦修 / cira-sambhṛtam－克制许许多多年 / samāhita-manāḥ－全神贯注于至尊人格首神 / rājan－君王啊 / dāruṇi－正如在木柴中 / agnim－火 / yathā－就像 / anilaḥ－风

译文　君王啊！恰似风吹导致两片木柴彼此摩擦，从而燃起火焰，总是处在全神贯注于至尊人格首神的超然状态中的喀夏帕·牟尼，将他的力量转入阿迪缇的子宫中。

要旨　两片木柴相互摩擦，再加上风的吹拂，就会引起森林大火。但事实上，火既不是木柴也不是风；它永远不同于这两者。同样，从这节诗文可以明白，喀夏帕·牟尼与阿迪缇的结合，并非普通人的性交媾。至尊人格首神与人通过交媾产生的分泌物无关。祂永远完全远离这种物质结合。

《博伽梵歌》第9章的第29节诗记载，至尊主说："我平等对待众生(samo 'haṁ sarva-bhūteṣu)。"尽管如此，为了保护奉献者，消灭作为打扰因素的恶魔，至尊主进入阿迪缇的子宫。因此，这是至尊主超然的娱乐活动。我们不该误解这样的活动，不该以为至尊主像个普通孩子一样，是因为男人和女人交媾而诞生成为阿迪缇之子的。

在此，我们认为应该解释一下如今人们正在争论的"生命起源"问题。生物——灵魂的生命力，不同于人类的卵子和精子。受制约的灵魂虽然与男人和女人的生殖细胞无关，但却因为自己从事过的活动而被置于适当的处境中(karmaṇā daiva-netreṇa)。然而，生命并非两种分泌物结合的产物，而是独立于所有的物质元素。正如《博伽梵歌》中完整地描述说：生物不受制于物质的相互作用，火烧不毁，锐利的武器砍不碎，水浸不湿，空气吹不干。

灵魂完全不同于物质元素，而是透过更高力量的安排被置于这些物质元素中。灵魂与物质始终是分开的(asaṅgo hy ayaṁ puruṣaḥ)，但因为被置于物质处境中而受物质自然属性相互作用的苦。《博伽梵歌》第13章的第22节诗：

puruṣaḥ prakṛti-stho hi
bhuṅkte prakṛtijān guṇān
kāraṇaṁ guṇa-saṅgo 'sya
sad-asad-yoni-janmasu

“物质自然中的生物就这样生活，享受自然的三种属性。这是他与物质自然接触的缘故。他就这样在不同的物种中遭遇善恶。”生物与物质元素虽然是分开的，但却被置于物质处境中，因此必须受物质活动的反作用之苦。

第 24 节

अदितेर्धिष्ठितं गर्भं भगवन्तं सनातनम् ।
हिरण्यगर्भो विज्ञाय समीडे गुह्यनामभिः ॥२४॥

aditer dhiṣṭhitaṁ garbhaṁ
bhagavantaṁ sanātanam
hiraṇyagarbho vijñāya
samīḍe guhya-nāmabhiḥ

aditeḥ—到阿迪缇的子宫中 / dhiṣṭhitam—被确立 / garbham—怀孕 / bhagavantam—向至尊人格首神 / sanātanam—是永恒的人 / hiraṇyagarbhaḥ—主布茹阿玛 / vijñāya—知道这 / samīḍe—献上祈祷 / guhya-nāmabhiḥ—用超然的名字

译文　主布茹阿玛明白至尊人格首神现在已进入阿迪缇的子宫时，开口吟诵至尊主的超然名字，以此向至尊主献上祈祷。

要旨　至尊人格首神无处不在(aṇḍāntara-stha-paramāṇu-cayāntara-stham)。因此，人一旦吟诵、吟唱至尊人格首神超然的名字，哈瑞·奎师那　哈瑞·奎师那　奎师那·奎师那　哈瑞·哈瑞/哈瑞·茹阿玛　哈瑞·茹阿玛　茹阿玛·茹阿玛　哈瑞·哈瑞，祂就自然被这种集体歌唱神的圣名(saṅkīrtana)活动所取悦。至尊人格首神无处不在，从没有不在的时候。当奉献者发出超然圣名的声音震荡时，那声音不是物质的声音。因此，至尊人格首神自然就会感到高兴。奉献者知道至尊主无处不在，仅仅靠吟诵、吟唱祂的圣名就可以取悦祂。

第25节

श्रीब्रह्मोवाच
जयोरुगाय भगवन्नुरुक्रम नमोऽस्तु ते ।
नमो ब्रह्मण्यदेवाय त्रिगुणाय नमो नमः ॥२५॥

śrī-brahmovāca
jayorugāya bhagavann
urukrama namo 'stu te
namo brahmaṇya-devāya
tri-guṇāya namo namaḥ

śrī-brahmā uvāca—主布茹阿玛献上祈祷 / jaya—所有的荣耀 / urugāya—向一直受到赞美的至尊主 / bhagavan—我的至尊主啊 / urukrama—活动十分光荣的…… / namaḥ astu te—我向您致以恭敬的顶礼 / namaḥ—我恭敬地顶礼 / brahmaṇya-devāya—向超然主义者的至尊主 / tri-guṇāya—自然三种属性的控制者 / namaḥ namaḥ—我一次又一次地向您致以恭敬的顶礼

译文　主布茹阿玛说：至尊人格首神啊！一切荣耀归于您，您受到全体生物的赞美，您的活动皆属非凡。啊，超然主义者的至尊主，物质自然三种属性的控制者！我向您致以虔敬的顶礼。我一次又一次恭恭敬敬地顶拜您。

第 26 节

नमस्ते पृश्निगर्भाय वेदगर्भाय वेधसे ।
त्रिनाभाय त्रिपृष्ठाय शिपिविष्टाय विष्णवे ॥२६॥

namas te pṛśni-garbhāya
veda-garbhāya vedhase
tri-nābhāya tri-pṛṣṭhāya
śipi-viṣṭāya viṣṇave

namaḥ te—我向您致以恭敬的顶礼 / pṛśni-garbhāya—之前住在菩瑞施妮(阿迪缇前生的名字)的子宫内的 / veda-garbhāya—总是在韦达知识中的人 / vedhase—充满知识的人 / tri-nābhāya—肚脐长出其中存留着三个世界的莲花茎的…… / tri-pṛṣṭhāya—超越三个世界的人 / śipi-viṣṭāya—处在众生心中的人 / viṣṇave—向无处不在的至尊人格首神

译文 无处不在的主维施努，您进入众生的心中，我向您献上我虔敬的顶礼。所有的三个世界都存在于您的肚脐内，但您却在三个世界之上。您以前曾显现为菩瑞施妮的儿子。我向您——只有透过韦达知识才能了解的至尊创造者，献上我恭敬的顶礼。

第 27 节

त्वमादिरन्तो भुवनस्य मध्य-
मनन्तशक्तिं पुरुषं यमाहुः ।
कालो भवानाक्षिपतीश विश्वं
स्रोतो यथान्तः पतितं गभीरम् ॥२७॥

tvam ādir anto bhuvanasya madhyam
ananta-śaktiṁ puruṣaṁ yam āhuḥ
kālo bhavān ākṣipatīśa viśvaṁ
sroto yathāntaḥ patitaṁ gabhīram

tvam－您圣上 / ādiḥ－最初的起因 / antaḥ－毁灭的原因 / bhuvanasya－宇宙的 / madhyam－对目前展示的维系 / ananta-śaktim－无数能量的宝库 / puruṣam－至尊人 / yam－……的人 / āhuḥ－他们说 / kālaḥ－永恒时间的原则 / bhavān－您圣上 / ākṣipati－吸引 / īśa－至尊主 / viśvam－整个宇宙 / srotaḥ－波涛 / yathā－正如 / antaḥ patitam－坠入水中 / gabhīram－非常深

译文　我的至尊主啊！您是三个世界的开始、展现和最终的毁灭。您以无限力量的宝库、至尊人闻名于韦达经中。我的至尊主啊！正如波涛吸引落入深水的枝叶，您——至尊永恒的时间因素，吸引这个宇宙中的一切。

要旨　时间因素有时被描述为是时间的波涛(kāla-strota)。这个物质世界里的一切都在时间因素的影响下，随着代表至尊人格首神的时间波浪起伏、漂流。

第 28 节

त्वं वै प्रजानां स्थिरजङ्गमानां
प्रजापतीनामसि सम्भविष्णुः ।
दिवौकसां देव दिवश्च्युतानां
परायणं नौरिव मज्जतोऽप्सु ॥२८॥

tvaṁ vai prajānāṁ sthira-jaṅgamānāṁ
prajāpatīnām asi sambhaviṣṇuḥ
divaukasāṁ deva divaś cyutānāṁ
parāyaṇaṁ naur iva majjato 'psu

tvam－您圣上 / vai－事实上 / prajānām－众生的 / sthira-jaṅgamānām－动或不动的 / prajāpatīnām－全体生物体祖先的 / asi－您是 / sambhaviṣṇuḥ－众生的生产者 / diva-okasām－高等星系居民的 / deva－至尊主啊 / divaḥ cyutānām－现在从自己的住所坠落的半神人

的 / parāyaṇam－最高保护者 / nauḥ－船 / iva－如同 / majjataḥ－正淹死之人的 / apsu－在水中

译文 我的至尊主，您是最初生出动与不动的众生的人，您也是生出生物体祖先的人。我的至尊主啊！正如一条船是溺水之人唯一的希望，您是半神人们唯一的庇护者；他们现在失去了他们的天堂地位。

到此为止，结束了巴克提韦丹塔对《圣典博伽瓦谭》第8篇第17章——“至尊主同意当阿迪缇的儿子”所作的阐释。

第十八章

主瓦玛纳戴瓦——侏儒化身

这一章讲述的是主瓦玛纳戴瓦(Vāmanadeva)如何显现，如何去到巴利王(Mahārāja Bali)的祭祀现场，而巴利王友好地迎接祂，按照祂的要求满足祂的愿望。

主瓦玛纳戴瓦通过阿迪缇(Aditi)的子宫，带着海螺、飞轮、大头棒和莲花等全部装备显现在这个物质世界中。祂的肤色呈微黑色，祂穿着黄色的衣服。主维施努(Viṣṇu)在阿毕吉特(Abhijit)星升起的刷瓦纳·德瓦达西(Śravaṇa-dvādaśī)吉祥时刻显现。那时，在所有三个世界中(包括高等星系、外太空和这个地球)，全体半神人、乳牛、布茹阿玛纳，甚至是季节，都因为神的显现而感到幸福。为此，这吉祥的一天称为维佳亚(Vijayā)。当有着永恒、知识和极乐身体(sac-cid-ānanda)的至尊人格首神作为喀夏帕和阿迪缇的儿子显现时，祂的父母喀夏帕和阿迪缇都十分震惊。至尊主显现后采用了一个侏儒(瓦玛纳)的形象。所有伟大的圣人都表达他们的喜悦，并当着喀夏帕·牟尼的面举行了庆祝主瓦玛纳戴瓦诞生的仪式。在主瓦玛纳戴瓦接受圣线的典礼上，祂接受太阳神、毕尔哈斯帕提(Bṛhaspati)、掌管地球的女神、掌管天堂星球的神明、祂母亲、主布茹阿玛(Brahmā)、库维尔(Kuvera)、七位圣人和其他人致以的敬意。接着，主瓦玛纳戴瓦前往设在纳尔玛达(Narmadā)河北边名叫布瑞古喀查(Bhṛgukaccha)之地的祭祀现场，布瑞古家族的布茹阿玛纳(brāhmaṇa)后裔们在那里举行祭祀。祂佩戴一条用孟佳(muñja)稻草编制的腰带和一条圣线，穿着用鹿皮制的上衣，手持一根棍子(daṇḍa)、一把伞和一个水罐(kamaṇḍalu)，出现在巴利王(Mahārāja Bali)的祭祀现场。祂放射出的超然光芒使在场所有的祭司都黯然失色，因此他们都从自己的座位起身，向主瓦玛纳戴瓦敬献祈祷。就连主希瓦(Śiva)都用头承接从主瓦玛纳戴瓦的大脚趾流下的恒河水。因此，在用水洗过至尊主的莲花足后，巴利王立刻将那水洒到自己头上，感到它给自己和祖先们增添了光辉。接着，巴利王询问主瓦玛纳戴瓦是否安好，请祂就有关金钱、珠宝或其他想要的一切提出要求。

第 1 节

श्रीशुक उवाच
इत्थं विरिञ्चस्तुतकर्मवीर्यः
प्रादुर्बभूवामृतभूरदित्याम् ।
चतुर्भुजः शङ्खगदाब्जचक्रः
पिशङ्गवासा नलिनायतेक्षणः ॥ १ ॥

śrī-śuka uvāca
ittham viriñca-stuta-karma-vīryaḥ
prādurbabhūvāmṛta-bhūr adityām
catur-bhujaḥ śaṅkha-gadābja-cakraḥ
piśaṅga-vāsā nalināyatekṣaṇaḥ

śrī-śukaḥ uvāca一圣舒卡戴瓦·哥斯瓦米说 / ittham一就这样 / viriñca-stuta-karma-vīryaḥ一活动及非凡能力总是受到主布茹阿玛颂扬的人格首神 / prādurbabhūva一变得展示 / amṛta-bhūḥ一显现后永存不朽的…… / adityām一从阿迪缇的子宫 / catuḥ-bhujaḥ一有四条手臂 / śaṅkha-gadā-abja-cakraḥ一以海螺、大头棒、莲花和飞轮作装饰 / piśaṅga-vāsāḥ一身穿黄色衣服 / nalina-āyata-īkṣaṇaḥ一具有如盛开的莲花瓣一样的眼睛

译文 舒卡戴瓦·哥斯瓦米说：主布茹阿玛这样赞美至尊主的活动和非凡能力后，永远不会像普通生物那样受死亡控制的至尊人格首神，便从阿迪缇的子宫中显现出来。祂的

四只手分别持有海螺、大头棒、莲花和飞轮作装饰，祂穿着黄色的衣衫，祂的眼睛恰似盛开莲花的花瓣。

要旨 这节诗中的“显现后永存不朽的人(amṛta-bhūḥ)”一句十分重要。至尊主有时像普通孩子诞生一样显现，但这并不意味着祂是出生、死亡或老年控制的对象。人必须十分明智地了解至尊主众多化身的显现和从事的活动。对此，《博伽梵歌》第4章的第9节诗证实说：谁能了解我显现和活动的超然本质，谁就在离开躯体后到达我永恒的住所，不再投生于这个物质世界(janma karma ca me divyam evaṁ yo vetti tattvataḥ)。人应该努力了解，至尊主的显现、隐迹和活动都是超然的(divyam)。至尊主与物质活动毫无关系。了解至尊主显现、隐迹和活动之实质的人立刻获得解脱，在放弃现有的这个躯体后不再接受物质躯体，而是被转到灵性世界去(tyaktvā dehaṁ punar janma naiti mām eti so 'rjuna)。

第2节

श्यामावदातो झषराजकुण्डल-
त्विषोल्लसच्छ्रीवदनाम्बुजः पुमान् ।
श्रीवत्सवक्षा बलयाङ्गदोल्लसत्-
किरीटकाञ्चीगुणचारुनूपुरः ॥२॥

śyāmāvadāto jhaṣa-rāja-kuṇḍala-
tviṣollasac-chrī-vadanāmbujaḥ pumān
śrīvatsa-vakṣā balayāṅgadollasat-
kirīṭa-kāñcī-guṇa-cāru-nūpuraḥ

śyāma-avadātaḥ—……的肤色微黑且没有瑕疵 / jhaṣa-rāja-kuṇḍala—两个鲨鱼形状的耳环的 / tviṣā—被光泽 / ullasat—灿烂耀眼 / śrī-vadana-ambujaḥ—有美丽的莲花脸 / pumān—至尊人 / śrīvatsa-vakṣāḥ—祂胸膛上有施瑞瓦特萨标志 / balaya—手镯 / aṅgada—臂镯 /

ullasat—灿烂耀眼 / kirīṭa—头盔 / kāñcī—腰带 / guṇa—圣线 / cāru—美丽的 / nūpuraḥ—足铃

译文 至尊人格首神肤色微黑的身体，免于一切种类的缺陷。祂那用鲨鱼形耳坠衬托着的莲花脸，显得十分俊美；祂胸膛上有施瑞瓦特萨标志。祂佩戴着手镯、臂镯、头盔、腰带，以及斜挎在胸膛的一条圣线和莲花足上作装饰的足铃。

第3节

मधुव्रतव्रातविघुष्टया स्वया
विराजितः श्रीवनमालया हरिः ।
प्रजापतेर्वेश्मतमः स्वरोचिषा
विनाशयन् कण्ठनिविष्टकौस्तुभः ॥ ३ ॥

madhu-vrata-vrāta-vighuṣṭayā svayā
virājitaḥ śrī-vanamālayā hariḥ
prajāpater veśma-tamaḥ svarociṣā
vināśayan kaṇṭha-niviṣṭa-kaustubhaḥ

madhu-vrata—总是渴望花蜜的蜜蜂的 / vrāta—与一串 / vighuṣṭayā—响亮的 / svayā—不寻常的 / virājitaḥ—处在 / śrī—美丽的 / vana-mālayā—被一条鲜花花环 / hariḥ—至尊主 / prajāpateḥ—生物体祖先喀夏帕·牟尼的 / veśma-tamaḥ—房子的黑暗 / sva-rociṣā—被祂本人的光辉 / vināśayan—抑制 / kaṇṭha—脖子上 / niviṣṭa—佩戴 / kaustubhaḥ—考斯图巴宝石

译文 祂胸膛上用一条美丽无比的鲜花花环作装饰；鲜花芳香无比，招来一大群嗡嗡叫着的蜜蜂围着花环。当这位颈部佩戴考斯图巴宝石的至尊主显现时，祂放射的光芒驱散了生物体祖先喀夏帕家中的黑暗。

第 4 节

दिशः प्रसेदुः सलिलाशयास्तदा
प्रजाः प्रहृष्टा ऋतवो गुणान्विताः ।
द्यौरन्तरीक्षं क्षितिरग्निजिह्वा
गावो द्विजाः सञ्जहृषुर्नगाश्च ॥ ४ ॥

diśaḥ praseduḥ salilāśayās tadā
prajāḥ prahṛṣṭā ṛtavo guṇānvitāḥ
dyaur antarīkṣaṁ kṣitir agni-jihvā
gāvo dvijāḥ sañjahṛṣur nagāś ca

diśaḥ—所有的方向 / praseduḥ—变得快乐 / salila—水的 / āśayāḥ—蓄水库 / tadā—那时 / prajāḥ—众生 / prahṛṣṭāḥ—很快乐 / ṛtavaḥ—季节 / guṇa-anvitāḥ—拥有他们各自的特征 / dyauḥ—高等星系 / antarīkṣam—外太空 / kṣitiḥ—地球表面 / agni-jihvāḥ—半神人们 / gāvaḥ—乳牛 / dvijāḥ—布茹阿玛纳们 / sañjahṛṣuḥ—都变得快乐 / nagāḥ ca—和山脉

译文　那时，四面八方及河流、海洋等水体，以及众生的心中，都洋溢着快乐。各种季节同时展现他们各自的特征，在高等星球、太空中和地球表面的众生都喜气洋洋。半神人、乳牛、布茹阿玛纳、丘陵和山脉，都沉浸在欢乐中。

第 5 节

श्रोणायां श्रवणद्वादश्यां मुहूर्तेऽभिजिति प्रभुः ।
सर्वे नक्षत्रताराद्याश्चक्रुस्तज्जन्म दक्षिणम् ॥ ५ ॥

śroṇāyāṁ śravaṇa-dvādaśyāṁ
muhūrte 'bhijiti prabhuḥ
sarve nakṣatra-tārādyāś
cakrus taj-janma dakṣiṇam

śroṇāyām—当月亮处在刷瓦纳月亮宫时 / śravaṇa-dvādaśyām—巴铎月中月渐明的两个星期中的第十二天 / muhūrte—在吉祥的时刻 / abhijiti—在被称为阿碧吉特的月亮宫的第一部分中和中午的阿碧吉特时刻 / prabhuḥ—至尊主 / sarve—所有的 / nakṣatra—恒星 / tārā—行星 / ādyāḥ—以太阳为开始并由其他星球跟随 / cakruḥ—使得 / tat-janma—至尊主的诞辰 / dakṣiṇam—十分慷慨的

译文 在刷瓦纳·德瓦达西那一天(巴铎月中月渐明的两个星期中的第十二天)，当月亮在刷瓦纳月宫中的被称为阿碧吉特的吉祥时刻，至尊主显现在这个宇宙中。考虑到至尊主的显现极为吉祥，从太阳到土星——所有的恒星和行星，都慷慨地施展宽厚、仁慈的影响。

要旨 就梵文nakṣatra-tārādyāḥ一句，占星学专家圣维施瓦纳特·查夸瓦尔提·塔库尔(Viśvanātha Cakravartī Ṭhākura)给予解释说：梵文nakṣatra一词的意思是“天体”，tāra在这个上下文中是指“行星”，而ādyāḥ的意思是“特别提到的第一个”。在行星当中，数第一的是太阳苏尔亚(Sūrya)，而不是月亮。因此，韦达文献的描述不同于现代天文学家所提出的“月亮离地球最近”的理论。全世界的人依时间的前后顺序将一个星期的每一天排列为星期天、星期一、星期二、星期三、星期四、星期五和星期六，而这正符合韦达占星学和天文学中的星球排列顺序。除此之外，按照占星学计算，当至尊主显现时，行星与恒星所处的位置都十分吉祥，以庆祝至尊主的显现。

第6节

द्वादश्यां सवितातिष्ठन्मध्यन्दिनगतो नृप ।
विजयानाम सा प्रोक्ता यस्यां जन्म विदुर्हरेः ॥ ६ ॥

dvādaśyāṁ savitātiṣṭhan
madhyandina-gato nṛpa

vijayā-nāma sā proktā
　yasyāṁ janma vidur hareḥ

dvādaśyām—在月亮的第十二天 / savitā—太阳 / atiṣṭhat—留在 / madhyam-dina-gataḥ—在子午线上 / nṛpa—君王啊 / vijayā-nāma—被称为维佳亚 / sā—那天 / proktā—被称为 / yasyām—在…… / janma—出现 / viduḥ—他们知道 / hareḥ—主哈尔依的

译文　君王啊！就如每一个博学的学者所了解的，当至尊主在月明的第十二天德瓦达西显现时，太阳正运行在子午线上。这个德瓦达西被称为维佳亚。

第7节

शङ्खदुन्दुभयो नेदुर्मृदङ्गपणवानकाः ।
चित्रवादित्रतूर्याणां निर्घोषस्तुमुलोऽभवत् ॥७॥

śaṅkha-dundubhayo nedur
　mṛdaṅga-paṇavānakāḥ
citra-vāditra-tūryāṇāṁ
　nirghoṣas tumulo 'bhavat

śaṅkha—海螺 / dundubhayaḥ—定音鼓 / neduḥ—震动 / mṛdaṅga—鼓 / paṇava-ānakāḥ—名叫帕纳瓦和阿纳卡的鼓 / citra—各种各样的 / vāditra—这些乐器发出的声音的 / tūryāṇām—和其他乐器的 / nirghoṣaḥ—响亮的声音 / tumulaḥ—喧哗的 / abhavat—成为

译文　海螺、定音鼓、帕纳瓦和阿纳卡鼓齐奏。这些声音及其他各种乐器发出的声音响成一片。

第8节

प्रीताश्चाप्सरसोऽनृत्यन् गन्धर्वप्रवरा जगुः ।
तुष्टुवुर्मुनयो देवा मनवः पितरोऽग्नयः ॥८॥

prītāś cāpsaraso 'nṛtyan
gandharva-pravarā jaguḥ
tuṣṭuvur munayo devā
manavaḥ pitaro 'gnayaḥ

prītāḥ—因为十分高兴 / ca—也 / apsarasaḥ—天堂舞女 / anṛtyan—跳舞 / gandharva-pravarāḥ—最优秀的歌仙们 / jaguḥ—歌唱 / tuṣṭuvuḥ—靠献上祈祷使至尊主满意 / munayaḥ—伟大的圣人们 / devāḥ—半神人们 / manavaḥ—玛努们 / pitaraḥ—祖先星球的居民 / agnayaḥ—火神们

译文 由于十分欢喜，天堂舞女们欢腾起舞；最优秀的歌仙们放声高歌；伟大的圣人、半神人、玛努、祖先和火神们都为取悦至尊主而献上祈祷。

第 9—10 节

सिद्धविद्याधरगणाः सकिम्पुरुषकिन्नराः ।
चारणा यक्षरक्षांसि सुपर्णा भुजगोत्तमाः ॥ ९ ॥

गायन्तोऽतिप्रशंसन्तो नृत्यन्तो विबुधानुगाः ।
अदित्या आश्रमपदं कुसुमैः समवाकिरन् ॥१०॥

siddha-vidyādhara-gaṇāḥ
sakimpuruṣa-kinnarāḥ
cāraṇā yakṣa-rakṣāṁsi
suparṇā bhujagottamāḥ

gāyanto 'tipraśaṁsanto
nṛtyanto vibudhānugāḥ
adityā āśrama-padaṁ
kusumaiḥ samavākiran

siddha—神秘仙星球的居士 / vidyādhara-gaṇāḥ—维迪亚达尔星球的居民 / sa—与……一起 / kimpuruṣa—克音普茹沙星球的居民 / kinnarāḥ—克音纳尔星球的居民 / cāraṇāḥ—查冉纳星球的居民 / yakṣa－夜叉 / rakṣāṁsi－食人魔 / suparṇāḥ－苏帕尔纳 / bhujaga-uttamāḥ－蛇星球上最优秀的居民 / gāyantaḥ－颂扬至尊主 / ati-praśaṁsantaḥ－赞美至尊主 / nṛtyantaḥ－跳舞 / vibudhānugāḥ－半神人的随从们 / adityāḥ－阿迪缇的 / āśrama-padam－居住地 / kusumaiḥ－被鲜花 / samavākiran－覆盖了

译文　神秘仙、维迪亚达尔、克音普茹沙、克音纳尔、查冉纳、夜叉、食人魔、苏帕尔纳、最杰出的巨蛇及半神人的随从们，一边赞美至尊主、跳舞，一边纷纷向阿迪缇的住所抛撒鲜花。鲜花覆盖了整座房子。

第 11 节

दृष्ट्वादितिस्तं निजगर्भसम्भवं
परं पुमांसं मुदमाप विस्मिता ।
गृहीतदेहं निजयोगमायया
प्रजापतिश्चाह जयेति विस्मितः ॥११॥

dṛṣṭvāditis taṁ nija-garbha-sambhavaṁ
paraṁ pumāṁsaṁ mudam āpa vismitā
gṛhīta-dehaṁ nija-yoga-māyayā
prajāpatiś cāha jayeti vismitaḥ

dṛṣṭvā－看到 / aditiḥ－母亲阿迪缇 / tam－祂(至尊人格首神) / nija-garbha-sambhavam－从她的子宫出生 / param－至尊者 / pumāṁsam－人格首神 / mudam－巨大的快乐 / āpa－获得 / vismitā－十分震惊 / gṛhīta－接受 / deham－身体或超然的形象 / nija-yoga-māyayā－凭祂自己的灵性能量 / prajāpatiḥ－喀夏帕 · 牟尼 / ca－也 / āha－说 / jaya－所有的荣耀 / iti－如此 / vismitaḥ－因为惊讶

译文　当阿迪缇看到从她子宫中显现并靠自己的灵性能量展现出超然身体的至尊人格首神时，她惊喜万分。看到这孩子，生物体祖先喀夏帕幸福而又惊奇地呼喊道：“胜利！胜利！”

第 12 节

यत्तद्वपुर्भाति विभूषणायुधै-
रव्यक्तचिद्व्यक्तमधारयद्धरिः ।
बभूव तेनैव स वामनो वटुः
सम्पश्यतोर्दिव्यगतिर्यथा नटः ॥१२॥

yat tad vapur bhāti vibhūṣaṇāyudhair
avyakta-cid-vyaktam adhārayad dhariḥ
babhūva tenaiva sa vāmano vaṭuḥ
sampaśyator divya-gatir yathā naṭaḥ

yat—……的 / tat—那 / vapuḥ—超然的身体 / bhāti—展示 / vibhūṣaṇa—用经常佩戴的装饰品 / āyudhaiḥ—和武器 / avyakta—未展示的 / cit-vyaktam—灵性上展示的 / adhārayat—采用 / hariḥ—至尊主 / babhūva—立刻变成 / tena—以这个 / eva—必定 / saḥ—祂(至尊主) / vāmanaḥ—侏儒 / vaṭuḥ—布茹阿玛纳贞守生 / sampaśyatoḥ—在祂父母看着时 / divya-gatiḥ—……的姿态非常美妙 / yathā—正如 / naṭaḥ—一个戏剧演员

译文 至尊主以祂原本手持武器和佩戴各种首饰的形象显现。尽管这永恒存在的形象在物质世界中是不可见的，祂还是以这一形象显现了。接着，祂恰似一个戏剧演员般，在祂父母面前转化为瓦玛纳——侏儒布茹阿玛纳兼贞守生的形象。

要旨 梵文“戏剧演员(naṭaḥ)”一词十分重要。演员在演不同的角色时换不同的衣服，但都是同一个人。同样，正如《布茹阿玛·萨密塔》(Brahma-saṁhitā)第5章的第33节和第39节诗所描述的：至尊主采用千百万的形象(advaitam acyutam anādim ananta-rūpam ādyaṁ purāṇa-puruṣam)；祂总是以数不胜数的化身出现(rāmādi-mūrtiṣu kalā-niyamena tiṣṭhan nānāvatāram akarod bhuvaneṣu kintu)。祂虽然以不同形象的化身显现，但那些化身彼此并没有区别。祂还是同一个人，有着同样的力量、同样的永恒及同样的灵性存在，但同时采用不同的形象。当瓦玛纳戴瓦从祂母亲的子宫中显现时，祂展现的首先是纳茹阿亚纳(Nārāyaṇa)形象，四只手中分别持有海螺等象征性武器。随后，祂立刻将自己的形象转为贞守生的形象(vaṭu)。这意味着祂的身体不是物质的。认为至尊主采用物质躯体的人没有智慧，应该多了解一些有关至尊主的地位和状态。正如《博伽梵歌》第4章的第9节诗证实：谁能了解我显现和活动的超然本质，谁就在离开躯体后到达我永恒的住所，不再投生于这个物质世界(janma karma ca me divyam evaṁ yo vetti tattvataḥ)。人必须明白至尊主以祂原本超然的身体(sac-cid-ānanda-vigraha)显现的超然性。

第 13 节

तं वटुं वामनं दृष्ट्वा मोदमाना महर्षयः ।
कर्माणि कारयामासुः पुरस्कृत्य प्रजापतिम् ॥१३॥

taṁ vaṭuṁ vāmanaṁ dṛṣṭvā
modamānā maharṣayaḥ
karmāṇi kārayām āsuḥ
puraskṛtya prajāpatim

tam－祂 / vaṭum－贞守生 / vāmanam－侏儒 / dṛṣṭvā－看到 / modamānāḥ－在快乐的心情中 / mahā-ṛṣayaḥ－伟大、圣洁的人们 / karmāṇi－仪式性典礼 / kārayām āsuḥ－举行 / puraskṛtya－保持在前面 / prajāpatim－生物体祖先喀夏帕·牟尼

译文　大圣人们看到至尊主的这个瓦玛纳贞守生——侏儒布茹阿玛纳的形象时，无疑非常高兴。于是，他们让生物

体祖先喀夏帕·牟尼站在他们前面，面对至尊主举行了诞生庆典等所有的仪式典礼。

要旨 按照韦达文明，布茹阿玛纳家庭中有孩子诞生时，就会首先举行诞生仪式(jāta-karma)，随后逐一举行其他仪式和典礼。但当至尊主以侏儒贞守生(brahmacārī)的形象显现时，祂的圣线仪式也立刻与诞生仪式一起举行。

第 14 节

तस्योपनीयमानस्य सावित्रीं सविताब्रवीत् ।
बृहस्पतिर्ब्रह्मसूत्रं मेखलां कश्यपोऽददात् ॥१४॥

tasyopanīyamānasya
sāvitrīṁ savitābravīt
bṛhaspatir brahma-sūtraṁ
mekhalāṁ kaśyapo 'dadāt

tasya—主瓦玛纳戴瓦的 / upanīyamānasya—在举行给予祂圣线的仪式时 / sāvitrīm—嘎雅垂·曼陀 / savitā—太阳神 / abravīt—吟诵、吟唱 / bṛhaspatiḥ—半神人的灵性导师毕尔哈斯帕提 / brahma-sūtram—圣线 / mekhalām—稻草编的腰带 / kaśyapaḥ—喀夏帕·牟尼 / adadāt—给予

译文 在瓦玛纳戴瓦的授予圣线仪式上，太阳神亲自吟诵了嘎雅垂·曼陀，毕尔哈斯帕提献上圣线，喀夏帕·牟尼献上稻草编的腰带。

第 15 节

ददौ कृष्णाजिनं भूमिर्दण्डं सोमो वनस्पतिः ।
कौपीनाच्छादनं माता द्यौश्छत्रं जगतः पतेः ॥१५॥

dadau kṛṣṇājinaṁ bhūmir
daṇḍaṁ somo vanaspatiḥ

kaupīnācchādanaṁ mātā
dyauś chatraṁ jagataḥ pateḥ

dadau—给予、提供 / kṛṣṇa-ajinam—鹿皮 / bhūmiḥ—地球母亲 / daṇḍam—贞守生拿的棍子 / somaḥ—月亮神 / vanaḥ-patiḥ—森林之王 / kaupīna—内衣 / ācchādanam—遮体 / mātā—祂母亲阿迪缇 / dyauḥ—天堂王国 / chatram—一把伞 / jagataḥ—整个宇宙的 / pateḥ—主人的

译文　大地母亲送祂一张鹿皮，森林之王月亮神送祂一根贞守生用的棍子(布茹阿玛·丹达)。祂母亲阿迪缇送祂一块当内衣的布料，掌管天堂王国的神明献给祂一把伞。

第 16 节

कमण्डलुं वेदगर्भः कुशान् सप्तर्षयो ददुः ।
अक्षमालां महाराज सरस्वत्यव्ययात्मनः ॥१६॥

kamaṇḍaluṁ veda-garbhaḥ
kuśān saptarṣayo daduḥ
akṣa-mālāṁ mahārāja
sarasvaty avyayātmanaḥ

kamaṇḍalum—一个水罐 / veda-garbhaḥ—主布茹阿玛 / kuśān—库沙草 / sapta-ṛṣayaḥ—七位圣人 / daduḥ—给予 / akṣa-mālām—一串茹铎克沙念珠 / mahārāja—君王啊 / sarasvatī—萨茹阿斯瓦缇女神 / avyaya-ātmanaḥ—向至尊人格首神

译文　君王啊！主布茹阿玛向无穷无尽的至尊人格首神献上一个水罐。七圣人献给祂库沙草，学问女神萨茹阿斯瓦缇母亲送给祂一串茹铎克沙念珠。

第 17 节

तस्मा इत्युपनीताय यक्षराट् पात्रिकामदात् ।
भिक्षां भगवती साक्षादुमादादम्बिका सती ॥१७॥

tasmā ity upanītāya
yakṣa-rāṭ pātrikām adāt
bhikṣāṁ bhagavatī sākṣād
umādād ambikā satī

tasmai—向祂(主瓦玛纳戴瓦) / iti—就这样 / upanītāya—经历了圣线授予仪式的祂 / yakṣa-rāṭ—天堂司库和夜叉之王库维尔 / pātrikām—乞讨施舍用的罐子 / adāt—给予 / bhikṣām—施舍物 / bhagavatī—主希瓦的妻子芭娃妮母亲 / sākṣāt—直接地 / umā—乌玛 / adāt—给予 / ambikā—宇宙的母亲 / satī—贞节的

译文 当瓦玛纳戴瓦这样被授予圣线后，夜叉之王库维尔给祂一个乞讨用的罐子，主希瓦的妻子及整个宇宙最贞洁的母亲巴嘎娃缇，给祂第一份布施。

第 18 节

स ब्रह्मवर्चसेनैवं सभां सम्भावितो वटुः ।
ब्रह्मर्षिगणसञ्जुष्टामत्यरोचत मारिषः ॥१८॥

sa brahma-varcasenaivaṁ
sabhāṁ sambhāvito vaṭuḥ
brahmarṣi-gaṇa-sañjuṣṭām
atyarocata māriṣaḥ

saḥ—祂(瓦玛纳戴瓦) / brahma-varcasena—被祂的梵光 / evam—就这样 / sabhām—聚集在一起的人 / sambhāvitaḥ—受到所有人的欢迎 / vaṭuḥ—贞守生 / brahma-ṛṣi-gaṇa-sañjuṣṭām—充满了伟大的布茹阿玛纳圣人 / ati-arocata—展现非凡的美丽 / māriṣaḥ—最优秀的贞守生

译文　主瓦玛纳戴瓦——最优秀的贞守生，在这样受到大家的欢迎后，放射出祂的梵光。祂的美就这样胜过挤满现场的全体伟大圣洁的布茹阿玛纳的美。

第 19 节

समिद्धमाहितं वह्निं कृत्वा परिसमूहनम् ।
परिस्तीर्य समभ्यर्च्य समिद्भिरजुहोद् द्विजः ॥१९॥

samiddham āhitaṁ vahniṁ
kṛtvā parisamūhanam
paristīrya samabhyarcya
samidbhir ajuhod dvijaḥ

samiddham－燃烧的 / āhitam－处在 / vahnim－火 / kṛtvā－使……后 / parisamūhanam－正确地 / paristīrya－非凡地 / samabhyarcya－给予崇拜后 / samidbhiḥ－与祭品 / ajuhot－完整的火祭 / dvijaḥ－最优秀的布茹阿玛纳

译文　圣主瓦玛纳戴瓦设置祭坛后献上崇拜，并在祭祀场中举行了一场祭祀。

第 20 节

श्रुत्वाश्वमेधैर्यजमानमूर्जितं
बलिं भृगूणामुपकल्पितैस्ततः ।
जगाम तत्राखिलसारसम्भृतो
भारेण गां सन्नमयन् पदे पदे ॥२०॥

śrutvāśvamedhair yajamānam ūrjitaṁ
balim bhṛgūṇām upakalpitais tataḥ
jagāma tatrākhila-sāra-sambhṛto
bhāreṇa gāṁ sannamayan pade pade

śrutvā－聆听后 / aśvamedhaiḥ－通过马祭 / yajamānam－举行者 / ūrjitam－十分光荣 / balim－巴利王 / bhṛgūṇām－在布瑞古王朝

的布茹阿玛纳后裔的指导下 / upakalpitaiḥ－举行 / tataḥ－从那地方 / jagāma－去 / tatra－那里 / akhila-sāra-sambhṛtaḥ－至尊人格首神——整个创造的本质 / bhāreṇa－……的重量 / gām－地球的 / san-namayan－使凹陷 / pade pade－每一步

译文 在所有方面都最圆满的至尊主，听到巴利王正在布瑞古王朝的布茹阿玛纳的帮助下举行马祭时，便出发去向巴利王展现祂的仁慈。祂身体的重量使祂每走一步都造成大地凹陷。

要旨 至尊人格首神是整个创造的本质(akhila-sāra-sambhṛta)。换句话说，祂拥有这个物质世界里万物的精华。因此，尽管至尊主去找巴利王要东西，但祂其实永远自身完整，具备一切，没什么要从其他人那里要的。事实上，祂是如此强大有力，拥有绝对财富的祂每走一步，都在地球表面造成凹陷。

第21节

तं नर्मदायास्तट उत्तरे बले-
र्य ऋत्विजस्ते भृगुकच्छसंज्ञके ।
प्रवर्तयन्तो भृगवः क्रतूत्तमं
व्यचक्षताराद‌ुदितं यथा रविम् ॥२१॥

tam narmadāyās taṭa uttare baler
ya ṛtvijas te bhṛgukaccha-saṁjñake
pravartayanto bhṛgavaḥ kratūttamaṁ
vyacakṣatārād uditaṁ yathā ravim

tam－祂(瓦玛纳戴瓦) / narmadāyāḥ－纳尔玛达河的 / taṭe－岸上 / uttare－北方的 / baleḥ－巴利王的 / ye－……的 / ṛtvijaḥ－致力于仪式性典礼的祭祀 / te－他们全体 / bhṛgukaccha-saṁjñake－在名

叫布瑞古喀查的场地上 / pravartayantaḥ－举行 / bhṛgavaḥ－布瑞古所有的后代 / kratu-uttamam－名叫马祭的最重要的祭祀 / vyacakṣata－他们观察到 / ārāt－附近 / uditam－升起 / yathā－就像 / ravim－太阳

译文　布瑞古的后裔——布茹阿玛纳祭司们，在纳尔玛达河北岸名叫布瑞古喀查的场地中正忙着举行祭祀时，看到瓦玛纳戴如同太阳升起般出现在附近。

第 22 节

ते ऋत्विजो यजमानः सदस्या
　हतत्विषो वामनतेजसा नृप ।
सूर्यः किलायात्युत वा विभावसुः
　सनत्कुमारोऽथ दिदृक्षया क्रतोः ॥२२॥

te ṛtvijo yajamānaḥ sadasyā
　hata-tviṣo vāmana-tejasā nṛpa
sūryaḥ kilāyāty uta vā vibhāvasuḥ
　sanat-kumāro 'tha didṛkṣayā kratoḥ

te－他们全体 / ṛtvijaḥ－祭司 / yajamānaḥ－以及安排他们主持祭祀的巴利王 / sadasyāḥ－与会的全体成员 / hata-tviṣaḥ－使他们的身体光芒减弱 / vāmana-tejasā－被主瓦玛纳耀眼的光芒 / nṛpa－君王啊 / sūryaḥ－太阳 / kila－是否 / āyāti－正来到 / uta vā－或者 / vibhāvasuḥ－火神 / sanat-kumāraḥ－名叫萨纳特 · 库玛尔的库玛尔 / atha－或者 / didṛkṣayā－怀着想要观看的愿望 / kratoḥ－祭祀仪式

译文　君王啊！瓦玛纳戴瓦发出的明亮光辉，使祭司们、巴利王及所有聚集在现场的人都黯然失色。因此，他们互相询问是不是太阳神本人、萨纳特 · 库玛尔或火神亲自来观看祭祀仪式了。

第 23 节

इत्थं सशिष्येषु भृगुष्वनेकधा
वितर्क्यमाणो भगवान् स वामनः ।
छत्रं सदण्डं सजलं कमण्डलुं
विवेश बिभ्रद्धयमेधवाटम् ॥२३॥

itthaṁ saśiṣyeṣu bhṛguṣv anekadhā
vitarkyamāṇo bhagavān sa vāmanaḥ
chatraṁ sadaṇḍaṁ sajalaṁ kamaṇḍaluṁ
viveśa bibhrad dhayamedha-vāṭam

ittham－就这样 / sa-śiṣyeṣu－与他们的门徒一道 / bhṛguṣu－布瑞古家族的祭司中 / anekadhā－以许多方式 / vitarkyamāṇaḥ－被谈论的 / bhagavān－至尊人格首神 / saḥ－那 / vāmanaḥ－主瓦玛纳 / chatram－伞 / sadaṇḍam－用棍子 / sa-jalam－装满水 / kamaṇḍalum－水罐 / viveśa－进入 / bibhrat－手持 / hayamedha－马祭的 / vāṭam－场地

译文 就在布瑞古王朝的祭司和他们的门徒以各种方式商谈和争论时，至尊人格首神瓦玛纳手持棍子、伞和一个装满了水的水罐，进入举行马祭的祭祀场。

第 24－25 节

मौञ्ज्या मेखलया वीतमुपवीताजिनोत्तरम् ।
जटिलं वामनं विप्रं मायामाणवकं हरिम् ॥२४॥

प्रविष्टं वीक्ष्य भृगवः सशिष्यास्ते सहाग्निभिः ।
प्रत्यगृह्णन् समुत्थाय सङ्क्षिप्तास्तस्य तेजसा ॥२५॥

mauñjyā mekhalayā vītam
upavītājinottaram
jaṭilaṁ vāmanaṁ vipraṁ
māyā-māṇavakaṁ harim

praviṣṭaṁ vīkṣya bhṛgavaḥ
saśiṣyās te sahāgnibhiḥ
pratyagṛhṇan samutthāya
saṅkṣiptās tasya tejasā

mauñjyā—稻草编的 / mekhalayā—用一条腰带 / vītam—环绕 / upavīta—圣线 / ajina-uttaram—穿一件鹿皮上衣 / jaṭilam—有纠结成团的头发 / vāmanam—主瓦玛纳 / vipram—布茹阿玛纳 / māyā-māṇa-vakam——个人的假儿子 / harim—至尊人格首神 / praviṣṭam—进入 / vīkṣya—看到 / bhṛgavaḥ—作为布瑞古后代的祭司 / sa-śiṣyāḥ—与他们的门徒一起 / te—他们全体 / saha-agnibhiḥ—用火祭 / pratya-gṛhṇan—恰当地欢迎 / samutthāya—起身站立 / saṅkṣiptāḥ—被减弱 / tasya—祂的 / tejasā—被光辉

译文 显现为布茹阿玛纳男孩的主瓦玛纳戴瓦进入祭祀场所，祂佩戴一条稻草编的腰带、一条圣线，穿一件鹿皮上衣，顶着一头盘成一团的头发。祂发出的明亮光芒，使在场所有的祭司及他们的门徒黯然失色；大家都从自己的座位上起身，以向至尊主敬礼的方式恰当地迎接祂。

第 26 节

यजमानः प्रमुदितो दर्शनीयं मनोरमम् ।
रूपानुरूपावयवं तस्मा आसनमाहरत् ॥२६॥

yajamānaḥ pramudito
darśanīyaṁ manoramam
rūpānurūpāvayavaṁ
tasmā āsanam āharat

yajamānaḥ—安排所有祭司主持祭祀的巴利王 / pramuditaḥ—因为十分喜悦 / darśanīyam—高兴地看到 / manoramam—如此美的 / rūpa—……的美丽 / anurūpa—等同于祂的身体美 / avayavam—身体所有不同的部位 / tasmai—向祂 / āsanam—座位 / āharat—提供

译文 巴利王很高兴看到主瓦玛纳戴瓦，祂美丽的四肢为祂整个身体平添美色。巴利王满怀喜悦之情地为祂提供一个座位。

第 27 节

स्वागतेनाभिनन्द्याथ पादौ भगवतो बलिः ।
अवनिज्यार्चयामास मुक्तसङ्गमनोरमम् ॥२७॥

svāgatenābhinandyātha
pādau bhagavato baliḥ
avanijyārcayām āsa
mukta-saṅga-manoramam

su-āgatena一用欢迎词 / abhinandya一欢迎 / atha一如此 / pādau一两只莲花足 / bhagavataḥ一至尊主的 / baliḥ一巴利王 / avanijya一洗 / arcayām āsa一崇拜 / mukta-saṅga-manoramam一对解脱灵魂来说很美的至尊人格首神

译文 这样恰当地接待了在解脱灵魂眼里永远美丽的至尊人格首神后，巴利王又以洗浴祂莲花足的方式崇拜祂。

第 28 节

तत्पादशौचं जनकल्मषापहं
स धर्मविन्मूर्ध्न्यदधात्सुमङ्गलम् ।
यद्देवदेवो गिरिशश्चन्द्रमौलि-
र्दधार मूर्ध्ना परया च भक्त्या ॥२८॥

tat-pāda-śaucaṁ jana-kalmaṣāpahaṁ
sa dharma-vin mūrdhny adadhāt sumaṅgalam
yad deva-devo giriśaś candra-maulir
dadhāra mūrdhnā parayā ca bhaktyā

tat-pāda-śaucam一洗至尊主莲花足的水 / jana-kalmaṣa-apaham一洗去大众的所有恶报的…… / saḥ一他(巴利王) / dharma-vit一精通宗

教原则 / mūrdhni－在头上 / adadhāt－携带 / su-maṅgalam－绝对吉祥的 / yat－……的 / deva-devaḥ－最优秀的半神人 / giriśaḥ－主希瓦 / candra-mauliḥ－头上有月亮标志的他 / dadhāra－携带 / mūrdhnā－在头上 / parayā－最高的 / ca－也 / bhaktyā－怀着奉爱之情

译文　将月亮标志戴在自己前额上的最卓越的半神人主希瓦，怀着巨大的奉爱之情，用自己的头承受从主维施努的足尖流出的恒河水。巴利王因为清楚宗教原则，所以了解这一点。为此，他以主希瓦为榜样，将洗浴过至尊主莲花足的水洒在自己头上。

要旨　主希瓦被称为“用头承接恒河水的人(Gaṅgā-dhara)”。主希瓦的前额上有一个半月形标记，但为了向至尊人格首神表示最高的敬意，主希瓦将这恒河水置于那标记之上。主希瓦是伟大的权威人士(mahājana)之一，每一个人，至少每一个奉献者都应该学习主希瓦树立的榜样。巴利王后来也成为伟大的权威人士之一。一位伟大的权威人士跟随另一位伟大的人士，就这样，透过师徒传承学习伟大人士的活动，可以使人提升灵性意识。恒河水从主维施努的大脚趾流出，所以是神圣的。巴利王用水冲洗瓦玛纳戴瓦的莲花足，那水变得与恒河水一样。正因为如此，完美地了解所有宗教原则的巴利王，向主希瓦学习，将那水洒在自己头上。

第 29 节

श्रीबलिरुवाच
स्वागतं ते नमस्तुभ्यं ब्रह्मन् किं करवाम ते ।
ब्रह्मर्षीणां तपः साक्षान्मन्ये त्वार्य वपुर्धरम् ॥२९॥

śrī-balir uvāca
svāgataṁ te namas tubhyaṁ
brahman kiṁ karavāma te
brahmarṣīṇāṁ tapaḥ sākṣān
manye tvārya vapur-dharam

śrī-baliḥ uvāca一巴利王说 / su-āgatam一十分欢迎 / te一对您 / namaḥ tubhyam一我向您致以恭敬的敬礼 / brahman一布茹阿玛纳啊 / kim一什么 / karavāma一我们能做 / te一为您 / brahma-ṛṣīṇām一伟大的布茹阿玛纳圣人的 / tapaḥ一苦修 / sākṣāt一直接地 / manye一我想 / tvā一您 / ārya一高贵的人啊 / vapuḥ-dharam一人格化身

译文 巴利王接着对主瓦玛纳戴瓦说：布茹阿玛纳啊！我衷心地欢迎您，向您致以我恭敬的顶礼。请告诉我们，我们能为您做什么？我们认为您是伟大的布茹阿玛纳圣人的苦修人格化身。

第 30 节

अद्य नः पितरस्तृप्ता अद्य नः पावितं कुलम् ।
अद्य स्विष्टः क्रतुरयं यद्भवानागतो गृहान् ॥३०॥

adya naḥ pitaras tṛptā
adya naḥ pāvitaṁ kulam
adya sviṣṭaḥ kratur ayaṁ
yad bhavān āgato gṛhān

adya一今天 / naḥ一我们 / pitaraḥ一祖先们 / tṛptāḥ一满意 / adya一今天 / naḥ一我们 / pāvitam一被净化 / kulam一整个家庭 / adya一今天 / su-iṣṭaḥ一正确地执行 / kratuḥ一祭祀 / ayam一这 / yat一因为 / bhavān一您圣上 / āgataḥ一来到 / gṛhān一我们的住所

译文 我的主啊！您仁慈地来到我们家，我所有的祖先都为此而感到满足，我们家和整个王朝都被神圣化，我们正举行的祭祀因您的到来而圆满。

第 31 节

अद्याग्नयो मे सुहुता यथाविधि
　द्विजात्मज त्वच्चरणावनेजनैः ।
हतांहसो वार्भिरियं च भूरहो
　तथा पुनीता तनुभिः पदैस्तव ॥३१॥

adyāgnayo me suhutā yathā-vidhi
　dvijātmaja tvac-caraṇāvanejanaiḥ
hatāṁhaso vārbhir iyaṁ ca bhūr aho
　tathā punītā tanubhiḥ padais tava

adya—今天 / agnayaḥ—祭祀之火 / me—由我执行 / su-hutāḥ—恰当地供奉祭品 / yathā-vidhi—就启示经典的训示而言 / dvija-ātma-ja—布茹阿玛纳的儿子啊 / tvat-caraṇa-avanejanaiḥ—洗您的莲花足的…… / hata-aṁhasaḥ—清除了所有恶报的 / vārbhiḥ—用水 / iyam—这 / ca—也 / bhūḥ—地球表面 / aho—噢 / tathā—也 / punītā—神圣化的 / tanubhiḥ—小 / padaiḥ—被莲花足所触碰 / tava—您的

译文　布茹阿玛纳的儿子啊！今天，祭祀之火按经典的训示燃起，洗浴过您莲花足的水洗净我一生从事罪恶活动所产生的恶报。我的上帝啊！整个世界的地表因您小小莲花足的触碰而被神圣化。

第 32 节

यद्यद्बटो वाञ्छसि तत्प्रतीच्छ मे
　त्वामर्थिनं विप्रसुतानुतर्कये ।
गां काञ्चनं गुणवद्धाम मृष्टं
　तथान्नपेयमुत वा विप्रकन्याम् ।
ग्रामान् समृद्धांस्तुरगान् गजान् वा
　रथांस्तथार्हत्तम सम्प्रतीच्छ ॥३२॥

yad yad vaṭo vāñchasi tat pratīccha me
tvām arthinaṁ vipra-sutānutarkaye
gāṁ kāñcanaṁ guṇavad dhāma mṛṣṭaṁ
tathānna-peyam uta vā vipra-kanyām
grāmān samṛddhāṁs turagān gajān vā
rathāṁs tathārhattama sampratīccha

yat yat—无论什么 / vaṭo—贞守生啊 / vāñchasi—您要求 / tat—那 / pratīccha—您可以拿 / me—从我 / tvām—您 / arthinam—想要什么 / vipra-suta—布茹阿玛纳的儿子啊 / anutarkaye—我认为 / gām—一头乳牛 / kāñcanam—金子 / guṇavat dhāma—设施齐全的住所 / mṛṣṭam—美味的 / tathā—以及 / anna—食用谷物 / peyam—喝饮 / uta—事实上 / vā—或者 / vipra-kanyām—布茹阿玛纳的女儿 / grāmān—村庄 / samṛddhān—富有的 / turagān—马匹 / gajān—大象 / vā—或者 / rathān—马车 / tathā—以及 / arhat-tama—值得崇拜的人中最优秀的人啊 / sampratīccha—您可以拿

译文 布茹阿玛纳的儿子啊！看起来，您来这里是问我要什么东西。所以，无论您要什么，您都可以从我这里拿走。在值得崇拜的人中最卓越的人啊！您可以向我要一头乳牛、金子、美味的食物和饮料、能当你妻子的布茹阿玛纳的女儿、一座设施齐全的房子、丰足的村庄、马匹、大象、马车，或您想要的一切。

到此为止，结束了巴克提韦丹塔对《圣典博伽瓦谭》第8篇第18章——“主瓦玛纳戴瓦——侏儒化身”所作的阐释。

第十九章

主瓦玛纳戴瓦向巴利王乞讨布施

这一章讲述主瓦玛纳戴瓦(Vāmanadeva)如何要求三跨步的土地作为布施，巴利王(Bali Mahārāja)如何同意祂的提议，舒夸查尔亚(Śukrācārya)如何阻止巴利王满足主瓦玛纳戴瓦的要求。

巴利王认为瓦玛纳戴瓦是布茹阿玛纳(brāhmaṇa)的儿子时，便告诉祂可以按自己的心愿提出要求，主瓦玛纳戴瓦赞扬黑冉亚卡希普(Hiraṇyakaśipu)和黑冉亚克沙(Hiraṇyākṣa)的英雄活动。这样赞美巴利王所出生的家庭后，便请求君王给祂三跨步的土地。巴利王同意将祂要求的土地作为布施给予祂，由于事关重大，舒夸查尔亚能明白瓦玛纳戴瓦是维施努——半神人的朋友，所以禁止巴利王把这土地给予祂。舒夸查尔亚劝巴利王收回自己的承诺。他解释：在要征服他人、应对危险、开玩笑或利益他人时，人可以拒绝实现自己的承诺；这样做不会有错误。舒夸查尔亚竭力用这套哲学劝巴利王不要将土地给予主瓦玛纳戴瓦。

第 1 节

श्रीशुक उवाच
इति वैरोचनेर्वाक्यं धर्मयुक्तं स सूनृतम् ।
निशम्य भगवान् प्रीतः प्रतिनन्द्येदमब्रवीत् ॥१॥

śrī-śuka uvāca
iti vairocaner vākyaṁ
dharma-yuktaṁ sa sūnṛtam
niśamya bhagavān prītaḥ
pratinandyedam abravīt

śrī-śukaḥ uvāca—圣舒卡戴瓦·哥斯瓦米说 / iti—如此 / vairoca-neḥ—维柔查纳的儿子的 / vākyam—话语 / dharma-yuktam—就宗教原则而论 / saḥ—祂 / sū-nṛtam—令人十分愉快 / niśamya—听着 / bhagavān—至尊人格首神 / prītaḥ—完全满意 / pratinandya—祝贺他 / idam—如下的话语 / abravīt—说

译文 舒卡戴瓦·哥斯瓦米继续道：至尊人格首神瓦玛纳戴瓦听巴利王说出这番令人愉快的话后，感到十分满意，因为巴利王所说的话符合宗教原则。为此，至尊主开始赞扬巴利王。

第2节

श्रीभगवानुवाच
वचस्तवैतज्जनदेव सूनृतं
कुलोचितं धर्मयुतं यशस्करम् ।
यस्य प्रमाणं भृगवः साम्पराये
पितामहः कुलवृद्धः प्रशान्तः ॥ २ ॥

śrī-bhagavān uvāca
vacas tavaitaj jana-deva sūnṛtaṁ
kulocitaṁ dharma-yutaṁ yaśas-karam
yasya pramāṇaṁ bhṛgavaḥ sāmparāye
pitāmahaḥ kula-vṛddhaḥ praśāntaḥ

śrī-bhagavān uvāca—至尊人格首神说 / vacaḥ—话语 / tava—你的 / etat—这类 / jana-deva—人民的君王啊 / sū-nṛtam—十分真实 / kula-ucitam—完全适合你的王朝 / dharma-yutam—完全符合宗教原则 / yaśaḥ-karam—适合传播你的声望 / yasya—……人的 / pramā-ṇam—证据 / bhṛgavaḥ—布瑞古王朝的布茹阿玛纳们 / sāmparāye—在下一个世界里 / pitāmahaḥ—你的祖父 / kula-vṛddhaḥ—家族中最年长的 / praśāntaḥ—十分平静(帕拉德王)

译文　至尊人格首神说：君王啊！由于你现有的顾问们都是布瑞古的布茹阿玛纳后代，由于指导你今后生活的人是你的祖父——平静且德高望重的帕拉德王，你确实是地位崇高。你所说的一切都很真实，完全符合宗教礼仪。它们与你家庭的所作所为完全一致，它们增添你的光荣。

要旨　帕拉德王(Prahlāda Mahārāja)是纯粹奉献者的一个生动典范。有人也许会争论说，既然帕拉达王那么老了还依恋他的家庭，尤其是他的孙子巴利王，怎么能说他是理想的典范呢？为此，这节诗用了梵文“十分平静(praśāntaḥ)”一词。奉献者总是很冷静、清醒，从不受任何情况的打扰。即使一个奉献者留在居士生活阶段，没有放弃物质的拥有，我们也要明白：他对至尊主所具有的纯粹奉爱之情，使他总是很平静、冷静和清醒。正因为如此，圣柴坦亚·玛哈帕布(Caitanya Mahāprabhu)说：

kibā vipra, kibā nyāsī, śūdra kene naya
yei kṛṣṇa-tattva-vettā, sei 'guru' haya

“无论一个人是布茹阿玛纳、进入弃绝阶层的人(sannyāsī)，庶铎，还是其他什么人，只要他了解奎师那的科学，就可以成为灵性导师。”(《永恒的柴坦亚经》中篇8.128)完全了解奎师那科学的人，在人生中的任何一个阶段和阶层，都是灵性导师(guru)。因此，帕拉德王在所有的情况中都是灵性导师。

在此，圣主瓦玛纳戴瓦也教导进入弃绝阶层的人(sannyāsī)和贞守生(brahmacārī)，人不该要求多于实际所需的一切。尽管巴利王准备把祂想要的一切都给祂，但祂只要三跨步的土地。

第3节

न ह्येतस्मिन् कुले कश्चिन्निःसत्त्वः कृपणः पुमान् ।
प्रत्याख्याता प्रतिश्रुत्य यो वादाता द्विजातये ॥३॥

na hy etasmin kule kaścin
  niḥsattvaḥ kṛpaṇaḥ pumān
pratyākhyātā pratiśrutya
  yo vādātā dvijātaye

na—不 / hi—事实上 / etasmin—在这之中 / kule—在王朝或家族中 / kaścit—任何人 / niḥsattvaḥ—思想贫乏 / kṛpaṇaḥ—吝啬鬼 / pumān—任何人 / pratyākhyātā—拒绝 / pratiśrutya—承诺给予后 / yaḥ vā—或者 / adātā—不慷慨的 / dvijātaye—向布茹阿玛纳

译文 我知道，甚至直到目前为止，出生在你们家的人没有一个是小心眼或吝啬的。你们家没人拒绝给布茹阿玛纳布施，也没人在承诺给予布施后不实现自己的诺言。

第 4 节

न सन्ति तीर्थे युधि चार्थिनार्थिताः
  पराङ्मुखा ये त्वमनस्विनो नृप ।
युष्मत्कुले यद्यशसामलेन
  प्रह्राद उद्भाति यथोडुपः खे ॥ ४ ॥

na santi tīrthe yudhi cārthinārthitāḥ
  parāṅmukhā ye tv amanasvino nṛpa
yuṣmat-kule yad yaśasāmalena
  prahrāda udbhāti yathoḍupaḥ khe

na—不 / santi—有 / tīrthe—在(给予布施的)圣地中 / yudhi—在战场上 / ca—也 / arthinā—由布茹阿玛纳或查锤亚 / arthitāḥ—被要求的…… / parāṅmukhāḥ—拒绝他们恳求的…… / ye—这样的人 / tu—事实上 / amanasvinaḥ—如此卑鄙、层次低的君王 / nṛpa—君王(巴利王)啊 / yuṣmat-kule—在你的王朝中 / yat—在其中 / yaśasā amalena—凭无懈可击的声望 / prahrādaḥ—帕拉德王 / udbhāti—上升 / yathā—如同 / uḍupaḥ—月亮 / khe—在空中

译文　巴利王啊！你们王朝从未出过一个卑鄙的君王；那种君王在接到请求后，拒绝在圣地内给布茹阿玛纳布施或在战场上与查锤亚作战。而且，因为拥有像空中美丽的明月般的帕拉德王，你所在的王朝更加光荣。

要旨　《博伽梵歌》(Bhagavad-gītā)中介绍了查锤亚(kṣatriya)的特征，其中之一是愿意布施(dāna)。当布茹阿玛纳提出要求时，查锤亚不拒绝给予布施。他也不能拒绝另一个查锤亚提出的挑战。拒绝请求的君王被说成是卑鄙的。在巴利王的王朝中没有这种卑鄙的君王。

第5节

यतो जातो हिरण्याक्षश्चरन्नेक इमां महीम् ।
प्रतिवीरं दिग्विजये नाविन्दत गदायुधः ॥५॥

yato jāto hiraṇyākṣaś
　carann eka imāṁ mahīm
prativīraṁ dig-vijaye
　nāvindata gadāyudhaḥ

yataḥ－在……的王朝中 / jātaḥ－出生 / hiraṇyākṣaḥ－名叫黑冉亚克沙的君王 / caran－游荡 / ekaḥ－独自 / imām－这 / mahīm－地球表面 / prativīram－可竞争的英雄 / dik-vijaye－为攻克所有的方向 / na avindata－不能得到 / gadā-āyudhaḥ－忍受他的大头棒

译文　黑冉亚克沙就出生在你们王朝中。他独自一人扛着自己的大头棒在世上游荡，在没人协助的情况下征服了四面八方。他打遍天下无敌手。

第6节

यं विनिर्जित्य कृच्छ्रेण विष्णुः क्ष्मोद्धार आगतम् ।
आत्मानं जयिनं मेने तद्वीर्यं भूर्यनुस्मरन् ॥६॥

yaṁ vinirjitya kṛcchreṇa
viṣṇuḥ kṣmoddhāra āgatam
ātmānaṁ jayinaṁ mene
tad-vīryaṁ bhūry anusmaran

yam—……人 / vinirjitya—得胜后 / kṛcchreṇa—非常困难地 / viṣṇuḥ—化身为雄猪的主维施努 / kṣmā-uddhāre—在地球被拯救时 / āgatam—出现在祂面前 / ātmānam—祂本人亲自 / jayinam—胜利的 / mene—考虑 / tat-vīryam—黑冉亚克沙的英勇 / bhūri——种不断地或越来越 / anusmaran—想到

译文 当以雄猪化身从嘎尔博达卡汪洋中救起地球的主维施努，要杀出现在祂面前的黑冉亚克沙时，两人的打斗十分激烈，至尊主费尽力气才杀死黑冉亚克沙。后来，至尊主想到黑冉亚克沙非凡的高超本领时，感到自己真正胜利了。

第7节

निशम्य तद्वधं भ्राता हिरण्यकशिपुः पुरा ।
हन्तुं भ्रातृहणं क्रुद्धो जगाम निलयं हरेः ॥७॥

niśamya tad-vadhaṁ bhrātā
hiraṇyakaśipuḥ purā
hantuṁ bhrātṛ-haṇaṁ kruddho
jagāma nilayaṁ hareḥ

niśamya—听到后 / tat-vadham—黑冉亚克沙的被杀 / bhrātā—兄弟 / hiraṇyakaśipuḥ—黑冉亚卡希普 / purā—以前 / hantum—只是要杀 / bhrātṛ-haṇam—他兄弟的谋害者 / kruddhaḥ—十分愤怒 / jagāma—去 / nilayam—到住所 / hareḥ—至尊人格首神的

译文 黑冉亚卡希普听到他弟弟被杀的消息后，怒火万丈地去到杀死他弟弟的维施努的住所，想要杀死主维施努。

第 8 节

तमायान्तं समालोक्य शूलपाणिं कृतान्तवत् ।
चिन्तयामास कालज्ञो विष्णुर्मायाविनां वरः ॥८॥

tam āyāntaṁ samālokya
　śūla-pāṇiṁ kṛtāntavat
cintayām āsa kāla-jño
　viṣṇur māyāvināṁ varaḥ

tam—他(黑冉亚卡希普) / āyāntam—前来 / samālokya—仔细观察 / śūla-pāṇim—他手持一把三叉戟 / kṛtānta-vat—恰似死亡的具体体现 / cintayām āsa—想 / kāla-jñaḥ—了解时间进程的人 / viṣṇuḥ—主维施努 / māyāvinām—所有种类的神秘主义者 / varaḥ—领袖

译文　看到黑冉亚卡希普手持一根三叉戟，如同死神般出现时，最卓越的神秘主义者及时间进程的知悉者——主维施努，作了如下一番思考。

第 9 节

यतो यतोऽहं तत्रासौ मृत्युः प्राणभृतामिव ।
अतोऽहमस्य हृदयं प्रवेक्ष्यामि पराग्दृशः ॥९॥

yato yato 'haṁ tatrāsau
　mṛtyuḥ prāṇa-bhṛtām iva
ato 'ham asya hṛdayaṁ
　pravekṣyāmi parāg-dṛśaḥ

yataḥ yataḥ—无论如何 / aham—我 / tatra—那里 / asau—这个黑冉亚卡希普 / mṛtyuḥ—死亡 / prāṇa-bhṛtām—众生的 / iva—正如 / ataḥ—因此 / aham—我 / asya—他的 hṛdayam—在心中 / pravekṣyāmi—应该进入 / parāk-dṛśaḥ—眼睛只往外看的人

译文　从今往后，我无论去哪里，黑冉亚卡希普都会像死亡跟随众生一样随我去哪里。所以我最好是进入他的心中；这将使他看不到我，因为他只会向外看。

第 10 节

एवं स निश्चित्य रिपोः शरीर-
माधावतो निर्विविशेऽसुरेन्द्र ।
श्वासानिलान्तर्हितसूक्ष्मदेह-
स्तत्प्राणरन्ध्रेण विविग्नचेताः ॥१०॥

evaṁ sa niścitya ripoḥ śarīram
ādhāvato nirviviśe 'surendra
śvāsānilāntarhita-sūkṣma-dehas
tat-prāṇa-randhreṇa vivigna-cetāḥ

evam—就这样 / saḥ—他(主维施努) / niścitya—决定 / ripoḥ—敌人的 / śarīram—身体 / ādhāvataḥ—猛力冲向祂的…… / nirviviśe—进入 / asura-indra—恶魔的君王(巴利王)啊 / śvāsa-anila—透过呼吸 / antarhita—看不见的 / sūkṣma-dehaḥ—在精微躯体中 / tat-prāṇa-randhreṇa—透过鼻孔 / vivigna-cetāḥ—因为十分焦虑

译文 主瓦玛纳戴瓦继续道：恶魔的君王啊！主维施努作出这一决定后，就进入祂的敌人黑冉亚卡希普的身体，而黑冉亚卡希普当时正在拼命地朝祂跑来。万分焦虑的主维施努，以对黑冉亚卡希普来说是不可思议的精微躯体，随着他的吸气进入他的鼻孔。

要旨 至尊人格首神已经处在每一个生物体的心中。《博伽梵歌》第18章的第61节诗中说：“阿尔诸纳啊！至尊主处在每一个生物体的心中(īśvaraḥ sarva-bhūtānāṁ hṛd-deśe 'rjuna tiṣṭhati)。”因此，从逻辑推理，主维施努(Viṣṇu)进入黑冉亚卡希普(Hiraṇyakaśipu)的体内一点都不困难。诗文中的梵文“十分焦虑(vivigna-cetāḥ)”一词非常重要。它并不是指主维施努害怕黑冉亚卡希普；相反，主维施努出于同情，焦急地考虑如何做才有利于黑冉亚卡希普的幸福。

第 11 节

स तन्निकेतं परिमृश्य शून्य-
मपश्यमानः कुपितो ननाद ।
क्ष्मां द्यां दिशः खं विवरान् समुद्रान्
विष्णुं विचिन्वन्न ददर्श वीरः ॥११॥

sa tan-niketaṁ parimṛśya śūnyam
apaśyamānaḥ kupito nanāda
kṣmāṁ dyāṁ diśaḥ khaṁ vivarān samudrān
viṣṇuṁ vicinvan na dadarśa vīraḥ

saḥ—那个黑冉亚卡希普／tat-niketam—主维施努的住所／pari-mṛśya—寻找／śūnyam—空的／apaśyamānaḥ—没看见主维施努／kupi-taḥ—因为十分愤怒／nanāda—大声吼叫／kṣmām—在地球表面／dyām—在外太空／diśaḥ—在所有的方向／kham—在天空／vivarān—在所有的洞穴中／samudrān—所有的海洋／viṣṇum—主维施努／vi-cinvan—搜寻／na—不／dadarśa—看见／vīraḥ—尽管他很强大有力

译文　黑冉亚卡希普看到主维施努的住所是空的，便开始四处搜寻主维施努。因为看不到祂而感到愤怒的黑冉亚卡希普高声吼叫，搜遍整个宇宙，包括地球表面、高等星系、所有的方向及山洞和海洋。然而，最非凡的英雄黑冉亚卡希普在哪里都看不到主维施努。

第 12 节

अपश्यन्निति होवाच मयान्विष्टमिदं जगत् ।
भ्रातृहा मे गतो नूनं यतो नावर्तते पुमान् ॥१२॥

apaśyann iti hovāca
mayānviṣṭam idaṁ jagat
bhrātṛ-hā me gato nūnaṁ
yato nāvartate pumān

apaśyan－没看见祂／iti－就这样／ha uvāca－说话／mayā－由我／anviṣṭam－被寻找／idam－整个／jagat－宇宙／bhrātṛ-hā－杀死我兄弟的主维施努／me－我的／gataḥ－必然离去／nūnam－事实上／yataḥ－从……地方／na－不／āvartate－回来／pumān－一个人

译文 由于无法看到维施努，黑冉亚卡希普说："我搜遍了整个宇宙，但却找不到杀死我弟弟的维施努。因此，祂一定去了没人能返回的地方(换句话说，祂必定是死了)。"

要旨 无神论者一般都信奉佛教的哲学结论，即：一切将随着死亡而结束。黑冉亚卡希普作为无神论者就是这样认为的。他因为看不到主维施努，就认为至尊主已经死了。即使到今天，仍有许多人信奉神已经死了的哲学。然而，神永远不死。就连作为神的一部分的生物也永远不死。《博伽梵歌》第2章的第20节诗说明："灵魂永远不生不灭(na jāyate mriyate vā kadācit)。"就连普通生物都永远不生不死，更何况所有生物的领袖至尊人格首神呢？祂当然也永远不生不灭。《博伽梵歌》第4章的第6节诗说：至尊主不经出生就存在，超然的身体永不变质(ajo'pi sann avyayātmā)。至尊主和生物两者都作为不经出生就存在且永恒不死的人物存在着。因此，黑冉亚卡希普得出"维施努已经死了"的结论是错误的。

正如这节诗文中的梵文"人去而不返的地方(yato nāvartate pumān)"所指出的，无疑有一个灵性王国，去到那里的生物永远都不返回这个物质世界。对此，《博伽梵歌》第4章的第9节诗也证实说：阿尔诸纳啊！离开躯体后到达我永恒住所的生物，不再投生于这个物质世界(tyaktvā dehaṁ punar janma naiti mām eti so'rjuna)。从物质的角度说，每一个生物体都会死；死亡是不可避免的。然而，功利性活动者(karmī)、知识思辨者(jñānī)和瑜伽师(yogī)死亡后返回这个物质世界，但奉献者(bhakta)不再返回。当然，奉献者如若未完全臻至完美，就会再次在物质世界里投生，只不过地位崇高，出生在富裕家庭或最纯洁的布茹阿玛纳家庭中(śucīnām śrī-matāṁ gehe)，以便完成灵性意识的提升。完成奎师那意识的发展且不再有物质欲望的灵魂，返回至尊人格首神的住所(yad gatvā na nivartante tad dhāma paramaṁ mama)。这节诗文中阐明同一个事实说：回归家园，回到首神身边的人，不再返回这个物质世界(yato nāvartate pumān)。

第 13 节

वैरानुबन्ध एतावानामृत्योरिह देहिनाम् ।
अज्ञानप्रभवो मन्युरहंमानोपबृंहितः ॥१३॥

vairānubandha etāvān
āmṛtyor iha dehinām
ajñāna-prabhavo manyur
ahaṁ-mānopabṛṁhitaḥ

vaira-anubandhaḥ—敌意 / etāvān—如此巨大 / āmṛtyoḥ—直到死亡 / iha—在这之中 / dehinām—太沉迷于躯体化生命概念的人的 / ajñāna-prabhavaḥ—由于愚昧的巨大影响 / manyuḥ—愤怒 / aham-māna—因自负 / upabṛṁhitaḥ—膨胀

译文　黑冉亚卡希普对主维施努的愤恨一直持续到他死。其他持有躯体化生命概念的人之所以始终有愤怒，是因为有错误的自我意识并受愚昧无知的巨大影响。

要旨 受制约的灵魂即使愤怒，一般也不是永久的，而是短暂的。然而，黑冉亚卡希普因为受愚昧的影响，一直到死，都对主维施努怀有敌意和愤怒。他始终复仇心切，因为主维施努杀死他弟弟黑冉亚克沙而要找主维施努报仇。其他持有躯体化生命概念的人会对自己的敌人愤怒，但不是对主维施努。然而，黑冉亚卡希普到死都在愤怒。他的愤怒不仅是出于虚荣，而且是因为对维施努持续不断的敌意

第 14 节

पिता प्रह्लादपुत्रस्ते तद्विद्वान्द्विजवत्सलः ।
स्वमायुर्द्विजलिङ्गेभ्यो देवेभ्योऽदात्स याचितः ॥१४॥

pitā prahrāda-putras te
tad-vidvān dvija-vatsalaḥ
svam āyur dvija-liṅgebhyo
devebhyo 'dāt sa yācitaḥ

pitā一父亲 / prahrāda-putraḥ一帕拉德王的儿子 / te一你的 / tat-vidvān一尽管他知道 / dvija-vatsalaḥ一仍然因为他对布茹阿玛纳的喜欢 / svam一他自己 / āyuḥ一寿命 / dvija-liṅgebhyaḥ一打扮得像布茹阿玛纳的…… / devebhyaḥ一向半神人 / adāt一拯救 / saḥ一他 / yācitaḥ一被这样要求

译文 你父亲维柔查纳——帕拉德王的儿子，对布茹阿玛纳很有感情。他虽然很清楚是半神人打扮成布茹阿玛纳去找他，但还是应他们的要求将自己的寿命给予他们。

要旨 巴利王的父亲——维柔查纳(Virocana)，对布茹阿玛纳极其满意，甚至在知道是半神人打扮成布茹阿玛纳去找他要求布施的情况下，还是同意给予布施。

第 15 节

भवानाचरितान्धर्मानास्थितो गृहमेधिभिः ।
ब्राह्मणैः पूर्वजैः शूरैरन्यैश्चोद्दामकीर्तिभिः ॥१५॥

bhavān ācaritān dharmān
āsthito gṛhamedhibhiḥ
brāhmaṇaiḥ pūrvajaiḥ śūrair
anyaiś coddāma-kīrtibhiḥ

bhavān—你阁下 / ācaritān—执行 / dharmān—宗教原则 / āsthitaḥ—因为处在 / gṛhamedhibhiḥ—由居家的人 / brāhmaṇaiḥ—由布茹阿玛纳 / pūrva-jaiḥ—被你的祖先 / śūraiḥ—被大英雄们 / anyaiḥ ca—和其他人 / uddāma-kīrtibhiḥ—非常崇高和著名的

译文　你也遵守由居士布茹阿玛纳中那些伟大的人物、你的祖先和因为自己的崇高活动而声名远扬的大英雄们所奉行的原则。

第 16 节

तस्मात्त्वत्तो महीमीषद् वृणेऽहं वरदर्षभात् ।
पदानि त्रीणि दैत्येन्द्र सम्मितानि पदा मम ॥१६॥

tasmāt tvatto mahīm īṣad
vṛṇe 'haṁ varadarṣabhāt
padāni trīṇi daityendra
sammitāni padā mama

tasmāt—从这样一个人 / tvattaḥ—从你陛下 / mahīm—土地 / īṣat—非常少的 / vṛṇe—我要求 / aham—我 / varada-ṛṣabhāt—从可以慷慨给予布施的人物 / padāni—跨步 / trīṇi—三 / daitya-indra—戴提亚的君王啊 / sammitāni—长度 / padā—用脚步 / mama—我的

译文　戴提亚的君王啊！从来自如此高贵家庭并能够慷

慨给予布施的您陛下这里，我只要求按我的跨步测量的三步长的土地。

要旨 主瓦玛纳戴瓦只要自己跨出的三步那么大的土地，并没有提出多余的要求。然而，祂虽然装作是一个普通人类的孩子，实际上却想要包括上、中、下三个星系的大地。祂这样做，只是为了展示祂作为至尊人格首神的非凡能力。

第 17 节

नान्यत्ते कामये राजन् वदान्याज्जगदीश्वरात् ।
नैनः प्राप्नोति वै विद्वान् यावदर्थप्रतिग्रहः ॥१७॥

nānyat te kāmaye rājan
vadānyāj jagad-īśvarāt
nainaḥ prāpnoti vai vidvān
yāvad-artha-pratigrahaḥ

na一不 / anyat一任何其他东西 / te一从你 / kāmaye一我乞求 / rājan一君王啊 / vadānyāt一如此慷慨的…… / jagat-īśvarāt一是整个宇宙的君王的…… / na一不 / enaḥ一悲苦 / prāpnoti一得到 / vai一事实上 / vidvān一有学问的人 / yāvat-artha一按照人的需要 / pratigrahaḥ一从他人获得布施

译文 啊，君王，整个宇宙的控制者！尽管你很慷慨，无论我想要多少地，你就能给我多少，但我不想让你给我多余的东西。如果一个博学的布茹阿玛纳只是按照自己的所需接受布施，他就不会受到罪恶活动的束缚。

要旨 布茹阿玛纳或进入弃绝阶层的人(sannyāsī)，有资格向他人要求布施，但如果拿取超过自己的所需，就会受到惩罚。没人能超过实际所需地利用至尊主的资产。主瓦玛纳戴瓦间接地向巴利王表明，他占据的大地超过了他的实际需要。在物质世界里，所有的痛苦都由“过度”导致。人们过度地索求金钱，过度地花费金钱。这种活动是有罪的。一切资产都属至尊人格首神所有；全体生物作为至尊主的孩子，有权使用至尊父亲的资产，但不能索取超过实际所需的量。尤其是依靠他人捐献生活所需的布茹阿玛纳和进入弃绝阶层的人，尤其应该遵守这一原则。就有关这一点，瓦玛纳戴瓦是完美的乞讨者，因为祂只要求三跨步的土地。当然，祂的步伐和普通人类的步伐不同。至尊人格首神凭祂不可思议的非凡能力，可以用祂大到无法测量的跨步占有整个宇宙，包括上、中、下三个星系。

第 18 节

श्रीबलिरुवाच
अहो ब्राह्मणदायाद वाचस्ते वृद्धसम्मताः ।
त्वं बालो बालिशमतिः स्वार्थं प्रत्यबुधो यथा ॥१८॥

śrī-balir uvāca
aho brāhmaṇa-dāyāda
vācas te vṛddha-sammatāḥ
tvaṁ bālo bāliśa-matiḥ
svārthaṁ praty abudho yathā

śrī-baliḥ uvāca－巴利王说 / aho－唉 / brāhmaṇa-dāyāda－布茹阿玛纳的儿子啊 / vācaḥ－话语 / te－您的 / vṛddha-sammatāḥ－无疑可以被博学之人和长者所接受 / tvam－您 / bālaḥ－一个男孩 / bāliśa-matiḥ－没有足够的知识 / sva-artham－个人利益 / prati－关于 / abudhaḥ－不了解 / yathā－适当地

译文　巴利王说：布茹阿玛纳的儿子啊！您的教导与这些博学的长者所给予的教导一样。然而，您只是个男孩，而您的智慧还不足够，所以对自己的个人利益还搞不清楚。

要旨 至尊人格首神因为自身俱足一切，所以实际上根本不需要为自己要求什么。因此，主瓦玛纳戴瓦并非为祂个人的利益而去找巴利王。正如《博伽梵歌》第5章的第29节诗说：我是一切祭祀和苦行的最终受益者，是一切星球和半神人的至尊主(bhoktā-raṁ yajña-tapasāṁ sarva-loka-maheśvaram)。至尊主拥有物质世界和灵性世界里所有的星球。祂怎么可能需要土地？巴利王正确地说，主瓦玛纳戴瓦根本不在乎自己个人的利益。主瓦玛纳戴瓦不是为个人的利益，而是为祂奉献者的利益去找巴利王。奉献者为取悦至尊人格首神而献出个人的一切；同样，至尊主虽然没有个人利益的问题，但却可以为祂奉献者的利益而做一切。俱足一切的人根本不存在个人利益的问题。

第 19 节

मां वचोभिः समाराध्य लोकानामेकमीश्वरम् ।
पदत्रयं वृणीते योऽबुद्धिमान्द्वीपदाशुषम् ॥१९॥

māṁ vacobhiḥ samārādhya
lokānām ekam īśvaram
pada-trayaṁ vṛṇīte yo
'buddhimān dvīpa-dāśuṣam

mām—我 / vacobhiḥ—用甜美的话语 / samārādhya—充分地取悦后 / lokānām—这个宇宙中所有的星球的 / ekam—唯一的 / īśvaram—主人、控制者 / pada-trayam—三步 / vṛṇīte—要求 / yaḥ—……的祂 / abuddhimān—不是很有智慧 / dvīpa-dāśuṣam—因为我可以给您一个整个岛屿

译文 我是宇宙三界的拥有者，所以能给予您整个一座岛屿。您来此是为了从我这里带走一些东西，您用您甜美的话语让我感到高兴，但您只要求三跨步的土地。因此，您不是很聪明。

要旨　按照韦达理解，整个宇宙被视为是空间的汪洋。在空间的汪洋中有无数的星球，每一个星球都被称为岛屿(dvīpa)。事实上，当主瓦玛纳戴瓦去找巴利王时，巴利王拥有空间中所有的岛屿。巴利王很高兴看到瓦玛纳戴瓦，所以无论祂要多少土地都准备给祂，但主瓦玛纳戴瓦只要求三跨步的地，巴利王因此认为祂不是很聪明。

第 20 节

न पुमान्मामुपव्रज्य भूयो याचितुमर्हति ।
तस्माद् वृत्तिकरीं भूमिं वटो कामं प्रतीच्छ मे ॥२०॥

na pumān mām upavrajya
bhūyo yācitum arhati
tasmād vṛttikarīṁ bhūmiṁ
vaṭo kāmaṁ pratīccha me

na一不 / pumān一任何人 / mām一向我 / upavrajya一接近后 / bhūyaḥ一再次 / yācitum一乞讨 / arhati一应得 / tasmāt一因此 / vṛtti-karīm一适合维持您自己 / bhūmim一这样的地 / vaṭo一小贞守生啊 / kāmam一按照生活所需 / pratīccha一拿走 / me一从我

译文　小男孩啊！来找我要求布施的人，今后不该再在任何地方要任何东西了。所以，如果您想要的话，您可以向我要求按您的所需足以维持您生活的那么多的地。

第 21 节

श्रीभगवानुवाच
यावन्तो विषयाः प्रेष्ठास्त्रिलोक्यामजितेन्द्रियम् ।
न शक्नुवन्ति ते सर्वे प्रतिपूरयितुं नृप ॥२१॥

śrī-bhagavān uvāca
yāvanto viṣayāḥ preṣṭhās
tri-lokyām ajitendriyam

na śaknuvanti te sarve
pratipūrayituṁ nṛpa

śrī-bhagavān uvāca—至尊人格首神说 / yāvantaḥ—尽可能 / viṣayāḥ—感官享乐的对象 / preṣṭhāḥ—令任何人高兴 / tri-lokyām—在这三个世界中 / ajita-indriyam—不自我控制的人 / na śaknuvanti—是不能的 / te—所有那些 / sarve—加起来 / pratipūrayitum—为满足 / nṛpa—君王啊

译文 人格首神说：我亲爱的君王啊！哪怕把三个世界内用以满足人之感官的一切加起来，都无法满足感官不受控制之人的感官。

要旨 物质世界是一种使生物偏离觉悟自我路途的错觉能量。在这个物质世界里的人，都极其渴望为感官享乐而得到越来越多的东西。但生命的目的其实并非感官享乐，而是觉悟自我。因此，太沉溺于感官享乐的人被建议要练神秘瑜伽——由遵守戒律(yama)、品德训练(niyama)、体位法(asana)、控制呼吸(prāṇāyāma)和收回感官感觉(pratyāhāra)等程序构成的八部瑜伽(aṣṭāṅga-yoga)。这方法可以使人控制感官。控制感官的目的是，使人不再转入生死轮回。正如瑞沙巴戴瓦(Ṛṣabhadeva)说明：

nūnaṁ pramattaḥ kurute vikarma
yad indriya-prītaya āpṛṇoti
na sādhu manye yata ātmano 'yam
asann api kleśada āsa dehaḥ

"当人认为感官享乐是人生的目标时，他无疑就会疯狂地追求物质生活，从事所有种类的罪恶活动。他不知道，是他过去的不端行为使他接受了一个躯体；这躯体虽然短暂，但却是痛苦的根源。生物其实不该套上一个物质躯体，但却为了感官享乐而被给予物质躯体。因此我认为，有智慧的人不该让自己再次卷入感官享乐的物质活动，致使自己不断地得到一个又一个物质躯体。”(《圣典博伽瓦谭》5.5.4)

按照瑞沙巴戴瓦的说明，这个物质世界里的人类恰似疯狂之人，仅仅为了感官享乐而从事那些他们本不该从事的活动。这类活动没有益处，因为从事这些罪恶活动的人，为此而受到惩罚，为来生制造另一个躯体。他一旦得到另一个物质躯体，就被置于在物质存在中再三受苦的境况。正因为如此，韦达文化——布茹阿玛纳文化，教导人们如何满足于拥有维持生活的基本所需。

要教导这最高等的文化，就需要有社会四阶层和灵性四阶段制度(varṇāśrama-dharma)。对包括布茹阿玛纳(brāhmaṇa)、查锤亚(kṣatriya)、外夏(vaiśya)和庶铎(śūdra)在内的社会四阶层，以及贞守生(brahmacarya)、居士(gṛhastha)、退出家庭生活(vānaprastha)和进入弃绝阶层在内(sannyāsa)的四阶段的划分，是为了训练人控制自己的感官，满足于基本所需。在此，主瓦玛纳戴瓦作为一位完美的贞守生，拒绝巴利王提出的“给予祂想要的一切”的条件。祂说，不知足的人哪怕拥有整个世界或整个宇宙也不会快乐。因此，人类社会必须维护布茹阿玛纳文化、查锤亚文化和外夏文化；人们必须受到教育，满足于仅仅拥有自己实际需要的一切，学习知足。现代文明中没有这样的教育；每一个人都试图拥有得更多，所以每一个人都感到不满、不快乐。为此，奎师那意识运动建立各种农场，尤其是在美国，以展示如何在拥有生活基本所需的情况下感到快乐和满足，节省时间用于觉悟自我。靠吟诵、吟唱伟大的曼陀(mahā-mantra)，哈瑞·奎师那　哈瑞·奎师那　奎师那·奎师那　哈瑞·哈瑞/哈瑞·茹阿玛　哈瑞·茹阿玛　茹阿玛·茹阿玛　哈瑞·哈瑞(Hare Kṛṣṇa, Hare Kṛṣṇa, Kṛṣṇa Kṛṣṇa, Hare Hare/ Hare Rāma, Hare Rāma, Rāma Rāma, Hare Hare)，人可以很容易地就认识自我。

第 22 节

त्रिभिः क्रमैरसन्तुष्टो द्वीपेनापि न पूर्यते ।
नववर्षसमेतेन सप्तद्वीपवरेच्छया ॥२२॥

tribhiḥ kramair asantuṣṭo
dvīpenāpi na pūryate
nava-varṣa-sametena
sapta-dvīpa-varecchayā

tribhiḥ－三 / kramaiḥ－靠跨步 / asantuṣṭaḥ－不满的人 / dvīpena－被一个完整的岛屿 / api－尽管 / na pūryate－无法满足 / nava-varṣa-sametena－甚至拥有九片大地 / sapta-dvīpa-vara-icchayā－被拥有七个岛屿的欲望

译文 如果我不满足于三跨步的土地，那么毫无疑问，哪怕拥有构成九片大地的七个岛屿中的一个，也不会让我感到满足。我即使拥有了一个岛，还会希望得到其他的岛屿。

第 23 节

सप्तद्वीपाधिपतयो नृपा वैण्यगयादयः ।
अर्थैः कामैर्गता नान्तं तृष्णाया इति नः श्रुतम् ॥२३॥

sapta-dvīpādhipatayo
nṛpā vaiṇya-gayādayaḥ
arthaiḥ kāmair gatā nāntaṁ
tṛṣṇāyā iti naḥ śrutam

sapta-dvīpa-adhipatayaḥ－拥有七个岛屿的那些人 / nṛpāḥ－这样的君王 / vaiṇya-gaya-ādayaḥ－普瑞图王、嘎雅王和其他人 / arthaiḥ－为了实现雄心 / kāmaiḥ－为满足自己的欲望 / gatāḥ na－无法达到 / antam－尽头 / tṛṣṇāyāḥ－他们的雄心的 / iti－如此 / naḥ－被我们 / śrutam－被听到

译文　我们都听说过，像普瑞图王和嘎雅王一样强有力的君王们，虽然得到七个岛屿的拥有权，但却无法得到满足或找到他们雄心的尽头。

第 24 节

यदृच्छयोपपन्नेन सन्तुष्टो वर्तते सुखम् ।
नासन्तुष्टस्त्रिभिर्लोकैरजितात्मोपसादितैः ॥२४॥

yadṛcchayopapannena
santuṣṭo vartate sukham
nāsantuṣṭas tribhir lokair
ajitātmopasāditaiḥ

yadṛcchayā—正如由至尊权威按照人的业报提供的 / upapannena—通过得到的一切 / santuṣṭaḥ—人应该被满足 / vartate—有 / sukham—快乐 / na—不 / asantuṣṭaḥ—不满足的人 / tribhiḥ lokaiḥ—哪怕拥有三个世界 / ajita-ātmā—无法控制其感官的人 / upasāditaiḥ—哪怕得到

译文　人应该满足于命中注定该得到的一切，因为不知足永远无法使人快乐。不自我控制的人哪怕拥有三个世界，也不会快乐。

要旨　如果快乐是生命的最终目的，人就必须满足于由上天安排的处境。就有关这一点，帕拉德王(Prahlāda Mahārāja)也教导说：

sukham aindriyakaṁ daityā
deha-yogena dehinām
sarvatra labhyate daivād
yathā duḥkham ayatnataḥ

“出生在恶魔家的我亲爱的朋友们，与躯体有关的感官对象给人带来的快乐感，根据从事过的功利性活动，在任何生命形式中都能得到。正如痛苦不请自来，这样的快乐也在不需努力的情况下自动到来。”(《圣典博伽瓦谭》7.6.3)就有关获得快乐而言，这是完美的哲学。

《博伽梵歌》第6章的第21节诗描述真正的快乐说：

sukham ātyantikaṁ yat tad
buddhi-grāhyam atīndriyam
vetti yatra na caivāyaṁ
sthitaś calati tattvataḥ

“在那种快乐的状态下，人通过超然的感官感受到无限的超然喜悦。获得这样的喜悦后，人永远不会背离真理，不会认为还有比这更高的成就。”人必须通过超然的感官感知快乐。超然的感官不是由物质元素构成的感官。我们每一个人都是灵性的生物(ahaṁ brahmāsmi)，都是个体的人。我们的感官现在被物质元素所覆盖，因为无知，我们将覆盖着我们的物质感官当做是我们真正的感官。然而，真正的感官被物质包裹着。灵性感官在物质元素的包裹之中(dehino'smin yathā dehe)。当灵性感官之上不再有物质覆盖层时，我们就可以用灵性的感官感知到快乐了(sarvopādhi-vinirmuktaṁ tat-paratvena nirmalam)。经典这样描述灵性感官的满足说：感官被用于为感官的主人慧希凯施(Hṛṣīkeśa)做奉爱服务时，就会感到彻底的满足(hṛṣīkeṇa hṛṣīkeśa-sevanaṁ bhaktir ucyate)。没有关于感官享乐的这种高等知识，即使再怎么试图满足自己的物质感官，也永远不可能有快乐。人也许增加他要追求的感官享乐的目标，甚至得到了他想要的感官享乐，但因为这是在物质的层面上，所以他永远都没有满足感。

按照布茹阿玛纳文化，人应该满足于在没做特别努力的情况下所得到的一切，应该培养灵性意识。这样才会快乐。奎师那意识运动的目的是推广这样的理解。没有足够灵性知识的人错误地认为，奎师那意识运动的成员是试图避免从事物质活动的逃避现实者。但事实上，我们致力于从事能获得生命中最高快乐的真正活动。没有受过满足灵性感官的训练，继续进行物质感官享乐的人，将无法得到永恒的极乐。因此，《圣典博伽瓦谭》第5篇第5章的第1节诗说：

tapo divyaṁ putrakā yena sattvaṁ
　śuddhyed yasmād brahma-saukhyaṁ tv anantam

人必须练习苦修，以净化自己的存在状态，这样才能最终过上极乐的生活。

第25节

पुंसोऽयं संसृतेर्हेतुरसन्तोषोऽर्थकामयोः ।
यदृच्छयोपपन्नेन सन्तोषो मुक्तये स्मृतः ॥२५॥

puṁso 'yaṁ saṁsṛter hetur
　asantoṣo 'rtha-kāmayoḥ
yadṛcchayopapannena
　santoṣo muktaye smṛtaḥ

puṁsaḥ－生物的／ayam－这／saṁsṛteḥ－物质存在的污染的／hetuḥ－原因／asantoṣaḥ－不满足于他命中注定所得到的／artha-kāmayoḥ－为了满足贪图物质享乐的欲望和要得到越来越多的金钱／yadṛcchayā－与命运的礼物／upapannena－被得到的／santoṣaḥ－满足／muktaye－为解脱／smṛtaḥ－被认为适合

译文　物质存在使人在实现物质享乐欲望方面从不知足，总想得到越来越多的钱财。这导致人继续过轮回生死的物质生活。但满足于上天所赐的人，适合从这个物质世界中解脱出去。

第 26 节

यदृच्छालाभतुष्टस्य तेजो विप्रस्य वर्धते ।
तत्प्रशाम्यत्यसन्तोषादम्भसेवाशुशुक्षणिः ॥२६॥

yadṛcchā-lābha-tuṣṭasya
tejo viprasya vardhate
tat praśāmyaty asantoṣād
ambhasevāśuśukṣaṇiḥ

yadṛcchā-lābha-tuṣṭasya－满足于借由神的恩赐得到一切的人 / tejaḥ－明亮的光辉 / viprasya－一个布茹阿玛纳的 / vardhate－增加 / tat－那(光辉) / praśāmyati－被减弱 / asantoṣāt－由于不满足 / ambhasā－靠浇水 / iva－正如 / āśuśukṣaṇiḥ－一堆火

译文 满足于靠天意得到一切的布茹阿玛纳，不断增强灵性的力量。但是，不知足的布茹阿玛纳所具有的灵性力量则逐渐减弱，正如往火上浇水时，火力就会减弱。

第 27 节

तस्मात्त्रीणि पदान्येव वृणे त्वद्वरदर्षभात् ।
एतावतैव सिद्धोऽहं वित्तं यावत्प्रयोजनम् ॥२७॥

tasmāt trīṇi padāny eva
vṛṇe tvad varadarṣabhāt
etāvataiva siddho 'haṁ
vittaṁ yāvat prayojanam

tasmāt－由于被容易得到的东西所满足 / trīṇi－三 / padāni－跨步 / eva－事实上 / vṛṇe－我请求 / tvat－从你阁下 / varada-ṛṣabhāt－是慷慨祝愿者的人 / etāvatā eva－只是靠这样一个捐赠 / siddhaḥ aham－我将感到心满意足 / vittam－成就 / yāvat－按照 / prayojanam－需要

译文　因此，君王啊！从你——给予布施之人中最杰出的人，我只要求三跨步的土地。得到这一礼物将使我十分满意，因为快乐之道是：对得到实际需要的一切感到心满意足！

第 28 节

श्रीशुक उवाच
इत्युक्तः स हसन्नाह वाञ्छातः प्रतिगृह्यताम् ।
वामनाय महीं दातुं जग्राह जलभाजनम् ॥२८॥

śrī-śuka uvāca
ity uktaḥ sa hasann āha
vāñchātaḥ pratigṛhyatām
vāmanāya mahīṁ dātuṁ
jagrāha jala-bhājanam

śrī-śukaḥ uvāca－圣舒卡戴瓦·哥斯瓦米说 / iti uktaḥ－这样被说 / saḥ－他(巴利王) / hasan－微笑着 / āha－说 / vāñchātaḥ－如您所愿 / pratigṛhyatām－现在从我这里接受 / vāmanāya－对主瓦玛纳 / mahīm－土地 / dātum－给予 / jagrāha－拿起 / jala-bhājanam－水罐

译文　舒卡戴瓦·哥斯瓦米继续道：至尊人格首神这样对巴利王说话后，巴利王微笑着告诉祂说："好吧。你想要什么就拿什么。"接着，他为了证实他承诺给予瓦玛纳戴瓦想要的土地而拿起他的水罐。

第 29 节

विष्णवे क्ष्मां प्रदास्यन्तमुशना असुरेश्वरम् ।
जानंश्चिकीर्षितं विष्णोः शिष्यं प्राह विदां वरः ॥२९॥

viṣṇave kṣmāṁ pradāsyantam
uśanā asureśvaram
jānaṁś cikīrṣitaṁ viṣṇoḥ
śiṣyaṁ prāha vidāṁ varaḥ

viṣṇave一向主维施努(瓦玛纳戴瓦) / kṣmām一土地 / pradāsyantam一准备给予……的 / uśanāḥ一舒夸查尔亚 / asura-īśvaram一向恶魔的君王(巴利王) / jānan一很了解 / cikīrṣitam一计划是什么 / viṣṇoḥ一主维施努的 / śiṣyam一向他的门徒 / prāha一说 / vidām varaḥ一最了解一切的人

译文 最博学的舒夸查尔亚明白主维施努的意图，于是立刻对他那即将把一切都给予主瓦玛纳戴瓦的门徒说了如下一番话。

第30节

श्रीशुक्र उवाच
एष वैरोचने साक्षाद्भगवान् विष्णुरव्ययः ।
कश्यपाददितेर्जातो देवानां कार्यसाधकः ॥३०॥

śrī-śukra uvāca
eṣa vairocane sākṣād
bhagavān viṣṇur avyayaḥ
kaśyapād aditer jāto
devānāṁ kārya-sādhakaḥ

śrī-śukraḥ uvāca一舒夸查尔亚说 / eṣaḥ一这(侏儒形象的男孩) / vairocane一维柔查纳的儿子啊 / sākṣāt一直接地 / bhagavān一至尊人格首神 / viṣṇuḥ一主维施努 / avyayaḥ一不退化 / kaśyapāt一从祂父亲喀夏帕 / aditeḥ一祂母亲阿迪缇的子宫中 / jātaḥ一生出 / devānām一半神人的 / kārya-sādhakaḥ一为……的利益而工作

译文 舒夸查尔亚说：维柔查纳的儿子啊！这个以侏儒形象出现的贞守生，就是永恒不灭的至尊人格首神维施努。祂接受喀夏帕·牟尼和阿迪缇当祂的父母，现在出现是为了满足半神人的利益。

第 31 节

प्रतिश्रुतं त्वयैतस्मै यदनर्थमजानता ।
न साधु मन्ये दैत्यानां महानुपगतोऽनयः ॥३१॥

pratiśrutaṁ tvayaitasmai
yad anartham ajānatā
na sādhu manye daityānāṁ
mahān upagato 'nayaḥ

pratiśrutam—承诺 / tvayā—由你 / etasmai—向祂 / yat anartham—不幸的…… / ajānatā—由没有知识的你 / na—不 / sādhu—非常好 / manye—我想 / daityānām—恶魔的 / mahān—巨大的 / upagataḥ—被达到 / anayaḥ—不吉利的

译文　你不知道你承诺给祂土地将你自己置于什么样的危险境地中。我认为这承诺对你很不利。它将极大地危害到恶魔群体。

第 32 节

एष ते स्थानमैश्वर्यं श्रियं तेजो यशः श्रुतम् ।
दास्यत्याच्छिद्य शक्राय मायामाणवको हरिः ॥३२॥

eṣa te sthānam aiśvaryaṁ
śriyaṁ tejo yaśaḥ śrutam
dāsyaty ācchidya śakrāya
māyā-māṇavako hariḥ

eṣaḥ—这个假扮成贞守生的人 / te—你的 / sthānam—拥有的地 / aiśvaryam—财富 / śriyam—物质的美 / tejaḥ—物质的力量 / yaśaḥ—声望 / śrutam—教育 / dāsyati—将给予 / ācchidya—从你拿 / śakrāya—对你的敌人因铎 / māyā—装扮成 / māṇavakaḥ—一个生物体的贞守生儿子 / hariḥ—祂其实是至尊人格首神哈尔依

译文 这假扮成贞守生的人，其实是至尊人格首神哈尔依。祂以这一形象前来拿走你所有的土地、钱财、美丽、力量、名声和教育。祂拿走你所有的一切后，就会把它们给予你的敌人因铎。

要旨 就有关这一点，圣维施瓦纳特·查夸瓦尔提·塔库尔(Viśvanātha Cakravartī Ṭhākura)解释说，梵文hariḥ一词的意思是“拿走……的人”。人如果将自己与至尊人格首神哈尔依相连，至尊主就会拿走他所有的痛苦，而在一开始，从表面看，至尊主也会拿走他的一切物质拥有、声望、教育和美丽。正如《圣典博伽瓦谭》第10篇第88章的第8节诗记载，至尊主对尤帝士提尔王(Mahārāja Yudhiṣṭhira)说：“我对奉献者表示的仁慈是，先拿走他拥有的一切，尤其是他的物质财富、金钱(yasyāham anugṛhṇāmi hariṣye tad-dhanaṁ śanaiḥ)。”这是至尊主向真诚的奉献者所表示的特殊恩宠。真诚的奉献者如果既很急切地想要奎师那，但同时又依恋妨碍他增强奎师那意识的物质拥有，至尊主就会设法拿走他拥有的一切。这节诗文中记载，舒夸查尔亚说：这个侏儒贞守生将拿走一切。他在暗示至尊主会拿走人拥有的一切物质财富，征服人的心。人如果将自己的心给予奎师那的莲花足(sa vai manaḥ kṛṣṇa-padāravindayoḥ)，自然就会为取悦祂而献出一切。巴利王虽然是位奉献者，但还依恋物质拥有；因此，对他十分仁慈的至尊主就显现为主瓦玛纳戴瓦，拿走他拥有的一切物质财富，征服他的心，以此向他表示特殊的恩宠。

第33节

त्रिभिः क्रमैरिमाल्लोकान् विश्वकायः क्रमिष्यति ।
सर्वस्वं विष्णवे दत्त्वा मूढ वर्तिष्यसे कथम् ॥३३॥

tribhiḥ kramair imāl lokān
viśva-kāyaḥ kramiṣyati

sarvasvaṁ viṣṇave dattvā
mūḍha vartiṣyase katham

tribhiḥ－三 / kramaiḥ－用跨步 / imān－所有这些 / lokān－三个星系 / viśva-kāyaḥ－变成宇宙形象 / kramiṣyati－祂将逐渐扩大 / sarvasvam－一切 / viṣṇave－向主维施努 / dattvā－给予布施后 / mūḍha－你这傻瓜啊 / vartiṣyase－你将维持你的生活 / katham－如何

译文　你答应布施给祂三跨步的土地，但当你给祂时，祂将占领三个世界。你这傻瓜！你不知道你犯了个多大的错误。把一切都给予主维施努后，你将没有维生的财产。那你怎么生活呢？

要旨　巴利王也许会争论说，他只承诺给出三跨步的土地。但舒夸查尔亚作为十分博学的布茹阿玛纳，立刻明白这是假扮贞守生的哈尔依所采用的方法。梵文“你这傻瓜啊！你将如何维持你今后的生活呢(mūḍha vartiṣyase katham)”一句揭示，舒夸查尔亚是个祭司阶层的布茹阿玛纳。这类当祭司的布茹阿玛纳最感兴趣的是从他们的门徒那里得到酬劳。所以，舒夸查尔亚看到巴利王在冒失去自己拥有的一切的风险时，心中明白：这不仅是君王的浩劫，也是依赖巴利王仁慈的他一家人的浩劫。这就是外士纳瓦(Vaiṣṇava)与为物质利益而严格遵守韦达规定的布茹阿玛纳(smārta-brāhmaṇa)之间的区别。这种布茹阿玛纳始终致力于获取物质利益，但外士纳瓦只致力于让至尊人格首神感到满意。从舒夸查尔亚的说明看，他只不过是个对个人所得感兴趣的布茹阿玛纳。

第 34 节

क्रमतो गां पदैकेन द्वितीयेन दिवं विभोः ।
खं च कायेन महता तार्तीयस्य कुतो गतिः ॥३४॥

kramato gāṁ padaikena
dvitīyena divaṁ vibhoḥ
khaṁ ca kāyena mahatā
tārtīyasya kuto gatiḥ

kramataḥ—逐渐地 / gām—地表 / padā ekena—用一个跨步 / dvitīyena—用第二个跨步 / divam—整个外太空 / vibhoḥ—宇宙形象的 / kham ca—还有天空 / kāyena—通过扩展祂的超然身体 / mahatā—透过宇宙形象 / tārtīyasya—至于第三步 / kutaḥ—哪里 / gatiḥ—放祂的跨步

译文 瓦玛纳戴瓦将先用一步占领三个世界，然后将迈出第二步，占领外太空中的一切。接着，祂将扩展祂的宇宙身体，占领所有的一切。你哪里还有地方让祂跨出第三步呢？

要旨 舒夸查尔亚想要告诉巴利王他会如何被主瓦玛纳所骗。舒夸查尔亚说："你承诺三跨步的地，但祂只跨两步，你所有的资产就没了。你随后怎么给祂跨第三步的地呢？"其实，舒夸查尔亚不知道至尊主是如何保护祂的奉献者的。奉献者必须为侍奉至尊主而准备献出一切，接着就会始终受到至尊主的保护，从不被击败。舒夸查尔亚透过物质方式的计算，以为巴利王将无论如何都无法保持对那个贞守生——主瓦玛纳戴瓦的承诺。

第 35 节

निष्ठां ते नरके मन्ये ह्यप्रदातुः प्रतिश्रुतम् ।
प्रतिश्रुतस्य योऽनीशः प्रतिपादयितुं भवान् ॥३५॥

niṣṭhāṁ te narake manye
hy apradātuḥ pratiśrutam
pratiśrutasya yo 'nīśaḥ
pratipādayituṁ bhavān

niṣṭhām—永久的住所 / te—你的 / narake—在地狱中 / manye—我想 / hi—事实上 / apradātuḥ—无法实现……的人的 / pratiśrutam—所承诺的事情 / pratiśrutasya——个人所承诺的 / yaḥ anīśaḥ—无法……的人 / pratipādayitum—恰当地实现 / bhavān—你就是那个人

译文　你无疑将无法实现你的承诺，而我认为由于这一无能，你将永远住在地狱中。

第 36 节

न तद्दानं प्रशंसन्ति येन वृत्तिर्विपद्यते ।
दानं यज्ञस्तपः कर्म लोके वृत्तिमतो यतः ॥३६॥

na tad dānaṁ praśaṁsanti
yena vṛttir vipadyate
dānaṁ yajñas tapaḥ karma
loke vṛttimato yataḥ

na—不 / tat—那 / dānam—施舍 / praśaṁsanti—圣洁之人赞颂 / yena—靠…… / vṛttiḥ—人的生计 / vipadyate—变得有危险的 / dānam—施舍 / yajñaḥ—祭祀 / tapaḥ—苦行 / karma—功利性活动 / loke—在这世界中 / vṛttimataḥ—按照自己的维生方法 / yataḥ—正如

译文　博学的学者不赞赏那种使自己的生活陷入险境的布施。有能力适当地赚取自己生活所需的人，才有可能布施、举行祭祀、从事苦修和功利性活动(无法维持自己生活的人，无法从事这些活动)。

第 37 节

धर्माय यशसेऽर्थाय कामाय स्वजनाय च ।
पञ्चधा विभजन् वित्तमिहामुत्र च मोदते ॥३७॥

dharmāya yaśase 'rthāya
kāmāya sva-janāya ca

pañcadhā vibhajan vittam
ihāmutra ca modate

dharmāya—为宗教 / yaśase—为一个人的名声 / arthāya—为增加一个人的财产 / kāmāya—为增加感官享乐 / sva-janāya ca—和为养自己的家人 / pañcadhā—为这五种不同的目标 / vibhajan—划分开 / vittam—他积累的钱财 / iha—在这个世界里 / amutra—在下一个世界 / ca—和 / modate—他享受

译文 因此，有完整知识的人应该将自己积累的财富分为五部分之用，即：为宗教、为声望、为致富、为感官享乐和维系家人的生活。这种人在今生和来世都快乐。

要旨 启示经典(śāstras)的训喻是：一个人如果有钱，就该将自己所积累的钱财分为五个部分，一部分用于宗教领域，一部分用于增加自己的声望，一部分用于致富，一部分用于感官享乐，另一部分用于维持自己的家庭。然而，由于如今的人们缺乏各方面的知识，他们把钱都花费在满足自己的家人方面。圣茹帕·哥斯瓦米(Rūpa Gosvāmī)将他积累的钱财的百分之五十用于为奎师那服务，百分之二十五留给个人自用，另外的百分之二十五给他的家人，以身作则地为我们树立了榜样。做人的主要目的应该是提升奎师那意识。这将包括笃信宗教(dharma)、经济发展(artha)和感官享乐(kāma)。然而，由于家人也期望得到一些利益，所以人应该将积累的一部分钱财给予他们，让他们满意。这是启示经典的指示。

第38节

अत्रापि बह्वृचैर्गीतं शृणु मेऽसुरसत्तम ।
सत्यमोमिति यत्प्रोक्तं यन्नेत्याहानृतं हि तत् ॥३८॥

atrāpi bahvṛcair gītaṁ
śṛṇu me ’sura-sattama
satyam om iti yat proktaṁ
yan nety āhānṛtaṁ hi tat

atra api—(有关决定什么是真实和不真实)这一点也 / bahu-ṛcaiḥ—由被称为《巴赫布瑞查经》的韦达证据 / gītam—被说过的内容 / śṛṇu—请听 / me—从我 / asura-sattama—最优秀的恶魔啊 / satyam—真相是 / om iti—通过在前面加上“欧么(oṁ)”一词 / yat—那……的 / proktam—被讲述 / yat—那……的 / na—没有在前面加上“欧么(oṁ)” / iti—如此 / āha—据说 / anṛtam—不真实 / hi—事实上 / tat—那

译文　有人也许会争论说，既然你已经答应了，你怎么能拒绝呢？最杰出的恶魔啊！请听我告诉你《巴赫布瑞查经》中的证据说，只有在发出“欧么(oṁ)”音后承诺才是真实的，否则不是真的。

第 39 节

सत्यं पुष्पफलं विद्यादात्मवृक्षस्य गीयते ।
वृक्षेऽजीवति तन्न स्यादनृतं मूलमात्मनः ॥३९॥

satyaṁ puṣpa-phalaṁ vidyād
ātma-vṛkṣasya gīyate
vṛkṣe ’jīvati tan na syād
anṛtaṁ mūlam ātmanaḥ

satyam—事实真相 / puṣpa-phalam—鲜花和水果 / vidyāt—人应该明白 / ātma-vṛkṣasya—身体之树的 / gīyate—如韦达经中所讲述 / vṛkṣe ajīvati—如果树木不是活的 / tat—那(鲜花和水果) / na—不 / syāt—是可能的 / anṛtam—不真实 / mūlam—根部 / ātmanaḥ—躯体的

译文 韦达经中说，从树上长出的优质水果和漂亮鲜花是树身得出的真实结果。没有树身，就不可能有水果和鲜花。哪怕这个躯体的基础是“不真实”，可如果没有树身的帮助，也不可能得到真正的水果和鲜花。

要旨 这节诗文(śloka)对有关物质躯体的解释是：在这个物质世界里，真正的真实如果不接触“不真实”，就无法存在。假象宗哲学(Māyāvādī)说：“灵性的灵魂是真实的，外在能量是不真实的(brahma satyaṁ jagan mithyā)。”但外士纳瓦哲学不同意假象宗哲学的说法。哪怕是为了争论，即使物质世界被接受为是非真实，被错觉能量束缚的生物在没有物质躯体的帮助下也无法摆脱束缚。没有物质躯体的帮助，灵魂既无法遵循宗教体制，也无法对哲学的完美境界进行思辨。所以，我们得到的鲜花和水果是果树这一躯体的结果。没有树身的帮助，我们得不到水果。正因为如此，外士纳瓦哲学推荐：真正的弃绝是用一切为奎师那服务(yukta-vairāgya)。不该将所有的注意力都放在维护躯体上，但同时也不该忽视对躯体的维护。只要还有躯体，人就可以认真仔细地学习韦达教导，以便在人生结束时能够达到生命的完美境界。对此，《博伽梵歌》中的解释是：人在离开躯体时无论记起什么情形，就必会到达那情景(yaṁ yaṁ vāpi smaran bhāvaṁ tyajaty ante kalevaram)。死亡来临时，一切都将受到检验。因此，尽管躯体短暂而不是永恒的，但人可以用它做最好的服务，使自己的生命达到完美境界。

第 40 节

तद्यथा वृक्ष उन्मूलः शुष्यत्युद्वर्ततेऽचिरात् ।
एवं नष्टानृतः सद्य आत्मा शुष्येन्न संशयः ॥४०॥

tad yathā vṛkṣa unmūlaḥ
śuṣyaty udvartate 'cirāt

evaṁ naṣṭānṛtaḥ sadya
　ātmā śuṣyen na saṁśayaḥ

tat一因此 / yathā一正如 / vṛkṣaḥ一一棵树 / unmūlaḥ一被连根拔起 / śuṣyati一干枯 / udvartate一倒下 / acirāt一很快 / evam一同样 / naṣṭa一失去 / anṛtaḥ一短暂的躯体 / sadyaḥ一立刻 / ātmā一躯体 / śuṣyet一干枯 / na一不 / saṁśayaḥ一任何疑问

译文　当一棵树被连根拔起时，树就会立刻倒下并开始干枯。同样道理，如果一个人不照顾自己那被认为是“非真实”的身体；换句话说，如果“非真实”被连根拔起，它无疑就会枯萎。

要旨　就有关这一点，圣茹帕·哥斯瓦米说：

prāpañcikatayā buddhyā
　hari-sambandhi-vastunaḥ
mumukṣubhiḥ parityāgo
　vairāgyaṁ phalgu kathyate

“在不知道一切都与奎师那有关的情况下拒绝事物，是不彻底的弃绝。”(《奉爱服务的纯粹甘露之洋》1.2.66)。当人用身体为至尊主做服务时，就不该认为那身体是物质的。人们有时会错误地看待灵性导师的灵性身体。但圣茹帕·哥斯瓦米教导说：不该将完全用于为奎师那服务的身体视为是物质的而加以忽视(prāpañcikatayā buddhyā hari-sambandhi-vastunaḥ)。忽视为奎师那做服务的身体是错误的弃绝。如果我们不恰当地维护躯体，它就会倒下，如同被连根拔起的树一样死去，我们也就得不到鲜花和水果了。为此，韦达经(Vedas)中的训示是：

om iti satyaṁ nety anṛtaṁ tad etat-puṣpaṁ phalaṁ vāco yat satyaṁ saheśvaro yaśasvī kalyāṇa-kīrtir bhavitā. puṣpaṁ hi phalaṁ vācaḥ satyaṁ vadaty athaitan-mūlaṁ vāco yad anṛtaṁ yad yathā vṛkṣa āvirmūlaḥ śuṣyati, sa udvartata evam evānṛtaṁ vadann āvirmūlam ātmanāṁ karoti, sa śuṣyati sa udvartate, tasmād anṛtaṁ na vaded dayeta tv etena.

这段诗文的大意是：为使绝对真理(oṁ tat sat)满意而在躯体的协助下从事的活动，永远都不是短暂的，哪怕是用短暂的身体从事的。事实上，这样的活动永远有效。因此，应该恰当地照顾身体。由于躯体是短暂而非永恒的，人不能将自己的身体送到老虎面前让它去吃，或将身体暴露给敌人让敌人去杀。应该采取一切措施保护身体。

第 41 节

पराग्रिक्तमपूर्णं वा अक्षरं यत्तदोमिति ।
यत्किञ्चिदोमिति ब्रूयात्तेन रिच्येत वै पुमान् ।
भिक्षवे सर्वमों कुर्वन्नालं कामेन चात्मने ॥४१॥

parāg riktam apūrṇaṁ vā
akṣaraṁ yat tad om iti
yat kiñcid om iti brūyāt
tena ricyeta vai pumān
bhikṣave sarvam oṁ kurvan
nālaṁ kāmena cātmane

parāk—分开……的那个 / riktam—使人不再执著的那个 / apūrṇam—不足够的那个 / vā—或者 / akṣaram—这音节 / yat—那 / tat—……的 / om—欧么卡尔 / iti—如此说明 / yat—……的 / kiñcit—无论什么 / oṁ—“欧么”这个词 / iti—如此 / brūyāt—如果你说 / tena—通过这样发音 / ricyeta—人变得自由 / vai—事实上 / pumān—一个人 / bhikṣave—对一个乞丐 / sarvam—一切 / oṁ kurvan—通过发出“欧么(oṁ)”一词给予布施 / na—不 / alam—足够地 / kāme-na—为感官享乐 / ca—也 / ātmane—为觉悟自我

译文 发出“欧么(oṁ)”一词的梵音，意味着与个人钱财的分离。换句话说，发这个音使人不再与金钱相连，因为他的钱从他那里被拿走了。没钱不是很好的状态，因为在那种状态中的人无法实现自己的愿望。换句话说，运用“欧么”一词，使人变得十分贫穷。尤其当人将施舍物给予穷人或乞丐时，人就会处在既无法认识自我，也无法进行感官享乐的状态中。

要旨 巴利王想要把一切都给予以乞讨者身份出现的瓦玛纳戴瓦，但舒夸查尔亚作为巴利家中的祖传灵性导师，无法赞同巴利王给予的承诺。舒夸查尔亚提出的韦达证据是：人不该把一切都给予一个穷人；相反，当一个穷人来要求布施时，人应该撒谎说：“我已经把我拥有的一切都给你了。再也没有了。”人不该把一切都给这样的穷人。事实上，梵文oṁ是指绝对真理(oṁ tat sat)，发出oṁ的声音震荡是为了使人不再依恋金钱，因为金钱应该用于为至尊者服务。现代文明的倾向是将金钱布施给穷人。这样的布施没有灵性价值；我们实际看到，尽管世上有那么多医院，以及为穷人建立的其他基金会和机构，但物质自然三种属性的运作使世上注定总有穷人。尽管世上有许多慈善机构，人类社会并没有杜绝贫穷的现象。正因为如此，这节诗文中劝告：运用“欧么”一词，使人变得十分贫穷；尤其当人将施舍物给予穷人或乞丐时，人就会处在既无法认识自我，也无法进行感官享乐的状态中(bhikṣave sarvam oṁ kurvan nālaṁ kāmena cātmane)。所以，不该将一切都给予穷人中的乞丐。

奎师那意识运动是最佳的解决问题的方式。这运动总是对穷人很仁慈，原因不仅是给他们派发免费的食物，而且还因为它通过教导他们如何变得具有奎师那意识给予知识。为此，我们开设了成百上千的中心，用钱和知识启发他们培养奎师那意识，靠教导他们停止从事非法性生活、麻醉自我、吃肉和赌博这些罪大恶极且使人生生世世受苦的活动，矫正他们的品性。开设这样的中心是使用金钱的最佳方式，人们可以来到中心住下，矫正自己的品性。他们可以在灵性原则的约束下舒适地生活，照顾自己身体的需要，从而快乐地生活，节省时间增强奎师那意识。有钱人不该浪费金钱，而应该用那钱拓展奎师那意识运动，以使整个人类社会都变得快乐、繁荣，有希望被提升回家园，回到首神身边。就有关这一点，韦达赞歌(Vedic mantra)中这样说：

parāg vā etad riktam akṣaraṁ yad etad om iti tad yat kiñcid om iti āhātraivāsmai tad ricyate. sa yat sarvam oṁ kuryād ricyād ātmānaṁ sa kāmebhyo nālaṁ syāt.

第 42 节

अथैतत्पूर्णमभ्यात्मं यच्च नेत्यनृतं वचः ।
सर्वं नेत्यनृतं ब्रूयात्स दुष्कीर्तिः श्वसन्मृतः ॥४२॥

athaitat pūrṇam abhyātmaṁ
yac ca nety anṛtaṁ vacaḥ
sarvaṁ nety anṛtaṁ brūyāt
sa duṣkīrtiḥ śvasan mṛtaḥ

atha－因此 / etat－那 / pūrṇam－完全地 / abhyātmam－通过表现自己总是很贫穷获取他人的同情 / yat－那 / ca－也 / na－不 / iti－如此 / anṛtam－假的 / vacaḥ－话语 / sarvam－完全地 / na－不 / iti－如此 / anṛtam－虚假 / brūyāt－应该说的人 / saḥ－这样一个人 / duṣkīrtiḥ－臭名昭著的 / śvasan－在呼吸或活着时 / mṛtaḥ－是死的或应该被杀

译文 因此，安全的做法是说“没有”。尽管那是一种说谎，但却完全保护一个人，把他人的同情心拉向自己，有利于自己向他人要求布施。然而，如果一个人总是以自己一无所有作答，他就会受到谴责，因为他是活着的死尸，或者应该在还有呼吸时被杀死。

要旨　乞丐们总是表现出自己一无所有。这也许对他们有利，因为这可以使他们确保自己不损失金钱，而且要钱时总能引起他人的注意和同情。但这样做也应受到谴责。人如果有意识地继续以乞讨为职业，就等于是会呼吸的死尸；或者按照另一种解释，就会在还呼吸的时候被杀死。就有关这一点，韦达经中说：撒谎并拒绝给予，不仅使人可以维持钱财不减少，而且还可以吸引来他人的钱财(athaitat pūrṇam abhyātmaṁ yan neti sa yat sarvaṁ neti brūyāt pāpikāsya kīrtir jāyate)。如果一个人继续假装自己一无所有，靠乞讨积累金钱，他就该被杀死(sainaṁ tatraiva hanyāt)。

第43节

स्त्रीषु नर्मविवाहे च वृत्त्यर्थे प्राणसङ्कटे ।
गोब्राह्मणार्थे हिंसायां नानृतं स्याज्जुगुप्सितम् ॥४३॥

strīṣu narma-vivāhe ca
vṛtty-arthe prāṇa-saṅkaṭe
go-brāhmaṇārthe hiṁsāyāṁ
nānṛtaṁ syāj jugupsitam

strīṣu—为鼓励一个女人并控制她 / narma-vivāhe—在玩笑或婚礼中 / ca—也 / vṛtti-arthe—为赚取生活费用而做生意等 / prāṇa-saṅkaṭe—或在危险的时刻 / go-brāhmaṇa-arthe—为了保护乳牛和布茹阿玛纳文化 / hiṁsāyām—对将会因敌意而被杀的人 / na—不 / anṛtam—谎言 / syāt—变成 / jugupsitam—令人讨厌的

译文　在如下的情况和过程中说谎永远不受谴责，即：为掌控一个女人而奉承她，开玩笑，参加婚礼，赚取生活费用，遇到生命危险，保护乳牛和布茹阿玛纳文化，或者保护一个人免遭敌人的毒手。

到此为止，结束了巴克提韦丹塔对《圣典博伽瓦谭》第8篇第19章——“主瓦玛纳戴瓦向巴利王乞讨布施”所作的阐释。

第二十章

巴利王交出宇宙控制权

对这一章的概述是：巴利王(Bali Mahārāja)虽然知道主瓦玛纳戴瓦(Vāmanadeva)在骗他，但还是同意将一切都布施给至尊主，至尊主于是扩展自己的身体，呈现出主维施努(Viṣṇu)巨大的身体形象。

巴利王听了舒夸查尔亚具有教育意义的劝告后陷入沉思。居士的责任是维护笃信宗教、经济发展和感官享乐的原则，因此巴利王心想，收回自己向这位贞守生(brahmacārī)的承诺是错误的。撒谎或不实现对贞守生的承诺永远都不是恰当的行为，相反是罪大恶极的。每个人都该害怕撒谎带来的恶报，因为大地母亲甚至无法忍受承担一个罪恶的撒谎之人的重量。一个王国或帝国的扩展是短暂的；如果对大众没有利益，这样的扩展就没有价值。纵观历史，以前有许多伟大的君王和帝王为了人民大众的福利扩展他们的王国。事实上，在从事这种利益大众的活动时，许多卓越的人物甚至献出了自己的生命。有句话说，从事光荣活动的人永垂不朽。因此，声望应该是人生追求的一个目标，哪怕是为了美名而变得十分贫困也没有损失。巴利王心想，即使这位贞守生就是主维施努本人，哪怕至尊主接受他的布施后又逮捕他，他也不会对至尊主怀有敌意。考虑所有这些后，巴利王最终还是将自己拥有的一切都布施给了至尊主。

接着，主瓦玛纳戴瓦立刻扩展自己，呈现出宇宙形体。凭借主瓦玛纳戴瓦的仁慈，巴利王能够看到至尊主遍布一切，一切都存在于祂体内。巴利王可以看到，主瓦玛纳戴瓦作为至尊者维施努头戴头盔、身穿黄色衣服，胸前有施瑞瓦特萨(Śrīvatsa)标志和考斯图巴(Kaustubha)宝石，颈戴一串花环，整个身体用装饰品作点缀。至尊主扩展的身体逐渐覆盖了世界的表面，接着扩大的身体又遮盖了整个天空。祂的手遮蔽了所有的方向，祂跨出的第二步覆盖了整个高等星系。因此，再没有空地能让祂放祂的第三步了。

第 1 节

श्रीशुक उवाच
बलिरेवं गृहपतिः कुलाचार्येण भाषितः ।
तूष्णीं भूत्वा क्षणं राजन्नुवाचावहितो गुरुम् ॥ १ ॥

śrī-śuka uvāca
balir evaṁ gṛha-patiḥ
kulācāryeṇa bhāṣitaḥ
tūṣṇīṁ bhūtvā kṣaṇaṁ rājann
uvācāvahito gurum

śrī-śukaḥ uvāca—圣舒卡戴瓦·哥斯瓦米说 / baliḥ—巴利王 / evam—如此 / gṛha-patiḥ—虽然由祭司指导，但却是家居事务的主人 / kula-ācāryeṇa—由家庭导师或指导者 / bhāṣitaḥ—这样被说 / tūṣṇīm—沉默 / bhūtvā—变得 / kṣaṇam——段时间 / rājan—君王(帕瑞克西特王)啊 / uvāca—说 / avahitaḥ—全面的深思熟虑后 / gurum—向他的灵性导师

译文 圣舒卡戴瓦·哥斯瓦米说：帕瑞克西特王啊！当巴利王的灵性导师、家庭祭司舒夸查尔亚这样劝告巴利王时，巴利王沉默了一段时间。接着，在经过全面的深思熟虑后，他这样回答他的灵性导师。

要旨 圣维施瓦纳特·查夸瓦尔提·塔库尔(Viśvanātha Cakravartī Ṭhākura)评论说，巴利王在关键时刻保持沉默。他怎么能违抗

他的灵性导师舒夸查尔亚的训示呢？立刻按照自己的灵性导师的忠告执行命令，是巴利王那样的清醒之人该履行的责任。然而，巴利王那时也在考虑，舒夸查尔亚不再配当灵性导师了，因为他已经偏离了灵性导师的责任。按照启示经典(śāstra)的教导，灵性导师(guru)的责任是将门徒带回家园，回到首神身边。《圣典博伽瓦谭》第5篇第5章的第18节诗说：如果一个人不能这么做，而是阻碍门徒回到首神身边，就不该再当灵性导师(gurur na sa syāt)。不能使门徒增强奎师那意识的人，不该当灵性导师。生命的目标是成为主奎师那的奉献者，以摆脱物质存在的束缚(tyaktvā dehaṁ punar janma naiti mam eti so 'rjuna)。灵性导师通过帮助门徒发展奎师那意识，使门徒达到这一阶段。但现在，舒夸查尔亚建议巴利王否认对瓦玛纳戴瓦的承诺。在这种情况下，巴利王认为自己如果违抗灵性导师的命令将不会有错。他深思着，自己是否该拒绝接受灵性导师的建议，是否该为取悦至尊人格首神而独立做事？这使他花费了一段时间。为此，诗文中说："帕瑞克西特王啊！巴利王沉默了一段时间。接着，在经过全面的深思熟虑后，他这样回答他的灵性导师(tūṣṇīṁ bhūtvā kṣaṇaṁ rajann uvācāvahito gurum)。"在深思熟虑后，巴利王决定，在任何情况下都该取悦主维施努，哪怕是冒险作出违反灵性导师建议的事都在所不辞。

身为灵性导师但却违反为主维施努做奉爱服务(viṣṇu-bhakti)之原则的人，都不该被接受为是灵性导师——古茹。如果错误地接受了这样一个"灵性导师"，就该离弃他。《玛哈巴茹阿特》(Mahābhārata)备战篇第179章的第25节诗中这样描述这类灵性导师说：

guror apy avaliptasya
　kāryākāryam ajānataḥ
utpatha-pratipannasya
　parityāgo vidhīyate

“谁沉溺于肉体享乐和物质舒适，不清楚人生目的且没有奉爱之情，但却假称自己是灵性导师，谁就是邪恶的骗子，必须予以拒绝。”圣吉瓦·哥斯瓦米(Jīva Gosvāmī)忠告说：应该离弃这种没用的古茹——以古茹身份行事的家庭祭司，应该接受真正的灵性导师。

ṣaṭ-karma-nipuṇo vipro
mantra-tantra-viśāradaḥ
avaiṣṇavo gurur na syād
vaiṣṇavaḥ śvapaco guruḥ

“精通韦达知识所有主题的有学问的布茹阿玛纳，如果不是外士纳瓦，就不配成为灵性导师。然而，出生在低等阶层家庭中的人如果是外士纳瓦，就可以成为灵性导师。”（《莲花往世书》）

第2节

श्रीबलिरुवाच
सत्यं भगवता प्रोक्तं धर्मोऽयं गृहमेधिनाम् ।
अर्थं कामं यशो वृत्तिं यो न बाधेत कर्हिचित् ॥ २॥

śrī-balir uvāca
satyaṁ bhagavatā proktaṁ
dharmo 'yaṁ gṛhamedhinām
arthaṁ kāmaṁ yaśo vṛttiṁ
yo na bādheta karhicit

śrī-baliḥ uvāca一巴利王说 / satyam一那是事实 / bhagavatā一由您阁下 / proktam一已经说过的话 / dharmaḥ一一条宗教原则 / ayam一那是 / gṛhamedhinām一尤其为了居士 / artham一经济发展 / kāmam一感官享乐 / yaśaḥ vṛttim一声望和生计 / yaḥ一宗教原则的 / na一不 / bādheta一妨碍 / karhicit一任何时候

译文　巴利王说：正如你已经说明的，不妨碍人发展经济、感官享乐、扩大声望和维持生活的宗教原则，是居士真正的规定职责。我也认为这样的宗教原则是正确的。

要旨　巴利王经过深思熟虑后给予舒夸查尔亚的回答意味深长。舒夸查尔亚强调：人必须继续适当地维持生活、赢得物质名望、进行感官享乐和发展经济。他认为：确保这一点是居士，尤其是有志于物质事务的人的首要责任。如今，在整个喀历(Kali)年代中，人们普遍认为：如果宗教原则不影响人的物质处境，就可以接受。没人准备接受会妨碍人获得物质成功的宗教原则。舒夸查尔亚作为这个物质世界里的一个人，不了解奉献者的原则。奉献者下决心侍奉至尊人格首神，直到至尊主完全满意为止。为此，奉献者认为，无疑该拒绝任何有碍于这种决心的事物。这是奉爱原则。《永恒的柴坦亚经》中篇第22章的第100节诗中说：要想做奉爱服务，人必须只接受有利于做奉爱服务的事物，拒绝不利于做奉爱服务的一切(ānukūlyasya saṅkalpaḥ prātikūlyasya varjanam)巴利王有机会将自己拥有的一切献给主瓦玛纳戴瓦的莲花足，但舒夸查尔亚用物质的论点阻碍他做这项奉爱服务。在这种情况下，巴利王决定必须避开这种障碍。换句话说，他决定立刻拒绝舒夸查尔亚的建议，继续履行自己的责任——将自己拥有的一切都献给主瓦玛纳戴瓦。

第3节

स चाहं वित्तलोभेन प्रत्याचक्षे कथं द्विजम् ।
प्रतिश्रुत्य ददामीति प्राह्रादिः कितवो यथा ॥ ३ ॥

sa cāhaṁ vitta-lobhena
　pratyācakṣe kathaṁ dvijam
pratiśrutya dadāmīti
　prāhrādiḥ kitavo yathā

saḥ—像我这样一个人 / ca—也 / aham—我是 / vitta-lobhena—因为贪图金钱 / pratyācakṣe—我将欺骗或在已经同意后食言 / katham—如何 / dvijam—尤其对一个布茹阿玛纳 / pratiśrutya—已经承诺后 / dadāmi—我将给予 / iti—如此 / prāhrādiḥ—以帕拉德王的孙子闻名于世的我 / kitavaḥ—普通的骗子 / yathā—就像

译文 我是帕拉德王的孙子。我怎么能因为贪图金钱而在已经说出将给予这土地的时候收回自己的诺言呢？我怎么能像个普通骗子一样行事，尤其是面对一位布茹阿玛纳？

要旨 巴利王已经受到他祖父帕拉德王(Prahlāda Mahārāja)的祝福。因此，他虽然出生在恶魔家中，但却是纯粹奉献者。高级奉献者分两类，分别称作萨达纳·希达(sādhana-siddha)和奎帕·希达(kṛpā-siddha)。萨达纳·希达是指通过在灵性导师的指导和命令下有规律地遵守启示经典中提出的规范原则成为奉献者。有规律地做这类奉爱服务的人，无疑会在适当的时候达到完美。世上的另一种奉献者也许没经历奉爱服务中所有要遵守的细节性规范原则，但凭借灵性导师和至尊人格首神奎师那的特殊仁慈，立刻达到了做纯粹奉爱服务的完美境界。巴利王、舒卡戴瓦·哥斯瓦米(Śukadeva Gosvāmī)和众多的雅格亚·帕特妮(yajña-patnīs)就是这类奉献者的典范。雅格亚·帕特妮是一些从事功利性活动的普通布茹阿玛纳(brāhmaṇa)的妻子。那些布茹阿玛纳虽然十分博学，有高等的韦达知识，但却无法得到奎师那和巴拉茹阿玛(Kṛṣṇa-Balarāma)的仁慈。相反，他们的妻子虽然是女人，但都通过为奎师那和巴拉茹阿玛做奉爱服务，达到了最完美的境界。同样，巴利王(Vairocani)得到帕拉德王的仁慈，而凭借帕拉德王的仁慈，也得到了以贞守生乞丐的身份出现在他面前的主维施努的仁慈。因此，由于灵性导师和奎师那的特殊仁慈，巴利王成为奎帕·希达。对这样的恩惠，

《永恒的柴坦亚经》中篇第19章的第151节诗记载，柴坦亚·玛哈帕布证实说：只有靠灵性导师和奎师那的仁慈，人才能得到奉爱服务的种子(guru-kṛṣṇa-prasāde pāya bhakti-latā-bīja)。凭借帕拉德王的恩典，巴利王得到奉爱服务的种子，当那种子生长发芽时，他在主瓦玛纳戴瓦显现之际立刻得到对神的爱(premā pum-artho mahān)这一服务的最终果实。巴利王内心一直维持着对至尊主的奉爱之情，由于他因此而得到净化，至尊主于是出现在他面前。对至尊主纯真的爱使他立刻决定："这个小侏儒布茹阿玛纳无论要什么，我都会给祂。"这是爱的征象。正因为如此，巴利王被理解为是凭特殊的仁慈达到奉爱服务最高完美境界的人。

第4节

न ह्यसत्यात्परोऽधर्म इति होवाच भूरियम् ।
सर्वं सोढुमलं मन्ये ऋतेऽलीकपरं नरम् ॥ ४ ॥

na hy asatyāt paro 'dharma
iti hovāca bhūr iyam
sarvaṁ soḍhum alaṁ manye
ṛte 'līka-paraṁ naram

na－不 / hi－事实上 / asatyāt－比食言这一欺骗性的强烈欲望 / paraḥ－更加 / adharmaḥ－非宗教性的 / iti－因此 / ha uvāca－事实上说过 / bhūḥ－地球母亲 / iyam－这 / sarvam－一切 / soḍhum－忍受 / alam－我能够 / manye－虽然我认为 / ṛte－除了 / alīka-param－最可憎的撒谎者 / naram－一个人

译文　没有什么比不诚实更罪恶的。正因为如此，地球母亲有一次说："我能承受一切重物，但却无法忍受说谎的人。"

要旨　地球表面有许多沉重无比的高山和大洋，承载它们对地球母亲来说毫无困难。但当她承载哪怕是一个说谎之人时，她都感到负担过重。经典中预言说：在喀历年代中，撒谎是很普遍的事(māyaiva vyāvahārike,《圣典博伽瓦谭》12.2.3)。哪怕在最平常的交往中，人们都习惯于随口说谎。说谎之人逃脱不了恶报。在这种情况下，人可以想象一下地球，事实上是全宇宙，是怎样地不堪重负。

第5节

नाहं बिभेमि निरयान्नाधन्यादसुखार्णवात् ।
न स्थानच्यवनान्मृत्योर्यथा विप्रप्रलम्भनात् ॥ ५॥

nāhaṁ bibhemi nirayān
nādhanyād asukhārṇavāt
na sthāna-cyavanān mṛtyor
yathā vipra-pralambhanāt

na—不 / aham—我 / bibhemi—害怕…… / nirayāt—因为地狱般的生活 / na—也不 / adhanyāt—因为极度贫穷的处境 / asukha-arṇavāt—也不因为痛苦的汪洋 / na—也不 / sthāna-cyavanāt—因为从一个地位上坠落 / mṛtyoḥ—也不因为死亡 / yathā—正如 / vipra-pralambhanāt—因为欺骗一个布茹阿玛纳

译文 我不惧怕地狱、贫穷、苦海，以及从我的地位上坠落，甚至死亡本身，但却惧怕欺骗布茹阿玛纳。

第6节

यद्यद्धास्यति लोकेऽस्मिन् सम्परेतं धनादिकम् ।
तस्य त्यागे निमित्तं किं विप्रस्तुष्येन्न तेन चेत् ॥ ६॥

yad yad dhāsyati loke 'smin
samparetaṁ dhanādikam
tasya tyāge nimittaṁ kiṁ
vipras tuṣyen na tena cet

yat yat—不管什么 / hāsyati—将离开 / loke—在整个世界里 / asmin—在这个……中 / samparetam—已死之人 / dhana-ādikam—他的钱财和富有 / tasya—这种财富的 / tyāge—靠放弃 / nimittam—目的 / kim—什么是 / vipraḥ—秘密身份是主维施努的布茹阿玛纳 / tuṣyet—必须取悦 / na—不是 / tena—靠这种(财产) / cet—如果有可能

译文　我的导师，你也可以看到，人死亡时无疑带不走自己在这个世界里曾经拥有的物质财富。所以，如果这位布茹阿玛纳-瓦玛纳戴瓦对给予他一点点礼物感到不满，那为什么不用在死亡时注定会失去的财富取悦他呢？

要旨　梵文vipra的意思既是“秘密的”，也指“布茹阿玛纳”。巴利王私下决定，不需讨论就把礼物给予主瓦玛纳戴瓦，但因为这样的决定会伤害恶魔和他的灵性导师舒夸查尔亚，所以他说话含糊。作为纯粹的奉献者，巴利王已经决定把所有的土地都给予主维施努了。

第7节

श्रेयः कुर्वन्ति भूतानां साधवो दुस्त्यजासुभिः ।
दध्यङ्शिबिप्रभृतयः को विकल्पो धरादिषु ॥ ७ ॥

śreyaḥ kurvanti bhūtānāṁ
sādhavo dustyajāsubhiḥ
dadhyaṅ-śibi-prabhṛtayaḥ
ko vikalpo dharādiṣu

śreyaḥ—最重要的活动 / kurvanti—从事 / bhūtānām—大众的 / sādhavaḥ—圣洁之人 / dustyaja—极难放弃的…… / asubhiḥ—用他们的生命 / dadhyaṅ—达迪祺王 / śibi—希比王 / prabhṛtayaḥ—和同样伟大的人物 / kaḥ—什么 / vikalpaḥ—考虑 / dharā-ādiṣu—把土地给予布茹阿玛纳

译文 达迪祺王、希比王和其他许多伟大的人物，都愿意甚至牺牲自己的生命去利益众生。这是历史证据。所以，为什么不放弃这么小的一块地呢？反对它的重要原因是什么呢？

要旨 巴利王准备把一切都给予主维施努，舒夸查尔亚作为职业祭司，也许很焦虑地在等待结果，疑惑历史上是否有这种把一切都布施出去的事例。然而，巴利王举了希比王(Mahārāja Śibi)和达迪祺王(Mahārāja Dadhīci)的具体实例，他们为众生的利益而舍弃了他们的生命。人们当然依恋物质的一切，尤其是自己拥有的土地，但正如《博伽梵歌》中说明，土地和其他拥有物在人死亡时被强行夺走(mṛtyuḥ sarva-haraś cāham)。至尊主本人出现在巴利王面前，拿走他所有的一切；这使他那么幸运，可以面对面地看到至尊主。然而，非奉献者不能面对面地看到至尊主；对他们，至尊主以死亡的形式出现，夺走他们拥有的一切。既然是这样，我们为什么不将自己拥有的一切献给主维施努，以取悦祂呢？就有关这一点，《查纳克雅诗集》中的第36节诗记载，圣查纳克雅·潘迪特(Cāṇakya Paṇḍita)说：这个物质世界里的一切都将遭毁灭，因此应该用自己拥有的一切做善事(san-nimitte varaṁ tyāgo vināśe ni-yate sati)。既然我们拥有的金钱等一切事物不可能持久地归我们所有，总会被以某种方式拿走，那就最好在我们暂时拥有它们时，用它们来达成崇高的目的。为此，巴利王违抗了他所谓的灵性导师的命令。

第8节

यैरियं बुभुजे ब्रह्मन्दैत्येन्द्रैरनिवर्तिभिः ।
तेषां कालोऽग्रसील्लोकान्न यशोऽधिगतं भुवि ॥ ८ ॥

yair iyaṁ bubhuje brahman
daityendrair anivartibhiḥ
teṣāṁ kālo 'grasīl lokān
na yaśo 'dhigataṁ bhuvi

yaiḥ—有谁 / iyam—这世界 / bubhuje—被享受 / brahman—最优秀的布茹阿玛纳啊 / daitya-indraiḥ—由出生在恶魔家庭中的大英雄和君王们 / anivartibhiḥ—由那些决心无论是战死沙场还是赢得胜利都要作战的人 / teṣām—这种人的 / kālaḥ—时间因素 / agrasīt—夺走 / lokān——切拥有物——所有享受的对象 / na—不 / yaśaḥ—声望 / adhigatam—获得 / bhuvi—在这个世界里

译文　最优秀的布茹阿玛纳啊！毫无疑问，大魔王们总是很乐意为享受这个世界而作战，但在适当的时候，除了他们赖以继续存在的声望，他们有的一切都被拿走。换句话说，人应该努力获得美名，而不是其他的一切。

要旨　就有关这一点，《查纳克雅诗集》中的第34节诗记载，查纳克雅·潘迪特也说：千金难买寸光阴(āyuṣaḥ kṣaṇa eko 'pi na labhya svarṇa-koṭibhiḥ)。人一生的寿命极其短暂，但如果能用这短暂的一生做些增添美名的事，也许就可以继续留名青史几百万年。为此，巴利王决定不听他灵性导师让他“否认给瓦玛纳戴瓦的承诺”的指示；相反，他决定按照自己的承诺给出土地。这使他永远成为十二位伟大的权威人士之一(balir vaiyāsakir vayam)。

第9节

सुलभा युधि विप्रर्षे ह्यनिवृत्तास्तनुत्यजः ।
न तथा तीर्थ आयाते श्रद्धया ये धनत्यजः ॥९॥

sulabhā yudhi viprarṣe
hy anivṛttās tanu-tyajaḥ
na tathā tīrtha āyāte
śraddhayā ye dhana-tyajaḥ

su-labhāḥ—很容易得到 / yudhi—在战场上 / vipra-ṛṣe—最优秀的布茹阿玛纳啊 / hi—事实上 / anivṛttāḥ—不害怕作战 / tanu-tyajaḥ－并这样献出他们的生命 / na－不 / tathā－正如 / tīrthe āyāte－在将所到之地变成圣地的圣洁之人到来之际 / śraddhayā－怀着信心和奉爱之情 / ye－那些……的人 / dhana-tyajaḥ－能放弃他们积累的钱财

译文 最杰出的布茹阿玛纳啊！许多人因为不怕作战而战死沙场，但却极少有人能有机会尊敬地将自己积累的钱财给予一个创造了圣地的圣洁之人。

要旨 尽管有许多查锤亚(kṣatriya)为自己的国家战死沙场，但很少看到有人能将自己拥有的资产和积累的钱财作为礼物布施给一个恰当的人。正如《博伽梵歌》第17章的第20节诗所说：

dātavyam iti yad dānaṁ
　dīyate 'nupakāriṇe
deśe kāle ca pātre ca
　tad dānaṁ sāttvikaṁ smṛtam

"善良型的施舍是，在适当的时间和地点，对恰当的人给予出于义务、不求回报的施舍。"这样的布施被称为善良型的布施(sāttvika)。超越善良型布施的，是为使至尊人格首神满意而将一切都献给祂的超然型布施。瓦玛纳戴瓦——至尊人格首神，来找巴利王布施。这样一个布施的机会是多么难得啊！因此，巴利王毫不犹豫地决定，无论至尊主要什么，都给祂。人也许有各种机会可以战死沙场，但这种机会却千载难逢。

第10节

मनस्विनः कारुणिकस्य शोभनं
　यदर्थिकामोपनयेन दुर्गतिः ।
कुतः पुनर्ब्रह्मविदां भवादृशां
　ततो वटोरस्य ददामि वाञ्छितम् ॥१०॥

manasvinaḥ kāruṇikasya śobhanaṁ
yad arthi-kāmopanayena durgatiḥ
kutaḥ punar brahma-vidāṁ bhavādṛśāṁ
tato vaṭor asya dadāmi vāñchitam

manasvinaḥ－格外慷慨之人的 / kāruṇikasya－以十分仁慈闻名于世的人的 / śobhanam－十分吉祥 / yat－那 / arthi－需要金钱的人的 / kāma-upanayena－通过满足 / durgatiḥ－变得极度贫穷 / kutaḥ－什么 / punaḥ－再次(被说成) / brahma-vidām－精通超然科学之人的 / bhavādṛśām－像你阁下本人 / tataḥ－因此 / vaṭoḥ－那位贞守生的 / asya－这位瓦玛纳戴瓦的 / dadāmi－我将给予 / vāñchitam－祂要的一切

译文　给予布施无疑使一个仁慈、有爱心的人变得更吉祥，尤其当他将布施给予像你本人一样好的人时更是如此。考虑到这种情况，这位小布茹阿玛纳无论向我要什么，我都必须给祂。

要旨　没人会赞扬因为做生意、赌博、嫖妓、酗酒或吸毒而损失金钱，变得极度贫穷的人，但如果有人因为将自己拥有的一切布施出去而变得十分贫穷，他就会受到全世界人的崇敬。除此之外，如果仁慈、行善之人出于良好的原因将自己拥有的一切施舍出去，并表示为自己因此而变得十分贫穷感到自豪，那他的贫穷状态就令人赞叹，是伟人的吉祥表征。巴利王决定宁愿对瓦玛纳戴瓦有求必应，哪怕自己因为把一切都给予祂而变得极度贫穷也在所不辞。

第 11 节

यजन्ति यज्ञं क्रतुभिर्यमादृता
भवन्त आम्नायविधानकोविदाः ।

स एव विष्णुर्वरदोऽस्तु वा परो
दास्याम्यमुष्मै क्षितिमीप्सितां मुने ॥११॥

yajanti yajñaṁ kratubhir yam ādṛtā
bhavanta āmnāya-vidhāna-kovidāḥ
sa eva viṣṇur varado 'stu vā paro
dāsyāmy amuṣmai kṣitim īpsitāṁ mune

yajanti—崇拜 / yajñam—是祭祀享受者的人 / kratubhiḥ—用祭祀需要的各种用品 / yam—向至尊人 / ādṛtāḥ—十分尊敬地 / bhavantaḥ—你们大家 / āmnāya-vidhāna-kovidāḥ—十分精通举行祭祀的韦达原则的伟大圣洁之人 / saḥ—那 / eva—事实上 / viṣṇuḥ—是至尊人格首神主维施努 / varadaḥ—无论祂是否准备给予祝福 / astu—祂变成 / vā—或者 / paraḥ—作为敌人到来 / dāsyāmi—我将给予 / amuṣmai—向祂(向主维施努——瓦玛纳戴瓦) / kṣitim—一块地 / īpsitām—无论祂想要什么 / mune—大圣人啊

译文 伟大的圣人啊！像你一样伟大圣洁的人因为精通举行仪式和祭祀的韦达原则，所以在任何情况下都崇拜主维施努。因此，不管那位主维施努是否来到这里，给我所有的祝福还是作为敌人惩罚我，我都必须执行祂的命令，毫不犹豫地将祂所要求的土地给予祂。

要旨 《莲花往世书》(Padma Purāṇa)中记载主希瓦说：

ārādhanānāṁ sarveṣāṁ
viṣṇor ārādhanaṁ param
tasmāt parataraṁ devi
tadīyānāṁ samarcanam

"在所有种类的崇拜中，对主维施努的崇拜最好，比崇拜主维施努更好的，是崇拜祂的奉献者——外士纳瓦。"尽管韦达经(Vedas)中推荐了对许多半神人的崇拜，但主维施努是至尊人，崇拜主维施努是生命的最高目标。社会四阶层和灵性四阶段制度(varṇāśrama)就是为了组织社会结构，以教育、训练每一个人崇拜主维施努而设置的。《维施努往世书》第3篇第8章的第9节诗说：

varṇāśramācāravatā
puruṣeṇa paraḥ pumān
viṣṇur ārādhyate panthā
nānyat tat-toṣa-kāraṇam

“正确地履行社会四阶层和灵性四阶段制度中的规定职责，就是在崇拜至尊人格首神——主维施努。没有其他方法可以使至尊人格首神满意”人最终必须崇拜主维施努，为使人达到这一目标，社会四阶层和灵性四阶段制度将人类社会划分为布茹阿玛纳(brāhmaṇa)、查锤亚(kṣatriya)、外夏(vaiśya)、庶铎(śūdra)、贞守生(brahmacārī)、居士(gṛhastha)、退出家庭生活之人(vānaprastha)和进入弃绝阶层之人(sannyāsī)。巴利王受到他祖父帕拉德王给予的完美的奉爱服务教育，知道该怎么做事。他从未受到任何人的误导，哪怕是他所谓的灵性导师。这是完全皈依的征象。巴克提维诺德·塔库尔(Bhaktivinoda Ṭhākura)说：

mārabi rākhabi——yo icchā tohārā
nitya-dāsa-prati tuyā adhikārā

皈依主维施努的人，必须准备在所有的情况下都遵守祂的命令，无论祂是杀一个人或给人以保护都不例外。必须在所有的情况下都崇拜主维施努。

第 12 节

यद्यप्यसावधर्मेण मां बध्नीयादनागसम् ।
तथाप्येनं न हिंसिष्ये भीतं ब्रह्मतनुं रिपुम् ॥१२॥

yadyapy asāv adharmeṇa
māṁ badhnīyād anāgasam
tathāpy enaṁ na hiṁsiṣye
bhītaṁ brahma-tanuṁ ripum

yadyapi—虽然 / asau—主维施努 / adharmeṇa—不正直、不诚实地 / mām—我 / badhnīyāt—杀死 / anāgasam—虽然我没罪 / tathāpi—仍然 / enam—反对祂 / na—不 / hiṁsiṣye—我将报复 / bhītam—由于祂害怕 / brahma-tanum—采用了布茹阿玛纳贞守生的形象 / ripum—尽管祂是我的敌人

译文 哪怕祂是维施努本人出于害怕而把自己打扮成布茹阿玛纳来我这里乞讨；那么在这种情况下，尽管祂是我的敌人，但因为祂采用了布茹阿玛纳的形象，所以即使祂违反宗教原则逮捕我甚至杀死我，我也不会报复。

要旨 如果主维施努本人来找巴利王，要求他做事，巴利王无疑不会拒绝祂的要求。但至尊主为了享受与祂奉献者之间小小的幽默而把自己装扮成一个布茹阿玛纳贞守生，来到巴利王面前乞讨只有三跨步的土地。

第 13 节

एष वा उत्तमश्लोको न जिहासति यद्यशः ।
हत्वा मैनां हरेद्युद्धे शयीत निहतो मया ॥१३॥

eṣa vā uttamaśloko
na jihāsati yad yaśaḥ
hatvā mainām hared yuddhe
śayīta nihato mayā

eṣaḥ—这位(贞守生) / vā—要么……要么…… / uttama-ślokaḥ—是受到韦达赞歌崇拜的主维施努 / na—不 / jihāsati—想要放弃 / yat—由于 / yaśaḥ—永久的声望 / hatvā—杀死后 / mā—我 / enām—

所有这些土地 / haret—将拿走 / yuddhe—在战斗中 / śayīta—将躺下 / nihataḥ—被杀死 / mayā—被我

译文　这位布茹阿玛纳如果真是韦达赞歌颂扬的主维施努，就永远都不会损害祂闻名于世的美名；祂要么会因为被我杀死而倒下，要么会在战斗中杀死我。

要旨　我们不该只是从字面上去理解巴利王说“维施努会被杀死倒下”的意思，因为维施努不可能被任何人杀死。主维施努可以杀死任何一个生物体，但自己却不可能被杀。因此，“倒下”一词的真正意思是，主维施努会住在巴利王的心中。主维施努的奉献者通过做奉爱服务征服祂，否则没人能征服主维施努。

第 14 节

श्रीशुक उवाच
एवमश्रद्धितं शिष्यमनादेशकरं गुरुः ।
शशाप दैवप्रहितः सत्यसन्धं मनस्विनम् ॥१४॥

śrī-śuka uvāca
evam aśraddhitaṁ śiṣyam
anādeśakaraṁ guruḥ
śaśāpa daiva-prahitaḥ
satya-sandhaṁ manasvinam

śrī-śukaḥ uvāca—圣舒卡戴瓦·哥斯瓦米说 / evam—如此 / aśraddhitam—不是很尊重灵性导师教导的人 / śiṣyam—向这样一个门徒 / anādeśa-karam—不准备执行他灵性导师命令的人 / guruḥ—灵性导师(舒夸查尔亚) / śaśāpa—诅咒 / daiva-prahitaḥ—受到至尊主的激励 / satya-sandham—坚守诚实品格的人 / manasvinam—具有崇高品德的人

译文 圣舒卡戴瓦·哥斯瓦米继续道：那之后，品德高尚的巴利王坚持做人要诚实，所以没听他灵性导师的指示，想要违抗他的命令。作为灵性导师的舒夸查尔亚受到至尊主的诱导，诅咒了他崇高的门徒巴利王。

要旨 巴利王的行为与他灵性导师舒夸查尔亚的行为之间的区别是：巴利王已经发展出对首神的爱，而舒夸查尔亚因为只不过是个热衷于举行仪式的祭司，所以没有发展出对首神的爱。因此，舒夸查尔亚从没有得到至尊人格首神的启发做奉爱服务。正如《博伽梵歌》第10章的第10节诗记载，至尊主本人说：

teṣāṁ satata-yuktānāṁ
bhajatāṁ prīti-pūrvakam
dadāmi buddhi-yogaṁ taṁ
yena mām upayānti te

“对一直以爱心侍奉我的人，我赐予他们理解力，使他们来到我这里。”

满怀信心和爱真正在做奉爱服务的奉献者，受到至尊人格首神的启发。外士纳瓦从不在意只对举行仪式感兴趣的布茹阿玛纳(smārta-brāhmaṇa)。外士纳瓦从不遵守世俗宗教活动的规定(smarta-viddhi)，圣萨纳坦·哥斯瓦米为指导这些外士纳瓦，编纂了《对哈尔依的奉爱之美》(Hari-bhakti-vilāsa)。尽管至尊主处在每一个生物体的心中，但一个人除非是外士纳瓦，致力于做奉爱服务，否则得不到可以使其回归家园，回到首神的忠告和建议。这样的教导只有奉献者才能得到。正因为如此，这节诗中的梵文“受到至尊主的启发(daiva-prahitaḥ)”一句十分重要。舒夸查尔亚应该鼓励巴利王将一切都给予主维施努。这会是爱至尊主的一个表现。但他没这么做。相反，他想要以诅咒巴利王的形式惩罚这个忠诚的门徒。

第 15 节

दृढं पण्डितमान्यज्ञः स्तब्धोऽस्यस्मदुपेक्षया ।
मच्छासनातिगो यस्त्वमचिराद् भ्रश्यसे श्रियः ॥१५॥

dṛḍhaṁ paṇḍita-māny ajñaḥ
stabdho 'sy asmad-upekṣayā
mac-chāsanātigo yas tvam
acirād bhraśyase śriyaḥ

dṛḍham—如此坚信或坚持自己的决定 / paṇḍita-mānī—以为你自己很博学 / ajñaḥ—同时很愚蠢 / stabdhaḥ—放肆无礼的 / asi—你变得 / asmat—我们的 / upekṣayā—通过不理会 / mat-śāsana-atigaḥ—超越我的管辖范围 / yaḥ—(像你)这样一个人 / tvam—你自己 / acirāt—很快 / bhraśyase—将坠落 / śriyaḥ—从所有的财富

译文　(舒夸查尔亚说：)你虽然没知识，却变成了所谓的博学之人，因此竟敢如此放肆地违抗我的命令。你将因为违抗我而很快失去你所有的财富。

要旨　圣维施瓦纳特·查夸瓦尔提·塔库尔说：巴利王不是“错误地以为自己很博学的人(paṇḍita-mānī)”，而是真正博学到就连其他博学之人都予以崇拜的人(paṇḍita-mānya-jñaḥ)。由于他是那么博学，他甚至能违抗他所谓的灵性导师的命令。他不惧怕任何物质存在处境。得到主维施努照顾的人不需要在乎其他人。正因为如此，巴利王永远都不可能缺乏所有的财富。靠从事功利性活动(karma-kāṇḍa)得到的财富，根本无法与至尊人格首神赐予的财富相比。换句话说，如果有奉献者变得很富有，就该明白，那是至尊人格首神赐予的礼物。这样的财富永远都不会失去，但靠从事功利性活动得到的财富则随时有可能会失去。

第 16 节

एवं शप्तः स्वगुरुणा सत्यान्न चलितो महान् ।
वामनाय ददावेनामर्चित्वोदकपूर्वकम् ॥१६॥

evaṁ śaptaḥ sva-guruṇā
satyān na calito mahān
vāmanāya dadāv enām
arcitvodaka-pūrvakam

evam—就这样 / śaptaḥ—被诅咒 / sva-guruṇā—被他自己的灵性导师 / satyāt—从诚实 / na—不 / calitaḥ—移动 / mahān—伟大的人物 / vāmanāya—向主瓦玛纳戴瓦 / dadau—给予布施 / enām—所有的地 / arcitvā—崇拜后 / udaka-pūrvakam—先供奉水

译文 舒卡戴瓦·哥斯瓦米继续说：甚至在被自己的灵性导师这样诅咒后，作为伟大人物的巴利王也从没有改变他的决心。因此，他按照习俗先将水供奉给瓦玛纳戴瓦，随后将他承诺的土地作为礼物供奉给祂。

第 17 节

विन्ध्यावलिस्तदागत्य पत्नी जालकमालिनी ।
आनिन्ये कलशं हैममवनेजन्यपां भृतम् ॥१७॥

vindhyāvalis tadāgatya
patnī jālaka-mālinī
āninye kalaśaṁ haimam
avanejany-apāṁ bhṛtam

vindhyāvaliḥ—温迪雅娃丽 / tadā—那时 / āgatya—来到那儿 / patnī—巴利王的妻子 / jālaka-mālinī—用一条珍珠项链作装饰 / āninye—致使被带 / kalaśam—水罐 / haimam—金制的 / avanejani-apām—盛放着准备洗至尊主双足的水 / bhṛtam—装满

译文　巴利王那位用珍珠项链装扮自己的妻子温迪雅娃丽，立刻安排带去一个装满了水的、大大的金水罐，那水是准备用来洗浴至尊主的莲花足，以此崇拜祂的。

第 18 节

यजमानः स्वयं तस्य श्रीमत्पादयुगं मुदा ।
अवनिज्यावहन्मूर्ध्नि तदपो विश्वपावनीः ॥१८॥

yajamānaḥ svayaṁ tasya
śrīmat pāda-yugaṁ mudā
avanijyāvahan mūrdhni
tad apo viśva-pāvanīḥ

yajamānaḥ—崇拜者(巴利王) / svayam—亲自 / tasya—主瓦玛纳戴瓦的 / śrīmat pāda-yugam—最吉祥和美丽的一双莲花足 / mudā—满怀喜悦 / avanijya—适当地洗 / avahat—拿取 / mūrdhni—在他头上 / tat—那 / apaḥ—水 / viśva-pāvanīḥ—给整个宇宙解脱的……

译文　崇拜主瓦玛纳戴瓦的巴利王，欢喜地洗浴了至尊主的莲花足，随后把那水洒到自己头上，因为那水可以拯救整个宇宙。

第 19 节

तदासुरेन्द्रं दिवि देवतागणा
गन्धर्वविद्याधरसिद्धचारणाः ।
तत्कर्म सर्वेऽपि गृणन्त आर्जवं
प्रसूनवर्षैर्ववृषुर्मुदान्विताः ॥१९॥

tadāsurendraṁ divi devatā-gaṇā
gandharva-vidyādhara-siddha-cāraṇāḥ
tat karma sarve 'pi gṛṇanta ārjavaṁ
prasūna-varṣair vavṛṣur mudānvitāḥ

tadā－那时 / asura-indram－向恶魔的君王——巴利王 / divi－在高等星系中 / devatā-gaṇāḥ－被称为半神人的居民 / gandharva－歌仙 / vidyādhara－维迪亚达尔 / siddha－神秘仙 / cāraṇāḥ－查冉纳 / tat－那 / karma－行动 / sarve api－他们全体 / gṛṇantaḥ－宣布 / ārjavam－直率和坦白 / prasūna-varṣaiḥ－用花雨 / vavṛṣuḥ－抛撒 / mudā-anvitāḥ－因为对他十分满意

译文 那时，半神人、歌仙、维迪亚达尔、神秘仙和查冉纳等高等星球的居民，对巴利王坦率、不口是心非的行为感到满意，赞扬他的品质，向他抛撒亿万朵鲜花。

要旨 诚实、坦率(ārjavam)——不口是心非，是布茹阿玛纳和外士纳瓦的品格。《圣典博伽瓦谭》第5篇第18章的第12节诗中说：外士纳瓦自然拥有布茹阿玛纳的一切美好品质(yasyāsti bhaktir bhagavaty akiñcanā/sarvair guṇais tatra samāsate surāḥ)。

外士纳瓦应该拥有说真话(satya)、平静(śama)、自我控制(dama)、忍受(titikṣā)和诚实(ārjava)等布茹阿玛纳的品质。外士纳瓦不该口是心非和欺骗。当巴利王满怀对主维施努莲花足的坚定信心和奉爱之情行事时，高等星系的全体居民都赞赏不已。

第 20 节

नेदुर्मुहुर्दुन्दुभयः सहस्रशो
गन्धर्वकिम्पूरुषकिन्नरा जगुः ।
मनस्विनानेन कृतं सुदुष्करं
विद्वानदाद्यद्रिपवे जगत्त्रयम् ॥२०॥

nedur muhur dundubhayaḥ sahasraśo
gandharva-kimpūruṣa-kinnarā jaguḥ
manasvinānena kṛtaṁ suduṣkaraṁ
vidvān adād yad ripave jagat-trayam

neduḥ－开始击打 / muhuḥ－再三 / dundubhayaḥ－喇叭和鼓 / sahasraśaḥ－透过成千上万的 / gandharva－歌仙星球的居民 / kimpū-ruṣa－克音普茹沙星球的居民 / kinnarāḥ－和克音纳尔星球的居民 / jaguḥ－开始歌唱和宣告 / manasvinā－由最崇高的人物 / anena－由巴利王 / kṛtam－被完成 / su-duṣkaram－一项极其困难的任务 / vi-dvān－由于他是最有学问的人 / adāt－给祂一个礼物 / yat－那 / ri-pave－向敌人——支持巴利王的敌人(半神人)的主维施努 / jagat-tra-yam－三个世界

译文　歌仙、克音普茹沙和克音纳尔们接连不断地敲响成千上万的定音鼓、吹响数千的喇叭。他们欢腾地歌唱并宣告："巴利王是多么崇高的人啊！他从事了那么艰巨的任务！他即使知道主维施努站在他敌人一边，但还是以布施的形式将整个世界给予至尊主。"

第 21 节

तद्वामनं रूपमवर्धताद्भुतं
हरेरनन्तस्य गुणत्रयात्मकम् ।
भूः खं दिशो द्यौर्विवराः पयोधय-
स्तिर्यङ्नृदेवा ऋषयो यदासत ॥२१॥

tad vāmanaṁ rūpam avardhatādbhutaṁ
harer anantasya guṇa-trayātmakam
bhūḥ khaṁ diśo dyaur vivarāḥ payodhayas
tiryaṅ-nṛ-devā ṛṣayo yad-āsata

tat－那 / vāmanam－主瓦玛纳的化身 / rūpam－形象 / avardha-ta－开始越来越大 / adbhutam－无疑十分神奇 / hareḥ－至尊人格首神的 / anantasya－无限者的 / guṇa-traya-ātmakam－……的身体由物质能量展开、由(善良、激情和愚昧)三种属性构成 / bhūḥ－大地 / kham－天空 / diśaḥ－所有的方向 / dyauḥ－星系 / vivarāḥ－宇宙的不

同孔洞 / payodhayaḥ－浩瀚的汪洋大海 / tiryak－低等动物、飞禽和走兽 / nṛ－人类 / devāḥ－半神人 / ṛṣayaḥ－伟大的圣洁之人 / yat－在那里 / āsata－生活

译文 接着，扮成瓦玛纳戴瓦形象的、无限的至尊人格首神，开始透过物质能量扩展自己的身体，直到宇宙中的一切，包括地球、众多的星系、天空、四面八方、宇宙中的各种洞穴、海洋、汪洋、飞禽、走兽、人类、半神人和伟大的圣人们，都在祂身体的范围内。

要旨 巴利王想要给瓦玛纳戴瓦布施，但至尊主以让巴利王看“宇宙中的一切都已在祂体内”的方式扩展自己的身体。事实上，没人能给至尊人格首神任何东西，因为祂包含了一切。我们有时看到奉献者将恒河水供奉给恒河。奉献者在恒河中沐浴后，就会捧起一捧水，将它供奉给恒河。事实上，当人用双手从恒河捧起水时，恒河并没有损失什么；同样，如果奉献者将一捧水献给恒河，恒河也没增加什么。但靠这样的供奉，奉献者成为恒河母亲著名的奉献者。当我们怀着奉爱之情和信心给至尊主供奉时，我们所供奉的东西并不属于我们，也没有增加至尊人格首神的财富。但一个人如果将自己拥有的供奉给至尊主，就会被承认为是奉献者。说明这一点的例子是：当人用鲜花和檀香浆装饰自己的脸庞时，在镜子里的影像自然也变得很美丽。至尊人格首神是万物的源头，也是我们的来源。因此，当我们打扮至尊人格首神时，至尊主的奉献者和众生也自然而然变得美丽。

第 22 节

काये बलिस्तस्य महाविभूतेः
सहर्त्विगाचार्यसदस्य एतत् ।

दद्दर्श विश्वं त्रिगुणं गुणात्मके
भूतेन्द्रियार्थाशयजीवयुक्तम् ॥२२॥

kāye balis tasya mahā-vibhūteḥ
sahartvig-ācārya-sadasya etat
dadarśa viśvaṁ tri-guṇaṁ guṇātmake
bhūtendriyārthāśaya-jīva-yuktam

kāye－在体内 / baliḥ－巴利王 / tasya－人格首神的 / mahā-vibhūteḥ－装备着所有神奇财富的人的 / saha-ṛtvik-ācārya-sadasyaḥ－与聚集在一起的全体祭司、灵性导师和圣人 / etat－这 / dadarśa－看 / viśvam－整个宇宙 / tri-guṇam－由物质自然三种属性构成 / guṇa-ātmake－在那个是所有这些属性的源泉中 / bhūta－有所有粗糙的物质元素 / indriya－与感官一起 / artha－与感官对象一起 / āśaya－以及心、智力和假我 / jīva-yuktam－以及众生

译文　巴利王与所有的祭司、灵性导师和集会成员，都看着至尊人格首神这充满六种财富的宇宙形体。那形体容纳宇宙中的一切，包括一切粗糙的物质元素、感官、感官对象、心、智力和错误的自我意识，以及不同种类的生物和物质自然三种属性的作用与反作用。

要旨　《博伽梵歌》中记载，至尊人格首神说：奎师那是一切的来源(ahaṁ sarvasya prabhavo mattaḥ sarvaṁ pravartate)；奎师那是一切(vāsudevaḥ sarvam iti)；一切都在至尊主体内，但至尊主不在一切中(mat-sthāni sarva-bhūtāni na cāhaṁ teṣv avasthitaḥ)。假象宗哲学家(Māyāvādī)认为，既然至尊人格首神——绝对真理变成了一切，祂就不再独立存在了。他们的哲学被称为“一元论(advaita-vāda)”哲学。但他们的哲学其实不正确。在此，巴利王是观看人格首神的宇宙形体的那个观看者，而那形体是被观看的对象。因此，二元论(dvaita-vāda)才是反映真实存在的理论；存在中永远有两个实

体——看者和被看者。看者是整体的一部分，但不等同于整体。整体的一部分——看者，与整体也是一体，但既然只不过是一部分，所以任何时候都不可能是完整的整体。这“同时既是一体又有区别(acintya-bhedābheda)”的完美哲学，是主柴坦亚·玛哈帕布提出的。

第23节

रसामचष्टाङ्घ्रितलेऽथ पादयो-
र्महीं महीध्रान् पुरुषस्य जङ्घयोः ।
पतत्त्रिणो जानुनि विश्वमूर्ते-
रूर्वोर्गणं मारुतमिन्द्रसेनः ॥२३॥

rasām acaṣṭāṅghri-tale 'tha pādayor
mahīṁ mahīdhrān puruṣasya jaṅghayoḥ
patattriṇo jānuni viśva-mūrter
ūrvor gaṇaṁ mārutam indrasenaḥ

rasām－低等星系 / acaṣṭa－观察到 / aṅghri-tale－在脚下或脚底 / atha－那之后 / pādayoḥ－在脚上 / mahīm－大地表面 / mahīdhrān－山脉 / puruṣasya－巨大的人格首神的 / jaṅghayoḥ－在小腿上 / patattriṇaḥ－飞的生物体 / jānuni－在膝盖上 / viśva-mūrteḥ－至尊主巨大的形象的 / ūrvoḥ－在大腿上 / gaṇam mārutam－各种气 / indra-senaḥ－得到天帝因铎的士兵并占领因铎职位的巴利王

译文 那之后，占据了因铎王宝座的巴利王能够看到，茹阿萨塔拉等低等星系在至尊主宇宙形象的脚底部。巴利王看到，地球表面在至尊主的双脚上，所有的山脉在祂的小腿部，各类飞鸟在祂的膝部，各种气在祂的大腿部。

要旨 这节诗通过描述至尊主巨大的宇宙形象，解释了宇宙的完整构成。对这宇宙形象的研究始于脚底。脚底之上是脚面，双脚之上是小腿，小腿之上是膝盖，而膝盖之上是大腿。就这样，这节诗文逐一地描述了宇宙形体的各个部分。膝盖是飞鸟所在的地方，那之上是各种空气。飞鸟能在高山的上空飞翔，在飞鸟之上是各种气流。

第 24 节

सन्ध्यां विभोर्वाससि गुह्य ऐक्षत्
प्रजापतीञ्जघने आत्ममुख्यान् ।
नाभ्यां नभः कुक्षिषु सप्तसिन्धू-
नुरुक्रमस्योरसि चर्क्षमालाम् ॥२४॥

sandhyāṁ vibhor vāsasi guhya aikṣat
prajāpatīñ jaghane ātma-mukhyān
nābhyāṁ nabhaḥ kukṣiṣu sapta-sindhūn
urukramasyorasi carkṣa-mālām

sandhyām—傍晚的薄暮 / vibhoḥ—至尊者的 / vāsasi—在衣服中 / guhye—在阴部 / aikṣat—他看到 / prajāpatīn—各种给予众生出生机会的生物体祖先 / jaghane—在臀部 / ātma-mukhyān—巴利王信赖的大臣们 / nābhyām—在肚脐上 / nabhaḥ—整个天空 / kukṣiṣu—在腰部 / sapta—七个 / sindhūn—汪洋 / urukramasya—活动神奇的至尊人格首神的 / urasi—在胸膛上 / ca—也 / ṛkṣa-mālām—成簇的星星

译文　巴利王看到，晚霞在行事神奇的至尊主所穿的衣服下摆。在至尊主私部，他看到生物体祖先。在至尊主的臀围部，他看到自己与他信任的同伴们。在至尊主的肚脐部，他看到天空。在至尊主的腰部，他看到七大洋。在至尊主的胸部，他看到所有成簇的星星。

第 25—29 节

हृद्यङ्ग धर्मं स्तनयोर्मुरारे-
र्ऋतं च सत्यं च मनस्यथेन्दुम् ।

श्रियं च वक्षस्यरविन्दहस्तां
 कण्ठे च सामानि समस्तरेफान् ॥२५॥

इन्द्रप्रधानानमरान् भुजेषु
 तत्कर्णयोः ककुभो द्यौश्च मूर्ध्नि ।
केशेषु मेघाञ्छ्वसनं नासिकाया-
 मक्ष्णोश्च सूर्यं वदने च वह्निम् ॥२६॥

वाण्यां च छन्दांसि रसे जलेशं
 भ्रुवोर्निषेधं च विधिं च पक्ष्मसु ।
अहश्च रात्रिं च परस्य पुंसो
 मन्युं ललाटेऽधर एव लोभम् ॥२७॥

स्पर्शे च कामं नृप रेतसाम्भः
 पृष्ठे त्वधर्मं क्रमणेषु यज्ञम् ।
छायासु मृत्युं हसिते च मायां
 तनूरुहेष्वोषधिजातयश्च ॥२८॥

नदीश्च नाडीषु शिला नखेषु
 बुद्धावजं देवगणानृषींश्च ।
प्राणेषु गात्रे स्थिरजङ्गमानि
 सर्वाणि भूतानि ददर्श वीरः ॥२९॥

hṛdy aṅga dharmaṁ stanayor murārer
 ṛtaṁ ca satyaṁ ca manasy athendum
śriyaṁ ca vakṣasy aravinda-hastāṁ
 kaṇṭhe ca sāmāni samasta-rephān

indra-pradhānān amarān bhujeṣu
 tat-karṇayoḥ kakubho dyauś ca mūrdhni
keśeṣu meghāñ chvasanaṁ nāsikāyām
 akṣṇoś ca sūryaṁ vadane ca vahnim

vāṇyāṁ ca chandāṁsi rase jaleśaṁ
bhruvor niṣedhaṁ ca vidhiṁ ca pakṣmasu
ahaś ca rātriṁ ca parasya puṁso
manyuṁ lalāṭe 'dhara eva lobham

sparśe ca kāmaṁ nṛpa retasāmbhaḥ
pṛṣṭhe tv adharmaṁ kramaṇeṣu yajñam
chāyāsu mṛtyuṁ hasite ca māyāṁ
tanū-ruheṣv oṣadhi-jātayaś ca

nadīś ca nāḍīṣu śilā nakheṣu
buddhāv ajaṁ deva-gaṇān ṛṣīṁś ca
prāṇeṣu gātre sthira-jaṅgamāni
sarvāṇi bhūtāni dadarśa vīraḥ

hṛdi—在心脏中 / aṅga—我亲爱的帕瑞克西特王 / dharmam—宗教 / stanayoḥ—在胸怀 / murāreḥ—至尊人格首神穆茹阿瑞的 / ṛtam—令人十分愉快的话语 / ca—也 / satyam—诚实 / ca—也 / manasi—在内心 / atha—那之后 / indum—月亮 / śriyam—幸运女神 / ca—也 / vakṣasi—在胸膛上 / aravinda-hastām—总是手持一朵莲花的她 / kaṇṭhe—在颈部 / ca—也 / sāmāni—所有的韦达经(萨玛、亚诸尔、瑞歌和阿塔尔瓦) / samasta-rephān—所有的声音震荡 / indra-pradhānān—以天帝因铎为首 / amarān—全体半神人 / bhujeṣu—在手臂上 / tat-karṇayoḥ—在耳朵上 / kakubhaḥ—所有的方向 / dyauḥ ca—发光体 / mūrdhni—在头顶上 / keśeṣu—在头发中 / meghān—云朵 / śvasanam—呼吸 / nāsikāyām—在鼻孔中 / akṣṇoḥ ca—在眼里 / sūryam—太阳 / vadane—在嘴里 / ca—也 / vahnim—火 / vāṇyām—在祂的言词中 / ca—也 / chandāṁsi—韦达赞美诗 / rase—在舌头中 / jala-īśam—水神 / bhruvoḥ—在眉毛上 / niṣedham—警告 / ca—也 / vidhim—规范原则 / ca—也 / pakṣmasu—在眼皮内 / ahaḥ ca—白昼 / rātrim—夜晚 / ca—也 / parasya—至尊者的 / puṁsaḥ—人的 / manyum—愤怒 / lalāṭe—在前额上 / adhare—在嘴唇上 / eva—事实上 / lobham—贪婪 / sparśe—在祂的触碰中 / ca—也 / kāmam—色欲 / nṛpa—君王啊 / retasā—经由精液 / ambhaḥ—水 / pṛṣṭhe—在背部 / tu—但是 / adharmam—非宗教 / kramaṇeṣu—在神奇的活动中 / yajñam—火祭 / chāyāsu—在影子中 / mṛtyum—死亡 / hasite—在祂的微笑中 / ca—也 / māyām—错觉能量 / tanū-ruheṣu—在体毛内 / oṣadhi-jātayaḥ—所有种类的草药和植物 / ca—以及 / nadīḥ—河流 / ca—也 / nāḍīṣu—在血管中 / śilāḥ—石头 / nakheṣu—在指甲里 / buddhau—在智力中 / ajam—主布茹阿玛 / deva-gaṇān—半神人们 / ṛṣīn ca—和伟大的圣人 / prāṇeṣu—在感官中 / gātre—在体内 / sthira-jaṅgamāni—动与不动的 / sarvāṇi—他们全体 / bhūtāni—生物体 / dadarśa—看到 / vīraḥ—巴利王

译文 我亲爱的君王，在主穆茹阿瑞的心脏部，巴利王看到宗教。在至尊主的胸膛，他看到令人愉快的话语和诚实。巴利王看到，月亮在至尊主的内心，手持一朵莲花的幸运女神在祂的胸怀，所有的韦达经和声音震荡在祂的颈部，以因铎王为首的全体半神人在祂的手臂；在至尊主的双耳中是所有的方向，在祂的头部是高等星系，在祂的头发上是云朵，在祂的鼻孔内是风，在祂的眼睛上是太阳，在祂的嘴里是火。所有的韦达赞歌来自祂的话语；祂的舌头上是水神瓦茹纳戴瓦；祂的眉毛上是规范原则；祂的眼皮上是白昼和黑夜(祂眼睛睁开时是白天，闭上时是夜晚)。在祂的前额是愤怒，祂的嘴唇上是贪婪。君王啊！祂的触碰中是色欲，祂的精液中是所有的液体，祂的背部是非宗教，祂神奇的活动或步伐是祭祀之火。在祂的影子上是死亡，在祂的微笑中是错觉能量，在祂的体毛上是所有的草药。祂的血管中流动着所有的河流，祂的指甲上是所有的石头，祂的智力中是主布茹阿玛、半神人及伟大的圣洁之人，祂的全身和感官是动与不动的众生。就这样，巴利王看到一切都在至尊主庞大的形体内。

第 30 节

सर्वात्मनीदं भुवनं निरीक्ष्य
　　सर्वेऽसुराः कश्मलमापुरङ्ग ।
सुदर्शनं चक्रमसह्यतेजो
　　धनुश्च शार्ङ्गं स्तनयित्नुघोषम् ॥३०॥

sarvātmanīdaṁ bhuvanaṁ nirīkṣya
　sarve 'surāḥ kaśmalam āpur aṅga
sudarśanaṁ cakram asahya-tejo
　dhanuś ca śārṅgaṁ stanayitnu-ghoṣam

sarva-ātmani－在至尊整体——至尊人格首神中 / idam－这宇宙 / bhuvanam－三个世界 / nirīkṣya－通过观察 / sarve－所有的 / asurāḥ－恶魔——巴利王的同伴 / kaśmalam－惊骇 / āpuḥ－接受 / aṅga－君王啊 / sudarśanam－名叫苏达尔珊 / cakram－飞轮 / asahya－无法忍受的 / tejaḥ－热度……的 / dhanuḥ ca－和弓 / śārṅgam－名叫沙尔嘎 / stanayitnu－云层中的雷鸣 / ghoṣam－听起来像是

译文　君王啊！当巴利王的追随者——全体恶魔，看到将一切都包含在自己体内的至尊人格首神的宇宙形象时，当他们看到至尊主手持发出不可忍受之灼热的苏达尔珊飞轮，听到祂的弓发出剧烈的声响时，这一切使他们内心惊骇、绝望不已。

第 31 节

पर्जन्यघोषो जलजः पाञ्चजन्यः
　　कौमोदकी विष्णुगदा तरस्विनी ।
विद्याधरोऽसिः शतचन्द्रयुक्त-
　　स्तूणोत्तमावक्षयसायकौ च ॥३१॥

parjanya-ghoṣo jalajaḥ pāñcajanyaḥ
kaumodakī viṣṇu-gadā tarasvinī
vidyādharo 'siḥ śata-candra-yuktas
tūṇottamāv akṣayasāyakau ca

parjanya-ghoṣaḥ—具有像是云层发出的声音 / jalajaḥ—至尊主的海螺 / pāñcajanyaḥ—名叫潘查湛亚的 / kaumodakī—以考摩达克伊闻名于世 / viṣṇu-gadā—主维施努的大头棒 / tarasvinī—用巨大的力量 / vidyādharaḥ—名叫维迪亚达尔 / asiḥ—宝刀 / śata-candra-yuktaḥ—用一百个月亮般的亮片装饰着 / tūṇa-uttamau—最好的箭筒 / akṣayasāyakau—名叫阿克沙亚萨雅卡 / ca—也

译文 至尊主那名叫潘查湛亚的海螺，发出的声音恰似云层的声音；祂那威力无比强大的大头棒考摩达克伊，祂那名叫维迪亚达尔的宝刀和用数百个如月亮般的亮片装饰着的盾牌，以及最非凡的箭筒阿克沙亚萨雅卡：所有这些都一起出现向至尊主献上祈祷。

第32—33节

सुनन्दमुख्या उपतस्थुरीशं
पार्षदमुख्याः सहलोकपालाः ।
स्फुरत्किरीटाङ्गदमीनकुण्डलः
श्रीवत्सरत्नोत्तममेखलाम्बरैः ॥३२॥

मधुव्रतस्रग्वनमालयावृतो
रराज राजन् भगवानुरुक्रमः ।
क्षितिं पदैकेन बलेर्विचक्रमे
नभः शरीरेण दिशश्च बाहुभिः ॥३३॥

sunanda-mukhyā upatasthur īśaṁ
pārṣada-mukhyāḥ saha-loka-pālāḥ
sphurat-kirīṭāṅgada-mīna-kuṇḍalaḥ
śrīvatsa-ratnottama-mekhalāmbaraiḥ

madhuvrata-srag-vanamālayāvṛto
rarāja rājan bhagavān urukramaḥ
kṣitiṁ padaikena baler vicakrame
nabhaḥ śarīreṇa diśaś ca bāhubhiḥ

sunanda-mukhyāḥ一以苏南达为首的至尊主的同伴 / upatasthuḥ一开始献上祈祷 / īśam一向至尊人格首神 / pārṣada-mukhyāḥ一其他主要的同伴 / saha-loka-pālāḥ一与所有星球的主管神明一起 / sphurat-kirīṭa一戴着光芒四射的头盔 / aṅgada一手镯 / mīna-kuṇḍalaḥ一和鱼形耳坠 / śrīvatsa一胸膛上名叫施瑞瓦特萨的毛发 / ratna-uttama一最好的宝石(考斯图巴) / mekhalā一腰带 / ambaraiḥ一黄色的衣服 / madhu-vrata一蜜蜂的 / srak一在有花环的……中 / vanamālayā一由一个鲜花花环 / āvṛtaḥ一覆盖 / rarāja一突出展现 / rājan一君王啊 / bhagavān一至尊人格首神 / urukramaḥ一因神奇的活动而著名的 / kṣitim一整个世界表面 / padā ekena一用一个跨步 / baleḥ一巴利王的 / vicakrame一覆盖 / nabhaḥ一天空 / śarīreṇa一用祂的身体 / diśaḥ ca一和所有的方向 / bāhubhiḥ一以祂的手臂

译文　以苏南达为首的这些同伴、其他主要的同伴及各种星球的全体主管神明们一起，向佩戴着光芒四射的头盔、手镯及鲨鱼状闪亮耳坠的至尊主献上祈祷。至尊主的胸膛上有一绺称为施瑞瓦特萨的毛发，还有名叫考斯图巴的超然宝石。祂身穿黄色衣服，一条腰带束身。祂用一串由蜜蜂环绕着的鲜花花环作装饰。君王啊！活动神奇的至尊人格首神这样展示祂自己，用一步覆盖了整个地球表面，用身体覆盖了天空，用祂的手臂覆盖了所有的方向。

要旨　人们也许争论说：“既然巴利王承诺瓦玛纳戴瓦要把祂用脚步占据的土地给予祂，主瓦玛纳戴瓦为什么还要占据天空呢？”就有关这一点，圣吉瓦·哥斯瓦米说：那些脚步包括了向上和向下的一切。当人站起来时，无疑就会占据部分的天空，以及脚下部分的土地。因此，至尊人格首神用自己的身体占据整个天空是很平常的事。

第 34 节

पदं द्वितीयं क्रमतस्त्रिविष्टपं
न वै तृतीयाय तदीयमण्वपि ।
उरुक्रमस्याङ्घ्रिरुपर्युपर्यथो
महर्जनाभ्यां तपसः परं गतः ॥३४॥

padaṁ dvitīyaṁ kramatas triviṣṭapaṁ
na vai tṛtīyāya tadīyam aṇv api
urukramasyāṅghrir upary upary atho
mahar-janābhyāṁ tapasaḥ paraṁ gataḥ

padam—脚步 / dvitīyam—第二 / kramataḥ—前进的 / tri-viṣṭa-pam—所有的天堂星球 / na—不 / vai—事实上 / tṛtīyāya—为第三步 / tadīyam—至尊主的 / aṇu api—只剩下立锥之地 / urukramasya—从事非凡活动的至尊人格首神的 / aṅghriḥ—占领上方和下方的脚步 / upari upari—越来越高 / atho—现在 / mahaḥ-janābhyām—超过玛哈尔星球和佳纳星球 / tapasaḥ—那个塔珀星球 / param—超越那 / gataḥ—接近

译文 当至尊主跨出祂的第二步时，祂覆盖了天堂星球。甚至没有任何余地留给第三步，因为至尊主的脚越来越往高处延伸，超过了玛哈尔星球、佳纳星球、塔珀星球，甚至萨提亚星球。

要旨 当至尊主跨出的一步跨过包括玛哈尔星球(Maharloka)、佳纳星球(Janaloka)、塔珀星球(Tapoloka)和萨提亚星球(Satyaloka)在内的所有高等星球时，祂的脚趾甲无疑刺穿了宇宙的覆盖层。宇宙由五层物质元素覆盖着(bhūmir āpo 'nalo vāyuḥ kham)。正如启示经典说明：这些元素构成的覆盖层，从内向外，每一层都比前一层厚十倍。尽管如此，至尊主的脚趾甲还是在所有这些覆盖层上穿了个连接到灵性世界的洞。透过这个洞，恒河之水流进了物质世界，因此描述至尊主的十位化身的第5首赞歌(Daśāvatā-ra-stotra 5)中说：当您刺穿宇宙之壳时，触碰到您莲花足的水以恒河的形式净化了众生(pada-nakha-nīra janita jana-pāvana)。由于至尊主在宇宙的覆盖层上踢出一个洞，恒河之水流进物质世界，拯救所有坠落了的灵魂。

到此为止，结束了巴克提韦丹塔对《圣典博伽瓦谭》第8篇第20章——“巴利王交出宇宙控制权”所作的阐释。

第二十一章

至尊主逮捕巴利王

这一章讲述主维施努如何为了要宣扬巴利王(Bali Mahārāja)的荣耀，以他没有实现承诺让至尊主跨出第三步为借口逮捕了他。

至尊人格首神跨出的第二步已经跨过了宇宙最高的星球——布茹阿玛星球(Brahmaloka)，祂脚趾甲发出的光芒使布茹阿玛星球的美黯然失色。主布茹阿玛(Brahmā)在玛瑞祺(Marīci)等伟大的圣人及所有高等星球的主管神明的陪伴下，谦卑地向至尊主献上祈祷，崇拜至尊主。他们为至尊主浴足，以各种用品崇拜祂。熊王(Ṛkṣarāja)湛巴万(Jāmbavān)吹响他的军号，赞美至尊主的荣耀。当巴利王失去他全部的资产时，恶魔们感到十分恼怒。尽管巴利王警告他们不要攻击主维施努，但他们还是拿起武器去攻击祂。主维施努(Viṣṇu)永恒的同伴把他们打得落花流水，他们不得不遵照巴利王的命令全体撤到宇宙的低等星球去。主维施努的坐骑嘎茹达(Garuḍa)了解主维施努的心思，立刻用瓦茹纳(Varuṇa)的绳子捆绑起巴利王。当巴利王这样沦落到无助的地位时，主维施努问他有关第三步土地的事。主维施努欣赏巴利王的决心和诚实，因此在巴利王无法实现他的诺言时，明确地告诉他，他将要居住的星球是比天堂星球还要好的苏塔拉星球(Sutala)。

第 1 节

श्रीशुक उवाच
सत्यं समीक्ष्याब्जभवो नखेन्दुभि-
र्हतस्वधामद्युतिरावृतोऽभ्यगात् ।

मरीचिमिश्रा ऋषयो बृहद्व्रताः
सनन्दनाद्या नरदेव योगिनः ॥१॥

śrī-śuka uvāca
satyaṁ samīkṣyābja-bhavo nakhendubhir
hata-svadhāma-dyutir āvṛto 'bhyagāt
marīci-miśrā ṛṣayo bṛhad-vratāḥ
sanandanādyā nara-deva yoginaḥ

śrī-śukaḥ uvāca—圣舒卡戴瓦·哥斯瓦米说 / satyam—萨提亚星球 / samīkṣya—靠观察 / abja-bhavaḥ—显现在莲花上的主布茹阿玛 / nakha-indubhiḥ—被趾甲的光亮 / hata—被降低 / sva-dhāma-dyutiḥ—他自己住所的光芒 / āvṛtaḥ—被遮住 / abhyagāt—来 / marīci-miśrāḥ—与玛瑞祺那样的圣人 / ṛṣayaḥ—伟大、圣洁的人们 / bṛhat-vratāḥ—他们都是严格的贞守生 / sanandana-ādyāḥ—萨纳卡、萨纳坦、萨南丹和萨纳特·库玛尔等 / nara-deva—君王啊 / yoginaḥ—非凡强大的神秘主义者

译文 圣舒卡戴瓦·哥斯瓦米继续说：当出生在一朵莲花上的主布茹阿玛看到，主瓦玛纳戴瓦的脚趾甲的耀眼光芒盖过了他住所布茹阿玛星球的光芒时，他便去找至尊人格首神。以玛瑞祺为首的全体大圣人和萨南丹等瑜伽师陪主布茹阿玛一同前往，但君王啊！在那耀眼光芒的照射下，就连主布茹阿玛和他的同伴都显得微不足道。

第2—3节

वेदोपवेदा नियमा यमान्विता-
स्तर्केतिहासाङ्गपुराणसंहिताः ।
ये चापरे योगसमीरदीपित-
ज्ञानाग्निना रन्धितकर्मकल्मषाः ॥२॥

ववन्दिरे यत्स्मरणानुभावतः
　　स्वायम्भुवं धाम गता अकर्मकम् ।
अथाङ्घ्रये प्रोन्नमिताय विष्णो-
　　रुपाहरत्पद्मभवोऽर्हणोदकम् ।
समर्च्य भक्त्याभ्यगृणाच्छुचिश्रवा
　　यन्नाभिपङ्केरुहसम्भवः स्वयम् ॥ ३ ॥

vedopavedā niyamā yamānvitās
　tarketihāsāṅga-purāṇa-saṁhitāḥ
ye cāpare yoga-samīra-dīpita-
　jñānāgninā randhita-karma-kalmaṣāḥ

vavandire yat-smaraṇānubhāvataḥ
　svāyambhuvaṁ dhāma gatā akarmakam
athāṅghraye pronnamitāya viṣṇor
　upāharat padma-bhavo 'rhaṇodakam
samarcya bhaktyābhyagṛṇāc chuci-śravā
　yan-nābhi-paṅkeruha-sambhavaḥ svayam

veda—至尊人格首神给予的原本知识——四部韦达经(萨玛、亚诸尔、瑞歌和阿塔尔瓦) / upavedāḥ—阿尤尔韦达(医学)和达努尔韦达(军事)等补充韦达知识 / niyamāḥ—规范原则 / yama—控制程序 / anvitāḥ—完全精通这样的内容 / tarka—逻辑 / itihāsa—历史 / aṅga—韦达教育 / purāṇa—往世书的故事中记载的古老历史 / saṁhitāḥ—《布茹阿玛·萨密塔》等韦达补充文献 / ye—其他的 / ca—也 / apare—除了主布茹阿玛和他的同伴 / yoga-samīra-dīpita—被神秘瑜伽练习之气点燃 / jñāna-agninā—被知识之火 / randhita-karma-kalmaṣāḥ—那些不再受任何功利性活动污染的人 / vavandire—献上他们的祈祷 / yat-smaraṇa-anubhāvataḥ—仅仅靠冥想…… / svāyambhuvam—主布茹阿玛的 / dhāma—住所 / gatāḥ—获得 / akarmakam—靠功利性活动无法获得的 / atha—因此 / aṅghraye—对莲花足 / pronnamitāya—致敬 / viṣṇoḥ—主维施努的 / upāharat—献上崇拜 / padmabhavaḥ－从莲花显现的主布茹阿玛／arhaṇa-udakam－献上水／samarcya－崇拜／bhaktyā－怀着奉爱之情／abhyagrṇāt－取悦他／śuci-śravāḥ－最著名的韦达权威／yat-nābhi-paṅkeruha-sambhavaḥ svayam－从(人格首神)的肚脐长出的莲花上出现的主布茹阿玛

译文 在前去崇拜至尊主莲花足的伟大人物中，有的在自我控制和遵守规范原则方面达到了完美境界，有的精通逻辑、历史、大众教育和记载古老历史事件(kalpa)的韦达文献；有的精通《布茹阿玛·萨密塔》等韦达推论，有关韦达经(《萨玛》、《亚诸尔》、《瑞歌》和《阿塔尔瓦》)的一切知识，以及韦达补充性知识(《韦达医学》和《军事韦达》等)；有的靠练瑜伽所唤醒的超然知识去除了功利性活动的反作用；其他还有的人，靠韦达知识而非普通功利性活动，被提升上布茹阿玛星球。诞生在从主维施努肚脐长出的莲花上的主布茹阿玛，在忠心耿耿地用献上水崇拜过至尊主抬起的莲花足后，向至尊主献上祈祷。

第4节

धातुः कमण्डलुजलं तदुरुक्रमस्य
पादावनेजनपवित्रतया नरेन्द्र ।
स्वर्धुन्यभून्नभसि सा पतती निमार्ष्टि
लोकत्रयं भगवतो विशदेव कीर्तिः ॥४॥

dhātuḥ kamaṇḍalu-jalaṁ tad urukramasya
pādāvanejana-pavitratayā narendra
svardhuny abhūn nabhasi sā patatī nimārṣṭi
loka-trayaṁ bhagavato viśadeva kīrtiḥ

dhātuḥ－主布茹阿玛的／kamaṇḍalu-jalam－从布茹阿玛的水罐／tat－那／urukramasya－主维施努的／pāda-avanejana-pavitratayā－因为洗浴主维施努的莲花足而得到超然净化的／nara-indra－君王

啊 / svardhunī—天界中名叫斯瓦尔杜妮的河流 / abhūt—如此变成 / nabhasi—在外太空中 / sā—那水 / patatī—流下 / nimārṣṭi—净化 / lo-ka-trayam—三个世界 / bhagavataḥ—至尊人格首神的 / viśadā—如此净化 / iva—正如 / kīrtiḥ—声誉或光荣的活动

译文 君王啊！从主布茹阿玛的水罐倒出的水，洗浴过被称为非凡行动者(乌茹夸玛)的主瓦玛纳戴瓦的莲花足后，变得如此纯净，以致转化为从天而降的恒河水，如同至尊人格首神的纯洁美名般净化着三个世界。

要旨 从这节诗文中我们了解到，恒河是由主布茹阿玛用他水罐中的水洗浴主瓦玛纳戴瓦莲花足时形成的。然而，第五篇中说明，当瓦玛纳戴瓦的左脚刺穿宇宙的覆盖层时，原因之洋中超然的水渗漏进宇宙，形成了恒河水。在其他地方还说明，主纳茹阿亚纳(Nārāyaṇa)显现为恒河之水。所以，恒河水由三种超然的水组成。正因为如此，恒河能够净化三个世界。这是圣维施瓦纳特·查夸瓦尔提·塔库尔(Viśvanātha Cakravartī Ṭhākura)所给予的说明。

第5节

ब्रह्मादयो लोकनाथाः स्वनाथाय समादृताः ।
सानुगा बलिमाजह्रुः सङ्क्षिप्तात्मविभूतये ॥५॥

brahmādayo loka-nāthāḥ
sva-nāthāya samādṛtāḥ
sānugā balim ājahruḥ
saṅkṣiptātma-vibhūtaye

brahma-ādayaḥ—以主布茹阿玛为首的伟大人物 / loka-nāthāḥ—各个星球上的主宰神明 / sva-nāthāya—向他们至高无上的主人 / sa-mādṛtāḥ—怀着巨大的敬意 / sa-anugāḥ—与他们各自的随从一起 / ba-lim—不同的崇拜用品 / ājahruḥ—收集 / saṅkṣipta-ātma-vibhūtaye—向

扩展了祂个人的财富，但现在却缩小自己的身形现出瓦玛纳戴瓦形象的至尊主

译文　主布茹阿玛与各个星系上所有的主管神明一起，开始崇拜他们的至尊主人——将遍布一切的形象缩小到原本形象的主瓦玛纳戴瓦。他们收集起所有崇拜用的材料及用具。

要旨　瓦玛纳戴瓦首先扩展自己展示出宇宙形象，随后又将自己的形象缩小到原本的瓦玛纳形象(Vāmana-rūpa)。祂就这样像主奎师那(Kṛṣṇa)一样行事；主奎师那曾经应阿尔诸纳(Arjuna)的请求先展示自己的宇宙形象，随后又恢复祂作为奎师那的原本形象。至尊主可以展现祂想要展现的任何形象，但奎师那的形象是祂原本的形象(kṛṣṇas tu bhagavān svayam)。至尊主按照祂奉献者的能力展现各种形象，以使祂的奉献者能够与祂交流。这是祂没有缘故的仁慈。当主瓦玛纳戴瓦恢复祂原本的瓦玛纳形象时，主布茹阿玛及其同伴为取悦祂而收集各种崇拜祂的用品。

第 6—7 节

तोयैः समर्हणैः स्रग्भिर्दिव्यगन्धानुलेपनैः ।
धूपैर्दीपैः सुरभिभिर्लाजाक्षतफलाङ्कुरैः ॥ ६ ॥

स्तवनैर्जयशब्दैश्च तद्वीर्यमहिमाङ्कितैः ।
नृत्यवादित्रगीतैश्च शङ्खदुन्दुभिनिःस्वनैः ॥ ७ ॥

toyaiḥ samarhaṇaiḥ sragbhir
divya-gandhānulepanaiḥ
dhūpair dīpaiḥ surabhibhir
lājākṣata-phalāṅkuraiḥ

stavanair jaya-śabdaiś ca
tad-vīrya-mahimāṅkitaiḥ

nṛtya-vāditra-gītaiś ca
　śaṅkha-dundubhi-niḥsvanaiḥ

toyaiḥ—用需要洗莲花足和沐浴的水 / samarhaṇaiḥ—用洗莲花足的水等崇拜至尊主的物品 / sragbhiḥ—用鲜花花环 / divya-gandha-anulepanaiḥ—用檀香浆和芦荟浆等多种浆液涂抹在主瓦玛纳戴瓦身上 / dhūpaiḥ—用熏香 / dīpaiḥ—用灯 / surabhibhiḥ—它们都格外香 / lāja—用油炸米饼 / akṣata—用没破碎的谷物 / phala—用水果 / aṅku-raiḥ—用根茎和嫩枝 / stavanaiḥ—通过献上祈祷 / jaya-śabdaiḥ—通过说"胜利、胜利" / ca—也 / tat-vīrya-mahimā-aṅkitaiḥ—表明至尊主光荣活动的 / nṛtya-vāditra-gītaiḥ ca—通过跳舞、演奏各种乐器和唱歌 / śaṅkha—吹响海螺的 / dundubhi—打鼓的 / niḥsvanaiḥ—透过声音震荡

译文　他们以献上芬芳的鲜花、水、檀香浆、芦荟浆、熏香、酥油灯、油炸米饼、未破碎的谷物、水果、根茎及嫩芽，并为至尊主洗浴莲花足的方式，崇拜至尊主。在这样做的同时，他们献上赞美至尊主活动的祈祷并高呼"胜利！胜利！"他们还跳舞、弹奏乐器、唱歌、吹海螺、敲鼓，以此崇拜至尊主。

第8节

जाम्बवानृक्षराजस्तु भेरीशब्दैर्मनोजवः ।
विजयं दिक्षु सर्वासु महोत्सवमघोषयत् ॥ ८ ॥

jāmbavān ṛkṣa-rājas tu
　bherī-śabdair mano-javaḥ
vijayaṁ dikṣu sarvāsu
　mahotsavam aghoṣayat

jāmbavān—名叫湛巴万的…… / ṛkṣa-rājaḥ tu—在熊身体中的君王也 / bherī-śabdaiḥ—通过吹响军号 / manaḥ-javaḥ—在心醉神迷的状

态中 / vijayam一胜利 / dikṣu一在所有的方向 / sarvāsu一到处 / mahā-utsavam一节日 / aghoṣayat一公开宣布

译文 熊王湛巴万也参加了庆典。他朝所有的方向吹响他的军号，宣告为主瓦玛纳戴瓦的胜利举行盛大的节庆。

第 9 节

महीं सर्वां हृतां दृष्ट्वा त्रिपदव्याजयाञ्चया ।
ऊचुः स्वभर्तुरसुरा दीक्षितस्यात्यमर्षिताः ॥ ९ ॥

mahīṁ sarvāṁ hṛtāṁ dṛṣṭvā
tripada-vyāja-yācñayā
ūcuḥ sva-bhartur asurā
dīkṣitasyātyamarṣitāḥ

mahīm一土地 / sarvām一所有的 / hṛtām一失去 / dṛṣṭvā一看到后 / tri-pada-vyāja-yācñayā一仅仅通过要求三跨步的土地 / ūcuḥ一说 / sva-bhartuḥ一他们的主人的 / asurāḥ一恶魔们 / dīkṣitasya一如此坚定地举行祭祀的巴利王的 / ati一非常 / amarṣitāḥ一无法忍受这种庆典的……

译文 巴利王的恶魔下属看到他们那曾下决心举行祭祀的主人失去他所有的财富，一切都被乞求三跨步土地的瓦玛纳戴瓦拿走时，不禁愤恨不已，说了如下一番话。

第 10 节

न वायं ब्रह्मबन्धुर्विष्णुर्मायाविनां वरः ।
द्विजरूपप्रतिच्छन्नो देवकार्यं चिकीर्षति ॥१०॥

na vāyaṁ brahma-bandhur
viṣṇur māyāvināṁ varaḥ
dvija-rūpa-praticchanno
deva-kāryaṁ cikīrṣati

na—不 / vā—或者 / ayam—这 / brahma-bandhuḥ—以布茹阿玛纳形象出现的瓦玛纳戴瓦 / viṣṇuḥ—祂是主维施努本人 / māyāvinām—在所有的骗子当中 / varaḥ—最了不起的 / dvija-rūpa—通过采用布茹阿玛纳的形象 / praticchannaḥ—为欺骗而乔装改扮 / deva-kāryam—半神人的利益 / cikīrṣati—祂为……做事

译文 “这个瓦玛纳无疑不是个布茹阿玛纳，而是最大的骗子主维施努。祂乔装打扮成布茹阿玛纳，以掩盖自己的身份，这样为半神人的利益而做事。”

第 11 节

अनेन याचमानेन शत्रुणा वटुरूपिणा ।
सर्वस्वं नो हृतं भर्तुर्न्यस्तदण्डस्य बर्हिषि ॥११॥

anena yācamānena
śatruṇā vaṭu-rūpiṇā
sarvasvaṁ no hṛtaṁ bhartur
nyasta-daṇḍasya barhiṣi

anena—由祂 / yācamānena—以乞丐身份出现的人 / śatruṇā—由敌人 / vaṭu-rūpiṇā—以贞守生的形象 / sarvasvam——切 / naḥ—我们的 / hṛtam—被拿走 / bhartuḥ—我们主人的 / nyasta—被放弃 / daṇḍasya—给予惩罚的力量……的 / barhiṣi—因为发下祭祀的誓言

译文 “我们的主人巴利王因为在举行祭祀中的地位和状态而放弃了惩罚的权利。我们永恒的敌人维施努趁机打扮成一个贞守生乞丐，夺走了他拥有的一切。”

第 12 节

सत्यव्रतस्य सततं दीक्षितस्य विशेषतः ।
नानृतं भाषितुं शक्यं ब्रह्मण्यस्य दयावतः ॥१२॥

satya-vratasya satataṁ
dīkṣitasya viśeṣataḥ
nānṛtaṁ bhāṣituṁ śakyaṁ
brahmaṇyasya dayāvataḥ

satya-vratasya－坚持诚实的巴利王的 / satatam－总是 / dīkṣita-sya－致力于举行祭祀的他的 / viśeṣataḥ－特别地 / na－不 / anṛtam－不真实 / bhāṣitum－说话 / śakyam－是能够 / brahmaṇyasya－对布茹阿玛纳文化或对布茹阿玛纳 / dayā-vataḥ－总是仁慈的他的

译文 “我们的主人巴利王总是坚持诚实为人，尤其现在，自从他致力于举行祭祀后更是如此。他总是对布茹阿玛纳仁慈、亲切，他在任何时候都无法说谎。”

第 13 节

तस्मादस्य वधो धर्मो भर्तुः शुश्रूषणं च नः ।
इत्यायुधानि जगृहुर्बलेरनुचरासुराः ॥१३॥

tasmād asya vadho dharmo
bhartuḥ śuśrūṣaṇaṁ ca naḥ
ity āyudhāni jagṛhur
baler anucarāsurāḥ

tasmāt－因此 / asya－这个贞守生瓦玛纳戴瓦的 / vadhaḥ－杀死 / dharmaḥ－是我们的责任 / bhartuḥ－我们主人的 / śuśrūṣaṇam ca－也是侍奉的方式 / naḥ－我们的 / iti－这 / āyudhāni－所有种类的武器 / jagṛhuḥ－他们拿起 / baleḥ－巴利王的 / anucara－随从 / asurāḥ－全体恶魔

译文 “正因为如此，杀死这个瓦玛纳戴瓦——主维施努，是我们的责任。那是我们的宗教原则和侍奉我们主人的方法。”巴利王的恶魔下属们作出这一决定后，便拿起他们的各种武器，准备杀死瓦玛纳戴瓦。

第 14 节

ते सर्वे वामनं हन्तुं शूलपट्टिशपाणयः ।
अनिच्छन्तो बले राजन् प्राद्रवञ्जातमन्यवः ॥१४॥

te sarve vāmanaṁ hantuṁ
śūla-paṭṭiśa-pāṇayaḥ
anicchanto bale rājan
prādravañ jāta-manyavaḥ

te—恶魔们 / sarve—他们全体 / vāmanam—主瓦玛纳戴瓦 / hantum—杀 / śūla—三叉戟 / paṭṭiśa—长矛 / pāṇayaḥ—都握在手中 / anicchantaḥ—违反意愿 / baleḥ—巴利王的 / rājan—君王啊 / prādravan—他们向前推进 / jāta-manyavaḥ—因天生就有的愤怒而忿忿不平

译文　君王啊！恶魔受到他们惯常就有的愤怒的刺激，拿起他们的长矛和三叉戟，不顾巴利王的反对，冲上前去杀主瓦玛纳戴瓦。

第 15 节

तानभिद्रवतो दृष्ट्वा दितिजानीकपान्नृप ।
प्रहस्यानुचरा विष्णोः प्रत्यषेधन्नुदायुधाः ॥१५॥

tān abhidravato dṛṣṭvā
ditijānīkapān nṛpa
prahasyānucarā viṣṇoḥ
pratyaṣedhann udāyudhāḥ

tān—他们 / abhidravataḥ—这样上前 / dṛṣṭvā—看 / ditija-anīkapān—恶魔士兵 / nṛpa—君王啊 / prahasya—微笑着 / anucarāḥ—同伴们 / viṣṇoḥ—主维施努的 / pratyaṣedhan—禁止 / udāyudhāḥ—拿起他们的武器

译文　君王啊！当主维施努的同伴们看到恶魔士兵狂暴

地冲来时，他们微笑着拿起各自的武器，阻止恶魔继续往前冲。

第16—17节

नन्दः सुनन्दोऽथ जयो विजयः प्रबलो बलः ।
कुमुदः कुमुदाक्षश्च विष्वक्सेनः पतत्त्रिराट् ॥१६॥

जयन्तः श्रुतदेवश्च पुष्पदन्तोऽथ सात्वतः ।
सर्वे नागायुतप्राणाश्चमूं ते जघ्नुरासुरीम् ॥१७॥

nandaḥ sunando 'tha jayo
vijayaḥ prabalo balaḥ
kumudaḥ kumudākṣaś ca
viṣvaksenaḥ patattrirāṭ

jayantaḥ śrutadevaś ca
puṣpadanto 'tha sātvataḥ
sarve nāgāyuta-prāṇāś
camūṁ te jaghnur āsurīm

nandaḥ sunandaḥ—南达和苏南达等主维施努的同伴 / atha—就这样 / jayaḥ vijayaḥ prabalaḥ balaḥ kumudaḥ kumudākṣaḥ ca viṣvaksenaḥ—以及佳亚、维佳亚、帕巴拉、巴拉、库穆达、库穆达克沙和维施瓦克森纳 / patattri-rāṭ—鸟王嘎茹达 / jayantaḥ śrutadevaḥ ca puṣpadantaḥ atha sātvataḥ—佳央塔、施茹塔戴瓦、菩施帕丹塔和萨特瓦塔 / sarve—他们全体 / nāga-ayuta-prāṇāḥ—如一万头大象般强有力 / camūm—恶魔士兵们 / te—他们 / jaghnuḥ—杀死 / āsurīm—邪恶的

译文 南达、苏南达、佳亚、维佳亚、帕巴拉、巴拉、库穆达、库穆达克沙、维施瓦克森纳、嘎茹达、佳央塔、施茹塔戴瓦、菩施帕丹塔和萨特瓦塔，都是主维施努的同伴。他们各个如一万头大象般强有力，此刻开始动手杀恶魔士兵。

第 18 节

हन्यमानान् स्वकान्दृष्ट्वा पुरुषानुचरैर्बलिः ।
वारयामास संरब्धान् काव्यशापमनुस्मरन् ॥१८॥

hanyamānān svakān dṛṣṭvā
puruṣānucarair baliḥ
vārayām āsa saṁrabdhān
kāvya-śāpam anusmaran

hanyamānān—被杀死 / svakān—他自己的士兵 / dṛṣṭvā—看到后 / puruṣa-anucaraiḥ—被至尊人的同伴们 / baliḥ—巴利王 / vārayām āsa—禁止 / saṁrabdhān—尽管他们很愤怒 / kāvya-śāpam—舒夸查尔亚给予的诅咒 / anusmaran—记起

译文　巴利王看到自己的士兵被主维施努的同伴所杀时，想起了舒夸查尔亚的诅咒，于是禁止他的士兵继续作战。

第 19 节

हे विप्रचित्ते हे राहो हे नेमे श्रूयतां वचः ।
मा युध्यत निवर्तध्वं न नः कालोऽयमर्थकृत् ॥१९॥

he vipracitte he rāho
he neme śrūyatāṁ vacaḥ
mā yudhyata nivartadhvaṁ
na naḥ kālo 'yam artha-kṛt

he vipracitte—维帕祺提啊 / he rāho—茹阿胡啊 / he neme—内弥 / śrūyatām—请听 / vacaḥ—我说的话 / mā—不做 / yudhyata—打仗 / nivartadhvam—停止这战斗 / na—不 / naḥ—我们的 / kālaḥ—有利的时刻 / ayam—这 / artha-kṛt—能使我们成功的

译文　哎，维帕祺提，茹阿胡啊，噢，内弥，请听我说！不要打。立刻停止！因为时间现在对我们不利。

第 20 节

यः प्रभुः सर्वभूतानां सुखदुःखोपपत्तये ।
तं नातिवर्तितुं दैत्याः पौरुषैरीश्वरः पुमान् ॥२०॥

yaḥ prabhuḥ sarva-bhūtānāṁ
sukha-duḥkhopapattaye
taṁ nātivartituṁ daityāḥ
pauruṣair īśvaraḥ pumān

yaḥ prabhuḥ—那位至尊人——主人 / sarva-bhūtānām—众生的 / sukha-duḥkha-upapattaye—为给予快乐与痛苦 / tam—祂 / na—不 / ativartitum—战胜 / daityāḥ—恶魔们啊 / pauruṣaiḥ—靠人的努力 / īśvaraḥ—至尊控制者 / pumān——个人

译文 恶魔们啊！没人能靠人的努力，取代可以让众生快乐和痛苦的至尊人格首神。

第 21 节

यो नो भवाय प्रागासीदभवाय दिवौकसाम् ।
स एव भगवानद्य वर्तते तद्विपर्ययम् ॥२१॥

yo no bhavāya prāg āsīd
abhavāya divaukasām
sa eva bhagavān adya
vartate tad-viparyayam

yaḥ—代表至尊人格首神的时间因素 / naḥ—我们的 / bhavāya—为改善 / prāk—以前 / āsīt—曾处于 / abhavāya—为打败 / diva-okasām—半神人的 / saḥ—那时间因素 / eva—事实上 / bhagavān—至尊人的代表 / adya—今天 / vartate—存在着 / tat-viparyayam—正好不利于我们

译文 作为至尊人代表的、最重要的时间因素，先前对我们有利，对半神人不利，但那同样的时间现在不利于我们。

第 22 节

बलेन सचिवैर्बुद्ध्या दुर्गैर्मन्त्रौषधादिभिः ।
सामादिभिरुपायैश्च कालं नात्येति वै जनः ॥२२॥

balena sacivair buddhyā
durgair mantrauṣadhādibhiḥ
sāmādibhir upāyaiś ca
kālaṁ nātyeti vai janaḥ

balena一靠物质力量 / sacivaiḥ一靠大臣们的商议 / buddhyā一靠智力 / durgaiḥ一靠堡垒 / mantra-auṣadha-ādibhiḥ一靠神秘的吟诵、吟唱或草药的影响力 / sāma-ādibhiḥ一靠外交和其他类似的方法 / upāyaiḥ ca一靠类似的尝试 / kālam一至尊主的代表——时间因素 / na一永不 / atyeti一能战胜 / vai一事实上 / janaḥ一任何人

译文　没人能靠物质力量、群臣商议、智力、外交、堡垒、神秘的曼陀、药材、草药或其他任何方式，超越至尊人格首神的时间代表。

第 23 节

भवद्भिर्निर्जिता ह्येते बहुशोऽनुचरा हरेः ।
दैवेनर्द्धैस्त एवाद्य युधि जित्वा नदन्ति नः ॥२३॥

bhavadbhir nirjitā hy ete
bahuśo 'nucarā hareḥ
daivenarddhais ta evādya
yudhi jitvā nadanti naḥ

bhavadbhiḥ一被你们所有这些恶魔 / nirjitāḥ一被打败 / hi一事实上 / ete一半神人的所有这些士兵 / bahuśaḥ一大量地 / anucarāḥ一追

随者 / hareḥ－主维施努的 / daivena－凭天意 / ṛddhaiḥ－财富得以增加的…… / te－他们(半神人) / eva－事实上 / adya－今天 / yudhi－在战斗中 / jitvā－打败 / nadanti－欢喜地发出声音 / naḥ－我们

译文 以前，凭天意的准许，你们打败了主维施努众多这样的下属。但今天，同样那些下属却打败了我们，像狮子一样欢腾地吼叫。

要旨 《博伽梵歌》(Bhagavad-gītā)中谈到了导致胜利或失败的五个原因。这五个原因中的第一个原因——天意(daiva)是最强有力的(na ca daivāt paraṁ balam)。巴利王知道自己之前赢得胜利的秘密是，天佑于他。现在，由于同一位上帝没有支持他，所以他没可能赢得胜利。因此，他很明智地禁止他的同伴去作战。

第24节

एतान् वयं विजेष्यामो यदि दैवं प्रसीदति ।
तस्मात्कालं प्रतीक्षध्वं यो नोऽर्थत्वाय कल्पते ॥२४॥

etān vayaṁ vijeṣyāmo
yadi daivaṁ prasīdati
tasmāt kālaṁ pratīkṣadhvaṁ
yo no 'rthatvāya kalpate

etān－所有这些半神人的士兵 / vayam－我们 / vijeṣyāmaḥ－将战胜他们 / yadi－如果 / daivam－天意 / prasīdati－有利于 / tasmāt－因此 / kālam－那有利的时间 / pratīkṣadhvam－直等到 / yaḥ－……的 / naḥ－我们的 / arthatvāya kalpate－将被视为对我们有利

译文 除非天意支持我们，否则我们将无法得胜。因此，我们必须等待有利时机的到来，那时我们就能打败他们了。

第 25 节

श्रीशुक उवाच
पत्युर्निगदितं श्रुत्वा दैत्यदानवयूथपाः ।
रसां निर्विविशू राजन् विष्णुपार्षद ताडिताः ॥२५॥

śrī-śuka uvāca
patyur nigaditaṁ śrutvā
daitya-dānava-yūthapāḥ
rasāṁ nirviviśū rājan
viṣṇu-pārṣada tāḍitāḥ

śrī-śukaḥ uvāca—圣舒卡戴瓦·哥斯瓦米说 / patyuḥ—他们主人(巴利)的 / nigaditam—被这样描述 / śrutvā—听后 / daitya-dānava-yūtha-pāḥ—戴提亚和恶魔的领袖们 / rasām—宇宙较低的区域 / nirviviśūḥ—进入 / rājan—君王啊 / viṣṇu-pārṣada—被主维施努的同伴们 / tāḍitāḥ—驱赶

译文　舒卡戴瓦·哥斯瓦米继续道：君王啊！恶魔的全体首领和戴提亚们，听从他们主人巴利王的命令，被维施努的士兵驱赶着进入宇宙的较低地带。

第 26 节

अथ तार्क्ष्यसुतो ज्ञात्वा विराट् प्रभुचिकीर्षितम् ।
बबन्ध वारुणैः पाशैर्बलिं सूत्येऽहनि क्रतौ ॥२६॥

atha tārkṣya-suto jñātvā
virāṭ prabhu-cikīrṣitam
babandha vāruṇaiḥ pāśair
baliṁ sūtye 'hani kratau

atha—那之后 / tārkṣya-sutaḥ—嘎茹达 / jñātvā—知道 / virāṭ—鸟王 / prabhu-cikīrṣitam—化身为瓦玛纳戴瓦的主维施努的心愿 / ba-bandha—逮捕 / vāruṇaiḥ—属于瓦茹纳 / pāśaiḥ—被绳索 / balim—巴利 / sūtye—当月露被取用 / ahani—在那一天 / kratau—祭祀时

译文 那之后，在祭祀结束后应该喝饮月露的那一天，鸟王嘎茹达明白它主人的心愿，于是用瓦茹纳的绳子将巴利王捆绑起来。

要旨 至尊人格首神忠诚的同伴嘎茹达，知道至尊主内心秘密的愿望。巴利王的忍受和奉爱无疑是非凡无比的。嘎茹达之所以捆绑起巴利王，是要给整个宇宙看这位君王非凡的忍受力。

第 27 节

हाहाकारो महानासीद्रोदस्योः सर्वतो दिशम् ।
निगृह्यमाणेऽसुरपतौ विष्णुना प्रभविष्णुना ॥२७॥

hāhākāro mahān āsīd
rodasyoḥ sarvato diśam
nigṛhyamāṇe 'sura-patau
viṣṇunā prabhaviṣṇunā

hāhā-kāraḥ一悲伤的喧哗 / mahān一巨大的 / āsīt一曾有 / rodasyoḥ一在低等和高等星系中 / sarvataḥ一到处 / diśam一所有的方向 / nigṛhyamāṇe一被逮捕 / asura-patau一当恶魔的君王巴利王……时 / viṣṇunā一被主维施努 / prabhaviṣṇunā一在所有地方都最强大的人

译文 当巴利王这样被最强大的主维施努逮捕时，遍及宇宙上等和下等星球的四面八方都发出一声极大的悲鸣。

第 28 节

तं बद्धं वारुणैः पाशैर्भगवानाह वामनः ।
नष्टश्रियं स्थिरप्रज्ञमुदारयशसं नृप ॥२८॥

taṁ baddhaṁ vāruṇaiḥ pāśair
bhagavān āha vāmanaḥ
naṣṭa-śriyaṁ sthira-prajñam
udāra-yaśasaṁ nṛpa

tam－向他 / baddham－被这样逮捕的人 / vāruṇaiḥ pāśaiḥ－被瓦茹纳的绳子 / bhagavān－至尊人格首神 / āha－说 / vāmanaḥ－瓦玛纳戴瓦 / naṣṭa-śriyam－向失去身体光泽的巴利王 / sthira-prajñam－但仍坚持自己的决定 / udāra-yaśasam－最慷慨和著名的 / nṛpa－君王啊

译文　君王啊！接着，至尊人格首神瓦玛纳戴瓦，对被祂用瓦茹纳的绳子捆绑起的最慷慨、著名的人物巴利王说话。巴利王虽然全身光泽尽失，但仍然不改初衷。

要旨　当人失去自己拥有的一切时，身体必然会变得暗淡无光。然而，巴利王虽然失去了一切，却为了满足至尊人格首神瓦玛纳戴瓦而不改初衷、决心坚定。《博伽梵歌》中称这种人是稳定地处在超然的意识层面上(sthita-prajña)。无论错觉能量在前进的路途上设置多少困难和障碍，纯粹奉献者都从不偏离为至尊主服务的路途。通常，有金钱等财富的人才会出名，但巴利王是因为被剥夺了一切拥有而闻名于世。这是至尊人格首神对祂的奉献者展示的特殊仁慈。至尊主说：我向我的奉献者展示的第一个仁慈，是拿走他所有的物质财富(yasyāham anugṛhṇāmi hariṣye tad-dhanaṁ śanaiḥ)。至尊主在展示祂的特殊恩赐时，首先拿走祂奉献者的一切拥有。然而，奉献者从不会因为这种损失而受到打扰，相反是继续做服务。至尊主给这种奉献者的奖赏之丰富，超出任何普通人的期望。

第29节

पदानि त्रीणि दत्तानि भूमेर्मह्यं त्वयासुर ।
द्वाभ्यां क्रान्ता मही सर्वा तृतीयमुपकल्पय ॥२९॥

padāni trīṇi dattāni
bhūmer mahyaṁ tvayāsura

dvābhyāṁ krāntā mahī sarvā
tṛtīyam upakalpaya

padāni—步伐 / trīṇi—三 / dattāni—被给予 / bhūmeḥ—土地的 / mahyam—向我 / tvayā—由你 / asura—恶魔的君王啊 / dvābhyām—被两步 / krāntā—已经占有 / mahī—所有的地 / sarvā—完全 / tṛtīyam—为第三步 / upakalpaya—现在找方法

译文 (主瓦玛纳戴瓦说：)恶魔的君王啊！你承诺给我三跨步的土地，但我用两步就占有了整个宇宙。现在想想，我该把我的第三步放到哪里。

第 30 节

यावत्तपत्यसौ गोभिर्यावदिन्दुः सहोडुभिः ।
यावद्वर्षति पर्जन्यस्तावती भूरियं तव ॥३०॥

yāvat tapaty asau gobhir
yāvad induḥ sahoḍubhiḥ
yāvad varṣati parjanyas
tāvatī bhūr iyaṁ tava

yāvat—远到…… / tapati—闪耀 / asau—太阳 / gobhiḥ—被阳光 / yāvat—远到…… / induḥ—月亮 / saha-uḍubhiḥ—与发光体或星星 / yāvat—远到…… / varṣati—在倾泻雨水 / parjanyaḥ—云 / tāvatī—至那么长的距离 / bhūḥ—地 / iyam—这 / tava—归你拥有的

译文 在整个宇宙中，只要是日月星辰的光芒能照到的地方，云朵倾泻雨水能涉及的地方，所有的土地都归你拥有。

第 31 节

पदैकेन मयाक्रान्तो भूर्लोकः खं दिशस्तनोः ।
स्वर्लोकस्ते द्वितीयेन पश्यतस्ते स्वमात्मना ॥३१॥

padaikena mayākrānto
bhūrlokaḥ khaṁ diśas tanoḥ
svarlokas te dvitīyena
paśyatas te svam ātmanā

padā ekena—仅仅用一步 / mayā—被我 / ākrāntaḥ—覆盖了 / bhūrlokaḥ—被称为布尔珞卡的整个星系 / kham—天空 / diśaḥ—和所有的方向 / tanoḥ—被我的身体 / svarlokaḥ—高等星系 / te—你所拥有的 / dvitīyena—被第二步 / paśyataḥ te—在你看着时 / svam—你自己 / ātmanā—被我本人

译文　在这些拥有物中，我用一步占有了地球星球，用我的身体占领了整个天空和四面八方。接着，当着你的面，我用第二步占据了高等星系。

要旨　按照韦达文献对星系的描述，所有的星球都从东向西运行。太阳、月亮，以及火星和木星等其他五个行星的运行轨道，一个比一个高。然而，瓦玛纳戴瓦扩展自己的身体，扩大自己的步伐，占据了整个星系。

第 32 节

प्रतिश्रुतमदातुस्ते निरये वास इष्यते ।
विश त्वं निरयं तस्माद्गुरुणा चानुमोदितः ॥३२॥

pratiśrutam adātus te
niraye vāsa iṣyate
viśa tvaṁ nirayaṁ tasmād
guruṇā cānumoditaḥ

pratiśrutam—被承诺的事 / adātuḥ—不能给予……的人 / te—你的 / niraye—在地狱中 / vāsaḥ—居住 / iṣyate—规定的 / viśa—现在进入 / tvam—你本人 / nirayam—地狱星球 / tasmāt—因此 / guruṇā—被你的灵性导师 / ca—也 / anumoditaḥ—允许

译文　由于你没能力按照你的承诺给我布施，按规定，你该下到地狱星球，在那里生活。所以，按照你灵性导师舒夸查尔亚的命令，你现在就下去住在那里。

要旨　《圣典博伽瓦谭》第6篇第17章的第28节诗说：

nārāyaṇa-parāḥ sarve
na kutaścana bibhyati
svargāpavarga-narakeṣv
api tulyārtha-darśinaḥ

“奉献者全神贯注地为至尊人格首神纳茹阿亚纳做奉爱服务，从不害怕生活中发生的任何情况。对他们来说，天堂星球、解脱和地狱星球都一样，因为这样的奉献者只关心为至尊主做服务。”致力于为纳茹阿亚纳服务的奉献者永远平静。事实上，奉献者生活得十分超然，虽然表面看是出现在地狱或天堂，但实际上并没有生活在那里，而是永远生活在灵性世界外琨塔中(sa guṇān samatītyaitān brahma-bhūyāya kalpate)。瓦玛纳戴瓦要求巴利王到地狱星球去，显然是为了给整个宇宙看巴利王有多么忍受，而巴利王也毫不犹豫地执行这项命令。奉献者并非独自生活。当然，每一个生物体都与至尊人格首神生活在一起，但奉献者因为致力于为至尊主服务，所以实际上并没有生活在物质处境中。巴克提维诺德·塔库尔(Bhaktivinoda Ṭhākura)祈祷说：希望能投生为一个与奉献者在一起的微不足道的小虫子(kīṭa janma hao yathā tuyā dāsa)。由于奉献者致力于侍奉至尊主，与他们生活在一起的人也生活在外琨塔中。

第 33 节

वृथा मनोरथस्तस्य दूरः स्वर्गः पतत्यधः ।
प्रतिश्रुतस्यादानेन योऽर्थिनं विप्रलम्भते ॥३३॥

vṛthā manorathas tasya
dūraḥ svargaḥ pataty adhaḥ
pratiśrutasyādānena
yo 'rthinaṁ vipralambhate

vṛthā—没有任何好结果 / manorathaḥ—内心的杜撰 / tasya—他的 / dūraḥ—离得很远 / svargaḥ—升上高等星系 / patati—坠落 / adhaḥ—过地狱般的生活 / pratiśrutasya—承诺的事 / adānena—因为无法给予 / yaḥ—谁 / arthinam—乞讨者 / vipralambhate—欺骗

译文 不能恰当地将自己承诺给予的一切给乞讨者的人，根本不够资格被升上天堂星球，或实现自己的愿望。这样的人应坠入地狱生活。

第 34 节

विप्रलब्धो ददामीति त्वयाहं चाढ्यमानिना ।
तद्व्यलीकफलं भुङ्क्ष्व निरयं कतिचित्समाः ॥३४॥

vipralabdho dadāmīti
tvayāhaṁ cāḍhya-māninā
tad vyalīka-phalaṁ bhuṅkṣva
nirayaṁ katicit samāḥ

vipralabdhaḥ—现在我被欺骗 / dadāmi—我承诺我将给予你 / iti—因此 / tvayā—被你 / aham—我是 / ca—也 / āḍhya-māninā—因为对你拥有的财富感到十分骄傲 / tat—因此 / vyalīka-phalam—作为欺骗的结果 / bhuṅkṣva—你享受 / nirayam—在地狱生活中 / katicit samāḥ—几年

译文 你因为错误地为自己的拥有而骄傲，所以许诺要给我土地，但现在却无法实现自己的诺言。因此，由于你的承诺是假的，所以你必须去地狱生活一段时间。

要旨　“我很富有，我拥有巨大的财富”这种有虚假荣誉感的想法，是物质生命概念的另一种表现形式。一切都属于至尊人格首神，没人真正拥有什么。这是千真万确的事实。《至尊奥义书》中说：这个宇宙中的一切，有生命的或无生命的，都归至尊主拥有，都由至尊主控制(īśāvāsyam idaṁ samaṁ yat kiñca jagatyāṁ jagat)。巴利王毫无疑问是最崇高的奉献者，而先前，虚假的荣誉感使他持有错误的理解。现在，至尊主的至尊意愿是要他去地狱星球，而他因为是执行至尊人格首神的命令去到那里，所以在那里的生活比人所能期望的在天堂星球中的生活还要富裕。奉献者永远与至尊人格首神生活在一起，致力于为祂做服务，因此永远超越地狱或天堂的居住环境。

到此为止，结束了巴克提韦丹塔对《圣典博伽瓦谭》第8篇第21章——“至尊主逮捕巴利王”所作的阐释。

第二十二章

巴利王交出自己的生命

这一章的概述是：至尊人格首神对巴利王(Bali Mahārāja)的所作所为感到满意，因此将他安置在苏塔拉(Sutala)星球，并随后赐予他祝福，同意当他的看门人。

巴利王极其诚实，因为无法实现诺言而感到十分害怕。他知道，世人瞧不起不诚实的人。崇高之人可以忍受地狱生活的痛苦，但却害怕背负不诚实的名声。巴利王非常高兴地接受至尊人格首神给他的惩罚。在巴利王的王朝中，许多恶魔(asura)因为对主维施努(Viṣṇu)怀有敌意而达到比众多练神秘瑜伽的瑜伽师还崇高的目的地。巴利王尤其记得帕拉德王(Prahlāda Mahārāja)在做奉爱服务时所具有的决心。考虑到所有这些重点，他决定将自己的头颅作为布施，让维施努踏上第三步。巴利王还想到历史上的伟大人物是如何为取悦至尊人格首神而放弃自己的家庭关系和物质拥有的。事实上，他们为使至尊主满意，争取成为祂个人的仆人，有时甚至献出自己的生命。巴利王以前辈灵性导师(ācārya)和奉献者为榜样，认为自己是成功的。

就在被瓦茹纳(Varuṇa)的绳子捆绑着的巴利王向至尊主祈祷时，他祖父帕拉德王出现在现场，赞美至尊人格首神足智多谋地通过拿走巴利王拥有的一切拯救了巴利王。当着帕拉德王的面，主布茹阿玛和巴利的妻子温迪雅娃莉(Vindhyāvali)描述了至尊主的最高地位。由于巴利王将一切都交给了至尊主，他们祈求至尊主释放他。接着，至尊主描述非奉献者拥有钱财为何是危险的；奉献者拥有的财富则由至尊主赐予。那之后，由于对巴利王感到满意，至尊主承诺会用自己的飞轮保护巴利王，并始终与他同在。

第 1 节

श्रीशुक उवाच
एवं विप्रकृतो राजन् बलिर्भगवतासुरः ।
भिद्यमानोऽप्यभिन्नात्मा प्रत्याहाविक्लवं वचः ॥ १ ॥

śrī-śuka uvāca
evaṁ viprakṛto rājan
balir bhagavatāsuraḥ
bhidyamāno 'py abhinnātmā
pratyāhāviklavaṁ vacaḥ

śrī-śukaḥ uvāca－圣舒卡戴瓦·哥斯瓦米说 / evam－如此，正如前面提及的 / viprakṛtaḥ－被置于困境 / rājan－君王啊 / baliḥ－巴利王 / bhagavatā－由人格首神瓦玛纳戴瓦 / asuraḥ－恶魔的君王 / bhidyamānaḥ api－尽管处在这种困境中 / abhinna-ātmā－不被躯体或内心打扰 / pratyāha－回答 / aviklavam－不受打扰 / vacaḥ－如下的话语

译文 圣舒卡戴瓦·哥斯瓦米说：君王啊！尽管至尊人格首神表面上看是在恶意地对待巴利王，但巴利王决心不变。考虑到自己没有实现承诺，他说了如下一番话。

第 2 节

श्रीबलिरुवाच
यद्युत्तमश्लोक भवान्ममेरितं
वचो व्यलीकं सुरवर्य मन्यते ।
करोम्यृतं तन्न भवेत्प्रलम्भनं
पदं तृतीयं कुरु शीर्ष्णि मे निजम् ॥ २ ॥

śrī-balir uvāca
yady uttamaśloka bhavān mameritaṁ
vaco vyalīkaṁ sura-varya manyate
karomy ṛtaṁ tan na bhavet pralambhanaṁ
padaṁ tṛtīyaṁ kuru śīrṣṇi me nijam

śrī-baliḥ uvāca－巴利王说 / yadi－如果 / uttamaśloka－至尊主啊 / bhavān－您圣上 / mama－我的 / īritam－承诺 / vacaḥ－话语 / vyalīkam－假的 / sura-varya－最伟大的半神人(suras)啊 / manyate－您这样想 / karomi－我会完成它 / ṛtam－事实 / tat－那(承诺) / na－不 / bhavet－将变成 / pralambhanam－欺骗 / padam－跨步 / tṛtīyam－第三 / kuru－请做 / śīrṣṇi－在头上 / me－我的 / nijam－您的莲花足

译文　巴利王说：最值得全体半神人崇拜的、最卓越的人格首神啊！如果您认为我的承诺虚妄不实，我无疑要想方设法使它成真。我不能允许自己的诺言落空。因此，请将您莲花足跨出的第三步放在我头上。

要旨　巴利王能明白支持半神人并扮作乞丐到他面前的主瓦玛纳戴瓦的意图。尽管至尊主的目的是欺骗巴利王，但巴利王很高兴地明白至尊主将如何以欺骗衪奉献者的形式荣耀奉献者。据说神是乐于助人的；这是事实。衪无论是欺骗还是奖赏，结果都永远是好的。因此，巴利王称衪为是用精选诗歌赞颂的人(Uttama-śloka)，并说：“圣上，您永远受到最精选的诗歌的赞颂。您代表半神人假扮乞丐来骗我，说您只想要三跨步的土地，但之后您就扩展自己的身体到如此大的程度，以至于跨两步就覆盖了整个宇宙。由于您代表您的奉献者工作，您不认为这是欺骗。没关系了。我虽不能被视为是您的奉献者，但既然您是幸运女神的丈夫，却来向我乞讨，我就必须尽最大的努力满足您。所以请不要认为我想骗您；我必会实现我的承诺。尽管您拿走了我所有的财产，但我还剩下一样东西，那就是我的身体。当我为满足您而献出我的身体时，请您跨出第三步，将您的脚放在我的头上。”有人也许会问，既然至尊主用两步就覆盖了整个宇宙，巴利王的头怎么能足够放衪的第三步？但巴利王认为，财富的拥有者必然大于拥有的财富；所以，虽然至尊主拿走了他拥有的一切，但作为财富的拥有者，他的头将提供足够的地方让至尊主放第三步。

第3节

बिभेमि नाहं निरयात्पदच्युतो
न पाशबन्धाद्व्यसनाद् दुरत्ययात् ।
नैवार्थकृच्छ्राद्भवतो विनिग्रहा-
दसाधुवादाद्भृशमुद्विजे यथा ॥ ३ ॥

bibhemi nāhaṁ nirayāt pada-cyuto
na pāśa-bandhād vyasanād duratyayāt
naivārtha-kṛcchrād bhavato vinigrahād
asādhu-vādād bhṛśam udvije yathā

bibhemi—我害怕 / na—不 / aham—我 / nirayāt—从地狱中的一个位置 / pada-cyutaḥ—我也不怕丧失我的地位 / na—也不 / pāśa-bandhāt—从被瓦茹纳的绳子捆绑 / vyasanāt—也没从痛苦 / duratyayāt—对我来说是无法忍受的 / na—也不 / eva—肯定地 / artha-kṛcchrāt—由于贫困、没钱 / bhavataḥ—您圣上的 / vinigrahāt—从我现在正受着的惩罚之苦 / asādhu-vādāt—从诽谤 / bhṛśam—非常 / udvije—我变得焦急 / yathā—正如

译文 我不怕失去我拥有的一切，不怕住在地狱，不怕因贫穷而被用瓦茹纳的绳子绑起来，也不怕被您惩罚，但我害怕遭到诽谤。

要旨 巴利王虽然全心归顺至尊人格首神，但无法忍受被诽谤说欺骗了一个布茹阿玛纳贞守生(brāhmaṇa-brahmacārī)。由于很在意自己的名声，他深思该如何防止遭到诽谤。因此，至尊主给他提供良机，让他可以靠献上自己的头防止他人的诽谤。外士纳瓦不怕任何惩罚。奉献者全神贯注地为至尊人格首神纳茹阿亚纳

做服务，不在乎去任何地方(nārāyaṇa-parāḥ sarve na kutaścana bibhyati,《圣典博伽瓦谭》6.17.28)。

第 4 节

पुंसां श्लाघ्यतमं मन्ये दण्डमर्हत्तमार्पितम् ।
यं न माता पिता भ्राता सुहृदश्चादिशन्ति हि ॥४॥

puṁsāṁ ślāghyatamaṁ manye
daṇḍam arhattamārpitam
yaṁ na mātā pitā bhrātā
suhṛdaś cādiśanti hi

puṁsām一人们的 / ślāghya-tamam一最崇高的 / manye一我认为 / daṇḍam一惩罚 / arhattama-arpitam一由您——最值得崇拜的至尊主给予 / yam一……的 / na一两者都不 / mātā一母亲 / pitā一父亲 / bhrātā一兄弟 / suhṛdaḥ一朋友 / ca一也 / ādiśanti一给予 / hi一事实上

译文　尽管父亲、母亲、兄长或朋友有时可能作为祝愿者施以惩罚，但他们从没有这样惩罚过他们的晚辈。可由于您是最值得崇拜的至尊主，我将您给予我的惩罚视为是最崇高的。

要旨　至尊人格首神所给予的惩罚，被奉献者视为是最大的仁慈。《圣典博伽瓦谭》第10篇第14章的第8节诗说：

tat te 'nukampāṁ susamīkṣamāṇo
bhuñjāna evātma-kṛtaṁ vipākam
hṛd-vāg-vapurbhir vidadhan namas te
jīveta yo mukti-pade sa dāya-bhāk

“谁寻求您的怜悯并因而忍受由自己过去行为的结果造成的各种逆境，始终用自己的身、心和话语致力于为您做奉爱服务，总是向您致以敬意，谁就毫无疑问是解脱的合格人选。”奉献者知道由至尊人格首神所给予的惩罚，只不过是祂善意地纠正祂的奉献者，将其带到正途上。因此，我们在物质世界的父母、兄长或朋友所给予的哪怕是最大的利益，都根本无法与至尊人格首神所给予的惩罚相提并论。

第5节

त्वं नूनमसुराणां नः परोक्षः परमो गुरुः ।
यो नोऽनेकमदान्धानां विभ्रंशं चक्षुरादिशत् ॥ ५ ॥

tvaṁ nūnam asurāṇāṁ naḥ
parokṣaḥ paramo guruḥ
yo no 'neka-madāndhānāṁ
vibhraṁśaṁ cakṣur ādiśat

tvam－您圣上 / nūnam－事实上 / asurāṇām－恶魔的 / naḥ－就像我们是 / parokṣaḥ－间接地 / paramaḥ－至高无上的 / guruḥ－灵性导师 / yaḥ－您圣上 / naḥ－我们的 / aneka－许多 / mada-andhānām－因物质财富而盲目 / vibhraṁśam－摧毁我们虚假的荣誉 / cakṣuḥ－知识的眼睛 / ādiśat－给予

译文 既然您圣上间接是我们恶魔最大的祝愿者，您摆出是我们敌人的样子，为我们的最高利益而行事。由于像我们这样的恶魔总是追求有虚假名望的地位，为了惩戒我们，您赐予我们眼睛，让我看到正确的途径。

要旨 巴利王认为至尊人格首神对恶魔比对半神人还要友好。在物质世界里，人越多地得到物质财富，在灵性生活中就越盲目。半神人为了物质所得而当至尊主的奉献者，但恶魔虽然表面上看没有得到至尊人格首神的支持，但至尊主其实总是以使他们丧失具有虚假名望的地位的方式，作为他们的祝愿者行事。虚假的名望误导人，所以至尊主就拿走他们具有虚假名望的地位，以这种方式向他们展示特殊的恩宠。

第 6—7 节

यस्मिन् वैरानुबन्धेन व्यूढेन विबुधेतराः ।
बहवो लेभिरे सिद्धिं यामु हैकान्तयोगिनः ॥ ६ ॥

तेनाहं निगृहीतोऽस्मि भवता भूरिकर्मणा ।
बद्धश्च वारुणैः पाशैर्नातिव्रीडे न च व्यथे ॥ ७ ॥

yasmin vairānubandhena
vyūḍhena vibudhetarāḥ
bahavo lebhire siddhiṁ
yām u haikānta-yoginaḥ

tenāhaṁ nigṛhīto 'smi
bhavatā bhūri-karmaṇā
baddhaś ca vāruṇaiḥ pāśair
nātivrīḍe na ca vyathe

yasmin—向您 / vaira-anubandhena—通过一直像对待敌人般对待 / vyūḍhena—借由这样的智慧而坚定不移 / vibudha-itarāḥ—恶魔(不是半神人的那些) / bahavaḥ—他们中的许多 / lebhire—获得 / siddhim—完美 / yām—……的 / u ha—大家都知道 / ekānta-yoginaḥ—等同于伟大、成功的神秘瑜伽师所获得的成就 / tena—因此 / aham—我 / nigṛhītaḥ asmi—尽管我受到惩罚 / bhavatā—被您圣上 / bhūri-karmaṇā—可以做许多神奇事情的人 / baddhaḥ ca—我被逮捕和捆绑 / vāruṇaiḥ pāśaiḥ—被瓦茹纳的绳索 / na ati-vrīḍe—对此我一点都不羞愧 / na ca vyathe—我也不很难过

译文　一直对您怀有敌意的许多恶魔，最终获得了伟大的神秘瑜伽师所获得的完美成就。您圣上做一件事能同时达到许多目的，因此尽管您用多种形式惩罚我，但我既没有因为被用瓦茹纳的绳子捆绑起来而感到丢人，也没有感到忿忿不平。

要旨　巴利王感激至尊主不仅降恩于他，而且降恩于许多其他的恶魔。至尊主因为慷慨地分发这种仁慈而被称为绝对仁慈的人。巴利王其实是全心归顺的奉献者，但就连有些根本不是奉献者而不过是至尊主敌人的恶魔，都达到了许多神秘瑜伽师所达到的崇高地位。正因为如此，巴利王能明白，至尊主在惩罚他时怀着某种秘密的目的。所以，他在被至尊人格首神置于尴尬的境地时既不感到难过，也不感到羞愧。

第8节

पितामहो मे भवदीयसम्मतः
प्रह्राद आविष्कृतसाधुवादः ।
भवद्विपक्षेण विचित्रवैशसं
सम्प्रापितस्त्वं परमः स्वपित्रा ॥८॥

pitāmaho me bhavadīya-sammataḥ
prahrāda āviṣkṛta-sādhu-vādaḥ
bhavad-vipakṣeṇa vicitra-vaiśasaṁ
samprāpitas tvaṁ paramaḥ sva-pitrā

pitāmahaḥ—祖父／me—我的／bhavadīya-sammataḥ—被您圣上的奉献者所公认的／prahrādaḥ—帕拉德王／āviṣkṛta-sādhu-vādaḥ—著名的，作为奉献者而闻名于世／bhavat-vipakṣeṇa—仅仅是要反对您／vicitra-vaiśasam—以各种不同的方式骚扰／samprāpitaḥ—痛苦／tvam—您／paramaḥ—至尊保护者／sva-pitrā—由他自己的父亲

译文　我祖父帕拉德王闻名世界，得到您所有奉献者的赏识。尽管他父亲黑冉亚卡希普以多种方式骚扰他，但他始终信心不变，托庇于您的莲花足。

要旨　像帕拉德王那样的纯粹奉献者尽管受到各种各样的骚扰，却从不放弃托庇于至尊人格首神的决心，从不去托庇于其他

人。纯粹奉献者从不抱怨至尊人格首神的仁慈。帕拉德王就是一个生动的典范。分析帕拉德王的生平，我们可以看到他是如何受到他的亲生父亲黑冉亚卡希普(Hiraṇyakaśipu)的残酷折磨的，但他却没有将注意力从至尊主身上移开哪怕一丝一毫。巴利王向他的祖父帕拉德王学习，保持对至尊主坚定的奉爱之情，哪怕至尊主惩罚他也不改变。

第9节

किमात्मनानेन जहाति योऽन्ततः
　किं रिक्थहारैः स्वजनाख्यदस्युभिः ।
किं जायया संसृतिहेतुभूतया
　मर्त्यस्य गेहैः किमिहायुषो व्ययः ॥९॥

kim ātmanānena jahāti yo 'ntataḥ
　kiṁ riktha-hāraiḥ svajanākhya-dasyubhiḥ
kiṁ jāyayā saṁsṛti-hetu-bhūtayā
　martyasya gehaiḥ kim ihāyuṣo vyayaḥ

kim－有什么用 / ātmanā anena－这个躯体 / jahāti－放弃 / yaḥ－……的(躯体) / antataḥ－此生结束时 / kim－有什么用 / riktha-hāraiḥ－财产的掠夺者 / svajana-ākhya-dasyubhiḥ－他们其实是掠夺者，但却以亲属名义出现 / kim－有什么用 / jāyayā－妻子的 / saṁsṛti-hetu-bhūtayā－增加物质束缚的根源 / martyasya－必死之人 / gehaiḥ－房子、家庭和团体的 / kim－有什么用 / iha－在……的房子中 / āyuṣaḥ－寿命的 / vyayaḥ－只是在浪费

译文　一生结束时自动离开主人的这个物质躯体有什么用？家庭成员有什么用？他们实际上是掠夺者，将可以用于以富有的方式侍奉至尊主的金钱掠夺走。妻子有什么用？她是增强物质状态的根源。家、国家和社团有什么用？依恋它们就只是在浪费人生的宝贵能量。

要旨 至尊人格首神奎师那忠告说："放弃一切其他种类的宗教，只向我皈依(sarva-dharmān parityajya mām ekaṁ śaraṇaṁ vraja)。"普通人不欣赏至尊人格首神的这一声明，因为他们认为，他们的家庭、社会、国家、身体和亲戚才是他们这一生中最重要的。他们为什么要放弃中的一项，去托庇于至尊人格首神呢？但帕拉德王和巴利王等伟大人物的作为，使我们明白，皈依至尊主才是明智之人采取的正确行动。帕拉德王托庇于维施努，而这有违他父亲的意愿。同样，巴利王托庇于瓦玛纳戴瓦，但却违抗了他灵性导师舒夸查尔亚及全体恶魔首领的意愿。对帕拉德王和巴利王那样的奉献者能寻求敌方的庇护，放弃对家庭的自然眷恋这一点，人们也许感到惊讶。就有关这一点，巴利王解释说，对于真正的自我来说，作为一切物质活动中心的躯体也是外在因素。即使我们想保持身体健康，以便它有助于我们的活动，身体也不能永留存。**我**虽然是永恒的灵魂，但除非我用这个躯体做些奉爱服务，以取得灵性进步，否则就会在用这个躯体一段时间后，不得不按照自然法律接受另一个躯体(tathā dehāntara-prāptiḥ)。我们不该为达到其他目的而用这个躯体。我们必须知道，为达到其他目的而用这个躯体只不过是在浪费时间，因为时间一到，灵魂就不得不离开这个躯体。

我们对社会、友谊和爱很感兴趣，但它们是什么？那些以朋友和亲人面目出现的人，只不过是来掠夺迷惑灵魂辛苦赚得的钱财的。每个人都深爱并依恋自己的妻子，但这妻子是谁？梵文称妻子是"扩大物质处境的人(strī)"。一个人如果在没有妻子的情况下生活，其物质境况就会没那么复杂。人一旦结婚，与妻子结合，其物质所需就增加了许多。《圣典博伽瓦谭》第5篇第5章的第8节诗说：

puṁsaḥ striyā mithunī-bhāvam etaṁ
tayor mitho hṛdaya-granthim āhuḥ

ato gṛha-kṣetra-sutāpta-vittair
janasya moho 'yam ahaṁ mameti

“异性相吸是物质存在的基本原理。基于这种把男女的心系在一起的错误概念，人依恋他的躯体、家庭、地产、孩子、亲戚和钱财。就这样，人增强他对生命的错误概念，以‘我和我的’为基础思考问题。”人生是为了觉悟自我，而不是为了增加不值得要的东西。事实上，妻子增加了不值得要的东西。人的一生、人的家庭和拥有的一切，如果不正确地用来为至尊主服务，就都是在物质三重苦(自己的身心造成的痛苦、其他生物体造成的痛苦及更高的力量造成的痛苦)的控制下长期受苦的物质处境之根源。不幸的是，人类社会中如今没有教育这一内容的机构。人们始终不知道什么是生命的目的，因此继续为生存而苦苦挣扎。我们说“适者生存”，但没人是适者，因为在物质的情况下没人是自由的。

第 10 节

इत्थं स निश्चित्य पितामहो महा-
नगाधबोधो भवतः पादपद्मम् ।
ध्रुवं प्रपेदे ह्यकुतोभयं जनाद्
भीतः स्वपक्षक्षपणस्य सत्तम ॥१०॥

itthaṁ sa niścitya pitāmaho mahān
agādha-bodho bhavataḥ pāda-padmam
dhruvaṁ prapede hy akutobhayaṁ janād
bhītaḥ svapakṣa-kṣapaṇasya sattama

ittham－由于这(如上述) / saḥ－他——帕拉德王 / niścitya－明确决定这一点 / pitāmahaḥ－我祖父 / mahān－伟大的奉献者 / agādha-bodhaḥ－我那因为做奉爱服务而得到无限知识的祖父 / bhavataḥ－您圣上的 / pāda-padmam－莲花足 / dhruvam－绝对可靠且永恒的庇护 / prapede－皈依 / hi－事实上 / akutaḥ-bhayam－完全免于害

怕 / janāt－从普通人 / bhītaḥ－因为害怕 / svapakṣa-kṣapaṇasya－杀死我们恶魔的您圣上的 / sat-tama－优秀者中最优秀的人啊！

译文 我祖父——获得最高知识并值得所有人崇拜的最卓越的人，害怕这个世界里的普通人。靠托庇于您的莲花足而获得实质性的坚定信心后，他违抗被您亲自杀死的他父亲和恶魔朋友的意愿，托庇在您的莲花足旁。

第 11 节

अथाहमप्यात्मरिपोस्तवान्तिकं
दैवेन नीतः प्रसभं त्याजितश्रीः ।
इदं कृतान्तान्तिकवर्ति जीवितं
ययाध्रुवं स्तब्धमतिर्न बुध्यते ॥११॥

athāham apy ātma-ripos tavāntikaṁ
daivena nītaḥ prasabhaṁ tyājita-śrīḥ
idaṁ kṛtāntāntika-varti jīvitaṁ
yayādhruvaṁ stabdha-matir na budhyate

atha－因此 / aham－我 / api－也 / ātma-ripoḥ－一直是家族敌人的人 / tava－您圣上的 / antikam－保护者 / daivena－由天意 / nītaḥ－带入 / prasabham－靠强迫 / tyājita－失去……的 / śrīḥ－所有的财富 / idam－这门生活的哲学 / kṛta-anta-antika-varti－总是给予死的方便 / jīvitam－寿命 / yayā－被这种物质财富 / adhruvam－作为短暂的 / stabdha-matiḥ－这样一个没有智慧的人 / na budhyate－无法了解

译文 仅仅由于天意，我被强制性地带到您的莲花足下，我所有的财富被剥夺。短暂的富有造成的假象和错觉，使生活在物质境况中的大众，虽然每时每刻都面对不期而遇的死亡，但却不明白这一生是短暂的。仅仅是因为天意，我才从这种情况中得到拯救。

要旨 尽管恶魔家族中除了帕拉德王和巴利王，其他所有的成员都将维施努视为是他们家族永恒的敌人，但巴利王却欣赏至尊人格首神的作为。正如巴利王所描述的，主维施努其实并非他们家的敌人，而是最好的朋友。这种友谊的原则已经作过说明。至尊主通过拿走祂奉献者的一切物质财富赐予祂特殊的恩宠(yasyāham anugṛhnāmi hariṣye tad-dhanaṁ śanaiḥ)。巴利王欣赏至尊主的这一作为，因此说："您把我置于这种处境，是将我带到永恒生活的正确层面上(daivena nītaḥ prasabhaṁ tyājita-śrīḥ)。"

事实上，每一个人都该害怕所谓的社会、友谊和爱，因为他要为这些而夜以继日地辛苦工作。正如巴利王用梵文"害怕普通人(janād bhītaḥ)"一句所指出的，每一个具有奎师那意识的奉献者都该始终害怕像普通人那样忙于追逐物质的繁荣。这种人被说成是"追逐鬼火的疯子(pramatta)"。他们不知道在为生活而辛苦奋争后，必须更换身体，而且不确定下一个接受的将会是什么类型的躯体。那些完全确信奎师那意识哲学并因此而了解生命目的的人，永远都不会从事赛狗般的物质主义活动。但如果真诚的奉献者堕落了，至尊主就会纠正他，拯救他不向下滑，过黑暗的地狱生活。《圣典博伽瓦谭》第7篇第5章的第30节诗中说：

adānta-gobhir viśatāṁ tamisraṁ
punaḥ punaś carvita-carvaṇānām

"对物质主义生活太过上瘾的人，因感官不受控制而不断向地狱般的处境迈进，再三咀嚼已咀嚼过的东西。"物质主义的生活方式只不过是咀嚼已经咀嚼过的东西。尽管这样的生活没有利益，人们还是因为控制不住感官而迷恋它。不受控制的感官使人们全心忙于罪恶活动(nūnaṁ pramattaḥ kurute vikarma)，而罪恶活动使他们得到一个充满痛苦的躯体。巴利王感激至尊主将他从这种愚昧、困惑的生活中拯救出来的做法。为此他说，他的智力被迷惑(stabdha-matir na budhyate)，使他无法了解至尊人格首神是如何以强迫祂的奉献者停止从事物质活动的方式帮助他们的。

第 12 节

श्रीशुक उवाच
तस्येत्थं भाषमाणस्य प्रह्लादो भगवत्प्रियः ।
आजगाम कुरुश्रेष्ठ राकापतिरिवोत्थितः ॥१२॥

śrī-śuka uvāca
tasyettharn bhāṣamāṇasya
prahrādo bhagavat-priyaḥ
ājagāma kuru-śreṣṭha
rākā-patir ivotthitaḥ

śrī-śukaḥ uvāca—圣舒卡戴瓦·哥斯瓦米说 / tasya—巴利王 / it-tham—就这样 / bhāṣamāṇasya—在描述他的幸运状态时 / prahrādaḥ—他祖父帕拉德王 / bhagavat-priyaḥ—至尊人格首神最珍爱的奉献者 / ājagāma—在那里出现 / kuru-śreṣṭha—库茹族最优秀的人帕瑞克西特王啊 / rākā-patiḥ—月亮 / iva—恰似 / utthitaḥ—升起

译文 舒卡戴瓦·哥斯瓦米说：库茹王朝最优秀的人啊！当巴利王这样描述他的幸运处境时，至尊主最珍爱的奉献者帕拉德王，如夜晚升起的月亮般出现在现场。

第 13 节

तमिन्द्रसेनः स्वपितामहं श्रिया
विराजमानं नलिनायतेक्षणम् ।
प्रांशुं पिशङ्गाम्बरमञ्जनत्विषं
प्रलम्बबाहुं शुभगर्षभमैक्षत ॥१३॥

tam indra-senaḥ sva-pitāmahaṁ śriyā
virājamānaṁ nalināyatekṣaṇam
prāṁśuṁ piśaṅgāmbaram añjana-tviṣaṁ
pralamba-bāhuṁ śubhagarṣabham aikṣata

tam一那位帕拉德王 / indra-senaḥ一拥有因铎所有的军事力量的巴利王 / sva-pitāmaham一向他祖父 / śriyā一展现出所有的美好特征 / virājamānam一站在那里 / nalina-āyata-īkṣaṇam一有着如莲花瓣一样的大眼睛 / prāṁśum一十分俊美的身躯 / piśaṅga-ambaram一穿着黄色衣服 / añjana-tviṣam一肤色如黑眼膏般的身体 / pralamba-bāhum一很长的手臂 / śubhaga-ṛṣabham一所有吉祥之人中最优秀的 / aikṣata一他看到

译文 巴利王看到他祖父帕拉德王——肤色恰似黑眼膏般的最幸运的人。他高大、俊美的身体上穿着黄色衣衫；他有长长的手臂和恰似莲花瓣一样美丽的眼睛。所有的人都很爱他，喜欢他。

第 14 节

तस्मै बलिर्वारुणपाशयन्त्रितः
समर्हणं नोपजहार पूर्ववत् ।
ननाम मूर्ध्नाश्रुविलोललोचनः
सव्रीडनीचीनमुखो बभूव ह ॥१४॥

tasmai balir vāruṇa-pāśa-yantritaḥ
samarhaṇaṁ nopajahāra pūrvavat
nanāma mūrdhnāśru-vilola-locanaḥ
sa-vrīḍa-nīcīna-mukho babhūva ha

tasmai一向帕拉德王 / baliḥ一巴利王 / vāruṇa-pāśa-yantritaḥ一被瓦茹纳的绳索捆绑着 / samarhaṇam一适当的尊敬 / na一不 / upajahā-ra一给予 / pūrva-vat一像以前 / nanāma一他致以敬意 / mūrdhnā一用头 / aśru-vilola-locanaḥ一眼含泪水 / sa-vrīḍa一羞愧地 / nīcīna一向下 / mukhaḥ一脸 / babhūva ha一他变得

译文 巴利王因为被瓦茹纳的绳子捆绑着，所以无法如往常那样得体地向祖父致敬，而是只简单地用他的头致以敬礼，他的眼里流着泪，面露羞愧的神情。

要旨 由于主瓦玛纳戴瓦逮捕了巴利王，巴利王必会被认为是个冒犯者。巴利王真诚地感到自己冒犯了至尊人格首神，而他知道帕拉德王不喜欢这样，所以面露羞愧的神情。

第 15 节

स तत्र हासीनमुदीक्ष्य सत्पतिं
हरिं सुनन्दाद्यनुगैरुपासितम् ।
उपेत्य भूमौ शिरसा महामना
ननाम मूर्ध्ना पुलकाश्रुविक्लवः ॥१५॥

sa tatra hāsīnam udīkṣya sat-patiṁ
harim̐ sunandādy-anugair upāsitam
upetya bhūmau śirasā mahā-manā
nanāma mūrdhnā pulakāśru-viklavaḥ

saḥ一帕拉德王 / tatra一那里 / ha āsīnam一坐着 / udīkṣya一看到后 / sat-patim一至尊人格首神——解脱灵魂的主人 / harim一主哈尔依 / sunanda-ādi-anugaiḥ一由祂的随从苏南达等 / upāsitam一被崇拜 / upetya一接近 / bhūmau一在地上 / śirasā一用他的头(低下) / mahā-manāḥ一伟大的奉献者 / nanāma一献上致敬 / mūrdhnā一用他的头 / pulaka-aśru-viklavaḥ一激动地流下喜悦的泪水

译文 伟大的人物帕拉德王看到至尊主坐在那里，由苏南达等祂亲密的同伴围绕并崇拜着时，眼里不禁涌流出欢喜的泪水。他走近至尊主，扑倒在地，向至尊主致以顶礼。

第 16 节

श्रीप्रह्राद उवाच
त्वयैव दत्तं पदमैन्द्रमूर्जितं
हृतं तदेवाद्य तथैव शोभनम् ।

मन्ये महानस्य कृतो ह्यनुग्रहो
विभ्रंशितो यच्छ्रिय आत्ममोहनात् ॥१६॥

śrī-prahrāda uvāca
tvayaiva dattaṁ padam aindram ūrjitaṁ
hṛtaṁ tad evādya tathaiva śobhanam
manye mahān asya kṛto hy anugraho
vibhraṁśito yac chriya ātma-mohanāt

śrī-prahrādaḥ uvāca—帕拉德王说 / tvayā—由您圣上 / eva—事实上 / dattam—被给予的 / padam—这地位 / aindram—天帝的 / ūrjitam—十分伟大 / hṛtam—被拿走 / tat—那 / eva—事实上 / adya—今天 / tathā—正如 / eva—事实上 / śobhanam—美丽 / manye—我认为 / mahān—非常大 / asya—他(巴利王)的 / kṛtaḥ—由您完成 / hi—事实上 / anugrahaḥ—仁慈 / vibhraṁśitaḥ—因为缺乏 / yat—因为 / śriyaḥ—从财富 / ātma-mohanāt—遮住觉悟自我之程序的……

译文 帕拉德王说：我的至尊主，给这个巴利以天帝职位和巨大财富的是您圣上，今天拿走它们的也是您。我认为您以两种同样美妙的方式行事。天帝的崇高地位将他置于愚昧的黑暗中，您通过拿走他所有的财富赐予他十分仁慈的恩惠。

要旨 《圣典博伽瓦谭》第10篇第88章的第8节诗记载，至尊主说：如果我特别喜爱一个人，我就会拿走他的财富(yasyāham anugṛhṇāmi hariṣye tad-dhanaṁ śanaiḥ)。凭借至尊主的仁慈，一个人才得到所有的物质财富，但如果这种物质财富令人变得骄傲，忘记觉悟自我的程序，至尊主必然就会拿走他所有的财富。至尊主赐予仁慈的方式是：帮助祂的奉献者发现自己的原本状态和地位。为达到这一目的，至尊主总是准备以所有的方式帮助奉献者。然而，物质财富经常招致危险，因为它将人的注意力引向虚假的名望，让人以为自己是所看到的一切的拥有者和主人，尽管那并非事实。为保护奉献者免于这种误解，至尊主就会展现特殊的仁慈，有时拿走奉献者的物质拥有(yasyāham anugṛhṇāmi hariṣye tad-dhanaṁ śanaiḥ)。

第 17 节

यया हि विद्वानपि मुह्यते यत-
स्तत्को विचष्टे गतिमात्मनो यथा ।
तस्मै नमस्ते जगदीश्वराय वै
नारायणायाखिललोकसाक्षिणे ॥१७॥

yayā hi vidvān api muhyate yatas
tat ko vicaṣṭe gatim ātmano yathā
tasmai namas te jagad-īśvarāya vai
nārāyaṇāyākhila-loka-sākṣiṇe

yayā—受物质财富的…… / hi—事实上 / vidvān api—即使一个人幸运地受到高等教育 / muhyate—变得迷惑 / yataḥ—自我控制的 / tat—那 / kaḥ—谁 / vicaṣṭe—能追求 / gatim—进步 / ātmanaḥ—自我的 / yathā—正确地 / tasmai—向祂 / namaḥ—我致以我恭敬的顶礼 / te—向您 / jagat-īśvarāya—向宇宙之主 / vai—事实上 / nārāyaṇā-ya—向祂圣上纳茹阿亚纳 / akhila-loka-sākṣiṇe—是一切创造之见证者的人

译文 物质财富是如此使人迷惑，甚至令博学、自我控制之人忘记追求觉悟自我的目标。但至尊人格首神纳茹阿亚纳——宇宙之主，能凭祂的意愿看清一切。为此，我恭敬地向祂致以虔敬的顶礼。

要旨 诗文中的梵文ko vicaṣṭe gatim ātmano yathā一句是指：当人因为拥有物质财富而获得虚假名望，从而骄傲起来时，他必然会忽视觉悟自我这一目标。这是现代世界的状况。由于在物质财富领域中所谓的科技发展，人们完全离弃了觉悟自我之途。事实上，几乎没人对神、自己与神的关系或究竟该如何行事等问题感兴趣。现代人因为疯狂地追求拥有物质财富而完全忘记了这类问题。如果这种文明继续下去，至尊人格首神夺走一切物质财富的时刻很快就会到来。那时，人们才会恢复理智，清醒过来。

第 18 节

श्रीशुक उवाच
तस्यानुशृण्वतो राजन् प्रह्लादस्य कृताञ्जलेः ।
हिरण्यगर्भो भगवानुवाच मधुसूदनम् ॥१८॥

śrī-śuka uvāca
tasyānuśṛṇvato rājan
prahrādasya kṛtāñjaleḥ
hiraṇyagarbho bhagavān
uvāca madhusūdanam

śrī-śukaḥ uvāca—圣舒卡戴瓦·哥斯瓦米说 / tasya—帕拉德王的 / anuśṛṇvataḥ—以使他可以听 / rājan—帕瑞克西特王啊 / prahrāda-sya—帕拉德王的 / kṛta-añjaleḥ—双手合十站着的人 / hiraṇyagar-bhaḥ—主布茹阿玛 / bhagavān—最强有力的 / uvāca—说 / madhusūda-nam—对人格首神玛杜苏丹

译文 舒卡戴瓦·哥斯瓦米继续道：帕瑞克西特王啊！主布茹阿玛接着开始对至尊人格首神说话，并让双手合十站在近旁的帕拉德王可以听到。

第 19 节

बद्धं वीक्ष्य पतिं साध्वी तत्पत्नी भयविह्वला ।
प्राञ्जलिः प्रणतोपेन्द्रं बभाषेऽवाङ्मुखी नृप ॥१९॥

baddhaṁ vīkṣya patiṁ sādhvī
tat-patnī bhaya-vihvalā

prāñjaliḥ praṇatopendraṁ
babhāṣe 'vāṅ-mukhī nṛpa

baddham—逮捕 / vīkṣya—看 / patim—她丈夫 / sādhvī—贞节的女人 / tat-patnī—巴利王的妻子 / bhaya-vihvalā—因为深受恐惧的打扰 / prāñjaliḥ—双手合十地 / praṇatā—致敬 / upendram—向瓦玛纳戴瓦 / babhāṣe—讲话 / avāk-mukhī—脸朝下地 / nṛpa—帕瑞克西特王啊

译文 但巴利王那因为看到丈夫遭逮捕而害怕和难过的贞节妻子，立刻向主瓦玛纳戴瓦致敬，双手合十地说了如下一番话。

要旨 尽管主布茹阿玛在说话，但因为巴利王的妻子温迪雅娃莉(Vindhyāvali)十分激动和害怕，想要说话，所以主布茹阿玛必须先停止说话。

第 20 节

श्रीविन्ध्यावलिरुवाच
क्रीडार्थमात्मन इदं त्रिजगत्कृतं ते
स्वाम्यं तु तत्र कुधियोऽपर ईश कुर्युः ।
कर्तुः प्रभोस्तव किमस्यत आवहन्ति
त्यक्तह्रियस्त्वदवरोपितकर्तृवादाः ॥२०॥

śrī-vindhyāvalir uvāca
krīḍārtham ātmana idaṁ tri-jagat kṛtaṁ te
svāmyaṁ tu tatra kudhiyo 'para īśa kuryuḥ
kartuḥ prabhos tava kim asyata āvahanti
tyakta-hriyas tvad-avaropita-kartṛ-vādāḥ

śrī-vindhyāvaliḥ uvāca—巴利王的妻子温迪雅娃莉说 / krīḍā-artham—为了从事娱乐活动 / ātmanaḥ—您本人的 / idam—这 / tri-jagat—(这宇宙的)三个世界 / kṛtam—被创造 / te—由您 / svāmyam—

所有权 / tu－但是 / tatra－在其上 / kudhiyaḥ－愚蠢的无赖 / apare－其他人 / īśa－我的至尊主啊 / kuryuḥ－建立了的 / kartuḥ－为至尊创造者 / prabhoḥ－为至尊维系者 / tava－为您圣上 / kiṁ－什么 / asyataḥ－为至尊毁灭者 / āvahanti－他们可以给予 / tyakta-hriyaḥ－无耻、没有智慧 / tvat－由您 / avaropita－因为知识贫乏而错误地强加于 / kartṛ-vādāḥ－这种愚蠢的不可知论者的所有权

译文 圣温迪雅娃莉说：我的至尊主啊！您为享受自己的娱乐时光而创造了整个宇宙，但愚蠢、无知的人却声称自己有权享受物质世界。他们无疑是恬不知耻的无知之人。他们错误地宣称他们的所有权，以为自己可以给予布施并享受。在这种情况下，他们能为您做什么好事呢？您独自创造、维系并毁灭这个宇宙。

要旨 巴利王最有智慧的妻子支持逮捕她丈夫的行动，指责他因为宣称拥有本属于至尊主的资产，所以根本没有智慧。做这种声称是邪恶生活的表现。被至尊主正式指定做管理工作的半神人虽然依恋物质享乐，但从不声称自己是宇宙的拥有者；他们知道一切真正的拥有者是至尊人格首神。这是半神人的资格。但恶魔们不接受至尊人格首神的绝对拥有权，相反通过对国家的划分声称自己拥有宇宙的资产。他们说：“这部分是我的，那部分是你的。我可以把这部分作为施舍，布施出来，而那部分我要留给自己享用。”这些全都是邪恶的概念。对此，《博伽梵歌》(Bhagavad-gītā)第16章的第13节诗中描述说，他们认为：“我已经拥有这么多金钱和土地，现在我要增加更多。这样我就会成为一切最大的拥有者。谁还能跟我竞争(idam adya mayā labdham imaṁ prāpsye manoratham)？”这些都是邪恶的想法。

巴利王的妻子指责巴利王说：至尊人格首神逮捕他，向他展示非凡的仁慈，而巴利王虽然让至尊主将第三步踏在他身上，但

还是处在无知的愚昧状态中；身体其实并不是他的，但他因为长期具有的邪恶心态而无法了解这一点。他认为，他将因为没能力满足给予布施的诺言而会受到诽谤；既然身体属于他，他可以通过献出自己的身体避免诽谤。但事实上，躯体并不属于任何人，而是全部归至尊人格首神所有；躯体是祂给予的。正如《博伽梵歌》第18章的第61节诗说明：

īśvaraḥ sarva-bhūtānāṁ
hṛd-deśe 'rjuna tiṣṭhati
bhrāmayan sarva-bhūtāni
yantrārūḍhāni māyayā

“阿尔诸纳啊！每个生物都坐在一台由物质能量制成的机器上，至尊主处在他们心中，指导他们周游四方。”至尊主处在每一个生物体的心中，按照生物的物质欲望，透过物质能量这一代理，给予某种类型的机器——躯体。躯体其实并不属于生物，而属于至尊人格首神。在这种情况下，巴利王怎么能声称躯体属于他呢？

正因为如此，温迪雅娃莉——巴利王有智慧的妻子，祈祷至尊主出于没有缘故的仁慈释放她丈夫，否则她丈夫巴利王就只不过是个恬不知耻的恶魔，是个声称拥有至尊人的资产的愚蠢之人(tyakta-hriyas tvad-avaropita-kartṛ-vādāḥ)。在如今这个喀历年代(Kali-yuga)中，这类不信神的恬不知耻的不可知论者越来越多。所谓的科学家、哲学家和政治家们，试图向至尊人格首神的权威挑战，制订各种毁灭世界的计划和方案。他们做不出任何有利于世界的事。不幸的是，借助于喀历年代的影响，他们将对世界事务的管理搅得乱七八糟。正因为如此，考虑到被这类恶魔的宣传冲昏了头脑的无辜之人的利益，世界极需要奎师那意识运动。如今的状况如果继续发展下去，人们无疑将在这些邪恶的不可知论者的领导下越来越痛苦。

第 21 节

श्रीब्रह्मोवाच
भूतभावन भूतेश देवदेव जगन्मय ।
मुञ्चैनं हृतसर्वस्वं नायमर्हति निग्रहम् ॥२१॥

śrī-brahmovāca
bhūta-bhāvana bhūteśa
deva-deva jaganmaya
muñcainaṁ hṛta-sarvasvaṁ
nāyam arhati nigraham

śrī-brahmā uvāca—主布茹阿玛说 / bhūta-bhāvana—至尊生物——能造福众生的祝愿者啊 / bhūta-īśa—众生的主人啊 / deva-deva—值得半神人崇拜的神明啊 / jagat-maya—无处不在的人啊 / muñca—请释放 / enam—这可怜的巴利王 / hṛta-sarvasvam—现在失去了一切 / na—不 / ayam—这样一个可怜的男人 / arhati—应受到 / nigraham—惩罚

译文　主布茹阿玛说：啊，众生的祝愿者和主人！全体半神人崇拜的神明！啊！无处不在的人格首神！这个人现在已受到足够的惩罚，因为您已经拿走了一切。现在，您可以释放他了。他不该再受到更多的惩罚。

要旨　主布茹阿玛看到帕拉德王和温迪雅娃莉已经接近至尊主，请求祂赐予巴利王仁慈，于是也加入他们，以从世俗的角度考虑为理由，建议释放巴利王。

第 22 节

कृत्स्ना तेऽनेन दत्ता भूर्लोकाः कर्मार्जिताश्च ये ।
निवेदितं च सर्वस्वमात्माविक्लवया धिया ॥२२॥

kṛtsnā te 'nena dattā bhūr
lokāḥ karmārjitāś ca ye
niveditaṁ ca sarvasvam
ātmāviklavayā dhiyā

kṛtsnāḥ一所有的 / te一向您 / anena一被巴利王 / dattāḥ一被给予或归还 / bhūḥ lokāḥ一所有的土地和所有的星球 / karma-arjitāḥ ca一他靠从事虔诚活动所获得的一切 / ye一所有……的 / niveditam ca一都给了您 / sarvasvam一他拥有的一切 / ātmā一甚至他的身体 / aviklavayā一毫不犹豫地 / dhiyā一凭这种智慧

译文 巴利王已经把一切都献给您圣上。他毫不犹豫地将土地、星球和因从事虔诚活动而得到的一切，包括自己的身体，都献给了您。

第23节

यत्पादयोरशठधीः सलिलं प्रदाय
दूर्वाङ्कुरैरपि विधाय सतीं सपर्याम् ।
अप्युत्तमां गतिमसौ भजते त्रिलोकीं
दाश्वानविक्लवमनाः कथमार्तिमृच्छेत् ॥२३॥

yat-pādayor aśaṭha-dhīḥ salilaṁ pradāya
dūrvāṅkurair api vidhāya satīṁ saparyām
apy uttamāṁ gatim asau bhajate tri-lokīṁ
dāśvān aviklava-manāḥ katham ārtim ṛcchet

yat-pādayoḥ一在您圣上的莲花足旁 / aśaṭha-dhīḥ一心胸开阔、不口是心非的人 / salilam一水 / pradāya一献上 / dūrvā一用生长成熟的草 / aṅkuraiḥ一并用花蕾 / api一虽然 / vidhāya一献上 / satīm一最崇高的 / saparyām一以崇拜 / api一虽然 / uttamām一最高等的 / gatim一目的地 / asau一这样一个崇拜者 / bhajate一应得 / tri-lokīm一三个世界 / dāśvān一给您 / aviklava-manāḥ一不口是心非 / katham一如何 / ārtim一被逮捕的痛苦状态 / ṛcchet一他应得

译文　甚至在您的莲花足旁供奉水、嫩草或花蕾，都能使不口是心非的人在灵性世界获得最崇高的地位。这个不口是心非的巴利王现在把三个世界中的一切都献给了您。他怎么可能该遭受被逮捕的痛苦呢？

要旨　《博伽梵歌》第9章的第26节诗说明：

patraṁ puṣpaṁ phalaṁ toyaṁ
yo me bhaktyā prayacchati
tad ahaṁ bhakty-upahṛtam
aśnāmi prayatātmanaḥ

“人如果怀着奉爱之心给我供奉一片叶、一朵花、一个水果或一些水，我将会接受。”至尊人格首神是如此仁慈，以致如果一个纯真之人怀着奉爱之情，表里如一地向至尊主的莲花足供奉一点水、一朵花、一个水果或一片叶，至尊主都会接受，随后将这样的奉献者提升到灵性世界外琨塔(Vaikuṇṭha)。布茹阿玛请至尊主考虑这一点，请求至尊主释放正在承受被瓦茹纳的绳子捆绑之痛苦的巴利王，而他已经将三个世界及他拥有的一切都给了至尊主。

第24节

श्रीभगवानुवाच
ब्रह्मन् यमनुगृह्णामि तद्विशो विधुनोम्यहम् ।
यन्मदः पुरुषः स्तब्धो लोकं मां चावमन्यते ॥२४॥

śrī-bhagavān uvāca
brahman yam anugṛhṇāmi
tad-viśo vidhunomy aham
yan-madaḥ puruṣaḥ stabdho
lokaṁ māṁ cāvamanyate

śrī-bhagavān uvāca—至尊人格首神说 / brahman—主布茹阿玛啊 / yam—向……的人 / anugṛhṇāmi—我展示我的仁慈 / tat—他 /

viśaḥ—物质财富或富有 / vidhunomi—拿走 / aham—我 / yat-madaḥ—因为这金钱而有虚荣感 / puruṣaḥ—这样一个人 / stabdhaḥ—因为头脑迟钝 / lokam—三个世界 / mām ca—也向我 / avamanyate—嘲笑

译文 至尊人格首神说：我亲爱的主布茹阿玛，物质财富使愚蠢之人变得愚笨和疯狂。因此，他不尊重三个世界中的任何人，甚至公然蔑视我的权威。对这样的人，我通过先拿走他拥有的一切向他表示我特殊的恩惠。

要旨 因为物质越来越富裕而变得不敬神、不信神的文明十分危险。物质主义者因为物质财富极大的丰富而变得狂妄自大，以致不尊重任何人，甚至拒不接受至尊人格首神的权威。这种心态造成的结果无疑十分危险。至尊主为了表示特殊的恩惠，有时会惩罚某个人以儆戒他人；现在失去了一切的巴利王就是一例。

第 25 节

यदा कदाचिज्जीवात्मा संसरन्निजकर्मभिः ।
नानायोनिष्वनीशोऽयं पौरुषीं गतिमाव्रजेत् ॥२५॥

yadā kadācij jīvātmā
saṁsaran nija-karmabhiḥ
nānā-yoniṣv anīśo 'yaṁ
pauruṣīṁ gatim āvrajet

yadā—当……时 / kadācit—有时 / jīva-ātmā—生物体 / saṁsaran—在生死轮回中旋转 / nija-karmabhiḥ—由于他从事的功利性活动 / nānā-yoniṣu—在不同的物种中 / anīśaḥ—不独立(完全在物质自然的控制下) / ayam—这生物 / pauruṣīm gatim—做人的情况 / āvrajet—想要得到

译文 从属于我并因自己从事的功利性活动而再三在生

死循环中轮回的生物，也许靠好运当上一个人。这人体生命极难得到。

要旨　至尊人格首神是完全独立的。并不是只要有谁失去一切财富就是至尊主降恩的表现。至尊主可以按照自己的意愿以任何方式行事。祂也许拿走一个人的财富，也许不这么做。世上有各种各样的生命形式，至尊主按照情况自己选择对待不同生物体的方式。要明白的是：在人体生命形式中的生物应该承担巨大的责任。《博伽梵歌》第13章的第22节诗说：

puruṣaḥ prakṛti-stho hi
　bhuṅkte prakṛtijān guṇān
kāraṇaṁ guṇa-saṅgo 'sya
　sad-asad-yoni-janmasu

“物质自然中的生物就这样生活，享受自然的三种属性。这是他与物质自然接触的缘故。他就这样在不同的物种中遭遇善恶。”这样在生死轮回圈内的许许多多生命形式中不停地打转后，生物得到当人的机会。因此，每一个人，尤其是文明国家或文化中的人，必须对自己的活动极其负责。他不该冒在下一生被降级的危险。躯体将会更换(tathā dehāntara-prāptir)，因此我们应该十分谨慎。培养奎师那意识的目的，是要确保对生命的善用。愚蠢之人宣称自己是自由、不受控制的，但他其实一点都不自由；他完全处在物质自然的控制下，所以必须绝对小心，对自己一生的活动负责任。

第 26 节

जन्मकर्मवयोरूपविद्यैश्वर्यधनादिभिः ।
यद्यस्य न भवेत्स्तम्भस्तत्रायं मदनुग्रहः ॥२६॥

janma-karma-vayo-rūpa-
　vidyaiśvarya-dhanādibhiḥ

yady asya na bhavet stambhas
tatrāyaṁ mad-anugrahaḥ

janma—因为出生在一个贵族家中 / karma—因为神奇的活动、虔诚的活动 / vayaḥ—因为年龄，尤其是能做许多事的年轻时期 / rūpa—因为个人的吸引所有人的美丽 / vidyā—因为教育 / aiśvarya—因为财富 / dhana—因为钱财 / ādibhiḥ—也因为其他财富 / yadi—如果 / asya—拥有者的 / na—不 / bhavet—有 / stambhaḥ—骄傲 / tatra—在这种情况下 / ayam——个人 / mat-anugrahaḥ—应该被视为是得到了我特殊的仁慈

译文 如果一个人出身高贵，从事精彩的活动，如果朝气蓬勃、长相美丽、有良好的教育、很富有，但却不为自己的财富而骄傲，那就应该明白：他得到了至尊人格首神的特殊眷顾。

要旨 如果一个人即使拥有所有这些财富却不骄傲，就意味着他完全清楚他所有的财富都是至尊人格首神仁慈的赐予。这样的人因此而用他拥有的一切为至尊主服务。奉献者很清楚，一切，甚至自己的身体，都属于至尊主。人如果怀着这样的奎师那意识完美地生活，就该明白：这人得到了至尊人格首神的特殊恩惠。结论是：并非所有的人被剥夺财富都是至尊主的特殊仁慈；但如果有人持续富有却不变得骄傲自大，不错误地认为自己是一切的拥有者，那么这人一定是得到了至尊主的特殊仁慈。

第 27 节

मानस्तम्भनिमित्तानां जन्मादीनां समन्ततः ।
सर्वश्रेयःप्रतीपानां हन्त मुह्येन्न मत्परः ॥२७॥

māna-stambha-nimittānāṁ
janmādīnāṁ samantataḥ

sarva-śreyaḥ-pratīpānāṁ
hanta muhyen na mat-paraḥ

māna一虚假名望的 / stambha一由于这傲慢 / nimittānām一是……的原因 / janma-ādīnām一例如出生在一个高贵的家庭 / samantataḥ一放到一起 / sarva-śreyaḥ一为了生命的最高利益 / pratīpānām一是障碍的 / hanta一也 / muhyet一变得迷惑 / na一不 / mat-paraḥ一我纯粹的奉献者

译文　尽管高贵的出身和其他类似的财富会造成虚假的名望和骄傲自大，所以是奉爱服务路途上取得进步的障碍，但这些财富从不会使至尊人格首神的纯粹奉献者迷惑。

要旨　被赐予无限物质财富的杜茹瓦王(Dhruva Mahārāja)那样的奉献者，得到了至尊人格首神的特殊仁慈。一次，库维尔(Kuvera)想要给杜茹瓦王一个祝福，杜茹瓦王虽然可以向他要求任何数量的物质财富，但却乞求库维尔祝福他能继续为至尊人格首神做奉爱服务。当奉献者坚定地做奉爱服务时，至尊主就不需要让他失去物质财富了。至尊人格首神从不拿走靠做奉爱服务得到的物质财富，尽管祂有时拿走人通过从事虔诚活动得到的财富。祂这样做是为了让奉献者不骄傲，或者将其置于更好地做奉爱服务的状态中。如果一个特殊的奉献者本该传播知识，但却不离弃他的家庭生活或物质财富去为至尊主做服务，至尊主就一定会拿走他的物质财富，安排他做奉爱服务。这样，纯粹的奉献者就会全身心地传播奎师那意识。

第 28 节

एष दानवदैत्यानामग्रनीः कीर्तिवर्धनः ।
अजैषीदजयां मायां सीदन्नपि न मुह्यति ॥२८॥

eṣa dānava-daityānām
agranīḥ kīrti-vardhanaḥ

ajaiṣīd ajayāṁ māyāṁ
sīdann api na muhyati

eṣaḥ－这个巴利王 / dānava-daityānām－在恶魔和不信者之中 / agranīḥ－第一流的奉献者 / kīrti-vardhanaḥ－最著名 / ajaiṣīt－已经超过 / ajayām－不能超越的 / māyām－物质能量 / sīdan－因为失去(所有的物质财富) / api－虽然 / na－不 / muhyati－被迷惑

译文 巴利王之所以是恶魔和不信神的人中最著名的人，是因为他虽失去了一切物质财富，但仍坚定地做奉爱服务。

要旨 这节诗中的“虽失去一切物质财富，但却不迷惑(sīdann api na muhyati)”一句十分重要。奉献者在做奉爱服务的过程中有时被置于逆境。所有的人在逆境中都会悲叹，继而变得忿忿不平，但凭借至尊人格首神的恩典，奉献者即使在最糟糕的处境中，都能了解自己将成功地通过人格首神给予的严峻考验。正如下面诗文所解释的，巴利王就通过了所有这些考验。

第29－30节

क्षीणरिक्थश्च्युतः स्थानात्क्षिप्तो बद्धश्च शत्रुभिः ।
ज्ञातिभिश्च परित्यक्तो यातनामनुयापितः ॥२९॥

गुरुणा भर्त्सितः शप्तो जहौ सत्यं न सुव्रतः ।
छलैरुक्तो मया धर्मो नायं त्यजति सत्यवाक् ॥३०॥

kṣīṇa-rikthaś cyutaḥ sthānāt
kṣipto baddhaś ca śatrubhiḥ
jñātibhiś ca parityakto
yātanām anuyāpitaḥ

guruṇā bhartsitaḥ śapto
jahau satyaṁ na suvrataḥ

chalair ukto mayā dharmo
nāyaṁ tyajati satya-vāk

kṣīṇa-rikthaḥ—虽然失去所有的财产 / cyutaḥ—坠落 / sthānāt—从他的较高的地位 / kṣiptaḥ—被丢开 / baddhaḥ ca—及被结实地捆绑起来 / śatrubhiḥ—被他的敌人 / jñātibhiḥ ca—并被他的家庭成员或亲戚 / parityaktaḥ—背弃 / yātanām—所有种类的痛苦 / anuyāpitaḥ—不同寻常的巨大痛苦 / guruṇā—被他的灵性导师 / bhartsitaḥ—指责 / śaptaḥ—和诅咒 / jahau—放弃 / satyam—诚实 / na—不 / su-vrataḥ—坚守他的诺言 / chalaiḥ—做作地 / uktaḥ—说 / mayā—由我 / dharmaḥ—宗教原则 / na—不 / ayam—这个巴利王 / tyajati—放弃了 / satya-vāk—说话算数

译文　巴利王虽然失去他的财富，从他原本的地位坠落，被他的敌人打败、逮捕，被他的亲戚和朋友指责、离弃，虽然承受遭捆绑并被他灵性导师训斥和诅咒的痛苦，但仍坚守自己的诺言，不放弃他诚实的品格。我当然是在假装谈论有关宗教原则，但他并没有违反宗教原则，因为他一诺千金。

要旨　巴利王通过了至尊人格首神给予他的严峻考验。这是对至尊主赐予祂奉献者仁慈的进一步证明。至尊人格首神有时给奉献者几乎是无法忍受的严峻考验。在巴利王被迫面对的情况中，其他人甚至很难继续活下去。巴利王之所以能忍受所有这些严峻的考验和苦行，是因为有至尊主的仁慈。至尊主无疑十分欣赏奉献者的忍耐力，而它被记录下来以进一步增加奉献者的光荣。这不是普通的考验。正如这节诗文中所描述的，很难有人能在这样的考验中活下来，但为了给伟大的权威人士之一的巴利王进一步增添荣耀，至尊人格首神不仅考验他，而且还赐予他忍受这种逆境的力量。至尊主对祂的奉献者是如此仁慈，在给予奉献者严峻考验的同时，也赐予奉献者忍受所需要的力量，使其继续做一个光荣的奉献者。

第 31 节

एष मे प्रापितः स्थानं दुष्प्रापममरैरपि ।
सावर्णेरन्तरस्यायं भवितेन्द्रो मदाश्रयः ॥३१॥

eṣa me prāpitaḥ sthānaṁ
duṣprāpam amarair api
sāvarṇer antarasyāyaṁ
bhavitendro mad-āśrayaḥ

eṣaḥ—巴利王 / me—由我 / prāpitaḥ—获得了 / sthānam——个地方 / duṣprāpam—极难获得 / amaraiḥ api—甚至由半神人 / sāvarṇeḥ antarasya—在名叫萨瓦尔尼的玛努统治期间 / ayam—这个巴利王 / bhavitā—将成为 / indraḥ—天堂星球的君王 / mat-āśrayaḥ—完全在我的保护下

译文 至尊主继续说：由于他非凡的容忍，我赐予他就连半神人都得不到的一个地方。他将在名叫萨瓦尔尼的玛努统治期间成为天堂的君王。

要旨 这是至尊人格首神的仁慈。至尊主即使拿走奉献者的物质财富，也会立刻给予他一个就连半神人都梦想不到的地位。在奉爱服务的历史上有许多这样的例子，其中一个是苏达玛·维帕(Sudāmā Vipra)获赐财富的例子。苏达玛·维帕承受物质上极度贫穷的痛苦，但却不受打扰，不偏离奉爱服务之途。为此，主奎师那最终仁慈地赐予他崇高的地位。这节诗文中的梵文“完全在我的保护下(mad-āśrayaḥ)”一句十分重要。由于至尊主想要赐予巴利王以天帝因铎(Indra)的崇高地位，半神人自然也许就会忌妒他，与他作战争夺地位。但至尊人格首神向巴利王保证，他将永远受到至尊主的保护(mad-āśrayaḥ)。

第 32 节

तावत्सुतलमध्यास्तां विश्वकर्मविनिर्मितम् ।
यदाधयो व्याधयश्च क्लमस्तन्द्रा पराभवः ।
नोपसर्गा निवसतां सम्भवन्ति ममेक्षया ॥३२॥

tāvat sutalam adhyāstāṁ
viśvakarma-vinirmitam
yad ādhayo vyādhayaś ca
klamas tandrā parābhavaḥ
nopasargā nivasatāṁ
sambhavanti mamekṣayā

tāvat—在你不担任主因铎这一职位时 / sutalam—在名叫苏塔拉的星球中 / adhyāstām—去到那里生活并占用那地方 / viśvakarma-vinirmitam—由维施瓦卡尔玛特别建造的 / yat—在其中 / ādhayaḥ—内心的痛苦 / vyādhayaḥ—身体的痛苦 / ca—也 / klamaḥ—疲劳 / tandrā—头晕眼花或懒散 / parābhavaḥ—变得被打败 / na—不 / upasargāḥ—其他受打扰的表现 / nivasatām—生活在那里的那些人的 / sambhavanti—成为可能 / mama—我的 / īkṣayā—特殊的警觉

译文 在巴利王得到天帝这一职位之前，他将住在苏塔拉星球；那是维施瓦卡尔玛按我的命令建造的，由于直接受我的保护，那里没有身心的痛苦、疲劳、头昏眼花、挫败和所有其他的烦恼。巴利王，你现在可以去那里平静地生活了。

要旨 维施瓦卡尔玛(Viśvakarmā)是天堂星球中建筑宫殿的工程师或说建筑师。因此，既然安排他兴建巴利王的住所，那么苏塔拉星球上的建筑和宫殿就必须至少与天堂星球上的那些建筑和宫殿一样优质。为巴利王设计的这个宫殿进一步的好处是，他不会受到外界灾难的影响。此外，他不会受到心理或身体痛苦的打扰。这些都是巴利王即将居住的苏塔拉星球所具有的非凡特征。

我们在韦达文献中看到对许多不同星球的描述，那里有众多的宫殿，比我们在这个地球星球所体验到的要好成千上万倍。我们说到宫殿时，自然包括巨大的城市和乡镇的概念。不幸的是，现代科学家在试图考察其他星球时，除了岩石和沙子，什么都没看到。当然，他们也许继续他们无聊的远足，但学习韦达文献的学生永远都不会相信他们，或为他们去其他星球勘察而赞美他们。

第 33 节

इन्द्रसेन महाराज याहि भो भद्रमस्तु ते ।
सुतलं स्वर्गिभिः प्रार्थ्यं ज्ञातिभिः परिवारितः ॥३३॥

indrasena mahārāja
yāhi bho bhadram astu te
sutalaṁ svargibhiḥ prārthyaṁ
jñātibhiḥ parivāritaḥ

indrasena－巴利王啊／mahārāja－君王啊／yāhi－最好去／bhoḥ－君王啊／bhadram－所有的好运／astu－愿……／te－向你／sutalam－在名叫苏塔拉的星球／svargibhiḥ－被半神人们／prārthyam－想要的／jñātibhiḥ－由你的家人／parivāritaḥ－围绕着

译文 巴利王(因铎森纳)啊！你现在可以去就连半神人都想要去的苏塔拉星球。由你的朋友和亲人陪伴着，平静地在那里生活。我赐予你一切好运。

要旨 就如“值得半神人向往(svargibhiḥ prārthyam)”一句所表明的，巴利王从天堂星球搬迁到比天堂舒适几百倍的苏塔拉星球。至尊人格首神在剥夺祂奉献者的物质财富时，并不意味着要将其置于贫穷的境地；相反，至尊主将那奉献者提升到更高的地位上。至尊人格首神没有要求巴利王与他家人分开，而是允许他与自己的家人在一起(jñātibhiḥ parivāritaḥ)。

第 34 节

न त्वामभिभविष्यन्ति लोकेशाः किमुतापरे ।
त्वच्छासनातिगान्दैत्यांश्चक्रं मे सूदयिष्यति ॥३४॥

na tvām abhibhaviṣyanti
lokeśāḥ kim utāpare
tvac-chāsanātigān daityāṁś
cakraṁ me sūdayiṣyati

na—不 / tvām—向你 / abhibhaviṣyanti—将能够征服 / loka-īśāḥ—各个星球上的主要神明 / kim uta apare—更不要说普通人了 / tvat-śāsana-atigān—违抗你的统治的人 / daityān—这样的恶魔 / cakram—飞轮 / me—我的 / sūdayiṣyati—将杀死

译文　在苏塔拉星球上，就连其他星球的主管神明都无法战胜你，更不要说普通人了。至于恶魔们，如果他们违抗你的统治，我的飞轮就会杀死他们。

第 35 节

रक्षिष्ये सर्वतोऽहं त्वां सानुगं सपरिच्छदम् ।
सदा सन्निहितं वीर तत्र मां द्रक्ष्यते भवान् ॥३५॥

rakṣiṣye sarvato 'haṁ tvāṁ
sānugaṁ saparicchadam
sadā sannihitaṁ vīra
tatra māṁ drakṣyate bhavān

rakṣiṣye—将保护 / sarvataḥ—在所有的方面 / aham—我 / tvām—你 / sa-anugam—与你的同伴 / sa-paricchadam—与你的随身用品 / sadā—总是 / sannihitam—在附近 / vīra—伟大的英雄啊 / tatra—在你的住所内 / mām—我 / drakṣyate—将能够看到 / bhavān—你

译文　伟大的英雄啊！我会永远与你同在，给你全面的保护，并保护你的同伴和与你有关的一切。此外，你将始终能在那里看到我。

第36节

तत्र दानवदैत्यानां सङ्गात्ते भाव आसुरः ।
दृष्ट्वा मदनुभावं वै सद्यः कुण्ठो विनङ्क्ष्यति ॥३६॥

tatra dānava-daityānāṁ
sańgāt te bhāva āsuraḥ
dṛṣṭvā mad-anubhāvaṁ vai
sadyaḥ kuṇṭho vinańkṣyati

tatra一在那地方 / dānava-daityānām一恶魔和达纳瓦们的 / saṅgāt一因为交往 / te一你的 / bhāvaḥ一心态 / āsuraḥ一邪恶的 / dṛṣṭvā一靠观察 / mat-anubhāvam一我无上的力量 / vai一事实上 / sadyaḥ一立即 / kuṇṭhaḥ一焦虑 / vinańkṣyati一将毁灭

译文 由于你在那里将看到我至高无上的非凡能力，你因为与恶魔和达纳瓦们交往而产生的物质主义思想及焦虑，就会立刻被消灭。

要旨 至尊主向巴利王保证会给他所有的保护，最后保证他不受与恶魔在一起的坏影响。巴利王无疑已经是一名崇高的奉献者，但却有些担心因为联谊而无法保持纯粹的奉爱之情。为此，至尊人格首神向他保证，他的邪恶心态将被摧毁。换句话说，凭借与奉献者的联谊，能消灭人的邪恶心态。《圣典博伽瓦谭》第3篇第25章的第25节诗说：

satāṁ prasańgān mama vīrya-saṁvido
bhavanti hṛt-karṇa-rasāyanāḥ kathāḥ

“在与纯粹奉献者联谊的过程中，谈论至尊人格首神的娱乐时光和活动，能使耳朵及心感到极为快乐与满足。”恶魔只要与奉献者们在一起赞美至尊人格首神，就会逐渐成为纯粹的奉献者。

到此为止，结束了巴克提韦丹塔对《圣典博伽瓦谭》第8篇第22章——“巴利王交出自己的生命”所作的阐释。

第二十三章

半神人收回天堂星球

这一章描述了巴利王如何与他祖父帕拉德王一起进入苏塔拉(Sutala)星球，至尊人格首神又是如何允许天帝因铎(Indra)重返天堂星球的。

伟大的灵魂巴利王体验到，能够达到以完全归顺的心在至尊主莲花足的庇护下做奉爱服务的状态，是生命中最高的收益。他的心因为稳定地处在这种状态中而充满了奉爱的心醉神迷感受，他的眼里满是泪水；他向人格首神顶礼后，便与他的同伴进入名叫苏塔拉的星球。这样，至尊人格首神满足了阿迪缇的愿望，让因铎重新登上天帝的宝座。帕拉德王得知巴利王被释放后，描述至尊人格首神在这个物质世界中从事的娱乐活动。帕拉德王赞扬至尊主创造了这个物质世界；歌颂祂平等对待众生，而且像如愿树般对奉献者们极其慷慨大方。事实上，帕拉德王说：至尊主不仅对祂的奉献者仁慈，而且对恶魔也很仁慈。他这样描述至尊人格首神没有缘故的无限仁慈后，双手合十地向至尊主谦恭致敬，并在绕拜至尊主后也按照至尊主的命令进入苏塔拉星球。

接着，至尊主命令舒夸查尔亚(Śukrācārya)列出巴利王在举行祭祀仪式时所犯的错误。舒夸查尔亚靠吟唱至尊主的圣名免于功利性活动，并解释吟诵、吟唱圣名如何能够消除受制约灵魂的一切缺陷。那之后，他完成了巴利王所做的祭祀仪式。由于主瓦玛纳戴瓦(Vāmanadeva)让天帝因铎返回他的天堂星球，全体伟大的圣人都认为主瓦玛纳戴瓦是天帝因铎的恩人。他们公认至尊人格首神是宇宙一切事务的维系者。因铎十分高兴地与他的同伴们一起，让瓦玛纳戴瓦率领他们乘坐飞机返回天堂星球。看到主维施努(Viṣṇu)在巴利王的祭祀场内所从事的神奇活动，全体半神人、圣洁之人、祖先(Pitā)和神秘仙(Siddha)等全体众生(Bhūta)，都对至尊主赞不绝口。这一章总结说，受制约的灵魂能从事的最吉祥的活动是：吟诵(吟唱)和聆听主维施努的光荣活动。

第 1 节

श्रीशुक उवाच
इत्युक्तवन्तं पुरुषं पुरातनं
महानुभावोऽखिलसाधुसम्मतः ।
बद्धाञ्जलिर्बाष्पकलाकुलेक्षणो
भक्त्युत्कलो गद्गदया गिराब्रवीत् ॥१॥

śrī-śuka uvāca
ity uktavantaṁ puruṣaṁ purātanaṁ
mahānubhāvo 'khila-sādhu-sammataḥ
baddhāñjalir bāṣpa-kalākulekṣaṇo
bhakty-utkalo gadgadayā girābravīt

śrī-śukaḥ uvāca—圣舒卡戴瓦·哥斯瓦米说 / iti—如此 / uktavantam—对至尊人格首神的命令 / puruṣam—向至尊人格首神 / purātanam—最年长的人 / mahā-anubhāvaḥ—伟大、崇高的灵魂巴利王 / akhila-sādhu-sammataḥ—正如被全体圣洁之人所公认的 / baddha-añjaliḥ—双手合十地 / bāṣpa-kala-ākula-īkṣaṇaḥ—眼中满含泪水的 / bhakti-utkalaḥ—充满了如痴如醉的奉爱之情 / gadgadayā—因心醉神迷的奉爱之情而声音颤抖的 / girā—被这样的话语 / abravīt—说

译文 舒卡戴瓦·哥斯瓦米说：当至高无上、古老、永恒的人格首神这样对巴利王说话时，被全宇宙公认为是至尊主纯粹奉献者并因而是伟大灵魂的巴利王热泪盈眶。他双手合十，用心醉神迷的奉爱之情所导致的颤抖声音作答。

第2节

श्रीबलिरुवाच
अहो प्रणामाय कृतः समुद्यमः
प्रपन्नभक्तार्थविधौ समाहितः ।
यल्लोकपालैस्त्वदनुग्रहोऽमरै-
रलब्धपूर्वोऽपसदेऽसुरेऽर्पितः ॥ २ ॥

śrī-balir uvāca
aho praṇāmāya kṛtaḥ samudyamaḥ
prapanna-bhaktārtha-vidhau samāhitaḥ
yal loka-pālais tvad-anugraho 'marair
alabdha-pūrvo 'pasade 'sure 'rpitaḥ

śrī-baliḥ uvāca—巴利王说 / aho—也 / praṇāmāya—献上我恭敬的顶礼 / kṛtaḥ—我做过 / samudyamaḥ—仅仅尝试 / prapanna-bhakta-artha-vidhau—由纯粹奉献者遵守的规范原则 / samāhitaḥ—能够 / yat—那 / loka-pālaiḥ—由各种星球的领袖们 / tvat-anugrahaḥ—您没有缘故的仁慈 / amaraiḥ—由半神人 / alabdha-pūrvaḥ—以前没有实现 / apasade—对一个像我这样堕落的人 / asure—属于恶魔种族 / arpitaḥ—赋予

译文　巴利王说：仅仅尝试恭敬地向您致以顶礼就产生巨大的神奇效果！我只不过是努力向您致以敬礼而已，但却得到了纯粹奉献者所得到的成就。您向我——一个堕落的恶魔，所展示的没有缘故的仁慈，就连半神人或各个星球的领袖都从未得到过。

要旨　当瓦玛纳戴瓦出现在巴利王面前时，巴利王立刻就想恭敬地向祂致以敬礼，但因为有舒夸查尔亚和其他恶魔同伴在场，所以不能这么做。但至尊人格首神是那么仁慈，尽管巴利王没有实际做出致敬的动作，而只是在心中这样做，至尊主就赐予他甚至比半神人能期望的还要多的仁慈。正如《博伽梵歌》第2章的第40节诗证实说："在这条路上哪怕前进一点点，也能使人得到保护，从而免于最可怕的危险(svalpam apy asya dharmasya trāyate mahato bhayāt)。"至尊人格首神只接受奉献者的真实情感(bhāva-grāhī janārdana)。如果有奉献者真诚的皈依至尊主，作为超灵在每一个生物体心中的至尊主就会立刻明白这一点。因此，尽管一个奉献者有可能表面上看并没有在全职做服务，但如果他内心严肃、真诚，至尊主就欢迎他所做的任何服务。至尊主接受一个人的奉爱之心(bhāva-grāhī janārdana)。

第 3 节

श्रीशुक उवाच
इत्युक्त्वा हरिमानत्य ब्रह्माणं सभवं ततः ।
विवेश सुतलं प्रीतो बलिर्मुक्तः सहासुरैः ॥ ३ ॥

śrī-śuka uvāca
ity uktvā harim ānatya
brahmāṇaṁ sabhavaṁ tataḥ
viveśa sutalaṁ prīto
balir muktaḥ sahāsuraiḥ

śrī-śukaḥ uvāca—圣舒卡戴瓦·哥斯瓦米说／iti uktvā—述说这／harim—向至尊人格首神哈尔依／ānatya—献上顶礼／brahmāṇam—向主布茹阿玛／sa-bhavam—与主希瓦／tataḥ—那之后／viveśa—他进入／sutalam—苏塔拉星球／prītaḥ—心满意足地／baliḥ—巴利王／muktaḥ—这样被释放／saha asuraiḥ—与他的恶魔同伴们一起

译文 圣舒卡戴瓦·哥斯瓦米继续道：这样说完，巴利王首先向至尊人格首神哈尔依敬礼，随后向主布茹阿玛和主希瓦敬礼。他被松绑后，心满意足地进入名叫苏塔拉的星球。

第 4 节

एवमिन्द्राय भगवान् प्रत्यानीय त्रिविष्टपम् ।
पूरयित्वादितेः काममशासत्सकलं जगत् ॥ ४ ॥

evam indrāya bhagavān
pratyānīya triviṣṭapam
pūrayitvāditeḥ kāmam
aśāsat sakalaṁ jagat

evam—就这样 / indrāya—向因铎王 / bhagavān—至尊人格首神 / pratyānīya—给回 / tri-viṣṭapam—他在天堂星球的管辖权 / pūrayi-tvā—实现 / aditeḥ—阿迪缇的 / kāmam—愿望 / aśāsat—统治 / saka-lam—完全 / jagat—宇宙

译文 就这样，至尊人格首神将天堂星球的统治权交还给因铎，在满足半神人的母亲阿迪缇的愿望后，着手管理宇宙事务。

第 5 节

लब्धप्रसादं निर्मुक्तं पौत्रं वंशधरं बलिम् ।
निशाम्य भक्तिप्रवणः प्रह्राद इदमब्रवीत् ॥ ५ ॥

labdha-prasādaṁ nirmuktaṁ
pautraṁ vaṁśa-dharaṁ balim
niśāmya bhakti-pravaṇaḥ
prahrāda idam abravīt

labdha-prasādam—得到至尊主祝福的人 / nirmuktam—摆脱束缚的人 / pautram—他孙子 / vaṁśa-dharam—子孙 / balim—巴利王 / ni-śāmya—听到后 / bhakti-pravaṇaḥ—满怀如痴如醉的奉爱之情 / prahrā-daḥ—帕拉德王 / idam—这 / abravīt—说道

译文 帕拉德王听到他孙子巴利王被松绑并得到至尊主的祝福时，欣喜若狂地说了如下一番话。

第 6 节

श्रीप्रह्राद उवाच
नेमं विरिञ्चो लभते प्रसादं
न श्रीर्न शर्वः किमुतापरेऽन्ये ।
यन्नोऽसुराणामसि दुर्गपालो
विश्वाभिवन्द्यैरभिवन्दिताङ्घ्रिः ॥ ६ ॥

śrī-prahrāda uvāca
nemaṁ viriñco labhate prasādaṁ
na śrīr na śarvaḥ kim utāpare 'nye
yan no 'surāṇām asi durga-pālo
viśvābhivandyair abhivanditāṅghriḥ

śrī-prahrādaḥ uvāca—帕拉德王说 / na—不 / imam—这 / viriñcaḥ—甚至主布茹阿玛 / labhate—能获得 / prasādam—祝福 / na—也不 / śrīḥ—幸运女神 / na—也不 / śarvaḥ—主希瓦 / kim uta—更不用说 / apare anye—其他人 / yat—这个祝福 / naḥ—我们的 / asurāṇām—恶魔们 / asi—您成为 / durga-pālaḥ—维护者 / viśva-abhivandyaiḥ—由受到宇宙各地崇拜的主布茹阿玛和主希瓦那样的人物 / abhivandita-aṅghriḥ—莲花足受到崇拜的……

译文 帕拉德王说：至尊人格首神啊！您受到全宇宙众生的崇拜；就连主布茹阿玛和主希瓦都崇拜您的莲花足。然而，您虽然是如此伟大的人物，但却仁慈地许诺要保护我们——恶魔。我认为，甚至主布茹阿玛、主希瓦或幸运女神拉珂施蜜都从未得到过这样的仁慈，更不要说其他半神人或普通人了。

要旨 这节诗文中的梵文“维护者(durga-pāla)”一词十分重要，其中durga的意思是“不十分容易去的……”，一般被用于指一个不十分容易进入的堡垒；它的另一个意思是“困难的”。由于至尊人格首神承诺要保护巴利王和他的同伴免于一切危险，帕拉德王便在此称至尊主是保护人免遭痛苦的维护者(durga-pāla)。

第 7 节

यत्पादपद्ममकरन्दनिषेवणेन
ब्रह्मादयः शरणदाश्नुवते विभूतीः ।
कस्माद्वयं कुसृतयः खलयोनयस्ते
दाक्षिण्यदृष्टिपदवीं भवतः प्रणीताः ॥ ७ ॥

yat-pāda-padma-makaranda-niṣevaṇena
brahmādayaḥ śaraṇadāśnuvate vibhūtīḥ
kasmād vayaṁ kusṛtayaḥ khala-yonayas te
dākṣiṇya-dṛṣṭi-padavīṁ bhavataḥ praṇītāḥ

yat—……的 / pāda-padma—莲花足的 / makaranda—蜂蜜的 / ni-ṣevaṇena—通过品尝做服务的甜美滋味 / brahma-ādayaḥ—主布茹阿玛那样的伟大人物 / śaraṇa-da—我的至尊主——众生的最高保护者啊 / aśnuvate—享受 / vibhūtīḥ—由您给予的赐福 / kasmāt—如何 / vayam—我们 / ku-sṛtayaḥ—所有的恶棍和盗贼 / khala-yonayaḥ—出生在一个充满敌意、被称为恶魔的王朝中 / te—那些恶魔 / dākṣiṇya-dṛṣṭi-padavīm—经由仁慈的瞥视赐予的地位 / bhavataḥ—您圣上的 / praṇītāḥ—获得了

译文　众生的至尊保护者啊！像布茹阿玛那样伟大的人物仅仅靠品尝为您莲花足服务的蜜糖就享受到完美。但至于我们这些全部是出生在忌妒的恶魔家族中的恶棍和浪荡子，怎么竟得到了您的仁慈？唯有您没有缘故的仁慈，才使这一切成为可能。

第 8 节

चित्रं तवेहितमहोऽमितयोगमाया-
लीलाविसृष्टभुवनस्य विशारदस्य ।

सर्वात्मनः समदृशोऽविषमः स्वभावो
भक्तप्रियो यदसि कल्पतरुस्वभावः ॥ ८ ॥

citraṁ tavehitam aho 'mita-yogamāyā-
līlā-visṛṣṭa-bhuvanasya viśāradasya
sarvātmanaḥ samadṛśo 'viṣamaḥ svabhāvo
bhakta-priyo yad asi kalpataru-svabhāvaḥ

citram－十分神奇 / tava īhitam－您所有的活动 / aho－唉 / amita－无限的 / yogamāyā－您的灵性力量的 / līlā－被娱乐活动 / visṛṣṭa-bhuvanasya－创造了所有宇宙的您圣上的 / viśāradasya－在所有方面都是专家的您圣上的 / sarva-ātmanaḥ－无所不在的您圣上的 / sama-dṛśaḥ－以及平等对待众生的人 / aviṣamaḥ－没有区别 / svabhāvaḥ－那是您的特点 / bhakta-priyaḥ－在那种情况下您变得支持奉献者 / yat－因为 / asi－您是 / kalpataru-svabhāvaḥ－具有如愿树的特征

译文 我的至尊主啊！您透过您不可思议的灵性能量从事所有神奇的娱乐活动；透过物质能量对灵性能量扭曲的反射，您创造了所有的宇宙。作为众生的超灵，您明察秋毫，因此对待众生无疑是平等的。但您更疼爱您的奉献者。然而，这并非偏心，因为您恰似一棵如愿树，按照每一个人的愿望给予结果。

要旨 《博伽梵歌》第9章的第29节诗记载，至尊主说：

samo 'haṁ sarva-bhūteṣu
na me dveṣyo 'sti na priyaḥ
ye bhajanti tu māṁ bhaktyā
mayi te teṣu cāpy aham

“我不忌妒谁，也不偏袒谁。我平等对待众生。但是，为我做奉爱服务的人是我的朋友，在我心中，而我也是他的朋友。”毫无疑问，至尊人格首神平等对待众生，但全心投靠祂莲花足的奉献者不同于非奉献者。换句话说，众生都可以托庇于至尊主的莲花足，以平等享受至尊主给予的祝福，但非奉献者不这么做，因此而遭受由物质能量制造的痛苦。我们可以透过一个简单的例子了解这一事实。君王或政府对全体国民一视同仁；因此，如果一个国民有能力接受政府的特殊恩惠，并不意味着政府偏心。了解如何接受权威人士给予的恩惠的人，就能接受它们，忽视这些恩惠的人则得不到它们。世上有两种人——半神人和恶魔。半神人完全清楚至尊主的地位，所以服从祂，但恶魔即使知道至尊主的至高权利，也还是有意公然蔑视祂的权威。这使至尊主按照生物的心态做出区分。除此之外，祂平等对待众生。至尊主恰似如愿树，满足托庇于祂的人的愿望，但不托庇于祂的人有别于投靠祂的灵魂。托庇于至尊主莲花足的人得到至尊主的恩宠，无论这人是恶魔还是半神人。

第 9 节

श्रीभगवानुवाच
वत्स प्रह्लाद भद्रं ते प्रयाहि सुतलालयम् ।
मोदमानः स्वपौत्रेण ज्ञातीनां सुखमावह ॥ ९ ॥

śrī-bhagavān uvāca
vatsa prahrāda bhadraṁ te
prayāhi sutalālayam
modamānaḥ sva-pautreṇa
jñātīnāṁ sukham āvaha

śrī-bhagavān uvāca－人格首神说 / vatsa－我亲爱的孩子啊 / prahrāda－帕拉德王啊 / bhadram te－祝你一切吉祥 / prayāhi－请去 / sutala-ālayam－到被称为苏塔拉的地方 / modamānaḥ－欢乐地 / sva-pautreṇa－与你的孙子(巴利王) / jñātīnām－你的亲戚和朋友们的 / sukham－快乐 / āvaha－只是享受

译文 至尊人格首神说：我亲爱的孩子帕拉德，祝你鸿运当头。现在，请到名叫苏塔拉的星球去，在那里与你的孙子、亲人和朋友享受快乐。

第 10 节

नित्यं द्रष्टासि मां तत्र गदापाणिमवस्थितम् ।
मद्दर्शनमहाह्लादध्वस्तकर्मनिबन्धनः ॥१०॥

nityaṁ draṣṭāsi māṁ tatra
gadā-pāṇim avasthitam
mad-darśana-mahāhlāda-
dhvasta-karma-nibandhanaḥ

nityam—一直不断地 / draṣṭā—观看者 / asi—你应该是 / mām—向我 / tatra—那里(在苏塔拉星球中) / gadā-pāṇim—手持大头棒 / avasthitam—身在那里 / mat-darśana—靠看我的那个形象 / mahā-āhlāda—靠巨大的超然极乐 / dhvasta—被征服 / karma-nibandhanaḥ—功利性活动的束缚

译文 至尊人格首神向帕拉德保证说：你将能在那里看到我平常手持海螺、飞轮、大头棒和莲花的形象。因为总是亲眼看到我而享受到超然的极乐，将使你不再受功利性活动的束缚。

要旨 功利性活动的束缚(karma-bandha)，使生物重复生死。这样从事功利性活动的人为自己的来生制造另一个躯体。人只要还执著于功利性活动，就必须不断重复地接受物质躯体(saṁsāra-bandhana)。为停止这种情况，奉献者得到忠告，要一直不断地看至尊主。正因为如此，初级奉献者(kaniṣṭha-adhikārī)被建议要每天有规律地到庙里去看至尊主的形象。这将使初级奉献者能够摆脱功利性活动的束缚。

第 11—12 节

श्रीशुक उवाच
आज्ञां भगवतो राजन् प्रह्रादो बलिना सह ।
बाढमित्यमलप्रज्ञो मूर्ध्न्याधाय कृताञ्जलिः ॥११॥

परिक्रम्यादिपुरुषं सर्वासुरचमूपतिः ।
प्रणतस्तदनुज्ञातः प्रविवेश महाबिलम् ॥१२॥

śrī-śuka uvāca
ājñāṁ bhagavato rājan
prahrādo balinā saha
bāḍham ity amala-prajño
mūrdhny ādhāya kṛtāñjaliḥ

parikramyādi-puruṣaṁ
sarvāsura-camūpatiḥ
praṇatas tad-anujñātaḥ
praviveśa mahā-bilam

śrī-śukaḥ uvāca—圣舒卡戴瓦·哥斯瓦米说 / ājñām—命令 / bhagavataḥ—至尊人格首神的 / rājan—君王(帕瑞克西特王)啊 / prahrādaḥ—帕拉德王 / balinā saha—由巴利王陪伴 / bāḍham—是，阁下，您说的一切都是对的 / iti—如此 / amala-prajñaḥ—智力清明的帕拉德王 / mūrdhni—在他头上 / ādhāya—接受 / kṛta-añjaliḥ—双手合十地 / parikramya—绕拜后 / ādi-puruṣam—存在中至高无上的第一人巴嘎万 / sarva-asura-camūpatiḥ—全体恶魔首领的主人 / praṇataḥ—致以顶礼后 / tat-anujñātaḥ—得到祂(主瓦玛纳戴瓦)的允许 / praviveśa—进入 / mahā-bilam—名叫苏塔拉的星球

译文　圣舒卡戴瓦·哥斯瓦米说：我亲爱的帕瑞克西特王，帕拉德王——恶魔全体首领的主人，在巴利王的陪伴下，双手合十地接受至尊主的命令。帕拉德王在对至尊主说“遵命”并绕拜至尊主、向祂顶礼后，进入名叫苏塔拉的低等星系。

第 13 节

अथाहोशनसं राजन् हरिर्नारायणोऽन्तिके ।
आसीनमृत्विजां मध्ये सदसि ब्रह्मवादिनाम् ॥१३॥

athāhośanasaṁ rājan
harir nārāyaṇo 'ntike
āsīnam ṛtvijāṁ madhye
sadasi brahma-vādinām

atha—那之后 / āha—说 / uśanasam—对舒夸查尔亚 / rājan—君王啊 / hariḥ—至尊人格首神 / nārāyaṇaḥ—至尊主 / antike—附近的 / āsīnam—坐着的人 / ṛtvijām madhye—在全体祭司中 / sadasi—在聚集在一起的人中 / brahma-vādinām—遵循韦达原则的人的

译文 那之后，哈尔依——至尊人格首神纳茹阿亚纳，对站在附近由祭司们围绕着的舒夸查尔亚说话。帕瑞克西特王啊！这些祭司(brahma, hotā, udgātā, adhvaryu)全都是韦达祭祀原则的追随者(brahma-vādī)。

第 14 节

ब्रह्मन् सन्तनु शिष्यस्य कर्मच्छिद्रं वितन्वतः ।
यत्तत्कर्मसु वैषम्यं ब्रह्मदृष्टं समं भवेत् ॥१४॥

brahman santanu śiṣyasya
karma-cchidraṁ vitanvataḥ
yat tat karmasu vaiṣamyaṁ
brahma-dṛṣṭaṁ samaṁ bhavet

brahman—布茹阿玛纳啊 / santanu—请描述 / śiṣyasya—你的门徒的 / karma-chidram—功利性活动中的差错 / vitanvataḥ—举行祭祀的他的 / yat tat—那……的 / karmasu—在功利性活动中 / vaiṣamyam—差错 / brahma-dṛṣṭam—当它由布茹阿玛纳作出判断时 / samam—平衡 / bhavet—它如此变成

译文　（至尊人格首神说：）啊，最优秀的布茹阿玛纳、舒夸查尔亚！请讲述你的门徒——致力于举行祭祀的巴利王所犯的错误。这错误将在有资格的布茹阿玛纳在场判断后被消除。

要旨　当巴利王和帕拉德王起程去苏塔拉星球时，主维施努要求舒夸查尔亚说出巴利王所犯的致使舒夸查尔亚诅咒他的错误。人们也许会辩论说，既然巴利王现在已经离开祭祀场，还怎么能判定他的错误呢？为回答这一点，主维施努告诉舒夸查尔亚：只要有具备资格的布茹阿玛纳在场裁判，就能消除那些错误，所以不需要有巴利王在场。正如我们在下一节诗文中将会看到的，巴利王并没有犯错，是舒夸查尔亚毫无必要地诅咒了他。但这还是对巴利王更有好处。被舒夸查尔亚诅咒后，巴利王被剥夺了他拥有的一切，结果反而使至尊人格首神因为他坚定地做奉爱服务的信心而赐予他恩惠。当然，奉献者并不需要从事功利性活动。正如《圣典博伽瓦谭》第4篇第31章的第14节诗中说明：靠崇拜至尊人格首神阿秋塔(Acyuta)，就会使众生满意(sarvārhaṇam acyutejyā)。巴利王取悦了至尊人格首神，因此在他举行的祭祀中没有差错。

第 15 节

श्रीशुक्र उवाच
कुतस्तत्कर्मवैषम्यं यस्य कर्मेश्वरो भवान् ।
यज्ञेशो यज्ञपुरुषः सर्वभावेन पूजितः ॥१५॥

śrī-śukra uvāca
kutas tat-karma-vaiṣamyaṁ
yasya karmeśvaro bhavān
yajñeśo yajña-puruṣaḥ
sarva-bhāvena pūjitaḥ

śrī-śukraḥ uvāca－圣舒夸查尔亚说 / kutaḥ－哪里有 / tat－他(巴利王)的 / karma-vaiṣamyam－从事功利性活动中的差错 / yasya－(巴利王)的 / karma-īśvaraḥ－一切功利性活动的主人 / bhavān－您圣上 / yajña-īśaḥ－您是一切祭祀的享受者 / yajña-puruṣaḥ－您是一切祭祀的举行所要取悦的那个人 / sarva-bhāvena－在所有的方面 / pūjitaḥ－受到崇拜

译文 舒夸查尔亚说：我的至尊主，您是一切祭祀的享受者和立法者，您是一切祭祀所献上的对象——祭祀的主人。一个人如果使您完全满意了，他所举行的祭祀哪里还有错误呢？

要旨 《博伽梵歌》第5章的第29节诗记载，至尊主说：祂是至高无上的拥有者，是要靠举行祭祀(yajña)使其真正满意的那个人(bhoktāraṁ yajña-tapasāṁ sarva-loka-maheśvaram)。《维施努往世书》第3篇第8章的第9节诗说：

varṇāśramācāravatā
puruṣeṇa paraḥ pumān
viṣṇur ārādhyate panthā
nanyat tat-toṣa-kāraṇam

举行所有韦达祭祀仪式的目的，是为了使祭祀的主人维施努(yajña-puruṣa)满意。将社会划分为布茹阿玛纳(brāhmaṇa)、查锤亚(kṣatriya)、外夏(vaiśya)、庶铎(śūdra)、贞守生阶段(brahmacarya)、居士阶段(gṛhastha)、退出家庭生活阶段(vānaprastha)和进入弃绝阶层阶段(sannyāsa)，也是为了让至尊主满意。人们应该按照社会四阶层和灵性四阶段制度做事(varṇāśramācaraṇa)。《圣典博伽瓦谭》第1篇第2章的第13节诗记载，苏塔·哥斯瓦米(Sūta Gosvāmī)说：

ataḥ pumbhir dvija-śreṣṭhā
varṇāśrama-vibhāgaśaḥ

svanuṣṭhitasya dharmasya
saṁsiddhir hari-toṣaṇam

“再生者中最优秀的人啊！结论是，履行按社会阶层和灵性阶段制度规定给自己的职责，所能获得的最高完美成就，就是取悦人格首神。”一切安排都是为了让至尊人格首神感到满意。因此，既然巴利王已经让至尊主感到满意，他就没有差错；舒夸查尔亚承认诅咒他是不对的。

第 16 节

मन्त्रतस्तन्त्रतश्छिद्रं देशकालार्हवस्तुतः ।
सर्वं करोति निश्छिद्रमनुसङ्कीर्तनं तव ॥१६॥

mantratas tantrataś chidraṁ
deśa-kālārha-vastutaḥ
sarvaṁ karoti niśchidram
anusaṅkīrtanaṁ tava

mantrataḥ—因为不正确地吟诵韦达赞歌 / tantrataḥ—因为对遵守规范原则没有足够的知识 / chidram—差错 / deśa—就地域而言 / kāla—和时间 / arha—和接受者 / vastutaḥ—及用品 / sarvam—所有这些 / karoti—使得 / niśchidram—没有差错 / anusaṅkīrtanam——直不断地吟诵、吟唱圣名 / tava—您圣上的

译文　在吟诵曼陀和遵守规范原则方面也许会有差错。此外，对有关时间、地点、人和用品的选择上也许会有差错。但只要吟诵、吟唱您圣上的圣名，一切就都变得完美无瑕。

要旨　圣柴坦亚·玛哈帕布(Caitanya Mahāprabhu)推荐说：

harer nāma harer nāma
harer nāmaiva kevalam

kalau nāsty eva nāsty eva
nāsty eva gatir anyathā

“在这个纷争、虚伪的年代中，获救的唯一方法是吟诵、吟唱至尊主的圣名。没有其他方法。没有其他方法。没有其他方法。”（《毕尔汉·纳茹阿迪亚往世书》38.126)在这个喀历年代中极难完美地举行韦达仪式或祭祀。很少有人能够绝对正确地吟诵韦达赞歌或收集到举行韦达仪式所需要的用品。正因为如此，就这个年代所推荐的祭祀是，一直不断地集体吟唱至尊主的圣名(yajñaiḥ saṅkīrtana-prāyair yajanti hi sumedhasaḥ)。与其浪费时间举行韦达祭祀，明智的智者应该采用吟诵、吟唱至尊主圣名的方法，以此完美地举行祭祀。我看过有许多宗教领袖沉溺于举行祭祀，为不完美的祭祀的举行而花费成千上万的卢比。对那些不必要地举行这种不完美的祭祀的人来说，这节诗文的内容是个教训。我们应该听从圣柴坦亚·玛哈帕布的忠告，即：一直不断地集体歌唱神的圣名(yajñaiḥ saṅkīrtana-prāyair yajanti hi sumedhasaḥ)。舒夸查尔亚虽然是沉溺于仪式性活动的严格的布茹阿玛纳，但也坦承说：“我的至尊主，一直不断地吟诵、吟唱您圣上的圣名使一切都变得完美(niśchidram anusaṅkīrtanaṁ tava)。”在喀历年代中不可能像从前一样完美地举行仪式性典礼。所以圣吉瓦·哥斯瓦米推荐说：尽管我们在从事每一种灵性活动时，尤其是崇拜神像时，都该小心翼翼地遵守所有的原则，但还是有犯错误的机会，所以我们应该靠吟诵、吟唱至尊人格首神的圣名，弥补所犯的错误。正因为如此，在我们的奎师那意识运动中，我们特别强调在所有的活动中都要吟诵、吟唱哈瑞·奎师那曼陀(Hare Kṛṣṇa mantra)。

第 17 节

तथापि वदतो भूमन् करिष्याम्यनुशासनम् ।
एतच्छ्रेयः परं पुंसां यत्तवाज्ञानुपालनम् ॥१७॥

tathāpi vadato bhūman
karişyāmy anuśāsanam
etac chreyaḥ paraṁ puṁsāṁ
yat tavājñānupālanam

tathāpi—尽管巴利王没有犯错 / vadataḥ—由于您的命令 / bhūman—至尊者啊 / karişyāmi—我必须执行 / anuśāsanam—因为是您的命令 / etat—这是 / śreyaḥ—最吉祥的那个 / param—至高无上的 / puṁsām—所有的人的 / yat—因为 / tava ājñā-anupālanam—服从您的命令

译文　主维施努，但我必须按照您的命令做事，因为服从您的命令最吉祥，而这也是每一个人的首要责任。

第 18 节

श्रीशुक उवाच
प्रतिनन्द्य हरेराज्ञामुशना भगवानिति ।
यज्ञच्छिद्रं समाधत्त बलेर्विप्रर्षिभिः सह ॥१८॥

śrī-śuka uvāca
pratinandya harer ājñām
uśanā bhagavān iti
yajña-cchidraṁ samādhatta
baler viprarşibhiḥ saha

śrī-śukaḥ uvāca—圣舒卡戴瓦·哥斯瓦米说 / pratinandya—献上所有的敬意 / hareḥ—人格首神的 / ājñām—命令 / uśanāḥ—舒夸查尔亚 / bhagavān—最强有力的 / iti—如此 / yajña-chidram—举行祭祀中的差错 / samādhatta—确保实现 / baleḥ—巴利王的 / vipra-ṛşibhiḥ—最优秀的布茹阿玛纳 / saha—与……一起

译文　圣舒卡戴瓦·哥斯瓦米继续道：就这样，最强有力的舒夸查尔亚满怀敬意地接受至尊人格首神的命令，与最优秀的布茹阿玛纳一起弥补巴利王举行的祭祀中的差错。

第 19 节

एवं बलेर्महीं राजन् भिक्षित्वा वामनो हरिः ।
ददौ भ्रात्रे महेन्द्राय त्रिदिवं यत्परैर्हृतम् ॥१९॥

evaṁ baler mahīṁ rājan
bhikṣitvā vāmano hariḥ
dadau bhrātre mahendrāya
tridivaṁ yat parair hṛtam

evam—如此 / baleḥ—从巴利王 / mahīm—土地 / rājan—帕瑞克西特王啊 / bhikṣitvā—乞讨后 / vāmanaḥ—祂圣上瓦玛纳 / hariḥ—至尊人格首神 / dadau—交付给 / bhrātre—向祂哥哥 / mahā-indrāya—天帝因铎 / tridivam—半神人的星系 / yat—……的 / paraiḥ—由其他人 / hṛtam—被拿

译文 帕瑞克西特王啊！至尊人格首神——主瓦玛纳戴瓦，以乞讨的方式拿走巴利王所有的土地后，将这些从因铎的敌人那里夺回的土地送给祂哥哥因铎。

第 20—21 节

प्रजापतिपतिर्ब्रह्मा देवर्षिपितृभूमिपैः ।
दक्षभृग्वङ्गिरोमुख्यैः कुमारेण भवेन च ॥२०॥

कश्यपस्यादितेः प्रीत्यै सर्वभूतभवाय च ।
लोकानां लोकपालानामकरोद्वामनं पतिम् ॥२१॥

prajāpati-patir brahmā
devarṣi-pitṛ-bhūmipaiḥ
dakṣa-bhṛgv-aṅgiro-mukhyaiḥ
kumāreṇa bhavena ca

kaśyapasyāditeḥ prītyai
sarva-bhūta-bhavāya ca
lokānāṁ loka-pālānām
akarod vāmanaṁ patim

prajāpati-patiḥ－全体生物体祖先的主人 / brahmā－主布茹阿玛 / deva－与半神人一起 / ṛṣi－与伟大、圣洁的人们一起 / pitṛ－与祖先星球的居民一起 / bhūmipaiḥ－与玛努们一起 / dakṣa－与达克沙一起 / bhṛgu－与布瑞古·牟尼一道 / aṅgiraḥ－与安给茹阿·牟尼一道 / mukhyaiḥ－与各个星系上所有的领袖们一起 / kumāreṇa－与卡尔提凯亚一道 / bhavena－与主希瓦一道 / ca－也 / kaśyapasya－喀夏帕·牟尼的 / aditeḥ－阿迪缇的 / prītyai－为使……满意 / sarva-bhūta-bhavāya－为众生的幸运 / ca－也 / lokānām－所有星系的 / loka-pālānām－所有星球上的主管神明的 / akarot－使得 / vāmanam－主瓦玛纳 / patim－至尊领袖

译文　主布茹阿玛(达克沙王和所有其他生物体祖先的主人)、全体半神人、伟大的圣人、祖先星球的居民、玛努们、牟尼们，以及达克沙、布瑞古、安给茹阿、卡尔提凯亚和主希瓦等领袖人物，都将主瓦玛纳戴瓦接受为是众生的保护者。祂做这件事的目的，既是为了让喀夏帕·牟尼和他妻子阿迪缇高兴，也是为了确保宇宙内的全体居民，包括他们的各种领袖的福利。

第22—23节

वेदानां सर्वदेवानां धर्मस्य यशसः श्रियः ।
मङ्गलानां व्रतानां च कल्पं स्वर्गापवर्गयोः ॥२२॥

उपेन्द्रं कल्पयां चक्रे पतिं सर्वविभूतये ।
तदा सर्वाणि भूतानि भृशं मुमुदिरे नृप ॥२३॥

vedānāṁ sarva-devānāṁ
　dharmasya yaśasaḥ śriyaḥ
maṅgalānāṁ vratānāṁ ca
　kalpaṁ svargāpavargayoḥ

upendraṁ kalpayāṁ cakre
　patiṁ sarva-vibhūtaye

tadā sarvāṇi bhūtāni
bhṛśaṁ mumudire nṛpa

vedānām—(为了保护)所有韦达经的 / sarva-devānām—全体半神人的 / dharmasya—所有的宗教原则的 / yaśasaḥ—所有名望的 / śriyaḥ—所有财富的 / maṅgalānām—全部的幸运的 / vratānām ca—及所有的誓言的 / kalpam—最精明强干的 / svarga-apavargayoḥ—提升到天堂星球或摆脱物质束缚的 / upendram—主瓦玛纳戴瓦 / kalpayām cakre—他们制定计划 / patim—主人 / sarva-vibhūtaye—为了所有的目的 / tadā—在那时 / sarvāṇi—所有的 / bhūtāni—生物体 / bhṛśam—非常 / mumudire—变得快乐 / nṛpa—君王啊

译文 帕瑞克西特王啊！因铎被视为是全宇宙的帝王，但以主布茹阿玛为首的半神人们想要乌彭铎——主瓦玛纳戴瓦，当韦达经、宗教原则、名望、财富、吉祥、誓言、提升到高等星系及解脱的保护者。为此，他们将乌彭铎——主瓦玛纳戴瓦，视为一切的至尊主人。这个决定使众生格外高兴、满意。

第24节

ततस्त्विन्द्रः पुरस्कृत्य देवयानेन वामनम् ।
लोकपालैर्दिवं निन्ये ब्रह्मणा चानुमोदितः ॥२४॥

tatas tv indraḥ puraskṛtya
deva-yānena vāmanam
loka-pālair divaṁ ninye
brahmaṇā cānumoditaḥ

tataḥ—那之后 / tu—但是 / indraḥ—天堂君王 / puraskṛtya—使在前面 / deva-yānena—乘坐半神人用的一架飞机 / vāmanam—主瓦玛纳 / loka-pālaiḥ—与所有其他星球的领袖们 / divam—到天堂星球 / ninye—带着 / brahmaṇā—由主布茹阿玛纳 / ca—也 / anumoditaḥ—被认可的

译文　那之后，天帝因铎与天堂星球所有的领袖一起，将主瓦玛纳戴瓦请到自己的前面，在得到主布茹阿玛的赞同后，用天堂飞机将祂带到天堂星球。

第 25 节

प्राप्य त्रिभुवनं चेन्द्र उपेन्द्रभुजपालितः ।
श्रिया परमया जुष्टो मुमुदे गतसाध्वसः ॥२५॥

prāpya tri-bhuvanaṁ cendra
upendra-bhuja-pālitaḥ
śriyā paramayā juṣṭo
mumude gata-sādhvasaḥ

prāpya－获得后 / tri-bhuvanam－三个世界 / ca－也 / indraḥ－天堂君王 / upendra-bhuja-pālitaḥ－被瓦玛纳戴瓦——乌彭铎的双臂保护着 / śriyā－由财富 / paramayā－被至高无上的 / juṣṭaḥ－如此被侍奉 / mumude－享受 / gata-sādhvasaḥ－不害怕恶魔

译文　天帝因铎在至尊人格首神瓦玛纳戴瓦双臂的保护下，恢复他对三个世界的统治，重新登上天帝的宝座，变得无比富有、无畏，因而感到心满意足。

第 26—27 节

ब्रह्मा शर्वः कुमारश्च भृग्वाद्या मुनयो नृप ।
पितरः सर्वभूतानि सिद्धा वैमानिकाश्च ये ॥२६॥

सुमहत्कर्म तद्विष्णोर्गायन्तः परमद्भुतम् ।
धिष्ण्यानि स्वानि ते जग्मुरदितिं च शशंसिरे ॥२७॥

brahmā śarvaḥ kumāraś ca
bhṛgv-ādyā munayo nṛpa
pitaraḥ sarva-bhūtāni
siddhā vaimānikāś ca ye

sumahat karma tad viṣṇor
  gāyantaḥ param adbhutam
dhiṣṇyāni svāni te jagmur
  aditiṁ ca śaśaṁsire

brahmā—主布茹阿玛 / śarvaḥ—主希瓦 / kumāraḥ ca—还有主卡尔提凯亚 / bhṛgu-ādyāḥ—以七圣人之一的布瑞古·牟尼为首 / munayaḥ—圣洁的人们 / nṛpa—君王啊 / pitaraḥ—祖先星球的居民 / sarva-bhūtāni—其他生物体 / siddhāḥ—神秘仙星球的居民 / vaimānikāḥ ca—可以靠飞机在外太空到处旅行的人类 / ye—这样的人 / sumahat—值得高度称颂的 / karma—活动 / tat—所有那些(活动) / viṣṇoḥ—由主维施努做 / gāyantaḥ—赞美 / param adbhutam—非凡、神奇的 / dhiṣṇyāni—到他们各自的星球 / svāni—自己的 / te—他们全体 / jagmuḥ—出发 / aditim ca—以及阿迪缇 / śaśaṁsire—赞美至尊主的所有这些活动

译文 主布茹阿玛、主希瓦、卡尔提凯亚、大圣人布瑞古、其他圣洁之人、祖先星球的居民、神秘仙和所有其他乘坐飞机在外太空旅行的生物体,都赞美主瓦玛纳戴瓦的非凡活动。君王啊!他们一边歌唱、颂扬至尊主,一边返回各自在天堂星球的住所。他们也歌颂阿迪缇的地位。

第28节

सर्वमेतन्मयाख्यातं भवतः कुलनन्दन ।
उरुक्रमस्य चरितं श्रोतृणामघमोचनम् ॥२८॥

sarvam etan mayākhyātaṁ
  bhavataḥ kula-nandana
urukramasya caritaṁ
  śrotṝṇām agha-mocanam

sarvam—所有的 / etat—这些事件 / mayā—由我 / ākhyātam—被讲述 / bhavataḥ—你的 / kula-nandana—你们王朝的欢乐,帕瑞克西

特王啊 / urukramasya—至尊人格首神的 / caritam—活动 / śrotṝṇām—听众的 / agha-mocanam—这样聆听至尊主的活动无疑摧毁罪恶活动的结果

译文　啊，帕瑞克西特王，你们王朝的欢乐！我现在已为你描述了与至尊人格首神瓦玛纳戴瓦的神奇活动有关的一切。听到这些的人无疑将清除从事过的罪恶活动所产生的一切恶果。

第29节

पारं महिम्न उरुविक्रमतो गृणानो
　यः पार्थिवानि विममे स रजांसि मर्त्यः ।
किं जायमान उत जात उपैति मर्त्य
　इत्याह मन्त्रदृगृषिः पुरुषस्य यस्य ॥२९॥

pāraṁ mahimna uruvikramato gṛṇāno
　yaḥ pārthivāni vimame sa rajāṁsi martyaḥ
kiṁ jāyamāna uta jāta upaiti martya
　ity āha mantra-dṛg ṛṣiḥ puruṣasya yasya

pāram—测量 / mahimnaḥ—荣耀的 / uruvikramataḥ—活动神奇的至尊人格首神的 / gṛṇānaḥ—能计算 / yaḥ—……的人 / pārthivāni—整个地球的 / vimame—能计算 / saḥ—他 / rajāṁsi—原子 / martyaḥ—是死亡控制对象的人 / kim—什么 / jāyamānaḥ—将来会投生的人 / uta—或者 / jātaḥ—已经出生的人 / upaiti—能做 / martyaḥ—必死的人 / iti—如此 / āha—说 / mantra-dṛk—能明了韦达赞歌的人 / ṛṣiḥ—伟大圣洁的瓦希施塔·牟尼 / puruṣasya—至尊人的 / yasya—……的

译文　受死亡控制的生物体无法估量至尊人格首神特瑞维夸玛——主维施努的荣耀，它们比整个地球星球所具有的原子数加起来还多。没人，无论是已出生的还是将出生的，能做到这一点。伟大的圣人瓦希施塔歌唱过这一事实。

要旨 瓦希施塔·牟尼(Vasistha Muni)吟唱了歌颂主维施努的一个赞歌，即：任何一个已出生或将出生的生物体，都无法找到至尊主荣耀的尽头(na te visnor jayamano na jato mahimnah param anantam apa)。没人能估量主维施努光荣的非凡活动的深度和广度。不幸的是：世上那些随时会遭遇死亡的所谓的科学家们，却试图以臆测的方式了解对宇宙的神奇创造。这是愚蠢的努力。很久很久以前，瓦希施塔·牟尼就说过：没人能估量至尊主的荣耀，过去没有，今后也没有。人必须满足于能够看到至尊主的创造这一光荣的活动。正因为如此，《博伽梵歌》第10章的第42节诗记载，至尊主说：我只以我极微小的一部分就遍布并维系了这整个宇宙(vistabhyaham idam krtsnam ekamsena sthito jagat)。物质世界由无数的宇宙构成，而每一个宇宙中都充满了数不胜数的星球。这一切虽然都是至尊人格首神的物质能量的产物，但却只不过占了神的总体创造的四分之一而已，其他的四分之三的创造是灵性世界。在仅仅一个宇宙内的数不胜数的星球中，所谓的科学家们甚至还无法了解月亮和火星，但却试图蔑视至尊主的创造和祂非凡的能量。这种人被说成是疯子。《圣典博伽瓦谭》第5篇第5章的第4节诗说：当人认为感官享乐是人生的目标时，他无疑就会疯狂地追求物质生活，从事所有种类的罪恶活动(nunam pramattah kurute vikarma)。这样的疯子毫无必要地将时间、能量和金钱浪费在蔑视至尊人格首神乌茹夸玛的光荣活动上。

第 30 节

य इदं देवदेवस्य हरेरद्भुतकर्मणः ।
अवतारानुचरितं शृण्वन् याति परां गतिम् ॥३०॥

ya idaṁ deva-devasya
harer adbhuta-karmaṇaḥ

avatārānucaritaṁ
śṛṇvan yāti parāṁ gatim

yaḥ—……的人 / idam—这 / deva-devasya—受到半神人崇拜的至尊人格首神的 / hareḥ—主奎师那——哈尔依的 / adbhuta-karmaṇaḥ—活动神奇的 / avatāra-anucaritam—以祂不同的化身从事的活动 / śṛṇvan——一个人如果持续聆听 / yāti—他去 / parām gatim—至高无上的完美境界——回归家园、回到首神身边

译文 谁听到至尊人格首神以祂的各种化身从事的非凡活动，谁无疑就会被提升到高等星系，甚至被带回家园，回到首神身边。

第 31 节

क्रियमाणे कर्मणीदं दैवे पित्र्येऽथ मानुषे ।
यत्र यत्रानुकीर्त्येत तत्तेषां सुकृतं विदुः ॥३१॥

kriyamāṇe karmaṇīdaṁ
daive pitrye 'tha mānuṣe
yatra yatrānukīrtyeta
tat teṣāṁ sukṛtaṁ viduḥ

kriyamāṇe—在举行中 / karmaṇi—仪式性典礼的 / idam—这对瓦玛纳戴瓦的特点的描述 / daive—为取悦半神人 / pitrye—或为取悦祖先(如举行刷达仪式等) / atha—或者 / mānuṣe—为使人满意，如婚礼中 / yatra—无论在哪里 / yatra—无论何时 / anukīrtyeta—被描述 / tat—那 / teṣām—为他们 / sukṛtam—吉祥 / viduḥ—每个人都该明白

译文 应该明白：只要在仪式典礼过程中描述瓦玛纳戴瓦的活动，那么举行的祭祀无论是为了取悦半神人，取悦自己那些在祖先星球上的祖先，还是举行婚礼等社会庆典，那祭祀或仪式都是格外吉祥的。

要旨 有三种仪式，具体地说是：为取悦至尊人格首神或半神人而举行的仪式，婚礼和生日庆典等社会性的庆祝活动，以及为取悦祖先而举行的刷达(śrāddha)等仪式。人们在举行所有这些仪式时，通常要花费很多钱，但这节诗文建议：如果能在这类活动中朗诵主瓦玛纳戴瓦的神奇活动，那么所举行的仪式无疑就会是成功的，免于一切差错。

到此为止，结束了巴克提韦丹塔对《圣典博伽瓦谭》第8篇第23章——“半神人收回天堂星球”所作的阐释。

第二十四章

至尊主的鱼化身玛茨亚

这一章描述至尊人格首神的鱼化身，还描述了将萨提亚瓦塔(Satyavrata)王从洪水中拯救出来的经过。

至尊人格首神扩展出祂个人的扩展(svāṁśa)和生物(vibhinnāṁśa)。正如《博伽梵歌》(Bhagavad-gītā)第4章的第8节诗说明：至尊人格首神在这个星球显现，是为了保护圣人(sādhu)——奉献者，消灭无赖——非奉献者(paritrāṇāya sādhūnāṁ vināśāya ca duṣkṛtām)。祂尤其为了保护乳牛、布茹阿玛纳(brāhmaṇa)、半神人、奉献者和韦达宗教体系而降临。为此，祂以各种形象显现，有时是一条鱼的形象，有时是一头雄猪的形象，有时是半人半狮形象(Nṛsiṁhadeva)，有时是瓦玛纳戴瓦形象(Vāmanadeva)，等等，但无论祂以什么形象或化身到来，尽管是在物质自然属性的环境中，但却丝毫不受影响。这是祂具有至高无上的控制力量的征象。祂虽然来到物质环境中，但错觉能量玛亚(māyā)触碰不到祂。因此，任何物质属性都丝毫影响不了祂。

一次，在布茹阿玛的另外一天将要结束(kalpa)时，有个名叫哈亚贵瓦(Hayagrīva)的恶魔想在毁灭之际从主布茹阿玛(Brahmā)那里夺走韦达知识。至尊人格首神于是采用一条鱼化身，在斯瓦阳布瓦·玛努(Svāyambhuva Manu)统治期开始时拯救了韦达经(Vedas)。在查克舒沙·玛努(Cākṣuṣa Manu)统治期间，有位名叫萨提亚瓦塔的君王，他是伟大而又虔诚的统治者。为了拯救他，至尊主第二次以鱼化身显现。萨提亚瓦塔王后来成为太阳神的儿子，名叫刷达戴瓦(Śrāddhadeva)。他被至尊人格首神封为玛努。

为了得到至尊人格首神的恩惠，萨提亚瓦塔王致力于只靠喝水维持生命的苦行。一天，他在奎塔玛拉河岸边从事这一苦行并双手捧水作为供奉时，在手掌中发现有一条小鱼。那条鱼恳请君王给予保护，要求君王将它放在安全的地方。君王虽然不知道那条小鱼就是至尊人格首神本人，但作为君王还是给予小鱼保护，将祂放在水罐中。至尊人格首神化身的小鱼想要给萨提亚瓦塔王展示祂的力量，于是立刻扩展自己的身体，以至水罐再也容不下祂了。君王只好将那条鱼放进一口大井中，但那井随即也变得太小了。接着，君王将那条鱼放进一个湖中，但那湖也不适合。最后，君王将那条鱼放进海里，但就连海都无法容纳祂。这时，君王终于明白那条鱼不是别人，而是至尊人格首神，于是询问至尊主为什么化身为一条鱼。人格首神因为对君王很满意，所以告诉他，在一个星期之内会有一场全宇宙性的洪水泛滥，那时祂的鱼化身就会保护君王，以及圣人(ṛṣi)、草药、种子和其他生物体；届时，他们全体都在一条船上，而那条船会与鱼的触角相连。说完这些，至尊主就消失了。萨提亚瓦塔王恭敬地向至尊主顶礼后，继续冥想祂。在适当的时候，毁灭发生了，君王看到一条船来到身边。在与博学的布茹阿玛纳(brāhmaṇa)和圣人一起登上船后，他向至尊人格首神献上祈祷。至尊主处在每一个生物体的心中，于是在心中教导萨提亚瓦塔王和圣洁之人有关韦达知识。萨提亚瓦塔王在他的下一生当了外瓦斯瓦塔·玛努(Vaivasvata Ma-nu)，《博伽梵歌》中有提到他说：太阳神给他的儿子玛努讲述了《博伽梵歌》的科学(vivasvān manave prāha)。这个玛努因为是维瓦斯万(Vivasvān)的儿子，所以名叫维瓦斯瓦塔·玛努(Vaivasvata Manu)。

第 1 节

श्रीराजोवाच
भगवञ्छ्रोतुमिच्छामि हरेरद्भुतकर्मणः ।
अवतारकथामाद्यां मायामत्स्यविडम्बनम् ॥ १ ॥

śrī-rājovāca
bhagavañ chrotum icchāmi
harer adbhuta-karmaṇaḥ
avatāra-kathām ādyāṁ
māyā-matsya-viḍambanam

śrī-rājā uvāca—帕瑞克西特王说 / bhagavan—最强大的人啊 / śrotum—聆听 / icchāmi—我想要 / hareḥ—至尊人格首神哈尔依的 / adbhuta-karmaṇaḥ—活动神奇的…… / avatāra-kathām—化身的娱乐活动 / ādyām—首先 / māyā-matsya-viḍambanam—……不过是在模仿一条鱼

译文　帕瑞克西特王说：至尊人格首神哈尔依永恒地处在祂超然的状态中，但却降临这个物质世界，以各种化身展示自己。祂的第一个化身是一条巨鱼。最强有力的舒卡戴瓦·哥斯瓦米啊！我期望听您讲述那个鱼化身的娱乐活动。

要旨　至尊人格首神是全能的，但还是采用了一个非凡的鱼的形象。这是至尊主的十个主要的化身之一。

第2—3节

यदर्थमदधाद्रूपं मात्स्यं लोकजुगुप्सितम् ।
तमःप्रकृतिदुर्मर्षं कर्मग्रस्त इवेश्वरः ॥२॥

एतन्नो भगवन् सर्वं यथावद्वक्तुमर्हसि ।
उत्तमश्लोकचरितं सर्वलोकसुखावहम् ॥३॥

yad-artham adadhād rūpaṁ
mātsyaṁ loka-jugupsitam
tamaḥ-prakṛti-durmarṣaṁ
karma-grasta iveśvaraḥ

etan no bhagavan sarvaṁ
yathāvad vaktum arhasi

uttamaśloka-caritaṁ
sarva-loka-sukhāvaham

yat-artham—为何目的 / adadhāt—接受 / rūpam—形象 / mātsyam——条鱼的 / loka-jugupsitam—在这个世界里无疑不是很令人喜欢的…… / tamaḥ—在愚昧属性中 / prakṛti—这样的作为 / durmarṣam—……无疑很痛苦并受到谴责 / karma-grastaḥ—受业报法律的控制 / iva—如同 / īśvaraḥ—至尊人格首神 / etat—所有这些事实 / naḥ—向我们 / bhagavan—最强大的圣人啊 / sarvam——切 / yathāvat—正确地 / vaktum arhasi—请讲述 / uttamaśloka-caritam—至尊人格首神的娱乐活动 / sarva-loka-sukha-āvaham—通过听使大家变得快乐的……

译文 至尊人格首神为什么像个普通生物在业报定律的控制下接受不同的形象一样，接受一个令人恶心的鱼的形象？鱼的形体无疑很糟糕，属愚昧型，而且充满了可怕的痛苦。我的导师啊！这个化身要达到的目的是什么？请对我们解释这一点，因为聆听至尊主的娱乐活动对大家都吉祥。

要旨 帕瑞克西特王(Parīkṣit Mahārāja)向舒卡戴瓦·哥斯瓦米提出的这个问题，以《博伽梵歌》第4章的第7节诗记载的至尊主本人说明的原则为基础，即：

yadā yadā hi dharmasya
glānir bhavati bhārata
abhyutthānam adharmasya
tadātmānaṁ sṛjāmy aham

“巴茹阿特的后裔啊！无论何时何地，每当宗教衰落，反宗教盛行，我就会亲自降临。”至尊主以各种化身显现的目的是，拯救世界脱离非宗教的影响，尤其是保护祂的奉献者(paritrāṇāya sādhūnām)。例如：瓦玛纳戴瓦(Vāmanadeva)显现是为了拯救奉献者巴利王(Bali Mahārāja)。同样，当至尊人格首神接受鱼的形象时，祂必是为了做有利于某个奉献者的事。帕瑞克西特王急切地想知道，至尊主采用这个形象所帮助的那个奉献者的情况。

第 4 节

श्रीसूत उवाच
इत्युक्तो विष्णुरातेन भगवान् बादरायणिः ।
उवाच चरितं विष्णोर्मत्स्यरूपेण यत्कृतम् ॥ ४ ॥

śrī-sūta uvāca
ity ukto viṣṇu-rātena
bhagavān bādarāyaṇiḥ
uvāca caritaṁ viṣṇor
matsya-rūpeṇa yat kṛtam

śrī-sūtaḥ uvāca—圣苏塔·哥斯瓦米说 / iti uktaḥ—这样被询问 / viṣṇu-rātena—通过名叫维施努茹阿塔的帕瑞克西特王 / bhagavān—最强有力的 / bādarāyaṇiḥ—维亚萨戴瓦的儿子舒卡戴瓦·哥斯瓦米 / uvāca—说 / caritam—娱乐活动 / viṣṇoḥ—主维施努的 / matsya-rūpeṇa—以鱼的形象显现的…… / yat—无论如何 / kṛtam—完成

译文　苏塔·哥斯瓦米说：当帕瑞克西特王这样询问圣舒卡戴瓦·哥斯瓦米时，那位最强有力的圣洁之人开始讲述至尊主鱼化身的娱乐活动。

第 5 节

श्रीशुक उवाच
गोविप्रसुरसाधूनां छन्दसामपि चेश्वरः ।
रक्षामिच्छंस्तनूर्धत्ते धर्मस्यार्थस्य चैव हि ॥ ५ ॥

śrī-śuka uvāca
go-vipra-sura-sādhūnāṁ
chandasām api ceśvaraḥ

rakṣām icchaṁs tanūr dhatte
dharmasyārthasya caiva hi

śrī-śukaḥ uvāca—圣舒卡戴瓦·哥斯瓦米说/go—乳牛的/vipra—布茹阿玛纳的/sura—半神人的/sādhūnām—和奉献者的/chandasām api—甚至韦达文献的/ca—以及/īśvaraḥ—至尊控制者/rakṣām—保护/icchan—渴望/tanūḥ dhatte—接受各种化身的形象/dharmasya—宗教原则的/arthasya—生命目的之原则的/ca—和/eva—事实上/hi—无疑地

译文 圣舒卡戴瓦·哥斯瓦米说：君王啊！为了保护乳牛、布茹阿玛纳、半神人、奉献者、韦达文献、宗教原则，以及使人实现生命目的的原则，至尊人格首神以不同形象的化身显现。

要旨 至尊人格首神以各种化身显现通常都是为了保护乳牛和布茹阿玛纳，所以被描述为总是渴望利益乳牛和布茹阿玛纳的人(go-brāhmaṇa-hitāya ca)。主奎师那显现时有意当了一个牧牛童，亲自示范如何保护乳牛和牛犊。同样，祂示范如何尊敬一位真正的布茹阿玛纳——苏达玛·维帕(Sudāmā Vipra)。从至尊主的个人活动中，人类社会应该学习如何要特别保护布茹阿玛纳和乳牛。这样才能维护宗教原则，实现生命目标和对韦达知识的保护。没有对乳牛的保护，就无法维护布茹阿玛纳文化，而没有布茹阿玛纳文化，就无法实现生命的目标。至尊主之所以被描述为是保护乳牛和布茹阿玛纳的人，是因为祂化身前来就是为了保护乳牛和布茹阿玛纳。不幸的是，由于喀历(Kali-yuga)年代中没有对乳牛和布茹阿玛纳文化的保护，一切都处在危险、不稳定的状态中。人类社会如果想获得提升，社会领袖就必须按照《博伽梵歌》中的教导，保护乳牛、布茹阿玛纳和布茹阿玛纳文化。

第 6 节

उच्चावचेषु भूतेषु चरन् वायुरिवेश्वरः ।
नोच्चावचत्वं भजते निर्गुणत्वाद्धियो गुणैः ॥ ६ ॥

uccāvaceṣu bhūteṣu
caran vāyur iveśvaraḥ
noccāvacatvaṁ bhajate
nirguṇatvād dhiyo guṇaiḥ

ucca-avaceṣu—有高等或低等的身体形象 / bhūteṣu—在生物体之间 / caran—行为 / vāyuḥ iva—恰似空气 / īśvaraḥ—至尊主 / na—不 / ucca-avacatvam—高等或低等生命形式的品质 / bhajate—接受 / nirguṇatvāt—由于是超然的、超越一切物质属性 / dhiyaḥ—通常 / guṇaiḥ—被物质自然属性

译文　恰似空气流过各种不同的环境，至尊人格首神虽然有时以人的形象显现，有时以低等动物的形象显现，却永远是超然的。祂超越物质自然属性，所以根本不受高等和低等形象的影响。

要旨　至尊人格首神是物质自然的主人(mayādhyakṣeṇa prakṛtiḥ sūyate sacarācaram)。因此，作为自然法律的最高控制者，至尊主不可能受物质自然的影响。就有关这一点，我们可以举例加以说明：尽管风吹遍各处，但空气不受各地特性的影响。空气有时虽携带不洁之地的味道，但却与这种地方无关。同样，至善且绝对吉祥的至尊人格首神，从不受普通生物的物质品质的影响。生物在物质自然中时，就受到物质属性的影响(puruṣaḥ prakṛti-stho hi bhuṅkte prakṛtijān guṇān)。然而，至尊人格首神不受影响。不了解这一点的人轻视至尊主，以为至尊人格首神是普通生物(avajānanti māṁ mūḍhāḥ)。没有智慧的人因为不知道至尊主的超然品质，所以才得出这样的结论(paraṁ bhāvam ajānantaḥ)。

第 7 节

आसीदतीतकल्पान्ते ब्राह्मो नैमित्तिको लयः ।
समुद्रोपप्लुतास्तत्र लोका भूरादयो नृप ॥ ७ ॥

āsīd atīta-kalpānte
brāhmo naimittiko layaḥ
samudropaplutās tatra
lokā bhūr-ādayo nṛpa

āsīt—曾有 / atīta—过去 / kalpa-ante—在布茹阿玛的一天结束时 / brāhmaḥ—主布茹阿玛的一天的 / naimittikaḥ—由于那 / layaḥ—淹没 / samudra—在汪洋中 / upaplutāḥ—被淹没 / tatra—在那里 / lokāḥ—所有的行星 / bhūḥ-ādayaḥ—三界(Bhūḥ, Bhuvaḥ, Svaḥ) / nṛpa—君王啊！

译文 帕瑞克西特王啊！在过去的一千个年代循环结束时，也就是布茹阿玛的一天结束时，毁灭在布茹阿玛夜晚睡觉时发生，三个世界都被汪洋之水淹没。

第 8 节

कालेनागतनिद्रस्य धातुः शिशयिषोर्बली ।
मुखतो निःसृतान् वेदान् हयग्रीवोऽन्तिकेऽहरत् ॥ ८ ॥

kālenāgata-nidrasya
dhātuḥ śiśayiṣor balī
mukhato niḥsṛtān vedān
hayagrīvo 'ntike 'harat

kālena—由于时间(布茹阿玛一天结束时) / āgata-nidrasya—当他感到想睡时 / dhātuḥ—布茹阿玛的 / śiśayiṣoḥ—想要躺下睡觉 / balī—很强大 / mukhataḥ—从嘴 / niḥsṛtān—发散 / vedān—韦达知识 / hayagrīvaḥ—名叫哈亚贵瓦的大恶魔 / antike—在附近 / aharat—偷窃

译文　在布茹阿玛的白天结束，布茹阿玛感到困乏想要躺下时，韦达经从他嘴中发出，名叫哈亚贵瓦的大恶魔趁机盗取韦达知识。

第 9 节

ज्ञात्वा तद्दानवेन्द्रस्य हयग्रीवस्य चेष्टितम् ।
दधार शफरीरूपं भगवान् हरिरीश्वरः ॥९॥

jñātvā tad dānavendrasya
hayagrīvasya ceṣṭitam
dadhāra śapharī-rūpaṁ
bhagavān harir īśvaraḥ

jñātvā一了解后 / tat一那 / dānava-indrasya一大恶魔的 / hayagrī-vasya一哈亚贵瓦的 / ceṣṭitam一活动 / dadhāra一接受 / śapharī-rū-pam一一条鱼的形象 / bhagavān一至尊人格首神 / hariḥ一至尊主 / īś-varaḥ一至尊控制者

译文　充满一切财富的至尊人格首神哈尔依，了解大恶魔哈亚贵瓦的行动，化身出一条鱼的形象，杀死恶魔，保护韦达经。

要旨　由于一切被洪水淹没，至尊主必然采用一条鱼的形象来拯救韦达经(Vedas)。

第 10 节

तत्र राजऋषिः कश्चिन्नाम्ना सत्यव्रतो महान् ।
नारायणपरोऽतपत्तपः स सलिलाशनः ॥१०॥

tatra rāja-ṛṣiḥ kaścin
nāmnā satyavrato mahān
nārāyaṇa-paro 'tapat
tapaḥ sa salilāśanaḥ

tatra－就有关那一点 / rāja-ṛṣiḥ－如伟大、圣洁之人一样有资格的君王 / kaścit－某人 / nāmnā－名叫 / satyavrataḥ－萨提亚瓦塔 / mahān－伟大的人物 / nārāyaṇa-paraḥ－至尊人格首神主纳茹阿亚纳的优秀奉献者 / atapat－从事苦行 / tapaḥ－苦修 / saḥ－他 / salila-āśanaḥ－只喝水

译文 在查克舒沙·玛努统治期间，有个名叫萨提亚瓦塔的伟大君王，他是至尊人格首神优秀的奉献者。萨提亚瓦塔当时在从事只靠喝水维持生命的苦修。

要旨 至尊主在斯瓦阳布瓦·玛努统治期(Svāyambhuva-manvantara)开始时，以鱼化身显现拯救韦达经；在查克舒沙·玛努统治期(Cākṣuṣa-manvantara)结束时，至尊主再次为施予伟大的君王萨提亚瓦塔恩惠而采用了一条鱼的形象。至尊主有两个雄猪(Varāha)化身，也有两个鱼化身。祂一次显现鱼化身是为了杀死恶魔哈亚贵瓦(Hayagrīva)，拯救韦达经，另一次采用鱼化身是为了向萨提亚瓦塔王展示仁慈。

第 11 节

योऽसावस्मिन्महाकल्पे तनयः स विवस्वतः ।
श्राद्धदेव इति ख्यातो मनुत्वे हरिणार्पितः ॥११॥

yo 'sāv asmin mahā-kalpe
tanayaḥ sa vivasvataḥ
śrāddhadeva iti khyāto
manutve hariṇārpitaḥ

yaḥ－……的人 / asau－祂(至尊人) / asmin－在这之中 / mahā-kalpe－大千年循环 / tanayaḥ－儿子 / saḥ－他 / vivasvataḥ－太阳神的 / śrāddhadevaḥ－名叫刷达戴瓦 / iti－如此 / khyātaḥ－著名的 / manutve－在玛努的职位上 / hariṇā－被至尊人格首神 / arpitaḥ－被放在

译文　在现在这个一千个年代循环中，萨提亚瓦塔王后来成为太阳神维瓦斯万的儿子，名叫刷达戴瓦。凭借至尊人格首神的仁慈，他当上了玛努。

第 12 节

एकदा कृतमालायां कुर्वतो जलतर्पणम् ।
तस्याञ्जल्युदके काचिच्छफर्येकाभ्यपद्यत ॥१२॥

ekadā kṛtamālāyāṁ
kurvato jala-tarpaṇam
tasyāñjaly-udake kācic
chaphary ekābhyapadyata

ekadā—一天 / kṛtamālāyām—奎塔玛拉河岸边 / kurvataḥ—执行 / jala-tarpaṇam—将水当祭品供奉 / tasya—他的 / añjali—盛满手心 / udake—在水中 / kācit—一些 / śapharī—一条小鱼 / ekā—一 / abhyapadyata—出现

译文　一天，当萨提亚瓦塔王在奎塔玛拉河岸边正从事供奉水的苦修时，一条小鱼出现在他双手正捧着的水中。

第 13 节

सत्यव्रतोऽञ्जलिगतां सह तोयेन भारत ।
उत्ससर्ज नदीतोये शफरीं द्रविडेश्वरः ॥१३॥

satyavrato 'ñjali-gatāṁ
saha toyena bhārata
utsasarja nadī-toye
śapharīṁ draviḍeśvaraḥ

satyavrataḥ—萨提亚瓦塔王 / añjali-gatām—在君王手捧的水中 / saha—与……一起 / toyena—水 / bhārata—帕瑞克西特王啊 / utsasarja—扔掉 / nadī-toye—在河水中 / śapharīm—那小鱼 / draviḍa-īśvaraḥ—铎维达的君王萨提亚瓦塔

译文 啊，帕瑞克西特王，巴茹阿特的后裔！铎维达国的君王萨提亚瓦塔，将手中的水和小鱼一起抛进河中。

第14节

तमाह सातिकरुणं महाकारुणिकं नृपम् ।
यादोभ्यो ज्ञातिघातिभ्यो दीनां मां दीनवत्सल ।
कथं विसृजसे राजन् भीतामस्मिन् सरिज्जले ॥१४॥

tam āha sātikaruṇaṁ
mahā-kāruṇikaṁ nṛpam
yādobhyo jñāti-ghātibhyo
dīnāṁ māṁ dīna-vatsala
kathaṁ visṛjase rājan
bhītām asmin sarij-jale

tam－向他(萨提亚瓦塔) / āha－说 / sā－那条小鱼 / ati-karuṇam－极其同情 / mahā-kāruṇikam－极其仁慈 / nṛpam－向萨提瓦尔塔王 / yādobhyaḥ－对水生物 / jñāti-ghātibhyaḥ－总是渴望杀死小鱼的 / dīnām－十分可怜 / mām－我 / dīna-vatsala－保护可怜者的人啊 / katham－为什么 / visṛjase－你扔掉 / rājan－君王啊 / bhītām－非常害怕 / asmin－在这 / sarit-jale－河水中

译文 那条可怜的小鱼用哀求的声音对十分慈悲的萨提亚瓦塔王说：我亲爱的君王，可怜众生的保护者，你为什么把我抛进其他水生物会杀死我的河水中？我非常怕他们。

要旨 《玛茨亚往世书》(Matsya Purāṇa)中说：

ananta-śaktir bhagavān
matsya-rūpī janārdanaḥ
krīḍārthaṁ yācayām āsa
svayaṁ satyavrataṁ nṛpam

“至尊人格首神拥有无限的力量，但在祂以鱼化身显现从事娱乐活动时，祂恳求萨提亚瓦塔王的保护。”

第 15 节

तमात्मनोऽनुग्रहार्थं प्रीत्या मत्स्यवपुर्धरम् ।
अजानन् रक्षणार्थाय शफर्याः स मनो दधे ॥१५॥

tam ātmano 'nugrahārthaṁ
prītyā matsya-vapur-dharam
ajānan rakṣaṇārthāya
śapharyāḥ sa mano dadhe

tam—对那条鱼 / ātmanaḥ—亲自 / anugraha-artham—展示恩惠 / prītyā—十分高兴地 / matsya-vapuḥ-dharam—化身为一条鱼的形象的至尊人格首神 / ajānan—对此没有知识 / rakṣaṇa-arthāya—只为给予保护 / śapharyāḥ—鱼的 / saḥ—君王 / manaḥ—内心 / dadhe—决定

译文　为了让自己感到满意，萨提亚瓦塔王在不知道那条鱼就是至尊人格首神的情况下，高兴万分地决定要保护那条鱼。

要旨　这里谈到了甚至在不知道的情况下为至尊人格首神服务的实例。这样的服务被称为在不知情的情况下做善事(ajñāta-sukṛti)。萨提亚瓦塔王在不知道那条鱼是主维施努的情况下想要展示他的仁慈。人在这种不知道的情况下做奉爱服务，也得到至尊人格首神的优待。无论在知道还是不知道的情况下为至尊主服务，都永远有利。

第 16 节

तस्या दीनतरं वाक्यमाश्रुत्य स महीपतिः ।
कलशाप्सु निधायैनां दयालुर्निन्य आश्रमम् ॥१६॥

tasyā dīnataraṁ vākyam
āśrutya sa mahīpatiḥ
kalaśāpsu nidhāyaināṁ
dayālur ninya āśramam

tasyāḥ—鱼的 / dīna-taram—可怜的 / vākyam—话语 / āśrutya—听着 / saḥ—那 / mahī-patiḥ—君王 / kalaśa-apsu—水罐中的水里 / nidhāya—拿着 / enām—那鱼 / dayāluḥ—仁慈地 / ninye—带着 / āśramam—到他的住所

译文 小鱼说的可怜的话语令君王感动，仁慈的君王将那条鱼放进一个水罐，带回自己的住所。

第 17 节

सा तु तत्रैकरात्रेण वर्धमाना कमण्डलौ ।
अलब्ध्वात्मावकाशं वा इदमाह महीपतिम् ॥१७॥

sā tu tatraika-rātreṇa
vardhamānā kamaṇḍalau
alabdhvātmāvakāśaṁ vā
idam āha mahīpatim

sā—那鱼 / tu—但是 / tatra—在其中 / eka-rātreṇa—在一个夜晚 / vardhamānā—扩大 / kamaṇḍalau—在水罐中 / alabdhvā—没有达到 / ātma-avakāśam—对祂的身体来说是舒适的状态 / vā—或者 / idam—这 / āha—说 / mahī-patim—对君王

译文 但在一夜之间，鱼就长得那么大，以致在水罐中无法舒适地移动自己的身体了。祂于是对君王说了如下一番话。

第 18 节

नाहं कमण्डलावस्मिन् कृच्छ्रं वस्तुमिहोत्सहे ।
कल्पयौकः सुविपुलं यत्राहं निवसे सुखम् ॥१८॥

nāhaṁ kamaṇḍalāv asmin
kṛcchraṁ vastum ihotsahe
kalpayaukaḥ suvipulaṁ
yatrāhaṁ nivase sukham

na－不 / aham－我 / kamaṇḍalau－在这水罐中 / asmin－在这之中 / kṛcchram－十分困难地 / vastum－生活 / iha－这里 / utsahe－就像 / kalpaya－请考虑 / okaḥ－住的地方 / su-vipulam－更扩大 / yatra－在那里 / aham－我 / nivase－能生活 / sukham－高兴地

译文　亲爱的君王啊！我不喜欢如此艰难地住在这个水罐中。因此，请找一个更好的蓄水池，好让我能舒服地住进去。

第 19 节

स एनां तत आदाय न्यधादौदञ्चनोदके ।
तत्र क्षिप्ता मुहूर्तेन हस्तत्रयमवर्धत ॥१९॥

sa enāṁ tata ādāya
nyadhād audañcanodake
tatra kṣiptā muhūrtena
hasta-trayam avardhata

saḥ－君王 / enām－向那条鱼 / tataḥ－那之后 / ādāya－拿出 / nyadhāt－放置 / audañcana-udake－在一口水井中 / tatra－在那里 / kṣiptā－被抛下 / muhūrtena－在片刻中 / hasta-trayam－三腕尺 / avardhata－立刻长大

译文　君王于是将鱼从水罐中取出，把祂抛进一口大井中。但就在片刻间，那条鱼长大了大约三腕尺。

第 20 节

न म एतदलं राजन् सुखं वस्तुमुदञ्चनम् ।
पृथु देहि पदं मह्यं यत्त्वाहं शरणं गता ॥२०॥

na ma etad alaṁ rājan
sukhaṁ vastum udañcanam
pṛthu dehi padaṁ mahyaṁ
yat tvāhaṁ śaraṇaṁ gatā

na—不 / me—向我 / etat—这 / alam—适合 / rājan—君王啊 / sukham—快乐地 / vastum—生活 / udañcanam—蓄水的地方 / pṛthu—非常大 / dehi—给予 / padam—一个地方 / mahyam—对我 / yat—……的 / tvā—向你 / aham—我 / śaraṇam—庇护 / gatā—取得

译文 那条鱼接着说：亲爱的君王啊！这水井不适合让我快乐地居住其中。由于我寻求您的庇护，所以请给我一个更大的水池。

第21节

तत आदाय सा राज्ञा क्षिप्ता राजन् सरोवरे ।
तदावृत्यात्मना सोऽयं महामीनोऽन्ववर्धत ॥२१॥

tata ādāya sā rājñā
kṣiptā rājan sarovare
tad āvṛtyātmanā so 'yaṁ
mahā-mīno 'nvavardhata

tataḥ—从那里 / ādāya—拿走 / sā—鱼 / rājñā—由君王 / kṣiptā—被抛下 / rājan—君王(帕瑞克西特王)啊！ / sarovare—在一个湖中 / tat—那 / āvṛtya—遮盖 / ātmanā—被身体 / saḥ—鱼 / ayam—这 / mahā-mīnaḥ—巨大的鱼 / anvavardhata—立刻长大

译文 帕瑞克西特王啊！君王将鱼带离那口井，将祂放进一个湖中，但那条鱼随即就变出一个庞大的形象，大到超过了那个湖。

第 22 节

नैतन्मे स्वस्तये राजन्नुदकं सलिलौकसः ।
निधेहि रक्षायोगेन ह्रदे मामविदासिनि ॥२२॥

naitan me svastaye rājann
udakaṁ salilaukasaḥ
nidhehi rakṣā-yogena
hrade mām avidāsini

na－不 / etat－这 / me－向我 / svastaye－舒适的 / rājan－君王啊 / udakam－水 / salila-okasaḥ－由于我是一个大水生物 / nidhehi－放置 / rakṣā-yogena－想方设法 / hrade－在一个湖中 / mām－我 / avidāsini－永久地

译文 那条鱼为此说：君王啊！我是一个巨大的水生物，这湖水一点都不适合我。现在请找个方法拯救我。最好是把我放到一个永远都不会减少的湖水中。

第 23 节

इत्युक्तः सोऽनयन्मत्स्यं तत्र तत्राविदासिनि ।
जलाशयेऽसम्मितं तं समुद्रे प्राक्षिपज्झषम् ॥२३॥

ity uktaḥ so 'nayan matsyaṁ
tatra tatrāvidāsini
jalāśaye 'sammitaṁ taṁ
samudre prākṣipaj jhaṣam

iti uktaḥ－就这样被要求 / saḥ－君王 / anayat－带着 / matsyam－鱼 / tatra－在其中 / tatra－在其中 / avidāsini－水永不减少的地方 / jala-āśaye－在一个水库中 / asammitam－无限 / tam－对那鱼 / samudre－在海洋中 / prākṣipat－抛掷 / jhaṣam－那条大鱼

译文 萨提亚瓦塔被这样请求后，便把鱼带到最大的水库；但当事实证明还是不够大时，君王最终把那条巨鱼放进了海洋。

第 24 节

क्षिप्यमाणस्तमाहेदमिह मां मकरादयः ।
अदन्त्यतिबला वीर मां नेहोत्स्रष्टुमर्हसि ॥२४॥

kṣipyamāṇas tam āhedam
iha māṁ makarādayaḥ
adanty atibalā vīra
māṁ nehotsraṣṭum arhasi

kṣipyamāṇaḥ—被抛进海洋 / tam—向君王 / āha—那条鱼说 / idam—这 / iha—在这地方 / mām—我 / makara-ādayaḥ—像鲨鱼那样危险的水生物 / adanti—将吃 / ati-balāḥ—因为太强大有力 / vīra—英勇的君王啊 / mām—我 / na—不 / iha—在这水中 / utsraṣṭum—抛掷 / arhasi—你应该

译文 那条鱼在被放进海洋之际对萨提亚瓦塔王说：英雄啊！这水中有很强大和危险的鲨鱼将会吃掉我，因此你不该将我扔进这地方。

第 25 节

एवं विमोहितस्तेन वदता वल्गुभारतीम् ।
तमाह को भवानस्मान्मत्स्यरूपेण मोहयन् ॥२५॥

evaṁ vimohitas tena
vadatā valgu-bhāratīm
tam āha ko bhavān asmān
matsya-rūpeṇa mohayan

evam一因此 / vimohitaḥ一困惑的 / tena一被那鱼 / vadatā一说 / valgu-bhāratīm一动听的话语 / tam一向他 / āha一说 / kaḥ一……的人 / bhavān一您 / asmān一我们 / matsya-rūpeṇa一以鱼的形象 / mohayan一是迷惑

译文　听了至尊人格首神以鱼的形象说出的这些甜美的话语，君王倍感迷惑地问祂：您是谁，先生？您让我们完全迷惑了。

第 26 节

नैवं वीर्यो जलचरो दृष्टोऽस्माभिः श्रुतोऽपि वा ।
यो भवान् योजनशतमह्नाभिव्यानशे सरः ॥२६॥

naivaṁ vīryo jalacaro
　dṛṣṭo 'smābhiḥ śruto 'pi vā
yo bhavān yojana-śatam
　ahnābhivyānaśe saraḥ

na一不 / evam一如此 / vīryaḥ一强大有力 / jala-caraḥ一水生物 / dṛṣṭaḥ一看到 / asmābhiḥ一被我 / śrutaḥ api一从没听过 / vā一或者 / yaḥ一……的人 / bhavān一您圣上 / yojana-śatam一数百英里 / ahnā一在一天中 / abhivyānaśe一扩展 / saraḥ一水

译文　阁下啊！您在一天的时间里就扩展自己到几百英里长，覆盖了河流和海洋中的水。我以前从未见过或听说过有这种水生物。

第 27 节

नूनं त्वं भगवान् साक्षाद्धरिर्नारायणोऽव्ययः ।
अनुग्रहाय भूतानां धत्से रूपं जलौकसाम् ॥२७॥

nūnaṁ tvaṁ bhagavān sākṣād
dharir nārāyaṇo 'vyayaḥ
anugrahāya bhūtānāṁ
dhatse rūpaṁ jalaukasām

nūnam—无疑 / tvam—您(是) / bhagavān—至尊人格首神 / sākṣāt—直接地 / hariḥ—至尊主 / nārāyaṇaḥ—人格首神 / avyayaḥ—无穷无尽的 / anugrahāya—展示仁慈 / bhūtānām—对众生 / dhatse—您采用 / rūpam—……的形象 / jala-okasām—像一个水生物

译文 我的至尊主啊！您无疑是无穷无尽的至尊人格首神纳茹阿亚纳——圣哈尔依。您是为向众生展现仁慈，才采用这个水生物的形象的。

第 28 节

नमस्ते पुरुषश्रेष्ठ स्थित्युत्पत्त्यप्ययेश्वर ।
भक्तानां नः प्रपन्नानां मुख्यो ह्यात्मगतिर्विभो ॥२८॥

namas te puruṣa-śreṣṭha
sthity-utpatty-apyayeśvara
bhaktānāṁ naḥ prapannānāṁ
mukhyo hy ātma-gatir vibho

namaḥ—我致以恭敬的顶礼 / te—向您 / puruṣa-śreṣṭha—所有生物中最好的、所有享受者中最佳的 / sthiti—维系的 / utpatti—创造 / apyaya—及毁灭 / īśvara—至尊主 / bhaktānām—您的奉献者的 / naḥ—像我们 / prapannānām—那些皈依的人 / mukhyaḥ—至尊者 / hi—事实上 / ātma-gatiḥ—最高的目的地 / vibho—主维施努

译文 啊！我的至尊主，创造、维系和毁灭的主人！最卓越的享受者——主维施努啊！您是我们这些依靠您的奉献者的领袖和追求目标。因此，让我恭恭敬敬地向您致以顶礼。

第 29 节

सर्वे लीलावतारास्ते भूतानां भूतिहेतवः ।
ज्ञातुमिच्छाम्यदो रूपं यदर्थं भवता धृतम् ॥२९॥

sarve līlāvatārās te
bhūtānāṁ bhūti-hetavaḥ
jñātum icchāmy ado rūpaṁ
yad-arthaṁ bhavatā dhṛtam

sarve—一切 / līlā—娱乐活动 / avatārāḥ—化身们 / te—您圣上的 / bhūtānām—众生的 / bhūti—福利 / hetavaḥ—原因 / jñātum—要知道 / icchāmi—我期望 / adaḥ—这 / rūpam—形象 / yat-artham—为何目的 / bhavatā—由您圣上 / dhṛtam—采用

译文　毫无疑问，您为了众生的福利展出您所有的娱乐活动和化身。所以，我的至尊主，我希望了解您为何采用这个鱼的形象。

第 30 节

न तेऽरविन्दाक्ष पदोपसर्पणं
मृषा भवेत्सर्वसुहृत्प्रियात्मनः ।
यथेतरेषां पृथगात्मनां सता-
मदीदृशो यद्वपुरद्भुतं हि नः ॥३०॥

na te 'ravindākṣa padopasarpaṇaṁ
mṛṣā bhavet sarva-suhṛt-priyātmanaḥ
yathetareṣāṁ pṛthag-ātmanāṁ satām
adīdṛśo yad vapur adbhutaṁ hi naḥ

na—永不 / te—向您圣上 / aravinda-akṣa—我那眼如莲花瓣的至尊主 / pada-upasarpaṇam—对莲花足的崇拜 / mṛṣā—无用的 / bhavet—可以变成 / sarva-suhṛt—每一个人的朋友 / priya—每一个人都喜欢的 / ātmanaḥ—众生的超灵 / yathā—正如 / itareṣām—他人(半神

人)的 / pṛthak-ātmanām－不同于物质躯体的灵魂 / satām－灵性上稳定的那些人的 / adīdṛśaḥ－你展示了 / yat－那 / vapuḥ－身体 / adbhutam－神奇的 / hi－事实上 / naḥ－向我们

译文 眼如莲花瓣的至尊主啊！去崇拜持有躯体化概念的半神人毫无用处。但您是众生至高无上的朋友及最亲近的超灵，所以崇拜您的莲花足永远都不会徒劳无功。为此，您展现了您的鱼的形象。

要旨 天帝因铎(Indra)、月亮神昌铎(Candra)和太阳神苏尔亚(Sūrya)等半神人，都是作为至尊人格首神不同部分的普通生物。至尊主以扩展出生物的形式扩展自己(nityo nityānāṁ cetanaś cetanānām)。祂扩展出的属于维施努范畴(viṣṇu-tattva)的个人形象全都是灵性的，被称为“个人扩展(svāṁśa)”，而与祂区分开来的普通生物则被称为“区分开的部分扩展(vibhinnāṁśa)”。有些“区分开的部分扩展”的形象是灵性的，有些则由灵性和物质的组合构成。物质世界中受制约的灵魂都不同于他们那些由物质能量制成的外在躯体。住在高等星系中有半神人躯体的生物，和住在低等星系中的生物本质相同。然而，在这个星球上当人的生物有时致力于崇拜住在高等星球中的半神人。这样的崇拜是短暂的。正如这个星球上的人必须更换他们的躯体(tathā dehāntara-prāptiḥ)，被称为天帝因铎、月亮神昌铎和水神瓦茹纳(Varuṇa)等的生物体，时间一到也必须更换他们的躯体。正如《博伽梵歌》中说明：智力欠佳的人崇拜半神人，他们得到的成果有限而短暂(antavat tu phalaṁ teṣāṁ tad bhavaty alpa-medhasām)；被物质欲望偷去智力的人皈依半神人(kāmais tais tair hṛta jñānāḥ prapadyante 'nya-devatāḥ)。不了解半神人的实际地位的人，为了达到物质的目的而崇拜半神人，但这种崇拜所得到的结果不是永久的。正因为如此，这节诗说：崇拜有躯体化概念的半神人毫无用处(yathetareṣāṁ pṛthag-ātmanāṁ satām)；

崇拜至尊主的莲花足永远不会徒劳无功(padopasarpaṇaṁ mṛṣā bhavet)。换句话说，一个人如果要崇拜什么人，就必须崇拜至尊人格首神。这样，他的崇拜才永远不会是徒劳的。崇拜至尊人格首神哪怕做一点点努力，都是永恒的资产(svalpam apy asya dharmasya trāyate mahato bhayāt)。因此，正如《圣典博伽瓦谭》中推荐：放弃俗世的职责转而为至尊主做奉爱服务(tyaktvā sva-dharmaṁ caraṇāmbujaṁ hareḥ)。人应该致力于崇拜哈尔依(Hari)的莲花足，哪怕这意味着停止按照身体规定的所谓职责也在所不辞。为维护物质躯体而崇拜半神人，得到的结果是短暂的，不产生任何永恒的结果。但崇拜至尊人格首神却给人以无限永恒的利益。

第 31 节

श्रीशुक उवाच
इति ब्रुवाणं नृपतिं जगत्पतिः
सत्यव्रतं मत्स्यवपुर्युगक्षये ।
विहर्तुकामः प्रलयार्णवेऽब्रवी-
च्चिकीर्षुरेकान्तजनप्रियः प्रियम् ॥३१॥

śrī-śuka uvāca
iti bruvāṇaṁ nṛpatiṁ jagat-patiḥ
satyavrataṁ matsya-vapur yuga-kṣaye
vihartu-kāmaḥ pralayārṇave 'bravīc
cikīrṣur ekānta-jana-priyaḥ priyam

śrī-śukaḥ uvāca一圣舒卡戴瓦·哥斯瓦米说／iti一因此／bruvāṇam一这么说话／nṛpatim一对君王／jagat-patiḥ一整个宇宙的主人／satyavratam一对萨提亚瓦塔／matsya-vapuḥ一化身为一条鱼的至尊主／yuga-kṣaye一一个年代结束时／vihartu-kāmaḥ一为了享受祂自己的娱乐活动／pralaya-arṇave一在泛滥的洪水中／abravīt一说／cikīrṣuḥ一想要做／ekānta-jana-priyaḥ一奉献者们最喜爱的／priyam一十分有益的东西

译文 圣舒卡戴瓦·哥斯瓦米说：当萨提亚瓦塔王这样说时，为了利益祂的奉献者并享受水中娱乐活动而在年代末以鱼化身显现的至尊人格首神，说了如下一番话作为回答。

第 32 节

श्रीभगवानुवाच
सप्तमे ह्यद्यतनादूर्ध्वमहन्येतदरिन्दम ।
निमङ्क्ष्यत्यप्ययाम्भोधौ त्रैलोक्यं भूर्भुवादिकम् ॥३२॥

śrī-bhagavān uvāca
saptame hy adyatanād ūrdhvam
ahany etad arindama
nimaṅkṣyaty apyayāmbhodhau
trailokyaṁ bhūr-bhuvādikam

śrī-bhagavān uvāca—至尊人格首神说 / saptame—在第七个 / hi—事实上 / adyatanāt—从今天 / ūrdhvam—向将来 / ahani—在那一天 / etat—这创造 / arimdama—可以征服你的敌人的君王啊 / nimaṅkṣya-ti—将会被淹没 / apyaya-ambhodhau—在毁灭之洋中 / trailokyam—三个星球 / bhūḥ-bhuva-ādikam—名叫布尔星球、布瓦尔星球和斯瓦尔星球

译文 至尊人格首神说：能征服敌人的君王啊！从今天起到第七天，布胡、布瓦哈和斯瓦哈三个世界将被大水淹没。

第 33 节

त्रिलोक्यां लीयमानायां संवर्ताम्भसि वै तदा ।
उपस्थास्यति नौः काचिद्विशाला त्वां मयेरिता ॥३३॥

tri-lokyāṁ līyamānāyāṁ
saṁvartāmbhasi vai tadā
upasthāsyati nauḥ kācid
viśālā tvāṁ mayeritā

tri-lokyām—三个星球 / līyamānāyām—被淹没时 / saṁvarta-ambhasi—在毁灭之水中 / vai—事实上 / tadā—在那时 / upasthāsyati—将出现 / nauḥ—船 / kācit——条 / viśālā—很大的 / tvām—向你 / mayā—由我 / īritā—派出

译文　当所有这三个世界浸泡在水中时，我就会派一条巨大的船出现在你面前。

第 34—35 节

त्वं तावदोषधीः सर्वा बीजान्युच्चावचानि च ।
सप्तर्षिभिः परिवृतः सर्वसत्त्वोपबृंहितः ॥३४॥

आरुह्य बृहतीं नावं विचरिष्यस्यविक्लवः ।
एकार्णवे निरालोके ऋषीणामेव वर्चसा ॥३५॥

tvaṁ tāvad oṣadhīḥ sarvā
bījāny uccāvacāni ca
saptarṣibhiḥ parivṛtaḥ
sarva-sattvopabṛṁhitaḥ

āruhya bṛhatīṁ nāvaṁ
vicariṣyasy aviklavaḥ
ekārṇave nirāloke
ṛṣīṇām eva varcasā

tvam—你 / tāvat—直到那时 / oṣadhīḥ—草药 / sarvāḥ—所有种类的 / bījāni—种子 / ucca-avacāni—较低和较高的 / ca—以及 / saptaṛṣibhiḥ—由七位圣人 / parivṛtaḥ—围绕 / sarva-sattva—所有种类的生物体 / upabṛṁhitaḥ—由……围绕 / āruhya—登上 / bṛhatīm—很大的 / nāvam—船 / vicariṣyasi—将旅行 / aviklavaḥ—没有阴郁 / eka-arṇave—在洪水的汪洋中 / nirāloke—没有被照亮的 / ṛṣīṇām—伟大的圣人们的 / eva—事实上 / varcasā—被光辉

译文 那之后，君王啊！你要收集各类草本植物和种子，把它们放到那条大船上。接着，你要在七位圣人的陪伴下，与所有种类的生物体一起登上那条船，心情平静地与你的同伴们轻松地在洪水汪洋上航行。那时，唯一的照明将是伟大的圣人们发出的光芒。

第 36 节

दोधूयमानां तां नावं समीरेण बलीयसा ।
उपस्थितस्य मे शृङ्गे निबध्नीहि महाहिना ॥३६॥

dodhūyamānāṁ tāṁ nāvaṁ
samīreṇa balīyasā
upasthitasya me śṛṅge
nibadhnīhi mahāhinā

dodhūyamānām—被抛来抛去 / tām—那 / nāvam—船 / samīreṇa—被风 / balīyasā—十分强大的 / upasthitasya—位于附近的 / me—我的 / śṛṅge—触角的 / nibadhnīhi—捆绑 / mahā-ahinā—被巨大的蛇(瓦苏奎)

译文 接着，当船只被强劲的大风吹得摇动、颠簸时，我会出现在你们的船边，请用巨蛇瓦苏奎将船系在我的触角上。

第 37 节

अहं त्वामृषिभिः सार्धं सहनावमुदन्वति ।
विकर्षन् विचरिष्यामि यावद् ब्राह्मी निशा प्रभो ॥३७॥

ahaṁ tvām ṛṣibhiḥ sārdhaṁ
saha-nāvam udanvati
vikarṣan vicariṣyāmi
yāvad brāhmī niśā prabho

aham—我 / tvām—向你 / ṛṣibhiḥ—与所有圣洁的人 / sārdham—大家一起 / saha—与……一起 / nāvam—那条船 / udanvati—在毁灭之水中 / vikarṣan—接触 / vicariṣyāmi—我将旅行 / yāvat—只要 / brāhmī—与主布茹阿玛有关的 / niśā—夜晚 / prabho—君王啊

译文　君王啊！我将拉着承载着你和全体圣人的船，在毁灭之水中航行，直到主布茹阿玛睡觉的夜晚结束之时。

要旨　这场毁灭其实并非发生在主布茹阿玛的夜晚，而是发生在他的白天，因为那是查克舒沙·玛努统治期间。布茹阿玛在他的夜晚到来时就会睡觉；在他的白天时有十四位玛努，查克舒沙·玛努就是其中的一位。因此，圣维施瓦纳特·查夸瓦尔提·塔库尔(Viśvanātha Cakravartī Ṭhākura)评论说：尽管那是主布茹阿玛的白天，但布茹阿玛当时因为至尊主的至高意愿而有片刻感到困乏。这短暂的片刻被视为是主布茹阿玛的夜晚。就有关这一点，圣茹帕·哥斯瓦米(Rūpa Gosvāmī)在他的《博伽梵甘露点滴》(Laghu-bhāgavatāmṛta)中进行了详细的论述。现将他的分析概述如下：阿嘎斯提亚·牟尼(Agastya Muni)诅咒斯瓦阳布瓦·玛努说，在斯瓦阳布瓦·玛努统治期内会发生一场毁灭，《玛茨亚往世书》(Matsya Purāṇa)中谈到了这场毁灭；在查克舒沙·玛努统治期内，出于至尊主的至高意愿，突然发生了另一场毁灭(pralaya)。玛尔康戴亚圣人(Mārkaṇḍeya Ṛṣi)在《维施努·达尔摩塔茹阿》(Viṣṇu-dharmottara)中谈到那场毁灭。在玛努统治期结束时，原本不一定会有毁灭发生，但至尊人格首神想要给萨提亚瓦塔展示毁灭的景象，于是透过祂的错觉能量在查克舒沙·玛努统治期结束之际让毁灭发生。圣施瑞达尔·斯瓦米(Śrīdhara Svāmī)也同意这看法。有关上述说明，在《博伽梵甘露点滴》中记载如下：

madhye manvantarasyaiva
　muneḥ śāpān manuṁ prati

pralayo 'sau babhūveti
  purāṇe kvacid īryate

ayam ākasmiko jātaś
  cākṣuṣasyāntare manoḥ
pralayaḥ padmanābhasya
  līlayeti ca kutracit

sarva-manvantarasyānte
  pralayo niścitaṁ bhavet
viṣṇu-dharmottare tv etat
  mārkaṇḍeyena bhāṣitam

manor ante layo nāsti
  manave 'darśi māyayā
viṣṇuneti bruvāṇais tu
  svāmibhir naiṣa manyate

第 38 节

मदीयं महिमानं च परं ब्रह्मेति शब्दितम् ।
वेत्स्यस्यनुगृहीतं मे सम्प्रश्नैर्विवृतं हृदि ॥३८॥

madīyaṁ mahimānaṁ ca
  paraṁ brahmeti śabditam
vetsyasy anugṛhītaṁ me
  sampraśnair vivṛtaṁ hṛdi

madīyam－与我有关的 / mahimānam－荣耀 / ca－和 / param brahma－至尊梵——绝对真理 / iti－如此 / śabditam－著名的 / vetsyasi－你该明白 / anugṛhītam－得到恩惠 / me－由我 / sampraśnaiḥ－被询问 / vivṛtam－全面解释 / hṛdi－在心中

译文 我将赐予你恩惠，给你全面的指导；而由于你的询问，有关我光荣的一切(param brahma)将展现在你心中。那时，你就会了解有关我的一切。

要旨 正如《博伽梵歌》第15章的第15节诗说明：至尊人格

首神——至尊灵魂(Paramātmā)，处在每一个生物体的心中，记忆、知识和遗忘都来自祂(sarvasya cāhaṁ hṛdi sanniviṣṭo mattaḥ smṛtir jñānam apohanaṁ ca)。至尊主按照一个人向祂皈依的程度揭示祂自己。祂说：我根据每个人对我皈依的情况回报他们(ye yathā māṁ prapadyante tāṁs tathaiva bhajāmy aham)。这意味着，祂以不同的程度向完全投靠、服从祂或部分皈依祂的人揭示自己。每一个生物体都自然而然会投靠至尊人格首神，有的直接，有的间接。受制约的灵魂在物质存在中向自然法律投降，但当人全心全意投靠至尊主时，物质自然对他就不起作用了。这种全心投靠的灵魂，直接得到至尊人格首神的恩惠。至尊主说：皈依我的人能轻易地跨越难以克服的物质属性(mām eva ye prapadyante māyām etāṁ taranti te)。完全投靠至尊主的人不惧怕物质自然属性，因为一切只不过是至尊主荣耀的一个扩展(sarvaṁ khalv idaṁ brahma)，这些荣耀逐渐就会被揭示出来，被奉献者觉悟到。至尊主是至高无上的净化者(paraṁ brahma paraṁ dhāma pavitraṁ paramaṁ bhavān)。一个人越净化，就越想了解至尊者，至尊主就向这人展示得越多。梵、超灵和至尊人格首神博伽梵(Bhagavān)的全部知识，都向纯粹的奉献者揭示出来。《博伽梵歌》第10章的第11节诗记载，至尊主说：

teṣām evānukampārtham
aham ajñānajaṁ tamaḥ
nāśayāmy ātma-bhāvastho
jñāna-dīpena bhāsvatā

“居住在他们心中的我，为向他们表示特殊的仁慈，便以知识的明灯驱散来自愚昧的黑暗。”

第39节

इत्थमादिश्य राजानं हरिरन्तरधीयत ।
सोऽन्ववैक्षत तं कालं यं हृषीकेश आदिशत् ॥३९॥

ittham ādiśya rājānaṁ
harir antaradhīyata
so 'nvavaikṣata taṁ kālaṁ
yaṁ hṛṣīkeśa ādiśat

ittham一正如前面提及的 / ādiśya一指示 / rājānam一君王(萨提亚瓦塔) / hariḥ一至尊人格首神 / antaradhīyata一从那地方消失 / saḥ一他(君王) / anvavaikṣata一开始等候 / tam kālam一……的时候 / yam一……的 / hṛṣīka-īśaḥ一所有感官的主人——主慧希凯施 / ādiśat一指示

译文 至尊人格首神这样教导君王后立刻消失。萨提亚瓦塔王于是开始等待至尊主所说的那个时刻的到来。

第40节

आस्तीर्य दर्भान् प्राक्कूलान् राजर्षिः प्रागुदङ्मुखः ।
निषसाद हरेः पादौ चिन्तयन्मत्स्यरूपिणः ॥४०॥

āstīrya darbhān prāk-kūlān
rājarṣiḥ prāg-udaṅ-mukhaḥ
niṣasāda hareḥ pādau
cintayan matsya-rūpiṇaḥ

āstīrya一展开 / darbhān一库沙草 / prāk-kūlān一上面的部分面对东方 / rāja-ṛṣiḥ一圣洁的君王萨提亚瓦塔 / prāk-udak-mukhaḥ一看向东北(īśāna)方向 / niṣasāda一坐下 / hareḥ一至尊人格首神的 / pādau一向莲花足 / cintayan一冥想 / matsya-rūpiṇaḥ一采用了一条鱼的形象

译文 圣洁的君王在将库沙草草尖朝向东方摊开后，自己面朝东北方向在草垫上坐下，开始冥想化身为一条鱼的至尊人格首神维施努。

第 41 节

ततः समुद्र उद्वेलः सर्वतः प्लावयन्महीम् ।
वर्धमानो महामेघैर्वर्षद्भिः समदृश्यत ॥४१॥

tataḥ samudra udvelaḥ
sarvataḥ plāvayan mahīm
vardhamāno mahā-meghair
varṣadbhiḥ samadṛśyata

tataḥ—那之后 / samudraḥ—海洋 / udvelaḥ—泛滥 / sarvataḥ—到处 / plāvayan—正淹没 / mahīm—大地 / vardhamānaḥ—增加得越来越多 / mahā-meghaiḥ—被巨大的云朵 / varṣadbhiḥ—不停倾泻的雨水 / samadṛśyata—萨提亚瓦塔王看到

译文　那之后，浓密的乌云连续不停地倾泻雨水，使海洋的水位不断上涨。接着，汪洋开始外溢到大地上，洪水泛滥淹没了整个世界。

第 42 节

ध्यायन् भगवदादेशं ददृशे नावमागताम् ।
तामारुरोह विप्रेन्द्रैरादायौषधिवीरुधः ॥४२॥

dhyāyan bhagavad-ādeśaṁ
dadṛśe nāvam āgatām
tām āruroha viprendrair
ādāyauṣadhi-vīrudhaḥ

dhyāyan—回忆起 / bhagavat-ādeśam—至尊人格首神的命令 / dadṛśe—他看到 / nāvam——条船 / āgatām—来到附近 / tām—上船 / āruroha—登上 / vipra-indraiḥ—与圣洁的布茹阿玛纳们 / ādāya—带着 / auṣadhi—药草 / vīrudhaḥ—和匍匐植物

译文 萨提亚瓦塔在回忆起至尊人格首神的命令时，看到一条船向他靠拢。他于是收集起草本植物和匍匐植物，在圣洁的布茹阿玛纳的陪伴下，登上那条船。

第 43 节

तमूचुर्मुनयः प्रीता राजन्ध्यायस्व केशवम् ।
स वै नः सङ्कटादस्मादविता शं विधास्यति ॥४३॥

tam ūcur munayaḥ prītā
rājan dhyāyasva keśavam
sa vai naḥ saṅkaṭād asmād
avitā śaṁ vidhāsyati

tam－对君王 / ūcuḥ－说 / munayaḥ－全体圣洁的布茹阿玛纳 / prītāḥ－因为满意 / rājan－君王啊 / dhyāyasva－冥想 / keśavam－向至尊主凯沙瓦 / saḥ－祂圣上 / vai－事实上 / naḥ－我们 / saṅkaṭāt－从巨大的危险 / asmāt－像现在一样可见 / avitā－将拯救 / śam－吉祥 / vidhāsyati－祂将安排

译文 圣洁的布茹阿玛纳因为对君王满意而对他说：君王啊！请冥想至尊人格首神凯沙瓦。他将拯救我们脱离这逼近的危险，为我们的安全作安排。

第 44 节

सोऽनुध्यातस्ततो राज्ञा प्रादुरासीन्महार्णवे ।
एकशृङ्गधरो मत्स्यो हैमो नियुतयोजनः ॥४४॥

so 'nudhyātas tato rājñā
prādurāsīn mahārṇave
eka-śṛṅga-dharo matsyo
haimo niyuta-yojanaḥ

saḥ－至尊主 / anudhyātaḥ－被冥想的⋯⋯ / tataḥ－那之后(聆听

圣洁的布茹阿玛纳的话语) / rājñā—由君王 / prādurāsīt—出现(他面前) / mahā-arṇave—在巨大的洪水之洋中 / eka-śṛṅga-dharaḥ—长着一个触角 / matsyaḥ——条巨大的鱼 / haimaḥ—金色的 / niyuta-yojanaḥ—八百万英里长

译文　接着，在君王一直不断地冥想至尊人格首神时，一条金色的巨鱼出现在洪水的汪洋上。那条鱼有一只触角，身长八百万英里。

第 45 节

निबध्य नावं तच्छृङ्गे यथोक्तो हरिणा पुरा ।
वरत्रेणाहिना तुष्टस्तुष्टाव मधुसूदनम् ॥४५॥

nibadhya nāvaṁ tac-chṛṅge
yathokto hariṇā purā
varatreṇāhinā tuṣṭas
tuṣṭāva madhusūdanam

nibadhya—系住 / nāvam—船只 / tat-śṛṅge—在巨鱼的触角上 / yathā-uktaḥ—按忠告 / hariṇā—由至尊人格首神 / purā—在……以前 / varatreṇa—当一条绳子用 / ahinā—被巨蛇(瓦苏奎) / tuṣṭaḥ—感到高兴 / tuṣṭāva—他满意 / madhusūdanam—至尊主——杀死玛杜的人

译文　君王按照至尊人格首神先前给予的指示，用巨蛇瓦苏奎当绳索，将船只拴在巨鱼的触角上。

第 46 节

श्रीराजोवाच
अनाद्यविद्योपहतात्मसंविद-
स्तन्मूलसंसारपरिश्रमातुराः ।

यदृच्छयोपसृता यमाप्नुयु-
विर्मुक्तिदो नः परमो गुरुर्भवान् ॥४६॥

śrī-rājovāca
anādy-avidyopahatātma-saṁvidas
tan-mūla-saṁsāra-pariśramāturāḥ
yadṛcchayopasṛtā yam āpnuyur
vimuktido naḥ paramo gurur bhavān

śrī-rājā uvāca一君王献上如下的祈祷 / anādi一从无法追溯的 / avidyā一被愚昧 / upahata一失去 / ātma-saṁvidaḥ一有关自我的知识 / tat一那是 / mūla一根 / saṁsāra一物质束缚 / pariśrama一充满痛苦的处境及辛苦的工作 / āturāḥ一痛苦 / yadṛcchayā一被最高意愿 / upasṛtāḥ一得到灵性导师的优待 / yam一至尊人格首神 / āpnuyuḥ一能获得 / vimukti-daḥ一解脱的程序 / naḥ一我们的 / paramaḥ一至高无上的 / guruḥ一灵性导师 / bhavān一您圣上

译文 君王说：凭借至尊主的恩典，从无法追溯的时候起就失去对自我认识的知识并因为这种无知而卷入充满痛苦、受制约的物质生活的人，得到遇见至尊主奉献者的机会。我接受至尊人格首神作为至高无上的灵性导师。

要旨 至尊人格首神事实上是至高无上的灵性导师。至尊主知道受制约的灵魂的一切痛苦，并为此出现在这个物质世界里，有时亲自前来，有时透过化身，有时则授权一个生物代表祂行事。但无论如何，祂都是给予在物质世界里受苦的受制约灵魂以启发的那个最初的灵性导师。至尊主总在忙着以多种方式帮助受制约的灵魂，所以在此被称为“至高无上的灵性导师(paramo gurur bhavān)”。代表至尊人格首神传播奎师那意识的人，也受到至尊主的指导，按照祂的命令正确地做事。这样的人看上去也许是个普通人，但由于他们代表至尊人格首神——至高无上的灵性导师做事，所以不能将他们当做普通人去忽视。为此，经典中说：应该明白，代表至尊人格首神做事的灵性导师(ācārya)，与至尊主本人一样(ācāryaṁ māṁ vijānīyāt)。

sākṣād dharitvena samasta-śāstrair
　uktas tathā bhāvyata eva sadbhiḥ
kintu prabhor yaḥ priya eva tasya
　vande guroḥ śrī-caraṇāravindam

维施瓦纳特·查夸瓦尔提·塔库尔忠告说，必须要像崇拜至尊主本人一样，崇拜代表至尊主行事的灵性导师，因为在为纠缠在物质世界里的受制约灵魂的利益而广传至尊主信息方面，这样的导师是至尊主最信赖的仆人。

第 47 节

जनोऽबुधोऽयं निजकर्मबन्धनः
　सुखेच्छया कर्म समीहतेऽसुखम् ।
यत्सेवया तां विधुनोत्यसन्मतिं
　ग्रन्थिं स भिन्द्याद् धृदयं स नो गुरुः ॥४७॥

jano 'budho 'yaṁ nija-karma-bandhanaḥ
　sukhecchayā karma samīhate 'sukham
yat-sevayā tāṁ vidhunoty asan-matiṁ
　granthiṁ sa bhindyād dhṛdayaṁ sa no guruḥ

janaḥ一受制于生死的灵魂 / abudhaḥ一因为将躯体当自我而最愚蠢的 / ayam一他 / nija-karma-bandhanaḥ一接受作为他罪恶活动结果的各种身体 / sukha-icchayā一想要在这个物质世界中快乐 / karma一功利性活动 / samīhate一计划 / asukham一但结果只是痛苦 / yat-sevayā一靠为……做服务 / tām一业报的纠缠 / vidhunoti一清除 / asat-matim一不纯洁的心态(将躯体当自我) / granthim一牢固的结 / saḥ一至尊人格首神祂圣上 / bhindyāt一被砍断 / hṛdayam一内心深

处 / saḥ－祂(至尊主) / naḥ－我们的 / guruḥ－至尊灵性导师

译文 愚蠢、受制约的灵魂为了在这个物质世界里获得快乐而从事功利性活动，但唯一得到的却是痛苦。然而，为至尊人格首神做奉爱服务可以使人去除这种获得快乐的错误欲望。愿我至高无上的灵性导师砍断我心中的这类错误欲望的结。

要旨 受制约的灵魂为了物质快乐而使自己纠缠在功利性活动中，但结果却是将他置于物质痛苦中。受制约的灵魂因为不了解这一点，所以被说成是愚昧、无知的(avidyā)。对快乐的错误期望，致使受制约的灵魂纠缠在从事物质活动的各种计划中。这节诗文记载，萨提亚瓦塔王祈求至尊主砍断这种虚假快乐的硬结，成为他至高无上的灵性导师。

第 48 节

यत्सेवयाग्नेरिव रुद्ररोदनं
पुमान् विजह्यान्मलमात्मनस्तमः ।
भजेत वर्णं निजमेष सोऽव्ययो
भूयात्स ईशः परमो गुरोर्गुरुः ॥४८॥

yat-sevayāgner iva rudra-rodanaṁ
pumān vijahyān malam ātmanas tamaḥ
bhajeta varṇaṁ nijam eṣa so 'vyayo
bhūyāt sa īśaḥ paramo guror guruḥ

yat-sevayā－靠侍奉……的至尊人格首神， / agneḥ－接触火 / iva－正如 / rudra-rodanam－银块或金块变纯净 / pumān－一个人 / vijahyāt－能放弃 / malam－物质存在的一切污秽 / ātmanaḥ－自己的 / tamaḥ－使人从事虔诚和罪恶活动的愚昧属性 / bhajeta－使苏醒 / varṇam－他原本的身份 / nijam－自己的 / eṣaḥ－这样的 / saḥ－

祂 / avyayaḥ－无穷无尽的 / bhūyāt－愿祂变得 / saḥ－祂 / īśaḥ－至尊人格首神 / paramaḥ－至高无上的 / guroḥ guruḥ－其他所有灵性导师的灵性导师

译文　想要摆脱物质束缚的人，应该致力于侍奉至尊人格首神，清除愚昧的污染，停止卷入虔诚和罪恶的活动。这样，人就可以恢复自己原本的身份，恰似金块或银块用火处理过就会去除污垢，变得纯净。愿那位无穷无尽的至尊人格首神成为我们的灵性导师，因为祂是所有其他灵性导师最初的灵性导师。

要旨　在人生当中，生物应该苦修，以净化自己的存在状态(tapo divyaṁ putrakā yena sattvaṁ śuddhyet)。由于受物质自然属性的污染，生物不断地轮回生死，在不同的物种中遭遇善恶(kāraṇaṁ guṇa-saṅgo 'sya sad-asad-yoni janmasu)。因此，人生的目的是净化自己，去除这污染，以使自己能重新恢复灵性形象，不再经历生死轮回。受到推荐的去除污染的程序是：为至尊主做奉爱服务。觉悟自我的程序有很多种，如：功利性活动(karma)、知识思辨(jñāna)和神秘瑜伽等，但没有一个程序能与奉爱服务相比。把金银放进火中就能去除所有的污垢，用水洗则不能。同样，生物靠做奉爱服务(yat-sevayā)就可以回忆起自己原本的身份，但靠功利性活动、知识思辨或练瑜伽体操则不能；靠思辨知识或练像体操一样的瑜伽对认识自我没有帮助。

梵文“他的原本身份(varṇam)”是指一个人原本身份的光彩。金子或银子的光泽很亮。同样，作为有着永恒、知识和极乐形象(sac-cid-ānanda-vigraha)的至尊主的一部分，生物的原本光彩也是极乐(ānanda)的光彩。灵魂本性是充满快乐的(ānandamayo bhyāsāt)。每一个生物都有权变得充满喜悦(ānandamaya)，因为他是有着永恒、知识和极乐形象的主奎师那的一部分。生物为什么要因为受到物质自然属性的污染而被置于苦难中呢？生物应该变得纯净，重新恢复自己的原本身份(svarūpa)。这目标只有靠做奉爱服务才能达到。所以，人们应该接受至尊人格首神的教导，祂在此被描述为是所有其他灵性导师的灵性导师(guror guruḥ)。

尽管我们也许还没有能直接与至尊主联系的好运，但至尊主的代表与至尊主本人一样，因为这样的代表除了讲述至尊人格首神讲过的话，不说别的。圣柴坦亚·玛哈帕布给灵性导师(guru)下定义说：真正的灵性导师是完全按照奎师那讲述的原则给自己门徒忠告的人(yāre dekha, tāre kaha 'kṛṣṇa'-upadeśa)。真正的灵性导师是将奎师那视为是灵性导师的人。这是灵性导师的师徒传承(guru-paramparā)。维亚萨戴瓦是《博伽梵歌》和《圣典博伽瓦谭》的讲述者，而这两部巨著讲述的一切都与奎师那有关，所以维亚萨戴瓦是最初的灵性导师。正因为如此，崇拜灵性导师的仪式(guru-pūjā)被称为维亚萨·普佳(Vyāsa-pūjā)。归根究底，最原初的灵性导师是奎师那(Kṛṣṇa)，祂的门徒是纳茹阿达(Nārada)，而纳茹阿达的门徒是维亚萨，我们就这样逐渐与灵性导师的师徒传承接触上了。一个人如果不知道人格首神奎师那或祂的化身要什么，就不能成为灵性导师。灵性导师的使命就是至尊人格首神的使命，即：将奎师那意识传遍全世界。

第 49 节

न यत्प्रसादायुतभागलेश-
मन्ये च देवा गुरवो जनाः स्वयम् ।
कर्तुं समेताः प्रभवन्ति पुंस-
स्तमीश्वरं त्वां शरणं प्रपद्ये ॥४९॥

na yat-prasādāyuta-bhāga-leśam
anye ca devā guravo janāḥ svayam
kartuṁ sametāḥ prabhavanti puṁsas
tam īśvaraṁ tvāṁ śaraṇaṁ prapadye

na－不 / yat-prasāda－至尊人格首神的仁慈的 / ayuta-bhāga-leśam－只有一万分之一 / anye－其他人 / ca－也 / devāḥ－就连半神人 / guravaḥ－所谓的灵性导师 / janāḥ－总人口 / svayam－亲自 / kartum－执行 / sametāḥ－一起 / prabhavanti－可以变得同样能够 / puṁsaḥ－由至尊人格首神 / tam－向祂 / īśvaram－向至尊人格首神 / tvām－向您 / śaraṇam－庇护 / prapadye－让我投靠

译文　无论是全体半神人、所谓的灵性导师，还是所有其他人，所独自或共同给予的仁慈，都达不到您圣上给予的万分之一的仁慈。因此，我想要托庇于您的莲花足。

要旨　经典中说：被物质欲望偷去智力的人皈依半神人(kāmais tais tair hṛta jñānāḥ prapadyante 'nya-devatāḥ)，以得到快速的结果。由于主维施努不当祂奉献者的订单供应商，所以人们一般都不当祂的奉献者。主维施努不给奉献者使其会进一步要求祝福的赐福。崇拜半神人也许可以使人得到想要的结果，但正如《博伽梵歌》中说：人们从半神人那里得到的祝福无论有多了不起，都是短暂的(antavat tu phalaṁ teṣāṁ tad bhavaty alpa-medhasām)。由于半神人本身是短暂的，他们给予的祝福也是短暂而无永久价值的。向往这类祝福的人缺乏知识(tad bhavaty alpa-medhasām)。主维施努给予的祝福不同。靠主维施努的仁慈，人可以完全清除物质污染，回归家园，回到首神身边。因此，半神人给予的祝福比不上至尊主给予的祝福的万分之一。所以，人不该尝试从半神人或假灵性导师那里得到祝福，而应该只向往至尊人格首神所给予的祝福。正如《博伽梵歌》第18章的第66节诗记载，至尊主说：

sarva-dharmān parityajya
　mām ekaṁ śaraṇaṁ vraja
ahaṁ tvāṁ sarva-pāpebhyo
　mokṣayiṣyāmi mā śucaḥ

“抛弃一切种类的宗教，只向我皈依。我将把你从所有的恶报中解救出来。不必害怕！”这才是最高的祝福。

第 50 节

अचक्षुरन्धस्य यथाग्रणीः कृत-
स्तथा जनस्याविदुषोऽबुधो गुरुः ।
त्वमर्कदृक्सर्वदृशां समीक्षणो
वृतो गुरुर्नः स्वगतिं बुभुत्सताम् ॥५०॥

acakṣur andhasya yathāgraṇīḥ kṛtas
tathā janasyāviduṣo 'budho guruḥ
tvam arka-dṛk sarva-dṛśāṁ samīkṣaṇo
vṛto gurur naḥ sva-gatiṁ bubhutsatām

acakṣuḥ－没有看的力量的人 / andhasya－对这样一个盲人来说 / yathā－正如 / agraṇīḥ－率先走的领袖 / kṛtaḥ－接受了 / tathā－同样地 / janasya－这样一个人 / aviduṣaḥ－不了解人生目标的人 / abudhaḥ－愚蠢的无赖 / guruḥ－灵性导师 / tvam－您圣上 / arka-dṛk－显得就像太阳 / sarva-dṛśām－一切知识的源泉的 / samīkṣaṇaḥ－观察全面的人 / vṛtaḥ－接受 / guruḥ－灵性导师 / naḥ－我们的 / sva-gatim－了解自己真正利益的人 / bubhutsatām－这样一位有知识的人

译文 恰似无法视物的盲人，让另一个人引导自己，不知道生命目标的人将无赖和傻瓜接受为是灵性导师。但我们有志于觉悟自我。所以我们接受您——至尊人格首神，作为我们的灵性导师，因为您能够看清所有的方向，如太阳般全知。

要旨 受制约的灵魂因为被愚昧遮蔽而不知道生命的目标，所以接受那些能玩文字游戏或魔术让傻瓜感到神奇的人当灵性导师。愚蠢之人有时就因为一个人能靠神秘力量变出一小块金子，就认他当灵性导师。这种门徒因为缺乏知识，不能判断变出金子是否是当灵性导师的标准。人们为什么不能接受至尊人格首神奎师那呢？从祂那里，无数的金山进入存在！至尊主说："我是灵性世界和物质世界的源头。一切都来自我(ahaṁ sarvasya prabhavo mattaḥ sarvaṁ pravartate)。"所有的金山都是用至尊人格首神的能量创造的。因此，人为什么只接受一个仅仅能变出一小块金子的魔术师呢？只有不了解生命目标的盲目之人才会接受这种灵性导师。然而，萨提亚瓦塔王知道生命的目标。他知道至尊人格首神，因此将至尊主接受为是他的灵性导师。至尊主或祂的代表都能当灵性导师。至尊主说：人一旦皈依我，就能摆脱错觉能量玛亚的钳制(mām eva ye prapadyante māyām etāṁ taranti te)。因此，灵性导师的职责是教导想要摆脱物质钳制的门徒皈依至尊人格首神。这是灵性导师的表征。圣柴坦亚·玛哈帕布也教导这同样的原则说：无论你遇到谁，唯一要做的事情就是，告诉他有关奎师那的教导或对奎师那的叙述(yāre dekha, tāre kaha 'kṛṣṇa'-upadeśa)。换句话说，人受到劝告，不要将不走主奎师那指引的路的人接受为是灵性导师。

第 51 节

जनो जनस्यादिशतेऽसतीं गतिं
यया प्रपद्येत दुरत्ययं तमः ।
त्वं त्वव्ययं ज्ञानममोघमञ्जसा
प्रपद्यते येन जनो निजं पदम् ॥५१॥

jano janasyādiśate 'satīṁ gatiṁ
yayā prapadyeta duratyayaṁ tamaḥ
tvaṁ tv avyayaṁ jñānam amogham añjasā
prapadyate yena jano nijaṁ padam

janaḥ—不是真正的灵性导师的人(普通人)／janasya—不知道人生目标的普通人的／ādiśate—教导／asatīm—不持久、物质的／gatim—生命的目标 / yayā—靠这样的知识 / prapadyeta—他投靠 / duratyayam—无法克服的 / tamaḥ—对愚昧 / tvam—您圣上 / tu—但是 / avyayam—无法破坏的 / jñānam—知识 / amogham—没有物质污染 / añjasā—很快 / prapadyate—达到 / yena—由这样的知识 / janaḥ—一个人 / nijam—他自己的 / padam—原本的状态

译文 持物质主义观念的所谓的灵性导师，教导他的物质主义门徒有关经济发展和感官享乐，而这类教导使愚蠢的门徒继续停留在物质主义愚昧的存在中。但是，您圣上给予的知识是永恒的，得到这类知识的明智之人，很快就会处在他原本的状态中。

要旨 所谓的灵性导师教他们的门徒追求物质利益。有些“古茹”教人以某种方式冥想，以使自己的躯体更适合感官享乐。另一些“古茹”则说性生活是生命的最高目的，所以人应该尽最大的能力过性生活。这些都是愚蠢“古茹”所给予的“教导”。换句话说，愚蠢古茹的“教导”使人永远留在物质存在中，受苦难的折磨。但人如果有足够的智慧从至尊人格首神在《博伽梵歌》和以卡皮拉戴瓦(Kapiladeva)化身讲述的数论哲学(Sāṅkhya)中得到教导，就可以很快获得解脱，恢复灵性生活中的原本状态。诗文中的梵文“他原本的状态(nijaṁ padam)”一句意义重大。作为至尊人格首神不可缺少的一部分，生物原本就有权力生活在无忧无虑的灵性世界外琨塔珞卡(Vaikuṇṭhaloka)中。所以，人应该遵循至尊人格首神的教导。这样，就会像《博伽梵歌》中说明的，在放弃现有的躯体后回归家园、回到首神身边(tyaktvā dehaṁ punar janma naiti mām eti so 'rjuna)。至尊主本人住在灵性世界中，遵循至尊主教导的奉献者接近祂(mām eti)；作为一个灵性的个体，这样的奉献者回到人格首神的身边，与祂一起跳舞、玩耍。那是生命的最高目标。

第 52 节

त्वं सर्वलोकस्य सुहृत्प्रियेश्वरो
ह्यात्मा गुरुर्ज्ञानमभीष्टसिद्धिः ।
तथापि लोको न भवन्तमन्धधी-
र्जानाति सन्तं हृदि बद्धकामः ॥५२॥

tvaṁ sarva-lokasya suhṛt priyeśvaro
hy ātmā gurur jñānam abhīṣṭa-siddhiḥ
tathāpi loko na bhavantam andha-dhīr
jānāti santaṁ hṛdi baddha-kāmaḥ

tvam—您，我亲爱的至尊主 / sarva-lokasya—所有星球和其上居民的 / suhṛt—最好的给予祝愿的朋友 / priya—最珍爱的 / īśvaraḥ—至尊控制者 / hi—也 / ātmā—至尊灵魂 / guruḥ—至尊导师 / jñānam—最高的知识 / abhīṣṭa-siddhiḥ—一切愿望的实现 / tathā api—仍然 / lokaḥ—人 / na—不 / bhavantam—向您 / andha-dhīḥ—由于智力盲目 / jānāti—能知道 / santam—处在 / hṛdi—他心中 / baddha-kāmaḥ—由于被贪图物质享乐的欲望所迷惑

译文　我亲爱的至尊主，您是众生至高无上的祝愿者、朋友、控制者、超灵、至尊指导者和最高知识的给予者，您使人的一切愿望得以实现。然而，尽管您在众生的心中，但愚蠢之人因为心中具有贪图物质享乐的欲望，所以无法了解您。

要旨　这里描述了愚蠢的原因。这个物质世界里受制约的灵魂心中充满物质享乐的欲望，无法了解至尊人格首神，尽管至尊主就在每一个生物体的心中(īśvaraḥ sarva-bhūtānāṁ hṛd-deśe 'rjuna tiṣṭhati)。由于这愚蠢，人无法接受至尊主的教导，尽管至尊主准备从人的内在和外在给予指导。至尊主说：我赐予他们理解力，使他们来到我这里(dadāmi buddhi-yogaṁ tam yena mām upayānti te)。换

句话说，至尊主能够给予有关奉爱服务的教导，而做奉爱服务可以使人回归家园、回到首神身边。但不幸的是：人们不接受做奉爱服务的方法。处在众生心中的至尊主，就有关回归首神能给人以全面的指导，但贪图物质享乐的心却使人忙于从事物质活动，而不为至尊主服务。这使人失去得到至尊主教导的机会。人可以靠心智思辨了解自己不是躯体而是灵性的灵魂，但人除非致力于做奉爱服务，否则永远都不会实现人生的真正目的。人生真正的目的是回归家园，回到首神身边，与至尊人格首神住在一起，与至尊人格首神一起玩耍，与至尊人格首神一起跳舞和吃东西。这些都是在丰富多彩的灵性生活中享受到的各种灵性快乐(ānanda)。人哪怕上升到梵觉(brahma-bhūta)的层面，透过对知识进行思辨了解到自己的灵性身份，但除非了解至尊人格首神，否则无法享受灵性生活。这节诗文中用“一切愿望的实现(abhīṣṭa-siddhiḥ)”一句说明了这一点。只有靠为至尊主做奉爱服务，才能实现生命的最高目标。这样，至尊主就会给人以适当的指导，使其能够回归家园，回到首神身边。

第 53 节

त्वं त्वामहं देववरं वरेण्यं
प्रपद्य ईशं प्रतिबोधनाय।
छिन्ध्यर्थदीपैर्भगवन् वचोभि-
ग्रन्थीन् हृदय्यान् विवृणु स्वमोकः ॥५३॥

tvaṁ tvām ahaṁ deva-varaṁ vareṇyaṁ
prapadya īśaṁ pratibodhanāya
chindhy artha-dīpair bhagavan vacobhir
granthīn hṛdayyān vivṛṇu svam okaḥ

tvam－您多么崇高啊 / tvām－向您 / aham－我自己 / deva-varam－被半神人崇拜 / vareṇyam－最伟大的 / prapadye－全心投靠 /

īśam－向至尊控制者 / pratibodhanāya－为了解生命真正的目的 / chindhi－切除 / artha-dīpaiḥ－通过意味深长的教导的启发 / bhagavan－至尊主啊 / vacobhiḥ－被您的话语 / granthīn－结 / hṛdayyān－固定在内心深处 / vivṛṇu－请解释 / svam okaḥ－我生命的终点

译文　至尊主啊！为觉悟自我，我投靠被半神人崇拜为是一切至尊的控制者的您。请您用您那些揭示生命目标的教导，砍断我心中的结，让我了解我生命的目的。

要旨　人们有时辩解说：不知道谁是灵性导师，而且很难找到可以教导人有关奉爱生活的灵性导师。为回答所有这些问题，萨提亚瓦塔王以身作则给我们看，要接受至尊人格首神为真正的灵性导师。就有关如何处理这个物质世界里的一切事物，以及如何回归家园、回到首神身边，至尊主在《博伽梵歌》中给予了全面的指导。所以，人不该被身为无赖和傻瓜的“灵性导师”所误导；相反，人应该直接将至尊人格首神接受为是灵性导师或教导者。然而，在没有真正的灵性导师的帮助下，要了解《博伽梵歌》十分困难，因此要找在师徒传承中的灵性导师。《博伽梵歌》第4章的第34节诗记载，至尊人格首神推荐说：

tad viddhi praṇipātena
paripraśnena sevayā
upadekṣyanti te jñānaṁ
jñāninas tattva-darśinaḥ

“为理解真理而向一位灵性导师皈依，以服从的态度向他请教，为他服务。觉悟了自我的灵魂看到了真理，因此可以把知识传授给你。”主奎师那亲自指导了阿尔诸纳(Arjuna)，所以阿尔诸纳是灵性导师(tattva-darśī或guru)。阿尔诸纳接受至尊人格首神的教导(param brahma param dhama pavitram paramam bhavan)。向作为至尊主奉献者的圣阿尔诸纳学习的人也应该接受主奎师那的至高地位。维亚萨(Vyāsa)、戴瓦拉(Devala)、阿希塔(Asita)、纳茹阿达，以及后来的茹阿玛努佳查尔亚(Rāmānujācārya)、玛德瓦查尔亚(Madhvācārya)、宁巴尔卡(Nimbārka)和维施努·斯瓦米(Viṣṇu Svāmī)等一代宗师(ācārya)，及其在他们后来出现的最伟大的灵性导师圣柴坦亚·玛哈帕布，都支持这一点。所以，找古茹哪里有什么困难呢？一个人如果真诚，就能找到灵性导师，学习到所有的一切。人应该从灵性导师那里学习，找到生命的目标。因此，萨提亚瓦塔王给我们示范伟大的权威人士(mahājana)的所作所为。经典中说，人必须走权威人士所走的路(mahājano yena gataḥ sa panthāḥ)。人应该投靠、服从至尊人格首神(daśāvatāra)，从祂那里了解有关灵性世界和生命的目标。

第 54 节

श्रीशुक उवाच
इत्युक्तवन्तं नृपतिं भगवानादिपूरुषः ।
मत्स्यरूपी महाम्भोधौ विहरंस्तत्त्वमब्रवीत् ॥५४॥

śrī-śuka uvāca
ity uktavantaṁ nṛpatiṁ
bhagavān ādi-pūruṣaḥ
matsya-rūpī mahāmbhodhau
viharaṁs tattvam abravīt

śrī-śukaḥ uvāca—圣舒卡戴瓦·哥斯瓦米说／iti—如此／uktavantam—被萨提亚瓦塔说／nṛpatim—向君王／bhagavān—至尊人格首神／ādi-pūruṣaḥ—最初的人／matsya-rūpī—化身为一条鱼的形象的人／mahā-ambhodhau—在泛滥的洪水中／viharan—移动之际／tattvam abravīt—解释绝对真理

译文　圣舒卡戴瓦·哥斯瓦米继续道：当萨提亚瓦塔这样向化身为一条鱼的至尊人格首神祈祷时，至尊主一边在洪水中游泳，一边为他解释绝对真理。

第 55 节

पुराणसंहितां दिव्यां साङ्ख्ययोगक्रियावतीम् ।
सत्यव्रतस्य राजर्षेरात्मगुह्यमशेषतः ॥५५॥

purāṇa-saṁhitāṁ divyāṁ
sāṅkhya-yoga-kriyāvatīm
satyavratasya rājarṣer
ātma-guhyam aśeṣataḥ

purāṇa—古史(往世书)，尤其是《玛茨亚往世书》中阐释的主题 / saṁhitām—《布茹阿玛·萨密塔》和其他萨密塔中包含的韦达教导 / divyām—所有的超然文献 / sāṅkhya—数论瑜伽的哲学方式 / yo-ga—觉悟自我的科学或奉爱瑜伽 / kriyāvatīm—实际用于生活 / satya-vratasya—萨提瓦塔王的 / rāja-ṛṣeḥ—伟大的君王和圣人 / ātma-gu-hyam—觉悟自我的一切秘密 / aśeṣataḥ—包括所有的分支

译文　至尊人格首神向萨提亚瓦塔王解释了被称为数论瑜伽的灵性科学，这门科学使人分清物质与灵魂(奉爱瑜伽的内容)；还讲解了众多的往世书和萨密塔中包含的教导。至尊主在所有这些文献中都解释了自己。

第 56 节

अश्रौषीदृषिभिः साकमात्मतत्त्वमसंशयम् ।
नाव्यासीनो भगवता प्रोक्तं ब्रह्म सनातनम् ॥५६॥

aśrauṣīd ṛṣibhiḥ sākam
ātma-tattvam asaṁśayam
nāvy āsīno bhagavatā
proktaṁ brahma sanātanam

aśrauṣīt－他听 / ṛṣibhiḥ－伟大圣洁的人 / sākam－与……一起 / ātma-tattvam－觉悟自我的科学 / asaṁśayam－没有任何怀疑(因为它由至尊主讲述) / nāvi āsīnaḥ－坐在船中 / bhagavatā－由至尊人格首神 / proktam－解释 / brahma－所有超然的文献 / sanātanam－永恒的存在

译文 萨提亚瓦塔王在伟大的圣洁之人的陪伴下坐在船中时，聆听了至尊人格首神就有关觉悟自我所给予的教导。这些教导都记载在韦达文献中。因此，君王和圣人们对绝对真理坚信不疑。

第 57 节

अतीतप्रलयापाय उत्थिताय स वेधसे ।
हत्वासुरं हयग्रीवं वेदान् प्रत्याहरद्धरिः ॥५७॥

atīta-pralayāpāya
utthitāya sa vedhase
hatvāsuraṁ hayagrīvaṁ
vedān pratyāharad dhariḥ

atīta－已经过去的 / pralaya-apāye－在洪水结束时 / utthitāya－睡觉后使某人醒悟 / saḥ－至尊主 / vedhase－向主布茹阿玛 / hatvā－杀死后 / asuram－恶魔 / hayagrīvam－名叫哈亚贵瓦 / vedān－所有的韦达记录 / pratyāharat－传递 / hariḥ－至尊人格首神

译文 在洪水终止时(斯瓦阳布瓦·玛努统治期间)，至尊人格首神杀死了名叫哈亚贵瓦的恶魔，等主布茹阿玛从睡眠中醒来时，将所有的韦达文献都传给了主布茹阿玛。

第 58 节

स तु सत्यव्रतो राजा ज्ञानविज्ञानसंयुतः ।
विष्णोः प्रसादात्कल्पेऽस्मिन्नासीद्वैवस्वतो मनुः ॥५८॥

sa tu satyavrato rājā
jñāna-vijñāna-saṁyutaḥ
viṣṇoḥ prasādāt kalpe 'sminn
āsīd vaivasvato manuḥ

saḥ—他 / tu—事实上 / satyavrataḥ—萨提亚瓦塔 / rājā—君王 / jñāna-vijñāna-saṁyutaḥ—精通一切知识并对知识的实际运用 / viṣṇoḥ—主维施努的 / prasādāt—凭借仁慈 / kalpe asmin—在这期间(由外瓦斯瓦塔·玛努统治期) / āsīt—成为 / vaivasvataḥ manuḥ—外瓦斯瓦塔·玛努

译文　萨提亚瓦塔王凭借主维施努的仁慈，得到所有韦达知识的启明；在这个玛努统治期，他出生为太阳神的儿子外瓦斯瓦塔·玛努。

要旨　对此，圣维施瓦纳特·查夸瓦尔提·塔库尔的看法是：萨提亚瓦塔显现在查克舒沙·玛努统治期。当查克舒沙·玛努统治期结束后，便开始了外瓦斯瓦塔·玛努(Vaivasvata Manu)统治期。凭借主维施努的仁慈，萨提亚瓦塔从至尊主的第二个鱼化身那里受到教育，从而具备了所有的灵性知识。

第 59 节

सत्यव्रतस्य राजर्षेर्मायामत्स्यस्य शार्ङ्गिणः ।
संवादं महदाख्यानं श्रुत्वा मुच्येत किल्बिषात् ॥५९॥

satyavratasya rājarṣer
māyā-matsyasya śārṅgiṇaḥ
saṁvādam mahad-ākhyānaṁ
śrutvā mucyeta kilbiṣāt

satyavratasya—萨提亚瓦塔王的 / rāja-ṛṣeḥ—伟大君王的 / māyā-matsyasya—和鱼化身 / śārṅgiṇaḥ—头上有一个触角的 / saṁvādam—

描述或交往 / mahat-ākhyānam－非凡的故事 / śrutvā－靠聆听 / mucyeta－被拯救 / kilbiṣāt－从所有的恶报中

译文 这个有关伟大的萨提亚瓦塔王和至尊人格首神维施努的鱼化身的历史事件，是非凡、超然的故事。聆听它的人都将摆脱罪恶生活的恶报。

第 60 节

अवतारं हरेर्योऽयं कीर्तयेदन्वहं नरः ।
सङ्कल्पास्तस्य सिध्यन्ति स याति परमां गतिम् ॥६०॥

avatāraṁ harer yo 'yaṁ
kīrtayed anvahaṁ naraḥ
saṅkalpās tasya sidhyanti
sa yāti paramāṁ gatim

avatāram－化身 / hareḥ－至尊人格首神的 / yaḥ－无论谁 / ayam－他 / kīrtayet－叙述和吟诵、吟唱 / anvaham－每日的 / naraḥ－这样一个人 / saṅkalpāḥ－所有的雄心 / tasya－他的 / sidhyanti－变得成功 / saḥ－这样一个人 / yāti－回去 / paramām gatim－回到首神的家园——至高无上的地方

译文 叙述这个对鱼化身玛茨亚和萨提亚瓦塔王的历史的人，必将实现自己所有的雄心，而且无疑将回归家园，回到首神身边。

第 61 节

प्रलयपयसि धातुः सुप्तशक्तेर्मुखेभ्यः
श्रुतिगणमपनीतं प्रत्युपादत्त हत्वा ।
दितिजमकथयद्यो ब्रह्म सत्यव्रतानां
तमहमखिलहेतुं जिह्ममीनं नतोऽस्मि ॥६१॥

pralaya-payasi dhātuḥ supta-śakter mukhebhyaḥ
śruti-gaṇam apanītaṁ pratyupādatta hatvā
ditijam akathayad yo brahma satyavratānāṁ
tam aham akhila-hetuṁ jihma-mīnaṁ nato 'smi

pralaya-payasi—在泛滥的洪水中 / dhātuḥ—从主布茹阿玛 / supta-śakteḥ—因为睡觉而迟钝的 / mukhebhyaḥ—从嘴中 / śruti-gaṇam—韦达记录 / apanītam—窃取 / pratyupādatta—还给他 / hatvā—通过杀 / ditijam—大恶魔 / akathayat—解释 / yaḥ—……的人 / brahma—韦达知识 / satyavratānām—为教导萨提亚瓦塔和伟大、圣洁的人 / tam—向祂 / aham—我 / akhila-hetum—向一切原因的起因 / jihma-mīnam—以一条巨鱼的形象出现 / nataḥ asmi—我恭恭敬敬地致以顶礼

译文　我恭敬地向至尊人格首神顶礼，祂化身为一条巨鱼，并在主布茹阿玛从睡眠中醒来时将韦达文献重新交给布茹阿玛；祂为萨提亚瓦塔王和伟大、圣洁的人讲解韦达文献的精华。

要旨　这节诗文是对萨提亚瓦塔遇见主维施努的鱼化身这一历史事件的总结。主维施努的目的是从恶魔哈亚贵瓦(Hayagrīva)那里夺回所有的韦达文献，将他们交还给主布茹阿玛。至尊主出于没有缘故的仁慈，对萨提亚瓦塔讲话。梵文"为了教化萨提瓦尔塔和伟大、圣洁的人们(satyavratānām)"一句意义重大，因为它是指那些与萨提亚瓦塔在同一层面上的人，可以从至尊人格首神宣讲的韦达经得到知识。至尊主所说的一切都被接受为是韦达经。正如《博伽梵歌》说明：至尊人格首神是所有韦达知识的编纂者，祂知道韦达经的主旨(vedānta-kṛd veda-vit)。因此，从至尊人格首神或从《博伽梵歌原意》得到知识的人，了解韦达经的主旨(vedaiś ca sarvair aham eva vedyaḥ)。从那些阅读韦达经并误解其中内容的人(veda-vāda-ratā)那里无法了解韦达知识。我们必须从至尊人格首神那里学习韦达经。

到此为止，结束了巴克提韦丹塔对《圣典博伽瓦谭》第8篇第24章——“至尊主的鱼化身玛茨亚”所作的阐释。

今天是1976年9月1日——茹阿妲显现日(Rādhāṣṭamī)。凭借至尊人格首神和前辈灵性导师的恩典，我们今天在我们的新德里中心完成了对第八篇的评注。圣纳柔塔玛达·达斯·塔库尔(Narottama dāsa Ṭhākura)说：我想要一生复一生地为灵性导师的莲花足服务，生活在奉献者的团体中(tāṅdera caraṇa sevi bhakta-sane vāsa janame jana-me haya, ei abhilāṣa)。受命于我的灵性导师圣巴克提希丹塔·萨茹阿斯瓦提·塔库尔(Bhaktisiddhānta Sarasvatī Ṭhākura)，我尝试用英文呈现《圣典博伽瓦谭》；而凭借他的恩典，翻译工作正逐渐进行。加入奎师那意识运动的欧洲和美国奉献者们给了我很大的帮助。因此，我们都期望在我离世前能完成这一重要的任务。一切荣耀归于神圣的灵性导师和圣高让嘎(Gaurāṅga)。

【第八篇终】

圣帕布帕德小传

圣恩 A.C.巴克提韦丹塔·斯瓦米·帕布帕德于 1896 年在印度的加尔各答显世。

1922 年，帕布帕德在加尔各答首次与他的灵性导师圣巴克提希丹塔·萨茹阿斯瓦提·哥斯瓦米会面。巴克提希丹塔·萨茹阿斯瓦提作为一位杰出的宗教学者，在他的一生中创建了 64 所名为高迪亚·玛特的传播韦达文化的机构。巴克提希丹塔非常喜爱这位受过教育的年轻人，于是便说服他献身于传播韦达知识。帕布帕德成了巴克提希丹塔·萨茹阿斯瓦提的学生，并于 11 年后(1933 年)在阿拉哈巴接受了他的启迪，正式成为他的门徒。

在他们第一次会面时，巴克提希丹塔·萨茹阿斯瓦提曾要求帕布帕德用英语去传播韦达知识。为此，帕布帕德在随后的日子里用英文翻译、评注了《博伽梵歌》，参加高迪亚·玛特的传教工作，并在 1944 年独自创办了英语“回归首神”双月刊杂志。他自己编辑，打出原稿，校样，甚至逐本赠送、售卖，为维持杂志的出版艰苦奋斗。“回归首神”杂志自创刊后从未停刊，目前在西方正由他的门徒用 30 多种语言继续出版着。

高迪亚·外士纳瓦协会对帕布帕德的哲学造诣及奉爱精神推崇备至，于 1947 年授予他巴克提韦丹塔的称号。

1950 年，圣帕布帕德在他 54 岁时退出家庭生活，以便用更多的时间进行研究和写作。他到了圣地温达文，住在历史上著名的中世纪神庙——茹阿妲·达摩达尔庙，过着简朴的生活。在那里，他花了好几年的时间进行写作和深入的研究工作。

1959 年，圣帕布帕德在茹阿妲·达摩达尔庙接受萨尼亚希(托钵僧)称号，进入弃绝阶层。接着，他开始翻译、评注含有一万八千节诗的卷帙浩繁的《圣典博伽瓦谭》(《博伽梵往世书》)。这是他生活中的一部杰作。他还撰写了《简易的星际旅行》。

圣帕布帕德在出版了三篇《圣典博伽瓦谭》后，于 1965 年 9 月去了美国，以完成他灵性导师交给他的使命。在随后的岁月里，他写下的权威性翻译、评注和对有关印度哲学及宗教经典作品的综合研究论文，共有 60 多册。

圣帕布帕德乘货轮第一次到纽约时，几乎身无分文。仅仅一年后，他便克服巨大的困难，于 1966 年 7 月建立了国际奎师那意识协会。在 1977 年 11 月 14 日他离世前，他一直指导着协会，看着它成长为一个在全世界有超过一百所灵修所、学校、神庙、研究机构和集体农庄的联合体。

1968 年，圣帕布帕德在美国加利福尼亚州的一个山坡上创办了新温达文——实验性韦达社区。新温达文成了一个繁荣的、有超过两千英亩土地的集体农庄。新温达文的成功激励了圣帕布帕德的门徒。他们在美国和其他国家相继成立了几个同样的集体农庄。

1972 年，圣帕布帕德通过在美国得克萨斯州的达拉斯市创办灵性导师学校，把韦达制度的初级和中级教育引介给西方社会。从那以后，在他的监督、指导下，他的门徒在美国和世界其他地区开设了同样的儿童学校，其主要的教育中心设在印度的温达文。

圣帕布帕德还促成了几个规模宏大的国际文化中心在印度的兴建。坐落在印度西孟加拉圣玛亚普尔的中心，是计划中的灵性城市。这是一个雄心勃勃的计划，需要许多年才能实现、完成。在印度的温达文有宏伟的奎师那 · 巴拉茹阿玛庙宇、国际宾馆、圣帕布帕德纪念馆和博物馆，在孟买有文化和教育主中心。别的中心计划建在印度其他十二个重要地区。

然而，圣帕布帕德最重要的贡献是他的书籍。这些书籍因其深刻、清晰、具权威性而受到学术界的高度敬重，并在为数众多的学院里被当做典范性的教科书使用。他的著作以 50 多种语言翻译出版。于 1972 年成立的巴帝维丹达书籍信托基金会，负责出版圣帕布帕德翻译、评注、撰写的书籍。它目前已成为世上最大的、出版有关印度宗教及哲学书籍的出版机构。

圣帕布帕德不顾自己年事已高，仅仅在 12 年里就进行了 14 次环球旅行，走遍 6 大洲不断演讲。尽管旅程安排得如此紧凑，圣帕布帕德仍翻译、评注、撰写了大量的书籍。他的著作构成了一个名副其实的韦达哲学、宗教、文学和文化的图书馆。

圣帕布帕德著作一览表

《博伽梵歌原意》
《圣典博伽瓦谭》第 1—10 篇
《永恒的柴坦亚经》共 17 篇
《奎师那——快乐的泉源》共 2 卷
《主柴坦亚的教导》
《奉爱的甘露》
《教诲的甘露》
《至尊奥义书》
《博伽梵之光》
《简易星际旅行》
《主卡皮拉的教导》
《琨缇王后的教导》
《首神的讯息》
《觉悟自我的科学》
《瑜伽的完美境界》
《超越生死》
《通向奎师那之道》
《知识之王》
《培养奎师那意识》
《奎师那意识——无于伦比的礼物》
《奎师那意识——瑜伽体系的顶峰》
《完美的问答录》
《生命来自生命》
《回归首神杂志》（创办人）

对圣帕布帕德生前教导的
汇编性书籍

《追求解脱》
《第二次机会》
《自我发现之旅》
《文明与超越》
《大自然的法律》
《凭智慧弃绝》
《寻求启发》
《通向超然存在之途》
《超越错觉、假象和疑惑》
《哈瑞·奎师那的挑战》

参考书籍

圣帕布帕德是根据公认的权威经典写作《圣典博伽瓦谭》要旨的，以下是他引用过的经典名称：

《艾塔瑞亚奥义书》 (Aitareya Upaniṣad)

《巴赫布瑞查经》 (Bahvṛca-śruti)

《博伽梵歌》 (Bhagavad-gītā)

《博伽瓦谭月亮的小月亮》 (Bhagavad-candra-candrikā)

《奉爱服务的纯粹甘露之洋》 (Bhakti-rasāmṛta-sindhu)

《布茹阿玛·萨密塔》 (Brahma-saṁhitā)

《布茹阿玛·外瓦尔塔往世书》 (Brahma-vaivarta Purāṇa)

《布茹阿玛·亚玛拉》 (Brahma-yāmala)

《毕尔汉·纳茹阿迪亚往世书》 (Bṛhan-nāradīya Purāṇa)

《升起的明月——圣柴坦亚》(剧本) (Caitanya-candrodaya-nāṭaka)

《永恒的柴坦亚经》 (Caitanya-caritāmṛta)

《昌窦给亚奥义书》 (Chāndogya Upaniṣad)

《至尊主十位化身的赞歌》 (Daśāvatāra-stotra)

《高塔弥亚·坦陀》 (Gautamīya Tantra)

《哥帕拉·塔帕尼奥义书》 (Gopāla-tāpani Upaniṣad)

《至尊奥义书》 (Īśopaniṣad)

《博伽梵甘露点滴》 (Laghu-bhāgavatāmṛta)

《玛哈巴茹阿特》(《摩诃婆罗多》) (Mahābhārata)

《玛努法典》(《摩奴法典》) (Manu-saṁhitā)

《玛茨亚往世书》 (Matsya Purāṇa)

《莲花往世书》 (Padma Purāṇa)

《八训规》 (Śikṣāṣṭaka)

《圣典博伽瓦谭》 (Śrīmad-Bhāgavatam)

《水塔刷塔尔奥义书》 (Śvetāśvatara Upaniṣad)

《泰缇瑞亚奥义书》 (Taittirīya Upaniṣad)

《韦丹塔·苏陀》 (Vedānta-sūtra)

《维施努·达尔摩塔茹阿》 (Viṣṇu-dharmottara)

《维施努往世书》 (Viṣṇu Purāṇa)

词　表

- A -

Ācamana — 尤其是在祭祀前所做的净化仪式，即：啜一小口水，同时吟诵至尊主的圣名，以此达到净化的目的。

Ācārya — 以身作则，为整个人类树立灵修榜样的灵性导师。

Acit — 没有生命或意识。

Ārati — 迎接和崇拜至尊人格首神的一种仪式。在这个仪式中要一边吟唱至尊主的圣名，一边摇铃，一边向至尊主供奉香，点燃用纯净黄油做灯芯的油灯和用樟脑为燃料的灯，以及供奉盛在海螺中的水、一块精美的手帕、芬芳的鲜花、牛尾毛做的拂尘和孔雀羽毛扇。

Arcanā — 崇拜神像的奉爱程序。

Arghya — 用海螺盛放水或其他吉祥的物品加以供奉的仪式。

Artha — 经济发展。

Asat — 非永恒。

Āśrama — 一生中四个灵性阶段中的其中一个阶段，它们分别是：独身禁欲的学生生活阶段、居士阶段、逐渐退出家庭生活阶段和出家当托钵僧的完全弃绝阶段。

Asura — 无神论者、十足的物质主义者等不按经典原则做事的恶魔；嫉妒神，无视至高无上的绝对真理，反对为至尊主奎师那服务的人。

Avatāra — 至尊主降临到物质世界里的化身。

- B -

Bhagavad-gītā — 《博伽梵歌》，至尊主奎师那与祂的奉献者阿尔诸纳在一场大战即将开始前的谈话，其中详细地解释说，奉爱服务既是最重要的灵修方法，也是最高级的灵性完美境界。

Bhakta — 至尊主的奉献者。

Bhakti-mārga — 发展对奎师那的奉爱之情的途径。

Bhakti-yoga — 通过做奉爱服务与至尊主相连的方法。

Brahmacarya — 独身禁欲的学生生活，韦达制度中人生的第一个灵性阶段。

Brahman — 绝对真理，特别指绝对真理不具人格特征的方面。

Brāhmaṇa — 婆罗门，知识分子及祭司阶层。韦达社会制度中的最高阶层。

Brahmāstra — 通过吟诵曼陀制造的一种核武器。

- C -

Cakra (Sudarśana) — 至尊主的飞轮武器。

Chandas — 韦达赞歌不同的韵律。

Cit — 有生命的或有意识的。

- D -

Daityas — 恶魔；迪缇生下的一类恶魔后代。

Dama — 控制感官。

Demigods — 宇宙各种事务的主管和高等星球的居民。

Deva — 一位半神人或神性人物。

Dharma — 宗教原则，人的天职，尤其指每一个灵魂的服务本性。

Dvādaśī — 满月或新月后的第十二天，也就是艾卡达西(Ekādaṣī)后的那一天。

Dvija — 一位布茹阿玛纳或经二次出生的人。

- E -

Ekādaṣī — 用来增加对奎师那的想念的特殊日子，是满月和新月后的第十一天。经典规定在这一天禁食谷类和豆类。

- G -

Gadā — 主维施努手持的大头棒。

Goloka Vṛndāvana (Kṛṣṇaloka) — 最高的灵性星球，主奎师那的私人住所。

Gopīs — 奎师那的牧牛姑娘朋友，是祂最顺从、最亲密的奉献者。

Gṛhastha — 按经典的规定过有节制的居士生活的人；韦达灵性生活的第二个阶段。

Guṇa-avatāras — 掌管物质自然三种属性的神明，他们是：维施努、布茹阿玛和希瓦。

Guru — 灵性导师。

Guru-pūjā — 对灵性导师的崇拜。

- H -

Hare Kṛṣṇa mantra — 请看Mahā-mantra。

- J -

Jagat — 物质宇宙。

Jaya — 意思是“一切胜利属于你！”或“一切荣耀归于你！”的呼喊。

Jīva(Jīvātmā) — 作为永恒个体灵魂的生物，是至尊主不可缺少的一部分。

Jīva-tattva — 个体生物，至尊主的微粒部分。

Jñāna — 知识。

Jñāna-kāṇḍa — 韦达经中包含梵的知识，也就是灵性知识的部分。

Jñānī — 通过经验性思辨培养知识的人。

- K -

Kali-yuga — “纷争、伪善的年代”，是大周期循环中的第四个年代，也是最后一个年代，从五千年前开始。

Kalpa — 布茹阿玛的白天，长度为43亿2千万年。

Kāma — 贪图物质享乐的欲望。

Kamaṇḍalu — 进入弃绝阶层的人所携带的水罐。

Karatālas — 在集体歌唱神的圣名时用手敲击节奏的铙钹。

Karma — 物质、功利性的活动及其报应。

Karma-kāṇḍa — 韦达经中描述为获得物质利益而举行各种仪式的部分。

Karmī — 从事功利性活动的人；物质主义者。

Kīrtana — 吟唱至尊主的圣名并赞美至尊主的奉爱服务程序。

Kṛṣṇaloka — 参看Goloka Vṛndāvana。

Kṣatriya — 战士或管理者；韦达社会的第二个阶层。

Kuśa — 在韦达仪式和祭祀中的一种吉祥的草。

- L -

Līlā-avatāras — 至尊主降临到物质世界展出灵性活动的无数化身。

Loka — 一个星球。

- M -

Mahājana — 觉悟了自我的伟大灵魂，奎师那意识科学的权威人士。

Mahā-mantra — 为得到拯救而吟诵、吟唱的伟大的曼陀：

哈瑞 · 奎师那 哈瑞 · 奎师那 奎师那 · 奎师那 哈瑞 · 哈瑞

哈瑞 · 茹阿玛 哈瑞 · 茹阿玛 茹阿玛 · 茹阿玛 哈瑞 · 哈瑞

Mahāt-tattva — 展示了物质世界的整体物质能量原本混沌的形象。

Mantra — 超然的声音振荡或韦达赞歌，它们可以使人摆脱心中的错觉。

Manu — 布茹阿玛的一个半神人儿子，是人类的祖先和法律制定者。在布茹阿玛的每一天连续有十四位玛努。

Manvantara — 每一位玛努统治的时间(3亿672万年)；用于标准的历史时期的划分。

Manvantara-avatāras — 至尊主在每一个玛努统治期内显现的化身。

Mathurā — 主奎师那的住所及五千年前显现的地方，温达文就在那一区域内。主奎师那在温达文从事过孩提时期的娱乐活动后，又回到那里。

Māyā — 至尊主的低等、错觉能量，负责统治这个物质创造并迷惑生物，使其遗忘自己与奎师那的关系。

Māyāvādī — 持非人格神哲学观念的人。他们以为绝对真理最终没有形象，个体生物与神是平等的。

Mokṣa — 摆脱物质的束缚。

Mṛdaṅga — 用黏土制作的鼓，在集体吟唱神的圣名时作伴奏用。

Muni — 一位圣人。

- N -

Nirguṇa — 没有物质属性。

- O -

Oṁkāra — 神圣的声音欧么(Oṁ)，是许多韦达曼陀的开端，代表至尊主。

- P -

Padma — 主维施努手持的莲花。

Pādya —献上的仪式性洗脚用的水。

Paramahaṁsa — 至尊主天鹅般最高级的奉献者；托钵僧的最高阶段。

Paramparā — 师徒传承，灵性知识经由传承中有资格的灵性导师传递下来。

Prajāpatis — 负责繁殖宇宙中生物体的半神人。

Prasādam — 主奎师那的仁慈；以爱心供奉给至尊主后被灵性化了的食物或其他东西。

Puruṣa — 享受者或男性；生物或至尊主。

- R -

Rasa — 在与至尊主交流爱的过程中品尝到的爱的心情或甜美滋味。

Ṛṣi — 圣人。

- S -

Sac-cid-ānanda-vigraha — 至尊主的永恒、极乐、充满知识的超然形象。

Śakti-tattva — 至尊主的各种能量。

Śama — 对内心的控制。

Saṁhitās — 呈献特定觉悟了自我的权威人士所得出结论的韦达补充文献。

Sampradāya — 灵性导师的师徒传承，以及那一传统中的追随者。

Śaṅkha — 主维施努手持的海螺。

Saṅkīrtana — 聚众或集体赞美至尊主奎师那，特别是用吟唱至尊主的圣名的方法。

Sannyāsa — 韦达灵性生活中的第四个阶段；弃绝的生活。

Śāstra — 像韦达经典那样的启示经典。

Sat — 永恒的。

Satya-yuga — 宇宙四个年代循环中的第一个和最好的年代。它的长度为172万8千年。

Śloka — 一节梵文诗。

Smārta-brāhmaṇa — 相对于达到韦达经的最终目标主奎师那而言，对表面执行韦达经中给予的规定和仪式更感兴趣的布茹阿玛纳。

Smṛti — 启示经典，属于韦达经和奥义书等原本的韦达文献(śruti)的补充文献。

Soma-rasa — 在高等星系中半神人所喝的一种能使人增寿的饮料。

Śravaṇaṁ kīrtanaṁ viṣṇoḥ — 聆听和吟诵、吟唱有关主奎师那(维施努)的一切的奉爱方法。

Śruti — 经由聆听得到的知识；由至尊主直接给予的最初的韦达经典(韦达经和奥义书)。

Śruti-mantra — 韦达经的赞歌。

Stotra — 祈祷文。

Śūdra — 韦达社会制度中第四阶层的人——为其他阶层做服务的劳动者。

Svāmī — 控制住自己的感官和心念的人；对托钵僧这种弃绝的人的称呼。

- T -

Tantras — 主要是为在愚昧属性控制下的人介绍各种仪式的次要经典。

Tapasya — 苦修；为了取得灵性进步自愿承受某种物质的不便。

Tattvas — 绝对真理的多种范畴。

Tilaka — 奉献者用圣泥在前额和身体的其他部位所画的标志。

Titikṣa — 忍受、容忍。

- U -

Upāsanā-kāṇḍa — 韦达经中介绍崇拜仪式的部分，尤其是对半神人崇拜的部分。

- V -

Vaikuṇṭha — 灵性世界，在那里没有焦虑。

Vaiṣṇava — 至尊主维施努(Viṣṇu, 奎师那)的奉献者。

Vaiśyas — 韦达社会制度中的第三阶层的人，即农场主和商人。

Vānaprastha — 退出家庭生活的人，韦达灵性生活的第三个阶段。

Varṇa — 韦达社会制度中的四个阶层，由人所从事的工作性质和受哪一种物质属性影响所区分。请看Brāhmaṇa，Kṣatriya，Vaiśya，Śūdra。

Varṇāśrama-dharma — 韦达社会制度中的四个社会阶层和四个灵性阶段。请看Varṇa和Āśrama。

Veda-vāda-rata — 对韦达经给予自己的解释的人；一个执著韦达经中规定和仪式的布茹阿玛纳。

Vedas — 由主奎师那最先讲述的原始启示经典。

Virāṭ-rūpa — 把整个宇宙当作至尊主身体的概念。

Viṣṇu — 至尊人格首神为了创造和维系物质宇宙而扩展出的四臂形象。

Viṣṇu-bhakti — 为主维施努所做的奉爱服务。

Viṣṇu-tattva —首神的范畴；适用于至尊主的主要扩展。

Vṛndāvana — 奎师那永恒的住所，祂在那里完全展示了祂甜美的质量；这个地球上的一个村庄，至尊主奎师那五千年前在那里演出了祂孩提时的娱乐活动。

Vyāsa-pūjā — 对韦达经的编纂者维亚萨戴瓦的崇拜；将真正的灵性导师作为维亚萨戴瓦的代表所进行的崇拜。

Vyāsadeva — 主奎师那的文学化身，为人类编纂了韦达经(Vedas) 、往世书(Purāṇas)、《韦丹塔·苏陀》(Vedānta-sūtra)和《玛哈巴茹阿特》(Mahābhārata)等韦达文献。

- Y -

Yajña — 韦达祭祀；也是一切祭祀的目的和享受者至尊主的名字，意思是祭祀的人格体现。

Yoga — 为将自我与至尊者连接而设的一种灵性训练。

Yoga-siddhis — 神秘力量。

Yogamāyā — 至尊主的内在、灵性能量；也化身为奎师那的妹妹。

Yogī — 以某种方法努力与至尊者相连的超然主义者。

Yuga-avatāras — 至尊主在四个年代中显现的四个化身，负责规定在所显现年代中的人们为得到灵性觉悟需要用的正确方法。

Yugas — 计算宇宙寿命的年代，四个年代循环往复。

Yukta-vairāgya — 用一切为至尊主做服务的真正的弃绝。

梵文发音指导

人们历来用不同的字母来代表梵文，但在印度被最广泛采用的是戴瓦讷嘎瑞(devanāgarī)字母。戴瓦讷嘎瑞的意思是，半神人的城市文字。戴瓦讷嘎瑞共含有 48 个字母；13 个元音，35 个辅音。古代的梵文语法家根据方便、实用的语言学原则，把这些字母加以排列，其排列顺序被所有的现代语言学者所接受。本书所用的拉丁语字母拼音系统，50年以来一直被语言学家所采用。

元音

अ a　आ ā　इ i　ई ī　उ u　ऊ ū　ऋ ṛ
ॠ ṝ　ऌ ḷ　ए e　ऐ ai　ओ o　औ au

辅音

喉　音：	क	ka	ख	kha	ग	ga	घ	gha	ङ	ṅa
颚　音：	च	ca	छ	cha	ज	ja	झ	jha	ञ	ña
卷舌音：	ट	ṭa	ठ	ṭha	ड	ḍa	ढ	ḍha	ण	ṇa
齿　音：	त	ta	थ	tha	द	da	ध	dha	न	na
唇　音：	प	pa	फ	pha	ब	ba	भ	bha	म	ma
半元音：	य	ya	र	ra	ल	la	व	va		
丝　音：	श	śa	ष	ṣa	स	sa				

送气音：　ह ha　　　鼻后音(anusvāra)：ं　ṁ
无声音(visarga)：ः ḥ　　　省字号(avagraha)：ऽ

数词

०-0　१-1　२-2　३-3　४-4　५-5　६-6　७-7　८-8　९-9

辅音后元音的写法

ा ā　ि i　ी ī　ु u　ू ū　ृ ṛ　ॄ ṝ　े e　ै ai　ो o　ौ au

例如：क ka　का kā　कि ki　की kī　कु ku　कू kū
　　कृ kṛ　कॄ kṝ　के ke　कै kai　को ko　कौ kau

一般来说当辅音是两个或两个以上一起时有特殊的写法，例如：क्ष kṣa त्र tra。

在辅音后没有标出元音时，应该当作有元音 a 来念。

当出现符号(्)时，表示没有元音，例如：क् 。

元音发音

a —如英语 but 中的 u

ā —如英语 far 的 a 而两倍长于 a

ai —如英语 aisle 中的 ai

au —如英语 how 中的 ow

e —如英语 they 中的 e

i —如英语 pin 中的 i

ī —如英语 pique 中的 i 而两倍长于 i

ḷ —如 lree

o —如英语 go 中的 o

ṛ —如英语 rim 中的 ri

ṝ —如英语 reed 中的 ree 而两倍长于

u —如英语 push 中的 u

ū —如英语 rule 中的 u 而两倍长于 u

辅音发音

喉音

k —如英语 kite 中的 i

kh —如英语 Eckhart 中的 kh

g —如英语 give 中的 g

gh —如英语 dig-hard 中的 g-h

ṅ —如英语 sing 中的 ng

唇音

p —如英语 pine 中的 p

ph —如英语 up-hill 中的 p-h

b —如英语 bird 中的 b

bh —如英语 rub-hard 中的 b-h

m —如英语 mother 中的 m

卷舌音

ṭ —如英语 tub 中的 t

ṭh —如英语 light-heart 中的 t-h

d —如英语 dove 中的 d

ḍh —如英语 red-hot 中的 d-h

ṇ —如英语 sing 中的 n

颚音

c —如英语 chair 中的 ch

ch —如英语 staunch-heart 中的 ch-h

j —如英语 joy 中的 j

jh —如英语 hedgehog 中的 dgeh

ñ —如英语 canyon 中的 n

齿音

t —如英语 tub 中的 t

th —如英语 light-heart 中的 t-h

d —如英语 dove 中的 d

dh —如英语 red-hot 中的 d-h

n —如英语 nut 中的 n

半元音

y —如英语 yes 中的 y

r —如英语 run 中的 r

l —如英语 light 中的 l

v —如英语 vine 中的 v

丝音

ś 一如德语 sprechen 中的 s

ṣ 一如英语 shine 中的 sh

s 一如英语 sun 中的 s

送气音

h 一如英语 home 中的 h

鼻后音(anusvāra)

ṁ 一如法语 bon 中的 n

无声音(visarga)

ḥ 一字尾的 h 音（aḥ 发音如 aha；iḥ 发音如 ihi）

梵文音节的声调没有明显的起伏，在一行中字与字之间也没有间单，有的只是一个音节接着一个音节连绵不断地连接。有的音节短，有的音节长，而长音节的长度是短音节的二倍。长音节含有长元音(ā, ai, au, e, ī, o, ṝ ,ū)或短元音后加一个以上的辅音(包括 ḥ 和 ṁ)。丝音辅音——后面带 h 的辅音，只算单辅音。

梵文诗句索引

- A -

- B -

- C -

- D -

- E -

- G -

- K -

- O -

- P -

- R -

- S -

- T -

- U -

- V -

- Y -

中文译者简介

嘉娜娃（金磊），法籍华人，生于北京，医疗管理专科毕业。自1991年开始接触瑜伽后，深受印度古代文化的吸引，逐渐走上翻译这些经典的道路。迄今为止，她已经翻译、编辑了许多著名的古印度典籍，其中包括帕谭伽里的《瑜伽经》以及帕布帕德的《博伽梵歌原意》和《博伽梵往世书》（《圣典博伽瓦谭》）等40本印度古籍。此外，还有中国广大读者熟悉的《瑜伽的故事》和《瑜伽的艺术》（上、下）等。